U0937287

爱是恒久的神志不清

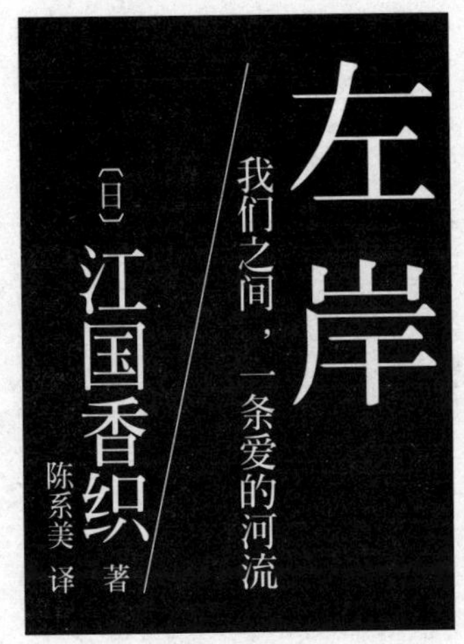

重庆出版集团 重庆出版社

目录 Contents

一　唱歌啊唱歌

1　茉莉只要有总一郎和阿九在，就感到安心

风和日丽。茉莉握着罐装咖啡，手心暖暖的，而手背倍感冰冷。她站在午后的月台上驻足不前。

究竟为什么要去东京？坦白说并不清楚。只因隆彦说东京有熟人，或许还能在那里开店。其实去哪儿都无所谓，只要有隆彦在，住哪里都无所谓。

更何况，我早就该来这个城市了，大概在十岁的那一天。茉莉思忖着，仰望蓝天。

一九七八年，二月。

三个月前，茉莉满十七岁。她是个有双倔强明亮的大眼睛、脸颊柔嫩、鼻子微塌、嘴唇丰厚的少女。

“好冷。”茉莉试着出声说，脚边放着一个迷彩图样、老旧磨损的侧肩背包。这个包包大到足以放进一个小孩。倘若将需要的东西全部塞进去，想必背不动，经过一番严挑慎选，剔除多余的，行李变得极少。其实，真正需要的东西并不多。

下午三点五十分。由于太过紧张，来得太早了。茉莉为了搭四点五十八分的“朝风”卧铺特快车，在博多车站的月台等隆彦。

“我不会阻止你，不过至少跟我说你什么时候要走。”

今年的正月，茉莉说出离家出走的计划时，母亲这么说。

“因为我知道阻止你也没有用。”

当然，茉莉双唇紧闭得像蚌壳一样。

隆彦所形容的“丰腴柔软、不必搽口红就够红润”的唇，顽固地撇着，只吐出“不说”二字。

为了摆置许多喜欢阴暗的植物，客厅即使在白天也拉下百叶窗，显得颇为昏暗。茉莉在客厅的老旧绿色长椅坐下。

“为什么呢？”

“我答应人家不说。”

茉莉直勾勾瞪着贴在墙上的已故哥哥画的画。哥哥过世将近七年了，这幅画却依然贴在这里，用干巴巴的黄色胶带贴着。

“既然答应别人就没办法了。”父亲的口气透露他并不死心也不理解，但慈祥的眼神带着深深的哀伤。

福冈市南边的高宫区。茉莉在这个城市出生，也在这个城市长大。这幢漆着白漆、种满花草树木的两层楼房，是茉莉唯一知道的“家”。夏天绽放着被太阳晒到卷曲的向日葵，还有宛如下垂喇叭般的曼陀罗花。院子里原本就种满植物，哥哥过世后，这些花草树木更成为母亲的生活重心，如今母亲以园艺家的身份在当地电视台主持一个二十分钟的节目。

“你看，妈妈的指甲。”

茉莉经常在心里和哥哥说话。

“弄得脏兮兮的，好恶心哦！”

身材高挑苗条，一头棕色的染烫卷发，被邻近的孩子当作“洋婆子”的母亲，竟然在院子里一蹲就是好几个小时，弄得双手满是泥泞，实在难以想象。

茉莉的母亲以前就很喜欢绿色。茉莉家客厅的长椅、音响上铺的布、缝纫机的盖布，都是浅橄榄绿。还有缝纫机，母亲更用摆在窗边那台踏板很大的缝纫机来缝制绿色衣物。茉莉的房间和哥哥的房间，两间西式房间的窗帘也都是绿色的。铺在餐桌上的桌巾虽然是塑胶制的便宜货，但也是绿白相间的格子图案。而且这款塑料布还有一块，小学运动会或外出野餐时，除了草席，母亲还会带这块塑料布。

小时候，茉莉经常被周遭的孩子嘲笑是“东京人”“恐龙妹”，还有“洋婆子的小孩”。无论去哪里都搽鲜艳的橘色口红、走起路来抬头挺胸、打扮入时的母亲，名叫喜代。

除了绿色，喜代还喜欢玻璃制品。

厨房入口处挂着彩色弹珠串成的珠帘。水晶制烟灰缸沉甸甸的，父亲抽完一根烟，喜代就急着拿去洗。父亲难以忍受，便拿起红茶空罐当烟灰缸，于是水晶烟灰缸成了装饰品。

此外，喜代还有内镶紫罗兰的玻璃文镇、红色的砂糖玻璃罐。

偶尔全家上百货公司，喜代看到雕花玻璃杯或威尼斯玻璃花瓶就会眼睛一亮，但她却说：“这些东西不但太贵而且太奢华，很不实用。”

尽管父亲说：“既然你这么想要，就买吧。”但这些亮晶晶的珍品，喜代也未曾下手买回家。

即便如此，喜代也并非务实的女人。她以自信满满的口气说：“下次搬新家时，我想要有个水晶吊灯的家。”

话说回来，茉莉究竟为何在此出生长大？因为研究有机化学的学者父亲，爱上了赴任的九州大学。他决定将大学当作最终的研究室，此后，顺利地远离升迁竞争。

一九五九年的春天，双亲带着当时还在襁褓里的总一郎，搬到这城市定居。一年半后，茉莉出生了。

父亲名叫寺内新，地道的学者型男人，一旦埋首于应变能量与新合成中间体的研究，好几天都住在大学不回家；然而另一方面，他也十分疼爱妻子，妻子喜欢野餐和兜风，只要她要求，他就会开着乳白色COLT，带家人去净水路底的动物园、植物园，或是那之津海边。

星期天，陪孩子们吃完早餐后，夫妻俩经常窝在卧房里。这时他们会交代孩子们不准打开拉门，但茉莉和总一郎当然会偷看。

两人鲜少在棉被里蠢动，大多时间都穿着睡衣在看书，或者吃水果、聊天、听音乐。阿新喜欢葛伦·米勒，喜代喜欢法兰克·辛纳屈。由于两人都喜欢音乐，寺内家的卧房和客厅都有音响设备。

至少那时夫妻感情还很好。茉莉只是把它当成单纯的事实，但也带点怀念地回忆着。

“好怪哦。”不知为何，经常来家里玩的邻家少年，对于茉莉的家和家人、饮食习惯和点心、双亲的嗜好和措词语气，经常感触良深。

邻家少年没有父亲，母亲是位身材娇小、十分温柔的美女，喜代和她感情很好。午后两人会相邀去喝下午茶，开心地聊着女人的悄悄话。

祖父江九[1]，是邻家少年的名字。这位少年有一双些微下垂的双眼皮眼睛、乌黑柔软的头发，养了一只乌龟名唤纯平。

阿九比茉莉大一个月，个头虽小，但精力旺盛，生性调皮捣蛋，从不欺负茉莉。茉莉只要有总一郎和阿九在，就感到安心。

总一郎把阿九当作弟弟般疼爱。

“那家伙前途看好啊，聪明得不得了。”总一郎对茉莉这么说。

茉莉连忙反问：“那我呢？”

总一郎犹如缆绳被解开的船，绽出轻飘飘的柔和表情，带着自信坚定地说：“茉莉当然也很聪明啊，不过阿九……”

总一郎突然打住，仿佛在搜寻语汇似的眯起眼睛，过了半晌说：“不过，阿九比我们善良。”

“善良！？”茉莉惊叫，跳了起来。阿九甚至比哥哥善良？

1　祖父江是姓，单名九。

茉莉难以接受这个看法。

那段岁月，茉莉的日子里都有总一郎在。世界以总一郎为中心。

茉莉很讨厌没有“哥哥”在的幼儿园，所以不太去上学。即使幼儿园有阿九在，茉莉不至于被欺负，但每天早上阿九来接她时，她则经常对阿九说：“阿九你一个人去吧！我不去。”

茉莉就这样一直等总一郎放学回来，度过半天。

也因此，茉莉上了小学之后很开心，每天都抬头挺胸和总一郎一起出门上学。

但是到了学校，因为和总一郎不同教室，上课不仅无聊，辫子还会被拉扯，桌子也被画得乱七八糟。

即便被欺负，茉莉也不动气。她总是在心里想着“反正无所谓”，或在心里咒骂欺负她的人“跟个白痴似的”。茉莉有“哥哥”在，总一郎站在她这一边。总一郎不仅长得俊美，个性也温和善良，总是将这世上茉莉无法理解的片段，为她接合起来。

茉莉非得和总一郎一起才肯上学。放学后，若总一郎还有课，茉莉也坚持等他。有时候在校园的地上边画图边等，有时候边踩绿虫边等。最后无聊了，还会边跳舞边等。在体育馆后方，或紫藤棚下。

“茉莉也要交朋友才行啊。”老师经常这么说。

但茉莉每次都回答：“不要！”

心血来潮时，她还会用他们的口音说：“人家才不要呢！”

茉莉是个不管到何处都能跳舞的孩子。双手向上一抬，闭上眼睛，身体随着自己乱唱的歌左右摇摆。心情慢慢好起来就开始踏步，四下无人就发出怪声，最后还会蹦蹦蹦地跳来跳去。

“茉莉的身体缠绕着音乐啊。”母亲说。

“像只猴子似的。”父亲说。

“唱歌啊唱歌——唱歌啊唱歌——唱歌啊唱歌——”

茉莉跳舞时的歌大概就这样，身体配合这种单调的旋律扭动摇摆。

总一郎曾经这么问："为什么茉莉跳舞的时候要闭上眼睛呢？"

"我也不知道，不知不觉就闭上了。"

总一郎对茉莉向来温柔，唯独当她说"不知道"时极为严格。

"你有想过吗？仔细想想就会知道。想想看吧。"

与其说是斥责，更像是请求，总一郎蹲下来，仰头凝视着茉莉，以极其认真的口吻说。

"……因为很舒服。"

总算找到答案，一说出口，总一郎却摆出一脸不解的表情。

"因为闭上眼睛就什么都看不到了。因为什么都看不到，就什么都不用担心啊。"茉莉想了又想，说出经过思考后的答案。

总一郎莞尔一笑，茉莉终于松了口气。自己为何会闭上眼睛，其实茉莉依然完全"不知道"；但妹妹为何闭上眼睛，总一郎听到这里已经"明白了"，这才是最重要的。

"你是白痴啊你！"前天，在隆彦房里仓促做爱之后，他以颇为愤怒的口气说，"这样就不算私奔了呀！"说完拿起五张一叠的钞票往茉莉头上打，然后好像在扔什么脏东西似的，将这叠钞票往榻榻米一扔，"你问家里拿什么旅费嘛？"

"可是出发的日期我没有说出来哟，地点也没说。"

"当然不能说吧！"

茉莉觉得隆彦已经气到头顶冒烟了。隆彦很爱生气。

"不过有钱总是比较好吧。"茉莉没有把母亲送给她当护身符的戒指说出来。

"你是白痴啊你！"隆彦又骂一遍，气得脚步凌乱地走向厕所。

“茉莉，你不用勉强跟我走啊。”从厕所回来，隆彦口气转温和。

“你还得上学啊。反正我已经被爸妈抛弃了，可是你不一样吧？”

茉莉摇摇头说：“我要去。”

她直勾勾地凝视着隆彦，睁着旁人经常夸赞的大眼睛，仿佛要将人吸进去似的。

“我不喜欢分隔两地。你在想什么啊？更何况我跟你说过了吧？我早就应该离开这里了。”

接着茉莉说要喝牛奶，便往厨房走去。

“如果你怀疑我有别的女人，这点不用担心。我只有茉莉你一个人。”隆彦一副难以启齿的模样，在她身后轻声地说。

“什么跟什么啊，少臭美了。”

茉莉早就决定离开这个城市，超然地离开。

只要超然以对就好。

上了小学后，立刻遭到其他孩子嘲弄而不想上学，茉莉将这件事告诉总一郎，总一郎这么说。兄妹俩都穿着母亲缝制的、连着奇妙帽子的睡衣。

“穿上这个看起来好蠢哦。”茉莉这么说。

首先，睡觉的时候帽子实在很碍事。虽然总一郎什么都没说，但茉莉知道，哥哥也认为她说得对。哥哥总是以特别的方式，将唯独茉莉能懂的事，传达给她知道。

“笨蛋是没药医的，茉莉只要超然以对就好。”

超然，当时听到的这个词，一直以来成了茉莉的指针。这句话，回荡着一种非常超然的气势。尽管不太懂意思，但明白那股气势。那是犹如“光”一样的东西，像个出口。

如果茉莉的鞋子被人偷藏起来，总一郎会帮她一起找。午休时间，茉莉被人用牛奶往头上泼，总一郎用自己的体操服帮她擦干；不管怎么擦都还有味道，很恶心，当茉莉说想吐时，总一郎就在洗手台清洗她的头发，然后将手指伸进她的嘴巴说，吐吧。茉莉呕了一声，不停地咳嗽，但就是吐不出来，倒是眼泪和鼻水直流。上课铃声早就响了。无人的静谧校园、鞋柜附近的洗手台、一个个反射着阳光的水龙头，如今回想起来依然记忆犹新。

其实总一郎刚开始也被欺负，但茉莉不太清楚这些事，至少在茉莉两年后入学时，哥哥似乎已经从周遭孤立出来，获得了特别的地位。

例如，总一郎和茉莉在一起时，如果有调皮的小孩出手戏弄茉莉，总一郎会怒斥："不准碰她！"

声音粗暴到连茉莉听了都怕，吓吓那些孩子已经足够。

如果只是出言嘲弄，总一郎再怎么样也不会帮她骂回去。茉莉认为，骂她无所谓，但若骂爸爸"怪人"，骂妈妈"洋婆子"，她则会火冒三丈，即使千万个不愿意也会气到想哭。于是她试着自己开口骂他们。

"闭嘴！"

结果只是让那些孩子更为嚣张。

"别理他们。"总一郎规劝茉莉，"超然以对就好。"

这种时候，帮她出头的人是阿九。

"怎么？你们想干吗？"阿九随身带着石头棍棒之类的东西，必要时会出手，"别再来惹茉莉！"

赶走小恶霸之后，阿九不满地说："为什么？为什么总哥默不吭声？"

茉莉为了袒护哥哥，嘟起嘴巴顶回去："你是不会懂的啦！"

因为她想照哥哥说的，超然以对。

阿九的家十分静谧。

玄关肃穆清静，摆了个古董坛子，挂了幅油画，颇有成人气氛。平常总是端出小馒头与牛奶点心的厨房，不知为何，摆了个螳螂标本。

阿九家也种了许多植物，丝毫不逊于茉莉家。不过相似之处也仅此而已，家中的气氛和味道，与茉莉家截然不同。

阿九总是和他们兄妹俩玩在一起。因此茉莉认为，阿九是除了总一郎，在家人以外唯一能让她卸下心防的人。

整个城市都是游玩的地方。

坡道上的住宅区道路很宽，公园、空地、植物也很多，空气一如往常显得清悠舒适。

总一郎、茉莉和阿九。

茉莉认为这是个微风轻拂的城市。例如，溜进山丘上的净水厂就能鸟瞰整个街景。由于没有任何东西挡住视线，天空显得气势磅礴。

“飞机不来了吗？”茉莉经常在这里等飞机。

“当然会来啰。”阿九这么说，总一郎也微笑赞同，但茉莉不以为然。例如在河堤尽情滑草时，或在公园奋力荡秋千时，飞机的确飞来了。因为离机场很近，每天都有好几班飞机飞过。不过像这样一直等着想看，飞机却总迟迟不来。即使引颈仰望到脖子发酸——这时嘴巴不由得会自然张开——这样一直等待，天空依然一片湛蓝，静悄悄的。

茉莉在近到惊人的地方，听着从耳朵传遍全身的低沉轰隆声，从正下方仰头看着飞机白色的肚子直直飞过。

尽管知道那是载人飞机，但总不觉得里面真的有人，而是一种独特“物体”，与茉莉的生活无关的、经常忽然出现的白色的亲近的“物体”。

2 这个世上我比谁都爱哥哥，哥哥会保护茉莉

去小学的路，以小孩子的脚程要走十五分钟。路上有文具行、糖果店、公园以及大棵的橘子树。学校的后面紧临池塘。再走远一点的话，也有只要溜进去就能玩的私人山地。

路旁有流水，由于水沟没有加盖，台风一来就会溢满而出。下雨天的水沟，有着吸引茉莉的东西。茉莉总是驻足良久，静静地站在沟旁竖耳倾听，可以听到淅沥淅沥或哗啦哗啦的流水声，看着气势惊人且源源不绝溢出的水，流过自己穿的深粉红色雨鞋的脚边。当时年幼的茉莉无法垂直撑伞，只能将伞柄靠在肩上。她也认为伞本来就应该这样撑，但由于是棉制的伞，淋湿后变得很重，打在伞上的雨水，不是靠手，而是靠肩头承受。

“你会被吸走哦。”总一郎终于开口劝她。事实上，的确也有小孩被水沟溢出的水冲走而溺水。

“再看一下就好。”茉莉坚持要看。

这些流水，不知流向何处，也不知前方有什么等着，只是一味气势汹涌湍流而去，宛如等候已久，宛如能流出沟外高兴得不得了。

茉莉在水沟旁一直看着流水，总一郎也一直耐着性子在身后等她。

小学的周边有许多空地。由于空地上丈高的杂草丛生，走起路来变得很滑稽，每走一步都得高高抬起大腿。这样走着，茉莉总是落后在总一郎和阿九之后。被他们丢在后面，是茉莉无法忍耐的事。有种被弃之不顾的不安，以及总一郎被阿九抢走的愤慨。

叶子的背面有虫，细而尖锐的叶子还会刮伤皮肤。有些地方没有下雨，却依然泥泞难走，一不小心鞋子就会陷进去。空地上又没有其

他人，两个男生却一直往前走。他们的目的有时是捡掉落的钉子或机械零件，有时是找螳螂的卵或蛇，有时则是带阿九饲养的乌龟纯平“散步”。但这些目的，茉莉经常没有被告知。

茉莉不能哭。哭就等于承认自己不知所措，于是她发出怪声。被弃之不顾的不安加上行走困难的焦躁以及全心想抢回总一郎的意志。

结果她放声一叫，声音连自己都难以承受，变成又高又尖锐的凄厉叫声，叫到眼睛都睁不开。尽管如此，茉莉依然紧闭双眼，拼着血管都要断裂的气势，使尽浑身的力气拼命叫。可以说，全身都化为声音了。终于，声音变得在茉莉体外回响，仿佛是别人的声音。到了这个地步，靠自己的意志已经无法停止。

嘎啊啊啊啊啊啊啊！啊——啊——啊啊啊啊啊啊——

纵使总一郎和阿九跑过来，茉莉也无法停止大叫。尽管阿九出言安慰，被她的声音震到无处可躲、捂上耳朵，茉莉依然叫个不停。总一郎摇晃茉莉的肩膀，轻轻敲她的手、脚、头发、背部，一直到敲遍茉莉全身为止，尖锐凄厉的声音持续朝高空发射。总一郎以这种方式，是要让全身都变成声音的茉莉知道，她的头、脸、脖子、手、脚，都还健在。

总一郎经常发烧，而且是四十几度的高烧。没有咳嗽也没头痛的发烧，阿新将它视为“身体成长的一环”，但喜代认为这是“总一郎脑筋特别好的证明”。不是身体，而是大脑过度成长所散发出的热。

由于茉莉不太发烧，因此关于哥哥的发烧，她认为妈妈的看法是对的。因为要说身体的话，她自己也有在成长。

总一郎自己对于这点倒是没说什么。只是，因为拒绝进食而被量体温，被迫躺在床上。烧退之前，茉莉不能进入总一郎房里。

总一郎请假没上学，茉莉也不去上学。没有哥哥在的学校，根本没什么好去的。喜代为此发了一些牢骚。但阿新说，不想去就别去，没关系。然而无论爸妈说什么，茉莉都充耳不闻。

尽管如此，见不到总一郎的家中变得阴沉、疏离而寂寥。即使打开电视，看的也净是大人的节目，感觉家中的一切将茉莉排除在外，还责备茉莉偷懒不上学。母亲整个心思都在哥哥身上。

茉莉半带着离家出走的心态在街上晃了一小时。午后的街热闹祥和，人、巴士或电车都忙碌地动着。柳桥联合市场是茉莉和喜代经常来的地方，所以茉莉很熟。这里有泡着清香新茶的茶叶店，也有蔬果堆得像小山的果蔬店，还有丰富到令人惊讶、百看不厌的鱼店。

茉莉很喜欢鱼店，听着气势惊人的叫卖声，看着店里的人穿着濡湿的橡胶长筒靴利落地工作，像在确认似的，盯着每一条鱼的脸看，例如厚实肥满的雀鲷、真鲷、褐石斑鱼，像蛇一样长的白带鱼，简直像小箱子的箱河豚。

“哎呀，茉莉，你怎么来了？”在市场闲晃时，认识的大人向她打招呼，“不用上学啊？”

茉莉想有模有样地和他们闲话家常，于是用他们的口音回答：“我请假啦，因为我哥哥发烧。”

有人说：“哎呀，这真是令人担心啊。”

也有人说：“所以你出来买东西啊？真是了不起啊。”

也有人说：“回家路上小心哦。”

这里不同于高地上的住宅区，是另一个世界。是外界，也是都会，更是茉莉唯一知道的“世上”。

从市场再往前走，有一座小神社。狭小的巷道里红柱并排，有鸟居，走进鸟居之后，神社坐落于巷子边，面向巷子。这座神社被夹在大楼与大楼之间，即便天气晴朗也像个阳光照不到的秘密场所。

走到这里真的有点累了，茉莉蹲下来休息。这是个夏天也很阴凉的地方。吃着从厨房拿出来、放在裙子口袋里的零食，张开双手，玩单脚伫立的“试炼”游戏，或是出神地望着天空。

天空总是在那里。在茉莉的上方，在世界的上方。

红柱并排的巷子，也是个跳舞的好地方。

“唱歌啊唱歌——唱歌啊唱歌——唱歌啊唱歌——”

双手高举过头，闭上眼睛，一直跳到喘不过气，就能忘记自己现在是孤单一人，也能忘记哥哥生病卧床的事，以及母亲发现自己不见了是否会担心的事。

总一郎的烧不久就退了，每次烧一退，他就觉得病好了。

然而茉莉却在完全不同的时候，觉得哥哥看起来好像在发烧。例如，一如往常和阿九三人去外面玩的时候；或是夜里在总一郎的房间，两人一起看着窗外的星星的时候。总一郎的长相原本就略显成熟，强而有力的眼神仿佛能看透对方的心思，平常清澈的眼睛，发烧时会显得厚重而湿润，眼神也比平常更强而有力。

“哥哥，你是在发烧吗？”茉莉战战兢兢地问。

总一郎莞尔一笑，凝视茉莉，带着仿佛要抖出重大隐情的口吻说：“人都是处在发烧状态中。只是偶尔温度高了点，不是什么大不了的事。明白了吧？”

总一郎说的话，总是有着压倒性的真实。并不是具有说服力之类的，而是真实本身。于是茉莉神妙地、沉重而严肃地点点头。总一郎面带微笑，郑重其事又补上一句：“其实比发烧更可怕的是，烧退了。”

在家里，茉莉和总一郎各有自己的房间，但茉莉总是在总一郎的房里玩。和茉莉凌乱的房间不同，总一郎的房间总是整理得井然有序。

总一郎很喜欢阅读，不在外面乱跑的时候，大多待在房里看书。《蒸汽火车八重门》《哭泣的红鬼》《红蜡烛和人鱼》之类的绘本早就被翻烂了。喜代买给他的名作，例如伟人传记、动物图鉴、植物图鉴，他也一本一本读到破，十岁就去父母的书架选书看。在茉莉有限的记忆里，他最喜欢的书是《希腊神话》和《法国笑话大全》。

“我可以和你一起睡吗？”只要茉莉这么说，总一郎就拒绝不了。

“可以牵着你的手睡吗？”

“可以贴着你的脸睡吗？”

每当茉莉如此坚持，总一郎就会回答：“好啊。”

有时也会说：“只有左边借你哦，右边不可以乱碰。”

茉莉紧偎在总一郎的左边，将脸埋进他的脸颊和肩膀之间睡觉。眼睛一睁开就可以看见总一郎的白色脸颊，近到无法对焦。

仰睡的总一郎经常把一只脚伸进侧睡偎着他的茉莉的膝盖之间，然后说：“茉莉好小哦。”

两人就照着这个姿势静静不动，总是总一郎先睡着。茉莉听着总一郎规律的鼻息，心想：这世上我比谁都爱哥哥，哥哥会保护茉莉。

茉莉屏气凝神伸出手，小心翼翼地不吵醒哥哥，然后偷偷摸他的耳朵。茉莉觉得哥哥的耳朵很漂亮。从“耳朵”这个字得以想象，茉莉认为大概所有的耳朵里，再也没有比总一郎的耳型更完美、清理得更干净的耳朵。摸起来意外硬硬的，有着一定的温度，甚至让人认为耳朵本身拥有独立的生命，犹如生存在夜海里的生物，成熟而孤独。

沉睡中的总一郎散发着洗完澡的香皂味。不是香皂味时，就是奶酪和草混合的味道。

喜代是个喜欢下厨的女人。例如在高丽菜的菜叶间塞进绞肉煮成高丽菜卷，或用料理绳捆绑小羊肉和洋葱一起烤的烤羊肉卷，这在当时都是很新颖的料理。有个会做菜的母亲，茉莉感到很骄傲。然而母亲秀气的五官和修长的手指只遗传给了哥哥，让她感到很遗憾。

晚餐规定全家要围在厨房的餐桌吃。即便阿新正埋首于研究之中，喜代也会要求他回家吃晚餐。于是阿新就开着他老旧的爱车，从大学回家吃饭，再返回大学。

喜代喜欢下厨，同时也是个喜欢外食的女人。她看准阿新的研究做到一个段落，即便是平日，也会把一家人赶出去上馆子。例如天神的中华料理店，或是中洲的水炊鸡肉锅店[1]。

在这种馆子用餐，喜代和阿新都会小酌两杯。孩子们虽然不准喝，但有一次茉莉舔了舔说："一点都不好喝。"

总一郎则是没喝，连像茉莉那样舔一下都不想。唯有经常被爸妈"招待"上馆子的祖父江九果敢宣示："我要喝喝看！"

无论来的是啤酒、葡萄酒、日本酒，他都会将杯里几厘米高的酒一饮而尽，然后皱起一张脸。

喜代开心地说："喝得豪气冲天啊。"

阿新也夸赞他："了不起。"

在人生的这段时期，茉莉觉得爸妈疼爱阿九宛如另一个儿子。

祖父江家的内情复杂，年幼时的茉莉并不清楚。只知道，阿九家里打从一开始就不见父亲身影，母亲要外出工作，所以阿九被寄放在位于小学校区里的外公外婆家。茉莉知道的只有这些。

被寺内家"招待"上街吃馆子时，阿九都像参加"七五三"[2]似的盛装出席。喜代夸赞他的衣服是"这一带的店绝对买不到的，用上好的舶来品布料做的西装"。

这位邻家少年生性调皮，却偶尔面露阴郁，超爱吃小馒头和牛

---

1 水炊鸡肉锅是拥有近百年历史的福冈乡土火锅料理。

2 日本习俗，类似儿童节。为庆祝小孩顺利成长，男孩在三岁、五岁、七岁那年的十一月五日，必须盛装到神社祈福参拜。

奶，却穿着舶来品西装喝酒，他对茉莉而言，是个经常不知如何应对的人，但觉得他略微凹陷的“酒窝下巴”十分独特且帅气迷人。

星期天上午，茉莉经常和总一郎单独度过，因为爸妈窝在卧室里。这对茉莉是相当幸福的时光。

星期天，总一郎经常突发奇想，做一些让茉莉难以想象的事。例如调查“虫的厉害度”，检视收音机的构造，或是在厨房做“美式热狗”。总一郎有段时间很着迷于做“美式热狗”，将面粉加水、放入砂糖，拌成面糊，再用热狗沾面糊下锅油炸。为了让面糊能沾得均匀，必须小心调制面糊的浓度。此外，为了怕面糊在油锅里散开，总一郎还想出一个法子：先用筷子做出形状，让热狗固定在面糊里。不过后来发现，如果锅子不够深，无法让热狗直直地没入油里，就无法做出夏日泳池旁卖的美式热狗，从此总一郎就罢手不做了。

总一郎还为茉莉做了“棉线电话”[1]。

“有事可以用这个叫我。无论我在哪里、在做什么，只要茉莉一叫我马上去。”

总一郎绝对没说谎。因为茉莉总是拿着棉线电话，跑去他身边，将棉线拉直，对着小纸杯里轻声说：“我有事找你，马上来。”

总一郎就笑着走过去。

总一郎是个手巧的孩子。他会用雕刻刀雕铅笔，做出“铅笔汽车”，连车体和轮胎都是用铅笔做的。联结左右轮胎的横杆，则是用笔芯做的，完成后还真的能走。虽然做起来很花时间，但茉莉犹如在守护神圣庄严的东西，恭谨地看着总一郎的每个动作。

“白天也有星星哦。”喜欢星星的总一郎，有一天这么说，“只是因为阳光太强看不见而已。”

1　或称纸杯电话，用纸杯和棉线做成的玩具电话。

为此他在窗上贴了黑色玻璃纸。为了买玻璃纸茉莉也有出资。

“还是看不见啊，阳光还是太强了。”

于是茉莉照总一郎吩咐，将黑色水彩反复涂在玻璃纸上，但还是看不到星星。茉莉在诡异的黑窗户和总一郎的背影之间看来看去。

“来做一尊茉莉像吧。”

总一郎又突发奇想，挖起院子里的土放进盆子里加水搅拌。这项工程，茉莉也以助手身份帮忙，土要揉到光滑柔润，很耗力气，但很好玩。接着，总一郎叫茉莉脱光衣服，将泥巴涂满她全身。

泥巴冰冰凉凉的。总一郎的手掌触摸到茉莉的肌肤时，刚开始她觉得痒痒的，但被泥巴包覆后就不痒了。

“不要动哦。”总一郎说。专注投入到几近可笑的地步，不断地往茉莉身上涂泥巴。

“好像墨汁的味道。”茉莉闭上眼睛品尝当下的感受。泥巴的味道，以及总一郎的手感。

终于，总一郎说：“好了。接下来就等太阳晒干，乖乖站在那里不要动。”

总一郎说这话时，稍微蹲了下来，以和茉莉一样的高度凝视她，语气极其温柔。

“嗯。”茉莉静静站着不动。想到快要变成塑像，心中充满期待。

总一郎还为茉莉从厨房拿了点心来。“不可以乱动哦。”总一郎说完，将碎碎的饼干放进紧张站立的茉莉嘴里。

过了一阵子，喜代来到院子，看到茉莉起先吓了一跳，随后放声大笑，笑了一会儿之后叫阿新来。

“你们在做什么呀？”阿新见状说，随后也笑了。

总一郎并没有笑，一本正经地站着。茉莉也下定决心不笑。

“好了，进屋里来吧。”喜代说，“这样会感冒哦。”

但茉莉就是顽强地不肯动。无论喜代和阿新怎么劝她、骂她，茉莉都不吭一声。茉莉心想，因为我是塑像啊，这是哥哥为我做的塑像。

星期天，这天对茉莉而言是自己专属的总一郎出现的日子；是平常难以接近、带着成人气息的哥哥以充满孩子气的热情与实验精神出现的日子。

3 有爸爸在，有妈妈在，有总一郎在，有阿九在的那段岁月

小学的校园有爬竹竿，茉莉总是爬不上去，手脚都死命地缠绕在竹竿上，光要停在最初的位置就很吃力，根本连一公分也爬不上去。光是静止不动也很耗力气。

“你在做什么？”阿九毫不费力爬着竹竿，以不可思议的口气问。

宛如蝉一般黏在竹竿下方的茉莉，总觉得如果发出声音，力气就会放松，然后掉下去，所以连话都不敢回。

总一郎和阿九没一会儿工夫就爬到顶端。

“好舒服哦。”

“天空好蓝哦。”

每当听到两人的声音从上方传来，茉莉就气得咬唇。眼睛一闭，眼泪就涌出来了。

“手像这样放开试试看。”阿九有时会给她建议。但手放开就会滑下去，茉莉很气阿九给她这种没用的建议。接着也传来阿九问总一郎的声音：“为什么茉莉就是爬不上来呢？”

茉莉竖耳倾听，但总一郎只若无其事地回了一句：“为什么呢？我也不知道啊。”

力气耗尽的茉莉终于掉了下去。虽说是掉下去，不过原本就在最下面，所以也只是随着软绵绵的无力感一起着地罢了。由于刚才死命

地抓得太用力，脸颊发热，四肢僵硬，顿时全身无法使力。

抬头一看，只见阿九和总一郎的下半身，两人有说有笑，完全忘了茉莉的存在。

“喂。”茉莉出声叫唤，不知为何声音变得很小，“我在叫你们啦。”

茉莉气得鼓起双颊。虽然很不甘心，但也觉得不该吵他们。因为有阿九在的时候，哥哥总是格外地轻松愉快。

茉莉羡慕阿九羡慕得要命。竟然可以在离天空那么近的地方，和总一郎两人单独聊天。

这一天，从竹竿顶端眺望的景色，只有他们两人看得到。

茉莉能看到的景色只有水泥分隔墙和墙外的草木、脚边的白沙以及旁边的攀爬架。

发生这件事的那天，茉莉的心情直到晚上都很糟。竹竿爬不上去的懊恼，无法和总一郎与阿九共享顶端风景的寂寞，占据了整个脑袋与心灵，使得茉莉连晚饭也没能吃完。

即便喜代问她：“怎么不吃了呢？”

她也只回一句：“因为不想吃。”

“身体不舒服吗？”喜代冰凉的手往茉莉的额头一贴，茉莉就嫌烦地甩开她的手。

喜代叹了口气，“为什么要常常这样反抗呢？你这孩子真伤脑筋啊。有什么话想说就说出来吧。”

才没有什么话想说呢。茉莉依旧默不吭声，使得喜代烦躁地皱起眉头，“你的个性还真倔强啊。”

搞不懂这孩子究竟在想什么。

往后茉莉经常被喜代这么说，但其实这时已经出现征兆了。

“我吃饱了。茉莉，过来。”饭后，总一郎经常出言救茉莉。有时是说，“我来教你写作业。”有时是说，“一起来听收音机。”

虽然没有一起写作业，但经常听收音机倒是真的。茉莉轻松地坐在总一郎的床上，抱着她心爱的小狗布偶。总一郎很喜欢听极东放送电台[1]的广播剧。虽然听不懂英文，但对惊悚的音效很感兴趣，例如开门的吱嘎声或女人的尖叫声。

“怎么了？”对茉莉而言，这是无力招架的恐怖节目，吓得要命。

但在总一郎的身边听，当然是格外紧张兴奋。

“谁的脚步声？”茉莉屏气凝神，一边侧耳倾听一边问。

“逃得掉吗？往哪里跑了？啊！一脚把猫踢开？好可怕哦！刚才那是什么声音？哥哥，过来这里陪我啦！”

真是紧张刺激、精彩万分。茉莉将脸埋在总一郎的臂弯里，忍受心惊胆跳的恐怖感，集中精神听收音机传出来的每一个声音。有雨声、风声、含糊不清的笑声，甚至有玻璃的碎裂声。

“啊！真恐怖。”节目结束、开始进广告时，茉莉松了一口气说，“不过好精彩哦。”

然后发现自己的心情变好了。

关于总一郎，茉莉感到不可思议的其中一件事是语言。总一郎对家人绝对不说博多腔。对茉莉而言，总一郎是一切事物的基准，因此他所使用的标准语——也是阿新和喜代至死坚持使用的语言——就是“普通话”。上了幼儿园后，被放在周遭都说博多腔的环境里，茉莉耳濡目染也听懂了博多腔，甚至偶尔也会脱口而出。但每次话一出口，茉莉都感到困惑，觉得家里唯有自己是异端分子。

然而上了小学后，茉莉发现那里有个截然不同的总一郎：和满口粗话的男生鬼混，操着博多腔君临特别场所的总一郎。这和在家时的总一郎判若两人，简直是另一个少年。他在茉莉不知道的地方玩木乃

1 Far East Network，美军电台。

伊游戏，殴打别的小孩，被老师斥骂。

总一郎殴打一个名叫武市的少年的事，茉莉也记得很清楚。武市是个盛气凌人的男生，不仅欺负茉莉，还欺负阿九。

放学后总一郎找武市在走廊“对决”。这时茉莉在体育仓库前独自跳舞，听到男生们议论纷纷才知道。随即跑去一看，跌坐在地的武市正被老师扶起来，而总一郎依然握紧拳头，全身散发着怒气。

“哥哥！”

尽管茉莉叫他，他也没听到。茉莉十分担心害怕，明明没看到打架场面就吓得双腿打战。等到回过神来，她已经被总一郎抱在怀里，泫然欲泣。总一郎没有对她说任何话，依然紧闭嘴唇，脸像发烧似的，狠狠瞪着武市。

哥哥非常生气。

茉莉知道的只有这个。

“阿九不是像你说的卑鄙男生。”茉莉事后才知道，总一郎动手之前对武市这么说。由母亲含辛茹苦带大的阿九，现在和在小学工作的外公外婆住在小学里。关于他父亲的险恶流言有很多，有人说他是流氓，有人说他杀了人，也有人说他没杀。总一郎是为了阿九战斗，不是为了茉莉。这个事实让茉莉有些愤慨。然而阿九确实是个好孩子，茉莉被欺负时，他也会挺身而出，因此茉莉心想算了，不和他计较。不仅如此，茉莉还下定决心，如果哥哥要保护阿九，我就来保护哥哥。

总一郎和茉莉和阿九。那时，三个人总是形影不离。放学后就到山丘上的净水厂空地集合，躺在草地上看天空。

只要茉莉说：“飞机不来了吗？”

阿九就回答：“当然会来啰。”

白天被太阳晒得暖烘烘的青草，到了傍晚散发出闷湿的味道。

举目望去，看得见电视塔。那座橘白相间、纤细合宜地耸入天际的电视塔，总是矗立在那里。无论学校发生快乐的事，抑或讨厌的事，电视塔都矗立在那里。对孩子们来说，犹如灯塔般的存在，只要跑去那里扔掉书包就能玩耍。带着这样的心情爬上坡道。

孩子们也有孩子们的烦恼。当然每个人都不同，连那个盛气凌人的武市也有他的烦恼，例如爸妈离婚、妈妈再婚、新家的孩子都是“拽屁的国中生”，使得他很没地位。这些都是茉莉难以想象的事。

茉莉有爸妈也有哥哥在，尽管如此，每一天、每一天要活下去都得非常努力。她总是落在总一郎和阿九之后。被调皮捣蛋的孩子嘲弄也要摆出“超然”的样子。被妈妈骂也要觉得“无所谓”。紧抓着竹竿不放。被班上的女生说“怪胎”也要一个人跳舞。光是应付这些每天就精疲力竭。

将捡来的纸箱摊平，坐在上面，从斜坡上滑下来，这叫“河堤滑草”。这原本是男生的游戏，但茉莉也加入一起玩。而且和爬竹竿不同，茉莉很会滑。由于太好玩了，一次又一次地滑，玩到手脚脸蛋都沾满泥土。

玩河堤滑草时，茉莉经常开怀大笑。滑的过程中吓得噤声不语，抵达时笑声却是从身体冲出来。因为这样，她立刻想再滑一次。

由于坡面很陡，后来这里禁止滑草，净水厂区也禁止进入了，但那是茉莉上了高中以后的事。当时，孩子们都把它当作“测试勇气”的游戏，玩得不亦乐乎。

第一次滑的时候，茉莉对眼前的斜坡感到畏缩，动都不敢动，总一郎对她说：“茉莉不想滑的话，不用硬滑没关系哦！看着就好。”

“人家想滑嘛。因为想滑，所以要滑。”茉莉坚持要滑，但实际上，光是蹲在纸箱上就起了鸡皮疙瘩，指尖更是不停打战，还会心悸。于是她又站了起来，拿着纸箱，伫立不动。

“我很想滑，可是还没做好心理准备。”茉莉毫不辩解轻声一说，总一郎不禁失笑。

"可是啊，事情是不给人时间准备的哟。"他只说了这句话，将茉莉留在原地，一个人滑了下去。

事情是不给人准备时间的。

往后的人生里，茉莉经常体认到这个道理，每次她都会想起哥哥说的这句话。但现在还早得很。

茉莉愤愤地骑上破纸箱，抓紧前面的部位。带着豁出去的心情，将抵在地面的脚一缩，身体瞬间向后仰，看得见天空，以惊人的速度滑了下去。

"好耶！茉莉！"总一郎对坐在河堤下方发愣的茉莉说。

"我要再滑一次！"茉莉摇摇晃晃站起身，兴奋地睁大眼睛，掩不住满心的欢喜，窃窃低笑，再度爬上斜坡。

那里的青草味与空气柔和的干爽度，茉莉以身体记住了。

星期天，这是茉莉能独占总一郎的日子，因此她总是一早就醒了，想着今天要玩什么游戏，心中充满期待，根本无法再睡。茉莉嘎吱嘎吱地起身，先是和布偶小狗说说话，然后搽上从喜代化妆台拿来的口红，等总一郎起床。

实在等不下去，也会跑去叫他起床。蹑手蹑脚溜进总一郎房里，爬上他的床，看着他的睡脸。总一郎大多戴着喜代亲手做的帽子睡，睡脸天真无邪。

"哥哥，起床啦！"

天亮了啦！人家肚子饿啦！做美式热狗啦！茉莉试着这样叫他，但总一郎睡得很沉，依然叫不醒。墙上贴着世界地图，枕边放着读到一半的书。房里幽暗静谧。

茉莉只好下楼，百般无聊地往厨房去。然而到了厨房，只有总一郎允许碰瓦斯炉的火，茉莉不被允许，因此别说做美式热狗了，连烧个开水泡红茶都不行。明明才差两岁而已，茉莉感到很无奈。

于是她从厨房走到院子。院子里有晒衣服的竹竿，排满盆栽的梯状盆栽架，地上散置着浇水壶、空花盆。因为没有要到玄关去，这时茉莉一定打赤脚进院子。她喜欢赤脚踩在泥土上的感觉。

清晨的院子，一片濡湿状态。茉莉大口吸着，天刚亮没有人吸过的清新空气；看到大叶子上爬着许多小蜗牛，用手指捏起来观察。几乎所有的花朵都紧闭花蕾。茉莉蹲下来，闻着紧闭花瓣的香气。每一朵花都散发出冰冷的气息。

“唱歌啊唱歌——唱歌啊唱歌——唱歌啊唱歌——唱歌啊唱歌——”

由于时间还早，茉莉胆子再大也有所顾虑，只敢小声地唱歌跳舞。不久，整个院子成了茉莉的观众。植物、浇水壶、天空、花盆，宛如都在看着茉莉。默默地，但带着善意。

就这样跳着跳着，茉莉忽然感受到另一道视线。视线直勾勾地、毫不留情看过来，茉莉立即停止舞动。原来是阿九站在邻家二楼的窗边。

茉莉无法说出“早安啊，怎么了？”之类的话，只是静静地瞪着阿九。阿九也没说什么，经常默默凝视茉莉，忽然就退回屋里去了。

小小的、忐忑不安的阿九的身影，一直烙印在茉莉的记忆里。

“阿九的爸爸是流氓吗？”茉莉曾经问过总一郎。那是秋日的向晚时分，茉莉和总一郎来到院子里。

“因为是流氓，做了坏事，所以隔壁的阿九和他妈妈才两个人住吗？”

在学校大家都这么说。哥哥出手打武市可能也和这件事有关。

“茉莉觉得呢？”总一郎以平静而沉稳的语气反问，“你认为阿九的爸爸是坏人吗？”

院子里，夕阳西斜，蚊子和红蜻蜓飞来飞去。

“我不知道。”茉莉垂下双眼，看着自己趿着喜代拖鞋的小脚，“可是大家都这么说。”

“你仔细想想。”总一郎面带微笑说，“你仔细想想就会明白。”

荻草开着细细的红花，在风中摇曳，还有千屈菜与弁庆草，脚边更开着可爱的旋覆花。

和有着值得夸耀的外国奇花异草的祖父江家院子相比，寺内家的院子显得朴素许多。喜代虽然喜欢园艺，但道地的庭院尚未完成之前已经杂草丛生，也有很多盆栽因为怠于修整而枯萎了。

“如果说阿九体内流的血，有一半是来自那个人的……”总一郎折下一段荻草，在夕阳余晖中，转动细细的枝梗，“我想那个人一定是个善良的人。”

然后转向茉莉，用博多腔问她，“你不这么认为吗？”

这是两人独处时，总一郎第一次说博多腔。

晚饭煮好的香气，从厨房飘了过来。

在寺内家，晚餐后一定有吃甜点的习惯。甜点以水果居多，但也有喜代亲手做的布丁或果冻。阿新将饭后甜点称为“小甜”，他会说，“今天的小甜是什么？”或是，“哦，这个小甜看起来挺好吃的。”

他说这话时很有趣，茉莉也经常模仿，例如：“妈妈，快端小甜上来啦。”

喜代听了一定会皱起脸对阿新发牢骚，叫他不要这样说话，太没规矩了。阿新则会缩起脖子道歉：“抱歉。”但第二天又故态复萌，“今天的小甜是什么？”

阿新有滑稽的部分。诚实但笨拙，正经但滑稽，还有点忧伤。

喜代将它归咎于做学问的关系。

“毕竟学者是和现实不合的生物。”例如阿九的母亲祖父江七，曾经隔着篱笆这么说。事实上，阿新只要埋首于研究，好几天都住在学校不回家。尽管因喜代的要求回家吃晚饭，却也一副心不在焉的模样，什么话都不说，这种时候连对“小甜”也没兴趣。

喜代以丈夫是研究者为荣，但却讨厌大学。

茉莉认为，那时的喜代身边有祖父江七陪着，这对喜代是幸运的。身材娇小、个性开朗的祖父江七会一笑置之，冲淡喜代的不平，有时也会温和地劝她不要太任性，并且经常招待对方来家里喝茶，分享属于女人的时间。对于在东京土生土长、之后和阿新搬来福冈定居的喜代而言，阿七是她唯一的朋友。

但大学对茉莉而言，则是她很喜欢的游乐场所。由于阿新开车上班，当茉莉不想上学，或是明明放暑假总一郎却被阿九抢走时，就坐上阿新的车去大学玩。

茉莉觉得，大学比小学好玩千万倍。常春藤缠绕的红砖校舍外观显得厚重典雅，区隔道路和校区的栅栏支柱也是红砖砌的。校园辽阔，有银杏，有杜松，走着走着没一会儿就迷路了。

最有特色的还是那幢建筑。即便在历史悠久的大学里，也显得格外古色古香。茉莉很喜欢那幢灰色的石造建筑。外墙的上方饰以白色和蓝色的古典瓷砖，屋顶突出好几根暖气用的烟囱，脚踏车停车场入口处昏暗阴凉，天花板充斥着管线，张着蓝色的网子。小间的研究室夹着入口处排列在两旁，这幢建筑物看起来阴森森的。穿越角落盘踞着蜘蛛网、声音和脚步声都有回音的入口之后，里面有个中庭，茉莉在这里一玩就是好几个小时。说是中庭，但阳光照不到，枯草蔓延没人整理，堆放着废弃不用的烧杯、烧瓶、空箱子、毛毯等杂物。此外，还有一间小小的无人铁皮屋，茉莉很喜欢来这里。

阿新让茉莉在大学里自由玩耍，取下手表戴在茉莉的手腕上对她说："中午要回来停车场哟。"

说完阿新拍拍她的头。只要不进入教室和研究室，其他要去哪儿都没关系。

茉莉认识几位职员和学生，也认识校内理发店的老板。阿新在大学里，明显地很受周遭人们的喜爱。因此，大伙儿都把茉莉当作"寺内老师的千金"疼爱。

在昨天接着是今天，今天接着是明天的那段岁月里，有爸爸在，有妈妈在，有总一郎在，有阿九在的那段岁月。

十七岁的茉莉，紧握着罐装咖啡站在博多车站的月台，仿佛想切断陆续浮现的记忆，缓缓地眨了一下眼睛。

那是一段光辉灿烂的岁月。至今她依然难以相信，一切都已远去。

茉莉用指甲戳了一下脚边的包包，迷彩图样、布制的包包。

早在一切骤然巨变的十岁那一天，大概就该离开这个城市了。

茉莉仰望蔚蓝清澈和平的天空，如此想着。

4 哥哥的死，以及日后的混乱与孤独

这是十月清丽晴朗的早晨。

在总一郎房里睡觉的茉莉，一如往常被喜代叫醒，"你又在这里睡啊？快起床要迟到了。总一郎呢？"

窗帘被拉开，象征一天开始的白色耀眼的阳光射进房里。

"我不知道。"茉莉答毕，又将头埋进枕头里，在总一郎的床上，自己的枕头。就这样拖拖拉拉地，半睡半醒听着家中的声音。喜代忙来忙去的声音，厨房传来的收音机声，早餐摆好在餐桌上的声音，慢

吞吞起床的阿新去玄关拿报纸的声音。

茉莉气呼呼地闭上眼睛。大清早的，总一郎究竟跑去哪里了？她很气总一郎丢下她一个人。其实以前也发生过类似的事。阿九和总一郎两人私下计划，将水桶装满水，为了“看水桶里的水在半夜结冻的瞬间”，悄悄溜到院子里去。但是有一次茉莉也和他们一起，那是为了“看牵牛花开花的瞬间”，三个人一大早就去学校。

茉莉在自己的房间换好衣服，到盥洗室刷牙洗脸，走到厨房，杯子里已经倒好红茶。

“早安。总一郎呢？”喜代又问同样的问题，在充满培根味的厨房。

“就说我不知道了。”茉莉小声地，臭着一张脸回答。她很气总一郎，但并不担心。因为没有理由担心。

只是，感觉满奇妙的。喜代是个很重视吃饭的女人，她认为全家人围着餐桌吃饭，应该比每个家人的个人事情更优先才对。这一点，总一郎比茉莉更清楚。

经常闹别扭说“一大早吃不下这么多”或是“肚子不饿”的人总是茉莉，而总一郎都乖乖地把盘子里的东西吃光。就算去外面玩，也不曾在用餐时间迟到。尽管茉莉嘟着嘴说，“人家想再玩一下”或是“我还想和大家在一起嘛”。

总一郎会说：“我们家要开饭啰。”

于是茉莉只好回家。

电话响起时，茉莉正不情愿地将吐司往嘴里塞。不吃一片的话，会被喜代骂。

喜代拿着话筒，静静地不说话。

除了好像听到什么出人意料的事，反问似的说了一声：“啊？”此外几乎不发一语。即便如此，茉莉看得出喜代全身散发出恐怖的气息。

挂了电话之后，喜代依旧动也不动。

“什么事？”喜代一脸呆滞地回头看他，阿新紧张地问，“怎么了？谁打来的？”

没有什么茉莉能做的事，她只是待在那里，默默地坐在椅子上。

是哥哥。

大家心知肚明。尽管没人把他的名字说出口，但确定这通电话和哥哥有关。一定是非比寻常、难以置信、无法挽回的事。

收音机播放着喜代喜欢的西洋乐。清丽晴朗的早晨，铺着绿白相间塑料布的餐桌上摆着吃到一半的早餐，包括总一郎那份动都没动。然而，看在茉莉眼里，这已和昨天早上的厨房风景有着决定性的不同。她清楚地知道，自己的人生在这一瞬间改变了，再也回不去了。

喜代和阿新慌忙出门，只跟茉莉说，哥哥出事了。叫她今天不用去上学，待在家里。

茉莉之所以没说我也要去，是因为不想去，也是因为太害怕了。

茉莉在总一郎房里，一个人等着他。只要待在这里就感到安心，因为房里所有的一切就是总一郎，至少这一切是现实的。那个搞不清状况的恐怖事故，和总一郎的书桌、书桌上的铅笔和削铅笔器、睡衣、地球仪、书架上的书、老旧的蓝色铅笔盒相比，根本是非现实的。

“爸爸和妈妈都慌慌张张，像个白痴似的。”茉莉故意用博多腔说。在这个家里，唯有总一郎和茉莉使用的语言。

白天家里没人的寂静，茉莉至今依然记得。当时总一郎是国中生，茉莉只有十岁。一九七一年十月十八日清晨，哥哥总一郎在小学母校的后院，上吊自杀。

四点半左右，隆彦出现了，看到茉莉这么说：“你来得好早啊。”

他除了背着一个和茉莉相似的大肩包，还拎了一个大纸袋。上了很多发胶、向后梳的湿亮黑发和白皙的皮肤，圆圆的眼睛炯炯有神。灰色的外套袖口已经磨损。

“太好了。”茉莉双手环着隆彦的脖子，贴着他的脸颊，紧紧拥抱他。

“我还在想，万一你不来的话该怎么办……”她就这样拥着他说。发胶的味道掠过鼻尖。

“傻瓜。”隆彦就这样被紧抱着，僵立着说。但他的语气有些落寞，使得茉莉心里起了小小的疙瘩。

“今天天气真好啊。”为了消弭不安，茉莉以开朗的语调说。松开双手，让隆彦解放后，将罐装咖啡推到他面前，“要不要喝？”

“哦，不了。”

天空已经看不见太阳。茉莉心想，或许不该说“今天天气真好”，而是“今天的好天气结束了”。尽管白天的阳光还薄弱地残留在空气里。

卧铺特快“朝风”号，是米白和湛蓝双色构成的列车。经过小仓、下关、岩国、广岛、冈山、名古屋、热海、横滨，抵达东京。

真的要离开这个城市了。

看到进入月台的特快列车的老旧车身时，茉莉顿时裹足不前，但也只有瞬间。

要离开了。

车内开有暖气。和其他乘客一起鱼贯上车后，车内闷热的空气使得茉莉产生一股“疏离感”。很希望能在发车之前，再呼吸一下外面的空气。

“那是什么？”看着隆彦抱着大个四角纸袋，茉莉问。那是个黑色的、印有烟盒设计图案的纸袋。

“收录音机。”隆彦回答，“没有音乐会很无聊吧？到了东京，我外出上班的时候，你也可以跳舞啊。”

一股温暖流过心头。茉莉看着隆彦的脸微笑说：“你好贴心哦。”

茉莉想再度紧紧拥抱隆彦，但车厢内通道狭窄，顾虑到旁人的眼光就忍住了，把拥抱换成了情话，“我最喜欢你了。”

距离发车，还有二十分钟。

“等一下哦，我马上回来。”说完这句话，茉莉将隆彦留在车里，自己走去外面，走向自己土生土长的城市，傍晚柔美的空气里。

茉莉眯起眼睛，抬头吸了一口气。熟悉的街道，熟悉的天空，大楼、行道树与招牌。虽然从月台看不见，但此刻河边的路边摊差不多摆出来了。市场涌进买东西的客人，热闹喧腾，还有飙得飞快的脚踏车。

高中朋友们，一定在“奥维拉”餐馆喝汽水。喜代可能忙着把盆栽搬进屋里吧。阿新在研究室。还有，阿九——

阿九在做什么呢？茉莉从口袋掏出口香糖来嚼，脑海里浮现阿九的脸庞。倘若阿九知道茉莉和人私奔，他会说什么呢？

今天早上，茉莉去了总一郎的墓前，跟他说今天要私奔的事。那个墓园绿树环绕，园内有一座大水池，是孩提时代玩耍的地方之一。爬上两旁尽是冬季秃树的缓坡，想起曾经和阿九与总一郎，三个人在这条坡道奔跑的事。

“我会稳稳地扶着，不用怕。”茉莉也是在这里学会骑脚踏车。阿九和总一郎紧跟在茉莉旁边，一个帮她扶着摇摇晃晃的手把，一个在后面帮她推后座。

“手把不要乱动啦。”

“身体不要晃来晃去。”

“你要相信我们啊，茉莉。”总一郎假装生气地说。

“有我在别怕，茉莉，我牢牢地抓着这里。”阿九说。

那是几岁的事情啊？她只记得是晚夏季节。

记忆，总是推着茉莉的背，向前，向前。

第一个发现总一郎自杀的是阿九。茉莉执拗地缠着阿九问，在哪里？怎么死的？但阿九只回了一句："我不记得了。"

那天，爸妈去学校到中午还不回来。回来时喜代已经哭肿了脸，但依然泪流不止，根本没有余力理会茉莉。茉莉还记得，那天走到玄关时，阿新对她说："乖孩子。"一手摸着她的头，那只手是颤抖的。

爸妈回家后，立刻又要去警察局，没有对茉莉说明任何事。喜代哭个不停，经常歇斯底里地对阿新发飙。但茉莉依然没问，哥哥呢？她不敢问。

"肚子饿的话，自己随便吃哦。"临出门前，阿新这么说。

记忆依然鲜明，这表示茉莉至今依旧痛苦着。才十岁而已，却什么事都记得，这又是为什么呢？

总一郎的遗体第二天回到家，被安置在爸妈房里；喜代和阿新都泣不成声；葬礼极为低调地举行，那时总一郎已经火化了。茉莉觉得诵经声让人"毛骨悚然"。虽然没有祭坛也没花圈，但家中整天都飘着线香的味道；骨灰坛又白又小，令人无法移开视线，触感冰冷；祖父江七送来鲜艳的花束，抱着喜代一起哭；还有，明信片。自杀两天后总一郎寄来的明信片，现在也放在茉莉的包包里。

记忆，哥哥的死，以及日后的混乱与孤独，在茉莉的心里，依然不带感情鲜明地活着。

不能悲伤。

"像个白痴似的。"进入总一郎的房间，茉莉对哥哥说，"大家都自以为是，搞得闹哄哄的。"

她觉得这么说的话，总一郎会对她笑。总一郎应该会笑着对她说："只要茉莉在这里，我也会在这里。"

总一郎究竟出了什么事？茉莉没问喜代，也没问阿新。她只打算问总一郎。

遗体运回的那天夜里，跪坐在卧室的阿新对茉莉说："总一郎，死了。"

尽管听在茉莉耳里，像是阿新在自言自语。这时茉莉为了总一郎，超然地说："这不是真的，这绝对不是真的。"

总觉得这么说，总一郎会站在她那一边。死亡，对茉莉是难以理解、难以接受的事。她只能承认总一郎"不在"，甚至连这个"不在"，在内心深处都无法信服。

穿着丧服的大人们来了，压低嗓门交谈、啜泣。在行事内敛匆忙的家中，哭泣其实是很容易的事。

哥哥不在。

只要想到这个，泪水要多少都能滚下来。竟然见不到总一郎，这是极其不合理的事。

然而茉莉只在夜里独自哭泣。将身体裹在棉被里，面对孤独、混乱与不安，只要一想到，这或许是真的，就被翻滚而上的恐怖笼罩。

一直见不到阿九。

阿九发现总一郎死亡之后，陷入惊恐恍惚状态，住院好几天。出院后也没走出隔壁的家。

纵使茉莉趁着大人们忙碌办事时溜出家里，偷偷来到隔壁家，阿九也像鬼魂似的青着一张脸。

"阿九。"茉莉一出声叫他，他好像受了很大的惊吓看着她，随即逃进屋里。

"慢着！"

关于总一郎，阿九知道茉莉所不知道的事，她对此感到很落寞。她甚至认为，那天清晨在小学发生的事，并不是总一郎的死，而是阿九和总一郎共同拥有的秘密。

“喂，你到底看到什么？”于是茉莉这么问，“喂，你为什么看到我就跑呢？”

茉莉走进这个三人经常玩耍的隔壁邻家，跑过昏暗阴凉的厨房和擦得发亮的走廊，一个人追着阿九跑。总觉得只要追上阿九，也能追上总一郎。那个突然消失、最心爱的总一郎。

然而无论怎么等，总一郎就是没回来。

如果哥哥真的死了，茉莉也要死，去见哥哥。见了哥哥，直接请他说明那天早上的事。茉莉这么想着，她跳进河里，是在总一郎自杀后将近一个月的某一天。她没告诉任何人就走出家门，来到了中洲。河水看起来很冰。虽然很冰，但水流颇为稳定。

明明是大清早，不知为何跟来的阿九从后面抱住她，在她跳水之后。她奋力抵抗，但阿九使尽浑身之力抱住她，那个重量差点让她溺水。她应该有大叫“放开我！不要管我”！但在水中缠斗实在很痛苦，何况还下着雨。茉莉一心只想往深处走；阿九想用背负的姿势将她拉回岸边。起初肩膀被抓住时水深及腰，这时水已经在下巴处激烈翻滚。茉莉不记得水有多冰，只记得灌了很多水，看不见前方，难以分辨天地，心想：“啊，死定了，一定快要死了，马上就能见到哥哥了。”

茉莉和阿九被发现时，两人昏迷在河边。这是离入水处有点距离的草丛里，两人都不知道究竟如何活着爬到这里。茉莉住院一晚，之后被带回家，那个没有总一郎的家。

茉莉不是以自杀的心情跳水，只是想去见哥哥，见到他把事情问清楚。她只是以这种心情做的事。

茉莉至今依然无法理解，哥哥究竟为什么要自杀？

自杀前一天，总一郎的样子也和平常没两样。茉莉希望有个能接受的理由，此外，也被爸妈和警方讯问，之后也好几次搜寻记忆。

纵使回想了千万遍，也找不出有什么预兆，或是险恶的事情。

“妈妈真的好啰唆哦。”前一天夜晚，茉莉没有整理房间被喜代骂，逃进总一郎房里，“只是房间乱了一点，干吗发那么大的脾气嘛。我一点都不在乎房间乱七八糟呀。”

总一郎露出些许不耐烦的表情，“你真傻啊，茉莉。”

这时总一郎已经洗好澡，穿着睡衣，套上羊毛衫，正在看书。

“既然乱七八糟无所谓，整理干净也无所谓吧？两种都很好吧？”

才不一样呢！茉莉立即反驳，鼓起双颊。

“乱七八糟比较好。”

其实她只是嫌整理很麻烦，姑且这样随便说说，在永远都是井然有序、让人心情平静的总一郎房里。

“更何况，反正整理之后还是会变乱，根本没有用。”

听到茉莉的歪理，总一郎笑了，“你说得对。”说完，他凝视着茉莉，眼神愉快且温柔，“可是无论如何都要整理的。就算没完没了，永远都要整理，无论任何理由。”

“这样好蠢哦。”茉莉说完，接着问，“我今天可以睡这里吗？”

“可以啊。”总一郎回答，将半张床借给茉莉。

这是他们最后的对话。隔天一早起床，总一郎就不见了。

死亡时间推测是在凌晨五点左右。

“你在做什么？”隆彦站起身。

“要发车了哦。”茉莉缓缓眨了一下眼睛，换上自己认为最棒的灿烂笑容，以开朗的语气说，“走吧。”

早就该离开这个城市了。也许在十岁的那一天就该离开了。

茉莉一只脚踏上列车，最后一次回头凝望，看见站务人员拿着水桶在走路。

“你不会后悔吗？”隆彦问坐在位子上看着窗外的茉莉。

“不会。”茉莉超然地，立即回答。联结收录音机的左右耳机，和隆彦各戴一个，听着CCR[1]。

茉莉心里，反复回荡着一句话。

再见了，后会有期。

这是总一郎死后的第二天，茉莉收到总一郎寄给她的明信片里，唯一的一行字。

1 美军电台名称，Creedence Clearwater Revival。

二　年轻又美丽

1　在这个家待不下去的，不只有妈妈而已

长长的滑梯，茉莉坐在草地上，看着远足的孩子们碰碰撞撞排成一列从滑梯滑下来。春天，孩子们都穿着罩衫。风夹带着泥土和草坪的味道，拂过茉莉的脸颊。茉莉抬起伸直的双脚，看着自己的脚尖，穿着白色凉鞋的脚尖。

这双凉鞋，是隆彦用第一份薪水买给茉莉的。鞋后跟是竹子编织的，带着早夏的气息，这是茉莉来到川崎以后唯一新添的东西。茉莉整整看了十秒钟，露出满意的微笑。其实隆彦很体贴，虽然这两个月来隆彦经常骂茉莉，但就如马场所言，这是隆彦本身不安所致。每天的工作只不过是搬运采购的东西和洗碗盘，隆彦都要花时间用整发剂固定头发，将衬衫的领子立起来，如此武装自己。

如今自己身在川崎，这让茉莉感到不可思议。

昨天，马场帮她找到一份工作，地点在车站旁的电影院，负责售票工作。茉莉今天去面试，面试的时候很紧张，不过当场就录用了。

“那么下个月开始来上班。第一天前任的员工也会来，请在当天学会工作内容。我想应该没什么困难的，有不懂的地方就问她。”

说得直截了当。这是茉莉有生以来第一次写履历表，所以不知道该怎么写，写坏了两张，第三张终于才写好。想到昨晚发生的事，就

觉得很滑稽。

“很简单嘛！”茉莉出声说。抬头仰望天空，被炫目的阳光照得眯起眼睛。

“以为在东京找工作很难，结果一点都不难嘛！”她想快点去跟隆彦说。茉莉这么想着，起身回公寓，离开回荡着孩子们笑声的公园。

寺内茉莉和三重隆彦寄身于隆彦的高中学长马场诚的公寓。从川崎站步行约八分钟的地方，老旧木造公寓一楼的一个房间。

隆彦说，找到房子之前先住在这里。茉莉以为顶多住个一星期或十天左右，没想到一住就是两个月，隆彦还是没有找房子的意思。

“喂，什么时候要搬家？”茉莉这么问，并非对三坪大的房间不满，而是觉得对马场过意不去。两人原本的计划是，找到自己的房子后，茉莉在附近找份工作。这两个月来，茉莉只是打扫洗衣服。结果，今天连工作都找到了。

住处敲定后，至少写封信把地址告诉爸妈。茉莉是这么想的，但每次问到搬家的事，隆彦一定很不高兴。

“麻烦死了！”他心烦气躁地说，接着逼问茉莉，“你对这里不满？这可是马场好心让我们住的哦！”

但两人独处时，他会和颜悦色地说：“再等一阵子嘛，一定会搬家。”

因此茉莉也会涌出感谢与爱意，毕竟隆彦在人地生疏的地方努力工作。

“找房子的事不要急。他有他的想法，而且我也不在意。”马场也如此对茉莉说。

马场从国中就很照顾隆彦，他比隆彦大两岁，高中毕业就来东京工作，这已经是第三年。他是中洲一家河豚料亭的独生子，来东京这家餐馆当为期三年的学徒。在马场的斡旋下，隆彦也进入同一家餐馆打杂。当然这跟主厨是博多出身的多少也有点关系。

“厨房几乎都是博多人啊。”隆彦曾开心地说。但是，来历不凡、身为“受托照顾”的马场和隆彦，在店里的待遇简直天壤之别。茉莉不是从马场身上察觉到这一点，而是从隆彦对马场的顾虑看出来的。

在马场面前，隆彦会故意对茉莉大呼小叫。这也是茉莉希望搬家的重大原因。茉莉心想，两人独处时，隆彦明明那么温柔，所以希望两人能够永远独处。

“人好多哦！”当初在东京车站下车后，茉莉首先出口的是这句话。走在拥挤的人潮里，尽管隆彦自己的行李比较多，也经常搂着茉莉的背，保护着她。

马场因为工作忙无法去接他们，他们照马场的指示，搭上有棱有角的蓝色电车抵达川崎。这回茉莉脱出而口的是：“好脏哦！”

张贴着恶心下流的海报，烟蒂、报纸、空罐丢得到处都是，随着干燥的风到处翻飞。画满涂鸦的护栏下睡着好几个男人，阵阵臭味扑鼻而来。

“不要紧吧？”没有一件事是隆彦的错，但他却露出一副愧疚的表情，这使得茉莉很难过。难过，而且不安。

按图索骥走来，拿出信箱里的钥匙开门一看，这是一间简陋、但整理得颇为干净的陌生房间。

哪里都好。

茉莉真心这么想，只要隆彦在就好，住的地方怎样都无所谓。

下班回来的马场，是个身材魁梧，长相连恭维也无法说俊美的男人。就隆彦的朋友而言，茉莉觉得这个人太过正经。因为以前认识的隆彦的朋友，净是一些混混。

这天晚上，三人一起喝酒。隆彦的酒量不太好，可能是和马场重逢松了一口气，心情大好而喝了好几杯。

“她硬是要跟来，讲都讲不通啊。”听到隆彦这样介绍自己，茉莉很开心，为此还抬头挺胸。

“而且她还向爸妈拿了旅费来呢！真是个任性撒娇的女孩啊。”

“这样很好啊。”马场静静微笑地说，“茉莉一定是深受大家疼爱吧？和家人感情好是一件好事啊。”

茉莉露出心虚的神情。在心里说，只到十岁为止，哥哥死了以后，一切就变了。不过，这都已经是过去的事。茉莉现在在川崎，在心爱的隆彦身边。

总一郎过世后，茉莉变得沉默寡言。既然没有谈心的对象，茉莉不懂究竟为什么、有什么必要说话。喜代和阿新也变得沉默寡言，因此茉莉的变化对他们而言，反而感到轻松吧。然而，不太跟旁人讲话的茉莉，独自一人时经常自言自语。有时是单纯的自言自语，有时当然是在对哥哥讲话，然而这其中的区别，连茉莉自己也分不清。

原本就很讨厌的小学，而今似乎成了收容所，或者说是家畜栅舍。去那里是一件苦差事，但为了摆脱哥哥不在和父母悲叹的家中重压，只好逃去那里。

茉莉对河堤滑草已经没了兴趣。去糖果店买零食吃、爬竹竿、在空地玩耍，也都没兴趣了。

“想起阿总会很难过吧？”茉莉知道，从糖果店的老婆婆到附近的大人们，大家都这么说。

“跟个白痴似的。”于是她低声嗤笑。她连一次都没有想起过总一郎，因为她连一瞬间都没有忘记过他。她随时都能感受到哥哥的存在。正因如此，已经没有必要去河堤、空地或糖果店了。总一郎不想去的地方，有什么必要去。

祖父江九后来回避茉莉，逐渐和她疏远了。

可能是因为茉莉见到他总是要问，“阿九，我哥跟你说了什么？”或是，“那天你看到了什么？”阿九感到很烦吧。然而另一方面，阿九却也经常脸色苍白地嗫嚅：“现在总哥就站在你的旁边。”

与其说是回避，看起来更像畏怯。

哥哥死后，茉莉在哥哥的房里睡了一阵子，后来终究被爸妈禁止了。

“这样太不健康了。”喜代说。

但茉莉不懂，为什么健康是好的。而且还交代她，不准碰总一郎房里的东西，但茉莉偷偷将收音机拿出来，在自己的房间听。

边唱歌边跳舞的“游戏”忽然停止了。因为这是总一郎不在时，茉莉“一个人的游戏”。而今茉莉一直和总一郎在一起，就不敢跳舞了。

阿新待在大学的时间越来越长，喜代也没有再苛责他，过去很喜欢的野餐和兜风也都不去了。喜代将全部精神花在植物上，无论院子里或房里永远一片绿。

“无所谓。”茉莉经常如此对哥哥说，“反正我们一点都不在乎。”

在茉莉眼里，不仅家中变了，连学校、堤防、河川，整个城市的样貌都变了。一切都变得疏离且陌生，以前那个充满生气迎接我们的世界，变成平凡无趣的风景。风已经不再发光，天空不再清澈湛蓝。这里变成到处可见的地方城市。

在这个城市茉莉升上私立女子中学，变成温顺不起眼的少女。

“我回来了。”明知房里没人，茉莉还是习惯地说。进入这个阳光照不到的公寓一室，脱下新凉鞋。

因为要庆祝，买了鲷鱼回来。这一带超市卖的鲷鱼根本无法和博多市场比，看起来逊色很多。茉莉将塑料袋往地上一放，首先打开窗户，将晒的棉被和衣服收进来。由于凸窗很小，无法晒两床棉被，因此今天只晒两床棉被的垫被。而且两床垫被有一半还得叠在一起，茉莉对此极为不满。

将买回来的东西放进冰箱后，茉莉两腿伸直，坐在三坪大的房间里，将后脑勺靠在土黄色的光滑墙壁上摩擦。按下收录音机的开关，CCR的歌声在房里回荡。音量调得很小。

唯有音乐，永远站在茉莉这边。

从中学到高中这段岁月，茉莉每天用总一郎的收音机听了很多歌，和阿新喜欢的葛伦·米勒以及喜代喜欢的法兰克·辛纳屈截然不同的音乐。例如皇后合唱团、深紫色、山塔那合唱团和坏手指合唱团。茉莉喜欢被这些陌生、但却亲密的音乐与气氛环绕的感觉。

茉莉有意识地和班上女生保持距离。即便和小学不同，没有被同学欺负，但茉莉觉得，她们和自己是极为不同的生物。她们非常重视学生裙要怎样烫得漂亮，袜子要怎么折，包便当的手巾花色，吊在书包上的吉祥物种类。还有谁和谁感情好，谁和谁感情不好，这种小圈圈的划分，也让茉莉不以为然。

“无聊透了。”尽管茉莉也和大家保持基本友谊，但对于她们日常生活的内容，例如疼爱宠物、憧憬老师、交换漫画杂志、编串珠饰品等，实在无法融入。

“真是怪胎。”她经常这么说。然而以大家的眼光来看，怪的或许是茉莉。如今茉莉认为，其实两边都一样吧。那时茉莉已经很想离开这个城市了。她带着奇妙的确信，感觉到：这不是我的容身之处。

确信的背后，总是有总一郎在。茉莉心中的总一郎，想去某个地方。不知道是什么地方，但是远方，遥远遥远的远方。

“飞机不来了吗？”唯独仰望天空，如此低语的习惯依然没变。

"当然会来啰。"

然而，一定会在身旁如此回答的阿九，也已经不在了。

首先离开这个城市的，其实不是茉莉，而是母亲喜代。她想学专业的园艺，下定决心后，去了英国留学。这对茉莉是晴天霹雳，但喜代说："我考虑了好几年，就等茉莉上中学。"

"那叫做园艺！"为了表现决心，喜代说明时的神色略显紧张。当时，园艺二字并非人所皆知的词汇。

"不单只是栽种植物，还要设计整体的庭园。例如border garden要在直直的带状花圃里做出小径，栽种不同颜色的植物。"

喜代还说，就算是玫瑰，英国的种类也是日本的几十倍。

"要去多久？"

园艺究竟是什么东西，茉莉实在没兴趣。她关心的问题是，什么时候去？去多久？真的吗？那么这段期间，我和爸爸怎么办？

"至少两年。"喜代说。

"至少？"茉莉不禁开口，她实在太震惊了，明明有话想说却不知从何说起。

"刚开始还得学英文才行。而且植物有分四季吧？所以我想每一个季节至少要经历两次才行。"

喜代的计划，让茉莉觉得反常到极点。去"工作"就算了，从没听过一个当母亲的为了"念书"一个人去外国。

但喜代是认真的。她的外貌风姿绰约、素来有"洋婆子"的绰号，却从未离开日本一步，也没搭过飞机。

"英国的哪里？"一直默默听着的阿新终于开口，坐在已经摆满盆栽的客厅绿色长椅上。

"布莱顿。"喜代回答。

“在南边啊，靠海。”阿新说，宛如喜代已经不在眼前，死心的表情里泛着寂寥的微笑，“关于住的地方，还有学校方面，要仔细查清楚比较好。我也会稍微查一下。因为大学里有人在那里待了很久。”

“这是表示答应了？”茉莉太过惊愕，不由得语带责备地说，“爸爸答应妈妈去英国了？”

阿新看着茉莉，又露出寂寥的微笑，“就算没有爸爸的许可，她也会去啦！她就是这种人。”

阿新稍稍向前弯起身子，依然面带微笑地摘下眼镜。茉莉知道，这是他感到疲劳的习惯性动作。

先是哥哥走了，接着是妈妈，大家接二连三走了。

“我不要理妈妈了！”

总一郎的死给喜代带来很大的打击，这次的决心是喜代想重新站起来的手段。这些茉莉都明白，但就是无法接受。

“这样太扯了吧！”

在这个家待不下去的，不只是妈妈而已。

茉莉无法想象没有母亲的家。这也让她怀念起喜欢音乐和做菜、总是能把家人聚在一起的几年前的喜代。

“两年转眼就过啦。”喜代说。

茉莉等着妈妈接下来的话，然而喜代言尽于此，顽强地不肯说出道歉的话语。

很像妈妈的作风。

茉莉记得当时自己是这么想的。

结果，喜代在这年秋天，只身启程前往英国。那是一九七三年，茉莉十三岁的秋天，喜代三十九岁。

启程的前一天晚上，一家人去了睽违多年的那家总一郎和阿九也曾一起去过的水炊鸡肉锅店用餐。

茉莉认为，那是个滑稽的夜晚，三个人不知为何都很紧张。淡色的灯笼、拉门，地板擦到发出黑光，犹如迷宫般的走廊，店里的景致一如往昔，只有我们变了。

由于是正式外出，茉莉穿上制服。阿新则是西装领带，喜代穿了剪裁合身的深咖啡色套装。茉莉认为喜代之所以穿深咖啡色，是为了让橘红色的口红更显亮丽。

“凡事小心哦。”阿新语毕，三人举起杯子。喜代和阿新的杯里是啤酒，但茉莉的杯里是汽水。

“祝你这趟英国之旅顺心丰收。”

听到阿新的祝福，喜代连忙点头行礼。茉莉差点以为自己看错了，那的确是个迅速、但深表谢意的行礼。

2　只要能超然以对，永远都能和总一郎在一起

在机场的瞭望台被强风吹着，茉莉第一次如此近距离看飞机。身旁站着父亲。

茉莉又被迫穿上制服。白色上衣搭深蓝色背心裙，白袜子和深蓝色外套。向学校请假为母亲送行，在寺内家是“正式的外出”。

茉莉一直垮着一张脸，全家一起搭车时垮着脸，直到刚才在机场的咖啡店，坐在爸妈对面吃三明治、喝综合果汁时也是。

喜代一脸紧张，阿新一脸哀伤。三人都静默不语。

“我不要理妈妈了！”自从第一次听到妈妈要去留学，茉莉撂下这句话、别过脸之后，一直没有改变态度，也没改变意见。这与其说是自己感到寂寞，毋宁说是觉得爸爸很可怜。无论邻里间或大学里，阿新是出了名的“疼老婆”。总一郎在世时，阿新参加家族活动，与其说是为了孩子们，更多成分是为了妻子。无论野餐或兜风，甚至小学运

动会或父亲观摩日都是。就茉莉看来，爸爸简直就是崇拜妈妈，太过温柔体贴了。

“需要什么东西，我会寄给你。”阿新打破沉默说。

喜代答道：“不用啦。需要的东西我都带了，其他如果还有需要的，我会在那里买。比叫你寄来便宜多了不是吗？”

茉莉咬着果汁的吸管。至于桌上的三明治，三人几乎都没碰。

而此刻，茉莉伫立在机场的瞭望台，穿着制服，和阿新两人。

每一架飞机都是白色的流线型，看似在享受起飞前的安详时刻。阴霾的天空下，有的静静不动，有的则以缓慢的速度在水泥地上滑行。

曾经在电视塔旁边的草地上，与总一郎和阿九张着嘴巴目送飞机。好几架又好几架的飞机，发出轰隆的声响从头顶上飞过去。那些茉莉曾经认为和自己的生活无关的、经常忽然出现的、白色、亲近的“物体”。

“我会写信回来。”在出境大厅道别时，喜代这么说。

茉莉暗忖，这句话我已经听了十遍了。

瞭望台风势强劲，寒意逼人。

“是妈妈哟！”阿新指着爬上登机梯的一行人说。茉莉看见的瞬间，几乎哭了出来。为了这天添购了灰绿色套装的喜代，原本就身材高挑，还踩了一双高跟鞋，即使远看也立刻就认得出来。尽管认出来了，却也像个陌生人般。

她的背影看起来孤单无助。

想到这里，茉莉心头揪了一下。喜代的光鲜亮丽不见了，强势的气息也不见了，只是一个茉莉不认识的、娇小的普通女人。

驱车回家的路程弥漫着绝望。

阿新沮丧的模样连旁人都看得心疼。因此到家停好车、熄了引擎之后，阿新露出淡淡的微笑说“别一脸难过的样子”时，茉莉吓了一跳。原来自己也是一脸悲伤，之前都没意识到。

就这样，家里只剩茉莉和阿新两人，在这个所有的布都是绿色系，厨房入口挂着珠帘，到处摆着植物，简直就是喜代本身的家里。

“今后我们就两人相依为命了。”喜代启程的当晚，阿新进入茉莉房间这么说，“可能会有很多不方便的地方，不过互相帮忙过下去吧。”

茉莉只回一句：“我知道了。”

其他不知道该说什么好。

打扫和洗衣服，谁想到谁去洗，而且有时间再洗就好。结果两人都勤于洗衣服，却很少打扫。此外，衣服虽然洗了但没有烫，所以茉莉的学生服总是皱巴巴的。

垃圾来不及倒，院子也堆了好几个黑色塑料袋装的垃圾。

“没什么大不了的。”阿新这么说。

茉莉也如此认为。

关于数量庞大的盆栽，喜代在出发前已经将比较难照顾的托给祖父江七，并对茉莉和阿新说：“剩下的只要浇水就行了。”

尽管对植物没兴趣，茉莉和阿新也都频繁浇水。然而茉莉猜想，可能是水浇得太多了，不到半年已经有三分之一枯萎了。即便两人都没说出口，但对喜代的植物枯萎一事，总觉得不吉利而感到厌恶。

上了中学后，茉莉搭公交车上学，交了一个朋友名叫泉弥生，茉莉叫她小弥。除了泉弥生，茉莉和其他同学的感情都不太好。泉弥生属于轻音乐社，弹奏曼陀林琴，此外也勤练吉他，经常在放学后的音乐教室，弹奏茉莉喜欢的卡洛金或卡莉赛门给她听。

茉莉本身没有参加任何课外社团。因为这所学校平常的活动就很多，光是烛光星期和圣诞节，茉莉觉得就已经够了。

喜欢下厨的喜代不在之后，茉莉和阿新的饮食生活也变了。早餐是茉莉做的，晚餐则由阿新负责，两人都全力以赴。阿新的厨艺并不差，但也总是一两道菜而已。例如放了肉和蔬菜的蛋炒饭，或是咖喱饭，或是一大堆生鱼片和白饭。不过工作忙的时候，根本无法下厨。这时茉莉就得一个人，在空空荡荡的家里把音乐放得很大声，吃阿新为她从餐馆叫来的食物，例如丼饭或乌龙面。

有时，祖父江七也会带一些卤味或章鱼天妇罗之类的温热小菜来。无论阿新在不在，她都会和茉莉闲聊，“茉莉越来越可爱了。”或是，“学校好不好玩啊？”

茉莉很喜欢阿七。阿七做的菜有温柔慈爱的味道。但不知为何，茉莉就是无法坦率地接纳她的好意。

干吗特地送东西来，我和爸爸这样就很好了呀。茉莉经常如此暗忖。因此阿七送来的各种食物，大抵上都被阿新一人纳进胃里。

日子就这样静静地无聊地流逝。

阿九去念附近的公立国中，两人的关系变成在路上碰到站着寒暄而已。曾经住在小学校区内的阿九，在总一郎死后住院了几天，之后搬回隔壁的老家。每当假日隔着篱笆看到他，茉莉就感到些许不舒服，因为阿九已然变成十几岁的青少年，散发着强而有力的气息。

“阿九最近变化满多的，每次看都不一样。”

即便茉莉如此对阿新说，阿新也只是愣愣地回了一句：“有吗？”

有一次，在放学后的音乐教室里，泉弥生忽然问：“茉莉，你有喜欢的人吗？”

“没有。”茉莉立刻回答，但心里却浮现阿九的脸庞。惊愕之余感到很难过，因为不久之前，浮现的还是哥哥的脸庞。

当然，全世界茉莉最喜欢的人是总一郎。然而茉莉也十五岁了，这种场合倘若浮现的是十二岁死亡的总一郎的脸，也未免太年幼了。尽管总一郎生前是个成熟懂事的孩子，也从被欺负的角色转成了领导者，但在孩子们眼里他是个立刻变脸的强悍人物。

“小弥呢？你有吗？”茉莉这么一问，弥生呵呵笑了几声，说出一位年轻老师的名字。

“真不敢相信！”茉莉顿时傻眼，不禁老实地批判起来，“怎么可能喜欢上一个连摸都没摸过的人？没有贴过脸颊，没有偎在一起睡过，没有分享过一个零食，这样的人是要怎么喜欢上他？我实在不懂。”

茉莉只是想说，我最爱总一郎，这是当然的，也是正当的。然而到了第二天，学校却产生这样的流言：“茉莉好前卫哦。”“茉莉好放荡哦。”

喜代定期来信。她在第一封明信片上表示，往后每个星期天都会写信，也确实每个星期都写了一封信，但由于邮政关系，送信时间有所间隔，有时会两封一起到。而且，收信人总是写上阿新和茉莉两人，字迹工整，行文谦恭有礼，有如写给外人般。信里描述了市区街景，寄宿家庭的房子和院子，以及上课情形，也提到她的房间很暗，所以买了一盏台灯，造成院子荒废的不是虫子，可能是蜗牛，诸如此类的琐事。至于她本人是快乐或寂寞？是否关心阿新和茉莉过得如何？这些与情感有关的，只字未提。

“保重。”来信总是以这两个字唐突结束。

阿新经常写长信给她，也买了纸张轻薄的航空信专用信封信笺给茉莉。但茉莉很少写。逼不得已非写不可时，坐到书桌前笔一拿，也不知道要写什么。

喜代寄来的明信片，全都收进盒子里，摆在客厅桌子的正中央。

“这样随时都可以看。”这是阿新的巧思。

“爸爸你也太好笑了吧。这都已经看过了不是吗？”尽管茉莉如此嘲笑他，她自己一个人吃着外送的晚餐时，也经常悄悄拿出来重看。这些喜代寄来的明信片，正面通常是五光十色的照片，有些角折到了，有些破损了，有些邮票太大，导致邮戳盖到收信人姓名而看不清楚。

不过喜代不在也有个好处。阿新晚归的时候，或是茉莉去总一郎的房间睡，再也不用担心被骂。而实际上，茉莉也经常去总一郎的房间。每次进房都自然地说，“可以在这里写作业吗？”或是，“我拿收音机来啰。”或是，“今天我有见到阿九哦。”

尽管没人回话，但茉莉知道总一郎确实在房里听她说话。

房里的摆设依旧，没有任何改变。打开书桌的抽屉，里面有成绩优秀的总一郎的考卷，几乎都是一百分或九十几分，还有他爱用的小刀、结草虫的壳、生锈的铁钉、一小段塑料管，连干瘪的蜥蜴都有。

“我可以在这里睡吗？”茉莉问。

她知道总一郎回答：“真拿你没辙啊。”

以前总一郎都会说：“好啊”。但总一郎已经不如此回答了。对茉莉而言，这是哥哥还活着的证明。唯有在这个房间里，总一郎和茉莉过着同样的时间，和茉莉一样逐渐长大。

倘若对旁人而言，哥哥一直停在十二岁，那么此时在这里的哥哥，正是别人所不知道的，唯有茉莉知道的哥哥。

茉莉如此认为。

茉莉知道，父亲晚归时，都会去她的房间看一下，看她是否平安入睡。阿新和喜代不同，打从以前他进孩子的房间就会先敲门。如果醒着会回应，如果睡着了没回应，门会打开一点点，走廊的灯光细细长长地流泻进来。这份记忆，蒙眬地留在茉莉心里。

阿新一定知道，茉莉三不五时会跑去总一郎的房间睡，但他什么话都没说。

“今天有小甜哟！”在大学旁的咖啡店买蛋糕回来时，阿新会开心地说。这家店的蛋糕很大但实在不好吃，不过茉莉当然没有说出来。

比起喜代在的时候，阿新的话多了些。他是个生性静默寡言的人，因此茉莉猜想，他可能很努力吧。也因此，茉莉有点恨喜代。

“基本上，爸爸也太没用了。”她在总一郎的房里如此发牢骚。

“爸爸总是让妈妈为所欲为。为什么不阻止她呢？真是搞不懂。”

话一出口，立即改口：“可能也不想懂吧。”

因为她想起总一郎会立刻对“搞不懂”这句话做出反应：“茉莉，你要动动脑。思考是很重要的事，仔细想想，大部分的事都能明白。”

每当说妈妈去国外留学，同学们都会说“好奇怪哦”。茉莉也如此认为。

“妈妈不在的时候，”阿新吃着干巴巴的蛋糕说，“妈妈不在的时候，爸爸会尽力把事情做好。但是，如果有爸爸办不到的事……”

阿新顿时打住，面露难色，但眼镜后面的眼睛并没有闪躲，认真凝视着茉莉，“你可以打国际电话给妈妈，也可以去找阿七姨讲哟。”

茉莉乍听大吃一惊，忐忑不安。为了消除内心的不安，她刻意果断地回了一句：“不需要！妈妈不在，我也无所谓。”

这么一说，就真的无所谓了。尽管学校制服皱巴巴的，午餐都去福利社买面包吃，夜里孤零零一个人。

什么都没变。

茉莉硬是这么想。和总一郎与阿九到处乱跑的日子，马路、河堤、公园全都是玩耍世界的日子，我什么都没变。

只要能超然以对，永远都能和总一郎在一起。

这就和忆起闪亮的风与湛蓝的天空是一样的。无论哪一个都确实存在于茉莉心里。比起此刻窗外的风和天空更为确实、丰厚、强而有力。

“鲷鱼？”隆彦惊声尖叫。

这事发生在茉莉去电影院面试当场录取的第二天中午。隆彦和马场都回来得很晚，晚饭在工作的餐馆吃过了。隆彦经常一回家就倒头呼呼大睡，因为一早还得干活。屋里有两床棉被，一床铺在马场三坪大的房间里，另一床则是茉莉和隆彦铺在厨房睡。

“我们睡厨房就好。”起初隆彦如此主张，茉莉暗暗松了一口气。毕竟马场再怎么亲切，睡在同一个房间里总是尴尬。厨房虽然狭小，又有水管漂白水的臭味，但还是和隆彦两人一起比较好。

“干吗买这种东西回来？”隆彦对着鲷鱼发飙，“又不是什么值得庆祝的事，只不过是个打工的工作吧。再说，这里超市卖的鲷鱼，根本不知道是哪里捕的。”

隆彦生气的时候头会往前伸，茉莉觉得这样很可爱，就算被骂也不害怕。

“有什么关系，只不过是买条鲷鱼。”茉莉用东京腔说。当她想开玩笑时，会用标准语对隆彦说话，尽管隆彦从来没笑过。

一如往常地，马场出面打圆场，“这又不是什么坏事。茉莉挑这条鱼还真有眼光啊。”马场拿起整条盐渍的鲷鱼，一边站在换气扇巨大的声响下烤了起来，一边这么说。

马场目前的身份已经不用上早市，中午去上班就行了。茉莉知道马场曾经对隆彦提过和主厨一起上早市的事，观摩主厨如何挑选食材、如何杀价，带着满满的食材回来是一件很有趣的工作，当时隆彦也听得很专注。之后隆彦每次从市场回来，都要重睡一次，到了快中午才起床。有时会像今天一样，三个人围着餐桌吃饭。

在店里，马场主要是做准备工作，因此比在洗碗区干活的隆彦下午要更早出门，然而也比隆彦早下班，但他一定等隆彦一起回家。

“马场真是好人啊。”两人独处时，茉莉经常如此对隆彦说，但下一句“不过也不能一直这样麻烦他”却吞了回去。

当隆彦和茉莉对着矮桌上摆的午餐说“开动”时，只有马场说：

“恭喜恭喜。第一次面试就录取了，茉莉一定表现得很好啊。”

这当然是因为茉莉很聪明呀。茉莉想起，很久以前总一郎曾经如此夸赞她，立刻开心骄傲了起来。

“你还是别夸她吧，这家伙马上就得意起来了。”隆彦压低嗓门说。

马场莞尔一笑。

3 被一个不是男朋友的人送出门，下班还要回来这里

东京的夏天闷热难耐，和福冈家里玄关敞开，在窗户装上纱窗维持通风截然不同。茉莉不解，东京明明在东边，为什么还这么热？如果冲绳很热，北海道很冷——虽然两地茉莉都没去过——东京应该比福冈凉爽才对。

下午是一天中最热的时候，但却是茉莉最喜欢的时段。因为吃完午餐，马场去上班后，就能和隆彦两人待在公寓里。

今天吃的是面线，配菜是炒茄子和蛋丝，这是喜代的习惯。

和妈妈做同样的菜吧。

茉莉内心这么想。虽然想不出其他配菜也没办法，但此时她也感到自己很没用。

不知道爸爸妈妈过得如何？当初说安定下来会和他们联络，却任何音讯也没给。不过，茉莉心想，这里有隆彦在。茉莉最爱、也最爱茉莉的隆彦。

穿着灰色子弹内裤和运动背心的隆彦，看起来有些孩子气——身材瘦小，肤色白皙。

“好热哦。”

即便茉莉这么说，隆彦也只回一句：“很热啊。”

当隆彦说："爱你哟。"随即捧起茉莉的脸，企图吻上她的唇，茉莉也只应一声："嗯。"

尽管如此，茉莉还是最喜欢午后时光。由于两天要去电影院上一次班，于是和隆彦的午后时光也变成两天一次。将碗筷收进厨房，把矮桌收起来，两人可以毫无顾忌地在三坪大的榻榻米上做爱。

做爱的时候，隆彦不讲话，也不会对茉莉提出特别的要求。但茉莉觉得让他默默努力也过意不去，因此时而会发出小小的叫声。但叫声并没有达到预期效果，后来总是要叫不叫的，模糊不清地消失在房里的热度与湿度里。

茉莉最棘手的是上午这段时间。由于隆彦从早市回来会补睡，因此房里只剩茉莉和马场。马场很想知道茉莉的过去，例如，住在哪一带？念什么学校？和隆彦如何相识？家里有哪些人？曾是怎样的少女？

就马场而言，想了解一下也是理所当然。虽然是学弟带来的女人，但毕竟是让一个素昧平生的人住在家里。三人的共同点只有土生土长的故乡这一点，除了在那里分别度过的时光外，没什么好聊的。

但对茉莉而言，这是她不想提起的事。因此她大抵只回一句，"我想不太起来了。"就静默不语了。

茉莉一沉默，马场便微笑说："想说的时候再说没关系。"

要是隆彦醒来该有多好。茉莉这么想，但没留意到躺在厨房的隆彦，其实经常睁开眼睛听他们说话。

茉莉出门上班的日子，马场都会去玄关送她，"路上小心哦。"

马场一身刚起床的装束，这使得茉莉十分混乱。被一个不是男朋友的男人送出门，下班后还要回来这里。而且提到隆彦时，马场说的净是些袒护的话，这也使茉莉不太高兴。因为茉莉认为袒护隆彦是她的事。

“那个家伙，虽然嘴巴上什么都没说，但其实很苦吧。”

当马场这么说，她也只能在心里说，我知道啊。

然而另一方面，当马场说：“以前是骑单缸400CC重型机车的家伙，现在叫他骑轻型机车在市场里转来转去，可能觉得很无趣吧。”

茉莉则觉得很无聊，不禁回了一句：“工作就是工作啊，没办法。”

说话口气像苛责隆彦。她其实没有这个意思，因此感到很懊恼。

所谓男人之间的友情，真叫人生气。茉莉认为这种感情是她无法介入的，所以感到愤愤不平。

“我去上班了。”这种时候，茉莉就会像逃跑似的离开公寓。

“我知道马场并没有错。”茉莉嘟着嘴，对最近不常陪在她身边的总一郎说，“哥哥，可不可以像保佑我一样，也保佑隆彦呢？毕竟他是我男朋友呀。”

我有哥哥陪着我。到了东京，茉莉也经常这么想。虽然不像以前那样一直陪在身边，但还是陪着。或许。

关于和父亲两人生活的三年，茉莉坚定地认为，“那是在哥哥庇护下的时光”。就茉莉的感受而言，母亲走了之后，总一郎一直陪在她身边，气息比以前更为浓厚。也因此，茉莉觉得福冈的街景稍微恢复了昔日的光彩，不再和她作对。

茉莉睡在总一郎的房间，偶尔也会回自己的房间睡，但即使在这种夜里，总一郎也陪在身边。这给茉莉带来了勇气。

可笑的是，这也使得茉莉把自己从周遭孤立起来。例如，早上搭巴士遇见色狼，茉莉用指甲把他手背和脸抓得伤痕累累，将他击退。又例如，泉弥生突然想避开茉莉，不仅说茉莉“很放荡”“很前卫”来中伤她，还在教室里到处宣扬说“和茉莉说话会被传染肮脏病”，茉莉把她叫来音乐教室，出言反驳把她骂到哭。这都是因为总一郎在身边，她才办得到的。

放学回家后，茉莉又开始在家里跳起舞来。闭上眼睛的习惯还是没变，但已经不再唱歌，取而代之的是放音乐。

“哥哥也来跳吧？”

尽管茉莉这么说，总一郎并不会回答。

“茉莉很寂寞吧。不过你妈妈马上就会回来哟。”祖父江七经常这么说。

“阿九也在啊，来我家玩嘛。”

但茉莉并不寂寞。她甚至在给英国的喜代信里写道：“妈妈走了之后，我过得很好。”

“这样妈妈会很难过哟。”总觉得身旁的总一郎会如此规劝她，最后还是没有将信寄出。

有一次，除了平常的明信片，喜代还寄来一个小包裹。包裹的收件人是阿新和茉莉，里面装了饼干和红茶，还放了一件胸罩。茉莉的胸部还没长到这么大，上体育课跑步或跳箱也不碍事，因此茉莉这么说：“这是什么呀？”

阿新一脸困惑，半晌终于喃喃地说：“用来遮nai nai的吧……”

茉莉觉得这句话太露骨，但却笑不出来。结果两人都带着困惑的表情面面相觑。

“妈妈总是有惊人之举啊。”茉莉说。

“妈妈不在后，茉莉变得很粗鲁。”这是当时班上同学的流言蜚语，对茉莉的评价。

但至少在阿新眼里，茉莉丝毫不粗鲁。

遇见小岛直之，就在这段期间。小岛是阿新任教的大学的研究生，经常和其他学生来寺内家玩。他个性温顺，不起眼，给人一种软弱的印象。原本，茉莉连他的名字都不知道。因为阿新有客人来访时，不擅社交的茉莉总是窝在房里。

有一天，小岛却出现在茉莉的校门口。没有事先通知，就这样忽然跑来，说要送茉莉回家，茉莉也让他送了。但这一天，小岛只送到家门，并没有进去，一副难以启齿的神情说，请茉莉不要将这件事告诉她爸爸。茉莉也答应了。

同样的事发生了好几次，这也成为泉弥生指称茉莉是不良少女的证据。但茉莉不以为意，甚至求之不得。

“那个小岛啊，感觉有点恶心，不过也有可爱之处哟。”茉莉向总一郎报告，“请他进来的话，他会进来家里。请他喝咖啡的话，他也会喝。但不主动开口的话，他什么都不做。”

无论任何形式，有人对自己表达好感，总是令人开心，尽管是成年的男人。

茉莉几乎天不怕地不怕。不怕恶言恶语的中伤，也不怕真的发生性经验，甚至不怕被阿新骂。

“不想做的事就不用做，没关系哟。”总一郎生前，总是温柔地如此对茉莉说。

然而做不了事的经常是茉莉，总一郎则什么事都做了。独自一人，恐怖的事做了，危险的事也做了。茉莉只要一犹豫就会被扔在后面。

纵使下定决心什么都不怕，但“性经验”和“被骂”都没发生在茉莉身上。发生的是，阿新的研究资料被偷了。

这些资料，原本放在阿新的卧房。

就阿新的说法是：“这只是我私人的重要资料，或许对于某一类的学者有意义，但不是能改变世界的研究资料。”

茉莉当然很气愤。虽然不知道究竟为什么要偷那种资料，但原因不是问题。现在阿新已经无法提交论文，这都是茉莉害的。于是茉莉将小岛经常来家里的事告诉了阿新。

“小岛？”阿新很惊讶，但他接着说，“但也不能因为这样就怀疑他。”

阿新还交代茉莉，不要随便臆测。但茉莉认为，她不是臆测，而是确信。从资料被偷的那天起，小岛就不再出现在茉莉面前，这就是铁证，不是吗？阿新听了茉莉说小岛的事之后，也放弃在卧房到处翻找了。

茉莉怒气难消地说：“我一定会把东西拿回来！”

茉莉下定决心要直接杀去大学。

小岛的态度堪称厚颜无耻，之前战战兢兢的态度已然消失无踪。他支使同一个研究室的一个不知是助手还是学生的年轻女孩说：“她是寺内老师的千金，去泡杯茶吧。”

“出来啦！”茉莉说。

此时，仿佛听到总一郎在说，随他去吧。但茉莉在心里顶回去，怎么可以随他去？不能原谅的事就是不能原谅。

小岛笑笑地说：“好啊，我无所谓。要去哪里？”

这是个天色阴霾、微寒的日子。茉莉知道，这个时间阿新有课。两人通过礼堂外，朝图书馆方向走去。走着走着，茉莉忽然说：“还给我！”

茉莉已经很久没来大学。这个广阔的校区，曾经是她游玩的地方。

小岛并没有问：什么东西？而是突然强吻茉莉，在一幢不晓得做什么用的老旧建筑阴暗处。茉莉的头被往后压，她想逃，但环抱在背部的腕力强劲，使她逃不掉。

这个吻长到仿佛没完没了。终于被解放后，茉莉先是擦擦嘴巴，然后往地上吐口水。

小岛笑了："其实你一直希望我强吻你吧？"

这是茱莉有生以来第一次感到屈辱。

此刻，有人抬起茱莉的手，正确地说是手肘。从后面，确实抬起她的手。茱莉是这么认为。

揍了小岛的是茱莉，茱莉也记得是自己揍了他。力道之强，连手指都弯曲了，到半夜还疼痛不已。她不是甩了他一巴掌，而是用拳头揍了他。怎么想，这都是一件很奇妙的事。出手的明明是自己，但却不是自己的意志，也不是自己的力量。

《茱莉亚》[1]这是茱莉工作的电影院上映的电影片名。员工可以在没轮班的时候免费看，但茱莉对看电影没兴趣。

不过她对工作本身倒是很喜欢。有制服可以穿，工作内容简单，算是一份闲差。

"这次趁我上班的时候来看吧。"茱莉曾经如此对隆彦说。

隆彦工作的餐馆在新桥，从川崎站搭电车会经过电影院，上班途中溜去看应该很容易。算好隆彦应该出门上班了，茱莉显得心神不宁。

"你在等人啊？"

被打扫的欧巴桑调侃，茱莉抬头挺胸地说："对啊。"

茱莉的上班时间是从上午九点半到下午六点。晚上有夜班的打工人员，是个三十岁左右、感觉不错的女人。但她经常请假，茱莉这个月已经值了四次夜班了。

"没问题。"每次她打电话来请托，茱莉总是爽快答应。反正早回家隆彦也不在，又无事可做。

这间电影院，有卖一种名为"潘趣"（punch）的紫色饮料，满满地装在方形的玻璃容器里，总是会自动搅拌。茱莉不懂，为什么有人

---

1 Julia，1977年美国电影，政论片，简·方达主演。

肯花一百五十圆买这种东西来喝？这种东西怎么能喝呢？整个昏暗大厅弥漫着它散发出的强烈人工甜味。

来到东京之后的所见所学，也有几件快乐的事。例如，马场带茉莉和隆彦去看了棒球和赛马。隆彦送给茉莉的凉鞋是在新宿的百货公司买的，茉莉很喜欢这间百货公司前面的道路，有“步行者天国”之称，非常热闹。有人在这里送气球给小孩，隆彦上前去要，可是人家只送小孩而拒绝了他，他不死心硬要到了一个。

同一幢公寓里的住户，有人会喂野猫。来这里的猫都脏兮兮的，但是很可爱。猫咪都小小的，可能还是幼猫，但不知为何，大伙儿的叫声都有点嘶哑，不是喵喵喵地叫，而是“嗯啊”或是“咪咪”地叫，茉莉很喜欢这些猫咪。

无论如何，非得在这里活下去不可。

超然的态度。

就如哥哥曾经说的，茉莉至今也以超然的态度活过来。

4 做爱时突然睁开眼睛，这是很寂寞的事

喜代和阿新，据说是在银座的啤酒馆[1]认识的。当年阿新还是个学生，喜代在这里工作。茉莉听到这件事，是喜代出国后的除夕夜。父女俩吃着店家外送的过年荞麦面，阿新忽然提起往事。

“因为当时我认定就是她了。”对于每天去啤酒馆的日子，阿新不害羞也不发笑，语气悠然恬淡地说。

“当时的妈妈是什么样子？”没人看的电视，小声地播放着“红白对抗”的歌曲。

1　银座七丁目Beer Hall，建于1943年，仿德式建筑，为日本现存的最老的啤酒馆。内有挑高的天花板，色彩鲜艳的瓷砖，壁画庄严。

"非常引人注目。"阿新从面碗里抬起头来，想了想后这么说，"身材高挑，妆化得很浓，一副很强势的样子。"

茉莉不禁失笑，"这样看起来很蠢吧。"

"很蠢啊。"阿新喃喃地说，不禁也笑了。

喜代是长女，下面有弟妹各两个。喜代第一次介绍阿新给家人认识时，她家中热闹的情况，看得阿新瞠目结舌。那时喜代最小的弟弟还是个小学生。

"爸爸想起了什么对吧？"

即便茉莉调侃，阿新也没有露出惊慌失措的神情，他说："我们结婚的时候啊……"半晌后，他继续说，"我们结婚的时候，我希望你妈妈能自由自在过日子。为此，就算要我辞去大学的工作，我也愿意。如果她希望我去公司上班，我也会去。"

茉莉乖乖地听着。阿新很难得会把大人之间的事告诉小孩，这可以说是头一遭。

"可是你妈妈说，目前的生活就很好。后来我转到陌生的城市工作，她也跟着我来了。"

茉莉等着下文，但似乎到此为止了。阿新面带歉意，从眼镜后方凝视茉莉。

"所以呢？"茉莉问，"所以你就让妈妈出国了？"

茉莉觉得爸爸这是歪理，离家出国的妈妈是不讲理。她佯装对话题失去兴趣的模样，吃起荞麦面，一边吃面一边走近电视将音量调大。喜代在的话，应该不会允许她用餐时看电视，但阿新什么都没说。

这一夜，阿新说的是事实，但并非全部。例如，"认定就是她了"的人并非只有阿新，当时有很多人都在追求喜代，只是喜代最终选择了阿新。忽然冲去阿新的租屋说"我们结婚吧"的也是喜代，阿新顿时感到很困惑。像这些事情，阿新都没说。只说是自己单方面爱上喜代，向她磕头求婚，她才答应的。

即使在热得像在蒸笼里的中午，和隆彦在三坪大的榻榻米上缠绵，茉莉也想斩断自己的一切。爸妈和总一郎都是过去的事，今后和隆彦两人待在远方就好。

隆彦做爱的方式变得很敷衍，既不像在福冈时那样温柔，也不像刚到东京时那样连脱衣服都焦急难耐、粗暴但却热情。

上班前的短短时间，隆彦大多躺着度过。最近，倘若茉莉不特别撒娇勾引，不让他把衣服脱光，他根本不想做爱。就算做了也只是单刀直入，不像以往会爱怜地抚摸茉莉的头发，也不会用语言或嘴唇让茉莉感到幸福。

不知道从什么时候开始，做爱的过程中茉莉已经会张开眼睛。以前她都羞得不敢张开，但现在知道了，隆彦做爱时并没有看着她，于是她会突然睁开眼睛。这是很寂寞的事。

隆彦究竟在想什么呢?

她突然睁开眼睛，冷静地想这件事。这是多么寂寞的事。

尽管如此，茉莉依然想和隆彦做爱。因为她想告诉自己，自己正在开拓与过去不同的现实。

小孩是茉莉在电影院上班的乐趣之一。

像《茱莉亚》这样的片子，茉莉不懂为什么观众会带小孩来看。但毕竟是暑假期间，经常有观众带小孩或婴儿来看白天上映的电影。小孩看腻了电影，中途跑来大厅，在大厅跑来跑去，而父母似乎允许他们这种行为。尽管主管有交代，对于在大厅又跑又叫的小孩要上前规劝，但茉莉不做这种事，只是任由他们嬉闹。她很喜欢听孩子们发出的笑声、怪声、脚步声，还有莫名其妙的对话。尤其兄妹两人一起的小孩，特别吸引她的目光。虽然不知道这些小孩打哪里来的，但没有一个和茉莉认识的小孩相像。

东京的小孩啊。

茉莉暗忖。不过看到孤零零一人的小孩，她也会主动上前攀谈。例如“这件洋装好漂亮哦”，或是“你妈妈喜欢看电影啊”。

不仅如此，她还会偷偷拿戏院卖的“潘趣”饮料请小孩喝。而茉莉这些违反规定的行为，同事和打扫的欧巴桑也都默许。这个铺着红地毯、装潢闷热的大厅，是茉莉感到惬意的地方。想到工作就有钱领觉得很骄傲，对于出入的业者，也尽可能开朗以对。

到了隆彦出门上班的时间，茉莉依然心神不宁。她会从办公室打电话给隆彦，确认他是否起床了，帮他准备的午餐是否吃了。

“要不要顺道过来？现在没人哦。”茉莉总不忘补上这句，但隆彦从来没来过，只是意兴阑珊地回答，“下次吧。”或是，“我快迟到了。”

不来就算了，茉莉心想。反正他不来，我也会在这里好好工作。明明不是自己分内的工作，她也会抬头挺胸地、把烟灰缸掉出来的烟灰擦干净。不过，为了预防隆彦万一跑来，她也会揽镜梳妆。

隆彦和马场偶尔会喝完酒才回来。平常下班就已经够晚了，去喝酒的话回来得更晚。最后总是酒量很差的隆彦被马场搀扶着回来，睡两三个小时，又得去早市。

而道歉的总是马场，“对不起哦，都怪我让他喝成这样。”

两人喝的酒应该一样，但马场丝毫不见醉意。他利落地将隆彦的长裤脱掉，必要的话也会给他水喝，扶他睡在厨房的床上。

而茉莉只是在一旁看着。

“喂，茉莉，你还好吧？”隆彦有时会这么说，但有时也会对帮忙换衣服的茉莉大骂，“你烦不烦啊！”

甚至还说过，“你滚回去吧！”

这是茉莉最讨厌听到的话。

“下次三个人一起喝吧。”尽管此时马场一定会这么说，但茉莉并不高兴，因为她想听的是隆彦说这句话。

由于情况是这样，因此有一天早起的隆彦，等马场出门后，递了一个大纸袋给茉莉，茉莉根本难以想象。

“什么东西?”茉莉收下之后，看了一下里面，装着浴衣和腰带。

“我是想说你穿起来一定很漂亮。”等茉莉回神时，已经把隆彦紧紧抱在怀里。好高兴！好高兴！好高兴！茉莉率直地发出欢声，叫到自己都受不了了。

“下星期有烟火大会，有很多人会去看。我也请到假了，好像马场帮忙的。”

纸袋是车站前舶来品店的袋子。茉莉也曾经看过，这间舶来品店的一角，不知为何挂了好几件浴衣，价钱都一样。

“不晓得尺寸合不合适?”

听隆彦这么说，茉莉笑着答：“没关系啦，就算尺寸不合适也能穿。不管是太短会露出脚还是太长会拖地，我都不在乎，当然没问题啰。”

而且茉莉也不在意自己不会系和服腰带，就算乱系一通也无所谓。然后她补上一句：“我知道你并不是不喜欢我了，我好高兴哦，你看我高兴到语无伦次了。”

隆彦露出久违的柔情蜜意的表情，看着欢天喜地的茉莉，“穿穿看吧。”

由于他这么说，茉莉当场就脱下衣服，换上浴衣，将腰带转啊转地系好，在肚脐的位置打了个结。

“怎么样?”她将双手贴在后脑勺，扭腰摆了个姿势。

这件说是浴衣其实更像是袍子的蓝色布匹，松垮垮地包着茉莉的身体。尽管如此，这依然是一件崭新的棉制染织品，漾着淡淡的清香。

“不好看！”隆彦大声宣布。当然茉莉有假装气到、作势要打人，两人就这样调情嬉戏，吻上彼此的唇。

留在这里。留在这里。留在这里。茉莉抱着隆彦，内心如此反复地说。留在这里，永远在我身边，不要离开我。她将头埋进隆彦的胸膛，反复磨蹭。

“我们是在一起的啊。”于是，茉莉最后出声这么说。

生活里的所有一切，对茉莉都是证明。证明自己已经远离过去，证明只要有隆彦在就没问题。

然而现实与茉莉的认知不同。隆彦经常跷班成了问题，对洗碗区的工作敷衍了事，无论马场怎么劝也改不了，而这些事茉莉都不知情。

烟火大会那天，茉莉一早就神采奕奕，带着浴衣去上班，拜托感情好的打扫欧巴桑傍晚帮她穿上，还郑重向经常请假的打工同事宣布，今晚无法代班，说得大伙儿都笑了。

然后这样引颈期待太阳下山。

隆彦在约定的五点半准时现身。但他没有进入戏院大厅，而是在灰色的玻璃门外，无聊地抽着烟。

“隆彦！”茉莉飞奔而去，抓起他的手，“你在干什么啊？进来！进来！我要介绍人给你认识。”茉莉的桔梗花色浴衣，已经合身地穿在身上。

隆彦也知道要好好打扮一下。除了用大量的整发剂将头发擦得闪闪发亮，还在平常的衬衫外加了一件夹克。

“不用啦！你下班了吧？那就快走吧。”隆彦扔掉烟蒂，用鞋尖踩熄。

“你不想进去啊？”茉莉蹲下去，捡起烟蒂。

“那好吧，你在这里等我一下哦。”茉莉回到大厅后，将烟蒂丢进烟灰缸。

“山野婶！山野婶！”呼叫打扫的欧巴桑，也叫了坐着的打工同事。至于一旁的楼层经理，茉莉原本不想叫他，但他也站在那里，所以就顺便叫了。

茉莉再度走到外面，把一个个同事介绍给隆彦认识。隆彦虽然垮着一张脸，但也一一出声打招呼，说“哦”或“你好”。

“他们非常照顾我哟。”茉莉对隆彦说，隆彦再度向他们鞠躬。

接着搭巴士去烟火大会会场。车站周边已经涌现人潮，茉莉怕走散，紧紧偎在隆彦身边。两人已经很久没有单独外出过了。

隆彦柔情地说：“下次去迪斯科吧。你那么喜欢跳舞，来到这里以后一次也没去跳过舞不是吗？”

和隆彦认识也是在迪斯科。茉莉怀念起那段时光。那是一间西式洋馆改装名为“玛莉亚馆”的大型迪斯科舞厅。无论多晚都热闹喧腾，灯光从窗户流泻出来。只要去那里就有朋友在。有香甜的酒，芳香的空气，还有音乐。

“会有像玛莉亚馆的地方吗？”

从挤得像沙丁鱼罐头的巴士车窗看出去，看得到河堤。天空还残留些许苍白。公寓并排的煞风景道路。

“可能不太一样吧。”隆彦说，“说不定没有那样的店。不过新宿、横滨、六本木，都有很多跳舞的地方。”

“我闻到庙会的味道了！”一下巴士，茉莉就高声欢呼。许多摊商已经排在河堤边。

吊了溜溜球，吃了炒面，吃了苹果糖。遇见骑着辅助轮脚踏车的小孩，和小孩擦身而过时，隆彦还轻轻摸了他的头。只是这样的动作，就让茉莉感到温暖。

河川十分混浊，水量很少，杂草和蚊子很多，不知为何到处可见丢弃的报纸和周刊。

只听得到“砰——砰——”的声音，可能在做烟火预放练习吧。

“隆彦，你知道我喜欢你哪一点吗？”茉莉边走边问。

“就是像这样，保护着我。”说完她闭上眼睛，偎着隆彦的肩。

“我闭上眼睛不要紧吧？”

隆彦没回答，但伸手搂着茉莉的背。茉莉幸福地叹了一口气。

一声巨大的爆破声划破天际，同时响起一阵欢呼。隆彦轻轻碰了一下茉莉，但她依然闭着眼睛。接着第二发、第三发，烟火连续打上天空，发出咻咻咻的声音往上冲。隆彦笑了。

“张开眼睛啦。”

“不要。”

因为这样比较安心。茉莉希望就这样被隆彦搂着，感受着河风轻柔地拂过额头。然后感受到，隆彦的唇强烈地吻上自己的唇。

翌日，马场独自一人回到有茉莉等待的公寓里。

“隆彦呢？”

茉莉这么一问，马场回答：“去喝酒了。”

“一个人去？”

“对啊。”马场就此打住，似乎不打算再说明下去，转而说，“先去洗澡没关系。”

茉莉关掉原先在听的录音带。一股不安油然而生，与其说是充斥在心里，更像是弥漫在整个房间里。

“出了什么事吗？”茉莉尽可能以若无其事的口吻问。

“没有啊，没事。他偶尔也会想一个人去喝酒吧。”

听到这句话，茉莉除了不安又多了焦躁，“隆彦根本不会喝酒。为什么你让他一个人去呢？”

马场忽然愤恨难平地瞪着茉莉，“干吗怪到我头上来？你去跟隆彦说啊！”

温厚的马场一反常态。

“我会说啊！我会直接去跟隆彦说，你告诉我他在哪里！你们平常都去哪里喝酒？我去把他带回来。就算你让他一个人去喝酒，我可是不允许他一个人去喝酒的！”茉莉也毫不示弱地和马场对瞪。因为刚好在烫衣服，手里还拿着熨斗。

“少跟我摆出一副跩样！我怎么会知道隆彦所有的行踪！”

“算了，不问你了。”茉莉拿着熨斗就冲了出去，想说先去车站前找找看吧。她下定决心，无论发生什么事，她都要保护隆彦。无论隆彦在哪里，她都要把他找出来。

这晚，茉莉领悟到一件事，易怒是她的坏毛病。由于酒店实在太多，漫无目的冲进去乱找，也找不到隆彦。有些店家还露骨地摆出厌烦的表情，也有醉汉前来搭讪说“好啦，坐下来喝两杯再走嘛”。路旁有街友睡着，也有一眼就看得出来的流莺。茉莉并不觉得他们可怕，反倒担心自己是个烦人的存在而感到胆怯。忐忑不安，不知如何是好。

当她在脚踏车停车场的旁边被一个熟悉的声音叫住时，几乎哭了出来。

“回去吧。”马场说，“隆彦不会有事，回去公寓等吧。”

茉莉拿着熨斗，默默跟在马场后面，痛切地意识到，她搬来这个城市也有半年了，却对这个城市完全不熟。

5　认出茉莉和阿新时，喜代眼里浮现的是毫无隐藏的慌乱

原本预定出国两年，却待了三年的喜代终于回国时，茉莉已经念高一了。那是一九七六年十二月。

和送喜代出国那天一样，茉莉和阿新两人来到机场接机，但茉莉并没有穿学校制服。不管这是否算正式外出，自己穿什么衣服自己决定，如此理所当然的生活，茉莉已然确立。

她穿了砖红色粗毛线编织的松垮毛衣，配上超短的牛仔短裙。等到寒假来了，她将头发挑染了粉红色。开学之后，老师又会大惊小怪吧。茉莉会被叫进校长室，直接叫她回家。大概要罚一星期闭门思过，命令她将头发重新染黑。

即使这样也无所谓。茉莉喜欢粉红色的头发，她觉得全黑太沉重了。况且，茉莉喜欢的人们都称赞不已。

“真的很特别啊。”不仅阿新这么说，连女生朋友们——不是学校的同学，而是在迪斯科认识的年长女性友人——大家也都异口同声地说，“很炫哦。”

甚至隔壁家的祖父江九也说：“很有茉莉的风格，很漂亮哟。”

即便那些只敢远远看着茉莉，批评她是“不良少女”“放荡女”的班上女生，茉莉也知道她们没有胆子违反校规，但心里其实羡慕得要命。

有趣的是祖父江七，看到茉莉就睁大眼睛说：“好像红心藜哦。”

“红心藜是什么？”茉莉一问，祖父江七说明给她听，“小小的叶子只有一部分是红色的，长得像茉莉一样可爱的小草。”

太阳西沉后，气温骤降，茉莉独自站在机场的瞭望台，眺望逐渐转暗转深的夜空。距离喜代搭乘的班机抵达还有些许时间，阿新待在

机场的咖啡店里。

“不会太冷吗？”出门前，阿新如此对茉莉说。

“不要紧。”茉莉回答，“反正要坐车吧？”

冷风吹得茉莉缩起脖子，拉下袖口藏起手指。砖红色的毛衣，衬托出茉莉白皙的肌肤，也和挑染的粉红色头发很搭。

“妈妈会用什么表情下飞机呢？”茉莉在心里对总一郎说，“看到我，会露出什么表情呢？”

三年，以茉莉的想法，就一个母亲弃女儿不顾而言，是一段太长的时间。尽管妈妈每星期都寄明信片来，生日和圣诞节也都寄来年轻女孩会喜欢的礼物。

三年，这段岁月，也让阿新的头发由黑转白。实际上这三年来，茉莉觉得爸爸老了十岁似的。微薄的薪水要供女儿上私立中学，还要寄生活费给妻子，实在令人同情。

等飞机的时候，茉莉不懂自己为什么想见喜代。明明那么气她，却穿上最喜欢的衣服，心脏扑通扑通跳地等着她。

“你去过机场的瞭望台吗？”

茉莉一边等着隆彦，一边和马场喝酒。刚才马场跟她说，叫她把隆彦和熨斗都搁在一旁，一起过来喝酒。茉莉听他的话，坐在榻榻米上双脚伸直，谈起她和隆彦认识时的事。

“从瞭望台看向飞机跑道，觉得飞机要飞去外国好像假的。但是飞机就这样飞走了，看不见了。之后好像就不存在了，因为消失了。忽然间就不见了，只剩下没有搭上飞机的人。”

马场侧首不解，“可是，你妈妈那时候有回来吧？”

茉莉凝视着盘腿而坐、直接喝杯装酒的马场，“回不回来都一样啦。”

马场沉思半晌说：“是吗？”

茉莉笑了笑。很明显地，马场听不出这段话的重点，但还是继续倾听。

“回来的时候也是忽然回来。不是从外国回来，而是从天空的某个地方回来。”想起那天的事，茉莉至今都觉得不可思议。

回来的喜代，穿着和出发那天同样的灰绿色套装。手上拿着一件没看过的大衣，其他没有任何东西不同，连年纪也仿佛没变。

尽管如此，喜代全身却散发着茉莉完全不熟悉的气息。全身，毫无遗漏之处。

认出茉莉和阿新时，喜代脸上浮现的是毫不隐藏的慌乱。茉莉认为那是慌乱，不是喜悦也不是怀念，而是慌乱。

“欢迎回家。”阿新说，伸手去接行李。

即便如此，喜代依然露出鲜明的笑容对茉莉说：“你长高了啊。”

走出机场第一步，茉莉还记得喜代驻足说：“啊，福冈的味道。”

此时停车场已经笼罩在夜色里，吐出的气息是白色的，夜空星辰闪烁。将行李放进后车厢后，喜代默默坐进车子的后座。以前坐阿新的车时，喜代连副驾驶座都不肯让给孩子们，如今这种变化，让茉莉十分困惑。然而没有人说话，阿新就这样坐上驾驶座，茉莉坐上副驾驶座。

母亲就在身旁，茉莉感到很兴奋，但不是高兴。只是觉得很兴奋，不知如何是好。

喜代偶尔会喃喃地说，“啊！河川。”或是，“啊！池田老奶奶的店。”

除此之外，三个人都没说什么话。

“你这头发，什么时候染的？”喜代问这话时，与其说是责备，倒不如说是带着打趣的口吻。

“上个星期三。学校举行了结业式。”

喜代并没有说好不好看，反倒是阿新说：“蛮好看的吧。”

“到家的时候，妈妈终于露出欣喜的表情，很开心很怀念的样子。”

在微醺的催化下，茉莉连原本不打算说的话都对马场说了。过了深夜一点，隆彦依旧不见人影。茉莉内心忐忑不安。

“她看到家里乱七八糟很惊讶的样子，不过关于这个她什么都没说。但是，也只有那一天。”

喜代打开包包，拿出伴手礼递给丈夫和女儿后，便说她很累，就去睡了。由于茉莉和阿新还没吃饭，就去长滨吃拉面。

即便是开车去的，阿新还是点了日本酒。他也不问茉莉就要了两个杯子，一脸茉莉要不要喝都无所谓的表情，自己干掉自己的酒。这就是阿新风格的干杯。

“那是我第一次喝日本酒。之前和朋友喝过啤酒和威士忌，不过日本酒，以及和爸爸两人一起喝，那都是第一次。”

茉莉说着，看向房间一隅的收录音机。这是隆彦为了茉莉特地带来的收录音机，说是因为茉莉喜欢跳舞。

“和我喝酒也是第一次吧。”马场说。

为了打破瞬间到访的沉默，茉莉继续说下去，“那天，吃完拉面我也去了玛莉亚馆，是爸爸开车送我去的，送到门口。到了那里一定会碰到熟人，隆彦也在那里。”

马场微微一笑，“见得到妈妈的日子，也想见隆彦啊？”

“当然。”茉莉用力点头。

自从那年夏天去那里参加舞会后，玛莉亚馆成了茉莉最喜欢去的地方。那是一幢白色、古典、有如外国豪宅般富丽堂皇的建筑物，许多窗户透出灯光、音乐与香气。

来这里的客人中，茉莉是年纪最轻的，也是跳得最狂热的。有些女生到了迪斯科也不跳舞，有的只跳贴面舞，茉莉轻视这种女生。就算冬天，茉莉也跳到汗水淋漓、精疲力竭，才会开始喝饮料，大概只喝一杯冰凉的甜酒就回家。

由于男人不能带男人进来，因此门外经常聚集了一堆没有女伴的男人。他们在等喜欢的女生向她搭讪。茉莉没有被搭讪过。茉莉是在玛莉亚馆发现，只有祖父江七会叫她“极品”。

基本上，一旦进入里面情况就不同了。比茉莉稍长的女人，都很疼爱茉莉。

“茉莉，我好想你哦。”也有这样说着，然后紧紧抱住茉莉的女人。

“我好喜欢茉莉的舞姿哦。”也有这样说着，并且请茉莉喝酒的女人。

女人们身上总是混杂着香水味和烟臭味。在迪斯科跳舞的女人们有的长得很美，有的不怎么样，但在茉莉眼里，大家都一样具有成熟韵味，看起来很快乐。个个盛装打扮，华丽动人。

对茉莉而言，三重隆彦刚开始只是在玛莉亚屋帮她开门的年轻门童，总是穿着不合身的西装，垮着一张脸，笑也不笑。尽管他对茉莉说，“又来了啊？”或是“要回去了啊？”

茉莉也只是默默走过去。

直到有一次，他问：“你叫什么名字？”

“寺内茉莉。”茉莉答道。

“茉莉呀。”隆彦说这话的口吻十分亲昵。

茉莉不由得超然地抬起头指正他，“不对，是寺内茉莉。”

隆彦毫不畏缩地温柔笑了笑，“那果然还是茉莉嘛。”

茉莉认为，她喜欢上隆彦大概就在这一瞬间。那果然还是茉莉嘛。

“隆彦好晚哦！”茉莉说完站了起来，打开平常晒棉被的窗户，背后刺痛地感受到马场默不作声的视线。她蓦然觉得，两个人独处实在很尴尬。

在福冈的时候，隆彦明明很会吃醋，为什么现在敢把我一个人放在这里？想到这里，与其说是担心，莫如说是寂寞先涌上了心头。

马场在背后轻轻笑了笑，“把窗户关起来啦。”

回头一看，马场一脸落落大方，犹如大佛般的表情站在那里。别担心啦，我什么都不会做。这么说完，开始收拾酒杯。

“我先去睡了。茉莉也早点睡哦。”

接着传来厨房地板的吱嘎声，然后是清洗杯子的水声。茉莉寂寞得受不了，几乎快哭出来了。关上窗户后，寂寞更深了。

这一夜，隆彦到黎明都没回来。

茉莉听见开门声就猛地起床，问了一大堆，隆彦也只是自言自语般地说了一句：“回去睡吧。”

没有任何解释。他看起来不像喝醉的样子，换了衣服洗把脸后，就这样又出门去早市了。

“那种家伙，别理他。”马场从棉被里对孤零零留在玄关的茉莉说。

电影院的工作，和赖在公寓住下的野猫说话，成了茉莉在此地生活的乐趣。猫咪们虽然肮脏，但是即使抱起小猫它也会嘎地张开嘴巴，露出小小的牙齿示威般地喵喵叫，感觉很勇猛，茉莉很喜欢这一点。她讨厌到处黏人的小猫。

“好奇怪的脸。你长得真丑啊。”茉莉如此对猫咪说话。

“你的眼屎好多哦。”她捏着猫脖子的皮肤把它抓起来，小猫就拱成四脚着地的姿势。

“你还真冷淡啊。”

猫咪们窝在外面的洗衣机旁。每当茉莉去洗衣服都会和它们照面。到处凹凸不平、极为不干净的白铁盘里，黏着干掉的柴鱼片。盘子是二楼的住户放的。茉莉经常将牛奶倒进这里。牛奶大多不受成猫欢迎，但小猫几乎都争先恐后地将脸凑进盘里抢喝牛奶。

看着小猫，茉莉就会产生一股勇气。不知为何，想起自己和总一郎和阿九。

进入九月。在开始转为清澄的空气里，茉莉一如往常转动洗衣机，一边照顾着猫咪们。即使在唯有一个人勉强能通行、称不上院子的土地上，依然长着零星的草坪。

自从那晚之后，隆彦对茉莉很温柔，但马场对隆彦的态度却转为冷淡。虽然马场什么都没说，但茉莉想象得出来，隆彦在职场上的态度想必难以堪称模范。

“他是个能够信赖的人，不用担心啦。”当初两人拟定私奔计划时，关于马场这个人，隆彦是这么说的，“我从很小的时候就受到他很多照顾，所以在他面前抬不起头。”

被这样的马场弃之不顾的话，隆彦会感到多么不安与孤独？光是想，茉莉就觉得很难过，她不希望隆彦受到任何伤害。

隆彦不像茉莉之前认识的男人，不像总一郎那么聪明，也不像阿九那么温暖。

“他说不定连爬竹竿都爬不上去呢。”茉莉对猫咪们说。

隆彦个性莽撞，爱打架，又不是多厉害，却爱找人干架。

在福冈的时候也是，隆彦不晓得打过多少次架。明明是自己找别人干架，看情况不对就立刻逃之夭夭。只有落跑的时候特别快，还曾经把茉莉丢下自己跑掉，而他的说辞是："因为茉莉是女生，他们不会对你下手。"

隆彦的手臂很细，但抱人的力气却大到令人疼痛。尽管手臂很细，打架常输，但那是男人的手臂。

茉莉怀念地想起往事。深夜的志贺岛和生之松原，还有津屋崎和长垂的海水浴场。跨坐在隆彦的机车后座，到处去海边玩。

"你很喜欢海啊。"还记得听到隆彦这么说时，自己歪了一下头，因为并没有特别喜欢海，于是说，"因为，恋人不是都应该去海边吗？"

其中，那之津的码头是怀念特别深的地方。茉莉和隆彦在这里接吻不下百次，聊天的时间不下一百小时，就连私奔的计划也是在这里确定。夜里的海不太平静，清晨的海则宁静悠闲。只要闭上眼睛，茉莉的口鼻都能感受到那个海港浑浊的水的气味。巨大的仓库，长长的堤防，木条踏板堆积如山。

"如果我们两人能一起生活该有多好。"茉莉经常这么说，"我只要有隆彦就好。"

"可是你的家人怎么办？"隆彦极其担忧地这么问，茉莉还记得他当时认真的侧脸。

"他们说可以走，非走不可。"茉莉如此回答。其实这是在茉莉心里的总一郎说的话。

"真的假的？"隆彦笑了，"没见过会说这种话的父母。"

海浪汹涌，拍打岩壁发出惊人声响。茉莉聆听海浪的拍打声，茫然地看着写着"琉球海运"或"野田商船"的货柜。

洗衣机的声音将茉莉拉回现实。身处东京的川崎，公寓屋外的现实。和隆彦一起生活，但并非两人独处的现实。

6 隆彦就这样走了。今天是茉莉的生日

人们常说，东京是个“冷漠的城市”“危险的城市”，但茉莉丝毫不觉得如此。因为职场的人们和公寓的房东都很和善，她常去购物的超市、收银台的阿姨感觉也很好。只是茉莉认为，东京不是一个色彩缤纷的城市。譬如天空和花草，虽然有颜色但都不漂亮。不仅自然景观，就连招牌或家家户户的屋顶，和福冈相比简直可以说没有颜色。

在茉莉出生长大的地方，只要走出家外一步，那里就有“世界”。还不是城市之前，先是一个巨大的世界。天空、微风、阳光，总是将这个世界调和得美丽动人。东京没有这种感觉。

一九七八年的秋天，茉莉满十八岁。

生日那天的早晨，第一个向茉莉说“生日快乐”的是马场。这让茉莉很生气，她觉得马场太不识相了。隆彦不是个刚起床就能立刻甜言蜜语的人，但也并不是忘了，只要耐心等待到晚上，或是第二天早上，甚至或许要两三天以后，总之无论如何，早晚一定会向茉莉祝贺。茉莉明白这一点，所以想等隆彦的祝贺，想感受隆彦其实记得她的生日，很开心的心情。

“我会和隆彦一起，买个蛋糕回来。”马场出门前这么说，“我们会尽早回来，从店里带些好吃的东西回来，等着哦。”

隆彦就站在马场旁边，但什么都没说。

“你真的会早点回来吗？”等马场出门后，茉莉立刻问隆彦，“晚饭能够一起吃吗？”

“不知道啦。”隆彦不耐烦地回答，然后就走进厕所了。

茉莉很难过，觉得自己依然很爱隆彦，但隆彦已经不像以前那样爱她，这让她感到非常不安。茉莉期待的并非什么特别的事。至少就

她的想法，不是什么特别的事。她只是希望被爱，被了解，被信任，被珍惜，她认为这是理所当然的事。因为小时候，总一郎和阿九都是这样对她的。

最近，真的搞不懂隆彦在想什么。茉莉在心里如此对总一郎说。

大约一个小时后，隆彦也出门工作了，茉莉就这样孤零零被留在公寓里，在除了打扫洗衣服买东西之外，无事可做的公寓里。

令人惊喜的傍晚来到，隆彦堆着满脸笑容回来了。由于茉莉把收录音机的音量调得很大，没有听到开门声。当时茉莉在榻榻米上跳舞，感觉到有人来，抬眼一看，看到令人怀念的隆彦站在房门口，带着往日温柔的表情，看着茉莉跳舞。

“隆彦！”茉莉不禁惊喜尖叫，“你已经回来了？还是忘了带东西？”

“我回来了。”隆彦说，以调侃的眼神催促她，“继续跳啊。”

房里洒满了夕阳光晖，萦绕着性手枪乐团的*God Save The Queen*。

“不要啦。”茉莉害臊地说，朝隆彦飞奔而去，张开汗水淋漓的双臂紧紧抱住他。她将火热的脸颊贴着隆彦冰凉的耳朵问，“怎么这么早就回来了？”

隆彦身上有股寒冷街头的味道。茉莉认为，这就是东京的味道。

“马场叫我先回来。”隆彦若无其事地推开茉莉，如此回答。

“因为我生日？”茉莉闪动着双眼。

“应该是吧……”隆彦还在犹豫回答之际，茉莉已经吻上他的唇。一秒，两秒，吻了好一会儿。

“好棒哦，马场果然是好人啊。”放开隆彦的唇后，茉莉说。

“回家之前，我去了一趟赛马场。”隆彦说着，从裤袋掏出皱巴巴的钞票和零钱。

“你又去了？”茉莉想装出一脸抱怨，但却不成功。

“用这些钱去买些好吃的东西，然后去迪斯科跳舞也好，也可以去百货公司买你喜欢的东西呀。”隆彦这么说，“可是去之前，先在这个房间铺棉被吧。”

隆彦十分沉迷于赛马。不仅放假时整天泡在赛马场，就连平常偶尔也会跷班去赌赛马，虽然他本人不承认，但茉莉心知肚明。同时，他也在玩自行车竞轮。他的说法是“竞轮不受跑道利害关系左右”“赛马要靠马，所以光明正大”“只要认真赌就真的会赢”。

茉莉认为，这都是川崎这个地方害的。这里有赛马场、竞轮场，也有棒球场。当然棒球不是赌博，但也是男人搁下女人不管跑去玩的地方，就这个意义而言，茉莉认为棒球场也是一样的。此外还有喝酒的地方，甚至有花钱买女人的地方，还有整晚上映色情电影的电影院。

“隆彦喜欢这个地方吗？”夕阳余晖里，两人在铺好的棉被上欢愉之后，茉莉像猴子似的、双手双脚紧紧缠绕着隆彦问。性手枪乐团的歌声已经停止。

“一点都不喜欢。”隆彦回答，双手用力紧紧拥着茉莉，“这个地方、这里的人、这间公寓，通通不喜欢。这种地方，我怎么可能喜欢呢？”

“那就搬家吧。”茉莉低声说。因为她怕被骂。

但隆彦并没有骂她，回了一句“我知道”之后，用比茉莉更小的声音问：“你跟马场之间有什么吗？”

然后，明明问了却不给茉莉时间回答，立刻用手指在茉莉的私处粗暴地搅弄，将脸埋进茉莉绝对称不上丰满的乳房里，又激动地不晓得说了什么。茉莉完全无法听清楚。

“不要这样。”因为很痛苦，茉莉发出呻吟，扭动身体想摆脱，但隆彦不肯放手，甚至压住茉莉的身体，一边大声叫嚷，一边用脸在茉莉的肚子上磨蹭。为了让他住手，茉莉狠狠地踢了他一脚。

隆彦哭了。

“你好傻哦。”茉莉说，仿佛在处理坏掉的东西似的，轻轻地抱住隆彦的头。隆彦呜呜咽咽哭个不停，哭湿了茉莉的后颈。

梳洗整装外出后，心情变得十分清爽。茉莉久违地和隆彦牵手。晚霞逐渐消散，夜色开始浮现。

结果他们没有去百货公司，因为隆彦说要带茉莉去一个地方。两人来到离车站有点距离的地方，掀开一家酒店的门帘。门帘的两旁挂了很多破旧的红灯笼，灯笼上用黑色的字写着“雅”。

“嗨。”一个坐在四人桌的中年男人，举起一只手向隆彦打招呼。

“坐啊，坐啊。怎么这么晚才来？”这间店弥漫着串烤鸡肉的烟味与香气，老旧归老旧，但有一种温暖的感觉。安装在墙壁的柜架上，坐着一只招财猫。

隆彦抬了抬下巴向他打招呼，对困惑不解的茉莉只说了一句：“他是信哥。”

隆彦的语气是心情好的时候才有的声调。由于隆彦往椅子坐下去，茉莉也跟着坐在旁边。两杯啤酒送上来后，隆彦恭谨地说了一句，“那我不客气了。”茉莉也跟着说同样的话。

“不错耶，感觉不错。”信哥笑容可掬地说。

这个两眼大小不一、身材短小的男人，一边吃着小黄瓜蘸味噌，一边喝烧酒。看到他的碟子沾有酱汁，想必是吃过串烤鸡肉了。

“小隆今天有去上工吧？”他问茉莉。茉莉暧昧地点点头，心里想着，小隆？隆彦和这个人究竟有多亲密？

“等一下要去跳舞吧？”尾音上扬的“吧？”带着献殷勤的语调。

信哥穿着白色棉质运动衫，圆翻领，像是滑雪穿的衣服，袖口很脏。茉莉心想，他一定没老婆吧。

只喝了短短十分钟，信哥就站了起来，“那我先走了，你们两人多吃一点哦，我请客。”

隆彦也站了起来，所以茉莉也跟着站起来。

“别客气，别客气，你们坐。”信哥苦笑，手腕朝下挥了几下，然后对老板说了一声，“谢谢招待啰。”

不晓得是面子够大还是怎样，钱也没付就走了。

“他是谁啊？”门一关上，茉莉就开口问，“你跟他约好了啊？不要吓我好吗？突然带我来见不认识的人。”

“抱歉。”隆彦老实地道歉，然后用尊敬的口吻继续说，“不过，他人不错吧。信哥今天中了赛马券哦！他开了一家赛马分析店。”

因为茉莉对这个话题没兴趣，只应了一声：“嗯哼。”

之后，两人过了无可挑剔的一夜，一起大啖串烤鸡肉，用大杯的啤酒杯喝气泡酒。

“祝你生日快乐。”隆彦说。两人拿起酒杯互碰。

接着离开店家，搭上电车，前往新宿。电车里，有很多丢弃的赛马报纸，多到乘客不得不踩到，而且都是摊开的。茉莉皱起眉头，但还是毫不迟疑地踩下去，心里嘀咕着，这种事早就习惯了。

迪斯科位于肮脏的住办混杂大楼的地下室，入口处的旁边堆满了啤酒箱，和玛莉亚馆截然不同。茉莉首先被这种狭小吓到，尽管巨大音响是一样的。

“他们放的音乐好奇怪哦！这是海军准将合唱团吧？”茉莉虽然这么说，但觉得血管快被贝斯声弹破了，将包包放进小小的寄物柜里，立刻奔向舞池。

舞池里烟雾迷蒙，弥漫着一股和茉莉工作的影院卖的“潘趣”饮料一样的味道，甜甜的、人工的、感觉粉粉的、紫色饮料的味道。

“哇！好久没来跳舞了！”茉莉发出欢声，开心得高举双手，半蹲似的弯下腰来。但舞池也很狭小，茉莉有些不满意。隆彦拨开混杂的人群，终于追上茉莉后，茉莉对他说："我满十八岁了哟！"

但话声被轰隆的音乐声盖住，完全传不过去。

"我在隆彦的身边满十八岁哟！所以，现在我要和你跳舞！"茉莉不在乎轰隆的音乐声，放声大吼。

隆彦回了一句"什么？"往她旁边凑过去。

茉莉舞得极为疯狂，扭腰摆臀转来转去，一会儿甩头发一会儿踏脚，一会儿大笑一会儿闭眼。隆彦看着这样的茉莉，也轻轻摆动身体舞出节奏。

在玛莉亚馆的时候也是这样，但在这里，茉莉跳舞的样子不太一样。并非跳得好或不好，只是不同。也因此，人们不由得避开她，在她四周形成了一个空间。尽管不大，但茉莉得以跳得更自由。

跳到一半，隆彦去吧台拿了饮料给她。她一口喝光，又继续跳。只要开始跳舞，小时候安心的心情就会复苏。总觉得闭上眼睛随兴跳舞，睁开眼睛后，总一郎和阿九就会出现。

"为什么茉莉跳舞的时候，总是闭上眼睛呢？"

这个总一郎曾经问过的问题，现在的茉莉会如此回答："当然是为了能见到哥哥。"

两个小时后走出外面，两人都汗水淋漓。夜风吹来，格外凉爽。

"跳得好过瘾哦。"茉莉说着，将手滑进隆彦的臂弯里。两人走在垃圾堆旁的路上，茉莉将头靠在隆彦的肩上，张开鼻孔，吸入巷道里的夜的空气。

"虽然新宿是个肮脏的地方，不过也是个好地方，只要跟隆彦在一起。"

首先留意到末班车时间迫在眉睫的是隆彦。他说了一句"糟糕"，茉莉紧接着说"快跑"。两人全速冲向车站，笑得不可开交。这种时间在这种地方奔跑实在很可笑，两人就这样边跑边笑，一只手牵着，一只手按着肚子。

带着幸福的余韵，打开公寓的门。屋里灯火通明，但无声无息，也没有任何动静。

马场坐在三坪大的房间里。

“跑到哪里去了？”马场以低沉、愠怒的语调问，起身堵在隆彦前面，“说啊！我在问你跑到哪里去了！”

马场一把抓起隆彦的领子。

“不要这样！”茉莉连忙抓住马场的手，但马场连看都没看她一眼。

马场粗壮的脚在榻榻米上摩擦，白色的趾甲大而干燥，整张脸已经气到变形，“为什么没有来上班？去赌马？打柏青哥？还是又去找那个女人？那个女人的钱是主厨帮你还掉的，你知不知道啊？隆彦！”

被抓起领子摇来晃去，隆彦几乎是悬在半空中。

“不要这样！求求你放了隆彦！”茉莉歇斯底里地尖叫。

虽然马场依然不看茉莉，但也终于松手。于是隆彦和马场呈现对瞪的态势。

“你那一脸不甘愿是怎样？有话想说就说说看啊！你还有什么好狡辩的？你知不知道你每次跷班，我是怎么向人家道歉？还有其他厨师和主厨……”

“你烦不烦啊！”隆彦豁出去似的，打断他的话，“你又不是我爸妈，没有资格跟我讲这种话吧。”

隆彦的眼神和语气，让茉莉伤心悲痛到想一走了之，愤恨油然而生。

“那种店，我什么时候都可以不干！我在那里洗碗能洗出个什么名堂？你回老家以后，有店在等着你继承，说是来这里修业、学功夫，反正是个大少爷不是吗？”

茉莉猜想，隆彦可能快哭出来了。又或许，是自己会哭出来吧。

“你以前就是个废物，没想到越来越没出息。”马场的声音，已经不带愤怒，只剩疲倦和死心。

隆彦弯下身去，突然给马场来个过肩摔。马场跌落在地时，茉莉放声尖叫，紧紧抓住隆彦。但是，隆彦却抡起叠靠在墙边的餐桌，当他打下时，茉莉寸步也动弹不得。

如果稍微冷静一点，当隆彦第二次、第三次举起餐桌时，说不定能从背后制止他。事后茉莉这么想。

然而当时，茉莉根本没有时间思考。她立即趴覆在马场身上，哭着保护他。当然，是为了隆彦。

第一次，餐桌毫不留情打在她的后脑勺和背部。冲击是有，但不觉得怎么痛。第二次打在屁股和脚上。这次茉莉就觉得很痛了。虽然事后马场说：“与其担心被餐桌殴打，我更担心会被茉莉的重量压到窒息。”但当时茉莉真的拼了命，拼命覆盖着马场，紧紧抱住他的头。

即使隆彦停止攻击后，她暂时依然动弹不得。等到回头看才知道怕，怕餐桌会往她脸上砸下来。

“茉莉……”隆彦出声，声音极其不稳，“让开。”

茉莉摇头。

“我叫你让开。”

茉莉继续摇头。

隆彦就这样走了，但茉莉暂时没有察觉到。

马场的眼角被割伤，颧骨上方红肿，意识有些模糊，但也对伸手遮着他的口鼻以此确认他是否仍有呼吸的茉莉说：“你好重哦……”

茉莉因为放下心里的大石头又哭了起来，将哭湿的脸贴在马场的脸上。之后抬眼一看，立刻看到装着蛋糕的盒子滚落在房间一角。她想起，这就是今天早上，马场出门前说要买回来给她的生日蛋糕。接着想起，今天是自己的生日。和隆彦去迪斯科跳舞，感觉已经是十年前的事了。

7 “我和男人住在一起，但不是隆彦……”

茉莉无法原谅的，并非那天夜里隆彦殴打马场，而是隆彦就这样走了，留下茉莉，把茉莉留在马场的身边。

“真是难以置信。”茉莉对山边这么说，“那时隆彦竟然是我的一切，真的绝对难以置信。”

茉莉现在在山边稔的房里。山边和马场住在同一幢公寓的二楼房间。

山边和茉莉之前就认识，见了面会站着聊两句。山边很疼爱院子里的野猫，会拿东西来给它们吃，因此茉莉对他一直抱有好感。

“别再提了。”茉莉一直念着“难以置信”，山边沉稳地劝阻她，“也多亏了他，才有现在这样啊。”

“是没错啦。”

隆彦说起话来只会逞凶斗狠，茉莉对与他的关系感到疲惫不堪，而山边的沉稳对此时的茉莉而言，则让她感受到令人惊讶的温暖与柔情。只不过同时，茉莉也觉得这个人难以捉摸。

走掉的隆彦，隔天早上回来拿行李，看也不看茉莉一眼，在房里走动时故意把脚步踩得很大声，不发一语地将衣服和随身用品塞进包包里。

“等一下。”尽管茉莉叫他，他也不应。

“你要去哪里？昨晚的事，你还是向马场道歉比较好。”茉莉追隆彦追到洗手间，在他后面说。

隆彦粗暴地将牙刷、毛巾扔进包包里。

“隆彦！”茉莉气呼呼地大声叫他，把他手里的整发剂抢过来。

“你这是干吗？”隆彦声音低沉，打算出言威吓，但听在茉莉耳里是相当孩子气的做法，“还我！”

于是两人就在镜子前面互瞪。

“我偏不要！”茉莉用力地说，但语调显得僵硬。

直到昨晚之前，隆彦从未对她暴力相向，而且昨晚的殴打，其实也不是冲着茉莉而来。尽管如此，茉莉依然很害怕，那个瘦巴巴的、个性软弱的隆彦。茉莉明明认为他是这样的人，但此刻站在眼前的男人，明显地腕力比自己强。知道这个事实，却无法抑制自己的感情。

“我在问你，你要去哪里？”内心的恐惧使得茉莉更为不安，“你想丢下我？”

此时茉莉快哭出来了。

隆彦那双瞪着茉莉的眼睛，充满了堪称憎恶的忿怒与怨恨，“你有马场陪你呀。”

茉莉之所以没有反驳，是觉得太愚蠢了。她和马场之间根本没什么，隆彦也应该很清楚才对。

“你还真轻松啊。抱怨东抱怨西，吵着要搬家什么的，居然还向马场献媚啊。”

真是晴天霹雳。但隆彦越说越激动，“反正你对谁都能献媚吧？你跟大少爷马场很登对呀。也不想想是谁带你来这里的。”

“为什么你要说这种话？”茉莉不知不觉语带颤抖。

隆彦仿佛轻蔑她似的哼了一声，淡淡地嘲笑说：“为什么你要说博多腔？既然能说标准语就说标准语啊，像个东京人一样。”

支离破碎了，茉莉暗忖。隆彦已经支离破碎了，根本无法用语言沟通。

“你不再对我好了吗？”为了忍住泪水，茉莉的声音变得很小。

隆彦走了。或许有女人愿意让他住。也或许，他会去投靠信哥。无论如何，这都已经跟茉莉的人生无关了。

门关上的时候，茉莉站在和室里，手中紧握着整发剂。这瓶状似胶水棒的整发剂，隆彦叫它“迪克”，是他很爱用的东西。茉莉不假思索地打开瓶盖，像口红一样转动它，将里面用剩一半的东西转出来。这东西有一股黏糊缠绵的香甜味道。茉莉很清楚，这是隆彦的味道。

那是茉莉已经放手的东西。隆彦，已经和福冈一样遥远。

她冲动地将盖子盖上，知道牛油似的整发剂在容器中被挤烂了。

之后的一周，茉莉在等待中度过，心里盼望着，隆彦一定会回来。

和马场的关系则变得很尴尬。离开福冈时爸妈给的旅费也花光了。不晓得隆彦什么时候花光的。是拿去赌博了还是花在女人身上？也有可能拿去买送给茉莉的凉鞋和浴衣？但不管怎样都一样。隆彦并没有回来。

秋意急速转浓。车站前有点脏脏的广场上，枯叶随着传单和报纸一起翻飞。每天早上洗脸时，从水龙头流出的热水总是不够热。

“过了一星期了啊。”茉莉对马场说。马场偶尔会找茉莉喝杯酒，这时两人正在喝深夜的啤酒。

“隆彦是不是不会回来了……”虽然知道这不是马场的错，但茉莉还是无法对马场抱持好感。

“不会回来啦。我很了解那家伙的个性。”

或许吧，茉莉心想。然而这种想法使得茉莉悲痛难挨。因为不久前她还认为，她比任何人都了解隆彦。

“那，我也得离开这里了。”

茉莉如今依然记得，当时马场抬起头来的表情，充满不安与困惑。

“为什么？你要是离开的话，等到那家伙回来的时候……”

“太矛盾了吧。”茉莉打断他的话，“这话太矛盾了吧。你刚才才说，隆彦不会回来了。”

马场起身抓住茉莉的双肩，往她的唇吻下去。茉莉连起身的时间都没有，连忙将双手抵在身后，为了撑住身体不要倒下，耗尽了她的力气。就这样，茉莉接受了马场的吻，双眼紧闭，只有鼻子在呼吸。

这个吻难以置信地吻了很久。马场的脸很大，嘴唇丰厚又强而有力。而且，不知为何，拼命地用吸的。

茉莉心想，又来了。在父亲任教的大学里曾被强吻的记忆复苏了。不过这次情况截然不同。这里是马场的房间，错的是在这里的自己。

茉莉一味地忍耐。她告诉自己，没什么大不了的。只不过是接吻，根本没什么大不了的。

马场压在茉莉身上，拼命吮吸她的嘴唇和舌头，气息越来越饥渴。

这个结束之后，茉莉以奇妙的冷静思考着。这个结束之后，我就要离开这里。除了起初从家里带出来的东西之外，全部留下来，离开这里。先找个地方待到天亮，然后去公司，问经理能不能让她住在电影院，或是拜托经理帮她介绍一处便宜的公寓。

男人的身体终于离开时，茉莉察觉到自己的思考十分清澈。没什么好怕的，也没有什么好怀念的。

“忘了隆彦吧。”马场说完，开始脱裤子，眼光一直没有离开茉莉，然后将茉莉穿的毛衣往上卷到脖子。茉莉察觉到一个乳房从胸罩里露出来，便将它塞回去。起身一站，双脚有些不稳。在电灯照得白晃晃的房间里，马场全身上下只剩一件子弹内裤。比想象中来得白、形状姣好的双脚用力踩在地上。那个东西在看似质料柔软的内裤里，彻底巨大地隆起。

大九茎。

茉莉想起遥远的往事，微微一笑。不知道阿九现在过得如何？

“我得走了。”茉莉说。声音变得很柔和，连自己也吓一跳。如果马场又压过来，那也是无可奈何的事。究竟有什么不同呢？

“你想做啊？”茉莉问，直勾勾地盯着马场。奇妙的沉默降临，两人都不发一语。

不久，马场捡起裤子。茉莉松了一口气，微微一笑，双手环着马场的脖子。茉莉是打算表示感谢之意，但马场却全身僵硬，低沉地说：“我会被杀。”

茉莉的行李少到称不上行李。

“别走，等到天亮再说。”马场这么说。

但茉莉明白，这是不可以的。

“你和家里联络了吗？”山边稔一边将餐具收回橱柜里，一边说。

“联络了。”茉莉回答。

“好孩子。”

音响小声播放着柴可夫斯基的音乐。

接电话的是喜代。

“妈妈？”

茉莉打电话之前还担心妈妈哭了怎么办，结果是杞人忧天。

“是茉莉啊？”

茉莉回答，嗯。妈妈说，你还好吧？茉莉又回答，嗯。妈妈说，那就好。又被问了一次，你还好吧？茉莉又回答，嗯。茉莉一直说“嗯”。因为她知道再说下去的话，会哭的不是妈妈，而是自己。

“你是从哪里打来的呢？茉莉？”

这个问题不能用“嗯”回答了。于是茉莉先做了一个深呼吸，注意不让自己的声音发抖，不让眼泪流下来，装出特别开朗的样子说：“当然是东京啊。”

喜代没听到。因为电话里传来她在呼叫远处阿新的声音。

“茉莉啊？”

茉莉故意挑星期天打，喜代和阿新得以轮流和她讲电话。茉莉听山边的话，将地址和电话号码告诉他们了。

“我和男人住在一起，但不是隆彦，是在这里认识的人。”

茉莉打算稍微告白一下，但喜代和阿新都没表现出震惊的样子，仿佛住在一起的不管是隆彦还是山边都一样似的。

“所以，你还不想回来是吗？”

喜代这么一问，茉莉立刻回答：“不想。”

然后听到一旁的阿新说，平安就好。

这是妈妈和爸爸的气味。

茉莉似乎闻到那个家的味道似的，缓缓吸了一口气。放下百叶窗遮住阳光的客厅，绿色的窗帘和绿色的长椅，还有很多植物。

“好吧。”喜代说，“那就我们去找你玩。这样总可以吧？并不是要把你带回来哟。茉莉，你有在听吗？”

“有。”

茉莉暗忖，还是老样子。不是靠耳朵而是皮肤吸收，吸取的不是声音而是气味。她并不想回去，只是想打个电话。

在电话里一句来一句去的时候，山边一手拿着擦碗巾，一手轻拍茉莉的头，又说了一次：“好孩子。”

茉莉很讨厌被这样对待，在心里犯嘀咕：“我又不是野猫。”

山边是计测机器制造公司的技术人员，茉莉也不懂这是什么，总之根据山边的说法就叫计测机器。三十二岁的男人，兴趣是听古典音乐。

茉莉冲出马场房间那夜，刚好遇见蹲在洗衣机旁的山边，她因此得救了。

“这么晚要去旅行？”看到茉莉背着一个侧肩背包，迷彩图样，大到足以放进一个小孩，山边打趣地问。

“搬家。”茉莉简短回答，意识到夜风吹在被马场吻肿的唇上。

“可不可以让我在你的房间待到早上？”一边想着自己或许是个花痴，一边试着问问看。会拜托人家这种事，大概就是花痴吧。

“无所谓啊。”山边耸耸肩，很干脆地答应了。

茉莉之前和山边说过话，而山边也认识马场和隆彦，因此解释起来并不怎么费工夫。

“首先得和家人联络一下。”茉莉解释完毕，山边这么说。

他不只让茉莉使用浴室，还坚持自己要睡地板，将床让给茉莉睡。茉莉已经好久没有睡在床上了。这是一张床单有些湿气、散发出陌生气味的床。

茉莉睡不着，山边似乎也醒着。茉莉对山边说，一起睡吧。

在床上，关于肉体，茉莉已经打算放弃节操。她实在太寂寞了，不知道如何是好。不这么说的话，总觉得过意不去。但是却没有做成，因为山边的身体没反应。他的说辞是，因为太久没做了。茉莉听了不晓得该放心还是怎样，脑子里一片混乱，想要被抱的心情是有的。她对被马场抱持厌恶感，却觉得陌生人就无所谓。

两人并排躺在床上，更是寂寞难耐。

“求求你，和我做爱。”

茉莉恳求，但被拒绝了。因此，两人只是依偎在一起睡，就如同以前她和总一郎做的一样。

隔天，茉莉知道不能住在电影院，但同事们答应帮忙找一间房租七万圆，也就是茉莉的月薪租得起的房子。

“说不定没有浴室哦。”经理说。

“只要离澡堂近就没问题。”山野说。

于是两个人就这样保证，一定找得到这种房子。

山边是个孤独的人。他说他母亲早逝，和父亲合不来。又说他没有女朋友，对性的方面不太关心。并非没有经验，只是认为迟早有一天会做。

找到房子之前，茉莉打算暂时住在这里。两人每晚睡在同一张床，会碰触彼此的身体，也会接吻。

“我想总有一天办得到，只要把感觉找回来。”

山边半开玩笑地说，但不知是否太冷，起了一身鸡皮疙瘩。

“一定没问题啦，很简单的。”茉莉热衷地说，将自己的肌肤偎在山边瘦长的身体上磨蹭。

托职场同事帮忙找房子的第四天，找到一间条件符合的公寓。那是一间套房，不只附有厨房，玄关还有个小鞋柜，非常可爱的房间。只不过，这时茉莉已经不需要租房子了。

“所以呢？你爸妈什么时候来？”收拾完餐具之后，山边叼着烟一边点火一边问。

“不知道。他们说到时候会打电话给我。”

尽管隔间一样，山边的房间完全不同于马场的房间。三坪大的那个房间摆了一张床，床下铺了一块暗玫瑰色地毯，还摆了大型音响和书架，几乎没有空间这一点让人耳目一新。

此外山边不让茉莉洗他的衣服，连自己的餐具也不让茉莉碰。

“你只要洗你自己的就好。”山边沉稳地说。

来到川崎，已经十一个月了。虽然遇到意想不到的情况，但茉莉也有轻松愉快的时刻。

茉莉并非特别喜欢山边，山边也明白这一点。而山边也并非特别喜欢茉莉，茉莉也十分明白。

“今天想吃什么？”

例如早上，茉莉如此问山边。山边胸有成竹地笑着回答：“青椒炒肉丝。”

故意点了茉莉做不来的菜，不过随即更正：“我想吃炒饭啦。”

相反地，茉莉上晚班时，山边则会问她想吃什么。只要茉莉想吃的，山边都会做出来给她吃。此外，他还说女生走夜路很危险，所以会亲自到电影院去接茉莉下班。

茉莉很享受这种事。她第一次体会到，不求而不可得，远比求而不可得来得均衡许多。

8 寒酸小公寓，无性同居，以及大九茎

我真是个没用的东西。

一九七九年三月。茉莉望着窗外的晴空。收录音机放着柴可夫斯基的音乐。我听柴可夫斯基？隆彦与曾经在玛莉亚馆一起跳舞的女生看到我现在这个样子，可能会很惊讶吧？不过，实际上柴可夫斯基并不难听。闭上眼睛听的话，还会不自主地指挥起来，例如这里是低音大提琴，那里钢琴要停下来。

和山边的生活安详稳定。只要不去想自己究竟为什么在这里？

“人生似乎过得还不错。”这是上星期喜代来这里说的话。

联袂而来的喜代和阿新，只在公寓待了一小时。他们说住在饭店，明天要去拜访亲戚。接着第二天，他们突然来到茉莉工作的电影

院。看到穿着制服的茉莉，喜代毫不掩饰地皱起脸来。

“我实在不想说这种话，不过太不适合你了。”

还说茉莉“真是个没用的东西”，因为这句话，茉莉心头涌上温暖的感受。一种令人怀念的感受，也带着些许寂寞。

妈妈还是老样子，真是个失礼的女人啊。

茉莉望着晴空，在心里对总一郎说。

山边总是非常亲切。对茉莉的父母，也礼数周到地接待他们。那种态度与其说是恋人，倒比较像监护人。茉莉上班晚归时，他一定会去接她，逢人总是笑脸盈盈地鞠躬致意。

“你这次交的男朋友好温柔哦。”

同事们都这么说。的确，他们说得没错。

此外，有个夜里，山边向茉莉表白，说以前就很注意她。他喜欢很有气势的女孩，而茉莉正是很有气势的女孩。这么说着，自己还害羞地笑了起来。然后还说，倘若不是这样，当初才不会让茉莉住呢。

茉莉不知道该怎么想。对于山边这番点到为止的表白，是该认为自己“早就知道了”还是“毫不知情”？

至于和经常会碰面的马场诚之间，当然显得颇为尴尬。

当茉莉出声向他打招呼，“你好吗？”或问，“隆彦有跟你联络吗？”就会被他锐利的眼光瞪回来。如果只是瞪还算幸运，有时还会投以刺耳的话语，例如：“你居然有脸住在这里啊。”或是，“连讲话都变了呀，装出一副太太的模样。”

季节，从冬天逐渐迈向第二个春天。

山边稔很喜欢看电影。比起刚上映的首轮电影，他更喜欢看重播的老电影。从歌舞伎町看到池袋、横滨，有时甚至跑去茉莉觉得远得惊人的地方，例如下高井户或三轩茶屋。茉莉并不觉得这种电影有多好看，不过休假时山边如果邀她，她也会跟去看。比起电影，茉莉更感兴趣的是电影院。因为她以自己的工作为荣，想说看看别的电影院也是一种学习。无论哪家电影院，都弥漫着同样的味道。尤其是小型电影院，这种味道更为浓厚。但就客人的氛围而言，茉莉工作的这间比较大型的电影院，和都心那些小型电影院相比就截然不同。

“没有小孩耶。”茉莉举例陈述她的感想，“小卖部好小哦。”或是，“好多人都是一个人来哦。”

然后她就在心里打定主意，明天要跟经理和山野婶说。山边喜欢的电影大多是两部一起上演，茉莉经常觉得太无聊了，看到睡着。

“茉莉，演完了哦。”

当山边轻摇她的肩把她摇醒时，茉莉总有种迷蒙恍惚的感觉，但她并不讨厌这种感觉。迷蒙恍惚，仿佛自己一个人被留下来。伸伸懒腰，依然坐在椅子上，眺望鱼贯走出电影院的客人。

“好不好看？”

抬头看向邻座这么一问，山边打趣地歪着头说：“我把剧情大纲说给你听吧。”

和山边在一起生活真的很快乐。虽然没有性爱，但茉莉不以为意。最近连试也不试了，但床只有一张，两人还是依偎着入眠。两人之间没有性爱，取而代之的，山边经常会问一些性方面的事。

“是《性的生活》[1]啦。”例如，他会这么说。

尽管谈的是性的话题，山边问起来也不带猥亵感，反倒是愉快的、爽朗的。

“第一个男人是？”山边单刀直入从这里问起。

“隆彦。”

1 森鸥外的小说，以自述的形式描写幼年期至青年期的性欲，带有男同性恋色彩。

“什么时候？”

“很久以前了。”

山边咕噜咕噜转起眼珠子，“好好回答啦。几岁的时候？在什么地方？过程是怎样？”

“你知道这些干吗？”

茉莉这么一问，山边一副理所当然的口吻立刻回答：“说不定对我的‘性致’会有帮助啊。”

然而，即便茉莉竭力忍住羞耻心回答他，也没有得到这种效果。

“你有过性幻想吗？”又有一天，山边这么问。

“幻想？这是什么？应该没有，因为我是现实主义者。”

茉莉的回答大都极其冷淡，山边只好耐着性子诱导她。

“你以前念女校吧？有爱慕过老师或学姐吗？”

“没有。”

“那么，你和你爸爸的关系如何？”

“普通，健全。你不要再闹了。”

就这样，到头来总有一方不耐烦而结束谈话。

不是茉莉这么说：“山边，你好恶心哦，讨厌。”

就是山边这么说：“茉莉，你好无趣哦，一点都不浪漫。”

尽管如此，只要山边开口问，茉莉还是会一点一点谈她的性事。例如和隆彦的“热情如火的性爱”，还有终于来临的“粗暴性爱的时代”，以及之后的“哀伤的性爱时代”。

“不错耶，这种事再多说一点给我听。对了，等一下。我去放感伤的小提琴来听吧。”山边半开玩笑地说。

茉莉也谈起了小岛的事，“因为那是我第一次被成年男人追，觉得有点高兴呢。”

她居然能老实地对山边这么说，真是不可思议。茉莉心想，可能因为不爱山边的缘故吧。然而想归想并没有说出口。

关于总一郎和阿九的事，她则绝口不提。“第一个爱慕的男性”和“理想的男性”都是总一郎，说到性方面，立刻想到“大九茎”。

这是茉莉的秘密。或者说，是茉莉、阿九和总一郎的秘密。

那是个湿度很高、辗转难眠的夜。茉莉睡在总一郎房里，就如她以前经常做的一样。总一郎的房间是全世界茉莉最喜欢的地方。只要来这里，自私任性跑去“留学”的母亲的事、为此不得不做家事的自己和父亲一起生活的事、吵架把泉弥生骂到哭的事，就全部能忘记。

茉莉经常感受到总一郎的存在，在这个房间里更能清晰而强烈地感受到，有时甚至能听见他的声音。

“我可以在这里睡吗？”

——真拿你没辙啊。

“今天，我把弥生骂哭了。”

——我知道啊。因为我看到了。

“你认为是我的错吗？”

（压抑的笑声）

“怎样，哥哥，你在笑什么？”

——茉莉真是胆小鬼啊。

“胆小鬼？怎么说？”

——自己想想看。想想看就明白了。

“就是不明白才问啊。”

——茉莉真是胆小鬼啊。

茉莉将总一郎的毛巾毯拉到下巴。

“有哥哥的味道哟。”

——茉莉真是胆小鬼啊。

“你就不会说说别的啊。”

——我偏不说。

“……英国，现在几点啊？”

——减掉九个小时就对了。你不是问过爸爸了吗？算算看吧。

眼皮越来越沉，四肢断了似的倦懒无力，茉莉沉沉地进入梦乡。

“茉莉。”

听到怀念、温柔的声音，脸颊传来温暖的气息。身体动弹不得，是因为有什么东西压在毛巾毯上。

“茉莉。”

好开心，茉莉暗忖。双肩感受到手独特的重量。有人轻摇茉莉。

茉莉，起来啊。不起来的话，我要丢下你啰。

很久很久以前，经常被总一郎这样叫起床，就像这样在耳畔轻声地说。

阿九在院子等哦。快起来啊，茉莉。

那是深夜，孩子们之间的约定。等等我，哥哥，等等我啊。

茉莉感觉到睡衣的扣子被打开，冰冷的手触摸到肌肤。

“茉莉……”

她大吃一惊，张开眼睛。阿九的脸庞就在眼前。

“茉莉……”

阿九似乎很痛苦的样子，重复低唤茉莉的名字。虽然天色昏暗，看不清他整个表情，不过隐约可见他的眉头凄楚地皱着。

“你想干什么？”

茉莉反射性撑起上半身。阿九也连带地被撑起上半身。顿时，茉莉看见他裸露的胸部。

“阿九，你没穿衣服啊？”

她大吃一惊，这么一问，阿九很认真地点点头。

“我们一定也办得到啦！这是很自然的事。总之，就是那个……”

不要说了，茉莉说。她不懂阿九究竟在说什么，也不想懂。

“不要说了，走开啦。”

她的声音颤抖，恐怖从身体的深处翻滚而上，几乎就要放声尖叫。而且，从刚才就有个又硬又热的东西，从毛巾毯上面压着自己的下腹。想到这东西的真面目，就觉得恶心。

“住手。快点走开啦，好可怕哦！”

声音逐渐变大，连自己也无法控制。而阿九此刻的表情比茉莉更害怕。

“抱歉，不是这样啦。”

不然是怎样？阿九将双手往前伸。

“锹形虫啊，蝴蝶啊。”

茉莉充耳不闻。

“我走就是，抱歉。我走我走，你不要尖叫哟。”阿九胆战心惊地说。

茉莉轻轻点头，安心地叹了口气。

“真的很抱歉。我不会再犯了。”

阿九下床的身影，将茉莉的睡意以及对阿九的顾虑都吹散了。

“不要——”

茉莉的叫声大到连自己都吓到了，她用毛巾毯蒙着头。

阿新冲进房间时，阿九已经不在了。窗户是开的，蕾丝窗帘随风摇曳。

——好大的大九茎啊。

总一郎的笑声。

茉莉在床上发现棉制的白色内裤，是第二天早上的事。

在寺内新和寺内喜代眼里，女儿的生活情况看起来是小小的一丁点儿。对于这间暗玫瑰色地毯配上廉价白木床，加上组合式书架和音响就几乎满了的三坪大房间，喜代的感想是“看起来好寒酸”。对于茉莉只简单介绍的“山边先生”，总是笑眯眯地，和蔼可亲，阿新的感想是“看起来很不可靠”。

因为没地方坐，两人只好坐在床上。尽管如此，茉莉依然将红茶端到山边的小桌子上（平常这张桌子是摆在厨房）。

对于自己高中念到一半就辍学，茉莉并不后悔也完全没有反省。她说，“我在这里过得很快乐。”又说，“前些时候我第一次去了银座哟！那是爸爸和妈妈认识的地方吧？”

看到女儿以特别开朗的口气这么说，喜代也只能说：“人生似乎过得还不错啊。”

回到福冈后，日子经过越久，喜代就越不安，担心茉莉那样没问题吗？茉莉还未成年，当时是否该硬把她带回家才对？

茉莉离家后的日子，对喜代而言是风暴。家人曾是喜代的一切，至少她曾经以家人为中心生活过。

如今喜代以园艺设计师、花卉栽培师、花艺师的讲师身份开了教室，也在饭店和餐饮店担任插花工作，甚至帮人设计庭院。在从事花艺工作的繁忙日子里，她忽然想起，倘若总一郎看见现在的自己会说什么呢？那个深思熟虑、比大人更成熟的、特别的孩子总一郎。

“去英国很好，也要去更远的地方。”总觉得总一郎如此对自己说。当时就是在这种鼓励与支持下做出的决定。

如果总一郎看到茉莉高中辍学，住在寒酸的小公寓和男人过着“阴湿”的生活，他会怎么说呢？

“我是个花痴吗？”洗完澡喝着啤酒，茉莉直率地问山边，“我想跟隆彦一起生活来到东京，现在却和你住在一起。”

啤酒流过喉咙内侧，茉莉感受到自己的脸颊、肩膀以及潮湿的头发，都开心地迎接这个液体。

“这样就是花痴？”

“也不是啦。”

只是在路上擦身而过时，马场的脸上这么写着。

“我认为有那种父母，不可能生下花痴哟。”山边沉思再三，慢条斯理地说，“不过，有一点我觉得挺有趣的。你爸妈说的明明是标准语，你在爸妈面前说的却是博多腔。”

“其实我说话从以前就乱七八糟，两种话混在一起讲。”

“是这样吗？”山边歪着头说，“我不认为哦。像你现在说的就是标准语啊，完全没有混在一起。”

“是这样吗？”这次换茉莉歪着头。

小时候，在家里说博多腔是为了反抗爸妈。反抗爸妈，以及维系和哥哥的些微连带感。

“我已经想不起来了。”茉莉觉得好麻烦，将冰啤酒喝得咕噜作响，一饮而尽。

9 比起喜欢的男人，和不熟的男人生活简单很多

东京寒气逼人，而且不知为何，相当干燥。皮肤变得粗粗的，嘴唇也经常干裂。

“流血了哦。”山边经常这么说，然后轻轻吸吮茉莉干裂的嘴唇。虽然山边的嘴唇也很干糙，但非常温暖。

这一瞬间，不知为何，茉莉总是感到很悲伤。

有人在身边安慰是很幸运的事。茉莉强迫自己这么想。

茉莉很聪明呀。

茉莉很想相信总一郎说的话，但想到目前的状况，她却起了疑窦。说不定，其实我并不是那么聪明。

“我应该把高中念完才对。”深夜，茉莉一边听着柴可夫斯基，一手端着山边喜欢的廉价甜白酒，对他这么说。

“为什么这么说？”山边不解地问，“你不是不想念才不念的吗？”

“是没错啦。”

高中，对茉莉的确是个忧郁的地方。静悄悄地坐落于装有天窗的房子、彩绘玻璃的教堂、巧克力专卖店等，充斥着许多装模作样建筑物的区域，用一道高耸的围墙围起来的女校。石砌的，带有法式风格窗户的校舍。

“我经常逃课呢。”

即使逃课也没地方去，总是一个人待在校舍后面的草地。

“在那里跳舞，或是自言自语地走来走去，或是摘有节的草，并用它来磨指甲。”

那时我很孤单，茉莉在心里补充说。哥哥也不在了，阿九也不在了。升学的时候妈妈也不在。到了夜晚，同样的家里虽然有爸爸在，但离我白天的生活非常遥远。

在学校那道高耸的围墙里，我总是孤单一个人。茉莉追溯记忆，痛切地如此认为。一直到遇见隆彦，才把我从高墙里拉出来。

“校外比较好玩。”

茉莉想要解释。

“有一间叫奥维拉的咖啡馆，我和感情较好的同学，经常去那玩。”

那是一间古色古香的咖啡馆，有着紫色的招牌，玻璃橱柜摆着蒙了一层灰的布丁圣代模型。门一开，有个手脚利落的阿姨会前来迎接。

“放学后我会先回家，到了晚上就跑去跳舞。我在那里交了新朋友，只要去到那里，尽管没约也一定有人在。跳完舞大家一起去海边玩，一直聊到天亮。好快乐哦。”

有各式各样的人，大家年纪都比我大，感觉很成熟。

茉莉怀念地忆起往事。

这是茉莉第一次靠自己找到的天地。那是阿九当然不会来，就连总一郎的幻影也不会追来的地方。

就这样，越是在校外找到自在惬意的地方，越是感觉学校成为如坐针毡的地方。除了聚集在奥维拉的极小部分朋友之外，茉莉知道同班同学刻意疏远她。知道她们在周遭窃窃私语、造谣中伤，也窥见她们不经意露出的敌意。

只要超然以对就好。

越是听从总一郎的话做，鸿沟越是加大。

“我还是不想回去啊。我实在太讨厌学校了。”

茉莉这么一说，山边莞尔一笑，“太好了。”

“太好了？”茉莉端着过甜的白酒，像鹦鹉般反问，“我还是喝烧酒吧！这么甜的酒你竟然喝得下去啊？”

茉莉走到厨房，将杯里的酒倒进流理台。

“你走了我会很伤心啊，不论高中还是福冈，我都不希望你回去。”

又来了。茉莉停住轻摇酒杯的手。明明是柔情蜜意的话语，为什么听起来感到凄楚呢？

重要的是，被接受、被期待。在一个和家庭、学校、职场等背景完全无关的地方，自己是被人期待的。无论期待的是心灵或身体都无所谓。有什么好装模作样的呢？更何况茉莉发现，比起和喜欢的男人一起生活，和不熟的男人生活来得简单许多。两个人生活也比三个人生活舒适许多。

山边很温柔，不想束缚茉莉；而茉莉也不用老是担心，自己的言行是否会触怒山边。

对茉莉而言，在东京认识的人里，最重要的是能接受她的山边稔，最合得来的是山野牧子。茉莉工作认真而且经常无薪加班，大部分是补晚班同事请假的缺。将这种事有意无意地告诉经理，使得茉莉时薪调升为两百圆的是山野牧子。教茉莉从未做过的料理，例如茶碗蒸、奶油可乐饼、青椒炒肉丝，帮她让山边大吃一惊的也是山野牧子。

至于茉莉忍不住做了那些理应不能做的事，例如和无聊得发慌的小孩聊天，或是拿小卖部的潘趣饮料给小孩喝，山野牧子也都睁一只眼闭一只眼。因此，当茉莉撞见她在电影上映中的大厅一隅偷抽烟，也没说什么。

“你的男朋友好吗？两个人处得还好吧？”

尽管她以调侃的口吻这么问，茉莉也知道她不是随口说说，而是混合了担心与亲昵的感情由衷表示关心，于是茉莉笑容可掬地回答，“他很好。我们也处得很好。”

山野似乎很喜欢来电影院接茉莉下班的山边。

“可不是吗？很体贴啊。”穿着水蓝色工作服和深蓝色运动鞋，一身清扫制服的山野对茉莉说，“脸蛋细长秀气，比较起来是个好男人。”

“是啊……”茉莉不置可否地回答。

茉莉、山边和山野三个人曾经一起去看过电影，看的是《周末夜狂热》，看完电影“心一横”去吃了寿司。山野说，“我觉得约翰·屈伏塔好像对我下了迷药。”

“果然。我们两个喜欢的男生类型很像啊。”茉莉笑着说。

山边听到这段对话，故意装模作样抱头打趣：“那我不就没希望了？”

那是个很欢乐的夜晚，三人喝了很多日本酒，其中山野又说又笑地最开心。山野牧子已经五十六岁，比喜代还大。她先生过世了，两个孩子也都结婚了，有一个孙子。孩子们想接她过去一起住，但她说，“开什么玩笑，我可不想放掉一个人生活的自由。”

茉莉送过两个礼物给山野。第一次是一只单眼瞎掉的猫咪，老是被猫群欺负很可怜，茉莉将这件事告诉山野，她突然说要养这只猫。

“我住的是公寓，不过没问题。”山野自信满满地保证，“房子本来就破破烂烂的，而且管理员早就站在我这一边了。”

第二个礼物是唱片。比吉斯的黑胶唱片，封套有约翰·屈伏塔的照片。

山野看得两眼发亮，“我会把它装饰起来。很可惜我没有唱机，不能放来听。”

春去夏来。原本觉得“脏兮兮”的川崎，到了夏天街边的树木也将街景装点得绿意盎然，而天空很低，翻涌着夏日白云，是茉莉也知道的。电影院的冷气冷得要命，公寓里却酷热难挨。打蟑螂的方法，是茉莉来到东京后学会的事情之一。因为山边有“虫虫恐惧症”，茉莉只好代替他奋勇驱虫。

到了夜晚，山边会吻茉莉、抚摸茉莉的胸部，甚至将脸埋在她的胸部和腹部，但也仅止于此。对茉莉而言，这是很不舒服的事。并非欲火焚身想做爱，而是单方面被抚摸很痛苦，只有自己被脱光衣服很难为情，默不作声又觉得尴尬，如果假假的刻意发出叹息声或呻吟声扭动身体的话，浑身不由自主发热的只有茉莉，山边的身体依然冰凉。伸出手摸到的那个东西，如果比身体更冰凉柔软，茉莉会吓得连忙收手。这时就会突然意识到，自己和一个不熟的男人住在一起。

喜代和阿新三不五时会寄包裹来，有干货、味噌，有千鸟馒头[1]，也有小馒头。也曾寄来缝制好的洋装，不知为何还放了几本书。

书不是我看的，是山边看的。

茉莉在回信的明信片这么写道。

当初明明那么想离开的家和城市，包裹一打开，勾起茉莉思乡之情的，不是物品，而是箱子里的空气。

这年的盛夏，马场回福冈去了。茉莉是经由房东得知的。她想起原本就空空荡荡的马场房间，想起了帮她挡住隆彦恶意的马场，想起了他结结巴巴的博多腔，以及他站在厨房杀鱼时帅气的背影与认真的侧脸，也想起了和山边住在一起之后，每每对她讲话带刺的马场。而今虽然连个招呼都没打就走了，茉莉依然在远方祝福他。

山边晚归时，茉莉会和山野共进晚餐再回家。脱掉制服的山野喜欢亮晶晶的饰品，胸前戴着丁当作响的项链，两耳挂着大耳环。

“虽然说女人的幸福要看男人而定，”在面店吃着“丑女乌龙面”[2]，山野对茉莉说，“但也不能因为这样就全靠男人。毕竟男人死了也就没了。”

这时，茉莉想起总一郎，也想起总一郎断言阿九的父亲一定是个善良的人，以及成为遗孀的祖父江七，和眼前丈夫也已经往生的山野。

“不过茉莉还很年轻，不用担心这种事。”

茉莉直勾勾地凝视山野，难以接受这种论调。因为她身边有年纪轻轻就死了的人，也有即便没死也音讯全无的人。

“你怎么了？为什么直勾勾盯着我瞧？”

山野脸上有斑点也有皱纹，白发也很多。茉莉再度意识到，这个

1　福冈特产，表皮烙有千鸟图案的白豆沙馒头。

2　将配料排成能面丑女模样的乌龙面。

人的确老了。即使在同一个职场工作，也这样面对面一起用餐，但自己和这个人之间的确隔着一条漫长的岁月之河，茉莉甚至能看到这条河流。对岸，非常遥远。

“没什么。”茉莉微微一笑。

母亲也和山野一样，抱着同样的想法才开始工作的吗？因为失去了儿子，或许有一天也会失去丈夫？但茉莉无法接受。她认为，在失去之前就害怕失去，是胆小鬼。她不想当胆小鬼。想着想着，将手边的酒一饮而尽。

山野眯起眼睛笑了，“茉莉的酒量很好啊，不愧是九州的女孩。”

茉莉抬头挺胸答道：“是啊。”

让茉莉感到焦急的是，山边犹如不动明王般的沉稳。在茉莉的眼里，山边是个一无所求的男人。已经出社会领了十年薪水，但还是住在学生时代的公寓里，过着同样的生活。听的唱片经常是柴可夫斯基，酒也是喝一样的，一款瓶身绿色的甜腻白酒。很疼爱茉莉，也很疼爱野猫，但这些对山边的生活都不造成影响。

尽管茉莉吵着要去迪斯科，山边也只是一脸为难地摇头说：“我受不了那种地方。”

他不想离开自己的房间，不想去旅行也不想搬家。除了看电影之外，没有什么奢侈的享受，也没有其他的兴趣。

“你不想做一些奢侈的享受吗？”

尽管茉莉不解地问，他也立刻回答：“不想。”

“你不想再黏我一点吗？”

“我已经够黏你了。”

“那么，你不想住大一点的房子吗？或是做别的工作？或是将来想有自己的店？或是有一天想有可爱的小孩？”

茉莉连珠炮似的问了一大串，山边不禁难过地说："茉莉，照这样下去不行吗？"

我居然苛责一个如此温和善良的外人。想到这里，茉莉也难过了起来。我是个唠叨严厉的人吗？会不会隆彦也是因为这样而离开我？

"也不是不行啦……"

接下来究竟要说什么，茉莉自己也不知道。我究竟在期待什么呢？

茉莉，仔细想想看。

总一郎大概会这么说吧。

想想看就明白了。

或许是我太迟钝了。

茉莉这么想。然而在还没找到答案之前，围绕着她的世界已经起了变化。秋天到了，茉莉也满十九岁了。一只猫不见了。山边感冒，向公司请了两天假。

"要不要紧？"茉莉端了一碗粥给眼睛充血、鼻涕擤个不停的山边，一边问他，"去给医生看一下比较好吧？"

清晨时分，房里散落着揉成一团的卫生纸、喉糖的包装纸、看到一半的周刊、橘子皮，连个站的地方都没有。

"不要紧。"山边虚弱地微笑回答。

"除了我妈以外，这还是第一次有人在我生病时照顾我呢。"

这句话让茉莉心头一惊，蓦地感到厌烦、恶心，还有一种罪恶感，以及伪善。茉莉不禁暗忖，我煮稀饭给他吃，装出一副很关心的样子，我现在好伪善哦。

"所以现在我很快乐。虽然鼻塞很难过，发烧搞得全身关节疼痛，但我还是很快乐，因为有茉莉陪着我。"

好恐怖，茉莉心想，被这样依赖好恐怖。于是她说：“傻瓜，别说这些傻话了，快点好起来吧。”

虽然觉得山边生病很可怜，但她语气却很冷淡。

“我得走了。”

她想赶快离开公寓，赶快去那个铺着红地毯、飘着潘趣饮料味道的宽阔职场。

我除了迟钝之外，说不定还很残酷，茉莉又开始想。我居然如此对待一个在我走投无路时，丝毫不嫌麻烦收容我的人。

爸爸，妈妈，你们好吗?

这天晚上，山边的烧终于退了，睡得很安稳，茉莉坐在他的旁边，心情愉快地写明信片。

寒冷的冬天就快来了，我过得很好。谢谢你们又寄包裹来，真的很受用。不过如果你们有所期待的话，我要先把话说在前头，我并不想回去。请再寄书来，因为山边很爱看书。

茉莉上

10 以前和隆彦搭来的这辆列车，而今要和山边搭回去

长长的溜梯，茉莉坐在油漆斑驳的铁栏杆上，看着寒冬凋零的公园地面。刚到川崎时，这座公园是茉莉最喜欢的地方。可能是树木的关系，也可能是因为孩子们，茉莉觉得这里是风儿轻柔的地方。

现在风冷了，树也秃了，也不见孩子们的身影，但也比待在公寓

里来得惬意许多。

待在那个房间令人窒息。茉莉在心里嘟哝。

山边依然很温柔，但也可以认为是他不关心的缘故，偏偏说起来却奇妙地毫无防备，对茉莉说甜言蜜语，自然到令人恶心的地步。

“我一直都是一个人，也很讨厌和别人来往。”山边一脸想不开地这么说。

茉莉还以为他要说点什么，可他接着却来了一句：“可是现在我有茉莉。”

他说得一脸欣喜、眼睛发亮，然后问：“茉莉对我无所求吧？”

明明是有待确认的一句话，却不等茉莉回答，径自补上一句：“因为我也对茉莉无所求。”

简直就像理所当然，无须多言。茉莉觉得好像自己被迫同意似的，有种被轻蔑的感觉。

这太不合理了，茉莉心想。跑到别人家住下来的是我，利用山边的也是我。可是——茉莉带着悲惨的心情承认，对于山边而言，其实谁都无所谓吧？会一个人自己说说笑笑，不跟她上床也不会发牢骚，至于房租虽然很少，但也每个月付一点钱，这种女人任谁都欢迎吧。

不久之前，茉莉对于自己能在东京勾引陌生男人——虽然没有勾引的意图，但茉莉认为就自己所做的事而言是事实——还感到挺自豪的。在远离福冈，除了自己以外，无依无靠的状态下。但是现在，她觉得自己恐怕太不聪明了，似乎陷入了山边的算计里。而另一方面，山边有时也会卑屈恳求到令人心疼。例如，“我希望你不要离开我身边。”又例如，“要利用我的话，希望你彻底利用我。”

茉莉从来没遇过这样说话的男人。

“男人都是小孩子啊。”山野如此笑说。

不过，哥哥十二岁就已经是大人了。就算阿九，也比现在的山边成熟多了。

茉莉吸了一下鼻涕，从栏杆上跳下来。至少，公园里有新鲜的空气。这里的空气，应该和银座、新宿，甚至和福冈都是相连的吧。即使没有确实的感觉，或许也和喜代曾经待过的英国相连。

空气是全部相连的。这种想法，让茉莉获得些许安慰，想起贴在总一郎房间墙上的世界地图。

“也有裸着身体过日子的人哟！”一起睡觉的夜晚，总一郎曾经看着地图这么说，“也有在船上过日子的人哟！所以也有会吃人的人。”

“你骗人。”

我没骗你，总一郎说。

“这没什么好大惊小怪的。说不定连外星人都躲在某个地方呢！美国的宇宙飞船已经目睹过好几次了。”

美国的位置和非洲的位置，茉莉都是在那个房间知道的。

会吃人的人啊。茉莉浅浅一笑，离开公园。冷冽的寒风吹得脸颊刺痛，皮肤干裂。好想快点回去泡澡。因为热水器的关系，浴缸很小，必须缩起膝盖才进得去。尽管如此，茉莉总觉得，只要将自己的身体清洗干净，就能守护自己不被弥漫在房里的山边气息所沾染。

因为要工作到除夕夜，尽管对喜代那句“偶尔也回家看看”很感谢，但茉莉又在东京迎接新年了，而且是个意想不到的欢乐跨年。每年都会去参拜“弘法大师”的山野，邀她深夜去川崎大师[1]做新年参拜。山边也一起受邀。

“新年参拜？这就不用了吧。我想两人在家迎接新年。”茉莉从公司打电话给他，一开始他这么说，“那种地方人挤人，天气又冷，还要花车钱。”

1　又名平间寺，祭拜弘法大师。

但换山野来讲电话，他突然改变心意了。

“他说一定会去。”山野笑眯眯地向茉莉报告山边的回复。

下班后，茉莉回到公寓。山边一脸不高兴地说，他不想去新年参拜，还说放在厨房的包裹很碍事。“厨房的包裹”指的是喜代寄来的东西，有干渍的鲱鱼卵、麻糬、瓶装的黑豆、海带、香菇等。还有用报纸包起来的芋头和莲藕，也有用箱子装起来的橘子。这些东西的确很占空间，不过光看着这些丰富的食材就令人感到安心，茉莉倒是很高兴。

此外，山边也对茉莉拿回来的瓦斯暖炉发牢骚。山野换了新暖炉，将旧的送给了茉莉。

“你都跟你的同事们说了什么啊？说没有送吃的来你会饿肚子吗？房间冷到受不了是吗？”

“我才没说这种话。”

“那你同事干吗送你暖炉？这个房间这么小，用原本的电暖炉就够了吧。”

可是这台电暖炉，两支发热管的其中一支坏掉了，根本就不会暖。

“算了。新年参拜，你不想去就别去了。”

茉莉这么一说，山边突然露出害怕的神色。

“那你呢？”

“我要去。”

茉莉自认没说错话，但看到沉默不语的山边，就被一股近似后悔的情绪袭击，几乎就要改口说，我也不去。而山边其实就在等她这句话。

“我，要去。”

茉莉几乎是在说服自己似的，原封不动重复一次。然后，山边心不甘情不愿地开始准备外出时，茉莉真的觉得对他过意不去。

“好久不见啊。”

可是，山边一见到山野，却兴高采烈地打招呼。

“新年参拜啊，我只有小时候去过哩。看来今年定是个好年。”

走在杂沓拥挤的人群里，为了避免分散走失，山边极其自然地搂着茉莉和山野的背，仿佛在保护她们似的，真的就像个感觉很好、温柔体贴的恋人。

茉莉的心情也终于开朗起来。夜晚冰冷的寒气，呼出的白色气息，就连人群拥挤的景象，也成了特别赏心悦目的事。

“午夜十二点会焚烧护摩木哟。”山野指着万头攒动的前方，双层屋顶的建筑，解释给他们听。

“停车场那边有个池塘哟，待会儿去看看吧，叫做鹤之池。”

山野对这座寺庙很熟，不愧是每年都来的人。她那戴着金色大耳环的脸庞笑眯眯的，丝毫不在意人潮拥挤，慢慢地向前走。

尽管夜已深了，人群中依然有很多小孩和老人。茉莉看得目瞪口呆。一路上挂满了明亮的灯笼，离正殿还很远却已经闻得到线香味。

山边伸手握住茉莉的手，将她的手抬起来，连同自己的手一起放进大衣口袋里。

“就这样放着吧。”

一阵欣喜涌上心头，茉莉不禁将脸靠在山边的手臂上磨蹭，突然发出“咕”的一声。喉咙竟然发出这种声音，茉莉既惊讶又害羞。

口袋里的温度，和外面的温度截然不同。

沐浴在护摩木的焚烟里，参拜完毕后，走过鹤之池畔，三人离开了庙庭。

“有人一起迎接新年，真是幸福的事啊！”山野说。

茉莉看向山边，山边也看着茉莉。真的在一起啊，茉莉感慨良深地暗忖。至少，我现在不是孤单一人。

而这个，是茉莉在山边身上拥有的、最后的幸福瞬间。

随着日子的流逝，山边的温柔失去了霸气。当茉莉为此感到焦躁，山边经常会说出很残忍的话，例如，“茉莉都在利用大家。”

伤脑筋的是，被这么一说茉莉也有同感，情急之下连忙否认：“才没有呢！我才没有利用！”

山边不以为然地微笑说：“就是有！”

这么一说就更觉得事实如此。

“你不只利用我，还利用你爸妈，还有山野婶。”

一旦发展到这种地步，争执就会变得没完没了，很不愉快。喜代寄来的包裹的确逐渐侵蚀山边的房间，山野的老旧瓦斯暖炉，红彤彤燃烧着温暖了房间。

“山边你太孤僻了。”

茉莉认为，这个人过着和家人疏远也没有朋友的人生，所以无法相信别人的好意。但是，那么，承蒙别人的好意和利用别人的好意，究竟有何不同？

“我们是互相利用，不是吗？”

茉莉逼不得已这么说。然而话一出口，心情却荡到谷底。

一月，晴朗而低温的日子持续着。茉莉往返于职场与公寓之间，家事也独自包办。她晚回来的话会被骂。山边和茉莉在一起时，除了喂野猫，什么都不肯做。

好想回福冈。

茉莉动了回乡的念头。山边之所以收容自己，是因为那时的自己对山边而言，和野猫没两样，是个没有家人、没有朋友、没有恋人，甚至连住的地方都没有的女人。山边只关心这种处境的人。

“我决定回去了。”公园梅花乍放时期的某一天，茉莉如此对山边宣布，“我总认为回家好像在逃避，所以一直不肯回去。但现在已经无所谓了。我不应该继续利用你。”

时间是在早上，茉莉准备好要去上班之前。这是茉莉再三考虑、下定决心、好不容易说出来的话，但山边的回答却是茉莉没想到的。

“利用我？”山边一脸愕然地说，“你利用了我？”

茉莉霎时一片混乱，“不是这样啦。”

脑筋一混乱，说话也自然模糊不清。

“可是，那是你说的不是吗？你说我利用你。我想了一下，或许真的是这样，我认为我们是彼此利用。可不是吗？仔细想想……”

山边打断了茉莉的话，“无所谓，就算是利用也好。”

顿时两人陷入了沉默。山边直勾勾地看着茉莉。茉莉不知道该说什么，只觉得很难过。

“这样太可悲了。”于是，她这么说，“我还是要回家，因为我想回家了。至于你，我很喜欢你，就是这样而已。我也搞不清楚，果然还是利用吧。所以，就算我喜欢你，我也觉得很可悲。”

就茉莉看来，山边很受伤，难过到令人心疼，眼看就要崩溃了。

“就算这样，我也不想和你分开。”山边缓缓地说。

这让茉莉更难过，已经搞不懂究竟怎么回事。

“为什么？”茉莉好不容易终于问出这句话。在这间狭小、凌乱，但的确反应出山边和茉莉的习惯与生活情景的房间里。

山边表情扭曲，那是笑容没错，但却是带着死心的笑容。

“因为茉莉对我而言，是我这三十三年的人生中，唯一的朋友。”

茉莉吐了一口大气。该说的话，这次真的说完了。然而她并没有察觉到，自己脸上浮现的笑容，其实和山边一样。

“我知道。”山边说，“我没有什么利用价值。不过你要回家的话，我也要跟着去。这次换我住到你家去。反正不管到哪里，我都是孤单一个人。”

这太令人震惊了。茉莉万万没想到，山边——就算不是山边，反正就是有人——竟然会说出这种话。山边接着说他要辞掉工作，还说这本来就不是他想做的工作。

“你要跟来？”茉莉的声音越来越小声，“山边，你真的要跟我走？”

茉莉已经完全不知道究竟是该高兴还是难过了。

山野倒是很高兴，“年轻人就该勇于冒险啊。”

她竟然说出这种话。这时的茉莉并不明白回去福冈哪里冒险了。

“你送的暖炉，我会好好带去。”茉莉觉得他太得意忘形，山边却满脸笑容如此对山野说。

这是三月，发生在茉莉送别会上的事。电影院的同事们在一家面店设席邀请茉莉和山边，大伙儿围着他们两人团团而坐。其中也有匆忙间录用的、接替茉莉的打工人员。因为茉莉认为，需要一星期的交接时间。尽管就如茉莉当初开始上班一样，大家都说交接很简单，只要一天就够了，但她不以为然。

她很喜欢电影院的工作，可以看到各式各样的客人。有每次都赶来看首映的人，也有同一部电影看好几次的人。有中途才进来的人，也有中途就离场的人，甚至有人似乎是来睡觉的。关于几位堪称常客的客人，茉莉想对接手的人仔细说明。

关于业者方面也是。有空调和饮水器的维修人员，也有小卖部的送货员，以及清洁器具租赁公司的人。茉莉认为，倘若新来的打工人员不认识这些人而做出失礼的事，这会使得前任打工人员的名誉扫地。

“茉莉是个很有敬业精神的人啊。”经理也几度这么说，对于茉莉的离职深感惋惜。

“你很红哦。”山边在她耳边嘟哝。然而他语带落寞，这让茉莉感到些许困惑，以及些许心烦气躁。

我以你为荣哟！

此时，她知道总一郎立刻在身边这么说。茉莉，我以你为荣哟！

春夜，面店里的拉门镶有玻璃窗，从窗户可以看见隔壁澡堂的屋顶和烟囱。

在大伙儿的催促致词下，茉莉站了起来。

“各位，真的很感谢大家的照顾。”

她只说了这么一句。因为喝了太多烧酒，没办法再站下去。就这样，围绕在拍手声和笑声里。

真是转眼间就过了。

在东京的两年，茉莉感到奇妙的轻盈。在惊愕、哭泣、混乱之际，转眼间就过了。

“怎么了？你在笑什么？”山边拿着罐装瓶酒站在东京车站的月台上，侧首不解地问。

这是个春寒料峭的日子。春雨绵绵，从屋檐滴落。

“因为……”茉莉答道。

以前和隆彦一起搭来的这辆列车，而今要和山边一起搭回去。人潮杂沓，曾经令茉莉心生畏惧的东京车站，而今也觉得没什么了。

“因为，我没想到会变成这样。”

“怎样？”

“竟然带了一个拖油瓶回福冈。”

语毕，茉莉深深吸了一口没有颜色的、东京的、被雨淋湿的空气。

三 先跳进去再说

1 依然无性的同居，以及阿九的告白

又来到水炊鸡肉锅店，白浊的汤在锅里咕噜咕噜沸腾着，衬托出红萝卜的红和叶菜的绿。

席间阿新沉默寡言，除了说几句谈不上是问题的问题，诸如，“你会喝酒了啊。”或是，“所以工作就干脆辞掉了啊。”除此之外，阿新一直静默用餐。

山边则正襟危坐，显得很不自在，偶尔小声地说，“这家店真不错啊。”或是，“真好吃。”

喜代化了一个鲜明亮丽的妆，穿着一袭深咖啡色套装，一个人努力想炒热气氛，但效果不彰。喜代的努力总是搞错方向，例如她会说这种话，“你在以前的公司工作成绩不错，所以在这边也能找到工作吧。”

不只是山边的工作成绩无人知晓，基本上山边是否有意愿找工作都令人质疑。

喜代一边利落地将锅里的菜分别夹给阿新和茉莉，一边说：“哎呀茉莉，你要夹菜给山边先生呀。”

只有山边的菜由茉莉来夹也太奇怪了，茉莉连手都懒得伸。结果，山边的菜是自己夹的。

茉莉睽违两年在博多车站下车，是三天前的事。在东京上车时下着雨，但清晨的博多车站却是晴空万里。

“哇！”意想不到的怀念与欣喜之情霎时翻涌而上，茉莉不禁碰了一下山边的手，发出惊呼。

但是，山边却一脸闷闷不乐。

“我在东京受到他很多照顾。”茉莉带山边回家时，对父母如此解释。对茉莉而言，山边并非她的男友。硬要说的话，大概就像朋友，或是路边碰巧捡到的弃猫。就像在昨天以前，茉莉对山边而言的角色是一样的。

然而，这种事喜代和阿新是无法理解的。先前和男人离家出走的女儿，这回竟然和另外一个男人回来。以他们的立场而言，只好先将眼前这位身材高大，但似乎不太可靠的男人，当作女儿的新任男友。不过，目前两人并没有同房睡。茉莉觉得睡在总一郎的房间比较安稳，于是将自己的房间借给山边睡。

即便老是说睡在过世哥哥房里不太好的喜代，也无法反对。毕竟茉莉的房间让两个人睡是太小了，更何况是未婚男女。

没人知道返乡回家的（和自己跑来的）两人今后要如何生活。但反正就是这样，茉莉回到福冈（还有和总一郎住过的家）来了。

就这样一回神，我就拘谨地坐在这间火锅店里了。

茉莉吃着调味高雅的火锅，在内心如此呢喃。总一郎还活着的时候，一家人去了很多地方，也到过各种餐馆用餐。但总一郎过世后，寺内家的正式宴席以及节庆的外出用餐，总是来这一家店。

“你现在很能喝啤酒啊。”喜代对茉莉说。

酒，是茉莉在东京这两年发现的“拿手绝活”之一。实际上，茉莉的酒量很好，堪称海量。比起其他饮料——咖啡、红茶、特地去净水路喝的香甜浓郁热巧克力、喜代榨的新鲜果汁或蔬菜汁、去奥维拉时茉莉必点的漂浮冰淇淋苏打——酒都更好喝，就算喝了很多杯，也只会飘飘然的很舒服，但不会醉。然而这也只是因为，以前住在这个城市的茉莉，没机会领略酒的美好。

其他还有好几件类似这样的事情吧，茉莉思忖。我不知道的，关于我真正的事情。

“隆彦现在在做什么？”忽然，阿新这么问。

“不知道。”茉莉答道。

尽管山边并非不知道隆彦这个人，但茉莉还是很气阿新在山边面前问这种事。此外，也很气自己至今依然对隆彦这个名字还有反应。

她曾经希望只有隆彦在身边就好，曾经也想保护隆彦，但两者都没有实现。

“不用你在这个地方为他担心，他一定过得很好。”喜代浅浅一笑，对阿新说。尽管是意图缓颊，倒不失为中肯的意见。

回到久违的家中，茉莉感到惊讶的是，喜代的生活显得非常充实。当初从英国留学回来，以园艺家身份开始工作时，看在茉莉眼里只是半带兴趣的程度，然而这两年俨然成了真正的专家。她从事香草的研究和介绍，似乎是押对宝了。喜代原本就很喜欢做菜，现在更在各方邀约下，撰写香草的培育方法和香草入菜的食谱书，而且同时写好几本。至于当地电视节目的讲师工作，早就已经辞掉了。她在开车三十分钟左右的地方租了一块土地，除了建造乡村式花园，还开了两个教室，勤于执笔写书。即使访客很多也经常外出，但家事却也从不马虎，这一点着实令人敬佩。

英国的生活似乎很适合喜代的个性，她还如梦似幻地说，等收入稳定后，总有一天她要在日本和英国之间来回住。

感觉好怪哦。

坦白说，茉莉感到困惑。尽管她一如往常没有正面反抗母亲，但不可否认，她的确希望母亲待在家里。

“我常常在想，如果哥哥还活着，一切都会不一样吧。”某天夜里，茉莉将心事告诉山边。在时间似乎停止，十七年来熟悉亲密的自己的房间里。

“因为妈妈很溺爱哥哥，如果哥哥在的话，我想妈妈不会离开这个家。”

“我也不会离开。”茉莉补上这一句，但只说在心里。

“真是这样吗？”还是一样躺在床上、度过晚饭后时光的山边说，“她看起来不像在家里待得住的女性啊。”

床罩和窗帘都是淡绿色的，那是喜代亲手做的，都洗到褪色了，茉莉已经看惯的。

“你不懂啦。”茉莉坐在书桌前的椅子说。说这话时竟然语带落寞，就连自己都感到惊愕。

“或许吧。”山边承认，却又毫不迟疑地说，“但事实上你哥哥已经过世了。”

接踵而来的不自然沉默掌控了房里的气氛。茉莉依然很难承认这个事实。尤其在这个到处都能感受到总一郎气息的家里，更是难以置信。即便是现在，只要竖耳倾听，就能听见总一郎轻轻的笑声，茉莉暗忖。与其说是声音，更像是一股浓烈强劲的气息。总一郎将他的存在扩大成整个房间，包围着茉莉。没用的啦，茉莉，那家伙是不会懂的。

茉莉交代过山边，叫他不要进入总一郎的房间。当时，山边露出一脸受伤的表情。

“我哥哥，在这个家里。”茉莉缓慢而沉重地宣告。

除此之外，她不知道该说什么。

“此刻，我哥哥也在这里哟。”

真是令人心烦意乱。“好啦，别说了。”尽管觉得听到总一郎这么说，茉莉依然没有停止。

“要不要看我哥的房间？”一回神，这句话已经出口。

只要打开那扇门，一切就应该可以明白。看到那间仿佛总一郎本身的房间，山边应该也能理解总一郎的存在。

然而，事情并非如茉莉想的。

“咦？房间就这样原封不动放着啊。”开门之后，茉莉一打开电灯，山边就这么说。

“是个儿童房啊。”喃喃咕咕地环顾了房间又说，“感觉满可爱的嘛。”

茉莉无法想象他竟然说出这种话，使得她不禁怀疑，此刻真的和山边站在同一个房间里？看着同样的东西吗？

实在难以忍受，茉莉打开窗户，觉得自己快被一种近乎恐怖的情绪压垮了。这个人根本什么都不懂。可爱的儿童房？这个人有神经病啊？还是我有神经病？

“谢谢你让我看这个房间。不过与其说是你哥哥的房间，比较像是你弟弟的房间哩，居然还摆着地球仪。”山边语调柔和地说，将手搭在茉莉的肩上。

被这么一碰，茉莉惊觉自己浑身颤抖。夜晚的冰冷空气穿过院子里的百花而来，飘散着湿润甜美的香味。

忽然传来“哇”的一声划破了夜晚的空气。

“怎么了？”

茉莉探身出去瞧个究竟，山边在身后也跟着探出身子。他的脸颊贴着茉莉的脸颊，在她耳畔吐息。茉莉感到身体僵硬了起来。随后院子又恢复一片静谧。暗夜里映入眼底的，除了黑压压的植物，什么都看不见。茉莉知道，那是阿九的声音。

“不晓得公寓的猫咪们，现在过得怎么样？”茉莉刚关上窗户，山边便如此说。

春天，轻柔的风与光，将高宫的街道装点得风光明媚。尽管阿新和喜代也说，关于今后的事，你们两人慢慢想就好了，但山边除了吃饭之外都窝在茉莉的房里，别说找工作了，连出门玩都不愿意，这让茉莉不知该如何是好。于是她借口说，“我想带你去看看那个地方。”或是，“我想和你一起去这里走走。”硬拉山边出门，山边心不甘情不愿也跟来了，但却一点都不开心。

“真是个鸟不生蛋的城市啊。”茉莉带他去小时候滑草的河堤，看着放眼望去宽广的街景时，山边冷不防吐出这句话。

他说这话并无恶意，但正因如此，茉莉更感受到彼此的鸿沟，难以填补、寂寞的鸿沟。

“抬头看看天空，会有飞机飞过哟！”茉莉装着兴高采烈地说。

湛蓝清澈的天空一片静谧，看来不像是飞机要飞来。更何况，纵使飞机来了，那又怎样呢？

“我不想工作啊。”山边压根儿连抬头看一眼天空都没有，便如此说。

“不想做就不要做啊，我去做就好了。”仿佛是不耐烦，又仿佛精疲力竭，山边不屑地扑哧一笑，“你真是涉世未深的女孩啊。”

茉莉一边捡着橡实，一边走过高台。到了这里，即使闭上眼睛也会走了。

“你能做什么工作？又能赚多少钱呢？”山边一坐下来就开始拉扯手边的草，“更何况，你父母不可能允许这种事。让唯一的女儿出去工作赚钱，养一个吃闲饭的小白脸？”

“不然怎么办？”茉莉的口气转为不耐烦。她往山边的旁边坐下，顺势躺在草地上，泥土和草的味道扑鼻而来。

当初决定回福冈时，茉莉有个计划，但她认为还不能说出口。也因此，尽管自己也觉得残酷，但她觉得山边的存在是一种负担。而这种心情，山边一定也知道。

“山边，你喜欢我吗？”茉莉躺着问。

山边立即回答，“喜欢啊。”

“我也喜欢山……”

茉莉说到一半，山边打断她的话，“我知道啦。我知道你也喜欢我，所以不用说啦。”

茉莉叹了一口气。我也喜欢山边哟！但是——很想把但是之后的话说出来。

结果山边一说不用说，茉莉就不说了，她觉得自己很卑劣。卑劣，而且懦弱。

“这一带，也有宾馆吧？”山边问。

“多得很呢！”

高中的时候，茉莉和隆彦去过好几次。这让她觉得比同学们来得成熟，带着欢喜的心情进出宾馆。

“你想去啊？”

茉莉这么一问，山边显得有些羞赧。

“说不定又不行……”

茉莉不懂。就算不爱，就算不被爱，山边也想裸裎相见、缠绵交欢吧。在东京时，茉莉是如此期望。因为总觉得有了肉体关系，两人才是情侣。

然而现在，茉莉已经不想碰山边的身体了。

“那就走吧。”

茉莉言不由衷，以开朗的语气说。语毕随即跳了起来，也把山边拉起来。对于跟着自己来到福冈的山边，该如何对他说：我已经不想碰你了，在东京的时候因为举目无亲，所以你很重要。

“在家里的话，就不能这样偎在一起了。”

两人挽着手，走下通往住宅区的坡道。茉莉一边说着，一边闭上眼睛依偎着山边。

怀念的感觉，究竟是从哪里涌出来的？茉莉思忖。明明这么多年来，一直想离开这个城市。

归乡，比茉莉预期的更为干脆，心中充满怀念与幸福感。而且，给予她这种感受的不是父母，甚至不是能感觉总一郎就在身边的家，而是这个城市本身拥有的力量。

以头脑和心灵去思考感受之前，头发和皮肤和四肢早已擅自吸收了城市的空气，尽情品尝且令人元气十足。小学旁的文具店——茉莉知道这里也有卖糖果——“明治奶粉”的招牌，绿草如茵的空地，道路宽广的恬静住宅区。

在东京发生的事，例如在坏掉的电暖炉前直打哆嗦，睡在厨房里，为了找男人一家一家打开酒店的门，以及被这个男人用餐桌殴打的事，如今这一切仿佛都不是自己的事，而是别人的故事。

茉莉白天上街散步，到了夜晚就在总一郎的房间睡觉。唯有山边会让她意识到，东京那段时光并非“别人的故事”。

遇见祖父江九，是回到福冈两星期后的事。那是个大晴天的中午，地点在总一郎的墓前。这天，茉莉带山边来扫墓。这是一座美丽的墓园，附近有池塘、取水处和行道树。

“真是个好地方啊。”

山边语毕，对总一郎的墓笑了笑。这个笑容仿佛是在对小孩笑，轻轻地，天真无邪地，而且无力地。

四周的树上有鸟儿啼鸣。别处的鸟也仿佛回应似的叫了起来。

茉莉心想，幸好带了小瓶的啤酒来。她拿出随身带来的开瓶器，打开红色瓶盖，发出咚的一声，将整瓶酒供在墓碑前。大家都认为哥哥是个小孩，所以都准备饼干或果汁之类的供品，但我知道哥哥已经不是小孩了。总一郎的酒量一定很好。在如此风和日丽的日子里，茉莉想和总一郎一起喝啤酒。

山边闭上眼睛，双手合十，但茉莉睁开眼睛，只是静静地站着。她平常都有和总一郎说话，对着墓碑说话没有意义。

这时，她察觉到背后有人，回头一看，是阿九。

“啊，阿九！”

认出他的同时，茉莉也叫出声。强烈的欢喜瞬间涌上心头，就像当她清楚感受到总一郎的存在时一样。

“阿九，你好吗？”

眼前这名男子明明是祖父江九没错，却不发一语。右手拿着几支菊花，一脸惆怅地站在那里。身材高大、体格壮硕，和以前跟在总一郎后面走的少年已然判若两人。

“好怀念啊，你长高了啊。”

这时茉莉才注意到，阿九视线集中在山边身上，同时听到山边对他说“你好”。

于是茉莉将山边介绍给阿九，再把阿九介绍给山边。

“关于你的事，我早就听说了。”一如往常随和的山边，面带微笑回应。

“能在这里见到你真高兴，好像是哥哥引导我们见面似的。”一看到阿九，茉莉不知怎地话多了起来。

而阿九不仅没有回话，还表情僵硬，身体微微颤抖。

“你怎么了？阿九？”

阿九的双眼，犹如发烧的小孩睁得好大。

“我喜欢茉莉，一直以来都喜欢着你，从小就决定要娶茉莉当我的新娘。看来我的愿望是无法实现了。你要跟那个人在一起吧？茉莉，茉莉，祝你幸福！”

阿九说完就掉头跑了。白色菊花被扔向空中，在瞠目结舌的茉莉眼前飞舞。

2 山边将手搭在茉莉肩上，但茉莉的心神全被阿九吸引了

难以置信。

茉莉躺在总一郎的床上，盯着天花板。已经深夜两点多了，她依然难以入眠。

“我喜欢茉莉，一直以来都喜欢着你。”

祖父江九的确这么说。在中午的墓园，突如其来地。

怎么会有这种事？都已经两年没见到阿九了。在那之前，也只是站在路边讲讲话的交情而已。当然，茉莉是喜欢阿九。总一郎和茉莉和阿九三个人，以前无论去哪里都在一起。在一起是理所当然，但这是以前的事了，总一郎的死改变了一切。更何况，总一郎死后，突然回避茉莉的是阿九。

“到底怎么回事？”阿九跑掉之后，山边问茉莉。

茉莉还想问怎么回事呢。

“不知道。”茉莉侧首不解，应了一声，依旧茫然望着阿九离去的方向。

和煦温暖的日子，万里晴空，除了啾啾的鸟啼声，没有其他声音。

“你要看到什么时候啊？”

山边的声音，听起来好像从很远的地方来的。

茉莉捡起散落的白色菊花，放在墓碑前，脑海里浮现深夜阿九越窗而入的遥远记忆。有人可以抱着一颗少年的心，一直不变地长大成人吗？

山边非常固执，回家路上一直盘问阿九的事，犹如夜里的蚊子，挥开了必定再度出现。

“这也太奇怪了吧。”山边愤愤地说，“如果没什么，他会说要娶你当新娘？”

茉莉不懂，说“没什么”指的是没有什么？说“有什么”指的又是有什么？阿九和自己共同拥有的时间，山边和自己共同拥有的时间——

“当然是‘有什么’啰。”茉莉说，“不过，不是你想象的那种事。”

大门的内侧，可见雪柳绽放，雪柳的旁边开着连翘花，蔓藤玫瑰沿着围墙盛开。这个季节，喜代的院子繁花怒放到令人窒息，和租地营造的“花园”呈现的秩序之美形成一种对照，仿佛任由植物恣意生长，花卉显得杂多且过剩。

“我觉得阿九有点变了。”最后，茉莉这么说想结束对话，“他还上过电视表演‘折弯汤匙’哟！”

山边侧首不解，“这种事，不相干吧？”

“是没错啦，不过总之我觉得他变了，变成一个奇怪的少年。”

山边扑哧一笑：“少年？在我眼里他已经是个堂堂的男人了。”

茉莉躺在总一郎的床上，反复回想白天发生的事。温柔体贴、正义感强烈、死心眼又带点笨拙，背负着复杂家庭内幕的邻家少年。诚如茉莉对山边说的，祖父江九对她而言依然是个少年。但话又说回来，被人那样光明正大直接表露心声，这还是头一遭。

想着想着，茉莉嘴边不由得浮现微笑，将棉被拉到下巴，脚尖在棉被里动来动去。

“我可能有点高兴吧。”她对总一郎说。

当然，她并非忘了在隔壁房间睡觉的山边，也明白自己没有立场回应阿九的感情。尽管如此，想起阿九的告白话语，宛如在心中点亮了一盏温暖的小灯。

隔天，茉莉被喜代说服，一起上街购物。理由是，喜代认为茉莉必须买些像样的衣服。

“我才不需要什么衣服。”

茉莉起初不以为然，但也觉得的确好几年未曾添购新衣，无论去哪里都是T恤配牛仔裤，天冷时顶多加一件风衣。风衣是高中时期喜代买给她的。这件被喜代嫌弃“已经太旧了而且平淡无味像男生穿的”米黄色风衣，内里是蓝白相间的条纹状——尽管从外面看不出来——但茉莉很喜欢。

茉莉也找山边一起去，但山边说不想去，于是就和喜代两人出门。喜代看起来非常高兴。逛了两家百货公司，买了茉莉的衣服、喜代的鞋子，还买了一些食材。看了很多玻璃器皿，午餐吃了乌龙面，傍晚吃了蛋糕才回家。喜代甚至说了两次，茉莉回来福冈，我真的很高兴。

然而茉莉总觉得不自在，和喜代在一起也觉得无话可说。不会像以前那样采取反抗的态度，但也无法乖乖地顺从。因此茉莉只是茫然地看着街景人群，店家的橱窗与川流的车潮。

喜代则是神彩奕奕，甚至堪称美丽动人。和失去总一郎、变成行尸走肉的母亲，判若两人。

“但事实上你哥哥已经过世了。”

茉莉想起山边说的话。山边的话语和喜代的态度，都叫茉莉难以接受。

这天外出购物，除了购物其实还有别的意图，茉莉是回家后才知道的。原来是阿新想找山边谈一谈，刻意支开茉莉，两人促膝长谈。而喜代似乎早就知道了。

“你爸爸并不是讨厌山边哟。”喜代站在厨房，一边将购物袋里的食材拿出来，一边说道，“不过，想问一下他今后有什么打算，也是人之常情吧？”

据说阿新要山边写履历表，想帮他找工作。

也因此，晚餐的气氛显得有些尴尬。山边努力表现得平易近人，但阿新却露出一张苦瓜脸。谈到履历表和找工作时，山边都利落地应允“好的”，但一说到那么你想做什么工作呢？山边就模糊其词了，“这我还没想……”而且一副嬉皮笑脸的样子。

看到他这种态度，连茉莉都焦躁了起来，出言袒护：“不要这样催山边啦。要说没工作的话，我也一样啊。”

冷冽的日子持续着。从东京寄的行李到了，山边将自己的音响放进茉莉的房间后，几乎就不出房门一步了。

“那个人，他到底是打算怎样？”

茉莉不晓得被喜代如此逼问多少次了。每次茉莉都回答：“我会工作啦，再给他一点时间吧。”

事实上，她白天已经开始在一家老字号的德国点心店打工。那家店位于博多车站附近，店里一部分设成咖啡区，日照充足。

“你应该知道不是钱的问题吧？”

被这么一问，茉莉就哑口无言了。

对茉莉而言，一天最开心的是晚上睡觉的时候。总一郎的房间，就是总一郎本身。茉莉被整床棉被和整张床包覆着，心中充满安全感。此时，爸妈的事和山边的事，都觉得是微不足道的问题，宛如和自己无关的问题。此时的茉莉依然是个小妹妹，在哥哥和阿九保护下的幸福“小跟班”。

要去远方啊，茉莉。更远一点儿的地方。

化身为整个房间的总一郎，如此对茉莉说。一股明朗、强而有力的气息，仿佛在对茉莉说：不要害怕人生。

梅雨季结束后，夏天以耀眼的光芒、浓厚的绿意、傍晚雷阵雨前的闷热尘埃、轰然奏起的蝉声大噪以及冰冰凉凉的晚风，装点着福冈市街。茉莉认为这个城市的氧气很浓，因此即便炎热，也不会令人感到窒息。

打工的时光很快乐。商品的数量很多，还要处理生鲜食品，这一点和电影院的工作不同，但在接待客人的意义上基本是相同的。如何用缎带包装蛋糕盒，如何打收款机，茉莉也都一下子就学会了。有空的时候就拿抹布到处擦拭。为了怕被客人问起，她将店铺的历史、在附近哪些百货公司有设专柜，甚至连德国点心的历史都背起来了。穿着喜代看了一定会说“不好看”的俗气制服也不以为意。

“我带小甜回来了哟！”几乎每天，茉莉都会带卖剩的蛋糕回来。

阿新和喜代虽然很高兴，但实际上都没怎么吃，大多是茉莉和山边努力吃掉。

山边的心情一天比一天差，现在心情差已经成了常态，连身体有点不舒服都会哎哎叫，一会儿好像感冒了，一会儿又是头痛的。并且以这个为理由，不下楼吃饭，饿了就自己上街吃东西。还曾经像罹患被害妄想症似的责备茉莉，说邻家的男人在监视他。

的确，茉莉夜里打开窗户，曾经看到阿九站在隔壁院子里，隔着林木看起来像一团黑影，抬头望着站在窗前的茉莉，动也不动，不发一语。茉莉也一样默不作声，凝视伫立的阿九，一直到两人倏地转身离去，大约有几秒钟，或是一分钟。

就这样凝望着阿九之际，茉莉被一股自己也难以说明的悲伤袭击。那像是对逝去的人事物感到的悲伤，想伸手去抓却已经逝去，再也够不到的人事物。夏天的夜色很深，空气中飘着泥土和树叶的气味。

山边大概也在隔壁房间的窗户向外窥视吧。虽然从那里看不见茉莉，但他应该能从伫立的阿九的视线，感受到茉莉的存在。茉莉越来越不知如何是好。

尽管如此，用完晚餐、等爸妈回房后，茉莉和山边在客厅拥有两人独处的时间。虽然山边总是垮着一张脸，开口净是责骂茉莉的话，然而在夜深人静的客厅里，他却默默吃着剩下的德国点心。

“不用勉强啦。每天都吃，你也会吃腻吧？”

纵使茉莉这么说，他也依然继续吃。仿佛，就算硬撑也要全部吃完，是他对茉莉唯一的爱的表现。

“别吃啦。”茉莉实在受不了了，出言制止，“你这样吃得我好难过哦，别吃了。”

山边倒抽一口气抬起头，以受伤的口吻说：“你说话好伤人哦。”

客厅摆放了许多盆栽，一部风扇兀自转着。墙上有总一郎的画，用干巴巴的黄色胶带贴着。桌上有两个烟灰缸，一个是沉甸甸的玻璃制品，由于喜代太过珍惜，阿新都不敢用；另一个是用得又黑又脏的红茶空罐。这一切，都是茉莉熟悉的东西。

在这个家里，山边明显处于孤立状态。“因为茉莉是我唯一的朋友，所以茉莉去哪儿我也要跟去。”茉莉想起当初山边如此对她说，而今却让山边处于这种处境，不禁难过了起来。

“对不起哦。”于是她说，“来到福冈，对你真的没有任何好处啊。”

“我想去念大学。”

时值高大的向日葵在绽放的情况下转为褐色，红花绿叶的蜀葵被秋风吹得褪色的季节，茉莉对喜代和阿新——以及最难搞的山边——如此宣言。

“白天打工，晚上念书。但我不是要报考大学，而是要先考大学入学检定考。”

这是当初茉莉离开东京就下定的决心。原本想等到山边找到工作再说，倘若他有这个意愿的话。

“可不可以请你们帮我出学费？”

四个人在厨房吃早餐。面向院子的窗开着，清爽的凉风徐徐而入。

“我一定会还的，我保证。”

这个决心是受到山野婶的影响。那位比喜代年长，却将茉莉当朋友看、收养了那只独眼野猫的山野婶。丈夫先走了一步，独自一个人过活，穿便服时喜欢佩戴金色首饰，在川崎的电影院当清洁工，一年一次会去祭拜“弘法大师”，喜欢约翰·屈伏塔的山野婶。

“虽然说，女人的幸福要看男人而定，”这位山野婶曾经对茉莉这么说，“但也不能因为这样就全靠男人。毕竟男人死了也就没了。”

茉莉认为，这才是真理。因为任谁也想不到，总一郎竟然会留下茉莉逝去。

更何况，倘若要养山边，茉莉必须有一份稳定的工作。

“你在开玩笑吧？”山边虚弱地抗议，“你不是说你很讨厌学校吗？你不是说只要两个人能在一起就好？”

山边拿着筷子的手不停颤抖，茉莉觉得他好像快哭了。

“对了，我们离开这个家，出去租房子住吧。总有一天我会开始工作……”

茉莉已经听不下去，“我想去更远的地方。”

有好一会儿，大家陷入一片沉默。这天天气很好，收音机以不扰人的音量播放着英文的天气预报。

“今天是放生会[1]的日子啊。”喜代说，“山边，你知道放生会吗？”

“不知道。”山边一副无所谓的口吻。

什么放生会，茉莉也认为现在这个不重要。放生会是筥崎宫[2]的秋祭，小时候茉莉和总一郎和阿九都会兴高采烈地跑去玩。想想也是，都这个季节了。

“有很多摊贩会出来摆摊哟。”喜代对山边说明，“心情会变得很开朗哦！待会儿你们两人一起去逛逛吧。”

“对啊。”阿新也插嘴说，“两个人一起去逛逛吧。”

啜了一口冷掉的咖啡，宛如顺道一提似的，阿新又补上一句，“还有，念大学的事我赞成哟！学费你就不用担心了。”

打完工回到家里，茉莉准备一下就出门参加秋祭。尽管茉莉和山边都意兴阑珊，但待在家里只是更无聊而已。

“你利用我，用完就想抛弃我。”在公交车里，山边这么说。

“我去念大学，为什么等于抛弃你？”

公交车里人很多，茉莉茫然地望着窗外，华灯初上的热闹街景。

“因为你走回头路，想回去当那个家的女儿。”山边气愤地说。

筥崎宫的参道又直又长，中间还有其他道路横穿而过，看起来更是漫无尽头。回头一看，整片天空连接大海，没有任何东西遮住视

1　筥崎宫的放生会是博多三大祭奠之一，通常于9月12日至18日举行。

2　筥崎宫和石清水、宇佐证，并列为日本三大八幡宫之一。

线。蓝天的依依不舍与夕阳余晖，将这片天空染成凉爽的粉红色。

“别生气啦。”茉莉一边穿梭在人群夹缝里往神社前进，一边说，“你是个好人，不过再这样下去，我们两人都会完蛋。”

两旁成排的白色长条旗随风飘扬。万人和乐，天下太平。

“我觉得，我们分开比较好。”或许，这句话早就该说了。茉莉知道一旁的山边霎时全身僵硬。

她投下香油钱双手合十参拜时，听到山边低声说：“我不要。”

然而这句话立即被淹没在周遭的喧嚣里。

“我们去逛摊位吧。”茉莉猛地转身说。

“很热闹吧？”茉莉硬拉着山边的手，边走边说。

白色长条旗下，好几个小孩在奔跑。

“我们都在这里庆祝七五三节哟。”

茉莉知道说这种话会让山边倍感孤独，但也无可奈何。道路与参道的交叉处搭起了像运动会的白色棚子，里面是一家拉面摊，冒出的热腾腾白色热气融化在空气里，拉面香四处飘散。

“我不要和你分开。”山边直截了当地说，“我们到别的地方去吧。找个没有你死去哥哥的身影，也没有隔壁怪人的地方过日子吧。”

所有的摊贩都出来了。吊溜溜球、卖面具、串烤鸡肉、炒面、烤玉米、刨冰、卖苹果糖和鸡蛋糕，还有卖刚出生的小鸡。可能是靠近大陆的缘故，也有卖韩式煎饼和西米露的摊贩。茉莉知道，走进岔道甚至有杂耍表演。

“我为了你放弃了一切，你却要抛弃我？”

“你看，这就是博多弹珠[1]！”

1　博多おはじき，并非玻璃制品，而是陶制品，呈圆盘土台状，直径约两厘米，上面有造型图案。最早是江户时代的儿童玩具，1979年博多人形师组成协会，以制作博多人偶娃娃的手工一个个精心制作，现在则是放生会的名产。

茉莉开朗地说，伫立不动。我不爱你，这句话要说出口好困难啊。

梅花、樱花、贝壳，也有能剧丑女造型的博多弹珠。茉莉将小石子般的博多弹珠放在手心。

忽然想起那一夜，走投无路，拜托山边让自己去房里待到天亮。那是在川崎的公寓，有野猫的洗衣机旁。对于这种突来的冒昧请求，山边也只是稍微耸耸肩，当下就一口答应。

“茉莉好残酷哦。”

山边这句话刺得人心痛。茉莉的泪珠晕湿了手上色彩缤纷、轮廓鲜明的博多弹珠。

“茉莉！”

此刻忽然传来熟悉的声音。声音大到在场的人都惊愕驻足。

回首一看，阿九站在人群的彼方，身旁站着一位令人惊艳的美丽女子，挽着阿九的手，身材娇小、婀娜多姿，一袭花色大胆的洋装。

阿九不晓得在吼什么，甩开女人的手，朝茉莉走来。茉莉听不清他在说什么，只知道那是熟悉的阿九的声音。

“不要去。”

山边将手搭在茉莉肩上，但茉莉的心神全被阿九吸引了，完全没有察觉到。

“你来接我啊？”茉莉开心地说。

阿九没有回答她的问题，而是高声呐喊：“茉莉！和我交往吧！我从小就一直爱着你啊！”

阿九站在参道中央就这样喊起来，充满了少年般的热情。

茉莉霎时目瞪口呆，但随即浮现笑容。

“我好高兴！”

茉莉话声未落，阿九就抓起她的手。温暖又有安全感的手掌温度，和很久以前茉莉被同学欺负时挥棍挺身相救的祖父江九一样，手心的触感也一样。

3　山边稔就这样消失了。阿九也忽然不见了

不愧是庙会的傍晚，人潮比平时多了很多。沿河摆了整排的拉面摊，河面上映着灯笼的红光。

"接下来怎么办？"

茉莉的手被阿九抓着，一路被拉到了春吉桥。我是被拉来的？茉莉在内心自嘲。这种说法太卑劣了，他明明是救了我。

站在博多弹珠摊位前，在人潮中认出阿九的身影时，我感受到的是怀念与涌上心头的喜悦。宛如迷路的小孩再见到家人般，我跳进了阿九的怀里，把说"茉莉好残酷哦"的山边留在那里。

"交给我处理！"阿九的眼神依然闪烁着热情的光辉，一副下定决心的样子说。被握住的手心也是热的。

宾馆没什么，我早就习惯了。

穿过狭小昏暗的入口，当阿九去柜台拿钥匙时，茉莉站在离他有些距离的地方，反复这么想。宾馆没什么，我早就习惯了。最近才和山边来过，之前也和隆彦来过好几次。根本不是什么大不了的事。

但不知为何，双脚却在发抖，于是茉莉转而凝视鱼缸里的热带鱼，试着这么想：对这些鱼儿而言，这里是家，也是日常生活，不是什么特别的场所。

即使如此，依然平抚不了悸动。总觉得好像在做坏事，竟然和阿九待在这种地方，实在难以置信。

一进房间，阿九就一把抱住茉莉，力道强到惊人。接吻时，茉莉感到整颗心脏被一股不知名的恐惧和罪恶感揪住。

宾馆没什么，我早就习惯了。

明明已经这样告诉自己，还是悸动不已。茉莉浑身直打哆嗦，觉得就快哭出来了。

阿九很温柔，轻轻地将手伸向茉莉的衬衫，想要解开扣子。

"我自己来。"茉莉说，但声音颤抖。

到了两人裸裎相见时，恐惧到达了顶点。阿九的裸体威猛结实，全身都是筋肉。

茉莉犹如逃窜似的，赶紧窝进柔软的棉被里。阿九发烫的身体就这样压着茉莉而来。

"交配是很自然的事。"阿九在茉莉耳畔喘息着说。

把这件事叫做"交配"确实很像阿九的风格。茉莉迷蒙地想着，意识逐渐远去。一边努力收进压在双腿间又热又大的东西，脑海里一边浮现孩提时代的种种情景。那些原本以为早就遗忘的往事，犹如波涛般涌现，不仅没有褪色，反而色彩鲜明且毫无瑕疵，形成一个漩涡在茉莉脑海里盘旋。

唱歌啊唱歌——唱歌啊唱歌——唱歌啊唱歌——茉莉想起，独自一人时为了消除不安，大声唱歌跳舞的自己。唱歌啊唱歌——唱歌啊唱歌——

也想起在往返学校的路上，经常拿着树枝将墙壁或地面或排水沟刮得吱嘎作响的阿九。就算三个人走在一起，忽然从后面被拉头发戏弄的也是茉莉。因为她一副"神气活现"的样子，却又"慢吞吞"的。唱歌啊唱歌——唱歌啊唱歌——

阿九拖着的那根树枝，是为了赶走欺负茉莉的男生们。

汗水淋漓，床不断嘎嘎作响。茉莉忍住羞赧，试着挺起腰来。但阿九的那话儿实在太过雄伟，弄了很久还是很难插入茉莉体内。

"等一下，阿九，别急。"茉莉喘着气，轻轻拨开黏在阿九额头的头发，微笑地说。

恐惧消失了，取而代之的是平静的心情，茉莉终于能够面对眼前这个不是少年阿九而是十九岁的阿九的事实。

阿九想顶起茉莉，一脸过于认真而面露凶恶的表情，使得茉莉感到爱怜。

但实在是做太久了，茉莉为了接纳阿九的那话儿而奋力格斗，终于疲惫不堪，在自己都没察觉到的情况下逐渐昏睡过去。

“茉莉。”

意识模糊中断断续续听到阿九的声音。

“忘了什么时候在阿苏高原……”

手脚沉甸甸的，已经动弹不得。

“也有锹形虫哦……”

阿九的声音宛如摇篮曲。黎明将至。茉莉的身体疲惫不堪，但心情是平静安稳的。在完全失去意识前，茉莉的确听到总一郎愉悦的声音。

——真是大九茎啊。

尽管这次做爱没有完成，但茉莉这天夜里——其实已经快要早上了，放生会的这天夜里——在阿九怀里睡得很熟，嘴角带着微笑。

醒来后，茉莉最先想起的是山边。他有没有顺利搭公交车回家呢?

泛白的天光从高处的窗户照入。身旁，阿九依然裸身沉睡。

我就这样弃山边而去，将他丢在人生地不熟的地方，庙会的杂沓人群里。

“我是个花痴吗？”

曾经有一次，茉莉满心不安这么问山边。他还认真地回答：“我认为有那种父母，不可能生下花痴哟。”

茉莉轻轻地、但极为深沉地叹了一口气。事情以茉莉的思考无法追赶的速度，变得越来越麻烦。

身旁的阿九动了动身体。茉莉不由得微微一笑。尽管觉得对山边做了很过分的事，但也认为这是两码事。因为抛下山边走人的不是阿九，而是茉莉。阿九并没有做错什么事。

“早安。”

茉莉道了声早安，叫阿九起床。皱巴巴的床单依然被两人的汗水浸湿。枕边的时钟指着七点多。虽然天色还早，但茉莉十点得去打工。

外面明明是大晴天，但柜台依旧昏暗。阿九去还钥匙时，茉莉站在昨夜相同的地方，凝视一样的热带鱼。

两人走在博多清晨的街头，并没有牵手。仔细想想，自从小学毕业，昨晚是第一次和阿九牵手。他们和朝车站前去的通勤上学的人们方向相反。灯笼已然熄灯，路边堆置了一些垃圾袋。早晨的空气和往常一样清新。

阿九静默不语，走得很快。为了赶上他，茉莉也加快了脚步。阿九的态度看起来像在生气，又像在懊悔。这和二话不说拉着茉莉就跑的那个令人怀念的少年截然不同；从背影看来像个难以相处的心情很糟的男人。

“以前我们常去滑草啊。”走在通向净水厂的坡道上，茉莉试着说。

她希望能和阿九多待一会儿，还不想转进通往家里的弯道。

“要不要去那个河堤看看？”茉莉说。

与其是个提议，听起来更像恳求，至少听在她自己的耳里是恳求。

风温柔地吹着。覆盖在河堤上的高高野草，宛如在邀请两人似的，发出清凉的青草味。茉莉打算从河堤边的小路走上去，但阿九却已经直接往斜坡爬。四周响起野草窸窸窣窣的摩擦声。

爬到顶端之后，两人直接坐下。天空响起轰隆声，飞机划过天际。茉莉心想，从以前就这样，飞机总是突然出现。但抬头望着天空，目不转睛地苦等时，绝对不会出现。

“真的好怀念哦。”茉莉闭上眼睛说。

“好怀念啊。”阿九也喃喃地说，但听起来像在敷衍。接着，沉默在两人之间流窜。

以前，每天都来这里玩的时候，我和阿九究竟都聊了些什么呢？用怎样的话语？怎样的口气？

“抱歉。”阿九忽然说，“昨天没能好好引导你。”

引导我？为了理解这句话，茉莉必须停顿数秒。忆起昨夜，彼此历经了长时间的缠斗，茉莉不禁低头，害羞地笑了。原来他想引导我啊。想到这里，茉莉深深感动。因为试着和山边做爱时，茉莉总是引导的一方。

“阿九，你真是惊人呢！”

茉莉愉悦地说，一边想着，今天早上的自己难得沉浸在幸福里。感到暌违已久的幸福感，以及安全感。

阿九摇摇晃晃，无力地站起来。

“阿九？”

阿九没回话，茉莉以为他要伸脚踩住斜坡，想不到就这样滚了下去。

“你到底怎么了？”

茉莉也急忙起身，定睛一看，阿九在斜坡下不声不响地站起来，拍拍裤子抬头看向茉莉说：“既然这样……”

“你不要紧吧？”

问了也不答，阿九就这样留下茉莉径自向前走去。既然这样？这话究竟什么意思？踌躇了半晌，茉莉没有坐纸箱就直接滑下坡面，但阿九却没等茉莉。

山边没有回家。喜代和阿新都出去了。家里一片寂静。茉莉冲了澡，随即出门打工。上班时茉莉心想，山边或许会出现，想到就回头望望店门，但山边终究没出现。祖父江九也没出现。光线良好的靠窗席，洋溢着香甜味道的店里，门一开就会响起的铃声，以及女客人漫无边际的聊天声。一九八〇年九月。茉莉心想，我和两个男人上了床。

山边没有回来。第二天没有回来，第三天也没有回来。他所珍藏的古典音乐唱片和音响，以及装箱的文学全集十二卷都没带走，就这样消失了。不仅山边，连阿九也忽然不见了。

每次拉开会发出嘎啦嘎啦怀念声音的拉门，茉莉就试着问："阿姨，阿九在吗？"

但每次都听到阿七柔和的声音回答："真抱歉，他不在耶。不晓得去哪儿散步了。"

"我实在搞不懂。"茉莉回到自己的房间，随后又悄悄进入总一郎的房间，对哥哥诉说，"阿九明明说他喜欢我。"

关于这件事，总一郎没有回答。尽管茉莉屏气凝神，竖耳倾听，全神贯注想捕捉总一郎的气息，依然一无所获。

"你想保持沉默啊？太狡诈了吧。"

茉莉为了这件事又生气了。因为哥哥从以前就只护着阿九。

茉莉忆起伸向天空的竹竿。哥哥和阿九都立刻把我甩在后面，两个人得意地向上爬。

台风来了，终于带走了难缠的残暑。到了十一月，茉莉就满二十岁了，此时，茉莉才终于从阿七那里得知阿九去旅行的事。

"嗯哼。"

茉莉能说的，只有这样。

算了，茉莉心想。隆彦和山边还有阿九都走了。无所谓，我一点都不在乎。

翌年夏天，茉莉为了大学入学检定考开始努力念书。想不到念书这么快乐，自己都感到十分惊讶。尽管是教科书，也觉得是美妙的读物。只要用心阅读、加以理解的话，也能知道原本不知道的事。

高中时期的茉莉成绩平平，她讨厌上课也讨厌念书。讨厌教科书，也讨厌学校。

为了准备考试，茉莉就算用总一郎的房间，爸妈也不会啰唆。将自己的房间借给山边住时，茉莉已经将哥哥的房间当作自己的第二个房间，因此阿新和喜代也都习惯了。实际上，在这里念书也比较念得下去。因为总一郎的房间就像图书馆一样，整理得井然有序。

对哦，哥哥以前是个优等生。茉莉想起遥远的往事。虽说是中学生，但所有的科目都轻轻松松就能拿第一名。明明就在他身边，当初为什么对这种事不抱任何感想呢？自己都觉得不可思议。

检定考要考十一科。但茉莉有五个科目取得当初休学高中的“学分修毕证明书”，因此只要再考六科就行了。

“既然都去报考了，其他的五科也想考考看啊。”茉莉半开玩笑地对总一郎说，但有一半是认真的。

总一郎先是一笑置之，然后这么说：茉莉很聪明啊。

之所以能如此热衷于念书，还有一个理由。茉莉很喜欢阿新找来的家教，也就是阿新任教大学的学生。她不但能耐心倾听茉莉说话，身为家教，她的口头禅竟然是，“没兴趣的事不用记住没关系。”以及，“就算这里拿不到分数，在别的地方及格就行了。”

阿新专攻化学，因此他的学生也以男生居多，可是为茉莉找家教时，竟然找来一位女学生——从别系特地找来的——这分明是考虑到女儿过去的纪录——曾经和阿新研究室的学生偷偷见面，然后高中休学和男人离家出走，接着和另一个男人回来——想排除想象中的危险（或者说潜在的危险）。

家教名叫岛森美智留，在冈山出生长大，从东京的女子大学毕业后，又去念九州大学，现在虽然是大二，但已经二十四岁了，身材纤瘦，一头像男生的短发。茉莉起初有点怕她，因为她看起来很严格。

但茉莉不久后就知道，她是个很乐天的人。不仅如此，还有点没有责任感。

美智留一星期来三次。五点到，中间包括晚餐时间一直到晚上十点。原本是这样约定的，但她有时根本不督促茉莉念书，而是说要“户外教学”，把茉莉带到外面去。

“检定考很简单啦。一定没问题。”美智留这么说，“每年大概都有40%的及格率。”

当然，茉莉相当不以为然，“这么说，高达60%没过啰？”

茉莉心想，绝对过不了。但美智留笑着保证说，绝对没问题。

她并非和茉莉一起念书，而是茉莉念书，有问题她就回答。这是她的基本态度。但只要茉莉一发问，她一定彻底详细说明，甚至找来相关资料或书籍给茉莉看。也因此，她会附加但书：

“不用全部规规矩矩地看完哟。我说过了，考试不会出。”

此外让茉莉感到高兴的是，美智留似乎也能感受到总一郎的气息。

比方茉莉在心里对总一郎说：看也看不懂，问题本身就好奇怪哦。

总一郎说：别理它，这种无聊的问题别理它。

“你刚刚说了什么吗？”美智留从正看着的书里抬起头，问茉莉。

“我没说话呀。”茉莉回答后，侧首不解地看着她。

“这就怪了。”美智留说，但似乎没那么在意，旋即又埋头看书。

但她有时也会进一步逼问总一郎。

“这是不实际的。”

在谈一个英文句型时，总一郎如此插嘴。

“我也这么认为。”美智留说。

先是茉莉一阵惊愕，接着是美智留看到茉莉的反应大吃一惊。美智留吃惊的动作是，坐在椅子上打直背脊，挑起双眉凝视茉莉。

“虽然不实际，不过是正确的哟。”宛如什么事都没发生似的，美智留继续说，“记起来对你没有坏处哟。”

“为什么？”茉莉匪夷所思地问，“又没有人说话，为什么你刚才说‘我也这么认为’？”

美智留起先一脸不可思议。

“因为我听到了呀。”然后她就干脆承认了。

冬天的时候，茉莉经常去邻家走动，和阿七一起喝茶。她觉得先生过世、连儿子都离开身边的阿七很可怜，当然也想知道阿九在做什么，在什么地方？究竟为什么突然走掉？他过得好吗？

“他在哪里呢？”

阿七的回答，总是含糊带过。

“居无定所，到处乱跑。”

阿七慈爱地凝视茉莉。她泡了整壶浓郁的热茶，还拿出自家制的腌制品招待茉莉。

“茉莉又变得更漂亮了啊，和你爸妈好像哦。”

可能是年龄的缘故，也可能是寂寞的缘故，阿七话匣子一开就越说越长，一天比一天长。

“你想去念大学啊？真是了不起啊。阿九好不容易入学了……真是搞不懂他在干什么啊。”

说着说着叹起气来，叹完气又继续说，真是没完没了。对象是谁都好，只要能把牢骚说出来就会消失，茉莉明白这种悲痛，就如同喜代痛失总一郎的悲痛。

4 生活在同一屋檐下，却过着不同的人生

大学入学资格检定考，茉莉落榜了。在盛夏酷暑里连续考了两天，茉莉觉得“考得不错”，“很好玩”。但是，随着秋风吹送所寄来的成绩通知单却是六科里有四科及格，两科不及格。

这天，美智留在寺内家的客厅看到通知单时，惊得瞠目结舌，好一阵子说不出话来，但最后却打从心里发出愉快的微笑。喜代也在旁边，姑且不论她真正的心思为何，她说的是：“太棒了！”

停了一下又说：“太棒了！茉莉真的落榜了啊。明明这么聪明，真是太令人震惊了。换作我的话根本办不到。”

茉莉当然一肚子火。虽然很气，但同时也松了一口气。她讨厌因为落榜而被同情，也担心美智留身为家教会感到内疚。

“不用慌张啦。”中午，打电话告诉阿新考试结果，阿新沉稳地说，“茉莉那么用功，而且还有四科及格，光是这样我就很感激了。”

“感激”二字让茉莉深感意外，语气听起来真的充满“感激”。这让茉莉觉得很闷——爸爸真的认为我是笨蛋吗？——但也松了一口气，而美智留的反应和阿新截然不同。

“完全不用担心啦！”大口大口吃着喜代特地为了庆祝茉莉四科及格而做的红豆饭，美智留对喜代和阿新如此说道。这就是茉莉尊敬美智留之处。她对任何人都是同样的态度，有什么说什么。

“明年只要再考两科及格就好了呀！而且，多一年时间还可以学习其他各种事物呢。”美智留始终面带笑容，心情极佳地说。

晚饭后，两人去“花园”散步。迎着夜风，骑了将近一小时的脚踏车。这座花园是喜代人生里第三宝贝的东西，喜代说她第一宝贝的是家人，第二是英国的回忆，第三是花园。这半年来，茉莉和美智留很喜欢在饭后来这里散步。

“好清爽的风啊。”仰望夜空的半轮明月，美智留舒畅地说。

“喜欢棉质衣料但很讨厌烫衣服”的美智留，总是穿着皱巴巴的衬衫。昨天的衬衫是雪白色，唯有胸前的口袋是格纹状。

“秋天来了，眼睛无法清晰地看见。”

美智留念起知名和歌上半句，茉莉要回答下半句。这在两人之间已经成为一种固定的游戏。

“听到风声，才惊觉秋天来了。藤原敏行。”

“典出呢？”

“《古今集》。秋上。”

“月色皎洁清晰照人呢？”

“《樫园文集》？”

“答对了。”

两人悠悠地说着，悠悠地走着。花园里有一块靠边的地，喜代称之为“世界”，常春藤与玫瑰犹如流水般从石墙顶端川流而下。石头和叶片都湿湿的，绽放出清凉的香气，但茉莉觉得夜里看到会毛骨悚然。

“为什么古典文学不及格呢？”美智留愉悦地说，“你明明有那个知识，考试却没过，大概是不懂技巧吧。”

“嗯。”茉莉迫于无奈点点头。如果是棘手的物理就算了，喜欢的古典文学竟然考不及格，实在很不甘心。

“但是，不会去思考技巧，是大人物或顶尖人物的证明哟！”美智留随后又补上一句，“我好羡慕你哦，我从小技巧就很厉害。”

“这是什么意思？好奇怪哦。你是在炫耀吗？”

沿着石墙边的小路前进，左边有一块整形式庭园，面积不大，但十分地道。许多花卉排列成有如迷宫般的几何学图案，其间种植了薰衣草和鼠尾草。

“喜代夫人真的毅力惊人啊。”忽然间，美智留改变话题。

“毅力?”

“竟然能建造出这种花园，毅力非比寻常。”

的确，茉莉也这么认为。除了偶尔有电视或杂志来这里采访，其他时间没有人会来看，只是存在着，堪称是个离奇的空间。所谓的“世界”，所谓的“整形式”，除了喜代究竟有谁懂呢?

“不过这里和家里的院子截然不同哟。很可笑吧?”茉莉说出长久以来放在心里的想法，“这里不管什么时候来都像照片一样，缤纷美丽，井然有序。不过家里的院子却乱七八糟，植物好像都任其随便生长，随便繁殖。”

美智留笑了，不禁频频点头，“真的很极端啊。”

“就是啊。像我爸就开玩笑说，我家的院子叫非整形式花园。”

由于土里混着砂砾，两人走路时鞋底会发出轻微的声响。

“这个花园很棒，不过家里的院子也很棒哟。”美智留张开双手，仿佛做体操似的做了一次深呼吸，接着继续说，“该怎么说呢?那是个和你们家人很像的院子。”

茉莉侧首不解，嘟哝了一句，“是吗?”

距离第二次考试的一年里，茉莉听从美智留的话，过着“学习各种事物”的日子，并且学得比预期中更多元。而美智留总是伴随在侧。

美智留身上，有一种和茉莉过去认识的任何人都不同的气质。明明有家人也有男友，却过得一副好像没家人也没男友的样子，仿佛和谁都没有关联，是个自由而孤独的人。

她住在大学正门的正对面，一家食堂的二楼。不论去哪里，都骑着一辆说客套话都不能说新的脚踏车。明明滴酒不沾，也毫不畏缩地出席酒宴。迪斯科舞厅也去。

去跳舞时，美智留的体力，连茉莉都瞠目结舌。一旦进入舞池，一定跳到最后。当DJ播放大伙儿跳同样舞步的曲子炒热气氛时——茉莉对这个很棘手——美智留虽然不知道舞步，也有样学样跟着挑战，三两下就学会了。尽管谈不上厉害，但也轻松愉快地跳得很开心。由于她跳舞的动作很大，因此也很抢眼。

令人惊讶的是，她会一边跳舞一边说话，在玛莉亚馆连外面都听得到的巨大音响里。

“跳舞啊，在以前是一种祈祷哟！”例如她曾这么说，“是一种为了平息神明愤怒的行为。当发生干旱或是重病，这种人类无法应付的灾难时，大家就会用力在大地上跳舞，相信这样祈愿就能直达天听。”

当茉莉觉得原来如此时，她话锋一转：“我来简洁说明一下运动和抵抗的关系吧。”

然后又突然提问，“你知道Abstraction = Creation吗？”或是，“如果现在你有一百万，你想做什么？”

像这样天马行空的问题，搞得茉莉经常发笑。美智留在大学念的是东洋史，之前在东京毕业的女子大学学的则是家政学。家政学究竟在念什么？茉莉实在猜不透。然而就她身为家教所展露的知识来看，姑且不论对考试有无帮助，其风格之另类，范围之广泛都令人刮目相看。

“啊，好渴哦！”认输叫苦的，总是茉莉。

茉莉喝着气泡酒或兰姆可乐之类的甜酒时，美智留在一旁什么都不喝，依然惬意地随着音乐摆动身体，也会像小狗甩头似的，想甩开因汗湿黏在额头的短发。

“这样甩不开啦。”茉莉笑了笑，帮她拨开。

玛莉亚馆对茉莉而言，曾经是极其特别的地方，但如今已经不再是只要进到里面就兴奋无比、光辉闪耀、充满成人气息的世界。以前连要不要穿正式服装入场都紧张兮兮，想想真好笑。如今和美智留一起来的时候，这里是个日常的、有点好玩的地方。

“我还曾经爱上一个站在门口的男生呢。”茉莉说出往日的小秘密。

美智留扬起双眉，兴致盎然地催茉莉说下去。于是茉莉说：“迪斯科打烊后，我们去了海边，买了罐装可乐来喝。”

说起这段往事，感觉像很遥远的、孩子气的恋情，如今已经可以谈笑风生了，茉莉对自己的改变感到很惊讶。

跳过瘾之后，两人竟然骑脚踏车回家。这在当时也会觉得很逊吧。和隆彦戴着情侣安全帽，坐在机车后面紧抱着他，感觉就很拉风。

美智留的男友名叫奥村，是阿新研讨课的学生，茉莉见到他的时候他总是——或许也并非如此——穿着红色背心。他曾经和美智留一起来寺内家吃过晚饭，在茉莉的眼里，他们是一对成绩优异、感情很好的情侣。而事实上，两人也都是非常优秀的学生。用餐时的话题也极为丰富，从有机化学谈到中国皇帝的轶闻，甚至谈到已经逐渐衰退但仍有几所大学依旧持续的学生运动。

奥村和美智留在大学里是戏曲研究会的成员，但他们不是演出话剧，而是个研究戏曲的社团。茉莉对话剧和戏曲都没兴趣，但如果受邀，她也经常去他们社团玩。

日子就这样过去。由于持续在西点蛋糕店打工，也过得颇为忙碌。

山边的东西，除了唱片，全部扔掉了。

“把它扔掉吧。”看到总是堆在那里的音响、书本、坏掉的暖炉，美智留这么说。因此茉莉也才下定决心。

“可是，那都是他很宝贝的东西。”茉莉这么一说，美智留没好气地双手一摊。

“仔细想想，我做了对不起山边的事，连一声再见都没能好好对他说。这些不是我的东西，怎么可以随便扔掉呢？”

“仔细想想……”茉莉还想说下去。

美智留打断她的话，“你想太多啦！”紧接着又一句，“茉莉总是想太多。”

茉莉大吃一惊。因为她从来没想过这种事。

“可是，我一直在练习思考啊！”她不经意地加重了语气。

仔细想想，茉莉。仔细想想就会明白。

“我想好好地思考，因为仔细想想就会明白。”

由于美智留直勾勾看着茉莉，两人恰好形成互瞪的局面。茉莉毫不退缩，因为总一郎说的话不能被颠覆。

“好吧。”美智留以平静的口吻说。

“那你就想想看吧。这里是茉莉你的房间哟。这些破烂很碍事吧？对你来说不是必要的东西吧？扔掉是当然的吧？你认为呢？”

这次茉莉也能接受了，“当然啰。”她同意了，并且释怀地微笑了。就这样，美智留和总一郎有了共同点。在思考方式上有着很强的共同点。

“可是啊……”美智留歪着头，不施胭脂的嘴唇弯出一抹微笑，接着又说，“与其思考，不如先跳进去再说。有些情况也需要如此。”

可能是因为美智留难得低着头的缘故，茉莉觉得，这句话与其说是对她说的，莫如说是美智留在对自己说吧。仿佛在说服自己，让自己能够接受。

先跳进去再说。

这句话，让茉莉想起堤防滑草。总一郎也说过类似的话：事情是不给人时间准备的。

喜代和阿新，已经不像以前那样是对感情和睦的夫妻。这一点，茉莉当然知道。但他们之间也不是不睦，虽然看在美智留和奥村眼里应该是一对感情很好的夫妻。而这一点，茉莉也知道。喜代写的东西结集出版时，阿新说“真是恭喜你了”。阿新的学生来家里玩，喜代也会做料理招待他们。就连茉莉落榜时，大家还围着餐桌，庆祝她六科考了四科及格。

但是，星期天两人已经不会窝在寝室里；两人外出时，也不会来个晚酌。不但如此，两人还相敬如宾、客客气气的。除了必要的交谈之外，连四目相交都明显回避。

尽管生活在同一个屋檐下，但却过着不同的人生。

对此，茉莉的感想是：我是无所谓。

究竟从什么时候变成这样？茉莉无法清楚回想起来，只知道一切的改变都是从总一郎的死开始。不过那时，两人还会看着对方，但也因此会有口角，最后喜代经常歇斯底里地咆哮大哭，一旦到了这个地步，除了阿新，任谁都无法让喜代平静下来。

茉莉无论如何都认为，喜代去留学是决定性的关键。去留学，或者说去英国。“英国的回忆”对喜代相当重要。印有猫咪图案的便宜马克杯、和出租公寓的房东夫妻合照的照片、那里认识的人们三不五时寄来的明信片与信件，这些东西喜代百看不厌，而且总带着爱怜的眼神。

就像今天也是，茉莉在哥哥的房里嘀咕。喜代傍晚突然就不见了，从厨房不见的。砧板上放着切到一半的红萝卜，就这样不见了。

令茉莉惊愕的是，厨房还暖暖的。瓦斯炉确实关了，但感觉得出来刚才还点着火。电锅里散发出刚煮好的饭香味，锅子里煮好了满满一锅汤。盘子里排着裹上面糊、刚炸好的可乐饼。砧板上放着从米糠腌制盒里拿出来切到一半的红萝卜。

茉莉顿时双脚发软，下意识地单手捂住嘴巴，仿佛要制止自己尖叫，不知为何如此惊慌。脑海闪过的念头是：喜代忽然消失了，果然消失了。

总一郎的看法也一样：果然消失了。简直像早就料到似的。

喜代在“花园”里，但不是在做园艺工作，只是站着，眺望着。望着天空从黄昏转入黑夜的色彩变化，以及开始亮起的星星。

“我是来摘香草的。”茉莉骑着脚踏车飞奔而来叫了一声“妈妈”后，喜代如此回答。

“想要做一道色拉。”

这并不是什么不自然的事。喜代每天都用香草入菜。

不过，我大概过了十分钟后才出声叫的。十分钟，或许有十五分钟呢，总之就是很长时间，妈妈一直站在那里，看起来像陌生人一样。

“我很喜欢这个时间的花园。”茉莉和喜代并肩走回喜代的停车处，路上喜代平静地说，“因为这是那些孩子们最放松的时间。”

光是把植物称为孩子们就很奇怪。

想到这里，茉莉更是气愤难平。总一郎的书桌上，物理参考书和笔记本打开着。

站在喜代忽然消失的温暖厨房里，惊觉“果然”时的恐怖，依然盘旋在脑海里。果然，哥哥也这么认为。那个晴朗早晨的厨房，总一郎的盘子上的冷掉的荷包蛋和培根。茉莉思索着，想弄清楚傍晚的恐惧究竟是什么。我并不是认为，妈妈和哥哥做了同样的事。不是这样，只是感觉到，那是应该发生的事情而发生了。发生在哥哥身上的某件事也发生在妈妈身上，因此妈妈被带走了。

没有人可以永远停留在一个地方。

伫立在花园的喜代，的确在很遥远的地方。不是在这里，而是在别处。让茉莉畏怯的，大概就是那份遥远，以及人在内心拥抱的黑暗深度，还有就是，没有人可以停留在想停留的地方的这个事实。

5 阴霾午后的三月，茉莉在发榜名单公布会场开心尖叫

初夏，茉莉和美智留，坐在净水路巧克力店的咖啡桌旁。

“有树懒，好可爱哦。还有小猴子耶。”茉莉笨拙地拿起别致的杯子，看着窗外说。

“还有乌龟呢。”美智留补上一句。她今天也穿着皱巴巴的衬衫。

“乌龟？”茉莉笑了，“这就怪了。乌龟不是什么稀奇动物啊。”

因为以前，邻家就有乌龟。

“不过那只乌龟好可爱哦，绿色的哟。”美智留依然坚持。

茉莉觉得她过短的短发相当帅气。但茉莉还是回了一句：“还是很怪。”

美智留口中的“那只乌龟”，是刚才在动物园看到的乌龟？还是以前阿九家里养的乌龟呢？霎时，茉莉也搞糊涂了。想起阿九家那只乌龟，好像也是墨绿色的。

偶尔也要在白天的太阳底下游玩。由于美智留这个建议，今天两人的午后时光在南公园的动物园里度过。因为是平日，动物园里游客很少。只有几组看似来远足的小孩，在老师的率领下走走看看。

“美智留，你以前是个怎样的小孩？”

茉莉心想，如果孩提时代有美智留作伴，一定很有趣，因此这么问。美智留的个性，一定也能和阿九与总一郎合得来。

“我是个阴郁的小孩。”美智留毫不犹豫地答道，“如果茉莉小时候正如同我想象的可爱小孩，那我大概会欺负你，而且是来阴的。”

真是意想不到的回答。

“真的假的？”茉莉轻笑带过，但心里毛毛的。因为美智留的口吻，听起来不像在开玩笑。

茉莉心神不宁，转而环顾店内。这家店的内部装潢混合了西洋风格与少女风情，和茉莉以前就读的女校很近。这一带的傍晚时分，周遭必定充斥着穿着茉莉曾经穿过的——也是最讨厌的——制服的高中生，喧嚣嬉闹地喝着咖啡或巧克力。

追着茉莉的视线看过去，美智留笑了，“很怀念？”

“一点都不。”茉莉立刻回答，语气极其笃定。

我一直很想离开这个城市，茉莉思忖着。自从哥哥过世后，这里就变成很令人难受的地方，所以我才逃离这里。遇见了隆彦——

“你在东京念大学时过得怎么样？”

茉莉一问，美智留的脸皱得跟衬衫一样。

“不快乐吗？”

“一点都不。”

她学茉莉回话。茉莉“嗯哼”了一声，觉得和美智留更亲近了。什么嘛，一样不快乐嘛。

心中的总一郎再度对茉莉说：要去更远一点的地方。

茉莉内疚地暗忖：不过我却回到这里来了。

“远方是哪里？”美智留突然问道。

“为什么这么问？”心脏好像被一把揪住似的，茉莉连忙反问，“我刚才什么话都没说呀，为什么你……”

“因为我听到了啊。”美智留没让茉莉说完，语气柔和地承认。

“听到我哥哥的声音？”茉莉大吃一惊地问。

美智留也露出一脸惊愕，“怎么可能？是茉莉你的声音啊。”

“你骗人。”茉莉眉头轻蹙。

“我没骗你。我承认你刚才什么话都没说，不过，我就是听到了嘛，而且经常听到哟。”

“心电感应吗？”茉莉心想，如果是心电感应就说得通。过去在总一郎的房间，也发生过好几次类似的事。

“怎么可能！”可是美智留二话不说就否定了，“什么心电感应？茉莉，你真的相信那种东西？”

说着，露出一脸傻眼的表情。美智留没有拿把手，而是直接抓着杯身，喝掉已经冷掉的巧克力。

但是阿九有心电感应，茉莉心想。

“美智留，你不相信啊？”

“我当然不信。”

美智留说得自信满满，和当初来当家教一样。

“想知道别人心里在想什么，或是了解别人在想什么，靠的是想象力。想要揣测别人没说出口的话，需要的经常也是想象力。”

无法接受。那么，我听得见哥哥的声音，也是出自我的想象力吗？

“无法接受。”美智留代替茉莉将这句话说出口，莞尔一笑继续说，“对于茉莉，我根本不需要想象，因为你都直接写在脸上。”

窗外，看得见巴士经过，是孩提时代就熟悉的西铁巴士。缓缓前进的巴士旁，绿叶繁茂的行道树随风摇曳。

“所以，远方是哪里？”美智留直勾勾看着茉莉，眼睛带着微笑。

夕阳余晖，在桌面上映出斜斜的影子。

“不知道。”语气犹如闹别扭的小孩。

美智留从喉咙深处犹如滚动空气般地发出轻笑，起身探过桌面，飞快地在茉莉脸颊上吻了一下。

打工虽然很快乐，但地点位于博多车站附近的闹市区商店街，以前的同班同学有时会来这里，只有这点让人不舒服。因为她们一认出茉莉就大声嚷嚷，好像以前感情多好似的。

“你是寺内？”

刚开始还畏畏缩缩地问，当茉莉肯定回答后，她们的嗓门简直像发疯似的，一句接着一句。

“哇！好久不见呀！你现在在做什么？你突然没来上学，大家都好担心呢！”

“好怀念哦！你一点都没变耶！马上就认出来了！”

由于她们是客人，茉莉也尽量亲切以对，但茉莉根本想不起谁是谁。她们现在都是大学生了，穿着同样的衣服，留着同样的头发，化着同样的彩妆，根本无法区别，顶多只能知道是见过的人。茉莉深感困惑，只能笑眯眯地简短回答“好久不见”或是“嗯”或是“我回来了”之类的客套话。在茉莉眼里，她们看起来都一样幼稚。

当初在教室里明明故意疏远我。啧，真是够了。

起初茉莉还会这么想，并对心里的总一郎说。但不久后她开始想，或许她们不像我想得那么讨厌我。因为她们的言辞和态度都没恶意。

“哇！茉莉你好吗？”

她们说这句话时，睁大的双眼充满天真无邪的光芒，所以应该不是虚情假意吧。这实在很不可思议。高中的时候和现在，究竟什么改变了呢？穿着没有整烫的制服，午餐不是便当而总是吃面包，经常逃课，一个人在后院跳舞。

“我很好啊，谢谢。”将蛋糕盒包上包装纸，从嘎啦嘎啦作响的滑轮拉下包装绳，茉莉熟练地边包装边回答。

在心里，补上一句：虽然我不知道你是谁，也祝你平安健康。

这一年的大学入学资格检定考，茉莉轻松地过关了。不仅如此，她还首度报考小时候常去玩的九州大学，也同样上榜了。

“哇呜！”阴霾的三月午后，茉莉在发榜名单公布会场开心尖叫。

穿着那件旧风衣，脖子上缠着围巾，戴着喜代编织的手套，茉莉动也不动在原地站了好一会儿。

“伤脑筋。”接下来如此嘟哝。但这句话不带任何意义。

就这样，一九八三年四月，茉莉成了大学生。她选的是文学院的国文系。因为她觉得这是最拿手的科目。

选系的方法还真简单啊。

春寒料峭的傍晚，在寺内家非整形式花园里，茉莉如此对总一郎说。

我是很想去念大学，不过没想过要念什么呀。

长椅状的台架上下都摆着看起来简直就像枯枝插的“插枝”盆。旁边小空间种的水仙和野春菊，绽放着生气蓬勃的花朵。

究竟要报考哪个学系，茉莉也曾和美智留商量过。她的意见是“条条大路通罗马”，所以选喜欢的学系就好。

“可是学系不同学到的知识也不同，毕业后的职业选项也不同吧？”茉莉如此反驳。

美智留笑了笑，斩钉截铁地说：“一样啦！”并叫茉莉要有自信。

我常常听不懂美智留说的话。

茉莉对总一郎说。

总一郎不发一语，只是淡淡地传来微笑般的气息。

看见开始发芽的姬苹果细木根部，有小指的指甲般大小的蜗牛，茉莉会心一笑，以鼓舞的心情在心里对它说：努力活下去啊。妈妈也真是的，从英国回来之后就非常热衷于驱除蜗牛。

泛白的天空，逐渐染上紫罗兰的暮色。这让茉莉想起了昔日和哥哥与阿九在外头玩时傍晚的天色，那时尽管理智明白该回家了，但整个身体就是还不想回去。

茉莉觉得总一郎好像走到她身边来了。为了确认这股气息，她闭上眼睛。

要去远方啊，茉莉，更远一点的地方。

“茉莉。”突然听到有人叫她的名字。

“你在院子里吗？”是喜代的声音。

茉莉顿时被拉回现实，大声回答，“对！我在院子里！”

“准备好了吗？”

茉莉回头应了一声：准备好了。穿着开学典礼要穿的深蓝色套装，以及生平买的第一双黑色高跟鞋。

“爸爸打电话来说，他要直接从大学去。”喜代妆扮艳丽，灰绿色套装、橘红色口红，站在后门口说，“所以我们也快走吧，同学。”

同学，自从茉莉上榜后，喜代和阿新都经常如此叫自己的女儿。对茉莉而言，这是很奇妙的事。因为从小经常来家里的爸爸的学生们，在寺内家就被叫“同学们”，茉莉觉得自己和他们一点都不像。

“不要这样叫我啦。”茉莉一边坐进等在门口的出租车一边说。

喜代的这个称呼带着某种敬意，让茉莉感到难为情，同时也觉得自己不配这份敬意。

“恭喜。”

五个啤酒杯碰杯祝贺。盛装打扮的寺内家三人，以及穿着普通的美智留与奥村。庆祝茉莉入学以及对美智留的感恩会，寺内家再度上馆子的地方，果然还是水炊鸡肉锅店。

“恭喜你了。”连穿着和服的阿嬷级服务生都来祝贺，茉莉真的不知如何是好。

这个时候就——喝吧！

茉莉在心里决定，并付诸实施。从啤酒喝到日本酒再喝到烧酎。阿新也心情大好，喝了好几杯，喜代则勤快地招呼大家吃火锅。

奥村和美智留分别考进了研究所。茉莉认为这种人才有资格被叫“同学”。

“这个，真的好好吃哦！”美智留赞不绝口，展现出令人惊讶的旺盛食欲。

“尽量吃，尽量吃。”看美智留吃得津津有味，阿新似乎也很高兴。

擦得非常干净的榻榻米，黝黑发亮的圆柱，一大锅的鸡汤，以及袅袅上升的柔和热气。

“好幸福哦。”茉莉不禁喃喃地说。尽管跟喝醉了也有点关系，但在家人面前说这种话，就以前的茉莉而言是难以想象的。

“我被美智留的率直传染了。”因此，茉莉仿佛找借口似的这么说。语毕，举杯把凉掉的烧酎加热水一饮而尽。

“今后，你也要一直当个不得要领的大人物哦！”

美智留话一出口，其他三人都笑开了，但茉莉却忽然忐忑不安。

“你不当我的家教了吗？”

“不需要了吧？”美智留沉着地反问。

茉莉很想回答“当然需要”，但她知道这句话太孩子气了。

要超然以对。

总一郎大概会这么说吧。

依然是美智留的一贯作风，问了问题之后，尽管对方迟迟没有回答，她也不会反复追问。此刻她依然一脸“提问”的神情看着茉莉，静候答复。

“不需要。”

茉莉话一出口，似乎听到总一郎说：很好。

“很好。”

实际上美智留也这么说。

奥村以怜爱的眼神看着此刻的美智留，在茉莉心里留下深刻的印象。

而阿新和喜代也以怜爱的眼神看着茉莉，尽管茉莉没有察觉到。

大学生活顺利地开始了。

大一必修学分很多，但茉莉连不修也无妨的学分都选了，还出于兴趣跑去别的系旁听，并取得了旁听生的许可。结果，就没时间打工了。

春天转入夏天的时候，又是新生训练又是合宿，令人郁闷的活动持续着。但是过了这个时期，稳定下来之后，茉莉几乎一整天都在用功读书。

和高中时代一样，茉莉对团体活动很棘手，无论如何就是无法适应。比同学们大四岁也是个原因，至今依然没有交到知心好友。

搞什么嘛，原来我根本没长大呀。

茉莉也曾如此感叹苦笑。

然而，有一点和高中时代截然不同。尽管没有知心好友，但茉莉已经能轻松开口和任何人交谈。即便和周遭依然保持距离，但没有疏离感。最重要的是，学习非常快乐。了解了以前不了解的事，就能比以前走得更远一点儿。这使得茉莉乐于踩着单程一小时的脚踏车，每天神采奕奕地去上课。虽然偶尔也会坐阿新的车去，在六本松校区下车，但大抵上还是自己骑脚踏车上学。茉莉认为，骑脚踏车游走在福冈这个城市，最能明白福冈和其他城市——譬如东京——的不同。色彩缤纷，风儿轻柔。

“你对大学竟然还没厌烦，真叫人吃惊啊。”九月去英国旅行了三个星期回来的喜代，看到茉莉打趣地说。

“我才不会厌烦呢！我一定会好好念到毕业。”茉莉如此答道。

只不过三星期，喜代就仿佛变了一个人，神采奕奕，看在女儿眼里都觉得更漂亮了。

“很坚定的样子哦。”喜代以不怎么坚定的口吻，乐观其成地说。

茉莉的确很用功。尽管偶尔会去迪斯科透透气，但放学后经常在图书馆待到很晚，理应能“以优异的成绩毕业”，报告也写得很用心，即便是一般通识科目也绝不马虎，认真到连阿新都屡屡提醒她，不要太用功而搞坏身体哦。

然而，为何四年后的毕业典礼上不见茉莉的身影呢？因为，茉莉又坠入爱河了。

四　坠入爱河

1　喜代郁郁寡欢，阿新异常暴躁，茉莉又坠入爱河了

一九八四年，秋天。

这个男人，从大学校内的理发店走出来。乍见时，茉莉觉得他外形颇为另类，虽然没有见过，但应该是这里的学生吧。

大学里，真是各式各样的人都有。就学生来说，无论是年龄、出生地、经济状况，或是生活节奏上，范围都很广。除了教授、助理教授、讲师以外，还有很多人在大学里工作，出入的业者也很多。

这名男子身材高瘦，理了短发的娃娃头，戴着圆框的细边眼镜，脖子上缠着印度印花棉布的橘红色薄巾。茉莉觉得，这人看起来像古早时代的人，还在心里补充说明：所谓古早时代的人，大概像“大国主命”[1]吧。想着想着不禁莞尔一笑，在四目相交之前移开了视线。

午休时间，天空清透湛蓝。茉莉被叫“同学”以后，已是第二年。她辞去打工工作，也不参加社团活动，依然没有知心好友，全心全意地认真上课，放学后就去图书馆读书，回家和家人一起，三个人共进晚餐。也许是这种生活奏效，各科成绩都保持领先。

1　《古事纪》的“大国主命”，是出云神话的主神，亦为出云大社的祭神。相对于天照大神象征的“天”，“大国主神”则象征着“大地”的神格。此处意味着日本开天辟地时期的人。

“寺内同学真的很会念书啊。”

同班同学对大四岁的茉莉说话都用敬语。

“哇，这样子啊？我也念同一所高中。”

没什么嘛，很简单。茉莉心想。

以往的人生里，在学校这种地方，周遭的人从未怀抱敬意对待她。记忆中最常听见的话是“茉莉是个怪人”“茉莉很凶悍”“茉莉只跟男生玩”“茉莉是个小太妹，不检点”“离她远一点比较好”。

超然以对。每次碰到这种情况，茉莉都如此告诉自己：只要超然以对，哥哥一定会保护我。

然而现在，她已经不需要硬撑。距离下午的课还有一段时间，茉莉骑脚踏车到以前滑草的河堤边。因为她不习惯学校餐厅的声音和味道，因此经常在户外吃面包当午餐。

直到最近，河堤下方围起了带刺的铁丝，已经不见随着笑声滑下斜坡的孩子们的身影，取而代之的是一片寂静。高台上，恬静住宅区的一角，没有人的草地斜坡。

茉莉从旁边的坡道走上来，这里感受到的空气柔和度与干爽度依旧没变。路边有芒草、秋麒麟草，还有以前总一郎严格交代不能乱摸的漆树科植物。茉莉深深吸了一口气，空气清淡，带着透明的味道。

茉莉弯下腰来坐在草地上，一边啃着面包一边看书。

很久没见到美智留了。尽管茉莉很认真地读了很多书，但晚餐后总觉得很闷，一方面也是想逃离爸妈营造出的僵硬气氛，因此夜晚经常上街去，只是信步走走都能消愁解闷。博多街上什么都有，有营业到深夜的咖啡店和电影院，也有一个人能轻松进去的、附有投币式自动点唱机和爆米花的酒吧。

刚入学时，若要来这种地方，茉莉都找美智留一起来。和美智留在一起的时候，茉莉可以轻松当自己，不用和任何人任何事有所牵连，觉得自己是自由且个人的存在。而且，美智留笑点很低，茉莉也会跟着开怀大笑。

一路上，无论是遇见弹吉他的人，还是遇见卖着从楼梯上跳下来的弹簧娃娃的便宜玩具商，美智留都能和他们开怀畅谈，这是她的拿手绝活。但也不是就跟他们成了朋友，仅限于此时此地，像朋友一样聊天。有时，两人也会去路边摊吃串烤鸡肉或拉面。

茉莉非常享受这种事。这里面有着与隆彦和山边在一起时，无法体会的悠闲与震撼。此外，和美智留一起外出，爸妈似乎也比较放心。

然而，从某个时候开始，不管茉莉怎么约美智留也见不到面。一会儿说是为了写论文要查资料，一会儿又说跟别人有约，再不然就是碰巧感冒了。刚开始茉莉照单全收，然而听到她接二连三的借口，就算再迟钝，也终于起了疑心。

“为什么？”

茉莉忘不了自己在电话里质问美智留时的落寞与悲惨。

好悲惨啊。这句话真是一语道尽茉莉的心情。为什么要躲着我？我做错了什么事吗？我简直像个被男人抛弃却巴着不放的女人嘛。

“没有这种事啦。”美智留笑了笑否定，旋即又说，“只是，我已经没有心情和你出去而已。”

说得直截了当，茉莉难以置信。

茉莉十分愤慨。气美智留，更气受伤的自己，她无法忍受非常想问“为什么”的自己。

“那，好吧。”于是，茉莉这么说。

无论隆彦或山边，她从来没有巴着不放过，就连突然消失的阿九也一样。

挂电话前，茉莉确实感受到美智留温婉的微笑气息。

“分手了。”奥村将自己和美智留的关系告知茉莉，是几个月以后的事。

“为什么？”这次茉莉已经能了无挂碍地问，同时回想起之前在水炊鸡肉锅店，奥村以怜爱的眼神看着美智留的情景。

“我想茉莉应该知道原因吧。”

这回答令人觉得话中带刺。奥村一边留在阿新的研究室做研究，一边还要去决定就职的制药公司企划部报到，可能是太过忙碌，显得面容憔悴。

此时两人在阿新的研究室里。这间研究室是旧校舍中的旧校舍，玻璃窗破了也只用胶带贴起来，是个狭小而凌乱的房间。

听了奥村的回答，茉莉瞠目结舌。情侣分手的原因，除了当事人谁会知道啊。于是她小声地说：“怎样都好，反正跟我无关。”

奥村不发一语，盯着茉莉看。茉莉偷瞄了一眼，他目露凶光。

无所谓。茉莉吃完简单的午餐后，躺在干燥且逐渐褪色的草地上叹了一口气。不管怎样，反正我已经不需要家教了，发奋用功念书吧。茉莉重新下定决心。我一定要好好念书，以优异的成绩从大学毕业，找个好工作，过幸福的人生。

几天后，茉莉再度遇见从理发店出来的男人。这是星期天的傍晚，虽说是傍晚，但也到了夜色低垂的时候。准备做晚饭的喜代叫茉莉去摘几种香草，有细香葱、罗勒、迷迭香。为了让茉莉容易分辨，喜代将这些香草的名字写在便条纸上，还加上插图。茉莉就骑着脚踏车往花园去。

蓝中带黑的空气里，有个人影站在路边。由于人影动也不动，随着脚踏车的接近，茉莉认出是那个男人。他穿着米白色大衣，双手插在口袋里，面向喜代的花园。

茉莉按下刹车，停在他身后。男人回过头来，和茉莉四目相接。

短而整齐的娃娃头，配上一副圆框的细边眼镜。大衣的扣子全开，脖子和之前一样，缠着橘红色薄巾。

男人微微一笑。一微笑，脸颊出现一个单酒窝，是个身材偏瘦，肤色相当白皙的男人。在冷冽的空气与黄昏的光晕里，他的肌肤、微笑和站姿呈现出一种奇妙的娇艳美感。茉莉整个看呆了，连礼貌性的报以微笑都忘了。坐在脚踏车上，一脚踩在地面保持平衡。

“你好。”男人说，“我们又见面了啊。”

茉莉觉得他爽朗的声音和外表不合，是一种过于低沉、但却明朗而愉悦的声音。“原来之前他也有看到我啊。”想到这里，茉莉莫名其妙地心跳加速，板起一张脸点点头，随即下车。茉莉下了脚踏车，脚踏车倒在一边，然后她以把男人挤向旁边的样子走向栅门。

“这是你的庭园吗？”茉莉将钥匙插进钥匙孔的时候，男人在她身后惊讶地问。

“是我妈的庭园。”茉莉头也不回地答道，语气僵硬又冷淡。

推开栅门，踩进柔软的土地。

“请问！”身后又传来声音，男人毫无顾虑地说得很大声，“我可以进去看一看吗？”

这回茉莉回头了，男人对着她问，真的是一副心神不宁、迫不及待想进去的表情。

“请进。”茉莉想对他展现微笑，但总是变得很僵硬。男人踏入庭园一步就举目环顾四周，然后跟着茉莉的脚步走，首先观赏了沿壁攀爬的玫瑰，然后来到整形式的花圃——香草就种在这里。

“好美的花园啊。”男人看似非常舒服地呼吸着泥土和绿意和黄昏共同酿出的冷冽空气，说着他的感想，“完全是英国式的啊。我路过这里时偶然发现的。十年前没有这座花园啊。”

“十年前？”茉莉反问，拿着摘好的香草站起来。

“是啊，我已经十年没来了。”男人语毕，目光落在茉莉的手上，再度露出微笑，“看来这顿晚餐很棒啊。”

茉莉大吃一惊。不过就是草嘛，应该没有男人会知道这是食用香草。

然后两人回到栅门边，茉莉关门上锁后，向他点头告别。就在茉莉点头时，男人又露出微笑，说了一句：“再见，保重。”

茉莉从未见过和素昧平生的人道别时说这种话的男人。牵起倒在一旁的脚踏车，将香草放进车篮里，茉莉跨上车座。男人早已起步离去，朝着茉莉家相反的方向。

好紧张哦。

茉莉在心里说，轻轻吐了一口气。结果，连名字也没问啊。他说已经十年没来了。虽然说的是标准语，但可能是这个城市的人吧。茉莉就这样茫然地左思右想，踩动脚踏车的踏板。

这个冬季，对寺内家是个风波不断的冬季。一则是，喜代变得郁郁寡欢，而平常温和的阿新变得异常暴躁。再则是，茉莉又坠入爱河了。

喜代的话越来越少，不仅面无表情，连气色都逐渐变差。在这转变的过程中，刚开始阿新和茉莉都很担心。喜代无法投入工作，也取消了许多演讲，答应写的稿子也写到一半就不写了。有时说身体不舒服而躺上一整天，但却在降霜的清晨花园里，呆呆地站上一小时。

“妈，你到底是怎么了？你这样的话，爸爸会很担心吧？”

尽管茉莉终于忍不住带着怒气逼问，也是白费力气。喜代也只是回她：“我没事啊，对不起哦。”

明明说没事，但喜代的情况不仅没有改善，反而越来越难理解。她会在大半夜短时间外出，大白天也经常泪眼婆娑。

不论问喜代什么，她都不肯说，茉莉当然很生气，但更多的是忐忐不安，总觉得这样太不像妈妈了。然而，令茉莉意外的是，阿新已经不想再担心喜代了。

“随她去吧。”阿新甚至对皱着眉头、愁苦烦恼的茉莉这么说。

这个家，变成让人痛苦难受的地方。

我已经受够了。

茉莉只对总一郎发泄不满。在墙上贴着世界地图、附有荧光灯的书桌、简素的床和摆着五斗柜的总一郎的房间里。

要留学就去留学，要工作就开始工作，妈妈一直以来都一意孤行，把我和爸爸的生活都改变了，这样她还嫌不够吗？

总一郎似乎在笑，但笑得很落寞。

要去远方啊，茉莉。还有啊，妈妈也是会去远方的。

这不是茉莉想听的话。

我不要！

于是她这么说。心中充满了不安。

不要把妈妈带走哦。

这句话是恳求，也是宣言。这次总一郎传来的气息是愉快的笑。

你真傻呀，茉莉，不是我会把妈妈带走啦。每个人都是靠自己去远方的。茉莉是，妈妈是，还有爸爸也是。

总一郎的气息，到最后都是笑着。半是愉快的，半是落寞的。

茉莉坠入爱河，就在这种苦闷的日子里。去大学上课，从大学回来，和爸妈共进不愉快的晚餐，然后上街游荡的日子。

“你总是一个人来啊。”有投币式自动点唱机和爆米花、对酒吧而言太过明亮的店里的吧台，茉莉被人如此搭讪。

“不要坐在我旁边。”明明有很多空位，这个男人却故意想坐茉莉旁边的高脚椅，茉莉直截了当地出言喝止。一方面是心情不好，再则这男人的外形不是茉莉喜欢的类型。

“你还真冲啊。”男人不可思议地说，毫不犹豫地往茉莉旁边的椅子坐下去。点了啤酒和炖牛肉——茉莉虽然没有尝过但菜单上的确有的料理，然后从牛仔裤的口袋掏出一包皱巴巴的烟，叼起一根，点火，吐出一道又细又长的烟。

这实在令人太气愤了，茉莉以轻蔑的眼神瞪着这个男人。男人先是轻笑一声，然后说：“你不记得我了？”

不记得。

“你是茉莉吧，念九大的。”

男人有着被太阳晒得黝黑的皮肤，留着一头染成咖啡色的长发，瘦削的脸颊，没有血色的嘴唇，还有十分修长的手指。

“你是谁啊？”

茉莉诧异地问，得到一个“柴田”的答案。

“柴田？”

还是什么都想不起来。

“没错，就是死也不在博多以外的地方吃拉面的男人。”

啊！她想起来了，同时男人的一只手也伸过来了。这么一握，成了紧密扎实的握手。柴田是以前茉莉和美智留在夜晚出来闲逛时，在路边卖东西的男人。三个人见过面，也曾站着聊过天，后来坐下来聊得很开心，柴田干脆把摊子收起来，和她们两人一起去吃拉面，而且还吃过好几次。

“最近过得怎么样？你已经从渡边路那里消失很久了。是不是去别的地方卖那个绿绿的东西？黏黏的，还会一边旋转一边从墙壁滑下来的东西？”

“怎么可能。”柴田说着笑了笑。尽管他不是茉莉喜欢的类型，但想起他是谁的时候，觉得他是无害的、容易亲近的、蛮干净的人。

“那已经是八百年前的事了，是古老美好时代的事。”

才一年多前而已，柴田说得好像在回顾古老时代的老人。

“嗯哼。”

茉莉察觉到不该再继续问下去。人的一生总是会发生很多事情，而且这是从外表看不出来的。时代急遽地变化着。以前整晚在玛莉亚馆跳舞的闪亮美丽的女人们已经不在那里，亲不孝路也不复热闹景象。曾经，不稳定且令人悸动的能量——光是待在那里就能令人坚强、欢乐地发光发热的能量——也已经逐渐消失了。

“对了，你等一下哦。”柴田语毕，犹如在物色般地转动高脚椅环顾店内，下了椅子后，指间依然夹着香烟，朝着一张双人坐的桌子走去。

“美智留过得怎么样？”他不到一分钟就回来了，将香烟捻熄在印着可口可乐标志的廉价玻璃烟灰缸里，问道。

“我不知道。”茉莉答。

半晌的沉默后，这次换柴田说，“嗯哼，”接着又说，“我倒是有听到一些八卦。”

“八卦？什么八卦？”

看到茉莉终于一脸正经地问，柴田不禁莞尔。他喝了一口端上来的啤酒，耸耸肩说，“无聊的八卦啦。要不要去吃拉面？”

“吃拉面？可是你点的炖牛肉怎么办？”虽然这么问，但茉莉其实不关心，她比较想知道美智留的八卦。

“那一桌的情侣会帮我吃。”柴田以拇指越过肩膀，指向刚才去过的那一桌。

“所以，等我喝完这杯就去。”柴田语毕，以一副单独前来的客人模样，定睛看着前方，爽快地喝着啤酒。

2 接下来的日子，对茉莉而言是如梦似的连续

同性恋。

很奇妙地，这个词在茉莉心里和拉面联结在一起。用铁皮围起来的路边摊里弥漫着热气，忙碌地站着工作的店员穿着橡胶长靴，地面潮湿，大型的保鲜盒装着蒜泥和红姜。

茉莉一边吃着拉面，一边说："不可能。"

"嗯，或许是瞎掰的。不过八卦本来就不负责的。"柴田也这么说，"不要在意比较好。"

但是几年后，实际上是经过十年、二十年后，同性恋这个词，总会让茉莉联想起拉面。

柴田还说，这是在"street"的说法。聚集在街角、酒吧或live house的人们，可能知道什么意思，但茉莉总觉得这个词很怪。不过怪词也挺适合这个人就是。

在这个"street"里，美智留是很出名的同性恋。在东京念大学时也和同学发生关系，甚至还同居，引发了不少问题。有一天，对方的爸妈还闯了进来。那个女生被迫结束这段关系，哭得很惨，但美智留却一脸不在乎。诸如此类，还有更多更多更多。

此外，关于这件事，奥村想知道"真相"，于是逼问美智留，美智留没有否认任何一件事，这就是奥村和美智留分手的原因。

"不可能。"茉莉再度以坚定的口吻说。她觉得八卦的真伪，在于自己是否否定。

柴田觉得很可笑地笑了笑，以一副"是真是假我都无所谓"的口吻说："好啦好啦，我知道啦，吃吧。"

茉莉想起，以前也曾看柴田吃拉面看到入迷。他吃面的方式真是

令人叹为观止，与其说吃得津津有味，不如说吃得很舒服。首先只吃面条，随着痛快的声音将面条吸进体内，然后以幸福到不行的表情喝汤，转眼间就吃完了。尽管是转眼间，却显得从容且优雅。

好美啊，茉莉暗忖。这个人的仪态非常美。然而她并没有这么对柴田说，只说了一句："好快！"

旋即连忙吃光自己的面。茉莉对这种事也不是没有自信。打从孩提时代输给总一郎和阿九之后，她就训练自己如何吃得迅速利落。不仅迅速利落，当然还要吃得津津有味。

柴田在一旁满足地端详着边喝啤酒边吃拉面的茉莉，连手上点了火的烟都忘记抽了。

柴田始，比茉莉大六岁，三十岁，是家中的长子，有姐姐和弟弟，现在继承父业，在自家经营的加油站工作。他生于博多长于博多，自称"死也不在博多以外的地方吃拉面的男人"。高中辍学之后，在大阪住了一阵子，回到故乡后"靠着卖东西和开酒店混日子"。不过去年，他终于领悟到"生于此，死于此"的道理。

"瞧你说的，你就别耍酷了，我看你只是玩腻了吧！"茉莉语毕，静静地微微一笑。

"没关系。我现在也玩得很凶哟。"虽然说了令人讨厌的话，但茉莉明白柴田有他不想说的事，宛如感同身受似的，可以了解。

"我妈最近可能要走了。"茉莉说。尽管不是初见面，但也谈不上熟识，突然把这种事告诉这样的男人，茉莉对自己感到困惑。当然，柴田也感到困惑。

"是吗？要走了，走去哪里？"我也不知道，茉莉喃喃地说，想起喜代哀愁的脸庞。英国，应该是吧？这是喜代想去的地方吧？可是她已经去过了呀？就像茉莉去过东京。

接下来的话，茉莉和柴田并不是在拉面店谈的，两个人已经走出店外了。不过总是难以道别，总觉得话还说不够，两人就去长滨的港湾漫步。从博多渔港一边看着长滨泊船处、福冈赛艇场，一边走到那之津码头。

听着海风的声音，波浪拍打岩壁的声音。已经入夜了，周遭还是很亮，只因街灯的关系吗？茉莉思忖着。这一带有很多仓库，停了好几辆卡车，蒙眬的红豆色天空里云很多，月亮已经出来了，但轮廓模糊。

“大学好玩吗？”柴田问。茉莉稍微想了一下，用力皱着一张脸摇摇头，不过补上一句，“念书倒是挺有意思的。”

“我不喜欢念书。工作比较好，可以用到身体。”

茉莉觉得他的身体瘦骨嶙峋，不过手掌很大。

柴田说走到加油站的话，他会开车送茉莉回去，茉莉也答应了。四下无人的加油站用链子围起来，油亮亮的加油机、油管与洗车用的装置，仿佛都被链子保护起来，在这里睡得很安稳。

“加油站，这个地方不错嘛。”茉莉目光炯炯地说，这并非寒暄，也不是客套话。

隔天清晨醒来，第一个想见的人是柴田。在有着和哥哥的房间同样窗帘、同样床罩的自己的房里，桌子椅子、枕畔的书和贝壳、放在篮子里的T恤和毛衣，这些十分熟悉的东西，全部看起来都和昨天有些不同。感觉有些生疏，或者说更可爱了。

然而茉莉并没有察觉到，她已经坠入爱河了。只是浑身充满活力，想见柴田。

放学后去加油站找他吧。上餐桌吃早餐前，茉莉如此决定。并非昨晚发生了什么事。遇见柴田是偶然，去吃拉面也只是想知道美智留的八卦。夜里走到加油站后，坐上他心爱的红色小卡车就回家了。然后现在，茉莉一边想着柴田，一边以幸福的心情在吐司上抹奶油。

“为什么蘑菇炒了以后会变得黑黑脏脏的呢？”喜代叹了一口气后如此嘟哝，然后将盘子摆上桌。她没有化妆，肤色显得蜡黄。

茉莉看了不禁蹙眉，“妈妈你才是太邋遢了，蘑菇黑掉了有什么关系？”

此时玄关传来阿新呼叫茉莉的声音。茉莉放下早餐，走出去一看，柴田站在那里。

“早安。”柴田愉快地说。看到茉莉时的欣喜，柴田毫不隐藏地展现在脸上。

“有人找你哦。”茉莉顿时傻眼之际，阿新说。

“你怎么知道呢？”茉莉走出玄关，一关上拉门就开口说，毫不掩饰自己的喜悦之情，“我刚好想见你呢！想说昨天才见面，今天又想见你，总觉得怪怪的，不过我就是想见你，原本打算下午去加油站找你，稍微看你一下。真不敢相信你就来了！你怎么知道我想见你呢？”

茉莉拉高嗓音，连歇口气都嫌麻烦，一口气说完，仰望着柴田。

“我才不敢相信呢。”柴田表情略显羞涩，但说话时视线并没有离开茉莉，“你想见我，我才更想见你呢。”就这样自言自语般地继续说。

然而对茉莉或柴田而言，这样已经足够了。比起见到面了，更重要的是确认了彼此的存在——就是这种感觉。

柴田来访只有短短五分钟。因为还有工作要做，随即坐上停在外面的小卡车，轻快地走了。茉莉想到，爸妈在厨房一定很讶异，她带着陶醉的心情返回屋里。两人约定好了，今晚要去昨晚同一家店。

接下来的日子，对茉莉而言是如梦似幻的连续。幸福的惊喜与幸福的安心，幸福的苦闷与幸福的自信。柴田始犹如大海般单纯也如大海般复杂，犹如风一般莽撞冒失也如风一般温柔体贴。

每天每天，两人都见面。每天每天，道别时都难舍难分，送过来又送过去送过来又送过去，十八相送的结果就是经常在红色小卡车里迎接黎明。

阿始和喜代与阿新也立刻建立了良好关系，尤其让茉莉惊讶的是喜代的反应。无论是帮忙做园艺工作或是帮寺内家的车做维修——这当然是他拿手的——阿始那种混合了彬彬有礼与不客气的作风，喜代不仅没有表示反感，反而很信赖他。

“阿始真的好好笑哦。”茉莉也向总一郎报告，“他居然叫我‘我的天使’啦，不过只有在两人的时候。”

总一郎窸窸窣窣地传来温暖气息。温暖，但带着些许落寞的气息。

没有柴田始的地方，现在茉莉都觉得很无聊。大学无聊，闹市无聊，连有爸妈在的家也无聊。

“只要阿始一来，妈妈就会稍微有点精神。”茉莉也对总一郎报告这件事，“我和妈妈也比较有话讲。”

茉莉也会去柴田家玩。柴田家有爸妈和奶奶还有一个弟弟，热闹而开朗，是个好家庭。

阿始是个工作勤奋的人，从早到晚都在加油站。即使冬天也晒得黝黑，一方面是因为待在户外的工作时间很长，再则是因为他喜欢日光浴，就连偶尔的休假也净是往海边或公园跑，或是躺在自家狭小的阳台上。茉莉喜欢躺在他旁边，一边留意不要把他的手臂压麻了，一边闻着他皮肤的香味。

“我的天使。”

茉莉也很喜欢他以柔情的语调，如此喃喃地说。

祖父江九寄来的明信片，在这一年的年底抵达。

纸张干糙得都翘起来了，想必是摆在观光土产店好几年没人买的老旧风景明信片。风景照片里有绿树摇曳映在河面上，发出亮彩的绿色光芒，河边有中国人在散步。喜代将这张明信片递给茉莉，茉莉还没看之前，喜代先这么问，“他在上海啊？”

祖父江九于上海

可能是信里的这最后一行，映入喜代的眼帘吧。

“不知道。”茉莉冷冷地答道，旋即开始读信。

旅行 胡琴 黄昏的天空 老人 租界 长高的孩子们

信里就罗列着这样的词语。从旅途中寄来的明信片，除此之外什么都没写。阿九为什么会在这里？为什么会突然消失的理由、或是借口也好，什么都没写。“祖父江九于上海”，信的内容就这样结束了。不过以蓝色墨水书写、出乎意料工整且可爱的字体，让茉莉感受到阿九的体温与呼吸的节奏。

他写这种字啊。

茉莉心想，上海，究竟是怎样的地方？想起邻家的少年以豁出去的表情这么说：我喜欢你。

“阿九是个冒险家呀。”喜代说。

新年到了，茉莉去考驾照，动机是她也想自己开那台红色小卡车。取得临时驾照后，悄悄地开始练习。红色小卡车的座位比驾驶训练所的车高很多，视点变高了，开起来很有趣，茉莉乐翻了。

“不行不行，换挡要更轻柔一点。”当阿始这么说时，车已经熄火了。

“没关系，再靠边一点停。左边总是空太多了。这里不会撞到的。”

才刚说完，左轮就进沟了。就像这样，耐性超强的私人驾驶老师最后也死心了。

“茉莉，你没有开车的天分。”

“不行？真是这样吗？你放弃了？你要弃我于不顾啊？”

小时候，总一郎很喜欢车子，对车子很熟——明明比茉莉更会晕车——只要在市内跑的车子，大多一眼就能说出车款和年份，光是听引擎声也能猜出车款。阿九也有这种判断力——或者说热情——三个人比赛跑去大马路边，他们两人就开始比谁猜得快、猜得准，大多是总一郎赢。茉莉十分引以为傲，也不管弄脏裙子会被喜代骂，双脚交叉坐在路边的护栏上。

阿始莞尔一笑，从副驾驶座将面无表情的茉莉的头搂进怀里，轻声细语地说：“怎么可能？我的意思是，开车就让我来吧。免费的安全驾驶，随传随到，无论到天涯海角，永远。”

茉莉仿佛快要被幸福融化似的闭上眼睛，和阿始甜蜜接吻。

不过，后来茉莉还是拿到正式驾照了。茉莉要求去迪斯科跳舞庆祝，和阿始跳了一整晚。

至于大学，还是一如往常认真地去。在大学里的茉莉是个书虫，有时她甚至认为，书本比老师的上课内容有趣多了。

尽管如此，茉莉还是每天去上课，因为心爱的阿始的一句话激起了她发奋上学的决心。

“认真求学的茉莉，如果因为和我在一起而功课变差了，总一郎先生一定会恨我的。”

阿始称呼总一郎，不是叫阿总也不是哥哥，而是“总一郎先生”，简直像在称呼年长的人。由于这一点，茉莉越来越喜欢阿始。

我已经不像野猫了。

如今茉莉已经能这么想。已经不想去远方了。

柴田始对茉莉而言，是个像哥哥又像朋友的恋人。换言之，他是这世上所有美好事物的一切，曾经是。

时序进入春天。

“因为我买到了便宜机票。”喜代预计去英国两个星期。当这么说时，茉莉和阿始正在帮忙做园艺工作，一起把刚刚送来的烟囱形大花器搬上卡车载进来。这种花器的花是种在顶端，几年前茉莉第一次看到时的感想是：简直像根柱子。

“好像趁夜逃跑似的。”由于阿始只有加油站打烊后才能来，因此搬运工作在夜晚进行，茉莉在车里低喃。

“又要去？”听到喜代的旅行计划，茉莉首先脱口而出的是这句话。喜代去英国的次数，从留学回来之后算起已经第五次了。即便是因为商务而飞英国时，回来之后也充满活力，仿佛变了一个人，也因此，只要喜代说要去英国，阿新和茉莉不是默认就是赞成。

“是啊。”喜代答道，出发前已经一副喜滋滋的模样。她苗条的身材被裤子和毛衣包起来，穿着胶鞋，戴着工作手套。

不知为何，茉莉觉得这次不能让她去。去了，她可能就不回来了。

“阿始，不好意思，这个还是放左边一点好了。”喜代从有点距离的地方眯着眼睛，看准间隔，指着刚摆定的花盆说。

阿始也轻快地回答：“了解。”

在温暖的夜晚空气里，泥土散发出柔软的香气，树木发出类似香辛料的香味，花儿则是甜湿的香味。

“你去英国做什么？”茉莉努力地压抑感情问。

“就是去采购一些必要的东西啊，顺便去看看朋友。有一种叫做罩帽的防霜玻璃罩，你也知道的，我们家的藤架下就有不是吗？也有人托我买那个回来。”

喜代说得干脆利落，听不出有什么疑点，随即大声对阿始说：“对！就是这种感觉！刚刚好，谢谢你。”

“不要去啦。”语气带着轻微的意志，茉莉说。喜代听了一惊，盯着茉莉看。

“这一次，不要去。”茉莉又重复一次。阿始一边拍着双手的尘土走过来，一边说着今晚的月色真美啊。

喜代摆出一个亮丽的笑容。

“不，我要去。”喜代极其明快地回答，她原本就低沉的嗓音，这回显得更低，语气里回荡着喜悦，就如月光照耀下的春夜。

3　离大学毕业还有一年又几个月的这个冬天，茉莉怀孕了

这个城市的春天，天空仿佛也将暧昧的淡蓝色柔软地融进空气里。茉莉信步走在有银杏、有苏铁的宽阔校园里，思索着：究竟当初为什么会想离开这个城市呢？

灰色的石造校舍十分古老，外墙上方饰以白色和蓝色的古典瓷砖。穿过即使白天也阴暗凉爽的脚踏车停车场——小时候，茉莉经常一个人在这里闭上眼睛跳舞，手腕还戴着串珠手环——走进窗户成排的走廊，右侧就是阿新的研究室。

研究室的门朝内侧敞开。

“爸爸。”确定没有其他人在之后，茉莉出声叫他，“我来找你玩，可以进去吗？”

这是个狭小、照不到阳光的研究室。最里面有个办公桌和小小的沙发组，再往前一点有三个书架，还有不知道装着什么的纸箱，直接

从地板堆上来。

“可以啊。”阿新淡淡一笑，同时站起身。桌上摆着英文和日文混杂在一起的纸堆，还有一个堆满烟蒂的烟灰缸。

茉莉一边留意着不要撞到东西，一边小心翼翼坐上沙发。坐在这里映入眼帘的，全都是茉莉幼时就熟悉的。用胶带修理的肮脏窗户、铁制的抽屉、褪色的书背、学生旅行回来送的无趣人偶和一些饰品。

“今天上了什么课？”阿新按下热水壶的顶部，一边将热水注入茶壶一边问。

“语言学，还有樋口一叶。”

“满有意思的嘛。”阿新丝毫不带嘲讽地说，“文学啊。”

这个词让茉莉意识到，自己已经不再是小女孩了。啜了一口爸爸端来的茶。这是这里常有的绿茶，淡得可以称为黄茶。

坐在这里这样喝着茶，仿佛回到妈妈不在的岁月。茉莉恍惚地如此想着。和爸爸两人的生活，中学生的日子。

“今天也会忙到很晚？”

一板一眼的阿新，站上讲台一定打领带，但在研究室里就拿掉了。穿着白衬衫、灰长裤的父亲，看起来相当疲惫的样子。

“嗯，会到很晚。”

茉莉最近没在家里吃晚餐，放学后就去加油站帮忙。因为这样，就能待在阿始的身边。晚餐则在加油站后面的柴田家简单地解决。收工后，就和阿始冲到街上玩，或去海边散步。阿始对夜晚的街头熟悉到令人吃惊。例如，走下狭小的楼梯、推开沉重的门就会突然传出巨大声响的迪斯科；或是昏暗的店里到处垂吊着小鸟标本，怎么看都是有问题的酒吧。

和阿始在一起就不用怕。无论是走进没有招牌的店，还是走在治安很差的地带。

尽管茉莉恳求不要去，喜代还是毅然决然去英国旅行两个星期。买了一堆餐具、花苗、园艺用品回来，当然这都是工作相关的东西，但茉莉认为，她把和工作无关的喜悦与人格也带回来了。

喜代就像拥有两个人生一样。

看到带着给他们父女的礼物归国的喜代，茉莉如此感觉。然后，我和爸爸不知道的妈妈的另一个人生，即将开始侵蚀我们家。

这是令人不安的事。不安且难过的事。

“要是爸爸更经常外食或去外面喝酒就好了。”茉莉这么一说，阿新苦笑。

喜代是个厨艺高手。芝麻拌青花鱼生鱼片，筑前煮[1]，洋菜板条[2]，每户人家都会做的家庭料理，还有用很多水果做的酱汁烧烤排骨，或是香草和大蒜煮的汤，甚至很费工夫的中华料理，可谓样样精通。

除了做菜、洗衣服、扫除、整理庭园、演讲、写作，喜代还会用现在看来很老式的缝纫机缝制阿新的衬衫和茉莉的夏日洋装。她甚至挂念儿子离家流浪的祖父江七，还带点心去探望她。然而有一天，她将抛下这一切，轻飘飘地飞向远方。

茉莉认为，这真是太傻了。

茉莉去加油站帮忙，是因为想待在阿始身旁，但其实也是因为一家三口围着餐桌吃饭实在很闷。由于自己现在的生活形态，茉莉觉得对爸爸过意不去。尤其最近他越来越沉默寡言，看起来老了不少，也相当疲惫。所以她才像这样没事也来看看他，尽管看了也不能怎么样。

“谢谢你招待的茶。”茉莉语毕起身，再度深深吸了一口研究室的味道。这个小房间对她而言，就和总一郎的房间与阿始的存在一样；

1　主要食材是连皮带骨的鸡肉，加上芋头、香菇、牛蒡、莲藕等根须类植物，以酱油、酒等红烧而成。

2　芝麻拌青花鱼生鱼片、筑前煮、洋菜板条均为博多知名传统料理。

对阿新而言，恐怕是他能安心逃避的唯一场所吧。

“要回来吃早餐哟！”阿新说。

阿始继承的加油站，位于昭和路的路底。离海很近，可以看到辽阔的天空。周遭有零星散落的民房与店家。

刚开始，茉莉在这里的工作是打扫与洗车助手，以及引导车辆。当阿始开始加油或检查机油的肮脏程度，茉莉随即连忙清理车里的烟灰缸、擦车窗。干抹布和湿抹布一起来，动作迅速，力道十足。倘若车里有小孩，就拿糖果免费招待。糖果有三种口味，装在小篮子里。

后来，茉莉甚至打起后头小卖部的收款机。小卖部有各种修车工具、药品。记这些东西的用途、品名、价格、特征是很快乐的事。

加油站除了阿始和他父亲，其他包括打工的三位员工。三人轮班休息，营业时间从早上九点到晚上八点，没有公休日。

“你要不要试试加油？”有一天，三人当中最年长的男性对茉莉这么说。

他姓藤原，身材短小，脸上满是皱纹，左右眼大小不一样。

“好啊。”茉莉一口答应后，不禁开始搜寻阿始的踪影。心里有点忐忑，未经阿始同意就擅自使用妥当吗？

然而阿始不在附近。藤原满脸笑容，拿着像枪一样的油枪问：“试试看吧？”

茉莉接过油枪，握起来比想象中重很多，单手实在握不稳。

“单手！要用单手！好好地握稳！”茉莉要加上左手时，藤原纠正她。

“深深地插进注入口，要插到底。”

茉莉照着他的话做。

“要送油了哦！”藤原按下背后那台机器按钮的同时，也握住茉莉拿着油枪的手，“用这个开关调节油量。”

茉莉感觉到液体咕隆咕隆地流入，呛鼻的汽油味扑鼻而来，内心忐忑不安，生怕自己做得不好使得汽油外漏。

忽然喀当一声，一道巨大冲击力传到紧握的手上，茉莉不禁缩起身子。

“油塞关闭！”藤原如此解释，然后抽出油枪，再度插入，这次枪口浅浅插入。

“接下来要一点一点慢慢地加满，这个就要靠自己的眼睛确认了。”这个部分，藤原一边说明一边自己做。茉莉蹲在一旁，屏气凝神专注地看着。

注入口的里面太暗太小，根本看不见。

虽然这么想，但没说出口。头顶艳阳高照，水泥地面冒出热气。

事后，茉莉骄傲地对阿始说：“我今天加油了哟！帮一辆白色的丰田COROLLA加油！”

姑且不论喜代和阿新的关系，茉莉本身的人生倒是一帆风顺。阿始的父母和奶奶，还有已经出社会工作的弟弟，都直接叫茉莉的名字，把她当自己人看待。阿始休假的时候，两人会开车兜风，或是搭电车远游。茉莉很喜欢博多车站。不仅路线众多，还有各种款式颜色不同的电车。从这里出发，可以去任何地方。去大分，去长崎，去鹿儿岛，也可以去阿始住过的大阪、茉莉住过的东京。

“博多车站，不管什么时候都像庙会一样啊。”茉莉曾经这样对阿始说。

“因为有炸薯饼、串烤鸡肉、又香又甜的烘焙点心，甚至连活生生的小鸡都有卖呢！”阿始笑了。

“听你这么一说倒是真的。我以前想都没想过，为什么车站会卖小鸡呢？”茉莉也开心地笑了，只要阿始一笑，茉莉就会很开心，“真的很热闹啊。哪像东京车站，人虽然很多，但一点都不热闹。”

甚至曾经从门司港搭渡轮去下关。渡轮溅起白色的水花，以惊人的速度急驶。那是刚好飘起雨的黄昏，茉莉和阿始坐在座位上，十指紧扣，眺望着船舱玻璃窗上无数水滴终于串成水流滑落。

“下雨了啊。”茉莉陶醉地低喃。

“嗯，下雨了。”阿始也以陶醉的语调回应，然后四片唇瓣轻轻吻上。茉莉觉得很神奇，每次想接吻的瞬间，两人都一定同时有这个念头。真的是很神奇，美好且欣喜。

祖父江九从那之后也经常寄明信片来。长江、太极拳、国境。罗列着这种字眼的明信片。于武汉、于成都、于加德满都。

茉莉揣想背着大背包、穿着汗水泥泞的T恤、单独旅行的阿九。

他是睡睡袋吗？有钱生活吗？有没有认识谁，喜欢上谁呢？就像我和阿始一样。

“阿姨。”茉莉经常去探望祖父江七，“阿九寄明信片来了哟。好像是在达卡。”

阿七总是微微一笑，有时说“是啊”，有时说“太好了”，有时说“嗯，他也有寄给我哟，说他过得很好”。

“前些时候他还打电话回来呢，说他到大城市了，偶尔会打电话给我。”

听到这个，茉莉安心多了。无论是达卡或加德满都，尽管不知道在哪里，不过总之阿九在某个地方。真的，还活着。

“我好想见见他呀。”谈到阿九，阿始语带憧憬地说，“去流浪啊，真是太酷了！”

茉莉一听，立刻不安起来，一脸正经地说：“不准去！阿始不准去流浪，哪里都不准去。”

阿始一边用舌头小声地发出啾啾啾的声音，一边摇晃食指。“我哪儿都不会去。我有加油站，还有家人要照顾。如果这样也要去流浪的话，到时候我会带你一起去。”

“一言为定哟。”茉莉娇嗲地一恳求，阿始便轻轻吻上她的唇。

“一言为定。”

就这样挂了保证。

接着秋天到了，然后冬天也到了。离大学毕业还有一年又几个月的这个冬天，茉莉怀孕了。

阿始向来很小心，不会射在茉莉体内。尽管茉莉说：“我要一直这样跟你黏在一起，就算怀孕了也无所谓。”

但柴田始也不予理会，到快射时一定抽离茉莉身体。即便茉莉认为这样的他“太规矩”，结果还是怀孕了。

“该怎么办才好？”茉莉一个人去医院，判定是怀孕这天，和阿始吃了饭，很晚才回到家，在总一郎房里嘟哝，“真不敢相信。”

其实她心头喜滋滋地，很想相信是真的。跟总一郎说之前，茉莉想先跟阿始说。因为下午请假没有去加油站帮忙，所以今天不是在柴田家吃饭，而是在一家熟悉的、有自动点唱机的店里吃饭。和阿始单独两人，本来是说出口的好时机。

“可是，我好怕哦。”茉莉坐在小小书桌前说，“这种心情到底是高兴呢？还是害怕？”

是害怕啦，茉莉。总一郎笑了。

“想到阿始知道了万一不高兴怎么办……”

光是想象就难以承受。甚至想过，不如就这样一直背着阿始生下来。

太性急啦，茉莉。

总一郎似乎并不吃惊。

“该怎么办才好呢？”

茉莉重复地说。每重复一次，喜悦就涌现一次。就算大学不念了也无所谓。就算喜代和阿新反对也无所谓。茉莉担心的，唯有阿始的反应。

跟滑草一样呀。

总一郎说。

茉莉明明那么害怕，一回神已经坐着纸箱滑下去了。一坐就滑下去了，谁也无法阻止，连自己也阻止不了。

茉莉窃窃地笑了

“因为，人家喜欢滑草呀。”

心情虽然很愉快，但总是心神不宁，难以镇定，茉莉在房里走来走去。床，电暖炉，五斗柜上的地球仪，桌旁的书法道具，哥哥的房间。

“哥哥，你就要当舅舅了啊。”

原本是打算开玩笑说的，话一出口却被自己吓到。

“有朝一日阿九旅行回来，看到我有小孩一定会很震惊吧？”

为了岔开“总一郎变成舅舅”这个思绪，茉莉试着这么说。

“要是男孩子的话，阿九会陪他一起玩吧？”

阿九寄来的明信片和信，全都收在盒子里，放在总一郎的桌上。总一郎是茉莉的哥哥，同时也是阿九的好朋友，如同哥哥一样的存在。

茉莉打开盒子里最上面的一封信重读。

寺内茉莉小姐如晤：

信是这么开始的。从笔记本撕下的纸，用蓝色原子笔写得字迹工整、密密麻麻的一封信。

我终于抵达恒河了。这是我所看过水流最猛的河川，十分神圣。人们在此洗衣服、沐浴，甚至还有尸体漂流其间。在长江流域我学到了气场的重要性……

“这是什么啊？”

看到一半，茉莉问总一郎。

“上一封信也是，提到什么气场还有能量之类的。”

人类如同水流，体内也存在许多的流，血流、气流、精神的流等，任何一种流都不能遭到淤塞阻断。

信的下一段还有提到时间是“水平”流动的，以及“平等”生存的伟大。

思念着你，我将越过这条大河。

信就在此结束。

最后署名：祖父江九于加尔各答。

茉莉站在窗前，凝视着邻家的幽暗窗户。

“总哥！茉莉！出来玩吧！”

想起曾经站在绿树下，扯开嗓门大叫的阿九。

“流动是不能遭到淤塞阻断的。”

茉莉发出声来试着说。

“就跟滑草是一样的嘛。”

五　命运的齿轮，以及加油站

1　母亲突然间就消失了，这实在叫人难以接受

柴田始的反应，远远超过茉莉的期望。他还没想到茉莉的学业和周遭的反应，以及今后生活上会面临的种种令人担心的事，就先发出欢呼声。睁大眼睛一惊之后，首先是欢呼，然后是拥抱，接着一个个的吻如雨点般降在茉莉身上，这之间阿始一直笑一直笑，笑到脸都快要坏掉了。

此时两人在志贺岛。

虽是晴朗的午后，但风很大，冬天的海很冷、浪很高，唯有靠岸的海面可见白色水花。在茉莉小时候就觉得像黄豆粉的偏黄沙滩上，有着被浪打上来的干掉的黑色海草。

拥抱与接吻，询问与回答，长时间反复这一连串动作之后，阿始以沉稳的口气说："我们结婚吧。"因为他站在茉莉身后，茉莉看不见他的表情，不过不用看也知道。大海传来阵阵海涛声。

"我希望你不要念大学了。"接着阿始说的是这句话。

他宛如包覆般地搂着茉莉的肩，贴着她的脸颊。

"虽然只剩一年而已，你也好不容易苦读到这里了。"

阿始继续说，"我不太懂大学的规定，不过结了婚生了小孩以后，学校不会让你上课吧？"

茉莉没有作答，陶醉地闭上双眼，靠在阿始怀里。其实她早就决定不念大学了。大学毕业这个头衔，和说只爱茉莉的阿始，以及即将出生的小孩相比，究竟有多重要？

“阿始，你喜欢水炊鸡肉锅吗？”

结果茉莉开口问的是这种事。实在太快乐太幸福了，窃窃的笑声从内心深处翻涌而上。茉莉想象着，两家人一定会在那家水炊鸡肉锅店用餐，爸爸沉默寡言，妈妈忙着为大家夹火锅料，不过两人一定都会给予祝福。

“水炊鸡肉锅？”

阿始好笑地反问。海风扬起黄沙，阿始依然包覆般搂着茉莉，犹如在保护茉莉，以他的背挡住风沙。

茉莉没有多作解释，笑着将阿始的双手紧紧地拉到胸前，仿佛披了一件外套似的，两人就以这种姿势走在沙滩上。

“我们要结婚啊？”茉莉语带戏弄地说，“真的吗？一定？真的要结婚？”

阿始则坚定回答：“真的！一定！真的要结婚！”

波涛汹涌的岸边，有个人影在收集钓饵，他提着水桶，拿着夹子，走来走去在捡东西。

怎么办？我现在真的好幸福。

茉莉望着人影，心里这么想着。

这一切如果早一天发生就好了。

接下来的人生，让茉莉一直有这种想法。确定怀孕，告诉阿始，决定结婚，这一切如果早一天发生，情况或许会截然不同。

这晚，茉莉回到家已是深夜。和阿始吃饭庆祝，照约定“只喝一杯”烧酎，然后去有乐团演唱的夜店跳舞。茉莉希望，肚子里还没有确切感觉的孩子也能喜欢跳舞。

“大家一定会吓一跳吧。”

两人谈的净是这件事。

“会啊。不过，一定会很高兴。”

“比方阿克？”茉莉提到阿始的弟弟，接着又说，“还有藤原？”

提到每一个人，阿始都点头说，会啊。一定会被祝福的自信与阿始本身的喜悦，使得他的笑容灿烂夺目。

这个笑容，就是我全部的世界。结婚和孩子，都不过是附属。

茉莉也开心极了，尽情跳着独创的舞步。

回到家，客厅只有阿新一个人。茉莉刚踏进家门，立刻察觉到可能发生了什么不好的事。音响播放着约翰·科川。阿新坐在沙发上。这套几年前喜代新买的沙发，和之前的旧沙发很像，都是褪色的绿色。

“你回来了。”阿新浮现出茉莉看了都心碎的孱弱笑容，接着又说，“你妈妈走了。”

“去哪里？”起初，茉莉还以为阿新喝醉了。如果没醉，他应该会表现得更为坚决。

“不知道。应该是英国吧？”一副怎样都好的口吻。毫无责任，抑或已经精疲力竭……

“你怎么会不知道呢？”茉莉的声音颤抖。心里一直叫自己冷静，偏偏就是无法思考。桌上并没有摆酒，只有五六个烟蒂，不是扔在平常的空罐里，而是玻璃烟灰缸里，有的折断，有的烧焦堆积在一起。

茉莉觉得阿新好像快哭出来了。他穿着喜代编织的毛衣，双手十指交缠放在膝上。无论绿色的沙发，还是音响传出的音乐，甚至屋里的气味都和平常一样，感觉却已人事全非。

“爸爸，你吃过晚饭了吗？”茉莉突然想到这么问。

“谢谢，不过今晚不想吃了。”阿新依然用语带微笑的声音说。

茉莉气急败坏，又问了一次：“妈妈到底去哪里了？”

茉莉事后认为，当时我知道问了也没用，可是我就是做不到。她检查了一下厨房和寝室，确认喜代的随身物品都不见了。

“到底怎么回事？没有留信吗？大概几点走的？为什么？”

回到客厅，看到阿新依然无力地坐在那里，忍不住开始发飙，“你去找过了吗？花园呢？机场呢？问过东京的亲戚了吗？问过阿七姨了吗？”

其实茉莉也不想这样，但不由得口气就变得像在责问。早在好几年前，她就察觉到爸妈的感情不好。这阵子又陶醉在恋爱里，几乎很少待在家里。可是也不能因为这样，母亲突然间就消失了，这实在叫人难以接受。

“大吵大闹也没有用。”

阿新这句话让茉莉为之愕然。没有用？

“我九点从大学回来，你妈妈就已经不在了。我也很想知道，她什么时候走的？为什么要走？可你妈妈已经跟我说过好几次了，叫我让她走。”

茉莉知道自己双眉上扬，眼睛睁得很大，就像喜代会做的表情。

阿新接着说了一声“我……”随即又改口为“爸爸”。他告诉自己，虽然事已至此，还是要以父亲的身份说话。

“爸爸并没有答应，因为爸爸不想让妈妈走。”

这是当然的啰，茉莉插嘴。但她不想把事情搞得很严重，所以用轻松的口吻说。

“她一定又去旅行了，到时候就回来了啦。一定又一脸笑眯眯地，买了一堆没用的土产回来。她真的很我行我素啊。”

茉莉语闭，两人顿时陷入沉默。阿新浅浅地一笑，看着茉莉。

“说得也是啊。”

今夜第一次，阿新眼镜后面的眼睛有了生气。茉莉觉得这张脸像个孩子。阿新从旁边的垃圾桶里，捡起扔掉的纸张。

“没有信。”

语毕，将纸摊在桌上。这是喜代已经签名盖章的离婚协议书。

“取而代之的是，留下了这张纸。我认为不需要就把它扔了。”

阿新如此说明，语气坚定得像是在讲课一样。

茉莉霎时哑口无言。这实在太血淋淋了。红色的印章，喜代的字用钢笔写得很大，工整有力。茉莉发现，自己是以看逝去的人的眼光在凝视这张纸，不禁倒抽了一口气。然而喜代写的这张纸，的确和墙上贴的总一郎的画，以及喜代珍藏的作文与书法的纸很像。有些部分，是决定性的。

“有一天妈妈回来的话……”

阿新以与现状不合的开朗语气说着，将桌上的纸撕成两半。

“到时这种东西还是不要留着比较好。”

一九八五年十二月，喜代出走。

接下来的日子极为混乱。在阿始的帮忙下，向警方报案，也联络各方亲朋好友。例如喜代留学时的房东夫妻、父女俩所知的朋友、园艺界的老师与业者，甚至连茉莉都不知道是谁的有信件或照片来往的人，都向他们打听看看。结果，大家都说和喜代快十年没见了，听起来不像谎言。

“真是难以置信！”每当这时，茉莉就语气强烈地对阿始或总一郎说，“家里所有的一切，就在眼前崩溃了。”

要去更远的地方啊，总一郎回答。

“有我在啊。”阿始回答，以强劲的臂力紧抱着茉莉，想消弭她的不安。

结果，两人的婚事一直等到不能再拖了才入籍。得知女儿怀孕并且要结婚的阿新，只说了一句，恭喜了。

茉莉向大学提出休学申请，是在过年之后。不仅是指导教授感到惋惜，只要有去打招呼的老师都深表遗憾，但都没有特别挽留她。年纪大的教授里，也有几位是茉莉从小就认识的。关于阿新与茉莉的处境，他们也都委婉地致上同情的话语。

这时茉莉总是回答："不要紧的，妈妈迟早会回来。"

走进图书馆时，最是感伤。因为三年的学生生活里，茉莉有很长的时间都在这里度过，座位也都是固定的。空间里的温度和湿度也都保持一定，只有不计其数的书籍和桌子和椅子。下雨天时，荧光灯的光芒甚至令人眼睛发痛。还有，这股味道。茉莉阖上双眼，尽情地、深深地吸了一口这里的空气，然后关门离去。

和妈妈无关。

走在寒冬萧瑟的校园里，茉莉试着厘清思绪。

我是为了和阿始结婚才放弃学业的，和妈妈离家出走根本没有任何关系。老师们都把事情混为一谈，其实只是错在事情刚好一起发生，是妈妈不好。

走着走着，来到很久以前被一个姓小岛的男生强吻之处。那是个天色阴霾、微寒的日子。刚好就在这里，在这幢老旧建筑物的阴暗处，我揍了那个男生。

虽然自己也无法理解，现在想想竟然有些怀念。当时明明是令人毛骨悚然、极其恶心厌恶的事。

穿过理学院的后方，从正面眺望礼堂，想起自己抬头挺胸人列参与的开学典礼。接着也想到，把大学中辍的事告诉美智留吧。尽管两人因为不明的原因而一直处于疏远状态，不过据阿新所说，美智留还在研究所里。

最后终于走近正门了。右侧是办公室，左侧是理发店。茉莉驻足，最后回首，眺望阴霾天空下的校舍群。

福冈下了今年冬天的第一场雪。喜代曾经那么宝贝的“花园”，也早就将租地权转让他人。由此可见她的去意甚坚，看情况是不会回来了，但没有人将这件事说出口。

寺内家的庭院也被白雪覆盖。没人整修的荒废庭院成为一片雪白稳定的世界，茉莉内心深感欣喜。

茉莉也一点一滴地从阿新口中知晓了过去所不知道的许多事情。例如，其实喜代一直想离开这个家，她在英国有恋人，而阿新早就被告知此事。

关于这方面的事，阿新口风很紧，除了喝醉时会有一搭没一搭的说个两句，平常完全不想提。茉莉因为怀孕不太喝酒，因此拜托阿始帮忙。她对阿始说，如果不是只有父女两个人，爸爸也比较聊得开。

因此三人经常共进晚餐。大学不念了、也被阿始禁止去加油站帮忙的茉莉，大抵上负责做饭，但偶尔也会去外面吃。茉莉和阿始带阿新去他们以前单独约会的店，阿新也带他们两人去以前没有带家人去过的店。这是一间只有吧台、小巧雅致的店，阿新是这里的常客。

看到茉莉，这间店的老板娘眯起眼睛仔细端详，“哇，长得好大了呀。”

就初次见面而言，倒是挺微妙的。

“老师经常拿你的照片给我看呢。”就这样笑呵呵地揭开谜底，“不过都是一些小时候的照片。我还一直念着有一天想见见你呢。”穿着一身端庄和服的老板娘这么说。

这个人和爸爸说不定有关系。茉莉之所以这么想，是因为唯有在这家店，阿新即使喝醉了，也绝口不提喜代的事。

“你想太多啦。”阿始这么说。

无论被留下来的人多么努力，喜代的行踪依然渺不可知，甚至不晓得她是否真的去了英国。

关于喜代的恋人，阿新知道的也只有名字。

“有一个叫‘安’的，你记得吗？”有一次，阿新还算愉快地说。那是深夜，和阿始茉莉三人在厨房的餐桌旁喝酒。

关于“安”这个人，茉莉记得很清楚。她是喜代留学时认识的好友，也是信件往返最频繁的女性。茉莉甚至能想起，以流丽书写体写的信封上寄信人名字的笔迹。信封上还贴着少女风情的玫瑰贴纸，茉莉还曾经笑说“真是孩子气”。

“那么妈妈后来有说，安都不写信来了，你也记得吗？”

阿新问这句话时，看起来已经不是那么愉快。

“我记得。”茉莉答道，“大概是一年多前吧，我和阿始刚认识的时候。妈妈闷闷不乐地，说是因为信都不来了。我回了她一句‘笨蛋’就没多理她了。”

那段日子，喜代的样子的确很奇怪。

听到茉莉说的“笨蛋”，阿新不禁轻轻地笑了。他笑了，喝了一口酒，接着说，“其实根本没有‘安’这个女人，那是一个叫‘安布罗斯’的男人。”

顿时一片寂静，没有人说话。阿新沉沉地叹了一口气，接着又自言自语般地低喃一次：“安布罗斯。”

这次换阿始叹气，“也就是说，爸爸一年以前就知道这件事了？”

阿新点头承认，随即坦承，所以喜代走的那一天，他第一个反应就是去找信。

“因为我想尽管安是假的，但地址应该是真的。”

然而喜代不可能把这种信留下来，连“花园”都在事前一并处理掉了。

这一夜，是第一次也是最后一次，茉莉为了喜代出走流泪。不过，那也是在阿新回房之后。“安布罗斯究竟是何许人？住在哪里？他不写信来以后两人怎么样了？这些事我完全不知道也不想知道。”阿新反复念完这些话，最后丢下一句“我要睡了”，就离开了厨房。

“我好恨哦！”茉莉对阿新说“晚安”时，语气明明很开朗，但转头跟阿始说“我好恨哦”，其间语带哽咽。阿始将她搂进怀里，她反而哭得更伤心。她难过的不是喜代有恋人，而是那位号称好友的女性根本不存在，这么漫长的岁月里，喜代一直在欺骗她。很过分，茉莉心想。妈妈真的很过分。

就这样在阿始怀里哭了好一阵子。阿始拍拍茉莉的背逗哄她，“你这样会生出爱哭的小孩哦。”

宛如说什么悄悄话似的，在茉莉耳畔轻声地说。明明没什么好笑，又伤心气愤得要命，可是被这样一逗，茉莉却吃吃地笑了。一边哽咽哭泣，一边吃吃地笑。

原来阿始的话有这种力量啊。

如果妈妈知道我和阿始要生小孩了——茉莉忍不住如此思索，如果知道的话，她也许就不会走了。至少会把计划稍微往后延，这么一来很多事情就会改变了，这么一来——

厨房里的样子，依然保持着和喜代在的时候一样。十五年前那个清晨，总一郎的讣闻传来也是在这个厨房。茉莉在阿始的怀里，茫然地想着这些事。

2 很酷的加油站。盛夏的正午诞生的女婴

柴田始为茉莉的身体着想，禁止她在加油站帮忙，但茉莉还是经常到加油站露脸。一则无处可去，再则是喜欢宽广整齐且具有机能性的加油站。刷子转动的洗车场很有趣，像邮筒一样红色四角形的加油设备也很有趣，但最吸引茉莉的是地下仓库，那里埋设了好几个油槽。

“好像秘密基地哦。”第一次被带来这里时，茉莉瞠目结舌地看了一分钟之久，才说出这句话。仓库里阴暗清凉，一片静谧，唯有墙上到处提示的“严禁烟火”字样显得喧嚣嘈杂，或者说恐怖。总之，茉莉认为这四个字赶跑了这里如沉眠般的寂静，让人意识到危险。

“佩服之至。”茉莉说，“加油站的地下居然埋设了油槽，我想都没想过啊。”

阿始好笑地看着茉莉说：“你感到佩服的时候，鼻孔会张得很大哦！”

“讨厌！”茉莉双手叉腰，故意把鼻孔张得很大。

入春之后，茉莉放弃寻找失踪的母亲，就当那个人已经不在了。不如此下定决心，根本没完没了。甚至和总一郎说话时，茉莉也不提母亲的事。改谈新鲜的事，例如柴田家的事。

阿始家里有八十四岁的老奶奶和爸妈，还有一个比阿始小六岁、和茉莉同龄的弟弟，大家都很善良。加油站共有三位员工，藤原虽然不是家人，但是个很靠得住的领班，还有宫崎出身的阿隆，以及诙谐的小伙子小田，他去年春天刚从高中毕业。

“小田真的好好笑哦。”茉莉对总一郎这么说，“他经常在想这种事，例如‘沉默的不倒翁’倒过来说是什么？或是‘猴子做鞋子呀’倒过来说是什么？想到好玩的就会告诉我。”

“加油站，真是个很酷的地方啊。”

说到加油站时，她力道十足。

“我以前都不知道呢，原来加油站的墙壁是‘防火墙’哟！”

内心暗暗地想着，或许哥哥早就知道了。因为哥哥知识渊博，虽然是个小孩，不过早就知道了吧。于是茉莉继续说：“那么，你知道防火墙一定要高于两公尺吗？”

另外有一天，她向总一郎报告：“老奶奶帮我缝制了尿布哟！做了一大堆呢！老奶奶说，小宝宝一定要用布做的尿片，不然感受性会变得很迟钝。”

前进，前进，一定要向前走。茉莉痛下决心。总一郎说的“去远方”或许就是这个意思吧。不要回头看，绝对不再去找出走的母亲。

茉莉和阿新住的家，已经不像以前那样干净整齐。家事大致都是茉莉做的，但她拒绝去碰喜代很宝贝的家具和餐具，因此房里和楼梯角落堆满尘埃。阿新似乎不在意，也可能是佯装不在意。已经没有任何事、也没有任何人能引起阿新的关心。这也呼应了茉莉不愿在家里提到任何喜代的话题。在茉莉看来，如果不是一起等待喜代归来，她在不在这个家似乎都一样。

即便茉莉拿对总一郎报告之类的“新话题”对阿新说，例如“阿始的父亲酒量很好”，例如“藤原很喜欢赌博，只要赛马或赛艇赢了就会大方地买‘一整块牛肉回来请大家吃”。尽管她说得眉飞色舞，阿新要不是默默地听，就顶多应个一两声“哦”或“太好了”，一副事不关己的样子，眼神茫然地微微一笑。

到了五月，寺内家的非整形式花园百花绽放。其中几盆比较柔弱的花卉立刻就枯萎了，仿佛柔弱到发出无言的悲鸣就留下了残骸；但是菖蒲、杜鹃、连翘、玫瑰、姬苹果，尽管照顾它们的人不在，也开得娇艳灿烂。

也许是我太冷漠了。

从周边开始处理枯萎凋零的植物时，茉莉如此想着。将努力活过的残骸扔进厨余垃圾类，将空掉的花盆和长形花盆扔到不可燃垃圾类。

虽然挺着肚子做起事来有些麻烦，然而这份麻烦也使得茉莉更加坚强，涌出了一股“知道自己不是一个人”与“一定要靠自己克服困境”的勇气。在这个庭园里，喜代曾经精心照料的树木开出落落大方的花朵，招来了蜜蜂，风儿轻柔地带来甜郁的香味。

“真是又闷又热啊。”在净水路的巧克力店，美智留望着窗外说。

“就是啊。”茉莉答道，轻啜着冰咖啡。正式向大学提出休学的一月，茉莉打电话将这件事告诉美智留时，她依旧一个人住在那间狭小的租屋处，几乎位于大学正门的正对面，一家食堂的二楼。

“哎呀。”听到茉莉怀孕和退学，美智留惊讶地说，还轻笑了几声。笑声低沉而稳健，是茉莉熟悉的。

“你还真敢啊。”从她的语气听来，似乎完全不在乎当初自己突然说过“我不想再见你了”这种让茉莉伤心难过的往事。

茉莉向她道歉说，你好不容易帮我考上了大学——

不料她却若无其事回了一句：“用功念书的和考上大学的都不是我啊。”

茉莉终于笑了，“你还是老样子啊。”

脑海里浮现出穿着皱巴巴的衬衫、一头利落短发的美智留。

为什么突然不肯跟我见面呢？

茉莉将这句到了嘴边的话吞回去，改问：“你好吗？”

“茉莉呢？”被这么一问，茉莉说出喜代失踪的事，想说她迟早会知道。

“寺内老师一定很震惊吧？”

即便茉莉随后补上了一句“应该去旅行了”，美智留依然如此静静地说，宛如她早就知道不是去旅行。

最后美智留在电话里说，她下星期就要回冈山老家，一月底才会回福冈，到时候见面再谈。

就这样，日子一直过到今天。窗外的街景绿意盎然，夹带着尘埃飞扬的湿气。眼前的美智留，看起来比几年前更瘦了，同样是利落的短发，但已经没有少年的气息。大大的眼睛和瘦削的脸颊，显现出超乎标准的女人味。长袖的T恤搭上宽松棉布裤，这身打扮反倒衬托出她的女人味，并没有减弱效果。

“你老了。”茉莉说得直截了当。换成是别人，她绝对不会说这种话。

美智留状似愉快地瞪大眼睛回了一句：“谢谢你的鸡婆。”接着微微一笑又说，“你实在没资格跟我说这种话，自己挺着一个快要破裂的肚子呢！”

“破裂？不可能，还早呢，预产期是八月。”茉莉回答，但也不禁摸摸自己已经绷得很紧、凸得很大的肚子。

“你记得柴田始这个人吗？”

茉莉这么一问，美智留皱起眉头想了一下说，完全没印象。

“哎哟，在渡边路卖东西的，不是有个晒得很黑的人吗？经常说‘我是个死也不在博多以外的地方吃拉面的男人’。”

美智留似乎把记忆翻出来找了一遍，得到的答案是：“啊！那个像落魄的冲浪手的人。”

茉莉放声大笑。“对对对！就是那个像落魄的冲浪手的人，他就是我的老公。”

美智留“啊！”的一声，嘴巴张得好大，极度夸张地摆出吃惊表情和动作，屁股甚至从椅子上浮起来，但其实没有发出声音，像默片一样。

好久没看过她这样了。

茉莉开怀大笑，内心暗忖着。原本只想喝冰咖啡，结果连蛋糕都点了，最后还喝了热巧克力，走出店外时，已是向晚时分。

美智留说，她在太宰府的短大当兼任讲师，也兼差做翻译，同时也继续在研究所攻读东洋史，打算一直做到“被父母断绝关系”。

“男朋友呢？”尽管冒险，但在好奇心的驱使下，茉莉还是问了。

美智留耸耸肩说现在没有，接着笑了笑说，“说不定让难得的好男人逃掉了。”

虽说已是向晚时分，初夏的街头依然明亮。两人边走边聊走到巴士站，美智留说：“我绝对无法当保姆，但其他有需要帮忙的，随时跟我说。”

这次换茉莉耸肩，“比方说？”

“比方说，孩子出生后，连高中都没毕业就想去念大学的时候，我可以当家教。”

由于美智留说得一脸正经，茉莉顿时愣住了。看到茉莉的愣样，美智留依然一脸正经地说：“开玩笑的啦。”

女校高中生们穿着和茉莉以前同样的制服，从马路的对面走来，一派喧闹嘈杂、无忧无虑的样子。

进入七月后，茉莉入籍，将行李搬上阿始的小卡车，住进柴田家。没有婚礼也没有喜宴，就这样悄悄地入籍。

“真对不起。”

阿始的父母也好几次开口邀约，说两家人至少也吃顿饭，但阿新却不为所动，顾左右而言他。关于此事，茉莉打从心底对阿始感到抱歉。

“爸爸不像是会说这种任性话的人。”

其实，主张早点入籍搬过去的人是阿新。他说小孩就快出生了，身边有女性长辈在也比较放心。

“小孩小孩的，怎么大家满嘴都是小孩。”

这也没办法啊，阿始说。

“大家都很关心啊。不过，稍微再忍耐一阵子就好了。”

我最讨厌忍耐了，茉莉在心里嘀咕。

——不用大肆嚷嚷，小孩自己也会生下来。

霎时，茉莉怀疑自己的耳朵。这句话是在心里嘀咕的，但却是喜代的声音。

——不会有事的。

声音还伴随着亮丽的笑容。

“关于喜酒的事，”阿始沉稳地继续说，“我们经常和你爸爸一起吃饭，所以没关系吧。”

一定是错觉，茉莉如此告诉自己。刚才那是我自言自语，铁定不是那个人的声音。

一九八六年八月，茉莉产下一名女婴。第一声哭声带着颤音。这是茉莉蒙眬的意识里，最初浮现的事。小小的、如梦似幻的、孱弱的、却发出颤音的哭声，我们的女儿诞生了！

两千七百四十克。这名在盛夏的正午诞生的女婴被取名叫“早纪”。

之后阿始立刻冲进病房，不畏众目睽睽，拥着茉莉又亲又吻。

“不要这样，我满身大汗呢。”

茉莉这么一说，阿始也说：“我也流汗啊，也是满身大汗。”

阿始用那茉莉最爱的、整张脸笑得连骨头都快坏掉的笑脸回答。

这是个酷热的炎夏。病房里没有冷气，窗户和门在白天都是敞开的。虽然角落装了一部淡绿泛白的电风扇，但不仅派不上用场，很多时候连转都转不动。

茉莉和小宝宝在这里住了十天。阿始每天都来，毫不吝啬称赞小宝宝。加油站的人和阿始的家人几乎每天轮流来探望，有时一小时就来一个，带来了鲜花、点心、水蜜桃、西瓜、冰淇淋，连果汁都有。

阿新也来探望过一次。

“恭喜你了。”他深深地凝视着茉莉，说道，“小宝宝真的很漂亮。”

“谢谢。”茉莉答道，“她是爸爸的外孙女哟。”

接着以欢愉的语气继续说：“说不定有学者的天分哦。”

阿新的嘴巴呈现飞字形，露出一脸苦笑，“这就很难说了。”

好幸福。看着阿新略带困惑但却是如假包换的开心表情，茉莉感到好幸福。这是过去未曾有过的幸福。

已经不是孕妇的这种解脱感，远远超乎茉莉的想象，真是太美好了。怀孕期间也没发生什么大问题，害喜的情况也算轻微，但第五个月起被双脚的水肿所苦，背骨也经常吱嘎作响。讨厌的是，突然像发作一样猛地袭来的不安，以及背负着除了自己以外的生命的重责大任。

“这下可以喝酒啦！”出院后，茉莉一踩到道路就欢欣地说，把柴田家的人吓坏了。

“稍微再等一下吧，等哺乳期结束后再喝。”

阿始的母亲一说，老奶奶便笑了。

“你就别担心了，她不会喝的啦。你生孩子的时候也是这样吧。老天自有安排，女人一旦生了小孩，就不会想喝酒了。就算硬叫你喝，你的身体也会抗拒吧。”

茉莉听了不禁暗忖，真是这样吗？我现在马上就想喝冰啤呢。

“还有也很想做爱啊。”

这次是耳边细语，只是有吓到阿始。

在医院前拍了一张，在柴田家的玄关前拍了一张，共拍了两张纪念照。两次小宝宝都由茉莉抱着，阿始则搂着茉莉的肩。茉莉是很喜欢阿始的家人，但一起拍全家福照片，总觉得夹杂了别的家庭，感到有点尴尬。负责拍照的弟弟阿克，两次按下快门前都小声地说“笑一个”。

早纪是很特别的小孩。姑且不论有没有不特别的小孩，就这一点，阿始和茉莉的看法完美地一致。两人每天都发自内心赞叹，“没见过这么漂亮的宝宝”“一眼就看得出宝宝很聪明”。早纪小小的丰润嘴唇，和茉莉很像。

茉莉已经名正言顺成为柴田始的妻子，婚姻生活里经常往返两家也不合常理。即便阿新叫她不用担心，说自己现在衣食无缺，并无不便之处，但就茉莉而言，说是担心，莫如说深感愧疚，总忍不住要过去看看。当然也希望他能经常见到早纪。虽然现在不可能，但等女儿再大一点，茉莉打算也把女儿带进这个阿新住的家。

阿新平常几乎都在之前提过的小酒馆吃晚餐。茉莉认为他和那里的老板娘一定有关系，但很奇妙地，她不想责备他，也不会感到不悦。反倒觉得阿新和喜代两人赐给自己的家庭好像玩具一样。

阿新和茉莉即使见了面，都不提喜代的名字。仿佛喜代这个人从一开始就不存在，又仿佛现在也好好地在这里。但是，茉莉搬出去后，阿新立刻换了新电话，附有录音机功能的。什么都不用说茉莉也明白，爸爸在等妈妈。这年的圣诞节前，阿新还突然在客厅装了水晶吊灯，茉莉整个看傻了。因为很久以前喜代说过，想要有个水晶吊灯的家。

“我真的吓傻了。”后来茉莉对阿始说，“没想到那个人会离家出走，也没想到早纪会出生，我们成了爸妈，像这样推着婴儿车。”

意料不到的事接踵而至。没有任何人能永远停留在一个地方。

“尽管如此，”阿始将温暖干爽的手心贴在茉莉背上，柔情地说，“只要我们在一起就不怕。”

阿始说得对。茉莉感到很惊讶，阿始总是单纯到难以置信地说出真话。茉莉想说的话，以及想说却无法精准说出的话，阿始总是分毫不差地适时说出来。再这样活下去真的很可怕。

幸福和不幸，两者都同样可怕。

“不会有问题的。”茉莉坚定地颔首回答，“因为我们在一起呀，当然不会有问题。”

回到寺内家，偶尔会看到桌上放着祖父江九的来信。看来阿九的旅程遥远且漫无止境。这对已经打定主意“不看过去，只要和阿始、早纪在一起就好”的茉莉而言，这些不知道从哪个国度来的、总是不知道什么时机会来的明信片与信件，犹如从过去寄来的东西。遥远而祥和的过去，与自己目前所处的人生截然不同的时期。

“阿九说他现在在哪里？”阿新向来疼爱阿九，只要看到阿九捎信来，一定会很高兴地问。

“巴格达。”茉莉答道。随即反问，这在哪里啊？然而问此话时，言外之意却是，哪里都好。

“在中东啦。”阿新面带微笑地回答，“是伊拉克的首都，底格里斯河有流过这个地方。”

点燃一支烟，隔了半晌又说：“是个政局不稳定的地方。”

政局不稳定的地方。茉莉倒抽一口气，心头掀起一阵惊涛骇浪。看着经过漫长旅途而来变得皱巴巴的信封，再度喃喃地低语：巴格达。

3 这是很幸福的事。在阿始身边，被称呼“太太”

祖父江九从各地寄来的信，在茉莉心底留下小小的、不稳的感觉。这并不是因为阿新告诉她，阿九在政局不稳定的地方旅行。而是信件本身，在茉莉心里激起不安的漩涡。那里经常深邃而沉静地漂荡着茉莉不想去察觉的事，以及自己早就遗忘的、根源性的寂寞。尽管她至今依旧相信，自己已经完全从那里逃出来了。

例如阿九在信里提到，他看到河里有尸体漂流，尸体僵硬的手仿佛在对他挥手道别。看到这一段，即便茉莉没有实际看过尸体，脑海里也立刻浮现死亡的总一郎。

再见了，后会有期。

这句总一郎写给茉莉的简短遗言，阿九应该不知道才对。

死亡，这是总一郎深深烙印在年幼的阿九与自己心里，难以磨灭的印象。这并非恐怖，而是诱惑。黑暗——这是哥哥在的地方。无法理解却令人心情平静，难以回避的深渊。

阿九现在，在那个深渊里吗？

我常想如果总一郎还在世，我们应该会一起旅行吧。

阿九在另一封信里也如此写道。

为什么总一郎会那样轻易地弃我们而去呢？他死后不久的那段期间，我和总一郎的灵魂经常有交流。但是最近他几乎不太出现。顶多像是幻影，如同无常的梦境一样，偶尔会露个脸而已。

一样的，茉莉心想。最近哥哥来到我身边，也都不太讲话。尽管如此，他的确在我身边，也因此我才能活下去。

阿九也是这样吗？

每次读信之所以感到挂心，是因为明明已经多年不见，阿九却和自己在同一个地方——以总一郎的死为中心、幽暗深邃的地方；由于黑暗太过浓烈而灿烂发亮的地方——光明正大地巡逡着，进而产生一种神奇却忐忑的心情。

也正因如此，对茉莉而言，早纪的存在是个奇迹。娇嫩柔软，令人束手无策，犹如生命本身的一个物体；对于世界简直毫无防备，但明显是个和世界对立的物体。婴儿呼吸、睡觉、不停地流鼻涕、哭起来惊天动地，确实地存在于茉莉与阿始生活的柴田家。

茉莉总觉得，早纪与其说是自己和阿始的女儿，莫如说是来自遥远的、不存在于这个世界的地方，委托他们保管的生命。因为很可爱很宝贝，强烈地想一直紧紧抱着她，但另一方面也觉得过于尊贵，不可以随便乱摸。

“小宝宝不会说话，真的很不方便啊。”茉莉不止一次这样对阿始说，“如果她会说‘不要碰我’，或是‘现在要抱抱’该有多好。”

如果她不说她浑身没劲或有点发烧，我根本就无从判断，就算摸了她的皮肤也不知道啊。

这时阿始总是沉稳地笑说：“如果摸了也不知道有没有发烧，那就一定是没发烧啦。”

阿始这种不知道是沉稳还是悠哉的态度，总是让茉莉得到救赎。

“是这样吗？”

“就是这样。”

阿始说的话，对茉莉有如魔法般的功效。听到他这么说，茉莉也能跟着认为，一定是这样，不用担心。只要有阿始陪在身边就没问题。自己和早纪，都有阿始保护着。

柴田朝——阿始的祖母、早纪的曾祖母——白天帮忙照顾早纪，茉莉于是得以如愿去加油站工作。有阿朝奶奶在，茉莉就安心多了。阿朝对育儿书一笑置之，自信满满地说："抱上瘾？上瘾的话抱她就行了呀。没有人到了长大成人之后还喜欢被抱的吧。"

然后拿了一只水煮章鱼脚代替奶嘴，想递给早纪。

"万一哽到喉咙就不好了吧。"茉莉尽管担心，却一副满不在乎地说，"这么小的嘴巴，没有办法表演这种才艺啦。"

事实上，早纪很喜欢水煮章鱼脚，小小的手紧紧地握着，舔得章鱼脚和小手都沾满了口水，就这样乖乖地舔着，好像永远舔不腻。

阿朝本是农家女，嫁给了在海运公司上班的男人，但这男人有一天忽然要开加油站，就把工作辞了，那时两人已经生了三个小孩。

"那可把我吓坏了，但我没有觉得不安哟。"阿朝抱着早纪，一边逗哄着她，一边怀念地说起往事。

"那时候叫做油行，他是个很聪敏的人，他看到船从烧煤炭变成燃石油，说今后是石油的时代。"

阿朝的手有着老人特有的干燥，但是很有肉，手腕宛如套上橡皮筋似的，和早纪的手腕很像。茉莉喜欢端详着两人的手腕，听阿朝说话。

"当时，店不是在这个地方，而是靠近港边那里，从店里把油管拉过去帮船加油。"

"大家都是认识的人啊。"说到这里，阿朝微微一笑。她穿着自己称为"田间工作服"的宽松朴素和服，在厨房走来走去时，地板都会嘎嘎作响。茉莉觉得这个家的厨房，经常飘着一股米糠味。餐桌上的防蝇纱罩，在这个大家轮流吃饭的家是必需品。柴油、轻油、汽油、灯油，这是“油行”里大家都有卖的。阿朝说的事，茉莉有一半听不懂。

“一斗罐[1]是什么？”到了晚上，茉莉问阿始。之所以没有当场问阿朝，是因为不想打断她的话。

即便不知道一斗罐和热球式汽油是什么，听到阿朝温言软语的声音，茉莉的脑海里就能清楚浮现出港边那间油行的光景。无论是喧嚣声、气味，还是船只、摇晃的水面。

之后汽车普及了——阿朝的说法是“自用车族”诞生后——油行搬到现在的地方，成为加油站。加油站的历史，也是这个家族的历史。阿朝有三个儿子，分别是阿始的父亲，以及两位叔叔。

茉莉觉得简直像格林童话。三个儿子三个样，每个都很有个性，或许应该说另类。长子和三子的感情很好，维系着全家的感情。

“洋介叔叔是个像释迦牟尼的人。”

阿始说的洋介叔叔是三子，他依然单身，但在大阪和福冈有情人和小孩。他是个铁道员，喜欢铁路、喝酒和钓鱼，总是满带笑容和蔼可亲，由于他的脸很红，纵使没喝酒也一脸微醺样，但是喝醉了看起来也和平常没两样。

“你是阿始的老婆啊？”第一次见面时，他一脸滑稽地说。戴着一顶有商标的西瓜帽，穿着粗花呢西装。

茉莉觉得奇特的是，这位叔叔讲起话来夹杂很多荒腔走板的外文。例如Bravo、What did you say? Je t'aime（法文的“我爱你”）、Grazie（意大利文的“谢谢”）、Guten Morgen（德文的“早安”）。听到这些，茉莉就忍不住失笑。因为每次听每次笑，反倒让叔叔觉得很有趣，说她是个爱笑的媳妇。

有一次，这位洋介叔叔请茉莉吃沙丁鱼。不用菜刀只用手指，就把现钓的新鲜沙丁鱼去头去骨刺片成两块，看得茉莉目瞪口呆，鼻孔

1　镀锡铁皮做的18公升容器。

张得大大地说："好佩服哦！"

另外一位是龙男叔叔。茉莉对他不太熟，只见过两次面，印象中是个身材短小、沉默寡言的人。从阿始和亲戚谈到他的语气来看，大家似乎不太喜欢龙男。唯有身为长子的阿始的父亲会惦记着龙男。早纪出生后第一次要去神社参拜祈福时，他提到"基本上也叫龙男来吧"，却遭到阿始难得反对说"不用啦"，茉莉也曾亲耳听到这幕对话。

家人。

犹如舍弃世人般，从东京搬来福冈就没回去的阿新，也不太喜欢亲戚间的往来。柴田家的每个人，对茉莉来说是她第一次拥有的亲戚，也是大家庭。

阿始为何如此温柔善良，茉莉似乎有些明白了。因为他是在如此热闹、祥和、彼此信赖的家庭里，正直地被抚养长大。能在同样的环境里抚养早纪长大成人，茉莉感到很欣慰。

冬去春来。柴田家的新生活，很多事都需要学习。工作的事、家人的事、身为媳妇该做的事。每件事茉莉都感到新奇、有趣，甚至灿烂耀眼。只是，也经常产生一种违和感，觉得卷入了别人家庭的纠纷。茉莉知道不可以这么想，所以也不敢对心爱的阿始说。

上星期，茉莉和阿始去了市场，将早纪放进蓝白相间的婴儿车一起带去。这天是加油站镇站之宝藤原先生的生日，要去一间柴田家偏爱多年的鱼店，拿预先订好的大盘生鱼片。鱼店的老板叫阿始"始先生"，叫茉莉"太太"。

太太。

这是很幸福的事。推着婴儿车，还物色不在计划中的亮晶晶乌贼和现烤的星鳗，阳光耀眼，在阿始的身边，被称呼"太太"。

嘿嘿嘿。茉莉不禁沾沾自喜，带着满心甜蜜，调整包裹早纪的毛巾毯。这是一条白色的因反复清洗到处绽线的带着乳臭味的毛巾毯。

柳桥联合市场。

当她弯下身之际，往事蓦地掠过心头。在华灯初上时准备开工摆路边摊的人们，河川水量的变化，鱼店的店头，这是茉莉土生土长的城市的市场。

“哎呀，茉莉，你一个人来啊？”

以前，鱼店的欧巴桑看到茉莉在小巷子里跳舞时，曾经出声叫她。茉莉没说去学校会被人欺负，只是默默地点头。也没说因为哥哥和阿九都不晓得去哪里了，而是撒谎说，出来跑腿买东西。

“真了不起啊。”

结果善良的欧巴桑，被茉莉狠狠瞪了一眼。

在那个地方，我现在大概也还是“茉莉”吧。想到这里，茉莉心头涌上一阵晕眩似的奇妙感受，觉得摆出一脸柴田家“太太”模样的自己，好像撒了一个大谎似的。

“你这样经常把家里放着不管，没关系吗？”茉莉每次来，阿新都这么说。语调平静而略带忧心，但眼镜后方的眼神却露出可笑之色，茉莉明白阿新不喜欢她过于频繁来访。

“没关系。”茉莉答道，“骑脚踏车马上就到了啊。”

嘴巴上这么说，她可是将篮子放在红色小卡车的副驾驶座，然后把早纪宛如放探病的水果般放进去，这样带着早纪来。

“我想带她来给妈妈的爸爸看呀。”

这个家虽然有点脏乱，但令人感到怀念且安心。茉莉的房间和总一郎的房间都一成不变地保存着，尽管有点老旧了。

每次茉莉母女一来，阿新都会放音乐给早纪听。有时是桃乐丝·黛、约翰·柯川，有时是辛纳屈、纳金高。阿新说，小宝宝听不懂语言，但听得懂音乐。这是以前喜代说过的。

“没有任何问题吗？”阿新偶尔也会这么问，“你和那边的人，相处得好吗？”

这种问法隐约带着寂寞之色，让茉莉感到难受。

“没问题啊。”茉莉的回答显得颇为冷淡，但连忙又加以补充，“奶奶是个很慈祥的人。她不止宠早纪，也很宠我和阿始。”

阿新微笑，“怎么个宠法？”

“例如晚饭都做我们爱吃的东西，也会叫我们两个出门走走，说她会帮忙看早纪。”

这样啊，阿新答道，脸上依旧挂着微笑。

在唱片旋转的乐声中，早纪一般都显得温顺乖巧。她很爱睡，很少发烧，是天使般的好孩子。茉莉和阿始也经常如此夸赞早纪。

“这是我的天使女儿啊。”每当阿始如此低喃，茉莉有时觉得心都泪湿了。

“真是个好孩子啊。”当然，阿新也这么说。

茉莉认为，只要看到早纪，任何人都会有同样的想法。

“她的眼睛和你妈妈好像啊。”

顿时，茉莉为之语塞。录音电话和水晶吊灯。阿新在等喜代回家。

茉莉很信赖阿朝，但阿朝的预言却彻底失准。茉莉生了小孩后，并没有讨厌喝酒，甚至比以前更能喝。刚解禁时喝的是烧酎，即便加了热水调淡，茉莉也觉得好喝到快要升天了。

“比起饭、甜点、咖啡、茶，我更喜欢喝酒啊。”在柴田家的众人面前，茉莉如此宣示。

“不会有事啦。”茉莉对一脸担忧的阿朝挂保证，如此说明，“喝了酒之后身体会变得飘飘然的，比喝之前好很多呢！”

然而没说出口的是，喝了酒之后，小小的悲伤与遥远的悲伤，尽管依旧悲伤，也把它收在该收的角落，进而能涌出新的力量。因为酒如此贴心以待，也让人明白把悲伤说出口是不好的事。

这夜茉莉只喝了烧酎。第二天配合阿始的习惯，喝了烧酎和啤酒。接下来过了半个月，就和威士忌派的藤原先生对饮了。

茉莉喝酒只是单纯因为好喝，能让自己神采奕奕。喝醉的话会很快活，尽管偶尔喝过头也只是说话含糊不清，没有身体不舒服想吐之类的。

“你的酒量真好啊。”阿始的父亲眯起眼睛说。

“说不定喝不过你啊。”弟弟阿克也苦笑说。

还曾经被来家里玩的洋介三叔说：“Bravo！”

他们都很喜欢喝酒，一醉嗓门就变得很大，很爱笑，甚至还会唱起歌来，真的很欢乐。喝酒的地方大多在柴田家的客厅，冬天围着暖桌，夏天则坐在檐廊。

阿始的父亲平常话很少，不过喝了酒也会提起阿始小时候的趣闻，对茉莉而言，能听到这些事很开心。然而茉莉喜欢喝酒一事，在柴田家的女辈里不受好评，这是茉莉后来才知道的。真的是很后来很后来，比她体认到甜蜜时光与阳光绝对不会多作停留，更后来的事。

有时心血来潮，茉莉也会将自己窥见的柴田家族的关系和历史，慢慢说给总一郎听。极为片段，却也极为深情。

其中说到港边的“油行”时，还热血沸腾、一再反复地说，半带陶醉般地，犹如梦境似的。

“这么说可能很奇怪，可是我真的觉得记得很清楚。我听到空的一斗罐发出唧唧的声音，看到停靠在岸边的船身侧面的污渍，还闻到过时的热球式汽油的味道。”

海永远在眼前，夜里街灯亮起，照耀漆黑的海面。

“那时正值时代巨大变动，爷爷相信卖石油会赚大钱就放手一搏，我也好想见见那位爷爷。”

总一郎不太说话，虽然没说话但温柔地笑着，其实他是在衡量打岔的时机。

“改成汽车加油的加油站，这种决断也需要相当的勇气啊。”

茉莉继续说。

“因为那个爷爷一直都在海运公司做事，爱船爱得要命。”

好耶，真的很棒。

总一郎说。

阿始也流着那个人的血啊。

“对啊。”

茉莉骄傲地回答。实际上，阿始确实是茉莉的骄傲。阿始是，还有加油站也是。

“还有地下油槽，看起来很牢固。”

好耶，真的很棒。

然后，总一郎掌握住了时机。

不过啊，茉莉，时代是任何时候都在运转的。一切都会跟着流逝。但是不用害怕，只要超然以对就好。我在这里，还有阿九其实也在你身边。不要害怕变化哟，茉莉。

4 这么幸福，怎么办？——只要太幸福就会双腿发软

早纪到了上幼儿园的年纪时，茉莉终于认为有加油站和住家的昭和路路底，最适合自己一家人住。刚搬过来的时候，因为是从高台的

安静住宅区搬到海边的大马路旁，茉莉对于这种变化感到不知所措，总觉得这里是个煞风景、寂寥的地方。零星散落的民房，一样古老而乏味。柴田家也不例外，加油站虽然很壮观，但住家部分的外观，任谁也不会多看一眼。

同样是在福冈，茉莉与父母以前住的那一带景观却完全不同。每户人家的院子风情各异其趣，墙壁以轮胎或贝壳装饰，到了周末人人清洗爱车、除草。

“看起来是很时髦，但总觉得有点装模作样。”现在茉莉甚至会如此批评他们的生活形态。

加油站的旁边有两个公园，幼儿园也有两所。想看海的话，只要走个几分钟就到港边。只要注意来往的车辆，避免发生事故，这里的确是养育小孩的绝佳环境。

早纪是个温顺的孩子，在幼儿园几乎不开口说话，不会耍脾气也不会哭闹。这些茉莉是从脸和身材都圆滚滚的、温和的园长那里听来的。

“不过啊，她也不是怕生哟。老师说的话都有乖乖地听，经常呵呵地笑起来。”

据说每位幼儿园老师都很疼爱她。

“像这个年纪的小小孩，在园里一般都会怕成年的男人，但是早纪和工友竹村先生感情很好。他在做杂事时，早纪会一个人站在他旁边，一直看着他做事。”

这样啊，茉莉答道，开心地面露微笑。

“至于和其他小孩玩耍的部分，就我们来看是有点挂心。”

茉莉心想，可能是在家里都被大人包围的关系。自己的小女孩时代，从出生就有总一郎和阿九陪着玩，早纪在这方面确实是天差地别。

“或许有个弟弟或妹妹比较好吧。”于是茉莉对阿始说，“她玩耍的对象只有奶奶和小田，这怎么行？小孩无论如何都是需要玩耍的。”

阿始露出一脸好笑的表情，“你还真的很爱操心啊。早纪出生前，我一点不知道你这么爱操心。”

这是当然的啰，茉莉心想。因为她自己也不知道。

别担心，阿始说。早纪接下来不晓得有多少年，都会和她同年代的人一起行动。她迟早要学习与人和睦相处的方法，而和睦相处的方法有很多种呢。

“不过，我倒是不吝于为她生个弟弟或妹妹哟。”此外阿始也这么说，“并不单纯为了早纪，也为了我自己的欲望。”

茉莉觉得这个人的肉体像发条似的，身材虽然瘦瘦的，但劳动锻炼的肌肉却结实紧绷，让人想抱也抱不紧。茉莉设法抱住这个“抱不紧”的阿始的身体，但被紧紧地抱住的终究只有茉莉。无论茉莉如何在环背的手臂上使力，依然抱不紧。当阿始的鼻子在她发际磨蹭，在她耳畔轻声细语，她立刻就酥软了，倒在阿始的臂弯里。

从结婚前就这样，两人性爱的频繁度之高，连茉莉自己都感到震惊。即便在早纪出生后，即便和爸妈、祖母住在同一个屋檐下，对两人的性爱之欢没有任何影响。茉莉说阿始是个“不知道累的好色鬼”，阿始则说茉莉是“大胆的妻子”。

两人做起爱来经常像运动竞技，速战速决的情况也很多，毕竟两人都很贪欲。此外，茉莉喜欢跨在阿始身上，但阿始也喜欢顺势抓住茉莉的双腕，让她不能乱动，这也是个原因。阿始就在眼前，但自己的手和嘴唇都不能出动，这种状态使得茉莉十分焦躁，进而抵抗起来。尽管借力使力，奋力将被抓住的双腕拉起来，阿始的上半身也只有瞬间抬起，无论如何就是甩不掉抓住自己手腕的阿始的手。茉莉忘我地从喉咙深处发出野兽般的呻吟声。

“那是骗人的。”交欢缠绵之后，汗水在皮肤上闪着晶亮的光泽，阿始一边喘息一边说，“什么女人生了小孩之后就会变得温驯，那根本都是骗人的。”

看到阿始的笑容，茉莉也轻轻扬起笑声，将身体偎过去，靠在喘着气、皮肤闪着晶亮汗水光泽的阿始身边，吐出满足的气息。

“说到那件事……”

忽然想起遥远的事，就在这种时候。

“什么事？”

被阿始一问，茉莉轻轻摇头。

“没事。”

——茉莉也要交些朋友才行啊。

那是很小的时候，学校老师也三不五时对茉莉说。

——我不要。

茉莉总是如此回答，然后一个人跳着舞等总一郎放学。在体育馆的后面，或在紫藤棚下跳着舞。

唱歌啊唱歌——唱歌啊唱歌——唱歌啊唱歌——当时的茉莉老是跟在哥哥的后面跑，完全不想和其他小孩玩，而阿新和喜代也都默许了。

——茉莉的身体缠绕着音乐啊。

——像只猴子似的。

头被阿始搂了过去，茉莉回到现在身处的现实场所。黄褐色的天花板木纹，敞开的窗户，只铺了一件薄薄的垫被，有点刺刺的、带着日晒味道的榻榻米。短短一小时的午休时间就快结束了。

“我先回去了。”茉莉一边利落地穿上内裤一边说。

“一定要好好吃完饭再去哦。不要像上次一样，又叫我拿饭团去给你。这样人家会知道我们在干什么。”

“又没有什么好隐瞒的。”阿始依然一脸满足地躺着说。茉莉总觉得有点不妥。在这个包括员工在内的“家族”里，是不允许有事隐瞒的。

“大胆又勤劳的天使是我的骄傲啊。”

被阿始这么夸奖，茉莉回了一个吻。

实际上，茉莉的确很勤劳。加油、更换机油、待客、打扫、洗车样样都来，甚至和前来补油的油罐车业者洽谈交易，以及小卖部的商品订货到传票整理，除了车子的维修之外一切包办。

“天气很热，到里面去比较好吧。”这天，茉莉工作回来后，小田这么说。

“没关系啦。”茉莉答道。

在盛夏工作确实很吃力，但加油站的天盖下阴凉有风。

“我比较喜欢待在外面。”

小卖部的业务，基本上是阿始的母亲在负责。

“你还是进去吧。”藤原从旁插嘴说，“有车子来再出来就好了呀。”

其实茉莉也知道，她将早纪交给阿朝带，混在男人堆里，老是待在外头工作，婆婆对此不太高兴。

“那我就进去啰。”语毕，茉莉依依不舍地环顾加油站。

“机会来了。”小田低声地说，比起大拇指，接着摆出翻书的动作，好像在演哑剧似的。

茉莉见状微笑点头。因为小卖部附设的休息室里，摆有椅子和杂志。

“你喜欢什么东西？”

茉莉这么问早纪，早纪却回答她几岁。有时会说“跳绳”，有时会说“外公的家”，有时会说“红萝卜饭”。红萝卜饭，是将大量红萝卜细切成几近粉状，铺在白米上炊煮而成，经常出现在柴田家的餐桌上。据说当初阿朝是为了讨厌吃红萝卜的阿始的弟弟所设计的。切红萝卜虽然费时费工，但煮出来的饭像花朵绽放一样呈现出鲜艳的橘红色。

最轻松的是跳绳，因此茉莉经常问女儿："要不要跳绳？"

早纪一定会缓缓地点头，然后回答："要。"无论任何时候。

有一次，茉莉半夜带早纪去上厕所时问："要不要跳绳？"

她很好奇早纪困得睡眼惺忪时，这么问她，她会怎么回答。

半梦半醒的早纪沉默了一会儿，然后慢慢地点了点头："要。"

茉莉在早纪嫩白的脸颊大声"啵"地吻一下。

"呵呵呵，开玩笑的啦，今天就睡觉吧。"

结果早纪露出一脸前所未见的悲伤，抽抽搭搭地哭到全身发抖。茉莉只得赶忙拼命道歉。

即便是在工作时间里，只要加油站有空，早纪也在家，茉莉也经常陪她玩跳绳。跳绳的绳子是粉红色塑料的，手把是白色塑胶的，上面贴着名称贴纸：儿童用贴纸。茉莉将跳绳的一端绑在门上，自己拿着另一端摆动绳子。光只是左右摆动，并没有转圈圈，但早纪经常迟迟不跳。

"刚开始会害怕。"

早纪这么说。一脸认真地揣测跳的时机，慎重到茉莉都感到焦急。她屏气凝神，终于豁出去似的跳过去时，立刻展露笑容。

"一下，两下，三下，四下。"

茉莉在一旁数着，早纪只是跳着。每跳一下，长长的头发就飞起来。没有跳到的时候，早纪会哑然失笑，仿佛之前的忍耐都是为了这瞬间能顺利跳好。

夏日的黄昏，在加油站旁的巷子里摇着跳绳，茉莉觉得早纪越来越惹人爱怜，早纪现在在这里就是个奇迹。

喜代曾经很宝贝的"花园"，连同租地权一起让渡给住在东京的一位女性。三年前，她曾对茉莉说："至少这两三年，我想维持这种状态。"

说不定已经完全变了样。

茉莉经常这么想。

干脆变成萝卜田算了。

她也曾在内心如此嘀咕。去探望父亲时，也曾开车绕着外围张望，除了两三种植物，那里依然是喜代的"花园"，以顽固的风情落寞地存在着。

新主人是和喜代颇有交情的园艺家，茉莉见到她时，看起来有五十岁了。据说她在北海道也有一处香草园。

"我先生是很支持我，但孩子们却不以为然。"她的头发短短的，鼓着一张肉肉的圆脸说。

这种事怎样都好。

茉莉还记得，当时自己很焦躁。

"我妈妈具体上是怎么说的？为什么她要放弃花园？今后要怎么跟她联络？"

那是在饭店的大厅里。春天，茉莉怀着早纪的时候。喜代曾经担任的园艺教室讲师一职，一个月两次，也由她以演讲的方式接任。

"她什么都没说耶。"

茉莉认为她在说谎，但问了好几次，她依然顽强地如此坚称。

"那座花园，实际上也是当地的人们在维护，我只是监督而已。你妈妈只拜托我不要让那个形式破坏掉了。"

尽管如此，茉莉依旧认为她在说谎。一个人就这样不见了，怎么可能真的没有人知道她的消息呢？

"如果她跟你联络，请务必转告她，叫她跟家里联络。"

茉莉至今依然记得，她听到这句话时，脸上浮现的同情之色。

干脆快点变成萝卜田算了。

坐在停在路边的小卡车驾驶席，茉莉看着花园，犹如在放话似的说。向晚时分，喜代的“花园”即使在夏天看起来也比周围温度低，就连坐在车里，只要闭上眼睛，就能感受阴凉的绿意和树皮的味道。

进去看看吧。以前经常在那里散步不是吗？

尽管感受到总一郎的声音，但茉莉就是不肯踏进一步。她将视线转回前方道路，坐正姿势，静静地发车前进。朝着有阿始和早纪在的地方，朝着现在的生活前进。

秋天，柴田家会举办一年一度的员工旅行，加油站暂时歇业，大伙儿一起出门旅行。第一年由于早纪刚出生，茉莉和早纪去住寺内家。第二年去了神户，第三年去了宫崎。租来大型的休旅车，大家一起开车去。车子由阿始和藤原轮流开，住宿则由母亲打点，弟弟阿克负责拍照和流程。

今年，一家人来到德岛。因为这里有像运动公园的地方，早纪也能玩得很开心。

“真要说的话，我希望今夜只有我们两人。”早晨，阿始在一家三口的房里说道。

茉莉今年的生日刚好跟旅行重叠。

“没关系啦。”茉莉接着又满脸笑容地说，你能记得我就很高兴了。从房间的窗户看得到海。海，还有像船屋的东西。

“天气好阴哦，希望不要下雨。”

前一天离开福冈时，天气还很好，茉莉觉得是个开运动会的好日子。眺望着灿烂阳光照射下的闪亮大海，度过濑户大桥，也是此行的目的之一。大桥终于在去年开通，四国变得很近。

“濑户大桥真的很棒啊。”

茉莉一边回想一边说。

那时从车窗玻璃射进来的阳光热得发烫，身旁的早纪胡乱吃了很多粉红色Pocky棒，甚至连甜腻到令人反胃的奶油味都复苏了。早纪跪立在座位上望着窗外，茉莉手轻轻扶着她的背，越过早纪的头看到深蓝海景。景色美到让茉莉忐忑不安，宛如绝对不会停驻的幸福美景烙印在茉莉心坎里。此时茉莉忽然想到，早纪长大后，会不会记得她三岁时看到的这幅海景？会不会记得手被Pocky棒弄得黏答答、阳光热到发烫、在妈妈的臂弯里俯瞰的这幅海景？

“这是个很棒的生日啊。”茉莉对阿始说，“昨晚泡了温泉，也喝了很多酒。”

还看了鸣门的海潮涡流。今天回去之前，只有“年轻组”要去运动公园。

阿始若有所思地笑了笑。头发睡得凌乱蓬散，浴衣也皱巴巴的。

“笑什么？”茉莉心跳不已。从浴衣衣摆窥见的阿始的脚，紧绷有力，非常漂亮。茉莉觉得他毫无防备的姿态颇为性感。早纪就在旁边，如果自己克制不住欲望怎么办？

“没什么。”阿始依然面带笑容地说，“我是在猜，与其去运动公园，你可能比较想去‘那一组’吧。”

真扫兴。茉莉觉得一早就在想性爱的自己很难为情，不由得脸颊发烫。

“为什么？我是年轻组的哟。我和早纪一样，当然是年轻组。”

阿始说“那一组”指的是“成人组”，但茉莉想成相对于“年轻组”应该是“老人组”。成人组要去的不是公园，而是能跳“阿波舞”[1]的地方。在那里，即使是观光客，想跳的话也能一起跳。

阿始当然知道茉莉想跳舞。

1　德岛县的盂兰盆舞，为了迎接祖先的魂灵所跳的舞。

“我是这一组的啦。”茉莉再度强调。

“怎么办？要不要妈妈也加入这一组？”阿始抱起早纪问。浴衣的袖子卷起来，露出日晒黝黑的手臂。

“让她加入。”早纪小声回答。

阿始抱着她来到茉莉身旁，“下次就我们三个人来跳阿波舞吧！”

怎么办？茉莉暗忖。这么幸福，怎么办？这么一想，顿时双腿发软。最近常常这样，只要觉得太幸福就会双腿发软。

5 不要哭哦——茉莉听到总一郎寂寞到令人惊惧的声音

“来来来！来来来！”

茉莉的声音，响彻向晚的昭和路。虽然发音经常变成“啦啦啦”，不过她还是强而有力地大声喊。站在车道和步道之间，大大地挥动臂膀，引导前来加油的客人的车子。

“谢谢惠顾。”车子离去时，她行礼如仪地道谢。

行道树的叶子，已经开始变色了。

大声喊“来来来”的重要性是阿始的父亲告诉茉莉的。那是茉莉没嫁进柴田家前，一心一意想待在男友身边，不请自来向柴田家提出无偿打工的时候。阿始的父亲对茉莉说，就算其他事做得再好，这件事做不到的人就不能在加油站工作，那就是“待客是最重要的工作”。

如今茉莉十分明白。这个工作和其他所有的工作不同，是一件绝对不能习以为常的工作。

加油站里，阿始正在为一辆银蓝色的CARINA加油。小田在为这辆车擦车窗。这辆车子很脏。如果是轮胎磨损，可以提醒车主注意，但车身很脏就不能乱说话。这和大声引导车辆一样，也是阿始的父亲严格交代大家的一件事。

可是——经过这辆车时，茉莉有一股冲动很想建议车主洗车，不然这样车子太可怜了。自己想想也很好笑，但会有这种心情并不稀奇。因为自从爱上阿始后，茉莉也爱上了车子。

“茉莉。”小田压低嗓门叫她。

茉莉回头，但小田依然背着她，在擦CARINA后座翘起来的车窗。

“什么事？”

凑近一看，小田默默地指向后车厢。这个满是尘埃的地方画了一个情人小雨伞的图案，伞下写着“茉莉”和“始”，周围交错着心型符号。

“这是什么啊？”茉莉不耐烦地皱起眉头。

小田呵呵呵地笑得很开心，“有什么关系？规定要擦的只有玻璃窗而已。”

天空仿佛到处流淌着淡墨色，唯有西边染成朱红色。阿始隔着驾驶席车窗对客人收取费用。

“更何况，这么一弄，他也会察觉到自己的车子很脏吧。”小田有点得意地说。

茉莉微微一笑，离开车子。小田竖起大拇指给她看，然后像小动物般身手矫捷地走向道路。

“来来来！来来来！”

和瘦削的身材不搭、强而有力的小田，叫声响彻向晚的昭和路。

正月二日和三日，茉莉和早纪在寺内家度过。元旦在柴田家，这里聚集了一大家族的人，盛况有如意大利黑手党家族聚会。有阿始的姐姐和她的家人、洋介叔叔、龙男叔叔，还有过世的爷爷的妹妹的女儿，甚至藤原先生的前妻的儿子都来了，热闹到茉莉几乎搞不清谁是谁。

这是个天气晴朗、空气清澄的元旦，茉莉白天把孩子们聚集起来，带他们去外面玩。中途阿始也加了进来，和大家一起打羽毛球玩跳绳。晚上混在男人堆里喝酒。当然一直到除夕为止，茉莉在祖母阿朝和婆婆的指导下，又是打扫厨房，又是用抹布擦楼梯，削根茎类的皮做筑前煮，捣甘薯泥做“金团”[1]，诸如此类的琐碎杂事都帮忙做。

“回到这里真的松了一口气。”茉莉坐在寺内家客厅的绿色沙发上说。

尽管是过年期间，这家丝毫过年的气氛也没有。

“这是奶奶和婆婆叫我带来给你的。”茉莉将装了腌制鲱鱼卵和鱼板的便当盒，和装了筑前煮的另一个容器递给阿新。

阿新不假思索地收下说：“啊，不好意思哦。”

听在茉莉耳里，这句话仿佛是在说：“啊，现在是过年啊？”

“噗哩！噗哩！”最近来这个家时，早纪总是会要求这个。

阿新立刻眉开眼笑地回答：“对哦对哦，要噗哩噗哩啊。”

语毕随即走向音响。

茉莉依然坐在沙发上，让早纪站在自己的双腿间，轻轻地拥着她。现在似乎唯有早纪能将阿新留在现实世界。温暖的、圆圆的头，闪着光泽的黑发。

阿新从早纪还是婴孩的时候，就在这个房间放唱片给她听，就如同以前对总一郎和茉莉做的一样。“噗哩，噗哩”来自桃乐丝·黛的《请别吃雏菊》，是早纪很喜欢的一首歌，中途会加入孩子们的和声“Please，please，please don’t eat the daisies. Please don’t eat the daisies，Please，please”。茉莉感到些许不可思议。像早纪这样，连幼儿园园长都说她“老是黏着大人、不跟别的孩子玩”的小孩，也会对同样是小孩的声音有反应。

“要不要喝？”阿新说，将啤酒推到茉莉面前。

1　薯泥加栗子或豆类的甜食。

“谢谢。”茉莉收下啤酒，拉开拉环。屋里洋溢着开朗的音乐，早纪身体左右摇摆，开始哼唱起来。

“噗哩，噗哩，咚咿咂嘀唧，咚咿咂嘀唧，噗哩，噗哩。”

双脚随着旋律踏啊踏的，但与其说是跳舞，更像相扑力士在踏地。茉莉不禁怀疑起女儿的音感。白白胖胖的，早纪的脚。

啤酒很冰很好喝。茉莉气势豪迈地一口气喝掉将近半罐，察觉到父亲的视线，开口问：“什么事？”

“没什么。”阿新答道，静静地微微一笑，“看你喝酒真的很好喝啊。”

“因为真的很好喝啊。”

过去，喜代为了保护盆栽一直拉上的窗帘，如今大大敞开着。阳光毫不客气地照进来，使得地板的尘埃变得很醒目。

“好耀眼哦。”茉莉嘟哝，抬头往上看。

天花板挂着一盏喜代不知道的水晶吊灯。这里还有个喜代不知道的——茉莉的女儿。

“阿始在问，不晓得能不能搬来这里住。”茉莉以早纪听不到的音量低声说，“之前就有在说柴田家的房子要改建，等阿克独立之后要改成两世代住宅，但还是太小了。”

阿新深深地靠坐在沙发里，不露声色地竖耳倾听。

“阿克也有所顾虑，说他要搬出去租房子住。但阿始不答应，他说家人就应该住在一起，不能做这种好像把阿克赶出去的事。”

由于阿新没有回话，茉莉一个人继续说，“如果我们搬来这里住，开车到加油站只要二十分钟，早纪也很习惯这里。”

《请别吃雏菊》唱完了，桃乐丝·黛接着唱起*Do not disturb*。

“不过，还得爸爸答应才行……”

呵呵，阿新笑了，喝了一口啤酒说：“阿始是个体贴男人啊。”

茉莉已经猜到阿新接下来要说什么。

“可是，真的不用担心我啦。”

“我知道啦。”茉莉微笑答道，“我就知道你会这么说。”

可是，茉莉想再试一次看看。

“可是，不是为了爸爸，是为了我们住的地方，这样可以吗？”

“不行。绝对不行。”阿新不禁好笑地说，“如果只有你和阿始就算了，连早纪都走了的话，奶奶会很寂寞吧。”

然后他突然一脸正经地说：“家人应该住在一起哟。”

家人——茉莉倏地悲从中来。这个人以那种形式丧失了儿子，妻子又离他远去，现在竟然还这么想。

“外公……”早纪怯生生地小声地叫阿新，“噗哩，噗哩。”

茉莉望着走向音响的阿新的背，将罐装啤酒一饮而尽。

翌日，前来拜年顺便接妻子回家的阿始，拎了一升装的烧酎来。

“爸爸来了！”早纪大叫，抱住阿始的腿。

茉莉见状暗忖，我也想抱呀。阿始的笑容温暖有力，每次看到这个笑容，茉莉都会胸口发热。才分开一个晚上，仿佛离散了十天似的。

“我们昨天晚上去了寿司店哟。”早纪开始报告，“和妈妈和外公三个人，还玩了纸牌哟。”

蓦地感受到总一郎的强烈气息，茉莉吓呆了。昨晚在哥哥的房里待了半小时，那时明明什么都没感受到。

不要哭哦。

寂寞到令人惊惧的声音。

“吃寿司啊？好棒哦。”阿始笑着对早纪说，“你吃了什么呀？”

总有一天会再见面的。

“吃了虾子。”

总一郎的声音仿佛凑在耳畔低语似的，茉莉听得很清楚，顿时觉得皮肤内侧起了鸡皮疙瘩，全身动弹不得。在这个熟悉的房间里，最亲密的人都在身边，唯有自己好像身在他方。

“虾子啊，还有呢？”

“比目鱼、星鳗、海带芽。”

所以说不要哭，要超然以对。

不要这样。茉莉在内心恳求。不要这样。我不知道是怎么回事，虽然不知道，可是我会怕，不要这样。

“妈妈。”

一回神，手被早纪拉着。

“妈妈，我在叫你啦。”

茉莉凝视阿始，那个永远不变的、熟悉的、值得信赖的阿始。

“你怎么了？”阿始也一脸担心地看过来。

此刻茉莉才惊觉自己在发抖，浑身打着寒战。

“茉莉？”阿新见状也惊愕地叫她，手上拿着快速从厨房拿来的三只玻璃杯。

茉莉想走近阿始。实际上第一步踩出去就膝盖僵直，根本无法走路，阿始连忙跑过来扶着她。

“怎么了？你怎么了？”

声音、体温、肩膀的厚度，这的确是阿始。想抱也抱不紧的身体。

“吓了我一大跳。”

茉莉安心了，露出笑容。

“刚才，我听到哥哥的声音。”

背上有阿始环抱的手臂。没关系。因为我们在一起，所以没关系。

“我们去二楼看书吧？”阿新对早纪说，“因为爸爸和妈妈要玩恋人游戏。”

一副调侃的口吻。

“好啊。”

早纪说得有些不甘愿，但还是乖乖地答应了。此时，茉莉心头一惊。这孩子实在太乖巧了。如果是自己小时候，一定会回答“我才不要呢！”而且一定立刻顶回去，毅然决然地。

没关系。因为我们在一起，所以没关系。茉莉如此对自己说。

“谢谢。我已经不要紧了。”茉莉偎着阿始的脸颊，终于开口说话。

年假结束了，早纪的寒假也结束了，柴田家又恢复日常生活。对茉莉而言，一天的生活从早上六点起床，去厨房帮阿朝做饭，为早纪做便当，送她去幼儿园开始，然后中间除了和阿始共度的午休时间，便一直在加油站工作到傍晚，尽管忙碌却是幸福的日常生活。晚饭后的收拾清理也是茉莉的工作，这段时间里阿始大多去帮早纪洗澡。

进入二月后，连日阴雨。喜代的园艺家朋友终于来信说“无法再维护花园”，决定不再照料那块土地。而这封信抵达茉莉手上，也是个从早就下雨的日子。

这样反而比较好，茉莉心想。那座花园就像喜代本身，茉莉每次看到就心痛。

柴田家没有称得上庭院的地方。有一扇小门面向加油站旁边的道路，里面只种了一棵梅树。这棵梅树，现在刚好逐渐地在开花。白色的花朵，唯有花蕊装点着深红。到了春天，阿朝会将切半的橘子插在枝头上，她说：“因为绿绣眼会来。”

至少——午休时间，茉莉望着被雨淋湿的梅花树暗忖。至少，这棵树有人照顾。园艺家寄来的信文字冷淡，茉莉不打算告诉阿始和阿新信的内容。

“你在做什么？”门被打开，阿始探出头来，“午饭一定要好好吃啦，下午很忙没空吃哦。”

“好——”茉莉唱歌般地回答。今天有熟人的女儿要结婚，下午阿始的父母都要外出，茉莉要负责打理无聊的小卖部业务。

“可是在那之前，稍微铺一下棉被吧？”茉莉话声未落就开始行动。兴冲冲地跑去玄关关门，门关上时，飘过一阵梅花香。

改变茉莉命运的电话，就在这晚十点多打来。早纪不知为何不睡觉，茉莉就在客厅教她翻花绳，两人说好玩到爸爸接爷爷奶奶回来为止。早纪学会了如何做扫把，重复着一直做。茉莉做了梯子和塔，早纪一下子就把它解开了，还拍拍手。就二月而言，算是温暖的夜。雨依然下着，从傍晚还刮起了强风，豆大的雨珠哗啦哗啦打在屋顶和墙上。茉莉和早纪都在睡衣外面加了件毛衣，散发着刚洗好澡的香味，坐在坐垫上。

“请问是柴田家吗？”打电话来的男人，说话速度出奇的缓慢。

“福冈市中央区唐人町……”确认住址后，男人接着说，“我这里是警察局。”

茉莉不想听，但不知为何却“是，是，是”的应声，催对方赶快讲。这个车牌号码的车子是你们家的吗？你是家属吗？

这不是真的，茉莉心想，一定是哪里搞错了。

“我现在要说医院的名称和地址，你有纸笔吗？”

有，茉莉答道，但这是谎言。因为平常放在电话旁的便条纸不见了。或许是早纪拿去画图了。

“你听清楚了吗？有确实写下来吗？”

有，茉莉又说谎了。这时不赶快挂电话的话，事情会很惨，茉莉不愿让这种坏消息带进这个家。但警察反复说着医院的名称，说得非常缓慢，纵使茉莉千万个不愿意，那些话也残留在耳朵里。

一直到真的挂上电话前，茉莉根本不打算去那种地方。她将注意力集中在眼前的柱子，以及铺在电话桌上的有金线刺绣红色垫布上，告诉自己，这才是现实。

“谁打来的？”传来早纪天真无邪的声音。

电话里的男人，说了很多惊悚的事。关系到三辆车子的车祸。务必请你立刻来一趟。说话速度出奇的缓慢。

茉莉脑海里蓦地浮现阿始的脸。阿始此刻在医院，他现在一定很愁苦。一定是公公和婆婆发生车祸了。阿始一定惊慌失措，难过到不知如何是好吧。

茉莉飞快地奔上柴田家老旧得快要坏掉的楼梯，猛敲阿克的房门。走廊一片静谧。

“发生车祸了！”茉莉的声音颤抖。看到长得很像阿始的阿克的脸时，恐惧翻涌而上。

茉莉硬撑着，将没有用纸笔写下来的医院名称告诉阿克。

6 又变回了一个人，一个人被留在没有阿始的世界里

所有的一切都和现实脱节了。雨——事后，茉莉清楚记得的，只有这夜的风和雨，自己和阿克搭乘的出租车的头灯亮光，以及忙碌的雨刷。

茉莉将早纪托给阿朝后，和阿克赶到医院，阿始的遗体已经被安置在灵安室，和爸妈的遗体并排着。被一般家常白色床单覆盖着的阿始遗体，看在茉莉眼里仿佛是在开玩笑。

这是一起三辆车子造成的车祸，其中包括一辆机车。四个人死

亡。阿始和父亲是当场死亡。救护车到达时，母亲勉强还有一些气息，但抵达医院后也立即被断定死亡。

医生淡淡地如此说明。尽管开了几盏荧光灯，医院依然显得昏暗，冰冰冷冷的，空气中漾着不幸的气息。

阿克哭了，但茉莉哭不出来，因为她无法相信这是真的。阿克用公共电话到处拨电话给亲友。茉莉只是呆呆地伫立在那里，只是呆呆地站着，望着医院大厅的墙壁、沙发、窗框、天花板、地面，插放杂志的架子，标示厕所位置的指示牌，还有语带哽咽、小声讲电话的阿克的背影。

丧礼的筹备以及和保险公司的交涉，藤原先生都率先帮忙打理。阿朝表现得极为坚强，但是到了夜深人静、没有人出入之后，隔着拉门也能听到她呜咽啜泣的声音。呜咽声时而激烈时而低缓，一直持续着，与其说是人的哭声，莫如说更像野兽的呻吟声，世上极其哀痛的声音。但茉莉到了此时依然哭不出来。只要待在夫妻俩的房间——原本是阿始一个人的房间——就觉得被阿始保护着。总觉得只要等下去，阿始就会回来。更何况除了等待之外，茉莉不知道还能做什么。公婆和阿始过世后，在加油站歇业的柴田家里，茉莉很明显地成了外人。

丧礼毫不耽搁地进行，简直堪称盛大。前来吊唁的包括柴田家的亲戚、城里老交情的朋友，以及与加油站——包括以前的油行——相关的人们。茉莉借了喜代的丧服来穿，牵着早纪的手站在那里。

对于早纪，茉莉据实以告。不想说什么爸爸去旅行了，或是变成星星之类的话来敷衍她。

“爸爸发生了车祸，所以死掉了。”

早纪并没有哭，只是很难过地反问：“怎么这样？那么，爸爸还不会回来啰？”

听她问的下半句，似乎没有完全理解；但看她的样子，又似乎并非没有完全理解。

前来吊唁的人们，看见早纪就眼眶泛泪。有的说，长得和阿始好像；有的说，还这么小真可怜。早纪稳稳地站着，稳稳地站着，挑衅似的看着对方的脸。而此时，阿新在距离稍远的地方，忧心忡忡地守护着茉莉和早纪。

“我们会对茉莉做出应有的照顾。”龙男叔叔对茉莉如此说，那是樱花刚开的时候。

所有的一切，都在茉莉伸手不可及的地方进行着。藤原先生以外的两位员工已经被解雇。阿克说要辞去工作考证照、继承加油站，但他的话根本靠不住，而且他也发现父亲留下了一些债务。

龙男叔叔的提议是，将加油站改建成办公大楼，一部分当作住家，今后阿朝、阿克、茉莉和早纪的生活也比较安定。但是为此自己也要分担费用，收益就按照投资原则和遗产分配来分就好了。

这话听在以年龄和状况来说都值得称赞、处理事情凛然可敬的阿朝耳里，也不免惊慌失措。她表示，唯有加油站，无论如何都要维持下去，而这也是现在茉莉唯一的期望。倘若阿始心爱的加油站就此消失，叫人情以何堪。阿始在天之灵，看了会多么难过。更何况，竟然是被龙男叔叔那种人处置掉的。

“我也会努力加油的。”茉莉说，“我会和阿克一起学习，努力考上证照。只要有藤原先生在，应该能像以前那样做下去。”

茉莉很喜欢这个加油站。对她而言，这是阿始活过的证明，也是仅次于早纪的珍贵东西。

“我明白你的心情，不过你要更冷静才行。”龙男叔叔说，“你要务实地想一想啊。”

说着还恶心地笑了笑。不过这个笑得很恶心的男人是阿朝的次子。

阿始的大姐夫妻和洋介叔叔都赞成龙男叔叔的提议，他们认为没有其他办法了。不仅如此，他们还无法理解茉莉凭什么插嘴，只差没说出口。

其实茉莉也明白，他们说得对。虽然明白但还是很呕气，因此有点恨过世的阿始。爱和恨，其实是一样的。

除了为了加油站与柴田家的“财产”和大家谈过一次话，从车祸发生以来，茉莉几乎不和早纪以外的人说话。她不是刻意保持沉默，而是在她的内心里，语言全部消失了。无论对阿新或阿朝都一样。被问“你没事吧”就只回答“没事”，被询问什么都只回答“是”或“不是”，等于不知道除此之外的语言一样。

如今的茉莉只对记忆有感情。阿始存在的记忆，阿始思考方式的记忆。阿始皮肤的温度，坚定的双眸，手臂的形状，手的形状，指甲的形状。

“真是个好孩子啊。”茉莉会对早纪这么说，因为早纪流着阿始的血。

每当早纪被这么夸赞，就会低头微笑。好像很高兴，又带点难为情，娇滴滴的十分可爱。

茉莉默默地处理随车祸而来的繁杂手续，藤原先生也经常对茉莉说，让我来做吧，但几乎都被茉莉婉拒。除了和别人争论之外。因为茉莉认为，这些都是能和阿始有所联结的杂事。例如去警察局做遗属笔录，去公所拿文件，在寄给前来参加丧礼的人们的谢函上贴邮票，诸如此类的事。这一切都做完之后怎么办？一想到这里，茉莉就忐忑不安。一个人被留在没有阿始的世界里。

阿朝依然对茉莉很好。现在她不需要打理全家七人份的饭菜，也不用在茉莉工作时照顾早纪，尽管连白天都躺在床上，看到茉莉还是会对她微笑，有时说，“你不要紧吧？”有时说，“这也是命运啊。”有时说，“幸好有茉莉陪着我。”

但茉莉都没有回话。因为她知道这些都不是阿朝的真心话，也知道阿朝看到她会很难受。而茉莉本身也是，每当看到阿朝就想到阿始，意识到阿始已经不在人世。

“你可以暂时回高宫娘家休息一下哟。”阿朝甚至这么说。

而实际上，加油站一旦开始拆除，阿朝就会被接去长女家，阿克也决定去外面租房子住。这段期间，茉莉和早纪也只能委身于阿新的家。

不过在那之前，茉莉不想离开阿朝。她不想离开阿朝的身边，还有加油站。已经八十八岁高龄的阿朝，一下子失去儿子儿媳孙子，甚至连相当于丈夫遗物的加油站都即将失去，令人看了真的于心不忍。

“爸爸呢？”幼儿园放假的时候，茉莉想带早纪去公园散步，早纪这么问，“爸爸也会来吗？”

然而早纪的语气并非期待，而是不安，或者说是抗议。最好的证明就是，她没有继续问下去。例如爸爸现在在哪里呢？为什么不回来呢？

“爸爸一直都和早纪在一起呀。”茉莉也只能如此回答，“所以说，爸爸也会一起来散步哟。”

早纪露出困惑的表情，困惑且寂寞的表情。

净水路樱花满开。身体明明没有感受到风，花瓣却纷纷飘落。

“好漂亮。”早纪轻声赞叹。一片白色的花瓣，黏在她微张的小小的唇上。

“真的耶，好漂亮哦。”茉莉答道。但眼前的景色，无论是樱花或道路都显得非常遥远，看不见美丽也看不见丑陋。即使牵着女儿的手走路，也感受不到幸福或不幸。

茉莉心想，如果现在阿始来接我，我会很高兴地跟他去，和早纪两人满心欢喜地跟他去。除了眯起眼睛看樱花飘落，什么都不想做。

茉莉的情况，看在旁人眼里比茉莉想的更严重。她消瘦憔悴，不仅只对早纪开口说话，就算别人对她说话，她也经常没察觉到，饭也几乎都不吃，不哭也不笑，整日呈现恍神失魂状态。有时会忘记去接早纪，有时电话就在旁边响了半天也不接，在浴缸泡澡时就这样睡着了。

因此，随着柴田家的改建工程动工，茉莉带着早纪搬回寺内家，大伙儿都松了一口气。阿朝、阿克、藤原先生、阿始的大姐夫妻和两个叔叔，连早纪的幼儿园老师都松了一口气。

阿新温暖地迎接女儿归来。但他并没有特意出言安慰，只说了一句：“回来了啊。欢迎回家，辛苦了。”

发生车祸时，阿始开的是公公的车，因此红色小卡车由茉莉继承。一辆红色小卡车和早纪，加上塞满随身物品的纸箱一个。睽违四年返家的茉莉，这是她所有的东西。

寺内家的客厅依旧满是尘埃，桌上的邮件放得乱七八糟，窗边有一盆枯萎却还摆着的盆栽，和几盆奇迹似的存活的盆栽排在一起。现在这里成了一个男人独居、静谧而孤独的家。

茉莉爬楼梯上二楼时，发现自己脸颊湿湿的。心头一惊，连忙用手掌擦掉。但不管怎么擦，泪水就是一直滚下来。茉莉吸了吸鼻涕。客厅传来阿新为早纪放的唱片——桃乐丝·黛。

我回来了，茉莉心想。又变回孤单一人，和阿始相遇、世界突然在眼前开阔起来之前，那个无聊又脾气不好的女孩。

茉莉在阿朝在的家里一次都没哭过，如今在走廊，在依然保持着孩提时代的自己房里，她却泪流不止。茉莉无法相信，无法相信阿始已经不在了。

她甚至不想去总一郎的房间，甚至不想和总一郎讲话。她想起过年时发生的事，其实总一郎早就知道了。想到这里，茉莉怒不可遏，因愤怒和哀伤而全身发抖。

不要哭哦。

尽管如此，茉莉也无法原谅。

总有一天会再见面的。

这句话也根本起不了作用。我不想再听哥哥说话了。茉莉有生以来，第一次这么想。我希望的不是哥哥，而是阿始能在这里。无论如何，我都希望他现在能在这里。

茉莉和早纪在寺内家的生活，至少要待一年，说不定会更久。未来的事，完全无法想象。办公大楼的租金收入，应该足够母女俩和阿朝一起生活。但是另一方面，亲族之间对于遗产分配迟迟谈不拢，律师和税务代理人几乎每天都来，把那个古老的家搞得闹哄哄的。在这一点上，茉莉明显是个局外人。说得更直接一点，是个碍事的存在。

“哎呀，茉莉怎么在那里喝酒啊？”守灵之后，在寺庙的汲水处，茉莉被某个亲戚这么念叨。

“因为阿始太疼老婆了。我们已经说过她好几次了。”阿始的姐姐边哭边说，一副情何以堪的样子。

许多原本不知道的事，许多难以融入的矛盾感。然而此时，茉莉已经都无所谓了。

工程敲定后，藤原先生就走了，只有茉莉和早纪待在这里。

好天气持续着。春天，将高宫装点得明亮缤纷。风儿轻柔，阳光馥郁。这是茉莉只从房里眺望的景色。此时是阿新去大学，早纪已经去幼儿园的中午时分。

茉莉的表情，和失去总一郎后的喜代一样空虚。

她不愿整天想着阿始。这是一种规避，也是忌讳。她将现实封起，只是漫不经心地、茫然地过着每一天。

三不五时，阿新会带茉莉和早纪外出用餐。有时去地板泛着黑光的水炊鸡肉锅店，有时坐在熟悉的小酒馆吧台。夜晚难得外出，早纪总是开心得又叫又跳。在阿新的鼓动下，甚至在席间跳起“噗哩！噗哩！”。看着早纪又叫又跳的模样，茉莉感到些许难为情。难为情，以及不安。

邻家的祖父江七因为担心茉莉，经常过来探望，带着她亲手做的蛋糕，或是别人送的高级点心当伴手礼。

阿七第一次来的时候，一看到茉莉就潸然泪下。

“对不起哦，阿姨不该哭的。”一边道歉一边继续说，“茉莉也吃了很多苦啊。人生真的很难挨啊。”

她那侧脸正如遭逢许多不幸、依然努力活下来的女性，频频点头、语带哽咽。

真是个温暖的人。

打从孩提时代以来，在茉莉眼中，阿七一直是位无限温暖的女性。茉莉从未见过她发牢骚，也没见过她对小孩破口大骂。

然而对阿七的慈爱，茉莉也迟迟无法流畅地做出反应。无法和她一起哭，也无法出言道谢，只是杵在那里，听着令人怀念的慈蔼话语。

每次见面，阿七都会夸赞茉莉，就算提到终究无法适应这块土地的喜代，也都会顾及茉莉的心情，慈蔼的语调一如往昔。

茉莉前往“花园”，是在四月底的某个傍晚，忽然想呼吸那个地方的空气。自从喜代的朋友弃之不顾后，茉莉不知道花园变成什么样。收到信是二月的事，而且就是发生那起惨烈车祸的那一天。

“要不要去兜风？”茉莉问早纪。即便面带微笑，但表情依旧空虚，语调也很低沉。

早纪露出一脸不安之色回答，我要去。但没有问要去哪里？也没有问爸爸呢？只是温驯地说，我要去。

车子行驶在道路上，车窗微开。天色是向晚的淡蓝色，流过的空气显得黏黏糊糊的，偶尔会飘来路旁人家烹煮晚餐的香味。

“要去哪里呢？”车子跑了十分钟左右，早纪终于小心翼翼地问。

自从发生车祸以来，早纪对茉莉说话总是显得战战兢兢。仿佛担心不够谨慎的话，茉莉可能会崩溃。

“去花园啊。”茉莉说，“以前也去过好几次吧？就是那个四方形的花园。”

随后又补上一句，“说不定已经不见了。”然后关上车窗，因为她察觉到早纪或许觉得冷。

“会不会冷？”尽管问得太迟，但茉莉还是问了。

早纪想了一会儿才回答：“不会。”

车子转进缓坡的下坡路。停车之前所看到的，那一带似乎完全没变。空气呈现出浓郁的紫罗兰色。

“月亮！”早纪指着挡风玻璃外的天空说。

车子的引擎关了，但还有些微震动。

“花园”静谧深幽，弥漫着浓郁清凉的绿意气息。茉莉仿佛被吸过去似的，缓缓靠近，伸手想推开栅门，栅门却被铁线牢牢固定着。

“妈妈？”

连早纪不安的叫唤声，茉莉都没有听到。花园里弥漫着一股茉莉未曾感受过的、犹如灵气般的东西，不是人类而是植物的，静幽而清朗的能量，在眼前这块三面围墙圈起来的空间里。唯有在这块空间里，能量仿佛窃笑般地绽放着，犹如精灵般蹦蹦跳跳，浓郁而清爽地弥漫着。茉莉探出身去，以肌肤迎接这股灵气，忘我地靠在栅门上。

“妈妈？”

右边的玫瑰令人惊艳地、骄傲地绽放着，这是喜代称为“瀑布”的玫瑰。白色的蔓藤玫瑰犹如瀑布般开满了整片墙。

整型式的香草花园，飘来阵阵泥土和绿叶的清香，夹带着早开的薰衣草怡人的香气。

茉莉不明白，这个理应没人整理的花园，为何长得如此生机盎然。一切和喜代还在的时候一样，或者说更为生气蓬勃，洋溢着完美的静谧与强韧的生命力。

“我帮你开门吧。”

蓦地传来男人柔和的声音，茉莉终于回过神来，连忙拉住早纪的手。男人看到早纪便微笑说：“好可爱的小妹妹啊。”

接着将缠绕在木门上的铁丝松开，对着茉莉说：“请进。”

7 茉莉当下就决定了。这个决定改变了茉莉此后的人生

从这个男人的神采很难猜出他的年龄。身材瘦削，肤色苍白，戴着一副老式的圆框眼镜。剪了一头圆圆整齐的香菇头，但从发色已经一半斑白来看，或许超过五十岁了。不过就神采而言，却洋溢着一股年轻的气息。纤细的鼻梁、柔和的嗓音、炯炯有神的双眼，都给人年轻的气息感。

“请进。”

被他再度催请，茉莉的脚步几乎是战战兢兢地，牵着早纪的手走进“花园”。整个花园俨然像个独立的王国威严地伫立于此，空气的浓度与温度都和栅栏外明显不同。植物的盎然生气拥抱着茉莉和早纪，邀请她们一步一步往里面走。

“以前，我也在这里见过你啊。”男人说。

茉莉想了一下，可是想不起来，只觉得这个男人讲话很怪。

早纪环顾四周，忐忑不安地握紧茉莉的手。

“令堂放弃了这座花园啊。”男人这句话，茉莉有听到，但没有抵达心里，只意识到“令堂”这个突兀的字眼。

“是啊。”几乎是无意识地随口应了一句。虽然经常来看这座“花园”，但已经很久没进到里面。早纪更是第一次进来。

宛如迷路走进过去的时光里，茉莉对自己记忆的鲜明度，以及流逝的时间感到畏缩。拿着蓝色橡胶水管洒水的喜代身影，看着便条纸摘取晚餐用的香草的自己的身影，诸如此类的身影犹如亡灵般到处浮现。

烟囱形大花器，这个在向晚的暮色里显得更为醒目的白色柱状物体，茉莉无法将视线移开，因为这是阿始搬进来的。

当时这里有喜代在，有阿始在。茉莉曾经认为这是理所当然，并且深信会永远持续下去。

“就是这个部分。”

男人不晓得在说什么。茉莉眨眨眼睛，轻轻吸了一口气赶走亡灵。

“没有关系吗？”

被男人这么一问，茉莉看向他的脸，两人四目相交。看起来是个颇为温柔的男人，不知为何，茉莉突然觉得见过这个人。

“对不起，你在说什么？”

男人霎时一脸错愕，但立刻调整心情，语气沉稳地开始说明。

“令堂的做法是将单色的花汇集在一起，我也很喜欢这种做法。但是这一区，唯有这一区不同。这里有黄色、粉红色和紫色，这是英式传统花园的爱好配色，和Barnsley House7里某个部分是一样的。金链花、紫花葱、藤花、绿绒蒿……”

茉莉不明白，他究竟想说什么？为什么要对她说明植物？只是，这让茉莉想起小时候，热情洋溢地为她说明星座的名称、昆虫生态和世界地图的总一郎。

“没关系。”茉莉打断男人的话，如此说，“我妈已经不在了，而且这里早就不是我妈的土地，花园要怎么布置都无所谓。”

语气之强，连男人听了都颇为震惊。

隔了半晌，男人才说：“可是……”

早纪可能是觉得无聊，蹲在茉莉脚边，以手指触摸着土壤。

“可是，我一直很想和你联络啊。”

男人名叫青山志津夫，是位旅居巴黎的画家（“在巴黎住了将近三十年”）。每隔两年会回国待一个月，并不住在高宫的老家，而是住在饭店里（“因为是个放荡儿子”）。茉莉也知道那幢房子。说到青山家，是地方上首屈一指的大户人家，有着广大的日式庭园，四周以黑色围墙围起来的豪宅。很久以前，茉莉和阿九与总一郎为了捕蝉，经常翻越那道围墙偷偷溜进去。志津夫以前——说是以前也有六年了——就很心仪这座乡村式花园，听说设计者想脱手就连土地一起买下来了（“我很高兴哦，真的”）。那时，志津夫从喜代的园艺家朋友那里问到了茉莉的联络地址（“原来目的不在花园，而是这个啊”）。按图索骥找到了住所，却只见关闭的加油站和没人住的房子。

这些事情，茉莉都是在寺内家的客厅听志津夫说的，就在“花园”邂逅的第二天。晴朗温暖的午后，桌上摆着早纪喜欢的KIRIN LEMON碳酸饮料，以及三个放了冰块的玻璃杯。因为志津夫说，他也想喝这个，不要红茶和咖啡。

“能够买到这座花园真的很幸运。”志津夫笑容可掬地说，“为了找你，我查了这座花园的所有者，刚好它又回到地主手里。”

可是，茉莉纳闷地暗忖，可是，那块土地的地主就是志津夫的父亲呀。

“你把它买下来了？”茉莉出言确认，“你个人买下来的？”

“是啊。从我父亲那里买来的，现在是我个人的。”

茉莉暗自想着，这个人说起话来真是悠哉又愉悦啊。

“不过，我希望你能相信一件事。如果那座花园依然是令堂所有，我不会去想把它买下来，真的。”

听起来似乎是真的。

“好像都是我一个人在说话啊。”志津夫有些难为情地说，端起渗着水滴的玻璃杯，啜了一口KIRIN LEMON。

尽管如此，茉莉依旧沉默不语。

于是他又说了一句：“你好像不太喜欢说话啊。”

其实，茉莉是在想别的事。既然这个男人能冲动地买下那座花园，应该也能买下加油站吧，如果他这么有钱。

“言归正传……”

就在志津夫开口的同时，茉莉问了一句：“你很有钱吗？”

茉莉旋即意识到自己问得很失礼，连忙道歉：“对不起。”

但志津夫的回答，却是茉莉意想不到的。

“应该吧，有钱到足以雇用你。”

微微一笑又继续说：“我正想拜托你这件事。无论如何，我希望你能当我的模特儿，这是我这次回国的目的。”

即便志津夫又说，其实他和茉莉在六年前见过一次面，但茉莉想不起来。或许见过，或许没见过，茉莉并不在乎。

于是志津夫又说，总之，希望茉莉能先看看他的画，无论老家还是各地的美术馆都有他的画。

“此外，我也会诚心诚意地去请求你先生还有令尊的同意。当然，要你先答应才行。”

志津夫说，他是在巴黎作画。他回国的日程已经敲定了，但茉莉只要在她有空的时候，当作一个稍微长期的旅行来巴黎就好。

“我无所谓。”

茉莉立刻回答，尽管她对志津夫的画没兴趣。

“刚刚好。”

甚至没有必要特地找时间。

“只要能带早纪一起去，无论什么时候，去哪里，我都去。”

然后茉莉还盘算着，要不要趁机跟他提加油站的事。如果他愿意买下，阿朝一定会很高兴。藤原先生也一定会回来。只要能在加油站工作，茉莉随时都能感受到阿始就在身边。

——要去远方啊。

总一郎说的这句话，或许就是这个意思吧。

眼前，青山志津夫一副强忍笑意的表情，似乎很可笑地盯着茉莉看。

“算计，阴谋，逃避，游山玩水。”他愉悦地说，“无论你的动机为何，我都很高兴。”

茉莉狠狠瞪了他一眼，认为志津夫没有资格嘲弄她。

“我把我的手机号码放在这里。”

这个之后变成随身之物的机器，此时的茉莉尚未见过，也没听过。

“你仔细考虑一下，决定之后跟我联络。”

然而，茉莉当下就决定了。

一九九〇年四月，这个决定改变了茉莉此后的人生。

出发的前一晚，阿新和茉莉和早纪一起去画家指定的高级料亭。

就如茉莉预料的，阿新不仅没反对，还说“稍微离开伤心地是件好事”，得知志津夫是欧美评价颇高的画家后，阿新说“无论如何，我很高兴你能将注意力转向新的事物”。然而这样的阿新，在料亭里却始终默默不语，一副心神不宁的样子。

以前也发生过这种事。茉莉茫然地想起，那是在水炊鸡肉锅店，和山边一起的时候。我老是让爸爸操心啊。

关于旅行，志津夫说得不多，只说会负起责任照顾茉莉，这个季节巴黎很美。其余的时间大多翘起一只脚悠闲地坐在榻榻米上，津津有味地喝着酒，偶尔会陶醉地说，“这种乌贼，巴黎没有啊。”或是，“这个星鳗真棒，肥嫩又有油脂。”

关于去巴黎一事，早纪并不排斥，她问“幼儿园怎么办”，也问“外公呢”，却没有问“爸爸呢”。然而这没有让茉莉安心，反而感到悲伤。要早纪将一切铭记在心，这个年纪还太小吧。

“今晚的月色真美啊。”

循声看去，志津夫早就移动到窗边去了。他打开窗户，依然翘起一只脚悠闲地坐着，望着外面。一轮轮廓模糊的淡红色月亮，仿佛渗透般地浮在半空中。

茉莉望着他，心想，这个男人的侧脸真美。可能是皮肤有如孩子般光滑的缘故，有点像总一郎。当茉莉将丈夫车祸身亡的事告诉志津夫，他露出的表情并非惊愕，而是哀伤。

“所以你给人的感觉才会如此不同啊。”他说，但没有表示哀悼的话语。

“到了巴黎之后，请告诉我你先生的事，一点一点慢慢说。”

茉莉认为，这是她办不到的事，但同时也觉得，志津夫这番话让她感到慰藉，呼吸变得轻松多了。

无所谓。

这句话，茉莉不晓得在心里低喃过多少次。阿始已经死了。既然这样，什么都无所谓了。

第二天阴雨绵绵。雨下得冷冷的、细细的，似乎到晚上还会继续下。太好了，茉莉心想。因为今晚，我已经不在这里了。夜里的雨总是令人反胃。从发生车祸以来一直都是。

“那我走了，你自己要小心哦。”阿新一如往常去大学，出门前这么说。

“这不是需要送行的漫长旅行吧。”接着又如此笑着说。

茉莉明白，就如她讨厌夜雨一样，阿新也很讨厌机场，自从喜代走了之后。

茉莉和早纪的行李很少。尽管志津夫说，必要的东西到了巴黎再买就好，行李还是少得惊人。茉莉只带了一只大型的波士顿包，里面除了母女俩的随身用品，比较特别的就是早纪坚持要带去的跳绳。

在一片烟雨濛濛中，茉莉从抵达机场的出租车搬出行李时，不禁落寞地苦笑：反正我和早纪拥有的东西就只有这么一点点。

早纪拎着一个小狗形状的手提包，抱着一袋糖果。糖果是祖父江七送她的“饯别礼物”。阿七去年和今年都去过巴黎旅行，临行前还仿佛在给早纪打气似的说：“一定要去爬埃菲尔铁塔，还要吃地道的法国面包哟！很好吃哟，咖啡馆就可以吃得到。”

浪迹天涯的祖父江九，现在也在巴黎落脚。阿七还将阿九在巴黎工作的日本料理店的名片递给了茉莉。

见得到阿九吗？

这间店，离志津夫的住处很近吗？志津夫曾说：“我住的是一间很普通的公寓。但是有多出来的房间，你们母女俩应该很够住。当然，如果你想住饭店，我也会去订房间。”

他住的是什么样的地方呢？

茉莉只照志津夫交代的办了护照，连旅游书都没看，什么都没调查，现在正带着女儿要上飞机。

“啊，是老师啊。”早纪盯着志津夫说。

昨晚，料亭的老板和女服务生都一直叫志津夫“老师”，早纪模仿他们叫。

“早安。”志津夫面带微笑对早纪说，“我不是老师，是志津夫。”

“志津夫。”早纪温顺地跟着说。

机场大厅，人们行色匆匆。有生意人、学生，有一家大小，还有年轻情侣。但自己这三人组什么都不是，茉莉忽然倍感孤独。在别人眼里，我们三人看起来究竟是什么呢？

航程一路舒适愉快。两次离地，两次着陆，茉莉都在座位上牵着早纪的手，将脸凑在厚厚、小小的机窗边看着飞机起飞降落。首先是雨中的福冈机场跑道，接着是知道雨马上就会追过来的、阴霾的成田机场，然后是阳光普照的巴黎机场跑道。

搭机的时候，早纪真的很乖。

“说故事给我听。”唯有两次，早纪如此缠着茉莉。但这并非无聊，看起来像是害怕。以前，阿朝总是会说很多“故事”给早纪听。

“要听什么故事呢？”

阿朝常对早纪说的故事都是乡土童话，其中茉莉也知道几个，但大部分在听阿朝说之前都不知道。她无法说得像阿朝那么仔细，但在早纪的央求下，还是说了“雨伞婆婆”和“变成龙的小兔子”两个故事。

说小兔子的故事时，茉莉自己也吓了一跳，竟然连自己都快哭了。究竟是怎么回事，心中悸动不已。只不过是个动物对人类报恩、老生常谈的童话故事。

早纪一边吃着糖果一边听。

听到安全带啪嚓啪嚓一起松开的声音，茉莉从窗户转过头来。

“看起来会很热啊。”志津夫站在通道说。

“很热？才刚进入五月就很热？”

福冈倒是有点冷，阴雨蒙蒙的。

“过来。”

志津夫这么一催，早纪看向茉莉。茉莉一点头，早纪便离开座位牵着志津夫的手。乘客排成一列，开始缓缓下机。

一进机场大厦，茉莉整个被震慑住了。空气中流泻着法文的交谈声，一股疏离的气息迎面而来，人们的眼睛和发色都很淡，相反也有很浓的人。冷气很冷，但大家都一身夏装打扮。

身处这种地方，茉莉感到很奇妙。一边奇妙地观望四周，一边寸步不离地跟在志津夫和早纪身后。

通关检查护照，拿行李，海关，出租车。

一切都很简单。没有必要说话，也没有必要思考。甚至连唯一的行李，都被志津夫利落地放在推车上。

户外的阳光确实很热。很热，而且耀眼。

“这里是巴黎啊？”睡到脸都肿了的早纪问。

接着又说：“好明亮哦。”

“真的耶。”

茉莉觉得这里的阳光色泽柔和。志津夫用法文不晓得在对出租车司机说什么。听了司机的回答，志津夫笑了。

“你们在说什么啊？”

似乎是早纪问了也不能说的事。于是，茉莉对早纪说：“没关系啦。我们是来这里让志津夫叔叔画画的，所以不懂法文也没关系。”

“不懂也没关系是没错。”志津夫一边帮她们开车门一边说，“但是懂了也很好哦。”

然后志津夫蹲下来，蹲到和早纪的脸一样高，告诉她法文的“多谢”叫做“Merci beaucoup”。

“你会说英文吗？”志津夫坐进副驾驶座之后，忽然回头问茉莉。

“不会。”茉莉答得很干脆。

志津夫随即得意地点头说：“这真是太好了。这样学法文比较快。”

茉莉没有回话。她想象着，左驾的车子靠右行驶是什么感觉，很想开开看。还有，一定要去看看巴黎的加油站长得什么样子。

8　光看侧脸就知道是他，这确定是祖父江九没错！

如假包换的富豪。

茉莉并没有花多少时间，便确信志津夫是如假包换的富豪。这幢志津夫称为“公寓”的建筑物，尽管外观素雅简朴，屋里的天花板高到令人惊愕，装潢摆设也极其奢华。茉莉和早纪住的房间虽然不大，但也同样奢华。基于自己也无法理解的理由，茉莉对这种奢华感到气愤。眼前所见的一切都令人瞠目结舌，茉莉自以为聪明地不发一语，但脸上浮现出惊愕与赞叹的表情却丝毫不容辩解，这使得她更加气愤。因此，她更下定决心不说“好大哦好美哦好有品位哦”之类的赞美词。

然而心里某个角落，茉莉感受到的悸动不亚于早纪。真的很难相信，世上竟有人过着这种生活。令茉莉更为赞佩的是，在志津夫给她们住的房间里，隔着一扇门竟然有个专用浴室，里面有浴缸、洗脸台，每个角落都干净洁亮，甚至准备了用纸包得好好的新香皂。在茉莉的认知里，浴室这种地方本来就是一家只有一间，因此家人和客人都要轮流使用。也正因如此，一直以来茉莉养成了洗澡很快的习惯。

无论在东京，或是柴田家。

“不可以习惯奢侈的生活哟，因为我们只是在这里住一阵子。”找到机会，茉莉就会如此叮咛早纪。

这实在没道理，但茉莉真正担忧的是，万一习惯了这里的生活，仿佛冒渎了阿始及阿始所爱的生活。

刚抵达巴黎的头几天，茉莉无事可做。志津夫说，为茉莉作画的准备还没做好，因为没想到茉莉会这么快就来了。

“你就悠悠哉哉地过日子吧。”志津夫大方地说，“看是要去观光还是购物都好。”

茉莉和早纪住在这里，似乎对志津夫没有任何影响。早起的志津夫都在上午工作，下午有时外出，有时在自己房里睡觉。到了傍晚会有客人上门，一直到深夜整幢公寓仿佛沙龙一样。奇妙的是，客人们看到茉莉不吃惊，也不觉得她是什么可疑人物。没有人问她是谁，外国人看到她（客人有半数是外国人），以极其自然的口吻说“Bonsoir”（晚安），而日本人就只是点头致意擦身而过，宛如大家都已经知道茉莉的来历。

家事，由每天前来的女佣一手包办。茉莉照志津夫所言，白天带早纪去巴黎街头闲逛。搭了地铁，也紧张兮兮地进了咖啡馆。但自从知道这里的机制是，点的东西送来的同时付钱即可，就没有任何问题了。早纪还学会了“ju”（果汁）这个单词。

巴黎是个美丽的城市，即便是都会，但洋溢着悠闲的气氛，闲闲没事坐在咖啡馆、楼梯或栏杆上，也不会感到不自在。

路边还会忽然出现有旋转木马的地方，使得茉莉和早纪为之一惊。散步中的小狗很有礼貌，儿童服饰店和糖果店很多。

“我好想骑马哦。”每当看到旋转木马，早纪都会这么说。

起初，茉莉还以为那是放在外头风吹日晒而老旧坏掉了。因为坏掉了，放在那里而已。但事实并非如此。旁边还有小棚子，里面坐着服务人员。早纪坐上旋转木马，独自一人，有点害怕的样子。

茉莉只是站在旁边看，看着随着悲伤的音乐转了很久的木马，以及骑着其中一匹的早纪的姿态。看着看着，思念起留下她们母女俩死去的阿始。

你看。

茉莉在心里对阿始说。

你的女儿，在这种地方骑旋转木马哟。她还会自己点果汁呢，当果汁送来时，她会面带笑容、有点不好意思地小小声地说“Merci beaucoup”哟。

人为什么会那么轻易就死掉呢？

过了一星期，志津夫还没开始作画，但递给茉莉一个淡蓝色信封，说是一周薪水。信封里除装钱之外，还放了一张写着地址的纸。

“去把头发剪一剪吧。”志津夫面带笑容地说。

傍晚，客厅里一如往常来了几位客人。一位日本男性，两位白人男性，此外还有一位日本女性。这名女性化了一个怪模怪样的烟熏妆，眼睛周围涂得又浓又黑。

“我已经预约了明天十一点。你上美容院的时候，我会带早纪出去逛逛，应该是去美术馆吧。”

薪水袋里装着法国纸钞，很简单地对折着。

“可是……”

茉莉算都没算就知道，以一星期的薪水而言，这个金额太大了，至少让茉莉感到良心不安。

“可是，我什么工作都还没做。”

志津夫专注地凝视茉莉。

“给画家带来灵感，也是模特儿了不起的工作。”

语气沉稳，但却是一脸高深莫测的表情。

窗外射入的夕阳余晖，在地板描绘出金色的四方形。这时，一只拿着酒杯的手，从附有脚垫的一人座沙发高高地伸出来。虽然茉莉的位置看不到，但客人似乎还有一位。

“Bonsoir.”

伸出手后，脸也接着探出来，是位金发碧眼的年轻男子，视线刚好和茉莉撞个正着。茉莉点头致意。男人用法文不晓得又说了什么，只见志津夫眉头紧蹙，不翻译也不介绍给茉莉认识。

“不用在意。”志津夫用日文说，“你还是回房里比较好，早纪可能也有些不安了。”

就在此时，茉莉心生不安。志津夫那么热心地招待茉莉，却也露出茉莉在或不在都一样的表情。

“早纪不要紧的。”茉莉说，“她很喜欢那个房间。刚才女仆还拿樱桃进来呢。”

樱桃一堆高高地装在小容器里。早纪问可以吃几个，茉莉回答七个。

“我可以跟你谈一下吗？”

茉莉有很多事想问。来巴黎以后，茉莉和志津夫没有碰过几次面。餐点一天两次，都准备好好的在厨房里，但经常只有茉莉和早纪两份。到了晚上，连续好几天都有客人，这里根本没有茉莉立足之处。

“跟我谈？”志津夫意外地如此反问，然后回答，“当然可以谈。但不是现在，这样吧，等你剪完头发再谈。我和早纪看完美术馆之后，三点怎么样？我会画地图给你，我们在一间安静的咖啡馆碰头吧。”

有位客人好像说了什么笑话，其他四位客人一起放声大笑。那位名叫艾蜜的日本女性，笑得嗲声嗲气的。茉莉认为那种笑声很下流。

翌日，茉莉照志津夫所说的搭上地铁，也照志津夫所说的走到了目的地。这里不是美容院，而是志津夫的美容师朋友的住处，就如茉莉所认为的公寓，是一幢极为普通的住宅。阴凉幽暗，入口处有些生锈，罗列成排的信箱和脚踏车，螺旋楼梯和中央电梯。

按下门铃后，抵达房门时，她已经开门在那里等着。

"Bonjour.（日安）"她说。

她说"bonjour"时的发音，只说出"bon"，其余都消失在嘴巴里，嗓音高到惊人，语调清朗，笑容可掬。一头栗红色的直发齐到下巴，是个穿红色T恤身材娇小的女人，名叫安娜。

房间里凌乱不堪。成堆的杂志、衣服、鞋子直接排在地上。没有像样的家具，把木箱当桌子用。通往阳台的落地窗开着，白色清爽的窗帘随风飘扬。茉莉看了一眼，觉得这是感觉很棒的房间。

安娜知道茉莉不懂法文后，立即改说英文。一边说着像自我介绍的内容，一边将冰咖啡倒进杯子里。

"Milk？"安娜问。

见到茉莉摇头，她只在一个杯子里加牛奶。茉莉的英文并不是那么好，但比法文好多了。安娜说自己是"makeup artist"，以及叫茉莉别担心放轻松，这两句反复说了好几次，因此茉莉听得很懂。

"Thank you."茉莉笑眯眯地回答，"I am OK."

其实她是打算说，不要紧，头发剪成怎样都无所谓。

"OK."安娜也说。

语毕，安娜走进里面的房间，那应该是寝室，并从里面相继搬来圆形椅子和大镜子，放在阳台上。

"Here？"

要在这里剪啊？茉莉问，指着阳台。

“Yes，There！”

安娜点头，也指着阳台。

三十分钟后，茉莉的头发短得像小男生一样。没有洗头，也没有染发，一下子就剪好了。用的是剪刀、剃刀、推剪、吹风机，还有手指。

“怎么样？”

茉莉隔着镜子被问。她看着镜中的自己，仿佛在看别人。有生以来第一次头发剪得这么短，而且这么新鲜——刘海和颈发都很短，呈现不规则状，利落且轻盈。明明没有烫发，却充满蓬松的空气感。

安娜一脸忧心忡忡。茉莉顿时口拙，她想说非常漂亮。

“Very……”

想了一下，想不出合适的字眼，于是接着说：“Good！”

安娜笑了，轻快地回了她同样的话，“Good！”

走出屋外，还只是正午时分而已。茉莉凝视着大楼玻璃映照出的自己，犹如在看什么不可思议的人。水蓝色的上衣，灰色的裙子，短发，脖子好像有点太细。

阿始看到的话，会说什么呢？

——很适合你哟。

然而听到的却是总一郎的声音，茉莉不禁皱起脸。阿始过世之后，一次都没像总一郎这样出现过。

——人家不是在问哥哥啦。

茉莉在心中说。

“天气真好啊。”茉莉发出声音说，试图返回现实世界。

行道树，从树叶间洒落的阳光，不知名的街道。早纪有没有乖乖的呢？她和志津夫都聊些什么呢？

日本料理店“德川”位于香榭大道附近。距离和志津夫的约定还有一些时间，茉莉想起这家店过来看看。这家店占地虽小，但门口挂着精致布帘，尽管是中午时分，一个人进去还是有些忐忑。祖父江七曾说，她第一次造访巴黎是一年前，四个月前又再度造访，两次阿九都在这里工作。

茉莉做了一个小小的深呼吸，然后一鼓作气，打开看起来还很新的白木镶毛玻璃的门。

“欢迎光临！”

一进门就听到气势惊人的欢迎声，闻到和日本当地寿司店同样的香味。店里混杂着日籍上班族，右手边坐着一桌看似观光客的四名女子。

茉莉依旧站立不动，寻找阿九的身影。

“请进。”主厨从吧台里对茉莉说。

在一位年约五十岁的男客人桌旁，茉莉看见了阿九。这时他正将盛放碗和小钵的托盘放下，在收客人用完的盖子。光看侧脸就知道是他。尽管他晒得黝黑，和以前不同，眼神带着锥心的悲伤——

这确实是祖父江九没错！结实的下巴线条和卷曲、乌黑丰厚的头发都没变。

阿九似乎感觉到有人在凝视，转头看向门口，顿时面无表情的脸上浮现一抹惊愕。茉莉自己也在不知不觉面露微笑。

“你好。”茉莉说，声音小到对方几乎听不到。

穿着白色工作服的阿九，端着碗公和小钵的盖子走过来问：“茉莉？”

眼神明明毫无疑问，语气却是难以置信。

“你怎么来了？一个人？什么时候来巴黎的？”紧接着丢出一堆问号，而且不等茉莉回答，就领着她走向吧台，“请坐这里好吗？”

茉莉点头坐下，“因为阿姨跟我说你在这里。”

“你是阿九的朋友啊？”吧台里的主厨问，然后“砰”的一声打开湿毛巾的袋子，将湿毛巾递给茉莉，“欢迎欢迎。”

茉莉已经开始后悔突然跑来这里。觉得自己不适合这间店的家庭式气氛，也觉得自己似乎过于冒昧地踏进自己不了解的阿九的生活。

阿九很忙。吧台还坐着别的客人，店里充满午餐时间特有的喧噪。然而尽管阿九很忙，他还是把茉莉放在心上，经常到她的座位来，甚至还端来卤味小菜，说是“免费招待”。茉莉一边吃着寿司，一边有一句没一句地回答阿九的问题。例如来巴黎是当青山志津夫这位画家的模特儿；在巴黎顶多只待两三个月；待会儿还有约，刚好有时间所以过来看看。也提到是和早纪两人一起来。

“你女儿几岁了啊？”

茉莉回答今年四岁。

阿九温柔地微笑说：“四岁啊。我还记得茉莉四岁的样子。”

他还是老样子啊，茉莉想。讲话毫不浮夸，眼神依旧专注耿直。

“对了，我从我妈那里听到你老公的事了。不知道该说什么好。”

茉莉什么都没说，只是微笑以对，因为她也不知道该说什么好。

“阿九呢？”茉莉问，“听阿姨说你添了男丁。”

顿时，阿九的表情蒙上一层阴霾。

“嗯，去年，十月出生的。”说着浮现一抹暧昧的微笑。

阿九释放出的某种气息，使得茉莉的胸口隐隐作痛。

“你父亲呢？他好吗？”

犹如在侦探般地，茉莉凝视着改变话题的阿九的脸庞。然而无论如何凝视，阿九的表情依然没变。

“他很好啊。”敌不过阿九的坚定表情，茉莉只好接下这个话题。

“现在年纪大了，不过还是每天去大学教书。明年就要退休了。”

阿新向来疼爱阿九。要是他看到阿九家生了小孩，而且在外国勤奋地工作着，一定会引以为豪吧。和自己这个没有工作、和丈夫死别、还搬回娘家住的女儿相比，更是天差地别。

“谢谢你的招待。”茉莉说着，站起身来，“很好吃。能见到你真好。”

阿九送她到门口。

“巴黎真是漂亮啊。”茉莉说着，打开大门，“很漂亮，阳光很耀眼，很热。”

阿九微笑，“最近天气变好了。”

茉莉感到不可思议，为什么自己知道阿九在背后微笑。虽然不可思议，但确实就是知道。

“你住在哪里呢？”

被这么一问，茉莉指向左边，“就在对面，我不记得地址，是一幢三层楼的公寓，我住在三楼。是那个画家的房子，就在卢森堡公园旁边，附近有家面包店。”

“路名也不记得吗？”阿九惊讶地问，随即觉得好笑地笑起来，“你还是没变啊。”

“我才不怕哩。既然能来就有办法回去。”茉莉语毕，深深吸了一口气。

应该能在刚好的时间抵达那间咖啡馆吧。就算中途迷一下路也没关系，早纪和志津夫应该会等我吧。

9 画家青山志津夫，模特儿茉莉，以及夜夜喧嚣的派对

那间咖啡馆位于塞纳河畔，在一座仿佛道路直接延伸过去的桥边，真的就在桥边。茉莉觉得很不可思议。明明是个人车、商店聚集的大都会，但却没有东京般杂乱。河风吹拂着刚剪的头发，茉莉由衷地承认，这是个很棒的城市，阿九居住的城市。尽管觉得和博多有点

像，因为有大河流经的缘故。

早纪和志津夫坐在露台的座位上。看到茉莉，早纪的表情顿时僵住了，用几乎快要昏过去的声音说："好怪的头发。"

"应该说très bien（很好）吧？"仿佛在说只有死党才听得懂的话，志津夫对早纪如此低声说。

早纪盯着变了个样的母亲看了一会儿，下结论说："才不très bien呢！"

"又学了新单词了？"茉莉坐定后，笑眯眯地问早纪。

早纪没有回答这个问题，只是重复地说："一点都不très bien！"

"我们去看了查德金[1]。"志津夫一边举起一只手吸引服务生的注意，一边说道。

"跟妈妈说，去查德金看了什么？"和刚才一样，志津夫以死党般的语调催促早纪。

早纪还是不发一语，似乎还在为茉莉的头发生气。

服务生来了，茉莉点了咖啡。

"志津夫说就好了呀。"早纪嘟着嘴说。

这让茉莉更加混乱。其实她才不管查德金是什么，只是这幕景象看在一旁的服务生眼里，一定认为是感情很好的一家三口。这种想象，让茉莉感到心慌。只不过半天的时间，早纪已经和志津夫打成一片。

"Sculpture.（雕刻）"后来早纪心不甘情不愿，有点害羞地低头发出这个音。

"查德金是原籍苏俄的雕刻家，他生前的工作室后来规划成规模小小的美术馆。你也可以去看看，我喜欢那里的院子。"

茉莉不经意地倾听志津夫的说明。午后的塞纳河波光粼粼。

"早纪在看的时候已经能区分使用très bien（很好）和pas mal（不

---

1 法国雕刻家，原籍苏俄。查德金美术馆位于卢森堡公园后面的阿萨街上。

错），是个很棒的美术鉴赏者哟。我们约好下次要去麦约美术馆约会。”志津夫眯起眼睛继续说。

质地轻薄的白衬衫，条纹长裤，夹着香烟的手指纤细修长。

“我们大约要在这里待多久？”茉莉问这话，是把端来的热咖啡喝完之后。

“我们究竟在这里做什么……”这话与其说是质问，其实更接近自言自语，“总之，我觉得这样很奇怪。住在跟饭店一样豪华的房间，每天无所事事过日子。”

志津夫面露微笑，状似愉快地静静听她说。

早纪感到无聊，拿起纸巾开始折纸。

“安娜是个感觉很好的女孩吧？”志津夫沉稳地说，“你这个发型很好看哟。”

茉莉为志津夫巧妙地岔开话题心生不满，狠狠地瞪着他。

“今晚，我要把你介绍给我的朋友们。你愿意来吧？你也知道的，就是很轻松的聚会。”

语调虽然清爽，却带着不容分说的气势。

“这也是工作的一部分？”茉莉语气僵硬。

志津夫露出些许惊愕之色，半晌说：“请当作工作的一部分。”

接着又说：“明天起，中午以前要请你当模特儿。七点在画室见。”

茉莉对语毕立刻起身的志津夫又问了一个问题。这是来到巴黎之后，她一直耿耿于怀的事。

“这个城市，没有加油站吗？”

志津夫沉默了半晌后，哈哈大笑。

“你满足了吗？”

一小时后，三个人在出租车里。这是看完三个加油站之后了。

“是的。”茉莉如此回答，但其实她还想看更多。于是她暗自盘算，明天下午也要搭出租车去看加油站，法文叫做“poste d’essence”。

“太棒了。”连自己也没料到心情会如此激动，茉莉顿时不知如何表达，但依然低喃，“有着相同的味道。”

甚至没察觉到说出了博多腔。即便知道这么想太武断，但还是觉得在那里工作的人们，大家好像都是熟人。不怕危险物品，认真操作的人们。精准严格的动作，工作服，沾满油污、强而有力的手。年长的工作人员让她想起藤原先生，年轻的让她想起小田。无论到了哪个加油站，茉莉都不禁四下张望，仿佛阿始就快出现，然后对她说：

——你终于找到我了啊。

晒得黝黑的脸庞还绽放出笑容。

然而实际上，加油站的建筑物和外墙的颜色都很朴素，和日本大多红得如火焰般的风格极为不同，但摆设的机具与小卖部的内部大致相同，茉莉都觉得立刻可以上工了。

不过，参观的三间加油站里，有两间引进了自助式系统。这套系统后来在日本也颇为普遍，但此时的茉莉打从心底啧啧称奇。

“我从没想过客人可以自己加油，难道没有人加了油就落跑吗？”茉莉纳闷低语。

志津夫在一旁好笑地看着她，“因为要先付钱呀。付了钱才能加油，付多少钱加多少油。”

“可是微调怎么办呢？加油绝对需要微调的！”茉莉自信满满地提出异议。

志津夫耸耸肩说：“Je ne sais pas.（这我就不知道了）”

隔天起，茉莉的生活变得极为规律，而且相当忙碌。上午在画室担任模特儿，傍晚起要在客厅陪客人喝酒。客厅总是聚集了五花八门的人们，酒也是五花八门，以葡萄酒为主，但也有伏特加、日本酒，还有一种名为乌佐（希腊的茴香酒）、气味奇特的酒，白兰地，以及古拉帕（意大利葡萄果渣白兰地）。这些酒会根据宴会需要而大量运来，配合雪茄和纸卷烟，与音乐一起被消费殆尽。

艾蜜、武雄、幸则、克劳德、席尼、鲁西恩、菲利普。在这群去除姓氏只以名字存在的男女里，茉莉和早纪也同样以不带姓氏的身份存在于此。没有家人，也没有过去。

“每件事都让我好震惊哦。”

茉莉这么一说，志津夫一脸理所当然地回答：“这只是因为你过去只看过极为狭小的天地里的事物。相反，把他们带到你家去看看。大家也会说‘每件事都让我好震惊’吧。”

真是这样吗？茉莉心想。对这里的人们而言，随意进出别人家里，喝着昂贵的酒，喋喋不休地闲扯聊天，时而发出娇嗔声，时而做出不堪入目的行为，时而争论不休，这些与其是说兴趣，更是他们的日常生活吧。

他们大多是艺术家，然而靠他们的艺术——无论绘画也好电影也好——收入似乎并不怎么好。其中有靠传统方法安定经济的人——继承遗产者，也有留学生，有靠打工勉强糊口的人，也有已经对勉强度日没兴趣的人。

其中最另类的大概是菲利普，他兼了四份工：餐馆服务生、小型巴士司机、翻译土木相关的文件与书籍、还有一项竟然是擦皮鞋。因为实在太忙了，鲜少来沙龙露脸，但只要一出现便带着小提琴，流畅地拉着轻快的曲子。

这时一定会有几个人跳起舞来，一手拿着酒杯，各跳各的，乱跳一通。茉莉很喜欢这种场景。说到跳舞，茉莉也是会的。四处扬起打拍子的声音，然后会传来阵阵尖叫声或笑声。也曾有人撞到茉莉，就干脆牵起她的手，硬是拉着她一起旋转跳探戈。

茉莉即使被转来转去，也不会晕头转向。她很快就学会了，就算上半身被反转，只要脚的速度跟得上对的脚——当然对方必须舞技精湛、腕力十足——让身体随着音乐摆动就行。这是相当愉快的事。愉快，且美妙到令人陶醉。茉莉觉得体内有种活力被点燃了，在这种活力的催促下，舞到浑然忘我。在这里舞技最好的是艾蜜——她曾经在舞厅跳过——每当艾蜜和茉莉一起上场跳舞，房里就掀起一阵欢呼声。茉莉认为，艾蜜的舞姿极富挑逗性，但却正确而优美，这个人只有在跳舞的时候是美丽的。

住在这里的时候，每每让茉莉大感吃惊的是，这间客人聚集的房间，白天和夜晚的风情截然不同。白天，这里连角落都洒满白花花的阳光，宁静得有如沉睡般，明明是巴黎的一幢公寓，展现出的却是乡间豪华别墅的风情。年代久远的家具和地毯都沾满灰尘，看起来沉闷无聊。

昨夜的喧嚣全部犹如梦幻。

每当中午，茉莉来到房间都有这种感触。不过到了夜晚，又一如往常地高朋满座，客厅里的红地毯显得十分醒目，整个房间弥漫着酒、雪茄、香水、纸卷烟以及其他不知道什么东西的味道，烟雾缭绕，有种下流淫荡的气息。热闹地关闭起来，在暗夜里显得格外突出。

志津夫的画室虽然与其他房间在同一幢公寓里，但却大异其趣。整齐清洁，墙壁很白，漾着一股清静的气息。连在这里流动的时间也是异质的。

“请习惯这里的寂静。没什么好怕的。想着你过世的丈夫，或是令堂的花园，或是其他你觉得怀念的事物，以平常心坐在那里就好。”

茉莉第一次踏进这个画室时，志津夫这么说。

房里只摆了一张木制椅子，茉莉往那张椅子坐定后，志津夫就拿起铅笔，在素描簿上作画。

茉莉并没有被要求摆出特别的姿势，只是双手放在膝盖上坐着。志津夫以铅笔画了好几张又好几张，一天又一天，一直都是这样。

这里静寂得可怕，要“习惯”这种寂静根本不可能。茉莉这么想，甚至把它说出口。但话声未落，就怕破坏了这份寂静，反而变得更紧绷。深浓的，缓慢的，这是茉莉过去从未经历过的、崭新的寂静，简直就像画室里没有半个人在似的。

除了偶尔会下简洁的指令，例如“请连同椅子转向旁边”或是“累了的话请说一声”之外，志津夫握着铅笔时，完全不说话。

唯有阳光，从开在高处的玻璃窗射进来。

茉莉原本心想，只有上午工作这份差事倒是挺轻松的，真的开始做之后，不禁感叹自己真笨。包括休息时间连续四五个小时都被画家的视线盯着看，真是苦差啊。也不知道为什么，茉莉总觉得自己宛如裸体被放置在那里。

休息的时候，志津夫一定会亲自泡茶。有时是绿茶，有时是散发着干草香气的香草茶，无论哪种茶，都不是倒在茶杯，而是玻璃杯里。

“请谈一谈你先生是个怎么样的人。”喝着热气袅袅上升的茶，志津夫这么说。

有时会告诉茉莉，哪一家美术馆在举行什么展览，建议她去看一看；有时也会说，请谈一谈你的父母。

“你真的认为令堂在英国吗？”连这种唐突的问题，志津夫说来也沉稳且愉快。

“不知道。”唯有关于喜代的事，茉莉不知如何回答。

虽然自己目前身处的地方和英国明明都在欧洲。而且，英国对志津夫而言，说不定近到可以经常往返；但对茉莉而言，这个国度依然遥远得仿佛不存在于现实里。

茉莉甚至觉得，只要在这间寂静的画室里，和端着玻璃杯的志津夫聊天，就连日本似乎也远得不存在于现实里。

想当志津夫的模特儿的人，在这个法国不知道有多少。这件事是武雄告诉茉莉的。武雄是个学画的学生，穿着破旧寒酸的衣服，身材瘦削的年轻人，来巴黎六年了。

“听到青山先生从日本带了模特儿来，大家都惊慌失色。”

茉莉对武雄的印象是不健康的浅黑色皮肤，如凿刀般锐利的眼神，他说话的声音却意外地柔和。

“尤其是艾蜜和席尼，像是期待，也像是不安，总之就是惊慌失色。”

茉莉不禁笑了，觉得惊慌失色这个词既可笑又愚蠢，啜了一口手上的红酒。深夜，客人已经醉得差不多了。

“因为他不是发神经也不是喝醉酒，既然说要带来就一定会带来，大家都知道这有什么特殊的意义。”武雄说着，像欧美人一样自然地耸耸肩，“可是茉莉是这种感觉的人，真是太好了。我想大家也都这么认为吧。马上就融入这个地方，会喝酒，也会跳舞。”

茉莉不禁苦笑，在内心说，因为我只有这个最拿手。

“他是单身吗？”茉莉尽管对此事有兴趣，但一直不方便问当事人，于是试着问了武雄。

“怎么可能？”武雄瞪大眼睛，“你没见过他太太吗？”

武雄接着说，志津夫的妻子和恋人一起住在帕西（Passy，巴黎的第十六区）的主宅。

聚集在沙龙的客人，茉莉将他们分为两种，一种是喧闹型，一种是文静型。武雄属于后者。属于后者的还有安娜。安娜也很常来，但都只是静静喝酒，吃点心，和乖巧的日本绘画学生谈笑。

到了七月，巴黎阴雨绵绵。一天下的雨并不多，细雨无声无息地从饱含湿气的阴霾天空忽地飘落，忽地停止，到了傍晚变得很凉爽。大概是这种天候。

Pluie，雨。这个单词，茉莉是从早纪那里学到的。茉莉在画室当模特儿的这段时间，志津夫提议找个人陪早纪玩。于是志津夫找来一个他挂保证的聪明又乖巧的女孩，十九岁的莉琪。这位在茉莉眼里看起来宛如孩子般的年轻女孩，每天都来，时而会教早纪法文。

“我和莉琪玩跳绳哟！”下午，早纪一见到茉莉，便如此报告，“她一边教我用法文数到十，一边玩跳绳。”

沙龙的客人们也很疼爱早纪，在餐厅或走廊碰到时，经常向她打招呼：“Mademoiselle！（对未婚女子及少女的称呼）”

有一次，早纪也勇敢地回以相同的话。看着被笑而绷着脸的女儿，茉莉浮现出安心的微笑。至少，这里的生活并没有让早纪受苦。

“喜欢巴黎吗？”

每次这么问早纪，她都会笃定地点头。淡黄色的壁纸，黄白相间的条纹窗帘。在这间茉莉和早纪被赐予的、在日本时完全无法想象的豪华又可爱的房间里。

10　“我被女人乞求过很多事，被求着买加油站还是头一遭。”

下午，和早纪一起午睡一两小时，成了茉莉的日课。大清早就开始模特儿的工作，晚上要在沙龙陪客人喝酒到很晚，有时甚至接近黎明，在这种生活里，午睡实际上是必要的。然而这也是茉莉近距离端详早纪胖嘟嘟的手脚、残留着洗发精香味的头发、热热的头、隐藏在嘴唇后面小到令人吃惊的可爱牙齿，抚摸并确认这一切的幸福时光。

午觉醒来，一定是因为热醒。茉莉不开冷气睡觉，全身汗涔涔的，半醒半睡地感受睡在身边的早纪的重量与体温，看着黄昏的微风轻轻吹动窗帘。志津夫也有睡午觉的习惯，因此午后偏晚的公寓里，是一片死寂般的安静。

茉莉以前万万没想到，自己竟然会过每天睡午觉的生活。在柴田家时，祖母、公婆、阿始、茉莉，个个都从早工作到晚。茉莉一直认为这是理所当然的，也引以为傲。和心爱的人的家人，一起工作。

窗外依然明亮，但房里已经略显阴暗。睡眠的余波使得空气带着甜美的慵懒。在青山志津夫的公寓一室，茉莉恍惚地想着，阿始大概不会喜欢这里的生活吧。

忽然感到有点渴，茉莉起身去厨房调制琴汤尼。志津夫说过，厨房随时都可以自由使用。茉莉喜欢在午睡之后来一杯琴汤尼。厨房的地板冰冰凉凉的。在这个家里裸足走来走去的只有茉莉和早纪。茉莉始终无法习惯在室内也要穿鞋的生活。她站着喝酒，等待酒精徐徐渗入大脑，等自己恢复元气。

“没有必要勉强作陪哟。”有一次，志津夫这么说，“这些人横竖都是夜猫子，而且又是轮流来，根本不知道累。”

志津夫似乎感到很有趣，看着语言不通却混在众人里，又是跳舞又是嬉笑的茉莉。

到了半夜，也曾从沙龙移师到别处。席尼曾经带茉莉去一间名为“火粉”的兰姆酒吧；在安娜的带路下，茉莉也曾经和日本留学生们去一家“聚集了很多年轻人”的夜店，遇见许多日本留学生。这家夜店相当昏暗，椅子是塑胶制的，粉红色和蓝色的霓虹灯管闪闪发亮。音乐轰隆作响，尽管人口密度很高，但冷气也冷到令人打战，大家都是整瓶啤酒带着喝。

在茉莉眼里，留学生们都是一样稚气，每个都长得很像。其中有在巴黎待了七年的人；也有在法国出生，曾经回过日本，又回到巴黎来的人。他们都说着一口流畅的法语。每个人都有恋人或朋友，在这块土地看起来应该没有孤单的理由，但却是孤单的。这经常可以从他们的谈话里窥探得出来。茉莉和他们之间，有着明显的隔阂。毕竟茉莉是青山志津夫带回来的“缪思女神”，只是被请来短期居住的客人罢了。她有家可归，有女儿，还有过世的丈夫。他们认为茉莉和浮游般的自己，是住在不同的世界；但茉莉则认为，他们的孤独里透露出顽固的意志与自尊心。

不过，真的是这样吗？随着贝斯声特别震耳的雷鬼音乐摇摆身体，茉莉思索着。他们没有的究竟是什么？我拥有的又是什么呢？这家冷气过强的夜店舞池，让人联想到赛璐珞娃娃，漾着香甜的人工香味。

“你和席尼似乎很谈得来嘛。”志津夫说。

清晨，画室一片静谧，茉莉一如往常将双手放在膝上，坐在椅子上。

“Oui.（是）”茉莉用法文回答。

志津夫笑了，“你真是不可思议的人啊。”接着又说，“休息一下吧。”

志津夫语毕，茉莉起身走向摆放边桌的地方，拿起两个倒放的玻璃杯，将它们朝上摆正。茉莉能帮忙的也只到此为止。沏茶向来志津夫都会自己来，无论绿茶或香草茶。

“你不胆怯，来者不拒。这是很惊人的事，是一种美丽的特质。”

茉莉歪着头，“是吗？”

脑袋里响起警钟。不能将赞美的话囫囵吞枣，信以为真。

“席尼很有趣啊。”她小心谨慎地，只说事实的部分。

席尼在客人里是年纪最大的，乍看是个阴郁、难以相处的人。眉毛很长，眼睛下方还有眼袋，看了令人更加害怕。但其实他是个很愉快的人。大学教授退休，在外面有了年轻的情妇，老婆气跑了，结果到头来也被情妇抛弃了，扮演着悲观论者的讽刺家的角色。

“他经常会简短而适切地说出很有趣的话，不是吗？”

“用英文。”志津夫补上这一句，接着又说，“总之，他对你‘发言’就对了。”

茉莉沉默了半晌，因为这是她从未想过的事。然后她说：“他只是对我说一些我也听得懂的话而已。”

实际上，不仅席尼如此，拉小提琴的菲利普，金发女孩露西亚，他们和茉莉在一起时都说英文。当然，安娜也是。其中也有人顽固地只说法文，甚至以令人明显感到敌意的表情看着茉莉，但茉莉并不在乎这些人怎么想。

我完全不在乎。

她在心里说。要超然以对。因为茉莉很聪明。即便这里是巴黎，茉莉依然被总一郎的话保护着。尽管她也想说不用再保护我了没关系，但实际上一直保护着。

“好美啊。我很想把你这副表情画下来。”志津夫眉开眼笑地说。

夏天，虽然情非得已，但茉莉也很享受巴黎的生活。原本不太喜欢的模特儿工作，现在喜欢的程度也与日俱增。只要不硬去排斥那份寂静，便感到很惬意。原本令人尴尬不舒服的画家视线，也因为茉莉发现对方全神贯注的地方只有素描簿，而自己则像柱子和窗户一样只是存在于那里的物体，顿时就轻松起来了。如今，茉莉甚至有闲情逸致反过来观察画家。志津夫拿着铅笔时的手部动作，明明人在那里却又好像不在那里的表情，端正的侧脸，以及与其说是从身体，倒不如说是从动作散发出的绝对沉静与能量。

连空气中的细微尘埃都看得见，清晨的阳光与画室的气味。在这间犹如画家本身一样的房间里，茉莉感受到幸福的轻盈。仿佛没有肉体，唯有灵魂存在。

入夜后亮起蓝灯的埃菲尔铁塔；看似没工作也没烦恼，悠闲地在咖啡馆坐到很晚的人们；在正中午的阳光下波光粼粼、悠悠流动的塞纳河；许许多多古意盎然的桥；巴黎大皇宫的圆形屋顶；无论怎么想都只能把变色的明信片吊起来的路边书报摊；地铁的街头艺人……非得承认这是个美丽的城市。光是走路就令人心旷神怡，加上身边有会用法文点“ju”的早纪的笑容，真是一座令人想要干脆就这样定居下来的美好城市。

这么想的时候，茉莉觉得自己好像背叛了阿始。在日本到处流浪，最后断言博多是世上最棒的城市的阿始，死也不在博多以外的地方吃拉面的男人。茉莉想起阿始说的话，不禁微笑。他说我哪儿都不去。他说我有茉莉在，有家人在，哪里都不去了。

而茉莉自己却像逃离般地来到这里。遗产继承，债务问题，关闭加油站，还有搬家，尽管全是茉莉无法插手的现实，但她也像逃离般地来到这里。不知道阿朝过得如何？

除了沙龙的客人，在这个城市茉莉又认识了一个人。在一家相当冷清的中华小吃外卖店工作的中国女性阿美。阿美块头很大，经常臭着一张脸，会说谈不上恭谨的法文和英文。茉莉被店头的蒸笼冒出的蒸气吸引，一个人走进店里。以外带的点心为主，带着快餐店风格的这家店里，竟也摆了几张桌子，可以在这里吃温热的面食与稀饭。

“要在这里吃啊？”阿美声音低沉，咬牙切齿般地问。

“这里。”茉莉回答之后买了油炸点心，这才发现已经没有空桌了。迫于无奈只好站在收款机旁吃，不料却来了一张绿色圆椅。阿美笑也不笑地将椅子摆在地上。

“你是来旅行的？”第二次去的时候，阿美神色诧异地问。

茉莉知道她的言外之意是，观光客竟然在这里待这么久啊。

“是的。”茉莉只简短应了一句，随即坐在后方的桌子旁，点了一碗面。

两次都是中午时间。因为莉琪会带早纪去户外教学或野餐，所以画室的工作结束后，茉莉能有点自己的时间。于是她在街上闲晃，来到阿美的店吃点简单的东西。虽然只有短短二三十分钟，但待在这里令人心情平静。装在墙上的电风扇和麻油香唤起了怀念的感觉。和志津夫与他的客人们带去的豪华地方相比，呈现出不同的巴黎风情。从断断续续的交谈中，茉莉也明白了阿美只是不苟言笑，并非故意使坏，也不是在生气。问她年龄，她说二十六，使得原本以为她四十左右的茉莉大吃一惊。这才想起，阿美偶尔会露出腼腆、有如少女般的笑容。例如茉莉对她说“你好能干哦”时。

大楼的霓虹灯招牌亮起，这里营业到深夜一点，茉莉也曾夜里带菲利普和安娜来这里吃热食。

“嗨。”阿美回以茉莉的简短打招呼声，已经不再那么冲，也不再那么咬牙切齿般。

茉莉也想带志津夫来。志津夫的饮食太过偏向昂贵的食物。

“我就敬谢不敏了。”

但每次邀他，他就笑笑不予理会。

走在茉莉前面的早纪，和志津夫手牵着手。穿着来到巴黎之后茉莉买给她的水蓝色细肩带褶皱高腰洋装，胸部以刺绣缝缩，腰部到裙摆打了很多褶皱。

星期天，清晨下过大雨，路面还湿湿的。蒙帕纳斯[1]的早市，每星期只开两天。在志津夫的提议下，画室的工作休息，茉莉三人现在来到这里，爱德加·举纳大道。市场就叫爱德加·举纳市场[2]。

“志津夫！”早纪经常惊声呼叫，用小手指着某些东西。有时是堆积如山的螃蟹，有时是一整只躺在那里的鲨鱼，也有陈列台上快要掉下来的大量葡萄。

人，人，人。茉莉看得瞠目结舌。不小心追赶的话，会被女儿甩在后面而走失。从没看过的蔬菜水果，从没看过的、大量的、五花八门什么都有。还有各种气味。店家的大声吆喝，顾客的喧嚣杂声。

“虽然也有卖家具，但这里还是以生鲜食品类为主，很丰富，从以前就这样。”

茉莉对如此回头说的志津夫回了一句：“岂止是丰富而已，而且很便宜。”

一法郎相当于二十二日圆，茉莉每一项都仔细计算。志津夫以淡淡的口吻说：“马铃薯、面包、食用油之类的东西有法律管理价格。”

被阳光晒温的濡湿地面，冒出闷湿的味道与热气。

“志津夫，你看！”早纪指的是花店。

花架上随意摆了好几束花朵，每一束都是无法一把抱住的大把花束，发出窸窸窣窣的声音。其中也有深蓝色的花束。蓦地，茉莉好想念阿始。倘若能和阿始和早纪三人在这里，不知该有多好。倘若早纪刚才喊的是“爸爸，你看”。

志津夫捡起一枝掉在地上、枝梗折到的蓝色花朵，不晓得对女店员说了什么，只见女店员笑容可掬地回答：“Oui，oui.（好，好。）”

仿佛叫志津夫拿走似的，用手背做出赶人的动作。志津夫掐断枝

1 巴黎塞纳河左岸14区。

2 亦为艺术创作市集，每星期日有画家及雕刻家举办市集。

梗，将变短的花插在早纪头上。

“好可爱哦。”茉莉语带哽咽地说，连忙挤出笑容。

早纪几乎不在意头上的花朵，满脸疑惑地看着茉莉。

咖啡馆“SELECT”，宛如延续早市般地杂乱拥挤。站在吧台附近端着咖啡喝的男男女女，处处可见的拥抱与握手，将乐谱摊开放在桌上抱着吉他作曲的男人。尽管如此，馆内较后面的位置还有空位，三个人就在这里坐下，看起来是一间颇有历史的咖啡馆。

“早市真的很有趣。”为了想给志津夫好印象，茉莉这么说。

“也让我感受到无法买菜的旅人的疏离感。”开玩笑地补上这一句后，想到接下来要说的话的重要性，不禁紧张了起来。

“我们下个月要回日本了吧。”搅拌着端来的咖啡，茉莉说，“我和早纪在这里真的受到你很多照顾，无微不至，真的非常感谢你。不仅认识了很多人，该怎么说呢？过得非常悠闲舒适。”

茉莉边想边说，以致说出来的话显得有些语无伦次。志津夫点燃一支烟，状似有趣地听着。

“不过，我们终究不能在这里定居，所以差不多该回去了。”茉莉吸了一口气，“我不想放弃加油站。”

沉默降临。早纪一副打定主意认为大人说的话和自己无关的模样，喝着她的葡萄柚汁。穿着水蓝色的洋装，头上插了一朵蓝色的花。

“所以呢？”

别张桌子扬起笑声。从上午就开始喝葡萄酒的人们。香水的味道。茉莉觉得这种热闹气氛正适合谈严肃的话题。

“我希望你能买下那块土地。”

话一出口，仿佛心头落下一块大石，心情轻松多了。茉莉凝视靠着椅背的志津夫。

“这比起买我妈的花园，是更好的投资哟。加油站和花园不同，收入是可以预期的。”

志津夫不发一语。茉莉有点慌了，探出身去。

“开始，我以为你是有钱人的儿子。毕竟，青山家在博多是大地主。不过后来我知道，你自己有钱到那个地主的资产根本不算什么，本身就是个大富豪。除了那幢奢华的公寓，在帕西还拥有豪宅吧？武雄说你在特鲁瓦还有别墅呢。你太太的娘家是名门富豪。你的画，一张就值几千万。我不懂画，不过能卖到这么惊人的价格，表示你很有才华吧？如果这个才华是真的，你想赚多少钱都没问题吧？”

话一句一句接着出口。与其说是说服，不如说是不客气地将想法和盘托出。就茉莉而言，这是无论对柴田家的人，还是对藤原先生，甚至连对阿新都办不到的事，但面对志津夫竟然办到了，实在太不合理了。

“加油站——”志津夫慢条斯理地说，宛如在说没听过的单词似的。

“你要我买下那个？”微笑的志津夫，脸上带着些许疲累之色。

“我被女人乞求过很多事情，被求着买加油站还是头一遭。”志津夫翘起脚来，双手十指交握，环抱着一条腿的膝盖。

“我买不起，也不会买。你应该明白才对。”说得轻描淡写，但语气带着烦躁，“我对你先生的事感到很遗憾，但你不该拘泥于此。”

茉莉将视线移离志津夫。不这么做的话，生怕会哭得很惨。

“我很讨厌拘泥。重要的是活下去。活下去是大事，不管有钱没钱。”

茉莉在一股想大叫的冲动下站了起来，抓起桌上的东西一个个往地上扔，气得猛跺脚，很想大声哭叫：这种事我知道！

但她没有，而是说：“我哥哥也……”

抬起头来，再度直勾勾地瞪着志津夫，心中充满屈辱感。

“我哥哥也经常对我这么说。要超然以对，要去更远的地方。”

志津夫缩起下巴，宛如调查似的看着茉莉说：“这是个好建议。”

眼镜后方的眼睛，又恢复兴致盎然的打趣眼神。

11　要去更远的地方啊。茉莉确实听见总一郎这么说

炎热，走出地铁后，茉莉被艳阳照得眯起眼睛，用手腕擦掉额头的汗水。只要没搞错出口就没问题。经过快餐店前，沿着公园的栏杆转弯，直直地走向办公大楼林立的道路——路上只有一间张着绿色遮阳棚的印度餐馆——到了一家旅行社的转角转进去后，有一条小小的石板巷道，穿过这条巷道就到了大马路。

“Voila.（看吧，我办到了。）”满足地吐出一口气，茉莉喃喃自语。这是她第三次一个人来这里。往右走一会儿，就有一座poste d’essence（加油站）。

一辆蓝色汽车停在那里，车里没有人，车旁也没有店员。加油站仿佛睡着了般安静。茉莉猜想，这辆车可能是为了洗车或检查而寄放在这里。

建筑物本身和防火墙，都像刚上过漆一样雪白。水泥地上映出光影分明的图案。

称为顶盖的天花板部分，让油分离的排水沟。一样的啊，茉莉心想。来来来！来来来！来来来！仿佛听得见脖子浮现青筋的小田的导车声。用破抹布擦手的藤原先生，动作严谨、面带英俊笑容的阿始，即使在接待客人的途中，也会向茉莉下达正确指令，让人感到安心。那个家的日常生活——位于后方的家中，阿朝正在张罗晚餐，小台的电视开着，小小的早纪正在看巨大的布偶娃娃动来动去说话的节目——那些稀松平常的日常生活。

“Bonsoir！”

穿着蓝色工作服大步走来的店员，并不是阿始。一副“有什么事吗？”的表情，站在茉莉的前面。

“我只是看看而已。”

茉莉用英文说，店员不解地歪着头。茉莉心想，他是外国人吧？头发和皮肤都黑得发亮。

“旅行者？”

他用英文问，茉莉回答“Yes”。因为他又打量着茉莉，使得茉莉有些畏缩。

“我以前也看过你。”

他不苟言笑地说。被当作可疑人物了吗？

因为我们处理的是危险物品，所以不可以接近危险人物——醉汉或恶童。阿始的父亲经常这么说。那个身材矮小、沉默寡言、工作勤奋的阿始的父亲。

“以前，我曾经在加油站工作过。”茉莉说，打算加以解释。

不料话声未落就被反问：“什么时候？”

“到今年二月为止。”

沉默降临。晴空蔚蓝，四下依然无人。

“所以呢？”

被这么一问——这对茉莉来说犹如诘问——茉莉想了想，但想不出该怎么回答。车祸，加油站关闭，失去家人这种事，根本无法也不该对这个男人说。

“就是这样而已。”

男人走到茉莉的背后说：“你从哪里来的？”

茉莉没有回答，因为她觉得这是不要求回答的问题，旋即快步走向地铁车站。

Where are you from?

来到巴黎之后，不晓得被问几次了。而大部分问茉莉这句话的人，自己也是外国人。这是个有很多外国人的城市。大家从哪里来的？又是为了什么来到这里呢？

见到青山志津夫的妻子，是几天后的事。午睡之后，茉莉在厨房喝琴汤尼，应该没人的客厅突然传来音乐，而且是在这个家从未听过的、古老而令人怀念的法国香颂。情感丰富的女性歌声，搭配感伤的钢琴声，开始唱起*Parla dam*。茉莉端着酒杯听了一会儿，闭上眼睛，光着脚。记得阿新的确也有这张唱片。假日的早晨，喜代和阿新把孩子赶到一旁，两人听着音乐。

客厅的门一如往常整个敞开，以黄铜作成装饰性式样的拴子固定。茉莉探头一看，一位身材高挑的女性站在那里。一头深咖啡色的长发，清透白皙的肌肤，窄裙下方露出一双犹如小鹿般细长的腿。茉莉觉得她简直就像这个房间的家具摆设的一部分。例如打了很多褶摆的暗色窗帘，落地型的大型钟摆时钟。厚重奢华，美丽但不抢眼，仿佛一开始，就应该存在于这个房里。

感受到一只手按在肩头的同时，也听到了声音。

“我来介绍一下吧。”

志津夫穿越茉莉身边，轻轻拥抱妻子，一边以脸颊贴脸颊的方式打招呼，一边娇媚地（茉莉认为）用法文轻声细语了很久。

茉莉冷不防地看傻了，痴痴地看着美得如画境般的两人。光脚，褪色的T恤搭上宽松的棉质长裤，这是她午睡时的穿着，犹如小男孩般的短发，睡得七零八乱的。

志津夫说着日文和法文，将茉莉介绍给妻子认识，再介绍妻子给茉莉认识。这段时间里，妻子宛如无法独自站立的小孩或老人或病人般，志津夫一直搂着她的背。茉莉想起他们感情不好的八卦传闻，越发耐人寻味。

“幸会。”茉莉一边震慑于眼前这位女性无可挑剔的淑女模样的打扮、举止与态度，一边说。西蒙娜——茉莉之前听过她的名字——做出浅浅的微笑，但瞬间就消失了，甚至让人觉得刚才看到的笑容是种错觉。西蒙娜只对茉莉投以短短一瞥，旋即转向丈夫低语：“Elle est mignonne.”

志津夫翻译给茉莉听，说她说茉莉很可爱。但茉莉觉得，西蒙娜的语气像是看到小狗小猫的感想。这个夕阳西照斜斜射入的客厅里，回荡着法国香颂。西蒙娜的手肘依然被志津夫搀扶着，快速而喋喋不休地不晓得在说什么，好像在谈某位朋友的事。每当她甩动头发或摆动手势，周围充满香水味的空气就晃动起来。

茉莉悄悄离开客厅。夫妻俩的任何一人似乎都已不再注意茉莉。

你觉得呢?

这夜，茉莉和早纪一起泡澡时，在心里对总一郎说话。

志津夫和西蒙娜感情真的很好吗?西蒙娜给人的感觉不太好耶。

总一郎不发一语，只传来愉快般的气息。这让茉莉感到安心，有种被守护的感觉。和早纪两人泡在雪白亮晶晶的猫脚浴缸里，茉莉对早纪说：“我们也快要跟这个漂亮的浴室告别了。你想念博多吗?”

茉莉在热水里，将早纪柔软的身体抱过来，从后面抱住她，亲吻她的后颈。

“比方外公家，或是幼儿园。”

早纪扭动身体，似乎很痒，觉得有点困扰地用小手搓搓脖子和耳朵，然后说，“我喜欢早纪的家。”

“早纪的家?”

茉莉明白。虽然明白，茉莉还是反问，想知道早纪究竟记得多少。

然而早纪没有回答。她离开茉莉，抬头看着茉莉。没有皱纹、没有斑点、没有脏污，健康的脸。茉莉心想，她的眼睛好大呀。大大的眼睛里，充满担忧的神色。

“怎么了？”

这么一问，早纪转过身去。

“我们又要去外公家吗？”

心痛的感觉蓦地涌上心头。“Where are you from？”茉莉觉得，自己和早纪都成了无家可归的人。

“对啊，我们要回去了。”

茉莉努力装出开朗的声音说，将芬芳的香皂搓起泡泡，滑溜溜地抹在早纪身上。

要去更远的地方啊。茉莉确实听见总一郎的声音这么说。

“我认为她是来看你的。”

关于西蒙娜的突然到访，志津夫这么说，是在塞纳河沿岸散步时，对岸是罗浮宫美术馆。

“她鲜少来那个地方，如果不是这样根本无法解释。”

说得一副很有趣的样子。

“无法解释？你们是夫妻耶，这种说法也太奇怪了吧。”

茉莉这么一说，志津夫也默认地笑了。

画室的工作结束后，早纪委托莉琪照顾之际，茉莉说想买几件伴手礼，志津夫说“顺便散散步”就陪她来了。在西堤岛的糕饼店，给阿朝和阿七买了色彩缤纷的糕点；在拉丁区的唱片行，给阿新买了唱片。这是灰蒙阴霾的中午时间。再走几步路，就是菲利普工作的咖啡馆。

“是没错啦，不过夫妻也有很多种。”志津夫说，“虽然西蒙娜心高气傲，但终究敌不过好奇心。因为她听到了很多关于你的八卦。”

八卦。每经过一棵树，茉莉都伸手去触摸树干的感觉，边走边思索。究竟是什么八卦呢？不过，志津夫的周遭本来就充满八卦。例如在帕西的主宅和夫人一起住的男性，是志津夫学生时期的好友；又如艾蜜之所以迷恋志津夫，是因为她的旧情人席尼被志津夫抢走了。哪一个八卦是真哪一个是假，茉莉当然无从推断。

“接下来，我看看哦，十二月怎么样？在那之前我会先把画布准备起来。”忽然志津夫转变话题，这么说，“冬天的巴黎也很美哦，食物也很棒。”

“冬天？我还要当模特儿吗？”茉莉一惊，停下脚步。

志津夫也停下脚步，露出惊讶的神色，“当然要啊，难道你认为当我的模特儿这么短的期间就能结束？”

茉莉顿时为之语塞，只好老实说，“对不起，我什么都没想。你找我来的时候，我刚搬回娘家不久，总觉得没有容身之处，所以我就想——”

茉莉停了半晌，搜寻适合的话语，结果找到了。

“——先跳进去再说。”

听到这句话，志津夫开怀大笑，“不错哟！即使这样也无所谓。既然已经跳进去了，你也已经在水里了。”

志津夫指着塞纳河。茉莉觉得自己成了青蛙似的，呵呵呵地笑了起来。真是不可思议啊，茉莉心想。和志津夫聊天时，经常觉得好像在和总一郎说话，或许是因为他们线条细腻的侧脸很像吧。

十二月。茉莉思索着。只不过是四个月以后的事，却完全无法想象，到时候自己和早纪会在哪里做什么呢？

回到房里，早纪在画图，说是要当临别赠礼，送给志津夫和莉琪。地板上散落着蜡笔，从力道强劲涂着色彩鲜明的画纸上，可以闻到一股类似蜡的味道。

“Très bien!”茉莉说。

归国日期敲定在八月底。志津夫帮忙订了能在日本下午抵达的傍晚班机。沙龙的人们计划在茉莉出发的前一天夜晚，举行一个小小的派对——尽管那里夜夜笙歌，每天晚上原本就像在办派对。席尼还对茉莉说，一定要打扮得漂漂亮亮。

将买来的伴手礼收进衣柜时，茉莉觉得自己难以离开这个地方。不是对巴黎的依依不舍，而是对回国感到恐惧。

她不想回去没有阿始在的福冈。在那个无论看到什么都充满阿始的回忆的城市，根本无法呼吸。

来到这里时，一心一意只想逃脱。尽管也期待着加油站或许可以不用被拆掉，然而心里也很清楚知道，这是不可能的。

“早纪。”

茉莉出声一叫，早纪拿着蜡笔抬起头，“什么事？”

“我们先回福冈，看看外公和阿朝奶奶，然后我们两人去东京吧。”

这并非想了很久之后的决定，而是临时起意。但实际上说出口时，却又觉得非常自然。

“东京？”早纪突然一愣，“那幼儿园呢？”

“东京也有啊。”

真的是很久很久了，茉莉感到身体里涌现一股力量，似乎打开了新的视野，可以更向前迈进了。

“妈妈以前住过东京呀。”茉莉抱起早纪，让她坐在床上，“所以没问题，妈妈很熟。而且，很久很久以前，外公也是东京人哟。还有不见了的妈妈的妈妈也是。”

茉莉的语气带着热情，连自己也无法遏止。早纪有点胆怯地看着母亲的脸。

“东京有很多商店，找一找应该能找到工作。”

茉莉想到沙龙。在酒吧或是夜店这种地方，倒酒给客人喝的工作。接待客人是她很拿手的事。在加油站的时候也是这样，在蛋糕店工作的时候也是，在电影院当售票员的时候也是。无论喝醉酒的人呕吐、睡着或是嗲声嗲语，茉莉都很有自信能处理。虽然这些经验主要来自此地，但遥远的从前，隆彦也经常酒醉闹事。

“人家不要啦！”

早纪一脸快要哭出来的样子说，但茉莉不予理会。她要去一个能远远隔离阿始与那个雨夜的车祸，以及缠绕着这些所有事情和记忆的地方生活。

“人家不要啦！外公家比较好。”早纪宛如蚊子叫般的声音反复地说。

“别担心，妈妈和早纪会一直在一起。”

茉莉跪下来，用手指摸摸早纪胖嘟嘟的腿。摸着摸着，茉莉有生以来第一次，觉得自己和喜代很像。有一天突然搭上飞机飞往英国的喜代。完全不顾被留下来的人的心情，自私又强硬地就这样走了。但是那个喜代也曾突然——而且是永远——失去心爱的人，被回忆四面八方包围而动弹不得吧。如今茉莉也能明白了。只能向前再向前，无论如何都要拼命想办法向前走。

“妈妈的妈妈啊，在很久以前，曾经在银座的啤酒馆工作哟，就是在那里认识外公的。”茉莉坐在早纪身旁，慢条斯理地说，“那是妈妈还没出生以前的事。”

茉莉伸手从摆在边桌上的玻璃器皿里，拿起一颗糖果，糖果包着红白相间的包装纸。

“早纪想不想去银座看看啊？”

被这么一问，早纪的眼眶涌出泪水，嘴唇颤抖。

“我不去。”她摇头，出声回答的同时，泪水也潸然滑落，“我要回家，家比较好。”

可是，无论是早纪还是自己，已经没有称为“家”的地方了。至少，早纪记忆里的家和家人，已经没有了。

“你今天和莉琪玩了什么？”茉莉改变话题。打开糖果的包装纸，将白白圆圆的糖果递给早纪。

“如果学了新的法文，也教妈妈吧。”

早纪不吃糖果，也不回话，一脸受伤的表情，只是坐在床上。

“不要……”早纪最初是以终于听得清楚的声音，小声地说。

“人家不要啦！”接着以尖锐的声音大吼，在茉莉惊讶注视下将糖果往墙壁扔，趴在床上哭了起来。

12 巴黎机场，悄然出现又骤然消失的阿九

回国前一天，茉莉再度掀起“德川”的门帘走了进去。她想再见一次阿九，或许他有什么话要转告阿七，但阿九这天休假。中午用餐时间，店里人很多。茉莉被带到吧台桌，一个人吃着寿司，握得有模有样、简单的握寿司。看着精神抖擞、互相吆喝站着工作的店员们，茉莉想起三个月前和他们一样穿着白色工作服的阿九。在这块异国土地深深地扎根，负责养家的阿九。和阿九一起生活，生下阿九的小孩的女人究竟是个怎么样的人呢？

这个城市有形形色色的外国人：在中华外卖小吃店工作的阿美，聚集在沙龙的日本留学生们，在加油站工作的男性黑人。阿九和志津夫也是。人，竟然也可以这样活着。茉莉发现自己看这家店的心态，

已经和三月前造访时有所不同。眼前印有大大的毛笔字的茶杯和白木吧台，明明就和那天一样。

“有什么事要转告阿九吗？”上了年纪的主厨，停下磨芥末的手问茉莉。

“没有，没关系。”茉莉微笑以答，喝了一口浓绿的热茶。

“我明天要回日本了，只是顺道过来打个招呼。请他好好保重身体。还有就是请告诉他，上次能见到他很高兴。”

虽然是短暂的重逢，但很令人怀念。知道以前每天玩在一起的人，现在已经完全变了样，但也像这样在某个地方勇敢地过日子，觉得很高兴，也令人坚强许多。

“谢谢招待。”

走出店外，茉莉尽情地吸了一口夏日的空气。混杂了些许汽车排放的废气，巴黎街上的空气。迈开步伐，大步朝着有早纪在等待的公寓前进。

令人火大的是，那一天，让早纪停止哭泣的人是志津夫。当茉莉提议“去东京住吧”，早纪就哭了起来，几乎是尖叫似的趴在床上大哭，无论怎么哄她骂她就是停不下来。茉莉往她身边一坐，想摸摸她小小的身体，她像凶暴的动物般，凶猛地挥掉茉莉的手。

这时志津夫神色惊慌地冲了进来，以为早纪受伤了。

“志津夫。”早纪说。

茉莉无法忘记早纪一把搂住志津夫的脖子时，内心产生的痛苦冲击——实际上，茉莉大吃一惊——因为那双哭湿的眼眸和哽咽的声音，以及紧抱的样子实在太有女人味了。

“不可以让这么小的孩子太过激动。”轻轻拍着早纪的背，志津夫语带微笑地说。

他知道早纪不是受伤后，眼镜后方的眼睛里，甚至浮现打趣的神色。茉莉很生气，在内心反驳：不是我让她激动，是她自己要激动的。

搭上平常搭的地铁，经过巴比伦站，经过曾经去喝过一次茶、小巧雅致的拉贝艺饭店。卢森堡公园的附近，靠近面包店，外观素雅简朴、内部极其奢华的青山志津夫的公寓。

只不过三个月的时间，抄小路走在已经很熟的路上，茉莉思索着只不过短短三个月，就变得很强的早纪，坚持说不去东京的早纪，紧紧搂着志津夫的脖子哭泣的早纪。

“哥哥不在的话，我不要。”

想起从前只听总一郎的话的自己，茉莉五味杂陈，不禁苦笑。早纪是阿始的遗孤，也是总一郎的外甥女，却必须活在这个没有阿始也没有总一郎的世界。

先死的人真是太狡猾了。

茉莉在内心说。这个城市、道路、光辉、空气、树木、墙壁、建筑物，此刻确实存在这里的东西，她都由衷地想和阿始与总一郎共享。

当晚的派对，不是欢送会而是欢迎会。总之安娜和武雄是这么说的，安娜还在主角茉莉与早纪胸前别上大朵的胸花。

“希望你赶快回来这里。”安娜说。

“这是象征承诺的交杯酒。”武雄说。

“至少在画完成之前，随时欢迎你回来。”艾蜜一边放肆地喝着香槟——至少茉莉这么认为——一边也难得地以日文说。

在音乐、雪茄和纸卷烟的烟雾里，每个人都没完没了地喝着酒，虽然这是他们的一贯作风，但每个人都来向茉莉致意。原本还放着马勒的古典音乐，接下来竟然来了瑟隆尼亚斯·孟克，荷西·费里西安诺弹奏着愁苦的吉他旋律，随即又突然放起U2。

好几个人来亲吻茉莉。即使明白除了致意之外没有别的意思，但以法文在耳边不晓得嗫嚅什么，茉莉被抱肩，被贴脸颊，有时嘴唇还被冰凉或柔软的嘴唇轻轻贴上，这都使她张皇失措。

“好棒哦！”茉莉大声地说了好几次。

这是真心话。即便是连友情都称不上的交情，但也正因如此，茉莉一个一个地喜欢上他们。每一个都不同，宛如没有连带感的伙伴。重要的是酒，是场所。然而创造出这个场所却又毋庸置疑的是他们本身，真是不可思议。

“茉莉！茉莉！茉莉！”

听到宛如在责备成绩差的学生的声音，茉莉回头一看，立刻被板着脸孔的席尼用力拥抱。

“你到底是为了什么要回日本呢？我不认为你是认真的。那个像经济虫们的国家。”

茉莉笑了，也紧紧拥抱他。席尼和阿新差不多年纪，他的西装总是有一股令人怀念的味道。

“你又没去过还敢说。”茉莉回嘴。

“我不用去也知道啦。”察觉到茉莉的杯子空了，席尼一边端给她一杯新的香槟一边说。

“不可能知道啦。任何地方，不亲自去走一走绝对不会知道的。”茉莉答道。面带笑容，充满自信。

这时裙子被拉了一下，侧首一看是早纪。

“你看，我收到了这个。”她左手的手指上套了两个手指布偶，一个是白羊，一个是黑猫。

“哇！好可爱哦。谁送你的？”

“莉琪。”

早纪一脸很困倦的样子。已经十点多了，可能是参加大人的聚会很兴奋，早纪不像平常那样吵着要抱抱，反而不灵活地摇动套着猫的手指说，“这是chat noir（黑猫）！”接着又说，“然后这个嘛，这个是，我想想看哦……忘记了！”

早纪一只手缠着茉莉的大腿，突然大喊：“莉琪！Qu’est-ce que c’est?（这是什么？）”

Mouton（绵羊），告诉她的是席尼。早纪结结巴巴的法文，引来周遭人们的微笑。有人摸摸她的头，有人对她说话，早纪露出一脸困惑的样子，茉莉则深深以女儿为荣。

菲利普一如往常抱着小提琴，身上包裹着外头的气息，骑脚踏车把头发吹得乱七八糟，他登场已经是深夜过后。早纪早就回寝室睡觉了，茉莉喝完烈酒后改喝啤酒，最后还喝白酒喝到酩酊大醉。

“今天可是众星云集同台演出哟。”

踩着不稳的步伐，在凑过来的脸颊上贴了一下。菲利普、安娜、艾蜜、志津夫、席尼、武雄、莉琪、茉莉。这群没有姓氏的欢乐的人。

“敬跳进来的茉莉。”开第一瓶的香槟时，志津夫举杯这么说，然后和平常没两样，神情满足地望着客人欢乐的模样，聊天喝酒，也会暂时离席回自己的房里。

“能够来到这里，我真的很高兴。”在一片喧嚣中，茉莉终于逮到志津夫，如此对他说，“你也非常照顾早纪，真的很感谢。”

志津夫挑了一下眉答道：“过于坦率让人觉得很恶心啊。你再怎么拍我马屁，我也不会买加油站哟。”

菲利普奏起阿拉伯风情的乐曲，大家拍手叫好让出一条路给茉莉和艾蜜。当然，茉莉来巴黎之前没看过肚皮舞，但在这个客厅，以及和大伙儿一起去的餐厅，看艾蜜跳着跳着就学会了。之后，阿拉伯风情的曲子就成了茉莉的拿手舞曲。单纯的节奏，独特的抑扬顿挫，宛如绝对不会向前走的泥土般的哀愁感。跳的时候手脚必须大动作摆动，这也是茉莉喜欢的地方。摇啊摇啊摇摆摇摆，摇啊摇啊摇摆摇摆。

最后连芋烧酎都开瓶了，派对一直持续到黎明。因为大家知道茉莉不久就会回来，所以场面并不感伤，看在茉莉眼里，大家毋宁是以各自的理由喝得烂醉，似乎和茉莉无关。因此整个气氛相当愉快而惬意。

隔天，茉莉睡到快中午才醒。做了一个奇妙的梦，至于是怎么样的梦呢？茉莉只记得一些片段。记得总一郎走了，阿九也走了。梦中的总一郎神情哀伤地说了一句话："这家伙总是乱来。"

总一郎还是小孩子的样子，和长大成人的阿九在一起觉得很奇妙。此外也感受到自己想加入两人之中的些许嫉妒。大概就是这样的梦。

茉莉从未有过宿醉的经验。酒喝再多，只要睡一晚就能恢复精神。

"早安。"

因此，她神采奕奕地对早纪说。天气晴朗。今天，要搭傍晚的飞机回日本了。

早纪早就已经起床，在厨房向女佣要了咸饼干和牛奶，并将早餐拿进房里，坐在床上边吃边把玩。饼干屑掉得到处都是，两个手指布偶也随意乱放。

"怎么了？"茉莉问没有回话的早纪，"你不跟妈妈说早安吗？"

早纪睁大眼睛，看着坐在床上的茉莉。或者说，看着茉莉周遭的空气。

"我刚才吓了一跳。"过了半晌，早纪终于开口说，"我想跟妈妈说早安，不过妈妈的旁边好像有个人。"

"什么人？"

"是个男孩子。"

茉莉起了一身鸡皮疙瘩。但早纪丝毫不畏怯的样子，回头继续把咸饼干堆起来。

“男孩子？”茉莉语带战抖地反问，“你看得见啊？”

早纪没回答，将咸饼干的一端放入口中，舔一舔又放回盘里。

“不是这样啦。”早纪小声地说，“我本来以为有，可是不见了。”

“你这样讲，我听不懂啦。”话一出口，茉莉就立刻后悔不该以责备的语气说这句话。

“是个看起来很温柔、很聪明的男孩子吧？”茉莉改为愉悦的口气，面带笑容这么一说，用双手捧起早纪的脸颊，“等一下哦，妈妈先去洗个澡。妈妈去洗澡的时候，你要把牛奶喝掉哦。”

早纪乖乖地点头。

行李和来的时候一样，很少。茉莉帮早纪穿上在这个城市买的水蓝色细肩带褶皱高腰洋装。

“还可以再来吗？”向志津夫和莉琪道别真的很难过，在前往机场的出租车里，早纪如此问茉莉。

“当然可以啊，坐飞机一下子就到了。”茉莉回答之前，志津夫早一步抢先说，轻轻拍着早纪的手。

车窗是敞开的，窗外的景色已经是初秋了。还绿绿的就掉落的干枯白杨叶，在路上翻滚的声音。清透的蔚蓝天空，湿度低的风的味道。

茉莉下定决心，回去之后，要把早纪带去东京。不喟叹被剥夺的东西，不紧抓着过去不放。

几天前，茉莉在画室将这个决定告诉志津夫，志津夫也给予祝福，还说要介绍“修业的地方”给她。只不过，“银座”案被一笑置之。茉莉心想，哪里都好。

“无论从事什么职业，重要的是实力与人品，只要有了这个就什么都不用怕。”志津夫说。

茉莉靠着椅背，随着出租车摇摇晃晃地思索。这么说的志津夫，是否察觉到，自己的这番话给茉莉带来了多大的勇气?

“不过，我没有任何证照资格，人家会愿意雇用我吗?”

茉莉这么一问，志津夫皱起眉头，“别说得像十七八岁的人说的话，都这么大的人了。”

茉莉闭上眼睛深深吸了一口气。旁边，早纪摇着手指布偶，不晓得在跟志津夫聊什么。

茉莉心想，回去之后，首先去阿始的坟前祭拜吧！向他报告巴黎发生的事，也告诉他要去东京的事。自己除了阿始以外绝对不会爱上别人，叫他别担心。

这样想着想着就出神了。等到一回神，已经抵达戴高乐机场。

茉莉很怕话别的场面。志津夫也是，虽然离登机还有一段时间，但他说帮茉莉办好登机手续就要走人。

“离别时的茶叙，实在跟我的个性不合。”

茉莉颔首。在办理登机手续的柜台前排队，行李少到根本用不着推车，志津夫将行李放在脚边，茉莉牵着早纪的手。两人明明不是情侣，在机场却静默寡言，这让茉莉觉得很奇妙。

“进到里面的咖啡店之后，自己也会叫果汁吧?”

志津夫抱起早纪问，早纪开心地笑了。

“我会叫。Jus d’orange，s’il vous plat.（请给我柳橙汁）”

这个人怎么能如此轻松地抱起早纪呢?就男人来说，他的手臂很细，却只是用单手，弯起手臂就让早纪坐上去。

就在此时，茉莉忽然感受到视线，回头一看，在一团推着推车的日本观光客那边，看到一位比大伙儿高一个头的日本男性，神情落寞地凝望着茉莉。

阿九——

分不清是出声低语，还是在内心呼喊，只有短短几秒钟。下一瞬间，阿九已经朝航厦外跑去。

“怎么了？”志津夫追着茉莉的视线看去，回头将早纪放下问。

茉莉悸动不已，“刚刚看到一个熟人，是个朋友，昨天我还去找他，但是没见到面。”

尽管茉莉一边解释，但也无法确信。他是特地来送行的吗？连班机都不知道就来？不过，如果是来送行，为什么又逃也似的跑掉呢？

他还是老样子啊。

惊愕退去后，茉莉微微一笑。阿九无论什么时候，总是以茉莉不知道的理由，从茉莉面前跑掉。在令人欣喜、令人安心之后，突然跑掉——然后就像这样，使得茉莉悸动不已。

顿时，茉莉很想冲去追他。

“把护照拿出来。”

在志津夫的催促下，茉莉转向柜台。从侧肩背的包包里拿出两人的护照，放在妆化得鲜明亮丽的地勤人员面前。

这天，茉莉当然无从知道，几个小时后袭击阿九的悲剧。

六　一杯酒能做的事

1　我们和沙滩上的沙一样——被时间冲走和留住的一切

吧台区有八席；沙发区有三席，以布缦风格的帘子隔开；角落摆了一架平台钢琴。墙上只挂了一幅画，出自青山志津夫之手。以粉红色和绿色为基调，一位面向正前方女人的脸。

“用吹风机吹一吹嘛。”酒保夏木力说。

开店前的店里，只有茉莉和阿力两人。

“你的头发很长，这样会感冒的。”

“我讨厌吹风机。”茉莉答道，“而且这样太浪费时间了。反正放着也会干，何必特地把它吹干呢？”

阿力轻轻摇摇头，一副“好吧，我不管你了”的样子。因为老板夫妻的赏识，阿力来这家店半年了，之前在一家老字号的意大利餐馆工作，但在这里，茉莉是他的前辈。

“早啊。”轻柔的声音响起，石桥达哉踩着大步而轻快的步伐进来。

“啤酒送来了吗？”

“还没。”

阿力一回答，达哉停下动作，很夸张地叹了一口气。

“打个电话过去，问他们最近为什么老是晚到。”

茉莉看看手表，晚上七点三十七分。达哉是个一板一眼的人。其实冰箱里的啤酒很够，就算说好七点半以前要送到的新啤酒晚点到，也没什么影响，但他不喜欢业者在店里有客人时还进进出出。

“英铎”酒吧，每晚都这样开张。老板夫妻要晚一点才会来。店里还有一位钢琴手祥子，以强劲有力的指法与速度，呈现出反BGM式的现场演奏风格。茉莉很喜欢配合她的琴音大跳吉格舞（Gigue）。

正式拜师学舞已经三年了。跳舞这件事，让茉莉得以确认自己的存在：这就是自己，现在在这里。唱歌啊唱歌——唱歌啊唱歌——唱歌啊唱歌——和这样唱着，身体胡乱摇摆，手舞足蹈跳到筋疲力尽的孩提时代，同样的热情，同样的挑战，同样的欲求。

一九九五年十月，茉莉来到东京已经五年了。修业的地方，也就是志津夫介绍的这间酒吧，位于南青山。尽管是南青山，但也不是时髦商店鳞次栉比的购物区，而是位于错综复杂的单行道与缓坡道，散落着各式各样新旧公寓，朴素而安静的一区（茉莉每天停脚踏车的地方——店的后门口——也停着住在楼上的儿童用三轮车，使得茉莉会心一笑）。周围有墓园、美术馆、咖啡馆，也有小学。和以前住过的川崎相比，是个大异其趣的地方。车站前没有赛马券掉落在地，也没有报纸在风中翻飞。

“啊！对了，刚才美智留来过哟！她用一如往常的脱力系[1]口吻说‘茉莉来了吗？’”阿力一边凿冰发出尖锐的声音，一边说着，“我跟她说今天是游泳的日子啊，结果她傻住了，回了一句‘对哦’。晚点还会再来，说现在要去吃饭。”

“这样啊。”茉莉答道，将招牌拖到外面去。插上插座后，黑底的招牌浮现出白色的“英铎”字样以及钢琴键盘的图样。

“那个人讲话的样子挺妙的，表情冷冷的。”

---

1 无聊到令人虚脱的诡异笑点。

茉莉莞尔一笑，只是点点头。

岛森美智留，以前当过茉莉的家教老师，现在在东京当短大讲师。三十九岁，单身，和恋人住在一起。茉莉一直以为美智留在故乡冈山，直到四年前回福冈庆祝阿新退休时才知道其实她在东京。

那是个小型的庆祝会，地点在博多的饭店里的“卡斯蒂利亚厅”，出席者有阿新、茉莉、早纪和两名阿新的大学教授同事，以及阿新的女性友人，也就是小酒馆的老板娘，还有几位已经毕业的学生，其中也有奥村。比美智留年轻几岁的奥村，当时应该三十几岁而已，但却比茉莉记忆中更胖、更老气。他已经是两个孩子的爸爸，穿着西装，肥短手指上戴的戒指显得很紧。茉莉就是从这里的奥村口中听到美智留在东京的消息。

阿新仿佛蜷缩着高大的身材坐着，客气地一再向大家致意：“让大家这样设宴为我庆祝，真的惶恐之至。”

席间，小酒馆的老板娘眼眶泛泪，像个妻子似的。茉莉忆起往事，不禁轻声喟叹。喜代走了之后，也已经有十年了。而今阿新的身边有位关心他的女性，茉莉也知道应该为他感到高兴。

“英铎”酒吧里，吧台区坐着单独一人或两人结伴来的常客，想要别具风格的服务而来的客人们，则坐在需要订位的沙发区。这里几乎连日客满。虽然应客人要求耍弄调酒器完全是余兴节目，但这五年来，茉莉已经学会基本的调酒方式。包括完全不出声地打开香槟塞的方法，以及斟葡萄酒时，如何让称为“葡萄酒之泪”的美丽色泽顺着杯缘往下滑落时的痕迹清晰。

店里真的热闹起来是在深夜以后。这时钢琴演奏开始，客人也都喝开了。窃窃私语的秘密；到处扬起的笑声；恋人们紧紧相偎，相互凝视，十指紧扣；也有喝了酒就争吵抬杠的客人，或是喝醉酒就哭的客人，爱说低级下流笑话的客人，烂醉如泥的客人。然而这一切，也只限于当天夜晚。无论店里如何拥挤喧闹，到了早上人就走光了。

一杯酒能做的事，它的即效性与深不可测，以及事后消失得犹如梦幻般的可笑，无不使茉莉吃惊。

美智留和她的恋人，同时也是同居人的由美子一起出现在酒吧时，已经快到深夜时分。

“你好。”看到茉莉，美智留低声说。一如往常，由美子已经醉得有点茫然。不喝酒的美智留却一脸清爽，仿佛清爽早晨刚起床的样子。

“欢迎光临！”茉莉以不输给钢琴声的大声说，将两人领到吧台坐下。

“我怕忘了，这个先还你。”美智留从包里拿出一本书，放在黑得发亮的吧台桌面，“谢谢，这本书真好看。”

茉莉和美智留经常互相借书看，这样只要花一本书的钱就可以看两本。仔细想想，茉莉之所以喜欢看书是受到美智留的影响。阅读的乐趣，知道未知事物的乐趣，被封印在书里的世界吸引、一头栽进去读到浑然忘我的乐趣。茉莉原本讨厌书本，是美智留让她知道了阅读的乐趣。而这个，如今也成为两人的共同兴趣。

茉莉递上湿毛巾，接过外套保管。美智留外套底下穿着一件丝质上衣。茉莉暗忖，这是工作服啊，不禁苦笑。不用教课的日子，美智留一定穿着皱巴巴的衬衫。身材纤瘦，过短的短发，不化妆的素净脸蛋，这些都和以往一样。

之前在阿新退休庆祝会结束后，茉莉曾主动和她联络。照着奥村告诉她的电话打去短大给美智留，留了言之后，美智留马上就回电了。

“茉莉吗？”

令人怀念、低沉稳定的声音。

这是自从在净水路的巧克力店见面以来第一次联络。茉莉语带雀跃地谈起她结婚及怀了早纪的事。那是初夏时节，天气很好的中午，茉莉人生里有阿始在的时候。

茉莉从巴黎回来后，等着她的竟是，柴田家要将她除籍的通知。加油站依然荒凉地关闭着，连拆除工程也没动工。

“你还很年轻，只不过被婚姻绑了几年，没有必要一辈子守寡。”

龙男叔叔这句佯装好心的话令人反胃，尽管茉莉表示至少阿朝健在时想继续当柴田家的媳妇，但阿朝已经被阿始的姐姐和姐夫接走，现在和外孙住在长崎，因此茉莉也无可奈何。

“早纪当然归你抚养，但我们家不会亏待你们的。”

茉莉放弃遗产继承权，取而代之的是继承了阿始名义的存款簿和红色小卡车，还有几件充满回忆的东西。

“喂！茉莉！”沙发区有位客人招手呼叫。

“嗨！大田先生！”茉莉以同样的语调回应，笑盈盈地离开美智留身边，往肥满手指夹着雪茄的大田先生背后扑上去，一副作势要大田先生背她的样子。

茉莉经常写信给阿朝，信里附上早纪的照片，让她知道早纪的近况。

“我来介绍一下，坐啊坐啊。”

被这么一催，茉莉坐了下来，喝了大田先生斟给她的白兰地。钢琴以排山倒海的气势演奏着盖西文。

时间，冲走所有的一切。茉莉一边被大田先生摸着大腿，一边思忖着。我们和沙滩上的沙一样，无力地，从这里到那里，立刻就被海浪卷走了。

既然如此，就去远方吧。茉莉下定决心。既然如此，哪里都能去，就去更远的地方吧。我和早纪两人，在总一郎和阿始的守护下。

“茉莉就像我的妹妹一样哟！”大田先生笑眯眯地说着，被西装外套包住的手臂搂着茱莉的肩头，用力将茱莉抱过来，“对不对？”

被这么一问，茱莉回答：“对！”

大田先生旋即用脸颊在茱莉脸颊上厮磨。茱莉发出笑声，完全不觉得被侵犯。大田先生是个好人。

吧台边，美智留在喝可乐，由美子在喝葡萄酒。两个瘦小的背靠在一起。茱莉的心情很好。在这许多沙粒挨在一起的地方，创造出这个地方的工作。

仿佛等不及别人邀请似的，茱莉硬是拉起配合钢琴声用脚打着拍子的大田先生的双手。在酒味和雪茄味里，茱莉以传统的方式，配合大田先生的舞步起舞。

只要不是喝太醉，茱莉每天早上都骑脚踏车回家。清晨的路上人车稀少，空气清新舒爽。放眼望去，天色逐渐泛白，鸦叫声此起彼落。

茱莉和早纪住的公寓位于青山的郊区，不仅古老破旧到令人愉快，房租也便宜得令人难以置信，此外还别具风情。狭窄阴暗的楼梯，宛如老电影里的布景。除了客厅和厨房，早纪也有自己的房间（唯有睡觉的时候，茱莉也在这里睡）。

茱莉先确定早纪是否睡得安稳，然后去淋浴，开始做早餐。

早纪九岁了，越来越难带，也越来越像茱莉。柔软丰润的脸颊也是，自我很强的个性也是，讨厌学校也是，能在生活中完美地说标准语和博多腔也是。

一直到上个月，茱莉还将早纪寄在夜间托儿所。早纪会乖乖地被带去，职员说“她没有问题，睡得很好”。但也只到上个月为止。

茱莉听着咖啡煮沸的声音，转动僵硬的脖子。

“我不要再去了。我要在家里睡觉。一个人也无所谓。”早纪如此坚称。

“你无所谓，可是妈妈会担心呀。”

茉莉想要劝她，她竟发起飙来放声大叫，“我才不管这么多！”

两个人都一起吃早餐和晚餐。早上，茉莉都一直撑到早纪出门上学后才去睡觉；下午早纪放学回来时，茉莉一定待在家里。店里的公休日是星期天和法定假日，因此学校放假的日子，当然能一直在一起。要是这样还不够，我真不知道怎么办才好。

“家人就应该一直在一起。”

阿始可能会这么说吧，在大家族里落落大方、稳健长大的阿始。可是话说回来，从他还活着的时候，我就对这个感到些许疑惑：理所当然联结在一起，坚定而牢固团结的家庭。

阿新和喜代都是重视个人更甚于血缘的人。茉莉啜着咖啡，对这讽刺的事泛起苦笑。那么，这或许是寺内家的血统吧。每个人都注定在不同的地方各自活下去的遗传基因。

那么继承了双方一半一半血统的早纪，今后究竟会如何活下去呢？

“该起床了。”进入早纪的房间，茉莉出声叫唤。

“嗯。”早纪蒙眬地回答。

茉莉知道，这样她是起不来的。

“该起床了。”于是她再说一次，拨开早纪额头上的头发，从棉被上摇摇她的肩膀。然后整个人压上去，在她头上发出声音吻了一下。

“讨厌啦，妈妈。”早纪揉着眼睛说，不过也很有礼貌地补上一句，“欢迎回家。”

茉莉拉开窗帘，三坪大的房间立刻充满阳光。因为志津夫经常寄礼物来，早纪的房里摆满了东西：脖子打着蝴蝶结的木马、古董写字台、法文绘本、鸽子时钟。这些东西全部好好地收放在铺着有点刺刺的榻榻米房间里。

搬家比较好啦。茉莉周遭的人们异口同声地说，恐怕是出于防盗上的理由。不过这里是她们从巴黎回国来到东京之后一直住的地方，也是和早纪两人尽情照着自己的情况和喜好所整顿出来的住处。有美丽的布、小巧的家具，参考志津夫的公寓布置的，尽管布置出来的结果，充满了少女情趣。

平常放在厨房里，只有用餐时会搬来客厅的小矮桌，是阿朝送给她们的。志津夫送的优美边桌上，摆饰着几帧装框的照片：有幼儿园毕业时的早纪、去巴黎郊区布隆森林玩的早纪、全家去四国旅行时的早纪、亲子三人合拍的大头贴。

茉莉认为，这间公寓本身宛如母女两人的人生。不协调，无防备，不过通风良好、清爽无比。然而，破旧到快要坏掉之处也很像。

“我又梦到那个男孩了哟！”早纪一边啃着吐司，一边说道。

“这样啊，很久没梦到了嘛。是个怎样的梦？”将砂糖和牛奶加入咖啡里递给早纪，茉莉问。

“那个男生从一个有很大院子的房子里走出来，好像要去哪里的样子。不过他注意到我，笑眯眯地对我挥手。”

“这是个好梦啊。”

茉莉这么一说，早纪深表赞成地点点头，然后说我要花生奶油。

已经好几年了，早纪会梦到同一个男生，虽然只是偶尔出现。

“再抹多一点啦！花生奶油啊，刚入口的时候冰冰的，不过立刻就会热起来，所以抹多一点比较好吃。”

早纪一边用奶油刀薄薄地抹开花生奶油，一边皱起了脸。

“我喜欢抹一点就好。”

茉莉无法理解，也皱起脸来。明明绝对是抹多一点比较好吃。

刚开始的时候，茉莉认为出现在早纪梦里的男孩可能是总一郎，毕竟总一郎随时都陪在茉莉和早纪身边。

“那一定是阿总。”因此她也对早纪这么说，“阿总是妈妈的哥哥哟。”

然而早纪的回答，却出乎茉莉意料。

“才不是呢！”

那是早纪才四五岁的时候，刚起床肿着一双眼睛盯着茉莉看，嘟起小嘴小声地说。

“因为，那个男孩是外国人。”

阿九不要紧吧？

茉莉喝着第三杯咖啡，忽然想起阿九。闭上眼睛，手持花洒的阿九清晰地浮现在眼前。

“医生说，只能等自然痊愈了。”

之前见面时，阿七这么说。说着，摸摸比自己大很多、身材魁梧的儿子的头，在宾馆的屋顶。

“妈，你怎么了？累了吗？”早纪说。

“怎么可能？”茉莉笑着回答。

清晨的阳光，明亮地照射在不锈钢的流理台上。

2 我是花痴吗？——那些在背后轻推一把的男人们

破晓时分，清澄灰色的天空，敞开的窗外传来鸟啼声，茉莉竖耳倾听，想在众多的鸟啼声中听出乌鸦以外的声音。裸着的身体只披了一件大衣，接触到外面的空气，鼻头都感到寒冷。

“这样会感冒哦。”手持咖啡马克杯的石桥达哉，含笑轻声地说。

从背后被他包覆般地抱住，茉莉感到一股沉静的安全感。被男人——无论哪个男人——这样紧紧抱住，总会产生安全感。尽管小小的但却是实质的安全感。觉得现在的自己，以内敛的方式获得肯定。

“东京也有很多种小鸟啊。”茉莉这么一说，达哉将脸压在她头上，因为很重，茉莉的下巴被压到窗框上。

“当然有很多种啰。”石桥达哉笑了笑，关上窗户，将装满咖啡的马克杯递给茉莉，“你是什么时代的人啊？怎么会认为东京没有小鸟，没有天空，这对东京出生的我实在出乎意料。”

茉莉接过马克杯，隔着杯里上升的热气，用眼神微笑致谢。这是一杯浓郁香醇的咖啡。

“因为是民歌世代的人！”达哉调侃似的接着说。

沙发床上铺着有点湿的床单，这是一间没有多余东西的整齐房间。

“你还很年轻，说这种话会被人以为是老人哦。”

茉莉放声大笑。老人！达哉说得真好啊。实际上，茉莉经常觉得自己是个老女人。仿佛转瞬间就老了，例如和达哉在床上缠绵时；看到早纪的成长瞠目结舌时；还有，回去福冈，和完全变了个样的阿九交谈时。

茉莉知道，自己对达哉并没有恋爱情感，同时也知道达哉也一样。

我是个花痴吗？

茉莉想起很久以前，曾经如此问一个同居的男人。

开始在“英铎”酒吧工作之后，为了当志津夫绘画的模特儿，茉莉也去过巴黎四次。每一次飞法国都停留两个月。在这八个月里，和两个男人发生过关系。一个是在咖啡馆工作的音乐家菲利普，另一个是印尼留学生保罗。两者都是基于友情和某种强烈的好意，还有就是稳定的信赖关系——共犯意识——而结合的。被拥抱，也有被珍惜的感受。不是以情侣的身份，而是单纯以一个人的存在去疼惜对方，茉莉很喜欢和这样的他们产生的性行为。

男人们——茉莉在达哉的房里，用达哉的马克杯喝着咖啡，思忖着——男人们，每个都有不同的味道，不同的体格。以不同的手臂抱着我，以不同的做法表示好意。正因为不是情人才能展现出来的敬意，的确就在这里。

“我得走了。”茉莉低语，捡起衣服穿上。这是下班回家的路上，仅仅一小时的溜达。终于开始奏效的暖炉，静静地温暖着房间。

对茉莉而言，巴黎是一盏小灯。志津夫的画完成了——茉莉至今依然难以忘怀看到那幅画时的惊讶。一百号的大画布中央，站着孩子般表情的女人。短发，柔软的体态，毫无防备到令人想一把抱在怀里的女人。茉莉无从判断这究竟和自己像不像，觉得很像自己，但也觉得是未曾谋面的女人。此外，最让茉莉震惊的是，这幅画的背景是喜代的“花园”。一片压倒性的绿，向晚时分，带着偏黑的墨绿。画里的女人所绽放出的生气，和植物所绽放出的深浓静谧，融为一体——虽然这两年没有去巴黎，但这座城市已然成为茉莉的明灯。人无论如何都能活下去。每当想起这座城市，茉莉就能感到坚强。

“我想把第一次遇见你的印象，封印在画布里。”那时，志津夫站在画布前这么说。

茉莉还记得，那时的志津夫看起来比平常小。可能是已经在准备下一幅画的他，穿着浑身沾满颜料的衣服所致。看起来不像平常尊贵、高大而优雅的男人，是个无力而勤奋的体力劳动者。尽管茉莉没看过，其实志津夫在画布上色时，和做素描打底时截然不同，极其粗野地埋首其中。

画室里除了已经完成的油画，还有数不清的素描，以及几张水彩画。其中也有非常独特的，以水彩画的素描，整张纸都用乳白色的水彩勾勒，画的是茉莉的脸部练习——茉莉是这么认为——她本身很喜欢这一张。志津夫利落的笔触勾勒出的，自己脸颊的线条，以及唇形。

“我认识很多美女，”对着在展示的画前不知道说什么好的茉莉，志津夫以沉静的语气说，“但并非画美女就会是一幅美丽的画。”

茉莉花了很多时间，才绷起脸回了一句“你很失礼哦”。因为志津夫的语气实在很温柔，甚至非常诚实，丝毫让人感受不到侮辱或轻蔑。

真是谜样的人啊，茉莉心想。什么话都能直爽地说出来，可是却无法缩短彼此的距离。至今他还会寄礼物给早纪，却没附上半封信，茉莉写给他的信也都没回。和菲利普、安娜、保罗之间都有信件和电话往返，所以现在茉莉觉得和他们还比较亲近。

记忆中，例如去野餐时的事。茉莉一直希望在法国的道路上，开左驾靠右行驶的车子。安娜和菲利普达成了她这个愿望。借来的车是深蓝色的雷诺，包括早纪在内，共有四个人开往郊外。这时茉莉和菲利普已经有肉体关系，光就床上的事可以说是蜜月时期，但菲利普和以前没变，依旧是一副通情达理的大哥哥模样。尽管经常是阳光微弱的阴天，时节也进入初秋，但一点都不冷。菲利普的机智和安娜的笑容，加上早纪的好心情，茉莉也笑了一整天。在看起来很寒酸的食品杂货店买了干巴巴的长条形三明治，里面夹的水煮蛋和黑橄榄多到惊人。

还有就是，把刚开始念小学的早纪托给美智留照顾，最后一次去巴黎时，在保罗的房间待了三天。为茉莉带来安全感和自信，轻轻地在背后推她一把的男人们。

有什么关系。

总一郎应该会这么说吧。无论和谁上床，无论基于什么心态，只要彼此有共识就没问题。

性生活方面，茉莉觉得阿始死后，自己真的变得大胆奔放了。

进入十一月，雨下个不停。下午四点，早纪在自己的房间玩“香味游戏”。这是小时候志津夫买给她的，法国制的卡牌游戏。就像在玩扑克牌的“心脏病”游戏一样，要把所有的牌都盖起来排好。每一张牌都有不同的味道，正面画有这个味道的图和单词。如果是柠檬味就是citron，苹果味就是pomme。花朵的卡牌不容易分辨，有很香的violet（紫罗兰），也有像香水味的rose（玫瑰），其中还有bouquet（花束）的。也有以为是什么怪味，结果是和香皂味很像的mer（海），以及很像糕饼味的chaton（幼猫）。不知为何，早纪原本猜不出来，现在已经全部了如指掌，因为玩了几十次了。玩到卡牌的颜色和味道都褪掉了，猜的时候非得要一张一张贴近鼻子，像小狗一样闻不可。

房间里充满了雨声。早纪讨厌下雨。每当下雨就会寂寞起来。

“寂寞的时候，就想你喜欢的人们。不是想起这些人的事，而是想起这些人一直都在你身边。”

自从茉莉给了早纪这个建议，每当下雨她就付诸实践。顺序永远都一样。首先想起阿新，接着浮现阿朝。然后是一年级的级任老师洋子老师，也会想起志津夫和莉琪。看情况，有时也会想到安娜。到这里基本上就有效了。万一没效的话，早纪还预备了两个人，爸爸和妈妈。

“一个人也无所谓。”她也会出声用博多腔这么说。

平常她极力避免说博多腔，但为了强化自己的情绪时，就另当别论。

“而且，再过一会儿妈妈就回来了。”

茉莉结束了奇怪的舞蹈课程后，买了做晚饭的食材就急忙赶回家。吃了偏早的晚饭后，大多会陪早纪写作业。没有作业时，就看书听音乐。两人经常一起洗澡。不过，这些全部到七点为止。如果是下雨天，因为不能骑脚踏车，所以到六点四十五分。

“外头雨下这么大啊？”大衣的袖子和牛仔裤的裤管淋得湿沉沉的，茉莉一进店里，夏木力就这么问。

“滂沱大雨啊！啊！好冷！”

脱下大衣，挂在衣架上。店里听不到雨声，强力的暖气让室温保持很高，湿度保持很低。

下午，去舞蹈教室前，茉莉写了两封信。一封是一如往常向阿朝报告近况，写完这封后忽然想到，也给祖父江九写封信吧。阿九曾经从海外寄了很多信来，如今他哪里也不能去了，或许轮到自己写信给他了。想写的事情有很多，结果只写了一封简短的信。因为不知道他能理解到什么程度，也怕写太多会给他带来什么冲击。

信的内容是这样的。

阿九：

你好吗？天气变冷了啊。前阵子谢谢你请我喝茶。你泡的茶真的很好喝。树木越来越多了啊。轻摸树叶、抚摸树干、用大手慈爱地照顾植物的你，总让我感到不可思议。我在这里的生活还是老样子。每星期各两天，要去上舞蹈课和游泳。跳舞和游泳，都让我觉得很舒服。我也很喜欢我的工作。我跟你说过了吧？我在酒吧工作。那里有很多人，有同事也有客人，大家都是很有趣的好人。今年过年我会再回福冈，到时候会去看你。请代我向阿姨和银次叔叔问好，还有森林的树木们。

茉莉上

阿九遭逢事故，刚好是茉莉和早纪第一次从巴黎返回的那天。那天茉莉在机场看见阿九的身影，在登机柜台人潮杂沓的另一边。他是来送行的吧，茉莉这么想，但那天阿九为什么会在机场，至今依然不得而知。

茉莉抵达有阿新等待的家里，隔天早上，从脸色发青的阿七那里得知这个消息。阿七说，阿九保住了一条命，目前知道的只有这样，说的时候一脸愤怒可怕的表情，连自己泪水夺眶而出都没察觉到似的。出租车停在外面。阿七再婚的对象银次，将行李搬进后车厢。

又来了。那天早上紧紧逮住茉莉挥之不去的恐惧，汇集成这句话。又来了。事故。总一郎死的时候也是，阿始死的时候也是，茉莉脑海里最先浮现的都是这句话。又来了。阿九一定也会死掉。双脚打战。可以的话，很想大声尖叫。朝着某个人，声嘶力竭地放声尖叫：不要！不要从我们的身边抢走阿九！

半年后回国的阿九失去了部分记忆，身体呈现瘫痪状态。无法清楚地说话，表情也很空洞。尽管如此，茉莉心中依然充满感谢。他活下来了，阿九没死。

“咖啡冲好了哟！”传来夏木力的声音。

“咖啡？”茉莉反问。

夏木力摆出不耐的表情，“你的脸色很苍白哦。这种天气就搭出租车来嘛！反正从你家到这里，只要起步价吧？”

“阿力真是个少爷啊。”茉莉也报以不耐的表情，“每次下雨都搭出租车的话，我的薪水都拿去付出租车钱就好了。”

“停！”不知道什么时候已经来上班的石桥达哉，拎着纸袋从后面走出来说，“薪水少是彼此彼此。别吵了，新的抹布放在这里面哦。”

“是！”茉莉和阿力异口同声地说。

这夜，在“英铎”酒吧，深夜之后来了一位稀客。壮硕的体格打了一条紧绷的领带，拎着一个老旧的皮革公文包，看起来不像经常出入这种店的男性。

“恒哥？你怎么来了？”首先注意到他出声打招呼的是达哉。

达哉张开双手，脚步轻盈地前去迎接。茉莉在心里苦笑。因为达哉很怕恒哥。

“一个人来？都这么晚了，出了什么事吗？终于被那家伙赶出来了吗？”

“你好。”茉莉面带笑容走入两人之间。

乌饲恒是达哉的姐夫。一年大概只来这里一两次，明显坐得很不自在的样子，和周遭格格不入，因此茉莉马上就记得这个人。

“要喝什么？”茉莉一边递湿毛巾给他一边问。

他回答：“波本加水。”

淋湿的西装散发出一股湿濡的尘埃味。脸泛油光，气色不错，额头发际线后退。达哉形容这个人“光是在保险公司上班，对我来说就出局了”“我相信他们离婚进入倒数读秒阶段，已经十年了”。当然，茉莉认为这其中大概有同情的余地。达哉和他姐姐感情极好，好到甚至有人说好得太过分了。

“到底出了什么事？他一个人来还是第一次哩。”茉莉离开吧台后，达哉不安地在她耳边说。这么说来，他以前都是带着几个像部下的男人来，喝个一两杯就走了。

“可能是有事找你商量吧？特地来拜托你这个小舅子。”茉莉答得干脆，达哉吓得一脸胆战心惊，看得茉莉不禁失笑。平常，不管有看似危险的客人来，或烂醉如泥的客人来，达哉都不为所动的。

为了鼓励达哉，茉莉迅速碰了一下他的手臂，旋即去坐在常客桌。弹钢琴的祥子，犹如敲打般演奏着比利乔。

“来啊，茉莉，喝一杯吧。”

茉莉一边接过客人倒的葡萄酒，一边想象着，如果哥哥还活着……如果哥哥还活着，他会和阿始喝酒吧？会对阿始的职业和长相发牢骚吧？那么关于达哉呢？关于菲利普呢？

常客们聊好莱坞电影聊得很起劲，例如只会撒下庞大的制作费，却越拍越烂。

可是当茉莉倒过来想，不禁心头一惊。如果哥哥还活着，爱上了谁，把那个人介绍给我认识的话……

太荒谬了。茉莉连忙挥掉猛然袭来的无依无靠和忐忑不安以及令人惊恐的孤寂感。她告诉自己，只是无法想象而已。哥哥是特别的，而且是个小孩。所以只是无法想象而已。

茉莉转而想起存在于现实中的男人们，啜了一口葡萄酒。不同的手臂使出不同的全副力气，紧紧拥抱茉莉的男人们。不要紧的。我并不是孤单一人。

“不过我认为，精神还是有留下来。”其中一位客人笑容可掬地说，“不管质量再怎么低落，黄金期辉煌的好莱坞电影精神，现在还保存在美国电影里。毕竟，精神就是这种东西吧？超越个人，会一直在那个地方。”

星期天，茉莉带着早纪，和美智留、由美子一起来到目黑的美术馆。天气晴朗的午后。这间美术馆以前美智留带茉莉来过。古色古香豪宅般的建筑物，生气蓬勃的茂盛常绿树院子，都是茉莉喜欢的。

早纪喜欢看画，每次问她：“想去哪里走走吗？”她一脸正经地思考几秒钟之后，一定回答“美术馆”。而茉莉本身，老实说不太喜欢美术馆，总觉得有种被迫紧张起来的感觉。高跟鞋踩起来特别大声，也让人感到很尴尬。

早纪看画的时间长到茉莉不耐烦。

“Bien?（好？）”

每当茉莉这么一问，早纪不是坚定地点头，就是摇头。

此刻，四个人坐在面向院子的咖啡厅。茉莉暗忖，清一色女生的四人组，在旁人的眼里看来是什么关系呢？

“我决定照我的想法过日子。”忘了什么时候，在“英铎”酒吧席间，美智留曾对茉莉这么说。

“对嘛！对嘛！”

茉莉记得当时还勇猛地予以肯定，但在这样的白天里，穿着套装的美智留，和穿着奇妙典雅洋装的由美子——犹如以前千金小姐的风情—— 一起悠闲喝着下午茶，完全看不出来她们两人是情侣关系。已经见过好几次了，就连早纪也亲昵地直呼她们“美智留”“由美子”，完全就是一副很爱慕的样子。

“过年，你要回福冈吧？”美智留问。

茉莉点头。任何时候看起来都像刚剪的美智留的头发里，白发也变得很醒目了。

“帮我向老师问好。”美智留说。她和由美子一起住在由美子的老家。

“美智留，你的家呢？”早纪问。

只有茉莉觉得早纪没礼貌而感到困惑，倒是美智留微笑答道，“我有家呀，”然后又逗趣地接了句，“有是有，不过被扔石头赶出来了。”

3　另外一个世界——重创的阿九和他的“爱的森林”

擦得清爽洁净的白木吧台上，摆着虽然朴素但都很花工夫的年菜。实际上新年还没到，但这几年，茉莉都只在这里吃年菜，可能是在除夕夜，或是十二月三十日。

门帘已经收进来了，店里只有茉莉和早纪、阿新和老板娘。

昨天，茉莉和早纪回福冈省亲。今天一早开始，一整天都在扫除，擦窗户，清洗玄关、浴室和厕所。阿新说，随便扫扫就好。一会儿又说，抱歉哦，谢谢。大学退休后的阿新，除了有时被企业邀请去演讲之外，在友人的委托下也开始写专业领域的有机化学书，不是论文，而是一般书籍。但执笔过程中，友人总说“这样变成论文啦”，使得进度迟迟难以推进。就这样过着悠闲散漫的生活。

家中到处积满灰尘。茉莉早就放弃对父亲说“偶尔也打扫一下”这种话。这个窗帘和沙发都是褪色的绿色、到处摆着玻璃器皿的家，原本占据半个客厅的盆栽不见了，现在是堆满书籍和纸堆，都是从研究室搬回来的。

茉莉认为，自己已经离开这个家。但这个家对茉莉而言，如今还是阿新和喜代的家。只要走进这个家一步，无论如何都会感受到喜代。但这不是喜代的存在，而是喜代的不在。不在比存在酝酿出更浓厚的气息，这是母亲出走后，茉莉首次知道的。相对于即便死了也“确实存在”的总一郎，和“虽然不在了但一定在某个遥远的地方等着”的阿始，是不同感受的失落感。

“家”受伤了，流血了。这是茉莉思考极限里最贴切的说明。就算我死心了，就算爸爸也死心了，“家”依然持续在流血。

“你们就一起住吧。”将牛肉包牛蒡的炖煮牛肉卷放入口中，茉莉说。但她自己也不知道这是不是真心话。以前她也说过同样的话，阿新的回答似乎也和当时一样（大概）。

“我对目前的情况没有不满啊。”阿新一边为利江——这家小酒馆的老板娘的名字——的酒杯斟满，一边以打趣的口吻说，仿佛茉莉的话语和态度很有趣似的。而利江仿佛也以笑声回答似的，呵呵呵地笑了起来。阿新穿的深咖啡色毛衣，恐怕是利江挑选的（阿新不喜欢买东西，以前都完全交给喜代处理）。

“这年头震惊社会的事件频传，例如神户的地震和东京的宗教团体。”利江说，“能够这样平安地迎接新年就很好了。真的，要是这样还有不满的话，会遭天谴啊。”

利江和阿新的关系究竟从什么时候开始的，茉莉不知道。只知道，喜代还在的时候，阿新就是这家店的常客了。

身材瘦削的利江，脖子和肩膀尤其单薄，单薄到茉莉觉得用力一抓说不定就碎掉了。年纪大概五十出头，五官的线条很美，但妆化得太浓，皱纹也很明显。头和身体相比之所以显得太大，可能是乌溜溜而不自然的长发所致。无论在哪里看到，一眼就知道是从事夜晚工作的女性。利江就是这种容姿的女人。

“过年就十岁了吧。”利江看着厌倦了一直陪大人们喝酒、一个人去坐在餐桌区默默画图的早纪，以慈爱的口吻说。

茉莉也明白，这不是出于对早纪的慈爱，而是对某个看不到的东西、茉莉所不知道的东西发出的感慨。

店里弥漫着温馨的味道。烤飞鱼高汤、海带高汤、香菇高汤、柴鱼高汤等，混杂出的丰富怀旧的味道。和柴田家阿朝煮的东西很像，博多风的肉汤香味。吧台后面排放着客人寄放的酒——酒瓶上用油性麦克笔写了名字或插图——也摆了很多装饰品，例如摩天轮的模型，少男少女面对面嘟起嘴唇——也有翘起屁股——的装饰品，祈愿生意兴隆的牌子等。此外，沿着墙壁也放了好几个除虫容器，平常当然没有这些东西。

“利江阿姨真的很了不起啊。”茉莉对有些俗气但很有奉献精神（应该是）、坚强能干（错不了的）的父亲的情人说。

至少这是真心话。一个人要打理一家店有多么辛苦，茉莉多少明白。在老板夫妻、夏木力、石桥达哉都不在的地方。

元旦天气晴朗，却也是个冷飕飕的一天。上午，茉莉带早纪去给阿始和总一郎扫墓。

“你好吗？”茉莉对阿始说，“今天天气很好。这里真是安静的好地方啊。你生前也很喜欢在向阳处取暖，死后也在向阳处啊。一定会晒得很黑哦。”

茉莉忆起，在这样好天气的午休时间，在只铺了一床垫被的房里，和阿始匆忙做爱的往事。不觉羞地脱下衣服扔掉，省略了一切被称为前戏的部分。透过阳台的栏杆看得见天空。茉莉认为那是健全的性爱，奇迹般健全的性爱。阿始的身体，如同他的笑容和灵魂一样美丽、磊落、强劲而健康。在那种强度前，茉莉变得毫无防备。而如今，茉莉已经无法再拥有毫无防备的状态。

“跟爸爸说话了吗？”茉莉问。

早纪简短回了一句：“说了。”

“那么，下午开红色车子去海边玩好吗？去筥崎宫也不错，去电视塔旁边的公园玩也不错。”

早纪想了一下说：“我要待在家里。”

于是这个下午，茉莉在家和早纪与阿新一起看电视度过。

福冈这个城市，在茉莉的印象中丝毫没变。天空辽阔。风，即使在冬天也很轻柔，色彩明亮。当然，闹市里的新商店一间一间盖了起来。据阿新所言，“药院车站已经变成高架状”。茉莉和总一郎和阿九以前滑草的河堤，早就架设了刺铁丝网，令人怀念的玛莉亚馆也已关闭许久。

尽管如此依然觉得没变，茉莉自己也感到不可思议。将视线从无聊的新年电视节目移开，墙上总一郎画的蜡笔画，依然用胶带贴在那里。

探望祖父江九是在隔天。天气晴朗，气温很低，十足冬日风情的午后。沿河的道路上，处处可见假日愉快漫步的人们，有携家带眷的，也有情侣，热闹非常。熟悉的雪印奶油广告塔，打烊后并排的路边摊。

阿七和她丈夫经营的宾馆就位于这条河边。“La Fort D’amour”（爱的森林），褪色的招牌上如此讴歌着。大白天的宾馆显得格外冷清。入口处上方有到了夜晚会闪烁的小灯泡，现在也只见电线醒目缠绕着。

“你好。”茉莉向工作人员打声招呼后，走向阴暗的电梯。

受了重伤，非得结束浪迹天涯之旅的祖父江九，现在一个人住在这间宾馆的屋顶。他说要在这里建造一座“森林”，种了很多植物。

“阿九，你在吗？”茉莉为了隐藏不安，努力以开朗的声音说。

虽然名曰森林，其实比较像百货公司的顶楼平台，飘荡着尘埃和外头的空气与寂寞的水的味道。水，架设在屋顶中央，以奇妙的喷水方式洒落。

“阿九？”每次来到这里，茉莉总忐忑不安。这个地方呈现出一种诡异的静谧，植物越来越多。

“谁？”首先从小屋——阿九住在这里——后面传出声音，接着全身出现。身材高大魁梧的男性，和茉莉同年生，身体明明是成人，说话却像个小孩的祖父江九。

阿九抱着橡胶水管，收卷整齐的蓝色橡胶水管。看到茉莉，表情稍显柔和了些。如果那一脸漠无表情的怅然若失也可以称为表情的话。

“你好吗？大过年还整理院子，好勤劳哦。”

阿九什么话都没说，将橡胶水管放在水龙头旁边，洗手，用挂在脖子上的毛巾仔细擦干双手。

“要不要喝杯茶？”

“好啊，谢谢。”茉莉答道。

茉莉第一次来的时候，阿九认不出她，怯生生地凝视着茉莉问：“你是谁？”

如今不用报上名字也不会被问，茉莉认为是很大的进步。

“这个叶子好香哦，我喜欢这棵树。”

茉莉这么一说，阿九几乎只是瞥了一眼树木就回答：“月……月桂树。”

白蜡树、野茉莉、龙须草、毛毡筋骨草。阿九森林里的植物，呈现出不可思议的完美配置：外围的植物比人高，越往里面越低，一直到低矮的小花小草和苔藓类。现在的阿九，这是他唯一能带着自信说明的东西。

“这是什么？”

因此茉莉问。为什么树和树之间要用竹子绑起来？喷水池的水是怎么循环的？这个果实能吃吗？

铁制的桌上，阿九不仅摆了茶，还放了罐装煎饼，以及今天早上阿七送来的筑前煮，放在小小圆形的密封保鲜盒里。茉莉穿着大衣，围着围巾，坐在椅子上喝茶。其实她有很多事想问阿九。例如他对现在眼前的茉莉理解多少？在巴黎发生了什么事？为什么不和阿七与银次住在隔壁家，一个人在这么奇妙的地方生活？

“那栋建筑物盖得好大哦。”可是，茉莉却这么说，凝视着对岸的巨大建筑工地现场。

阿九也看了一下，不过似乎不感兴趣，只是耸耸肩。

“听说那里要盖一个巨大购物城，有饭店，有游乐园，宣传做得很大呢。”

可能过年期间工程休息，建筑工地不见人影，在蔚蓝的天空下，唯有钢筋水泥宛如前卫艺术品裸露着。

阿九打开罐子，吃起煎饼，发出喀滋喀滋的声音。

“不过，这里完全是另外一个世界。”

听着阿九吃煎饼的声音，茉莉微笑闭上眼睛，意识到自己根本不在乎问什么问题了。无论阿九有没有记忆，也不在乎了。重要的是，阿九活下来了。没有像总一郎和阿始那样死掉。

现在，在一九九六年一月的福冈，阿九发出吃煎饼的声音。

“怎么了？有什么好笑的吗？”

眼睛一张开，穿过阿九肩膀看见黄澄澄的柚子。被深绿而厚实的叶子守护着，三个柚子垂挂在枝头。

“不是啦。我不是觉得好笑，是高兴。”茉莉说，“阿九活着，我真的很高兴。”

这天，茉莉在阿九的“森林”里待了将近两小时。和阿九在一起很快乐，有一种安心感。这几年的阿九，看在茉莉眼里像个修行僧。结实强健的体格，严谨闭合的嘴角，默默地照顾植物，过着远离世俗的生活。刚开始茉莉很害怕，而且被和以前一样的眼神直勾勾地凝视，仿佛谎言——这么说如果太夸张的话，那就是不安、恐怖、疑心暗鬼——被看穿似的难以镇定。

茉莉不曾对阿九说过谎。一方面是没必要，一方面也是不想。尽管如此，倘若自己摆出一副“结婚”生了“女儿”，一边“养育”女儿一边“工作”，是个和“男性”保持适当距离在交往的“成人”模样来见阿九。总觉得这一切都谎言，是瞎掰的，可笑至极。

“所以我有点害怕去见阿九。”

吐露心声后，被总一郎一笑置之。

“你还真傻啊，茉莉。阿九完全没变哟。”

结果，一如往常地，总一郎或许是对的，茉莉心想。

“很高兴今天能见到你。你的气色不错，真是太好了。”茉莉起身说，“我可以再来找你玩吗？”

阿九一脸正经凝视茉莉，重重地点了个头。

“这种季节睡在小屋可能太冷，小心别感冒了哦。”

阿九再度点头说：“我……我有暖炉。”

“小时候，我很嫉妒阿九和哥哥。该怎么说呢，因为你们两人好像很了解对方的样子，我总觉得我赢不了。”

茉莉说着，看到坐着的阿九的手，因为工作时一直泡水而变得红肿发黑。光是这样看起来就已经够痛了，到处还有割裂伤。

“不过，结果现在也是这样。哥哥似乎比我更早就知道，阿九什么都没变。”

茉莉一边和想拿起阿九的手贴在自己脸颊上的冲动苦战，一边说着。即便压抑冲动是很困难的事。

“哥哥？”

“对啊。”尽量不去想阿九的手，茉莉挤出笑容答道，“不知道你还记不记得，我有一个哥哥，叫做总一郎。”

阿九眉头紧蹙，低头想了一会儿之后抬头大叫：“啊！总哥！”然后装腔作势地耸起肩膀，嘟起嘴唇。“总哥，总哥是我的好朋友！”好像在生气似的，阿九语气强硬地说。

茉莉什么都还没说之际，那个就又发生了。

“阿九，住手。不要动！”

上次是花洒浮在空中。再上一次是一块又大又重的石头飘浮起来，大约有四个成人拳头大。

“我知道啦！住手！不要动了！”

饼干罐喀啦喀啦剧烈摇晃，接着竟然从桌面弹跳落地。又没有风，其他东西也都丝毫没动，唯有饼干罐自杀似的掉下来。

“我不是叫你住手吗？”

茉莉这么一骂，阿九像个搞怪被逮到的小孩般抿嘴一笑。

“你是怎么办到的？”

这么一问，他将头转向一边。

“很……很简单吗？”

“很简单啊。想做就能办到，比折弯汤匙还省力呢。”

茉莉半是看傻了，半是畏怯。

“你很佩服？”

被这么一问，茉莉回答：“佩服。”

捡起罐子，金属依然显得紧绷，茉莉的手心感到些微的振动感。

阿九可能拥有和一般人不同的能量，茉莉心想。关于那股封闭在阿九体内、强劲而莫名其妙的热力，茉莉不知道该怎么想才好。

“很高兴见到你。”茉莉又说了一次。

“如果你想来东京玩的话，一定要跟我联络哟。”

祖父江九走到逃生梯的中间平台上，无言地送茉莉离去。

尽管是这样开始的新年，飞机立刻将茉莉带回日常生活里。和早纪住的破旧公寓，“英铎”酒吧，和石桥达哉共度的平稳时光，（被认为）适合自力更生的女性嗜好的游泳和跳舞，以及隔海的那边，依然给茉莉带来勇气的巴黎的人们。

首先，倒垃圾。

飞机滑进夜晚的跑道时，早纪惊呼，哇啊你看，蓝色的光，好漂亮哦。茉莉回答，那叫指示灯。去年年底来不及倒垃圾的茉莉，在脑袋的角落做笔记，千万不要错过今年第一班垃圾车。

然后洗早纪的室内拖鞋。

买阿新托买的书寄给他。

舞蹈发表会剩下的票，想办法在店里卖掉。

拎着装满伴手礼的行李，和早纪以及其他乘客一起走到空荡的大厅时，茉莉连想都没想到，自己竟然等不及暑假就回福冈去了，而且还和陌生男人在一起。

4　不是情人的情人——被收留者石桥达哉

回到住处，石桥达哉已经在里面。

“回来了啊。”他带着沉稳的笑容，对茉莉和早纪说。

“你怎么来了？”

和达哉的关系已经维持一年以上，虽然交换了彼此住处的钥匙，但这种事——茉莉外出中，他没有联络就跑来——还是第一次。他是个很重视自己的生活和隐私的男人，可能因为这个缘故，也能尊重茉莉的生活和隐私。可以幽会，不会奢望占有对方过多的时间，这是茉莉喜欢的。

“抱歉，擅自跑来。”达哉道歉，将茉莉手上的行李拿过来，率先走进屋里。

早纪很明显地摆出一张臭脸。早纪究竟将这些经常来家里玩的母亲的男性友人们摆在什么位置？茉莉并不知道。

“有鸡肉锅哟。我猜你们可能还没吃晚饭。”

厨房里确实传来热腾腾的香味。茉莉眉头轻蹙，“对不起，我们吃过了。因为怕回来没有东西吃。”

虽然只是一瞬间，达哉露出伤脑筋、束手无策的表情，于是说：“这样啊。”

“你怎么来了？”茉莉又问了一次。

但达哉似乎不想回答，转而说：“邮件我收了，放在那里。当然我什么都没看。”

“谢谢。”

边桌上摆着贺年卡和信件——大多是DM之类的——茉莉瞄了一眼，虽然道了谢，但依旧难以释怀。究竟为什么，达哉现在会在这里呢？

早纪喃喃自语说了一句“好渴”，打开冰箱拿出宝特瓶装的茶，将冰箱关回去时，连茉莉都觉得她太用力。

茉莉明白事情的缘由，是在早纪洗完澡、独自上床睡觉之后。时间已经接近深夜，茉莉和达哉将小矮桌搬到客厅，达哉开了一瓶香槟说：“这是我想和你举杯迎接新年而买的。”住惯的房间和看惯的家具，这里有个称之为恋人也不为过的男人，茉莉却感到很不舒服，无意识地用手心确认被太阳晒过头的榻榻米触感。

达哉说他已经在这里住了四天，并且希望茉莉能再让他住一阵子。

“不行啦！”茉莉不是困扰，而是惊讶地说，“早纪在啊！而且这个房间这么小，你应该去找别的朋友，或者去阿力那里才对吧？”

茉莉不认为自己冷淡，这是理所当然的事，而且自己有非守护不可的东西。

“店里呢？”茉莉继续说，“睡在店里的沙发，一定比睡在这里舒服多了。把事情跟老板说一下，他应该会让你住吧。”

达哉说，他是因为房租迟交太久而被赶出公寓。而茉莉认为，“英铎”酒吧的老板夫妻通情达理，是可以信赖的人。

尽管如此，达哉会在经济上被逼到如此走投无路，实在难以置信。两个人在那间时髦雅致但没有多余物品的房间里，一如往常地愉快交谈拥抱缠绵，只不过是一星期前的事。在店里，每晚都一起工作，看不出达哉有什么不安。和五年前第一次见面以来一样，达哉一直都是冷静稳重而开朗。无论是客人的交谈或茉莉在说话，达哉都一样全神贯注侧耳倾听，有时回以轻妙的笑话，有时温柔颔首表示理解，有时笑到东倒西歪，像个幸福到不像话的人。茉莉总是既欣赏又佩服，觉得他是个成熟的人。

演变成这种关系，是极其自然的发展。因为谈话很愉快，在一起很愉快，上了床之后的感觉又更愉快。

“我完全没注意到。”看着香槟的气泡，茉莉说，“万万没想到你竟然会没钱。”

悄悄地，感受到达哉微笑的气息。

“我明白，不要紧的。也不是没钱啦！只是偶尔会有这种情况。”

抬头一看，达哉的笑容一如往常诙谐逗趣。

“抱歉抱歉，不要一脸这种表情嘛！不用担心。”一如往常，成熟又温柔的达哉。

“对了，我把早纪的室内拖鞋洗好了，因为很脏。”达哉一边给茉莉倒香槟一边说，“你真的不饿吗？煮鸡肉锅的时候，我放了很多牛蒡，味道变得很棒哟！”

为什么会没钱呢？茉莉不敢问。因为这在两人的关系里，似乎是过度干涉的行为。达哉的日常花费并不奢侈，而且又是店长，薪水理应比茉莉高出很多，也看不出沉迷于赌博或玩女人的迹象。那么为什么呢？这个疑问，茉莉整夜都问不出口。

冬天。

健身俱乐部前的行道树，挂着闪烁的霓虹灯泡。有阳台座的咖啡馆，玻璃帷幕的展示馆。茉莉喜欢东京的冬天。最近才终于明白，这个城市之所以美丽亲切，是因为有可以由衷信任的朋友在。

俱乐部里的柜台区已经很暖和，寄物柜室和室内游泳池的暖气几乎到了热的程度。温水的味道、亮晃晃的灯光和水声的巨大回音，正好凸显出整个空间的静谧。茉莉的脚掌踩在坚硬的白色瓷砖上，手臂之所以起了鸡皮疙瘩，是因为经过淋浴的走道。避开溅起激烈水花的游泳者旁边，茉莉挑了第二水道。首先惬意悠缓地游两趟蛙式，然后再倾出全力快速游一趟蛙式。站在水道边稍作休息后，最后再以漂浮般地仰泳，不过只游单程。游泳的时候，每个人都能如此感受到“无”吗？茉莉心想。好像记忆、思考、感情，什么都不存在似的，有的只是自己的手脚和身体、头和视力而已。

走进三温暖室，冲澡换衣服，骑脚踏车去“英铎”酒吧。茉莉待在健身俱乐部的时间，前后不到一小时。

石桥达哉和夏木力都已经来上班了。店里昏暗，弥漫着一股独特的味道，让人感到心情平静。达哉听从茉莉的意见，隔天起就暂时借住在酒吧里。老板夫妻不仅答应他住在这里，还预支薪水给他。感激不尽，达哉如此回答，深深低头鞠躬致谢。这是茉莉从达哉那里听到的。

可是，都已经这样了，达哉还是回到茉莉和早纪住的公寓。这是一月底的事，现在住进来已经半个月了。达哉非常顾虑茉莉和早纪，每天早上早纪出门前他一定不会回来。公寓里，现在不但有达哉的衣服和牙刷，还堆了四个纸箱的东西。

“早啊。”[1]

这件事茉莉没有对店里的人说，所以她首先对阿力打招呼，然后也对达哉打招呼。

“早安。”

说得好像今晚才第一次见面似的。其实，已经一起睡过觉，一起起床，一起吃过乌龙面。偶尔想做的话，在睡前也会做爱。在早纪不在的房里。

目前的情况是，早纪回来之前，达哉会离开。关于堆在家里的纸箱和男人的衣服，早纪什么都没问。

“是我让他放的。他说被赶出公寓了，怪可怜的。”尽管如此，茉莉也对早纪说明。

1　酒吧虽然晚上营业，但对工作人员是一天工作的开始，所以见面时道早安。

“这样啊。”而早纪只回了这么一句。

没办法。对于这位有肉体关系的朋友达哉，茉莉终于能这么想。只是提供睡觉和放行李的地方，不是什么大不了的事。

在巴黎和菲利普之间的事，有一半是志津夫策划的。志津夫说要带茉莉去美术馆，约好要让她一偿夙愿在巴黎开车，到了当天就说“我临时有事，已经拜托菲利普了”，还说“菲利普是属于最棒的那种男人哟”，还说“不知道丰盈的喜悦的话，女人会干涸得很快哟”之类的。

就这样彻底陷入诡计中。并非坠入情网，而是懂得了男女之间的友情的意思。既安心又惬意，真的是“丰盈的喜悦”。之后茉莉和印尼留学生保罗之间建立同样的友情时，志津夫一脸苦笑，只差没说“药下得太猛了”。想起这段往事，茉莉莞尔一笑。

菲利普和保罗现在都还会写信来，两人都用茉莉能懂的平易浅显英文书写，但两人的手写字体都有怪癖，有些地方很难判读。此外，两人一定会写同样一句话：见不到你很寂寞。这句话的轻盈，让茉莉很开心。因为轻盈的话语比沉重的话语，更为真实。

“英铎”酒吧生意兴隆。深夜，茉莉和常客大田先生跳扭扭舞。不管是扭扭舞、华尔兹、猴子舞，只要客人要求，茉莉什么都跳。即使客人的舞姿——例如今晚的大田先生——只是气势威猛地随便乱跳，舞姿独特到令人不喝醉就无法直视的地步。全场依旧充满欢笑声、拍手声。张开双手，抬起一只膝盖，仿佛射精时的恍惚表情，嘟着嘴用力扭腰的大田先生，散发出酒精和古龙水混杂的气味，同时也透露出他年轻岁月时的故事。

这里就是这种地方。茉莉带着骄傲的心情这么想。

星期天，茉莉和早纪、美智留、由美子一起去银座看电影。这是个寒风刺骨的日子，傍晚飘起了小雪。小雪好像下错似的，只下了几分钟，但四个人都眼睛发亮。

“下雪了！”最先惊呼的是早纪。

其他三个人都陆续地说，真的耶，是雪。然后四个人不晓得怎么回事，都拼命在闻空气的味道。彼此发现后，笑得不可开交。

走到大马路，找到咖啡店进去时，雪已经停了。尽管如此，茉莉对这幅光景印象深刻。手牵着手的早纪和美智留，走在后面的自己，一旁心情愉快叩叩叩地踩着靴子的由美子。

“电影好不好看？”大伙儿在咖啡店的后面桌子坐定，都点好饮料之后，由美子问早纪。

“嗯，普普通通。”早纪如此回答。

她说这句话时歪着头，像在拣选词汇般地，但带着确信说。和美智留与由美子在一起时，早纪是坦率的。

“剧情的发展看得懂吗？”美智留问。

早纪有点不好意思地回答：“还好。”

她们看的电影是《窈窕淑女》，本以为挑这部电影以早纪的年纪应该也能欣赏，但早纪说：“字幕有很多困难的字，看不太懂。”

茉莉啜饮着咖啡。周末，达哉不会来茉莉的公寓。

平常早上送走早纪，迎接达哉时，茉莉总觉得自己是个不良少女，好像背着爸妈和男人私会似的。另一方面，摸着下班后没地方去，在路上走了四十分钟，身体都冻僵的达哉的脸颊或手时，又觉得自己变成坏儿子的母亲。乱糟糟的房间里平常东西就很多了，多了达哉的东西后显得更乱。

“这段时间你都做了什么？”

这么一问，达哉耸耸肩说：“就在店里打盹啊。”

有时说："去Jonathan's[1]看书。"

达哉无论外表或举止，完全没有不良之处。他比茉莉大十岁以上，身材矮小，短发斑白，戴着黑框眼镜，喜欢穿黑色或白色的高领毛衣。与其说是酒吧的店长，看起来更像从事计算机或设计方面的人，或是大学的研究员——茉莉相当熟识的人们——或补习班的讲师。善于倾听，工作态度认真，做起事来任劳任怨。

"好冷哦。"达哉面带笑容地说，"喝杯睡前酒吧。"但立刻又说，"不过得先把垃圾拿出去倒。"说完就利落地把垃圾拿出去。

"可以让我洗个澡吗？"说这句话时，口气变得有些拘谨。

茉莉难以压抑心中翻滚而上的同情，回了一句"当然可以啊"。

这种生活，对长年来一个人住、个性一丝不苟、很重视自己的做法的达哉而言，可能很难熬吧。

"你需要多少钱，才能搬回公寓住？"茉莉并非有多余的钱可以借他，但还是很好奇问了几次，"跟你姐姐商量过了吗？恒哥也可以啊。"

而达哉的回答总是一样，"抱歉抱歉。真的不要紧，别担心。"

结果就落得这样，两人各喝一杯廉价的葡萄酒，倒头就睡。达哉从背后抱着茉莉。

可能是迫于无奈吧，茉莉思索着。毕竟有各式各样的人生，不见得每个人生都能一帆风顺。有个栖身之处是幸福的。这是茉莉在巴黎学到的，也正因如此才决定在酒吧工作。想着总有一天，或许真的是很遥远的一天，能够拥有自己的店。

更何况——茉莉闭上眼睛，一边确认达哉的体温与身材、呼在她的脖子上的气息与搂着她的手臂重量，一边继续思索。更何况，和特定的人反复做爱是安稳且甜美的。即便称不上同居，但家里有男人的状态，是很久没有的事了。

---

1 Jonathan's，24小时营业的连锁餐厅。

无所谓。总一郎大概会这么说吧。和怎么样的男人维持怎么样的关系都无所谓。但是，要去更远的地方。

世田谷的郊区，在这个对茉莉是未知场所举行舞蹈发表会的日子，又是一个看似要下雪，冷得令人发抖的阴寒日子。茉莉跳了拿手的吉格舞，也和舞伴联手跳了探戈。舞台上，沐浴在聚光灯下跳舞，心情变得格外雀跃。这场发表会还有孩子们的现代芭蕾，十五位女性的爵士群舞，甚至有日本传统舞蹈等多项舞蹈盛况演出，尽管每个人拥有的时间很少，但茉莉跳得很快乐（让职业化妆师化妆的体验也是头一遭，十分有趣）。虽然从舞台上看不到，但观众席里应该坐着茉莉在“英铎”酒吧卖掉入场券的常客和他们的朋友，甚至朋友的朋友，或是他们的妹妹的朋友，许许多多不认识的人。

而这一天，茉莉最高兴的瞬间是，一群朋友突然涌进“禁止外人进入”的后台的瞬间。有“英铎”酒吧的老板夫妻、达哉、阿力和弹钢琴的祥子，还有早纪、美智留和由美子都来了。这是一幅奇特的景象。几乎都是第一次见面、以舞蹈为兴趣的女性们个个看傻了。毕竟这里是女性专属的后台，连配偶都不得进入。

“够远的！这地方也太偏僻了吧！”

说这话的人是达哉，而一眼看到化了舞台妆的茉莉，立刻爆笑的是夏木力。早纪瞠目结舌，嘴巴张得好大。穿着昂贵皮草沉默不语的祥子，在一群人里反而显得格外突出。

“对不起哦，我们马上就出去，对不起。”

除了早纪、美智留和祥子，个个都边笑边道歉。老板夫妻带了酒杯和香槟进来，当场就打开请茉莉喝。

“加油哦，不要紧张。”

由美子这么一说，美智留睁大眼睛反问：“紧张？茉莉会紧张？”

“别闹了！别闹了！别闹了！”实在太高兴了，茉莉摇头叫嚷。

这是何等的幸福啊。我在这个城市，竟然有这样的朋友。想到这里，茉莉好想给每个人献上一个吻。

“那么，待会儿见啰！我们在大厅等你。”

一群人将周遭的蹙眉视若无物，热热闹闹地鱼贯而出。

5 距离上次和青山志津夫见面，已是三年之久

“又在写信？”达哉从茉莉头上窥视，问道，“航空信？”

“不，福冈。”茉莉回答，双脚在写字台下蠕动。窗户是开的，神清气爽的空气流了进来。

“写给老奶奶？”

“不，是阿九。”

下午一点。早纪还没放学回来。

“你已经起来了啊？这么早。”

今天早上，达哉来的时候已经快十点了。

“你通信的笔友还真不少啊。”

茉莉没有回答这句话，达哉说着就往厨房走去。

“总觉得很羡慕啊。”

茉莉呵呵呵地笑了起来，听在自己耳里都觉得是得意洋洋的笑声。接着传来达哉往水壶装水的声音，点燃瓦斯炉的声音。

“对啊！到处都有很重要的人。”

茉莉一边说，一边摸着柴田家用过的小矮桌，那褪色且满是刮痕的桌面。有些像是被劈到似的，伤口还起了毛边，有些是尖细锐利的伤痕，还有好几个被茶杯杯底烫出的白色圈圈。

“当然，石桥先生也是其中一人哟。”茉莉补上这一句，“刚才我

在信里也这么写呢。”

有石桥达哉在的日常生活，如今茉莉已经能当作好事接受了。明明原本感到很困扰——和早纪两人的生活里没有的，连自己也没发现需要的东西——不是恋爱，更不是性爱。这些东西以前可以在外面取得，现在依然可以——就在有达哉的这间公寓里。虽然是小小的东西，但却是一直渴望的东西，欠缺的东西，那就是安全感。就像一只在背上轻抚的手，说着“不要紧的”。就像很久以前，犹如总一郎的存在。

“奇怪？茶包只剩一个？”达哉突然惊呼，“没有先买回来放吗？”

对，例如就像这种事。

“抱歉，没有耶。”茉莉回答，嫣然一笑，“我等一下去买，你拿去喝没关系。我和早纪都喝咖啡。”

茉莉知道，察觉到茶包没有先买回来放时，如果是自己一个人，会觉得自己很失败。虽然早纪喜欢红茶更胜于咖啡，虽然不让茶包用完其实也很简单。然后，一定会觉得自己是个懒散、一无是处的人，如果是自己一个人的话。

将信纸放入信封，贴上邮票。

没什么大不了的。只不过身边有个人，就能这么想真是不可思议。

喀啦喀啦，传来搅动冰块清凉的声音。

“我放弃红茶了。”达哉说，拿了两个玻璃杯现身。

“可尔必思！”茉莉发出欣喜的声音，立刻将小矮桌整理干净。

阿九，你好吗？我很好。春天到了啊。前一阵子我去搭地铁时，那明明是地铁，却有一段跑到地面上来。电车开出地面时，窗外突然出现开满樱花的河堤，正当我看得目瞪口呆时，电车又开进了地底下。好漂亮的画面，我有点吓了一跳。

日前早纪念的小学举办了音乐发表会，早纪负责的乐器是铜钹，会发出很大的一声“锵”。不过她不太有表现的机会，其他同学在演奏手风琴、笛子、铁琴的时候，早纪就臭着一张脸一直站在旁边。那样子真的很有趣，看得我和朋友都笑了。这位朋友是和我在同一家店工作的男同事，这件事请不要跟我爸爸说。其实他现在几乎都住在我这里。他是个温柔体贴成熟稳重的人，即便我们很亲密了，他还是奇妙地彬彬有礼，是个相当有趣的人。由于上述种种，现在我每天都过得很热闹。也很高兴白天变长了，因为我是晚上工作，上午通常在睡觉，起床后打扫房间，去上舞蹈课，一转眼天就黑了，总觉得很空虚。住在那幢大楼的屋顶森林，和朝阳一起起床生活的阿九一定无法想象这种空虚吧。

下星期，在法国很关照我的画家难得要回国了。他会在东京待一阵子，我们约好要一起吃饭。我好期待哦。希望有一天也能介绍给你认识。

那就先写到这里。请多保重。

茉莉上

到了五月，汗涔涔的高温，耀眼的艳阳天持续着。

预定在福冈待一星期、在东京待十天的青山志津夫回国后相当忙碌，和茉莉见面时，已经是到了隔天就要回巴黎的最后一夜。志津夫回国后立刻从福冈打了一通电话来，之后就渺无音讯。一方面也是早纪很期待，因此茉莉一直忐忑不安，不知道能否真的见到面。

“志津夫老是这样。”“英铎”酒吧的老板娘好笑地说。

老板娘和志津夫是在美术大学认识的老朋友，她自称“年轻时有唐璜之称的美男子志津夫唯一用食指叫不动的女人”“还被迫扮演安慰被志津夫惹哭的女人的角色”。

“他很讨厌被约定束缚。”仿佛忆起遥远的往事般，但却不感伤，而是带着爽朗的语气继续说。

茉莉就在旁边，专注看着这样的老板娘五官端正的侧脸。老板娘叫志津夫的口气十分亲昵，茉莉怎么听都不习惯。

“就是画这幅画的人吧。”夏木力指着挂在店里墙上的老板娘肖像画确认，“他不来这里吗？我好想见见他哦，茉莉的长腿叔叔。”

茉莉苦笑。长腿叔叔？志津夫听了不知道会有什么表情。

“不知道耶。刚开业的时候来过一次，他总是不肯来这里。”

“那是一间很棒的店哦。”茉莉想起，关于“英铎”酒吧，志津夫曾自信满满地如此对她说。“那里对你来说，一定是很棒的职场。”说得一副对这家店很熟的样子，想不到却只来过一次。茉莉既惊讶又佩服。但是，倘若果真如此，那个自信究竟打从哪里来的？

想到这里，茉莉又不禁苦笑了。这其实没什么好惊讶的。因为志津夫向老板夫妻推荐茉莉工作时，那个推荐词恐怕也是自信满满到茉莉听了都会很头痛吧。正因如此，现在茉莉才在这里。

“不过茉莉，他跟你联络了吧？说回国之后要一起吃顿饭？”

茉莉一点头，老板娘整张脸笑开了。这个人笑起来真的很漂亮，茉莉暗忖，犹如花朵绽放般，笑得很灿烂。

“那就没问题了。”

难得店里客人很少，大伙儿围在吧台边，好像深夜围在一起聊八卦似的，老板娘拿着白兰地酒杯，笑容可掬地打保证。

“志津夫虽然很讨厌约定，不过一旦约定了，就一定会遵守。”

啜着香气芳醇的液体，唯有眼睛越过杯缘微微一笑。又来了，茉莉心想，又是一副自信满满的语气。她和志津夫应该多年不见了，而且志津夫似乎也不常从巴黎打电话给她，为什么她这么有自信，敢这样保证呢？

然而结果，老板娘是对的。

这天晚上，茉莉和早纪一起来到志津夫下榻的饭店大厅。大厅入口装饰着华丽夺目的鲜花，楼梯铺着厚厚的地毯，左手边是烟雾缭绕的咖啡厅。距离上次和志津夫见面，已是三年之久。

“好紧张哦。”说这话的是茉莉，但她知道站在一旁斜背着小包包的早纪也紧张得不得了。

“忙东忙西的很抱歉，我只有明天晚上有空，你们两人有时间吗？”昨天，志津夫在电话里这么说。完全没有寒暄，没有说好久不见了，也没有说早纪长得很大了吧，也完全感受不到重逢前的兴奋与紧张。语气稳健，带着消遣之意，不过也流露出见不见得了面都不是什么大问题的样子。

“时间，马上就腾得出来啊。”

茉莉不由得气势惊人地说，随即在耳边听到志津夫微笑的气息。

“志津夫！”首先发现志津夫的是早纪。她欢天喜地呼叫他的名字，毫不迟疑地跑过去。

“嗨，你好啊。”听到声音、看到人之后，茉莉立刻用双手搂着志津夫的脖子，垫起脚跟用脸颊碰脸颊的方式打招呼。

重逢，和预想中的情况截然不同，只是只是非常开心，非常快乐。紧张不晓得跑到哪里去了。时间仿佛没有流逝似的。这个人难道都不会老吗？茉莉心想。今天志津夫的打扮是苔绿色的衬衫搭上深咖啡色的长裤，领间系着米色丝巾。不过，坐在出租车里前往志津夫预约的餐厅，茉莉思忖着。不过——第一次见到他的时候，他看起来就有点年纪。无论是混着白发的香菇头、老派的圆框眼镜，或是丝巾。

“感觉好怪哦。”靠坐在出租车后座，茉莉看着大马路的街景、霓虹灯、人群朝着后方流逝，喃喃低语，“和你在东京见面，感觉好怪哦。”

然而，这只是茉莉想说的话的一半而已。其实，真正想说的是：东京看起来很像巴黎，街景看起来更加灯火辉煌，好像陌生的地方似的。明明是陌生的地方，明明像旅游地，却没有丝毫不安，只是觉得很高兴，甚至觉得自己的人生很美好，就这样什么地方都去得了的自由感。

志津夫带茉莉母女来到的是一家古色古香的小料亭，二楼只有一张桌子。女老板和年老的厨师，看到志津夫都张开双手欢迎，连呼“老师老师”。像在博多似的，茉莉心想，和早纪睁大眼睛面面相觑。

“我和这家店是老交情了。”在二楼的座位坐定，等店里的人离去后，志津夫如此说，“这里不仅料理好吃，而且很安静，在这一带是很难能可贵的。”接着拿起桌上的摇铃，笑笑说，“只要不摇这个摇铃，谁都不会来，所以不会被打扰。”

志津夫从容优雅地盘腿而坐，稍稍歪着头，一边在茉莉和早纪的脸上轮流看来看去，一边说话，看起来相当轻松惬意。

“好了，所以呢？你过得怎么样？说来听听吧。”

茉莉伸手想拿啤酒被志津夫制止，一边将自己的酒杯倒满，一边催促茉莉。

“在那间酒吧工作非常快乐。”茉莉说，“不只是工作的伙伴们，连常客们的感觉都很像，很像是一群志同道合的人聚集在一起。”

流动在“英铎”酒吧里的时间，夜夜来到这里的人们，音乐和美酒、谈话声、欢笑声。茉莉向志津夫说明，那个地方的气氛，风格独特的人们，还有在那里工作的自己的事。

志津夫愉快地听着，呵呵呵地笑说，这真是太好了。慢条斯理地喝着酒，时而好像想起什么似的动起筷子。

不知道是不是志津夫特地点的菜，一道道都在适当的时机上菜，而且都非常朴素，完全不像银座这个地方的家常菜，例如凉拌油菜花、煮蜂斗菜、烤鱼、蛤蜊汤。

茉莉也尽情地说了很多话，多到自己都感到奇妙。店里的事，早纪的事，还有巴黎的事。说到巴黎时，早纪还会插嘴，“不是啦。阿美的店最好吃的是春卷啦。”或是，“安娜经常叫我‘贝贝’。”

茉莉也提到她越来越喜欢跳舞，以及有生以来第一次参加发表会。

“店里的人，大家都来了呢！”话刚出口就停了一下，光是回想起来就好开心，吸了一口气继续说，“看到大家的脸时，我真的觉得幸福到好可怕。当然早纪也来了。”

说到这里又停了一下。

“因为你的朋友很多，说不定多到我无法想象。不过，因为我一直很讨厌学校，也没有朋友。”

这句话出口后，茉莉才深切地意识到这是事实。以前一直认为才不需要什么朋友。念私立女校时也是，后来晚念的大学时代也是。

“一个也没有？”志津夫兴致勃勃地问。

茉莉微笑暗忖，我就是喜欢他这一点。有话直说，不会摆出无聊的客气样。

“也不是一个也没有啦。”啜了一口烧酎，茉莉回答。

美智留是她的朋友，福冈也有阿九在。

“既然不是一个也没有，”志津夫说，“说没有朋友很奇怪。”

这样就够了。茉莉完全明白志津夫想说的话，也知道志津夫明白她想说的话。这个人总是这样，茉莉有点恍神地用已经开始茫然的脑袋想着。不用多费唇舌，这个人就能轻易地让我明白，就像哥哥一样。

吃完饭后的草莓，摇铃请求买单之后，志津夫忽然说：“啊！对了，有件事我得先跟你说。”

志津夫说这话时，脸上浮现一层近似疲倦的阴霾。

“令堂的花园，我决定放手了。很遗憾，难以再维持下去。”

事发突然，完全出乎意料。

“虽然我每次回国都要处理很多事情，但这次主要的目的是要处理这座花园。”

茉莉一脸愕然。

“这样啊。”但她还是如此回答，挤出一个笑容。

这是早该料到的事。定居在巴黎的志津夫，持续拥有那个地方才是奇怪。

“你们是说那座花园吗？”早纪插嘴问。

“对啊。就是妈妈的妈妈盖的那座奇怪的花园。”

茉莉眼里浮现喜代傍晚站在花园里的身影，也浮现帮喜代搬运重物进花园的阿始的身影。那个夏夜，扑鼻的玫瑰花香，正方形的花圃里密密长着摇曳的薰衣草，晚饭前被叫去摘的香草。准备考试期间，经常和美智留来花园散步。古典文学，几乎都是在这里背起来的。《平家物语》《方丈记》和《和泉式部日记》。

“那座花园会变成怎样呢？”早纪担心害怕地继续问。

早纪没见过喜代，但打从她一出生，花园就在那里。“妈妈的妈妈的花园”，她恐怕连意义都不懂，但也这样一直叫下来，眺望着那座花园。

“可能会盖公寓大楼吧。”志津夫回答。

这也是没办法的事。

茉莉走下每踩一阶就会发出吱嘎声的狭窄楼梯，心里想着。我和爸爸，早就放弃那座“花园”了。不对，放弃的是妈妈。是妈妈抛弃了那个地方，也抛弃了我们，抛弃了博多，说不定还抛弃了日本。

“我第一次见到早纪，就在那座花园前面的路上。”在她身后，志津夫对早纪说。

“我有点印象。”传来早纪如此回答的声音。

“在那之前，很久以前，第一次和还是学生的你妈妈说话，也是在那座花园。”

“先生，谢谢您的惠顾啊！”老板娘拉高嗓门跑过来，“出租车叫好了，就说去您常下榻的那间饭店，没错吧？”

大门喀啦喀啦地打开，巷子笼罩在初夏的夜色里。

6 逆反的早纪，达哉的债务，以及突来的噩耗

已经三天了，雨下个不停。早纪有点感冒，从白天就一直在睡觉，不仅没有食欲，脾气也变得很差。平常就已经很狭小的房间，这下更是满地散落着看到一半的书本、教科书、双肩带书包、布偶、蜡笔等，连走路的地方都没有。

“有没有好一点？”茉莉终于走到枕头边，实在很想叫她稍微整理一下，但忍住了，改问她的病情。

“还好。”早纪回答。睡衣外面穿了一件开襟毛衣，撑起上半身在看漫画。

“水果吃得下吧？有葡萄柚哟。”茉莉拿起几乎没喝的汤碗，进一步问早纪。

“我不吃，因为肚子不饿。”

这时不能叹气，茉莉这样告诫自己。虽然不是什么大不了的事，但毕竟早纪在感冒。

“好吧。那今天就好好休息，快点好起来哟。”

就在此时，茉莉看到了那个。三个掉在盖被上的透明小袋子，单片包的煎饼空袋。茉莉感到安心，同时也怒火中烧，无言地走出房间。

那就说嘛！有什么关系，吃了煎饼就说吃了煎饼嘛。没有人会为了这种事生气。早纪每次都这样。茉莉走得很快，也不在意踢到布偶，边走边想。静默不语和有话必须说但不说，完全是两回事。早纪不把她的想法告诉我，不仅如此，就算小学要她拿回家交给家长的资料，她也都皱巴巴地塞在双肩带书包的底层。

“怎么了？瞧你大口小口地叹气。”走进厨房，将汤碗里的东西冲掉时，听到达哉好笑地说。

“没什么。”一边想着结果还是叹了气，一边回答。

达哉来到身后，紧贴着她的背，伸出左手环过肩膀抱住她。

“不要紧的。小孩子总会发烧，发了烧自然没有食欲啊。”耳边的轻声细语很温柔，但环抱的力气却很强，达哉大腿紧贴的温度，传到了茉莉的臀部。

“不是这样啦。”此时茉莉的声音变得有点虚脱，“她好像有食欲哟。”

嫣然的轻笑从唇间流露出来。回头，注视达哉的眼睛。

不要紧的。这句话带来的安心感着实惊人。即便是有失准头的安慰话语，但达哉那充满自信的样子说出“不要紧的”——还有左手的强劲力道——立刻让茉莉安心、镇定下来。刚才才被早纪气得要命，气到把汤倒掉，此刻都觉得很好笑。

“不行啦，早纪会听到。”

达哉的右手伸进裙子里，茉莉像哑剧电影的演员，用眉毛眼睛和嘴巴的动作传达给他知道。

屋檐上的排水管有一部分掉了，除了哗啦哗啦的雨声之外，经常还响起刷刷刷的流水声。

“今天妈妈向店里请假了。”吃完晚饭，茉莉去早纪的房里探头说。

结果得到这种回答："为什么？"

"为什么？当然是因为不想放你一个人生病在家呀。妈妈要陪在你的身边。"

"为什么？"早纪口气很冲地又问。

茉莉叹了一口气，再度走进无路可走的地板，在早纪旁边的椅子上坐下。

"为什么你要这么冲呢？"

"没有啊。"

早纪的棉被上摆满了"香味游戏"的卡牌。

"去上班没关系啊，而且我也退烧了。妈妈其实想去吧？"

茉莉拾起一张卡牌，保持正面朝下的状态，拿到早纪的鼻子下给她闻。

"这是什么味道啊？"

早纪不回答，将嘴巴抿成乀字形，过了一会儿才百般无赖地说："Fort.（森林）"

"答对了。"茉莉将卡牌翻过来，自己也试着闻闻看，但只觉得和其他卡牌一样带着些微的化妆品味道。

"那，我去洗澡啰。"茉莉说，"等一下把这里收拾一下，铺好床，妈妈也要睡。"

"石桥先生去上班了吗？"

"去了啊。"

早纪盯着茉莉打量，再度确认，"可是，妈妈不去吗？"

"我不是说过了？今晚我不去！"最后一句说得怪异地用力，茉莉自己都吓了一跳。

"我要和早纪一起睡觉。"补上这句后，对早纪微微一笑。

隔天雨停了，一早就是阳光灿烂的好天气。茉莉送早纪出门上学，然后打扫房间洗衣服。

“妈妈其实想去吧？”

昨夜早纪这句话，其实有点说中茉莉的心思。当然，无论早纪有没有感冒都想陪在她身边。不知道已经想过多少次，如果找白天的工作，就不用每晚让早纪孤单一人。但另一方面茉莉也知道，在“英铎”的时间对自己是必要且重要的。没有姓氏、没有小孩、没有头衔，单纯只属于茉莉的时间。

此外，那里有达哉在。这里的他和在公寓时的他——负债颇多，连住的地方也没有的一个男人——不同，是一如往常快活而无忧无虑、受众人仰赖的达哉。犹如跳舞般脚步轻盈地在店里走动，就算遇到客人敬酒，也一定只喝乌龙茶烧酎，有时候看情况还会干脆换成乌龙茶，所以从来没醉过；但是听客人说笑话时，他能比任何人都乐在其中，笑得比任何人都大声；当账单发生错误时，他比写账单的人更早发现并且帮忙改过来；当客人打破杯子时，他以茉莉绝对追不上的速度，转眼间就拿来新的湿毛巾和拖把。

至于达哉的负债，茉莉最近才知道，原来那不是他本人的负债，而是他姐姐欠下的。为了偿还负债，达哉将所有的存款拿出来，还接受老家爸妈的援助，也向“英铎”老板夫妻借了钱。但这样还不够，最近除了店里的工作，还找了临时工来做。目前装设了三部自动贩卖机，也装设了很多部小钢珠机台。如今当事者姐姐行踪不明，达哉淡淡地笑说“大概跟男人跑掉了吧”。不仅没生气，连担心的样子也没有，反倒是有点愉快地眉开眼笑。

“恒哥是做什么的？”

茉莉一问，达哉露骨地摆出一脸开心的表情。

“哦，那家伙完全不行。明明有钱得要命，却连个屁用也没有。不过，毕竟是我当保证人，姐姐背着那家伙借的钱，所以也没办法。”

茉莉记得，这时达哉不禁失笑了。

“不过，一定受到业者的恶性讨债骚扰吧。”

“为什么要跟那种业者借钱呢？”

茉莉吃惊一问，这回换达哉吃惊反问。

“茉莉，你该不会认为是我亲手盖章的吧？我不可能做这种事。”

茉莉顿时语塞。

“别担心。钱我会还，而且我姐不会为了这种事就一蹶不振。”

说不定——

一边将早纪的床单和枕头套塞进烘衣机里，茉莉一边思索着。说不定，因为是他姐姐欠的钱，所以我才愿意去提钱。如果是达哉本身欠下的负债，我应该不会从阿始名义的账户里提出七位数的巨款。

人家又没有拜托我。

“这笔钱我暂时用不到，借给你吧。”

当时是茉莉主动这么说。看到达哉那么拼命工作，连个住的地方也没有，但还是持续展露笑容，真的令人心疼。

我姐不会为了这种事就一蹶不振。想起这句话，茉莉不禁苦笑。如果负债的是总一郎，自己也会义不容辞帮他背债吧。必要的话也会去装设自动贩卖机。这是长大之后的现在才能做的事。也可以当哥哥的商量对象，也可以帮哥哥的忙。茉莉很羡慕能做这些事的达哉。

唱歌啊唱歌——唱歌啊唱歌——唱歌啊唱歌——

在洒满阳光的榻榻米上，茉莉小声哼唱着。烘衣机在洗手间轰隆轰隆地运转着。

电话响起时，茉莉和刚回来的达哉窝在棉被里。昨天在厨房拥抱之后，一直很想做爱。

“不接吗？”

“算了，别理它。”

回答之后，茉莉的唇从达哉的大腿内侧往上吻。棉被里又热又闷。头上的远处传来达哉的低喘声，腰部也微微上挺。

电话响了十几声之后停了，但立刻又响起来。

“真讨厌！”

茉莉发出又粗又低的沙哑声，掀开棉被，和没戴眼镜的达哉对看了一眼。捡起衬衫——乳白底色，缀以若干粉红色条纹的达哉的衬衫——穿上，其他什么都没穿，冲去客厅接电话。

“喂？”

“茉莉吗？”

是阿新。

“爸爸？”单手拨开被汗水淋漓黏在脸上的头发，茉莉说。脸部还热乎乎的，无防备的脚却感到寒冷。

“妈妈走了。”没有任何开场白，阿新突然这么说。语气奇妙地虚脱，茉莉仿佛可以看见他虚弱的笑容。

“去哪里？”正想接着说妈妈早就已经走了不是吗，这时才恍然大悟，“她死了吗？你说她走了，是这个意思吗？”

尽管把话说出口了，但完全无法涌现真实感。

“嗯。大概是一个月前。安布罗斯写信来，说她罹患癌症。cancer，就是癌症吧？在医院住了四个月，动了两次手术。”

“那真的是妈妈？”

还是完全没有真实感。刚用抹布擦过的榻榻米很干净，客厅里一片祥和。可是妈妈却已经不在这个世上？也不在英国？完全不见了？什么医院，什么手术，那是什么啊？

“应该是妈妈吧，因为上面写着KIYO[1]。”

阿新以不带个人情感的发音念出妻子的名字。茉莉觉得这样很好。不这样的话，自己可能会更激动到全身颤抖吧。

“信中还提到，她很怀念日本，还约好有一天要一起来日本，所以安布罗斯要将她的一部分带回日本。”

慢着！茉莉在心里大叫，但没有发出声来。阿新继续说下去。说信会寄来给茉莉，反正飞机一定会降落在成田机场，对方也有写上地址和电话，还说他很爱KIYO，说她很美丽很独立，说KIYO深深挂念着茉莉，常常说茉莉的事给他听……

“出了什么事？”

一回神，达哉已经站在身旁。因为衬衫被茉莉穿走了，他只穿了一条内裤。

茉莉没听过阿新说这么多话，末了他还歇斯底里地笑说：“所以说，茉莉，妈妈要回来了。”

几天后，阿新转寄的信到了。再过几天后，茉莉照着信上的号码拨了电话。接电话的人嗓音浑厚沉稳，这个人就是安布罗斯。茉莉报上名后，对方沉默了半晌，之后以明朗高亢的声音说，接到电话很高兴。好像真的很高兴的样子。茉莉以公事公办的口吻跟他谈，什么时候？去哪里接他比较好？打算待多久？在福冈的下榻饭店决定了吗？

这个茉莉长年来认为是“安”的男人说，不用去接他。因为去福冈之前，他想先在东京看几个地方。

“你要来观光啊？”茉莉语气冷漠，耳里听到男人苦笑的气息。

“你的声音跟你母亲好像哦。”安布罗斯继续说，“因为东京是她土生土长的城市，我从她那里听到很多事情，一直想去看一看。”

1　喜代的英文拼写。

喜代土生土长的城市——那么，妈妈也把这种事跟这个男人说了，那些茉莉不知道的、喜代过去的生活。

“总之，下个月我会在日本待两个星期。至于去福冈的日期，就看你和你父亲什么时候方便。”

并不是被击垮。只是，觉得很寂寞。

转寄的信里，有两句是阿新在电话里没说的，阿新将它翻译在信里：“对你真的很抱歉。你也知道，她很爱你。”

去美智留家小住，对早纪而言魅力十足。星期六和星期一两天不用去上学也令人欣喜。

“要不要去银座逛画廊？”

美智留这么一邀，早纪精神抖擞地回答，“要！”

“我、美智留和由美子，三个人而已吧？妈妈不会来，店里的人们也不会来吧？”

茉莉知道，早纪说的“店里的人们”，指的其实只有达哉一人。早纪很明显地不喜欢茉莉和达哉的关系。

“真的不要紧？”茉莉再次问早纪。

交给美智留的包包里，除了随身物品之外，还塞了香味游戏卡牌和布偶。

“你真是爱操心啊。”美智留代替早纪回答，“早纪是个很特别的孩子，不会有事的。茉莉小时候也是个很特别的孩子，你忘了吗？”

此刻，茉莉和早纪和美智留三人，在新宿车站大楼的咖啡店里。隔着大片的玻璃窗，可以俯瞰好几条铁道。

七月，外头晴朗炎热，店内冷气开得很强。两个小时后，茉莉就要和安布罗斯见面了。见安布罗斯，还有，“喜代的一部分”。

表面上，喜代的死对茉莉的生活没有影响到可笑的地步。照常去上班、下班回家，送早纪上学、睡觉起床、迎接早纪回家，照常去练舞、去游泳，买菜、下厨、吃饭，聊天、喝酒、欢笑。

“出了什么事？”接到阿新的电话之后，连达哉都这么问。

而茉莉也只回了一句：“没什么事。”

尽管补上了一句“妈妈死了”，但这句话听起来也好像在开玩笑似的。达哉听了一脸惊愕。

之后一个人独处思考时，眼泪依然流不出来。生活没变，眼泪也没流。尽管如此，以那一天为界限，茉莉的世界突然变了。所有的一切，已经不像过去那样，在喜代不存在的世界里。

茉莉做出了一个决定，这次回福冈不带早纪去。早纪已经不小了。带她去的话，可能无法再蒙骗她了。美丽的“花园”是亲手打造的，“外公的太太”也就是“不在了的妈妈的妈妈”的故事里，再加上“和一个奇怪的男人有关系”的事实。

“很快啦。”茉莉用手指轻轻摸着早纪的脸颊说，“我后天就回来了。”

就这样傍晚又在新宿碰面，包括由美子一共四人共进晚餐。

“无所谓，星期一对吧？”

茉莉微笑起身，拿起账单心想，觉得后天很遥远的，只有我而已。

7　这是手指的骨头——喜代的一部分回来了

恐怕称不上是美女，不过表情非常生动。身材高大的白人女性，个性温和爽朗。说话时看着对方的眼睛，经常做出握手和拥抱的动作。积极且诚恳地为社区服务做出奉献，答应接下家长会工作的类型。喜欢花色图样的衣服和餐具。

关于母亲的笔友“安”，茉莉曾经是这么想象的。然而这一切都是假的，压根儿没有“安”这个女性存在。虽然早就得知这个事实，但亲眼看到这位国字脸的下半部被胡须盖住、又矮又胖的初老男人，茉莉还是难以接受这种落差，倒抽了一口气。

羽田机场的登机大厅，三号时钟柱下方。男人比茉莉先抵达这里，规规矩矩地靠着时钟柱等候。当作认人标记的“KIYO喜欢的墨绿色”大衣，在七月的东京很明显地显得太热。

茉莉做了一个深呼吸，走向前去。在男人面前站定时，心情平静到连自己都觉得不可思议。

“茉莉？”男人问，嗓音和茉莉在电话里听到的一样浑厚。

茉莉一点头，男人很明显露出松了一口气的表情，报上名号说自己叫安布罗斯·哈特里。看到他的行李只有一个小型运动包，茉莉松了一口气，在内心自嘲：我还以为他会抱着一个用包袱巾包起来的骨灰坛呢！我真像个白痴！

“看到你来真高兴。”安布罗斯说。

还说，我知道你现在不是很高兴，事情变成这样真的很遗憾。然后从口袋掏出两张无论如何他都坚持要出钱买的机票。

安布罗斯看起来像个劳动型的男人，体格结实，但身高恐怕比喜代矮。身上的东西，没有一样是高档昂贵品。他究竟从事什么工作呢？茉莉尽管这么想，但决定不问任何问题。

在飞机里，也几乎沉默不语。安布罗斯的话比茉莉多了些，但也只是“好热哦”“你先请”“这是我第一次出国旅行大概也是最后一次”而已。

飞机在傍晚时分着陆。

“福冈。”踏出航厦大楼第一步，听到安布罗斯如此低语，宛如这里有什么回忆似的。

茉莉没多理他，直接走向出租车候车站。天空还很亮，这一天最后的天色夹带着淡玫瑰色的光芒。

哈罗，这是安布罗斯对阿新说的第一句话。他站在玄关的大门外，缓缓地说出这句话，在半晌的沉默之后。

茉莉立刻就脱掉鞋子进去了。这个家，看起来已经不是喜代本身了。尘埃遍布，书籍和资料堆得到处都是，明明和上次回来的时候一模一样。

安布罗斯在充满绿色摆饰的客厅里坐了一小时，陈述他的懊悔，表达他的谢意，让茉莉为之一惊的是，他从吊在脖子上、放在衬衫里的小荷包里拿出“喜代的一部分”，放在桌上。

当下并没有出现惊恐般的混乱。茉莉原本以为，自己会惊慌、愤慨，被卷入情感的漩涡里。咆哮发飙，放声大哭，或是做出更惊人的举动。

这时茉莉明白了，自己一直到刚才的刚才，都不相信喜代死了。

小荷包，是用喜代的洋装做的。底色是绿的，衬以许多鲜绿叶子图案的夏日洋装。从束紧的腰部以下到裙摆，打了很多褶皱。

茉莉意识到，自己在对抗想要微笑的冲动。这个物体就是妈妈，能确切地感受到。就在家里的桌子上，在她很宝贝的玻璃烟灰缸旁边，这个物体现在看起来的确很高兴。

“你真悠哉啊。”话一出口，眼泪也滚了下来。起初是几滴，最后终于泪流成河。原本不打算哭的。视线无法从喜代移开。

尽管安布罗斯说，这是手指的骨头；但在这里的是，喜代的全部。茉莉和阿新认识的喜代的全部，孤零零地在这里。

喜欢全家一起外出，硬拉着阿新外出野餐或兜风，回到家一定会说“真要命”的喜代。“真要命！终于回家了。虽然很好玩，不过还是家里最好。”

阿新也一直凝视着喜代，嘴唇微微张开，好像现在也想和这个物体说话似的。但他没有说话，好不容易抬起头来，这回定睛看着安布罗斯，嘴唇依然微张。

“爸爸？”

茉莉出声叫阿新，他似乎也没听到。他一脸惊愕，以依然坐在椅子上的姿势，对安布罗斯深深一鞠躬。

这晚，茉莉和阿新去了中洲的寿司店，不想待在刚才安布罗斯还在的那个家里吃饭。彼此都知道对方应该没食欲，但茉莉希望阿新吃点东西。

安布罗斯彬彬有礼。茉莉认为，至少这一点非承认不可。这是一次简洁的拜访。安布罗斯没有久坐，也没有冒失地四下张望“KIYO”以前住过的家。对于阿新和茉莉的生活也没有过问。关于他们两人在英国的生活，除了最小限度的说明，也只祈愿两人的生活对“KIYO”来说是幸福的。

关于那张照片——茉莉硬把生鱼片塞进嘴里，和着啤酒吞下，心里想着。关于那张照片，出言想看的人是阿新。

“我带来了几张她生病前，还很健康的照片。”安布罗斯这么说，显得十分谨慎，有点顾虑的样子，“因为……那个……我想或许你们会想看看。”

对方的语气里已经透露出没有必要硬看的讯息，但阿新立刻回答：“谢谢你，我要看。”

阿新说的是奇妙而流利的英文，Thank you，I' ll see them。

照片收在照相馆送的那种薄薄相簿里，只有四张。

“来吃芝麻拌青花鱼吧？”阿新突然说。

“芝麻拌青花鱼？嗯，我要吃！”茉莉喜出望外地猛点头，往阿新的杯里加了啤酒，“妈妈回来了啊。”

听到茉莉这句话，阿新哀伤地微微一笑，“嗯，回来了。”

茉莉认为，那种照片不该给阿新看。第一张是阴沉沉的天空下，潮湿的黑色泥土上，独自站在田园里，一手高举着栉瓜的喜代，面对相机露出灿烂的笑容，很开心的样子。第二张是在沙滩上，穿着泳装躺着的喜代，看起来很耀眼，没有笑容，好像对着相机在说什么似的表情。第三张是冬天拍的，一眼就看出是在伦敦的街角，喜代一个人站着。看不清表情，但那件深咖啡色的大衣有看过。搽着鲜艳亮丽的口红，拎着手提包，踩着高跟鞋，像是盛装外出的样子。然后第四张——茉莉叹了一口气。

“怎么了？”

阿新这么一问，茉莉虚弱地微笑摇摇头，眺望着摆在柜里的寿司食材，接着又凝视寿司师傅的手的动作。尽管如此，烙印在脑海里的画面依然无法消逝。

那是在室内拍的照片。喜代一派轻松地坐在靠窗的布编带扶手椅子上，布的图案是大朵大朵的花，腿上躺了一只猫。V领的黑毛衣，黑白相间格子状的窄管七分裤。垂着眼睛，一脸温柔微笑地抚摸小猫。眼尾和嘴角都刻着皱纹，及肩的棕色头发褪色很多，头发看起来像枯草色，不晓得是夹杂的白发还是窗户照进来的光线造成的。猫是一只肥胖的黑猫，宛如横贯喜代的大腿似的，躺得长长的，一副很满足的样子。椅子的后方，叶片式电暖炉上也有一只猫，依然是肥猫，垂着长长的尾巴躺着。就茉莉所知，喜代不喜欢小动物，没有皱纹也没有白发，脸蛋也应该更瘦。而且，也不曾有过这种微笑。

“明天，没问题吗？”传来阿新的声音。

“当然没问题。”

安布罗斯预定在福冈待四天，但是他说，不会再来这里打扰，也承诺回国以后，再也不会出现在两人面前。只不过，他提出了一个请求。

“她的儿子”，安布罗斯是这么说的，“我希望去她的儿子坟前祭拜，如果你们告诉我地方，我可以自己去，但是墓园里有很多坟墓，我没有自信分辨得出哪一个才是对的。”

于是茉莉回答，如果是明天的话，我带你去。

“话说回来，”茉莉回想当时，轻轻地笑了笑，“他要回去的时候，爸爸突然问他问题，把我吓了一跳呢！”

当时安布罗斯要从沙发站起身时，阿新突然问他，你抽烟吗？

“抽啊，虽然只是偶尔，不过我抽烟。”

“你有玻璃烟灰缸吗？”

“……有。”

安布罗斯一脸纳闷地回答，不懂阿新为什么问这种问题。

“如果把烟蒂捺熄在这里，即便只是一根，喜代也会把它拿去倒在垃圾桶，然后把烟灰缸洗干净吧？”

阿新的英文说得有点怪。安布罗斯似乎听不懂，以求助的眼神看向茉莉。

“我妈妈很喜欢玻璃器皿。”茉莉迫于无奈，开始解释，“只要玻璃烟灰缸有烟蒂，她会马上拿去清洗。我爸爸很困扰，于是不用烟灰缸，改用红茶的空罐。我爸爸是想问，她在英国也这么做吗？”

安布罗斯非常认真地听完，最后莞尔一笑。

“不会，她不做这种事。我看她连烟灰缸都没有碰过吧，因为都是我自己清理的。”那么，安布罗斯面带笑容，抬头看着水晶吊灯继续说，“那么，那一定是KIYO非常喜欢的东西吧。”

语气仿佛在追溯遥远的记忆般。

茉莉和阿新听了都沉默不语。桌上的喜代也是。

“我自己也不知道为什么要问那种事。”阿新耸耸肩膀说，“大概是自暴自弃吧，真是的。”

阿新自嘲般地傻笑了一下，端起小酒杯啜饮。茉莉夹起姜来吃。

安布罗斯完成使命后，很明显地松了一口气，脚步比来的时候轻松许多，缓缓地步出寺内家，只背着一个运动包。

“要不要再来一瓶？”

茉莉一问，阿新答道：“好是好，不过，我已经很饱了。”

寿司几乎没有减少。星期六夜晚的店里，有很多情侣和全家大小一起来的客人。后面的厨房里，宛如高中棒球健儿的年轻厨师们以战战兢兢的动作站着工作。

“那，我们回家喝吧。”茉莉毅然起身说。

这样的夜晚，没有比一杯酒更实用的东西吧。

“我会调很多鸡尾酒哟！也调一杯给妈妈吧。”

用家里仅有的材料，至少能调出“红眼”。茉莉思索着，或许也能调出“香堤”。如果买苏打和莱姆回家，还能调“斯伯利特”和波本苏打。

茉莉想起了达哉、阿力，也想起早纪，还有老板夫妻、美智留和由美子，顿时勇气大增，说了一句：“安布罗斯算什么嘛！”

阿新呵呵呵地笑了。

“英国算什么嘛！”

知道茉莉是在发飙。猫咪躺在大腿上，喜代那满足的表情。不过喜代回来了，这也是事实。

“你好啊。”茉莉爽朗地说。

屋顶上风很强，飘着一股类似山椒叶的清爽气息。半年不见的阿九，看起来精神不错，穿一件看起来很舒服的蓝色衬衫。

“你……你好。”阿九一脸害羞地说，似乎记得茉莉的样子，但也只不过是这几年的茉莉。

“我可以坐下吗？”茉莉很自然地转为博多腔。

等阿九首肯后，茉莉往那张固定的椅子坐下，一张已经生锈的金属椅。

“不好意思，老是突然跑来。”

稍稍抬起脸来，尽情地享受蓝天和阳光。

“不过，就算想事先跟你说我要来，这里没有电话，也不知道怎么跟你联络呀。”

“突然跑来很好啊！”阿九说，“你可以突然跑来。”

这是许可，而且是坚定的许可。茉莉觉得轻飘飘的，心情轻松了起来。

“谢谢你。”

茉莉这么一回答，阿九竟然将脸转向一边。

和安布罗斯去扫墓时，可能是天气很好，整个感觉很休闲，变成好像在散步似的。走在铺着碎石的宽广行道路上，安布罗斯说：“真可爱。”

蜻蜓在银杏树围绕的池边飞来飞去。

对于整把的线香、汲水的水桶和水勺等各种东西，安布罗斯都深表兴趣，指着水桶问：“我很想提，不知道能不能让我提？”于是茉莉就让他提了。

但是一来到墓前，他非常有礼貌地站在稍微有点距离的地方，默默地看着茉莉帮墓碑浇水、替换鲜花、点香插香等一连串动作，表情十分严肃。

茉莉就在这里和安布罗斯道别，继续前往阿始的墓。死掉的人们，现在连喜代也在他们那边了。

“我想我们不会再见面了。”这是安布罗斯临别时说的话，他以和善的眼神、浑厚的独特嗓音如此说。

茉莉什么都没说，只是头也不回地信步离去。

“要不要喝？”

茉莉听到阿九的声音。不知道什么时候他泡好茶了。

“阿九你的呢？”

这么一问，他只回了一句：“现在不想喝。”

过了半晌，他问茉莉：“今天不用表演给你看吗？”

茉莉愣了几秒才知道，阿九说的是超能力。

“不用，不用！不要表演，不要表演！”

阿九一脸遗憾地抬起肩膀，做出“为什么”的动作。但茉莉慌张的样子实在很好笑，阿九也忍不住咯咯笑了起来。

茶太烫，但有一种怀念的味道。

“喷水的声音真好听啊。”

茉莉闭上眼睛，倾听喷水声，感觉得到轻风拂过睫毛。

“爸爸说，阿九的森林真的不是半调子，非常佩服你呢！”茉莉闭着眼睛说，“他说虽然你小时候就是专注力很强的少年，但能做这种需要体力和观察力的工作，真的很了不起。”

睁开眼睛，每棵树的确都长着茂盛的叶子，树枝好像很舒服地伸展开来。

“爸爸？”

“对啊。我爸爸也常常来这里吧？昨晚，我和爸爸一起喝酒哩。”

昨晚，阿新好像在看很恶心的东西，盯着茉莉调制的“红眼”，花了很大的勇气才挤出一句：“好，我喝！”

“你的爸爸？”阿九依然陷入沉思。

“没关系啦，不用勉强想起来。”

细长的蜻蜓在喷水中穿梭飞舞，而且是两只。

和安布罗斯扫墓回来后，茉莉直接来到这里。阿新一定很担心，不过茉莉想再待一会儿。想在植物环绕的这里，再待一会儿。待在虽然已经丧失记忆，但犹如家人般令人怀念的、有安全感的阿九的身边。

8 就算达哉有女人也不是不可思议的事。茉莉决定这么想

暑假真是既漫长又无聊，早纪趴在自己房间的榻榻米上心里嘀咕着。安静得要命，又热又刺眼。懒洋洋地很想睡，可是早纪知道，其实根本睡不着。这个房间在暑假里像果冻一样湿湿软软地凝成一团。

妈妈去上舞蹈课，说好回家要买KUDOH欧风蛋糕店的蛋糕。妈妈去上舞蹈课时总是很高兴。日前还跟美智留说，她现在在练以前一直想学的西迷舞（Shimmy Shake）。西迷舞，究竟是什么样的舞蹈呢？

妈妈出门时说：“我马上就会回来，不管谁来都不能打开玄关的锁哟！”这种事早纪早就知道了。或许是小偷，或许是坏人，或许是石桥。

“你妈妈是不会说谎的人。”美智留这么说过，就在上个月，妈妈一个人回福冈，早纪去住在美智留家的时候。

早纪也不太懂“不会说谎的人”是什么意思。早纪本身经常说谎，对学校同学说谎，也对老师说谎。说谎是一件很简单的事呀。

早纪抓着椅脚，慢吞吞地爬起来。尽管心里也这么想，又不是老太婆，未免太可笑了，不过待在这么热的房间里，真的很没力。早纪认为，像妈妈那样开开心心地忙东忙西，远比说谎难上千万倍。

早纪经过客厅走去厨房，又回到客厅回到厨房，没有意义也没有目的，犹如行进似的走来走去。有时候会斜眼看着边桌，桌上摆了几

帧照片，照片里有早纪自己，有妈妈，也有爸爸，还有在巴黎认识的几个人。

“Please，please，please don’t eat the daisies. Please don’t eat the daisies. Please，please.”

早纪哼着歌，配合歌声把脚抬高，双手大幅摆动地行进。这是很小的时候，在福冈外公家听到的歌，她很喜欢。

“Please，please，please don’t eat the daisies. Please don’t eat the daisies. Please，please.”

没人在的公寓里，一边唱歌一边行进很快乐。太阳照不到的客厅，比早纪的房间阴暗、凉快许多。

“西迷舞”是一九二〇年代的流行舞蹈，一种摇肩摆臀的舞。

茉莉和高级班的另外两位同学，现在在学这种舞。背对讲师的视线，面对一面洁净光亮的大镜子。刚开始学舞时，茉莉很讨厌这面镜子。但讲师说，这面镜子可以让人留意从头到脚的神经，确认“自己做出来的动作”。可是一旦投入舞蹈，茉莉没有“留意”，也忘记要“确认”。讨厌看到镜子里自己跳舞的样子，茉莉过去这么想，现在其实也这么认为。

不过终究习惯了。茉莉莞尔一笑，暗忖着。完全无所谓。就算有镜子也当作没有，跳我自己的就好了，就像这样。

曾经以现代舞蹈家崭露头角，现年五十几岁打扮利落的男性讲师，经常看得傻眼失笑。

“茉莉！”

以一副很没救的口吻叫她，但并没有责备的意思，接着明快地指出问题所在。

“膝盖！膝盖！”

除此之外都允许茉莉即兴乱跳。

同样是高级班的另一位同学，曾对茉莉说："我好羡慕你哦！我好像羡慕像你这样能轻松愉快、自由自在跳舞的人。"这个女孩的目标是想当歌舞剧演员，现在隶属于偶像艺人经纪公司。因为做机器体操时弄伤手腕，所以手臂和手"无法随心所欲做出富含感情的动作"。她是个很可爱的女孩，且舞姿十分优美。

舞蹈教室有各式各样的人。随着以弦乐为主节奏的快速乐曲摇摆肩膀和腰部，最后双手高举时，有人发出欢呼声，有人发出叹息声，有人吹口哨，就这样，茉莉和其他两位同学一起结束了舞蹈课。全身汗水淋漓，连头皮都湿成一片。

冲完澡、换好衣服后，茉莉连头发都不吹干就冲出舞蹈教室。外面，八月的艳阳毫不留情地照着。路上的空气夹杂着行道树和汽车排放废气的味道。搭了两站地铁，途中去买答应早纪的蛋糕，接着就以飞快的脚程赶回公寓。也有想到去"英铎"看看，尽管这个想法被否决了，但执著的心情依然紧缠不放。去了，就算达哉在那里，又能怎样呢？

这半个月来的石桥达哉，憔悴到连茉莉看了都很难过。同时兼了好几份工，"英铎"下班后也无家可归——因为暑假期间，顾虑到早纪白天也在家里——只好跑去睡在漫画网咖，后来老板夫妻实在看不下去，就半强迫地叫他睡在店里。

但是，每天第一个到班的夏木力，昨晚悄悄对茉莉说："最近，石桥先生很可疑哦。"

虽然语带嘲弄，但表情显得很担心。

"他真的有去打工吗？"

根据阿力所言，达哉白天带女人来店里，被他撞见两次。两次都是相同的女人，看到阿力便惊慌失措，头发和衣服都露骨地凌乱不堪。

"最近他上班时间也经常垮着一张脸不是吗？脾气有点暴躁，前几天还拉高嗓门骂醉酒的客人。”

这件事，茉莉也有注意到。以前的达哉不会做这种事。就算要把酒醉闹事的客人撵出去，他也不会用这种适得其反的粗暴方式，而是会耐着性子好声好气跟客人说。如果是以前的话。

可是——茉莉背着装有练舞衣服和毛巾的大包包，抱着蛋糕盒，一边穿越人行道，一边在心里嘀咕。可是，过着那么痛苦的日子，脾气会有点暴躁也无可厚非吧。就算没有去打工，他在“英铎”的工作并没有休息，阿力也没有什么道理碎嘴吧。

水蓝色的天空，整排盖得稍低的大楼彼方涌现了几道积雨云。

就算真的带女人到店里去，这也不是什么坏事吧。

想到这里，茉莉意识到自己担心的焦点其实在这里。是怎样的女人呢？和达哉认识已经有很长的时间了，但看不出他有亲密的女人，也没听说过这种事。

达哉来家里时，坦白说，茉莉感到很困惑，甚至可以说到困扰的地步。虽然从以前就有肉体关系，两人之间也有一种惺惺相惜的温柔好意，但也知道这并非恋爱的情感。尽管如此——

爬上缓缓的斜坡，转进羊肠小道，茉莉承认，尽管如此，嫉妒确实在心中打转。实在很可笑。很久没有出现过这种心情了。家里现在也堆着达哉的东西。想起那幅光景，心中就有气。忍不住出声说了一句：“真是太欺负人了！”明明嘲笑这是一份没有资格嫉妒的感情，但悲伤的感受却如此真实。有肉体关系的友情虽然很舒服，但自己没有嫉妒的资格。

行道树长得非常茂盛，枝叶在风中摇曳。暑假的风。茉莉停下脚步，任由风吹拂汗涔涔的额头。家，就在眼前。

即便自己也认为那样太荒唐了，但关于从夏木力那里听到的事，茉莉整个暑假都无法找达哉确认真伪。由于七月要回乡省亲，所以决定暑休就不请了，和同样连假也没休一直在工作的达哉，明明每晚都会见到面。

达哉在店里时，态度明显比以前差，除此之外其他都没变，依然把店长的工作做得很好。

“你最近在打什么工？”

例如打烊后在做整理工作时，茉莉这么问，达哉会如此回答：“很多种。”

心情好的话还会笑一笑。有时还会多说一句：“不要紧的。你就不用担心了。”

以前，同样的话听在耳里，觉得是这个人内敛有礼貌的表征；然而现在，茉莉只觉得他在拒绝她。

不论是问他，“你有好好睡吗？”还是问他，“债务有顺利减少了一点吗？”

他回答的话大致都一样，“你就不用担心了。”

心情不好的时候，这句话回起来也很冲，语气和脸色都显得不耐烦。只差没直接说：“你烦不烦啊！”

听阿力说，你带女人来这里啊？

茉莉不知道想过多少次，如果她以调侃的轻松口吻这么问，达哉会怎样？例如，介绍给我认识一下吧？但每次话到喉咙就卡住了，宛如哽了一个桃子的籽，留下僵硬的不安就不了了之了。

自己根本没有立场诘问达哉的女性朋友的事。尽管自己曾向达哉提过菲利普和保罗的事，说这两人都是好朋友。当然，也提过阿始的事，说他是无论过去或未来，自己唯一深爱的男人。

之后，夏木力对达哉保持微妙的距离，弹钢琴的样子也是。达哉在客人面前还颇能自制，但客人不在就变得很凶，一点小失误也能夸张地大叹气。看到这样的达哉，茉莉也觉得无可奈何。毕竟，包括达哉和茉莉，只要在这里工作的人，基本上都有个共同点。该怎么说呢，大概就是有种动物般强烈警觉性的冷淡。

看到阿力和祥子对达哉的态度，茉莉想起很久以前在川崎公寓的野猫们。宛如兄弟般，感情好到睡觉时都依偎在一起的猫咪们，但只要有一只生病，大家立刻就和它保持距离。

一想到自己也在做同样的事，茉莉便产生罪恶感，同时也有一种近似死心的寂寞。莫名地确信这是难以避免的事。因为达哉处于不得不拒绝周遭的状态里。

虽然没有请暑休的假期，但每到店里的公休日，茉莉一定带早纪去游乐场所玩。水族馆去了一次，游泳池去了两次。虽然谈不上游乐场所，但去了百货公司购物、在餐厅吃饭。除此之外，美智留和由美子也带早纪去看电影和天文馆。

和茉莉两人出门时，早纪都很文静。至少在茉莉的印象里是这样。她不会像其他小孩那样大声欢呼又叫又跳，也不会一直吵着要玩更多，也不会缠着要买这个要买那个。

“早纪真是聪明乖巧啊。”茉莉不知道还有什么话可以夸奖她，于是这么说。

有时从水族馆出来的回家路上，有时是在餐厅吃饭时。

早纪板着一张脸。

“才没有这回事。”

有时她会这么回答，有时会沉默不语。

去游泳时，游了一下刚学会的自由式之后，就只是抓着浮力板漂浮着。

“我来教你蛙式吧。学会的话很方便哟，脸都不会弄湿呢。”

即使茉莉这么说，她也百般无聊地摇头说：“不用。”

继续漂浮着。

“不过，谢谢你。”

当她补上这句，茉莉觉得自己像个什么都不懂的白痴木偶。

游完泳，又饿又渴，进入一家新开的咖啡馆，对早纪说“想吃什么都可以点哦”，然后被店里时髦的装潢和五花八门的菜单吸引而兴高采烈的，也只有茉莉而已。

实在太难看了，自己心里的一部分厌恶地说。好像在故意装出妈妈的样子。

“你要点什么？”突然摆出一副撂话似的口吻说，“好好看着菜单，挑你想吃的东西。”

咖啡馆的玻璃门开着，从里面也可以看到撑着大阳伞的露台桌。艳阳天，年轻人，谈笑声压过了蝉声。

圆形的桌子摆了四张椅子，由于两人紧邻而坐，映入茉莉眼帘的一直是早纪的侧脸。宽广的额头，胖嘟嘟的脸颊，自然卷的头发，丰厚的嘴唇。早纪很像照片里茉莉小时候的样子。话很少这一点也像，反抗的态度也像。

真是吓死我了。

茉莉无意识地对总一郎说。

你看，这孩子这么难带。

总一郎笑了。茉莉在心里噘嘴鼓起腮帮子，这是她十岁时擅长的表情。每当被总一郎嘲笑，或是总一郎和阿九做出茉莉做不到的事，她总是摆出这张脸。

总一郎呵呵呵地笑了。就在茉莉的头畔，或者说其实从脑海里听到这个笑声。伴随着啵啵啵的杂音一起传来，不过听得很清楚。

都这把年纪了，还是没变啊，茉莉。

茉莉又噘嘴鼓起腮帮子。

虽然早纪和茉莉很像，不过早纪和茉莉不一样哟。当然不一样，完全不一样哟。

茉莉扑哧笑了。居然反复说了三次不一样，总一郎好好笑。当然不一样啊，这还用说吗？因为是不同的人啊。这种事，不用你说我也知道。

“妈妈？”

听到声音，茉莉定睛一看，早纪眉头紧皱。看来自己刚才真的扑哧笑出来了。

“抱歉，没事没事。妈妈只是想起小时候的事。”

意大利面、鹌鹑咸派、鲑鱼色拉、冰淇淋和草莓蛋挞，茉莉和早纪把这顿午餐吃得精光。茉莉还配了一杯啤酒和一杯白酒，慢条斯理地喝。

“那个不在了的妈妈的妈妈……”用餐中，这句话不经意地，轻轻脱口而出，“前一阵子回来了。”

早纪顿时满脸诧异，“前一阵子？”

“就是前一阵子，妈妈回福冈的时候。”因为早纪静默不语，茉莉轻啜了一口白酒，继续说，“可是，在那之前，她就已经死了。”一小块鹌鹑咸派送入口中，继续说，“所以回来的是骨灰，也就是所谓的遗骨。”

“嗯。”早纪答得很干脆，甚至连惊讶之色也没有。

茉莉微笑，再度伸手拿酒杯。

喜代的骨灰，摆在喜代和阿新的房里。

放在“妈妈的镜台上”，“和妈妈用过的化妆品、香水瓶摆在一起”。连同小荷包袋，整个装在定做的“很小的骨灰坛”里。“这几年来，只在客厅听的唱片”，现在阿新也在寝室听了。

到了九月，早纪的暑假结束了，但天气没有变凉，反而更热，湿度也很高，夜晚也听得到蝉声。“英铎”也出现了蟑螂，达哉发挥了他的驱虫本领。

白天早纪不在家里后，达哉又来了，“我不能再给店里添麻烦了。”

一脸憔悴带着微笑这么说，真的让人无法把他赶走。

“和蟑螂睡觉真的很讨厌啊。”茉莉这么说，迎接他进门，“睡前要不要吃点什么？我去浴室放热水，等一下哦。”

结果又变得跟以前一样。茉莉送早纪出门，在做家事的时候，达哉就来了，一来就先洗澡。吃个炒饭或是简单的东西，两人就共床睡觉。有时会交欢缠绵。或是顺序倒过来，来了之后先一起睡觉，起床后再洗澡，吃点东西。

茉莉去游泳或上舞蹈课时，达哉会送她出门，然后回头继续睡，或是看书，总之就是在房里休息，好像已经没去打工了。傍晚，早纪回来之前，他会出门不晓得去哪里。晚上在店里碰面时，茉莉问他“今天去哪里了？”他也只是回答“没去哪里”或是“随便逛逛”。

茉莉认为，酒吧这种一直站着的工作和体力劳动的打工工作，本来就不可能兼顾，就算收入少了点，也希望他把打工辞掉。

至于女人方面的事，茉莉依然问不出口。就算达哉有女人也不是什么不可思议的事，自己不该责备他。这就是友情，茉莉决定这么想。

9　男人啊，要不就是死了，要不就是变成窝囊废

雨，玻璃窗蒙上一层雾气。因为昨晚没有卸妆睡觉，茉莉的眼睛周围被晕开的睫毛膏染成一圈黑。虽然暖气一直开着，室温很高，但裸着身体从棉被里起来，肩膀、手臂和背部都觉得很冷。旁边，同样

裸体的达哉果然在睡觉。锁骨，茉莉用手指轻轻摸着达哉的锁骨，好像医生在检查患者受伤情况似的小心谨慎。达哉的皮肤温度很高。锁骨很大，很结实。胸部随着呼吸些微上下起伏。

“奇怪？今天怎么没看到店长？”客人问。

“他今天请假。”

这种回答变多，大约在十月中旬左右。在那前后，讨债公司的人就出现在“英铎”了，因为达哉积欠的债款迟迟未还。这些人怎么看都像暴力集团的人。说起话来好声好气的，要达哉把欠的钱还出来，一共来了三个人，从他们彼此的态度里明显看得出上下级关系。茉莉心想，这种人，以前在博多见多了。但比记忆中的以前的流氓更低级，因此也让人格外不安。

他们在达哉在的时候来过一次，不在的时候也来过一次。两次都只是做口头恫吓，并没有破坏东西，但他们的存在本身就已经够吓人了，比较年长的那个还去跟客人讲话，说“我来告诉你这里的店长是怎么样的人吧”之类的。

搞得达哉非得“停职”不可，一个星期后，自己提出了辞呈。老板夫妻没有留他，也没有其他任何人留他。

讨债公司之后也经常来，在店的大门或外墙贴纸，上面写着“不履行契约”“还钱来”“人渣”之类的字眼。

茉莉轻轻拨开睡眠中达哉的刘海，宛如在安慰他似的，又宛如在可怜他似的。

我希望你搬出这里。茉莉知道这句话非说不可。万一把早纪牵连进去就不得了了。不过，总觉得这么想的自己很残酷。这六年来，不晓得受到达哉多少照顾。虽说是志津夫的引介，但说得白一点，茉莉就是靠关系进来的，然而当时达哉没有露出丝毫为难之色就接受她了。而且还拥抱她，并且让她知道不需要因此就抱有恋爱情感，也不需要因为没有恋爱情感而有罪恶感。这是我喜欢的男女关系，茉莉如此认为。舒服自由，令人安心的男女关系。

达哉有时会几天不见踪影，有时也会像这样宛如回到自己的家，就这样待着不走。达哉已经不会帮忙倒垃圾，也不下厨煮乌龙面。对于早纪的顾虑也减少了，拖拖拉拉地，以至于和早纪碰面的次数增加了。“她也早就知道啦！”他这么说，茉莉也难以否认。

更何况——离开棉被穿上衬衫，茉莉想着，更何况，达哉不知怎地比以前更爱撒娇。白天，茉莉要外出时，他会说“不要走，陪在我身边”，还从背后抱过来——他知道茉莉喜欢这样被抱——用鼻子在茉莉颈部磨蹭。

煮了咖啡，洗完澡。茉莉觉得不可思议，男人这种动物，为什么会突然就软弱下来？债务，当务之急就是找父亲和恒哥商量，请他们先还掉。这样不就没事了？过年之后讨债公司也就不会来“英铎”了。贴纸也就没了，店里的人也会松一口气，达哉自己也应该会松一口气。可他却连工作也不去找，过着这种生活，究竟有什么必要呢？

二月，茉莉讨厌冬雨。自从阿始过世那夜以来，听到雨声就很痛苦。尽管如此，茉莉在厨房喝着咖啡，也竖耳倾听雨声，几乎是一心一意地听，因为除此之外，现在也不知道该做什么。

年底返乡探亲，早纪也一起回去。早纪乖乖地听话，对着摆在阿新寝室的“妈妈的妈妈的骨灰”合十祭拜。还向阿新点歌，说好久没听到“噗哩！噗哩！”了，逗得阿新非常开心。除夕夜，三个人一起去利江的店，四个人像家人一样吃饭。初一去扫墓，初二茉莉去看阿九。一切都令人怀念，安详平稳。但也正因如此，茉莉萌生了很想早点回东京的冲动，总觉得非回去不可。

要去更远的地方啊，茉莉。不能老是待在同一个地方。不是不行，而是因为谁都无法停留。

到处充满总一郎的气息，对茉莉如此低语。无论是家里，墓园，甚至走在路边时。

初一的深夜，茉莉打电话回公寓。达哉接的，说他一个人在看电视。吃了茉莉离开东京前煮的筑前煮，也吃了茉莉事先买回来的橘子。茉莉对于当时自己竟然由衷感到放心，觉得很厌恶。明明希望他搬出去，可是知道他好好地待在公寓里——大年初一，只有一个人——又觉得很庆幸。他不是在漫画网咖或三温暖，也不是在别的女人那里，而是在茉莉住的公寓里。

“男人啊，要不就是死了，要不就是变成窝囊废，反正就这两种。”

在屋顶森林对阿九这么说时，或许是因为想起了山边。不工作、老是待在房里、讨厌茉莉外出的达哉，实际上常常让茉莉想起山边。

不过——茉莉洗了咖啡杯，叫达哉起床，从床上扒下床单塞进洗衣机时，承认了不想承认的事。不过，我真的记得很清楚。那时，是我跑去投靠他的。无处可去又身无分文，跑去投靠完全不认识的山边。山边收留了我。那么，这算是一种因果轮回吗？

当时阿九听了吓了一跳，一脸惊愕看着茉莉，然后极其认真地说：“我不一样。”

想到这里，茉莉不禁微笑，确实如此。阿九不仅没死，还在那个小屋顶上，岂止不窝囊，还比常人勤奋百倍地天天劳动过日子。

茉莉趴在走廊——虽然这个空间称不上走廊，就是在玄关进来，贴着木板的地方——用抹布擦地板，一边想着，接下来也打扫早纪的房间吧，虽然早纪可能会生气。

客厅传来电视声。雨声和电视声，这使得茉莉怒火中烧，达哉老是在看电视。不久之前，茉莉如此对达哉碎念，结果达哉说：“茉莉你是不会懂的啦，我并不是爱看电视所以才看的。”

确实，茉莉无法理解。既然不爱看，不看不就好了。

达哉辞职后，两人之间的口角和冷言冷语也变多了。

如果跟他说“你就去跟恒哥低头请他帮忙不就好了”，他八成会说“这样到头来我得依赖恒哥的经济能力，我不喜欢”。茉莉如此推测。不过，也不能因为这样就让我受罪吧。

茉莉又开始煮咖啡，想镇定情绪。等不及咖啡壶滴完最后一滴就倒进杯子里，站着就喝了起来，完全没注意到达哉就站在后面。

“我也有个像你过世的先生一样的人。”达哉突然出声说，吓得茉莉的咖啡差点烫到喉咙。

“意思是你以前很爱的人？”

这么一问，达哉浮现唐突的微笑。之所以唐突是因为，茉莉认为这是搞不清状况的微笑。

“嗯，是啊。”达哉先是这么回答，后来又补上一句，“我现在也很爱她。”

“她死了吗？”

茉莉认为，如果是像阿始那样的人，不可能活着。

“没有……”达哉欲言又止地说。

“分手了吗？”

达哉没有回答。

“你要不要也喝杯咖啡？”茉莉说，拿起咖啡壶倒咖啡，一副不想听答案的样子。

“也没有什么分不分手，而且她已经结婚了。”

这不是嫉妒，而是怒火中烧。茉莉气到血液直冲脑门，声音颤抖，“阿力在店里看到的就是那个人？”

达哉耸耸肩，茉莉知道这表示肯定。居然有这个女人存在，达哉之前一次也没提过。如果只是玩一玩，或是刚认识的也就罢了。但这个女人居然是有如阿始般重要的人？这种事居然都没提过。茉莉顿时觉得摆出情侣态度的自己很丢脸，也觉得被达哉侮辱了。

“那个人，是我姐姐。”达哉说，“结了婚还在外面找男人，欠了一屁股债居然一走了之，我姐真的没救啦。”

茉莉不敢再多说半句话。

这晚，“英铎”人声鼎沸。也不管冰冷的雨把世界淋得湿答答，客人不晓得从夜晚城市的哪里络绎不绝地涌来。少了达哉，茉莉忙到连坐下来的时间都没有。眼观四方面面俱到，这不是茉莉的拿手绝活。也因此更加明白了，达哉台面底下的实力有多惊人。

“茉莉！”

被常客大田先生一叫，刚坐下来要陪他聊天之际，又有别桌客人在叫了。吧台的客人有阿力招呼，所以可以放着不管，但如果换成达哉，他会两边都注意得到。中间那桌坐了一群年轻人，接连不断地一直叫啤酒。茉莉不禁喟叹，这些孩子怎么这么能喝，至少也累积到两三人份再一起叫嘛。即便祥子弹起吉格舞曲，茉莉也不能跳。

“茉莉也喝一点嘛。”

客人将酒杯递到眼前，顶多也只能喝个半杯，随着音乐摇摆身体就算很不错了。

这里叫过来，那里唤过去。又是端酒，又是换烟灰缸。伞架装满了，摆在外面的伞尖将地板滴出水滩，也得拿抹布去擦。这时还会听到客人说，厕所的卫生纸没了。

打烊的时候真的已经累瘫了。夏木力也精疲力竭的样子。

要是达哉在就好了。但是，这种话在店里是不能说的。

原来是姐姐啊。

达哉那番话萦绕在脑海里。对达哉而言，她是从达哉出生就一直在身边的人，就如总一郎之于茉莉一样。但这并非表示茉莉能够理解，不仅如此，茉莉甚至难以想象。不过在惊愕的背后涌现一股强烈的亲近感，却也难以抑制。

别扭的日子暂时持续着。有时茉莉下班回来就在房里跟早纪睡，而达哉就睡在客厅。达哉不在时，他的衣服书本杂志也摆得到处都是，用过的餐具也放着不洗。

分手算了。和达哉的姐姐没关系，这件事已经清楚了。不过，茉莉的思考总是在这里打结了。以友情开始的关系，究竟要怎么结束呢？

“你刚才说什么？”

茉莉把自己和达哉的关系，告诉除了早纪以外唯一的人——美智留，她听了瞪大眼睛。

“因果轮回。”

茉莉不耐地又说了一次。今夜的“英铎”难得人很少，美智留一边等着由美子，一边坐在沙发区喝可乐。

“别胡说八道，不过就是个男人。”美智留皱起鼻子若无其事地说。

茉莉暗忖，好怀念啊，这个人的这种有话直说的语气和表情，和在当家教的时候一样。

“以前也是一样，”茉莉微笑着继续说，“你以前也跟我说过类似的话。”

美智留耸耸肩说，有吗？接着又说，我忘了。

“不过我打算做的事……”

茉莉说到一半打住了，在心里回答：就和很久以前对山边做的事一样。

“什么事？”

被这么一催，茉莉想了一下才说，“能依靠的时候一直依靠人家，反过来被依靠的时候就嫌人家是个包袱，觉得很烦，想扔掉。”

不料话一出口，反而被自己的话揍了一拳，而且这一拳还真重。

美智留没有反驳，只是默默地打量着茉莉。然后，突然露出苦笑，“你真的，完全，不行啊。”

那个口吻太好笑了，茉莉不禁苦笑起来。虽然被打的那一拳还是很痛。

“茉莉还是老样子啊。一直被困住，动弹不得。”我以前也跟你说过吧，美智留继续说，“与其想东想西莫如先跳进去再说。不如此的话，人生一定会动弹不得。”

“你刚刚才说你忘了。”

茉莉吐槽。不过，自己真的是“完全，不行啊”，明明认为自己已经长大了。长大了，自力更生，养育女儿，享受着惬意的男女关系。

“好了，喝吧。店里人变多之前，我请你喝一杯。”

茉莉顺从地答应了。走进吧台，自己调制琴汤尼。

“光靠行善是没办法活下去的，这么不懂得记取教训的人还真少见啊。”美智留从沙发区大声说。

“就是啊。”夏木力出言回应她。

话虽如此，这不是简单的事。要把男人放在家里的“行李”扔掉，这和宛如变成了包袱的达哉分手是不一样的。

在茉莉眼里，达哉已经不再是俊美的男人。细长的手指、优雅的线条、品味高雅的服饰、内敛的处事态度，也都不再具有吸引力。然而茉莉也知道，在达哉眼里，自己已经不再是有魅力的女人。

过去明明那么深刻地感受到信赖与友情，明明那么心意相通。茉莉觉得，达哉的姐姐很不负责任，就和留下茉莉而死的总一郎一样，不负责任。

春天，窗户一开就飘来紫丁香的香味。早纪从起床到出门上学，都没有对茉莉说半句话。即便问她，“蛋要怎么煮？”问她，“东西都带了吗？”她不仅不发一语，连点个头也没有。

“至少要回个话吧！”

尽管这样骂她，早纪依然默不吭声。或许这也是理所当然。茉莉站在窗前暗忖，吸着外面的空气想要稳定情绪。家里的气氛这么糟，早纪当然会生气。

客厅里，达哉依然盖着毯子睡觉。而早纪就在紧临客厅的厨房里吃早餐，然后去上学。茉莉做了一个深呼吸，对总一郎说：“你看，活下去真的很辛苦。”然而这句话，她很想对总一郎和达哉的姐姐两个人都说。准备了垃圾袋，将达哉的东西一件一件放进去。杂志和书籍用绳子绑起来，计算机和CD则放回他刚搬进来时用的纸箱里。唱歌啊唱歌——唱歌啊唱歌——唱歌啊唱歌——这段时间里，她一直在心里哼着这首歌，宛如主题曲似的。现在在清理垃圾的是小时候的我，茉莉心想。对小时候的我来说，石桥达哉只不过是个不认识的男人。唱歌啊唱歌——唱歌啊唱歌——唱歌啊唱歌——

茉莉做得很高兴的样子，也不刻意放轻脚步声。达哉有时会觉得很吵似的翻身，然而这也表示，其实他已经醒了。最后，茉莉将毯子抓起来，也装进垃圾袋里，反正也已经很旧了。

达哉硬是不起床。身体转向一边，弓着背，双手夹在双腿里。

“唱歌啊唱歌——唱歌啊唱歌——唱歌啊唱歌——”

这次茉莉发出声音唱了出来。从很小的时候，她就用这种方式让自己坚强。既然那时候办得到，现在不可能办不到。

打开大门，将垃圾放在楼梯间。一个、两个、三个。将纸箱一个个拖出去。一个、两个。箱子已经很破旧，凹凹软软的，勉强硬拉，结果角边破掉了。这里当然是公共空间，但现在已经管不了那么多了。

关上大门，回到突然变得清爽无比的房里，达哉还在同样的地方，以同样的姿势窝着，顽强紧闭的双眼，渗出了泪水。

10 早纪的怪梦，阿九的超能力，以及不变的东西

盛夏。茉莉将麦茶倒进杯子里，放在凉拌苦瓜和吐司面包旁边。早纪说，她又梦到那个男孩。那个男孩眼睛很大，睫毛很长，有着褐色的皮肤。头发是黑色的，像洋娃娃一样卷卷的。看到早纪，总是露出一脸笑容。

“今天他还向我挥手呢！在非常明亮的地方。”早纪语带得意地说，开开心心地吃着吐司。

“哪个明亮的地方？”

“我也不知道。不过，应该是那个男孩家的院子吧。因为他经常在那里。天气很好，开了很多花，还有喷水池呢！”

“喷水池？他们家满有钱的嘛。”

早纪歪着头，又说了一次“不知道”，然后一边回想一边说：“旁边有好多人哦。全部都是大人，全部都是外国人。不过，我明明站在那里，大家好像都没发现似的。只有那个男孩看到我，还向我挥手。”

“要不要再来一片吐司？”

茉莉这么一问，早纪说：“不要。”

这个夏天，早纪十一岁了。梦见那个男孩虽然不是现在才开始的，不过这究竟怎么回事？茉莉不解地想着。根据专家的分析，可能是反应出她有什么不称心的事情。可能是母女单亲家庭的影响，可能

是和母亲的男女关系有关。

“说到男人的话……”

话一出口，茉莉就发现文不对题。

“不是男人，是男孩子啦。”

早纪不高兴地皱起眉头加以纠正。

“青山先生说，下星期要约我们吃饭哟。”

“好棒哦！”早纪回答的声音充满欣喜。她很仰慕志津夫。

明年，青山志津夫有个大规模的画展，预定在日本的三大都市东京、大阪、名古屋举行。这次的回国就是为了打理画展的准备工作。

“妈妈，你不当志津夫的模特儿了啊？”

这么一问，茉莉咕噜地咽下一口麦茶。

“这样就能再去巴黎了啊。”

这就很难说了，茉莉苦笑回答。现在有个中国女人住在志津夫家里当模特儿，据说是志津夫最新的缪思女神。菲利普在信里这么写着。

“我会再画你哟！”约定的期间过后，志津夫对打算回日本的茉莉说，“我想想看哦，大概是你变成美丽的老妇人的时候。”

“老妇人？”茉莉放声大笑，“到时候你知道你自己几岁吗？”

感觉好像是很久以前的事了。但也不过才四年前，这四年里真的发生很多事。在去年喜代过世之后，今年春天阿朝也过世了。茉莉接到消息时，早已经火化了。看见“葬礼只举行简单的家祭”这种冷淡的通知信，茉莉连忙赶去上香。人真的会死啊，有一天就突然不见了。

“妈妈大概不会再当模特儿了。”茉莉说，“不过这次的画展应该会展出几幅妈妈当模特儿的画。”

早纪点点头，看向墙壁的时钟。

“你几点要去游泳？”

紧接着立刻问，“在那之前我可以出去玩吗？”然后就飞快跑出去了。

那种把石桥达哉撵出去的方式，茉莉至今依然感到厌恶。

不过，人终究只能向前走，不是吗？

春天起，“英铎”也来了个新店长。这位被老板夫妻千拜托万拜托挖角来的店长，之前在浅草工作。五十岁左右，肤色浅黑的男性，上班时总是系着红色裤用吊带。姓竹田，所以大家都叫他竹先生，个性温和，待人和蔼。说话带着下町口音，也增添了他的独特魅力。

竹先生，转眼间就适应“英铎”了。不可思议的是，达哉和竹先生完全不像，尽管店长换了人，店里的气氛还是没变。

“竹先生很像妖怪化身。”夏木力笑说，“跟这家店很搭。”

确实如此。在挂着厚重布幔、点着烛光、摆设带点中东风情的昏暗店里，擦了很多整发剂、系着红色吊带的竹先生奇妙地和店里的气氛融为一体。宛如在白昼的阳光下无法生存的人种。

达哉走了之后，在茉莉的提议下，增加了店里葡萄酒的种类。很久以前她就认为“英铎”如果有欠缺什么，那就是葡萄酒。茉莉认为，葡萄酒有着和其他酒类不同的好处。然而这也受到以前在志津夫的沙龙夜夜饮酒作乐所喝的、各式各样的、力道强劲的、愉快的葡萄酒记忆所影响。

目前，茉莉为了取得品酒师资格，正在努力学习。她去听讲座、看书，在经济许可的范围内也买葡萄酒回来试喝比较。周遭的人也都知道这件事，最近，只要发现比较稀奇的葡萄酒就会买来给茉莉。一会儿说“来，这是礼物”，一会儿说“来，这是资料”。

有这么多人支持，茉莉也学得更卖力。

“男人啊，”茉莉在心里对总一郎说，“我才不需要什么男人。一旦喜欢上了，不是死掉就是变成窝囊废。”

我不一样。茉莉想起说这话的阿九。一脸正经，很惊讶的样子，站在那座一个人打造的森林里。

春天，去阿朝的灵前祭拜后，茉莉也去看了阿九。这时阿九身边有个不认识的男人。阿九介绍，说他是落合先生，负责照顾阿九的贴身保镖，看起来是个很朴实的人。阿九介绍他时，他深深一鞠躬，但什么话都没说。茉莉和阿九在聊天的时候，他不晓得到哪里去了。不过茉莉要走的时候，他又出现了。

“这个地方让人心情平静吧？”他说，“你是从东京来的，应该能格外感受到这座森林的静谧吧？”

茉莉不知道如何回答，不置可否地点点头。

“啊，不好意思。因为我也很喜欢植物。”男人好像为自己话太多而感到不好意思，随即如此笑着说。牙齿有一半是金牙。

茉莉之所以踌躇，是因为男人手上拿着无线通话机。贴身保镖——因为超能力的关系，阿九已经处于需要这种东西的处境啊。

茉莉叹了一口气。为什么就不能顺心如意呢？映在茉莉眼里的阿九，除了发生车祸导致记忆和语言产生障碍之外，就一直是以前一起滑草的阿九。就算不必动手就能让石头飘浮，让东西动起来，但这又怎样呢？不过，对某些人来说，这可能是无法视若无睹的重大能力吧。话说回来，那个叫落合的男人，还叫阿九“大师”呢。

竹先生往茉莉的背戳了一下，“茉莉，那桌客人看起来很无聊哦，去帮他们炒热气氛吧。”

茉莉应了一声“是”，旋即往那桌走去。

今晚，“英铎”也是人声鼎沸，祥子的钢琴奏起欢乐的查理斯顿舞曲。

青山志津夫指定的餐厅，是位于六本木郊区的某家寿司店。

出了地铁，茉莉一手拿着地图，带早纪穿越人潮杂沓的十字路口。

“天还很亮啊。”

向晚时分，风很凉，空气中残留着白天的热气。

“志津夫在等我们吧？”早纪喜滋滋地说，“他变老了吧？志津夫今年几岁了啊？”

茉莉扑哧一笑，“去年才见过不是吗？不会变啦。妈妈也没变不是吗？”

一年的时间就变很多的只有早纪你啦。茉莉将这句到口的话吞回去，总觉得这话说出口，早纪的成长和变化就变得更为确定。

“嗯，是吗？或许吧。”早纪端详着茉莉，冷静地说。

“这话什么意思？”茉莉装出一副被冒犯的样子，压低嗓门说。

两个人都留意到，彼此的心情比平常来得开心，由衷地期待与志津夫的重逢。

“等一下。”早纪在廉价的药妆店前停下脚步，“买这个去吧，当作礼物送他。”

手里拿着橡胶制的面具。

“青山先生配科学怪人？”

下一秒，茉莉和早纪异口同声说：“一点都不搭！”

然后笑哈哈地拿着面具去柜台结账。在这种好心情的催化下，连喉糖啦，爆竹烟火啦，这种多余的东西也买了。

走下狭窄的楼梯有一间小店，漾着干净清洁的味道，志津夫坐在白木制的吧台角落，黑色T恤搭蓝色牛仔裤，难得一派轻松打扮。

“嗨。”

看到茉莉微笑打招呼。年轻店员拉来两张椅子。早纪默默杵在一旁。去年见到志津夫时，她比茉莉更兴奋，毫不迟疑就跑过去了。

"坐啊。"茉莉催她坐下。

"你好。"志津夫向她问好。

"你好。"早纪有点害羞地说。然后，不是坐在茉莉催她坐的座位上，而是再过去的那张椅子。

"的确，"志津夫说，"坐在那里比较好。如果让早纪坐在中间，我们看起来会像一家人。"

早纪会心一笑，摆出"没错吧"的表情。志津夫和早纪互使眼神点点头，将茉莉夹在中间。

喝了啤酒，夹了几片滋味清凉的生鱼片。有鲽鱼、鲈鱼、鲹鱼，还有竹荚鱼。

"关于令堂的事，真的很遗憾。"志津夫以沉着的语气说，"我有去她墓前上香了。"

志津夫在福冈待到昨天为止。难得回国，他依然非常忙碌，无法一直待在同一个地方，下星期要转往京都。

"谢谢你。"茉莉低头致谢，一旁的早纪也轻轻点头表示谢意。

"我一直很想见令堂啊。"志津夫点了日本酒，面带微笑说，"因为她独自一人打造那个花园，我非常尊敬她。姑且不论令堂一定是位美丽的女性。"

志津夫又说，墓园水池边的银杏树是亮丽的绿色。还说老家院子里夹竹桃盛开，看在旅居欧洲的人眼里，故乡的颜色充满亚洲风味的湿度与鲜明、强烈。

"就连吊在商店街的灯笼，到了傍晚透出红光，那幅景象不得不说妖艳啊。"

送上来的日本酒带着些许琥珀色，茉莉惊讶的是，有一半冻得像冰冻果露。

寿司一个个小小的，都是茉莉以前没吃过的美味。此外也有光彩夺目的，志津夫说“只有夏季限量推出两三星期”的漂亮粉红色金目鲷鱼昆布面，实在太好吃了，又叫了一碗。志津夫愉悦地端详着被食物之美吸引到目瞪口呆、好吃到边吃边发出赞叹声的茉莉。

席间，茉莉谈起“英铎”的新店长，说他人品好又厉害，相当值得信赖，酒保阿力甚至说他是“妖怪化身”。茉莉还模仿竹先生的江户腔说“回去休息吧回去休息吧”“辽阔的世界孤家寡人一个”，听得早纪和志津夫都笑声不断。

茉莉也提到要考品酒师证照的事。开始新的学习很有趣，说得眉飞色舞。

“当然我无法忘记你教我品尝的高级葡萄酒的味道，不过，就算在巴黎的咖啡馆里，大家也都很轻松喝着葡萄酒不是吗？价格很便宜，不过也是相当好喝的葡萄酒。我是觉得，如果店里也能卖这种酒就太棒了。”

静静听完茉莉的话，志津夫宛如叹息似的“呼”地笑说，“不变的东西。”

“不变的东西？”茉莉反问。

但志津夫没有回答，只说了一句：“看到你气色很好，真是太好了。”

茶送上来后，早纪将“礼物”递给志津夫。从黄色塑料袋里拿出面具的志津夫，顿时一脸惊愕，不过立刻又恢复正常，仔细端详这个奇形怪状的绿色的面具之后说：“蛮适合我的。”

但他似乎不想当场试戴，使得茉莉有些失望。

“我会好好珍惜的。”

看着志津夫这么说，将面具收进包包里，早纪感到很满足。

志津夫说上出租车前想散步一下，早纪和茉莉随即同意。但志津夫走的不是她们两人刚才按图索骥来的路，而是选了一条狭小的巷弄随意走着。

“我好佩服你哦。”茉莉说，“你是福冈出生的，又长年住在巴黎，居然对东京的路这么熟啊。”

之后还补上一句，换成是我，没有地图绝对到不了那家店。

夜风轻柔，不过还是有点闷热，巷子里的小店传出酒味和烧烤烟。茉莉心想，志津夫一定觉得这幅景色很有“亚洲味”。

志津夫呵呵呵笑了笑。

“六本木虽然变了，不过街道的构造基本上没变。”

不变的东西。

茉莉想起志津夫刚说的这句话。究竟是什么意思呢？

“福冈也是这样啊。说变是变了不少，说没变倒是一点都没变。”志津夫漫不经心地说，“啊，对了，在令堂那座花园土地改建的公寓大致完工了。”

关于福冈的变化，志津夫有一句没一句地说，例如在路上看到的年轻人的服装变了，还有河川的尽头出现了什么巨大的东西。

茉莉想起阿新，总觉得将父亲一个人扔在那个城市。在那个积满灰尘、堆满东西、所有的“东西”都和过去有所联结的家里，阿新现在过得怎么样呢？

“还有超能力风潮。”在红绿灯前止步，志津夫喃喃地说，“只要打开电视，都在谈这个话题。”

茉莉沉默不语，阿九拥有特殊的能力。很久以前，最先察觉到的是总一郎。那茉莉呢？茉莉没有吗？腮帮子一鼓，笑了笑。总一郎说：当然茉莉很聪明啊，很聪明又很可爱，这样就够了吧？

“不过，虽然不晓得究竟有多少真实的成分，但至少他确实拥有园艺家的了不起才能。”

迷蒙的夜空，挂着半轮明月。

“你相不相信超能力？”

茉莉的语气不由得转强。不知怎地，她希望志津夫会否定，希望他能一笑置之说“怎么可能有那种东西”。然而志津夫不可思议地看着茉莉说：“相不相信？”

一副想都没想过的表情，然后沉默了半晌，慎重地说：“当然，我知道有那种东西的存在。至于问我相不相信，就让我很困扰了，但知道它是存在的。只是我讨厌‘超能力’这个字眼。那就是能力啊。单纯只是能力。”

不知不觉间，三个人已来到大马路上。

“你们如果要搭地铁，车站就在那里。”志津夫指着路的左边说。

单纯只是能力。茉莉在心里重复这句话。

“那么，我要在这里搭出租车走了。”

路上，充满人群、噪音、霓虹灯的光与色。

“我暂时会过着在日本和巴黎来来回回的生活，我会再打电话给你。情况允许的话，下次带你去有很棒的葡萄酒的店。”志津夫举起一只手，笑着说。

七　爸爸和妈妈和总一郎

1　充满了喜代的东西与嗜好的家，充满了亡灵的家

阿九，你好吗？秋天到了啊。游泳回家路上看到红蜻蜓，就在我眼前咻地横飞而过。那时我心想，原来东京也有红蜻蜓啊。你还记得以前我们经常滑草的河堤吗？可以眺望整座城市、天空有飞机飞过的河堤。那里有一大片茂盛芒草，秋天会飞来很多红蜻蜓。芒草的旁边有一棵摸了会起疹子的树，你还记得吗？那是一棵会结朱红色、鸡蛋形状果实的树。

你活跃的情况，我也常常在这里的电视和报纸看到，真的好惊人哦。有一群叫做“阿九帮”的人对吧？我也搞不太清楚，总之是让人惊恐害怕的报导。有阿姨、银次叔叔及落合先生在，我想应该不要紧，不过你在屋顶生活还是小心点哦。

我和早纪很好，虽然常常吵架，不过处得还算不错。早纪越来越不像话，不过我想哥哥——只是我的想象啦——大概会笑说：“跟茉莉很像啊。”我自己是认为，我小时候比她坦率多了。

工作方面很顺利，而且很快乐。我几乎认为这是我的天职了。可不是吗？可以一边工作一边喝酒，还可以跳舞呢！这么棒的工作，其他一定找不到了。

很希望你有一天能来店里看看。那个地方，包括那里的人们

都是我引以为傲的。

回福冈的时候再去森林找你玩。请多保重。

茉莉上

装进信封，贴上邮票。茉莉心想，人生真的很奇妙。明明漫无计划地活着，可是真的能找到“天职”啊。她明明一直认为不需要朋友，可是现在却被朋友围绕着，并且以此为荣。还有，长年在国外浪迹天涯的阿九，如今却好几年都住在屋顶上，过着仙人般的生活。

不过基本上，这个社会并不叫阿九“仙人”，而是更危险的叫法。例如以“新时代的神”崇拜他，或是以“诈欺师”贬抑他。阿新说：“阿九完全没有自觉哟！那只是媒体擅自炒作的！”不过连隔了一年回国的志津夫都提到这件事，阿九的新闻实在炒得太热了。茉莉也看过阿九有恋人的报导。根据报导所言，那个女人以前是“土耳其浴女郎”“支持超能力者”，真是这样吗？

“超能力者啊……”茉莉出声低语，觉得这个词太不适合祖父江九了。阿九应该是更为厚实、更为温暖、目光炯炯且笑容腼腆的人。

准备了一下，茉莉出门上舞蹈课。回家的路上，将信投入邮筒，顺道去买菜。晚餐是生鱼片、猪肉味噌汤和马铃薯色拉，相当丰盛。和早纪两人吃完晚餐，骑脚踏车去上班。

没有男人的日子真是清爽舒畅啊。踩着脚踏车踏板，全身迎向夜风，茉莉心想，舒畅到几乎快要笑出来了。时光的河流里没有任何淤塞。虫鸣，内敛的星空，熟悉的巷道。从路过的住家流出的灯光和电视声，从餐厅后门传出闷热的臭味和暖风。

推开“英铎”酒吧的大门，就到了自己的容身之处。

“英铎”有一位女性常客，名叫藤田奈津子，三十出头，体格粗壮，眼睛很大，职业是出租车司机。当然，她只有轮休的日子才能来，然而这样一星期也来两三次，来的时间总是很早，一个人轻轻松松地走进来，坐在吧台的左边，这是她的固定座位，点的是啤酒、琴汤尼或血腥玛莉，喝得津津有味，然后就走人了。她绝对不会喝太多，个性沉默寡言，除非有人问她问题，否则她极少开口说话。但如果问她问题，她也会开心地回答。茉莉很欣赏这位客人。虽然朴素，但不阴郁，尽管从事体力劳动工作，但丝毫没有历尽沧桑的感觉。

这位藤田奈津子和夏木力结婚的消息传来，是在深秋时节。两个人没有举办婚礼和喜宴，只是去向双方的父母打个招呼而已，预定年底前入籍。

“真是的，我完全不知道。”

茉莉这么一说，阿力愉快地笑说：“这个我倒是很有自信，我知道茉莉看不出来。不过，美智留说不定早就察觉了。石桥先生在的话，他也绝对早就看出来了。”

“这是什么话嘛。”茉莉故意摆出不高兴的样子。

“你的意思好像是我很迟钝的样子？”

“不是啦，不是这个意思。因为你不会怀疑人。不管是好事还是坏事，你都不会怀疑人，只是这个意思啦。”

对啊对啊，藤田奈津子也在一旁微笑点头称是。

香槟开了，钢琴手祥子不知怎地弹起生日快乐歌。Happy birthday to you. Happy birthday to you. 掌声四起，连客人都不断高呼“恭喜”。阿力和奈津子有点害羞地点头致意。

“恭喜你们！”茉莉也由衷致意，分别拥抱两人。

“这家店真是好事连连啊。这时如果说我要再婚了，茉莉大概会吓昏吧。”系着红色吊带的竹先生说。用了大量整发剂梳整的头发，露出他本人坚称是可爱卖点的虎牙。

竹先生说的好事连连是祥子已经有四个月身孕了，结婚十一年第一次有喜，这个消息也让茉莉又惊又喜。这些心爱的人的人生里有喜事发生，真的令人开心。茉莉感触良深地这么想。

一九九八年春天，早纪升上小学六年级。这年夏天，茉莉第一次的品酒师资格考落榜了。周遭的人安慰她“一次就过的人很少啦”，早纪也表示同情说“都那么努力了”，但茉莉本身并不沮丧，笑说：“我已经很习惯考试落榜了。而且再念一年的话，会增加一年份的知识。”

这是真心话。没有必要着急。不管花几年都无所谓，迟早一定会考上的。

“妈妈太乐观啦。”早纪苦笑，但也答应今后会继续帮忙，将考试题以猜谜形式出给茉莉练习。

青山志津夫的画展，不仅追加了他个人收藏的八十幅画，更展出从幼年时代到现在，堪称志津夫轨迹的“快拍照片”，以及和名人的往来书简，是一场非常用心策划的画展。

博多画展开幕第一天茉莉就赶去看了。原以为志津夫的画虽然在欧美评价很高，但日本人根本不认识他，可是到会场一看，第一天的入场人数之多，让茉莉大吃一惊，馆内人潮多到根本无法随意乱逛。

“志津夫的画很受欢迎啊。”连早纪也睁大眼睛说。

当然，也有很多没看过的画，但茉莉觉得好像所有的画都看过似的，很熟悉，且令人怀念。可能是用色宁静和志津夫本人一样，还有看似矛盾但和志津夫本人一样粗犷——茉莉只能这样形容——的笔触所造成的。茉莉不禁想起巴黎那个画室的气味，志津夫作画时的气息，还有静到令人害怕的静谧，整个房间像是活的，会呼吸，人在那里就跟物品一样不需要呼吸。看起来开朗、清晰，带着些许紧张，还有自由。

早纪对照片比画作更有兴趣。例如婴孩时代穿着甚平服[1]的志津夫，或是围着长长的围巾在树林里摆姿势的年轻时的志津夫。

“妈妈，你看这个！”早纪指着志津夫和美丽的法国妻子脸颊相贴的照片。看来像在某个派对场合，两人都盛装出席，端着酒杯。

茉莉当模特儿的画作，有四幅素描和一幅油彩，在最后一个房间的一角展出。驻足，凝望。茉莉和早纪都不发一语，但都莫名其妙地紧张兴奋，不知如何是好。

茉莉看到画时，感受到的并不是怀念。因为觉得此刻的自己不是在看画，而是被画中的茉莉直勾勾地盯着看，好像在被调查似的。

明明是自己的画展，但志津夫几乎没去会场，而是过着往返于饭店和熟悉店家之间的日子。

“画家不要待在那个会场比较好。”茉莉打电话给他，告诉他画展盛况空前，他却一副不感兴趣地口吻说，“画展马上就要移到东京办了，你真的不用特地跑来啊。”

接着又嘀嘀咕咕地这么说，“你的心情不太好哦。”

福冈是茉莉土生土长的地方。这次提前请了暑休回来，一方面也是担心阿新，一方面也想看看阿九，并非专程只为画展回来，但茉莉也不好明白说出口。

“最新的那幅画好美哦。”茉莉试着说，“就是有两个女人，坐在沙发上那幅画。”

一位是他的妻子。另一位是东方人，大概就是菲利普说的那个“最新的缪思女神”的中国女性吧。茉莉如此推测。

“早纪对照片很感兴趣，也把说明文字全部看完了哟。”

这是事实。但有个部分，茉莉没对志津夫说：早纪看到一半就沉

1　男子或男童夏天时在家穿的短式和服。

默起来，最后就不看照片了。

“瞧你说得像不认识的人似的。”志津夫抱怨地说，“基本上，那种画展是画家死了才办的吧。”

茉莉不禁失笑，“那你为什么要答应开画展？”

当他回答“我很困惑”，茉莉终于懂了。聚集了那么多人，有那么媒体前来采访，感觉好像衣锦还乡似的，对他来说是很困惑的事。

“明天，我想去看个朋友。如果你有空的话，要不要一起去？”茉莉想起来，试着开口约他，“从很久以前，我就想介绍给你认识。真的是我从小的老朋友。”

这时她才想起，最后一次见到健康的阿九是在巴黎的机场，那时志津夫也在身边。想起这件事，茉莉缓缓地眨了一下眼睛，仿佛想切断记忆似的。

“只不过，他现在的状况有点特殊。”

茉莉开始说明车祸的事、超能力的事，还有在宾馆屋顶打造森林的事。

“这个人是……”茉莉话声未落，志津夫就语带惊讶地问。

茉莉猜想，他一定是想说，这个人是我们以前谈过的那位男性吗？

“不是。”茉莉连忙打断，“是他没错，但是不是。我想带你去见的不是媒体报导的阿九，而是更为普通的、现实里的阿九。”

“普通的阿九？”志津夫好笑地反问，“我听不懂哩。”

接下来茉莉认真说明的内容，他似乎听得津津有味。

“反正见了面，你一定会懂。”茉莉说。

“又是你的‘不变的东西’，是吗？”志津夫语带微笑，又恢复以往的调侃口吻。

半年不见的阿新，明显老了很多。不过看来还满健康的，还能大白天一个人去车站前，为茉莉和早纪买“小甜”，但茉莉印象中的带着学者特有聪明敏锐的侧脸线条，如今看起来只像个慈祥的老爷爷。此外茉莉也发现，他比喜代在的时候更频繁提到“妈妈”二字。

诸如“妈妈看了一定很惊讶啊”“妈妈会生气哦”之类的。

对于这样的爸爸，利江是怎么想的呢？茉莉想着想着，觉得很凄凉。家里充满了喜代的东西与嗜好，比以前多出更多。除了打扫不够彻底，稍显脏乱，以及枯萎的植物就那样放着之外。

晚餐是茉莉做的。不是在厨房餐桌用餐，而是搬到客厅三个人一起吃，在水晶吊灯下。阿新的理由是客厅比较大，也可以听音乐，但其实是不想看茉莉站在厨房的样子。

充满亡灵。

茉莉在心里低语。这是对总一郎低语？还是对喜代低语？自己也无法判断。依然是“儿童房”的状态保留下来的总一郎的房间，以及早就不会动了、沉甸甸地放在院子前方的阿始的红色小卡车。

吃完“小甜”后，茉莉打开落地窗，眺望车台上堆满杂物的小卡车。

“不关上纱窗的话，蚊子会飞进来哟！”身后传来早纪的声音。

尽管如此，夜里的院子依然呈现出一种不可思议的自然，宛如打从天地之初就在那里，宛如容易与人亲近、对任何人都率直以对的阿始。

“这个，碍事吗？”茉莉依然看着外面，尽可能以明亮爽朗的声音说。

“这个？”阿新反问，走了过来。语气听起来真的不知道茉莉指的“这个”是什么。闻到香烟味。

“小卡车啦，因为已经不会动了。”

阿新暧昧地“哦”了一声，笑了笑，声音很温柔，“没关系，就放着吧。”

茉莉闭上眼睛，感觉到阿新站在背后的气息，也感觉到夜晚院子里的湿润香气。还有，破旧的红色小卡车令人怀念的存在感。

“毕竟这是阿始的遗物，而且把它搬走的话，妈妈的院子的残骸也没地方放了。”

妈妈的院子的残骸——木制的篱笆，烟囱型花器，还有什么防霜用的东西。干枯到整个变成前卫艺术的盆栽，黑色和白色光滑的石头。“花园”的确堆积在小卡车的车台上。

“充满亡灵。”这次茉莉出声说。

“嗯，充满亡灵。”阿新堂堂正正地回答。

茉莉觉得很可笑，不禁笑了。

“这样好吗？”

回答“好啊”的究竟是阿新？还是阿始？还是总一郎？茉莉已经难以区别。

“蚊子会飞进来啦！”早纪气急败坏地说。

“没关系啦，飞进来就飞进来。”

这次茉莉知道，回答的是阿新。

2　死掉的妈妈的衣服，抛弃家人去找男人的妈妈的衣服

正中午的西中洲一片恬静悠闲。淡绿色的旧贵宾馆[1]，旁边的林木和长椅，还有邂逅桥。这一带和以前一样完全没变。

“好热哦。”早纪回头说。

说要买东西送给外公的是早纪，因为老是收外公给的压岁钱和生日礼物。还坚持说要送和去年送志津夫一样的有趣面具，想说博多一

1　全名为“旧福冈县工会堂贵宾馆”，被列为日本重要文化遗产。

定也有大型药妆店，两人正在路上找着。

中洲栉比鳞次的拉面店，午后这个时间几乎都把门帘收进去了，难得看到一家开着，竟然传出音量大到惊人的演歌。仔细一瞧，这家店的音箱居然是朝着外面装设。硷水的臭味，闷热的汤气。

餐饮店、电玩中心、游乐设施的免费介绍所。

“这一带的气氛好诡异哦。”早纪压低嗓门说，“因为这里到了晚上是大人玩乐的地方。”

都这样说明了，早纪还是绷着一张脸。

“太诡异了，有一种荒凉的感觉。”

“因为是大白天啊，到了晚上就会很热闹。”

茉莉笑着回答，但也明白了，对自己是家常便饭的熟悉光景，但在早纪眼里看来截然不同。

“没有药妆店耶。”因为是茉莉说这一带应该会有，所以早纪一脸抱怨，“你不知道啊？明明是福冈出生的。”

“早纪也是福冈出生的吧。”

“那时我还是个小婴孩耶！”

被这么一反呛，茉莉只好认输。早纪说话很少输给茉莉。

结果两人去了百货公司，挑了帽子和凉鞋。至于“有趣的面具”，两人决定回东京买了再寄过来。

阿新不是在和室书房里，而是在寝室里，开着已经旧到不可思议却依然能看的小电视，以背对电视的姿势在剪报。

“我们回来了。”茉莉出声说，“我顺便去了柳桥市场哟，看到漂亮的竹荚鱼所以买了回来。阿姨算我好便宜，还送了我一大堆鱼，多到吃不完。”

“你们回来了啊。”阿新抬起头来。床上都是报纸，旁边也堆了一堆相簿。

“我想把它炸来吃，一半拿去分给阿七姨。”

“这是好主意。”阿新笑容安详地说。

微风从纱窗吹入，绿白相间的格子窗帘随风摇曳。

“你在做什么？”茉莉探头问。

“做功课。”

“功课？”

“嗯。我在帮附近的小孩子做学校的功课。那是个中学生，学校规定他们每天都要看报纸，每天都要选一则最有趣的新闻剪下来做成剪报，就是这种功课。”

茉莉整个傻掉了。

“这种事情，为什么要爸爸做呢？要自己做才有意义吧。”

帮小孩子写功课这种事，阿新本来是不做的。当然，茉莉和总一郎小时候也没请他帮忙写过功课。

“为什么？因为我没有其他的事做啊。”阿新语毕，突然莞尔一笑，又继续说，“更何况，这种功课就算自己做也没有多大意义，就是剪贴而已。我觉得这是很蠢的事。”

剪刀、糨糊、剪贴簿，还有散落一片的报纸。

“话是没错啦。”除此之外茉莉不知道该说什么。这太不像阿新会做的事。附近的小孩？到底是谁家的小孩呢？他们是怎么认识的？他这么闲吗？听说好几个地方都来邀他去当讲师。后来他拒绝了，说是因为想写书。

待在福冈的四天，转眼间就结束了。回东京那天的早上，茉莉带着志津夫来到阿九住的宾馆屋顶。这是个典型的夏天，晴空蔚蓝的早晨。

在条纹T恤外搭白衬衫，穿着一条深蓝色长裤的志津夫，在宾馆前面一看到茉莉就露出笑容，“这是你第一次介绍你的朋友给我认识啊，不过我的朋友几乎都被你抢走了。”

入口处挤了一大群年轻人，可能是“阿九帮”。两人搭上电梯来到屋顶，看见落合先生，他说阿九在小屋里。

“真是警备森严啊。”志津夫低声说。

不过，森林一如往常十分安静。刚洒过水，树木都相当湿润，绽放着清新的气息。

阿九看了茉莉一眼，大概就了解来意。

“好久不见啊。”他浮现一抹腼腆的笑容，这么说。

“阿九，看来真是不得了啊！底下的道路简直挤得水泄不通。”

阿九“嗯”了一声，打量着志津夫。

“这是很照顾我的画家青山志津夫先生。”

茉莉介绍了，但不知道阿九对没见过的人会有什么反应，心中忐忑不安，也不知道志津夫能否理解已经不是那么健康的阿九。

“你好，我是青山。”

志津夫的语调和平常一样，柔和且沉着，似乎带着愉快的气息。阿九瞪大眼睛凝视着志津夫，而志津夫也没移开视线，两人呈现无言对看的局面。茉莉既紧张又兴奋不知如何是好。

“你喜欢森……森林吗？”这么问时，阿九面带笑容。

“嗯，我很喜欢。”志津夫回答时也面带笑容。

茉莉这才意识到刚才自己憋气憋了好久，心想，太好了。能够介绍他们两人认识真是太好了，从很久以前就想这么做了。

难得的是，阿九今天话很多。例如，“这是最近种植的樱……樱花树，奇……奇迹似的活了。”又如，“这一带的树木是最早种的，都已经长大了。”诸如此类，非常开心地解说。志津夫也频频点头，时而跟在阿九的后面，时而走在阿九的前面，到处看来看去。

“阿九看起来蛮有精神的啊。”

茉莉对旁边的落合先生这么一说，他回答：“是的，大师有精神，我也很高兴。”

看起来真的很高兴的样子，笑眯眯地眯着眼睛。茉莉暗忖，真是不可思议。阿九的举止虽然变了，但却总是受到大家不同方式的爱护。不仅他的家人疼爱他，哥哥也是，爸爸也是，这次连这位素不相识的大叔也如此爱护他。

在屋顶森林待了将近一小时，这一天，阿九甚至展现了超能力给志津夫看。

“大师最近不太展现超能力啊。”落合先生这么说，一脸担忧地在旁边守护着，但凳子和椅子确实飘浮在半空中，志津夫看得瞠目结舌。

茉莉对此已经不会害怕。因为在这座森林里看到任何飘浮起来的东西都和阿九很熟的样子，让它们飘浮起来的阿九自己也很快乐。

慢慢干掉的地面、长在树下的花卉、清澈的夏日晴空，以及好几种蝉叫声。对茉莉而言，这里每个角落都是阿九的世界。不是社会上吹捧的阿九，而是茉莉熟悉的少年时期的阿九。

“交配是很自然的事。”

记不得是什么时候，突然说出这种话吓到茉莉的阿九的世界。

“真是太惊人了。”

志津夫抬起肩膀大大吐了一口气，说出这句话，那是在离开那座建筑之后。穿过围绕在入口处的人群，过桥沿着河边漫步。

“我并没有怀疑他，不过亲眼目睹，感觉很新鲜。”

新鲜——这句话在茉莉心里翻滚。茉莉觉得这个形容相当贴切，阿九的那种能力确实是新鲜，犹如伸展枝叶，随风摇曳，尽情沐浴在水和光里的那座森林。

志津夫说，他决定要以阿九当模特儿作画，阿九也答应了。

“我的朋友很酷吧？”茉莉的睫毛享受着河风吹拂，自豪地说。

回到东京后，隔天茉莉就去“英铎”上班。湿度很高的阴霾夜空和汽车排放的废气，现在都能说“很怀念”了。夏天才刚开始而已。游泳之后湿着头发就骑上脚踏车，奔驰在杨柳轻摇的路上，能够回来东京真好。一如往常的游泳池，一如往常的道路，一如往常的“英铎”。

“你不觉得外公老了吗？”

茉莉想起这么问早纪时，早纪愣了一下。

“什么意思？”

结果被早纪反问而不了了之。停在红绿灯前，茉莉苦笑。这种事问早纪也太离谱了，因为对早纪来说，阿新本来就是老爷爷。

尽管如此——茉莉穿越人行道，将脚踏车横放在店门口的旁边，止不住继续思考，自从喜代回来以后，阿新就呈现恍惚状态。前天也是——想起前天的事，茉莉就无法抗拒心中的不安。前天，阿新晚餐几乎没吃，一直在喝烧酎。倒是心情好得出奇，一整晚说了好几次“妈妈”。例如，“妈妈看了一定很惊讶啊，茉莉居然会做菜。”

再如，“这是妈妈喜欢的曲子。”

诸如此类。

每次说的时候都笑容满面。看到早纪送他的帽子和凉鞋也是。

“这个很不错啊，真是好东西。我就拿来用啰，好吧？妈妈。”

犹如喜代就在旁边似的，补上后半句。茉莉无法忘记，那时连心脏都起了鸡皮疙瘩的恐怖感。

再前一天晚上，去利江的店也是一样。阿新竟然在利江面前也连着说“喜代”或“妈妈”，真是令人傻眼。

“说得也是啊。”

吧台上摆了三个玻璃杯，每一杯都装了酒。这瓶是在茉莉的强行实验与失败下终于找到的，让不能喝酒的美智留也说出“真好喝”的希腊产葡萄酒。

“不过，寺内老师也才六十六七吧？距离老年痴呆还早吧？”

店里的人潮刚刚好，祥子春天生下长女，正在休假中，取而代之的是CD演奏着顾尔德的钢琴。

茉莉听了心头一惊。美智留从以前就是有话直说的个性，不过“老年痴呆”这个词语，实在太触目惊心了。

“当然不是老年痴呆！完全不是！”

虽然立即否认，但自己也不知道否认的根据在哪里。

“才不是呢！”

又说了一次。

“我只是觉得，他开口闭口‘妈妈、妈妈’的，实在太奇怪了。一直到稍早之前，他是绝对不会说出这个字眼的。”

更何况，茉莉谈起这几天看到阿新的情况。

“更何况，他明明说要写书可是根本没在写，电视不看居然开着，爸爸以前根本不会做这种事。”

美智留微笑说：“这很正常啊！因为他已经不是以前的他了，这很正常啦。”

茉莉不知如何反驳，但也无法心服。原本以为熟知阿新的美智留，应该会了解才对。

“不过这还满令人担心的。他是一个人住吧？”由美子从旁插嘴。

“用火要小心一点比较好哦。”连夏木力也加上这一句。

真是莫名其妙。茉莉默不吭声喝着葡萄酒。美智留觉得很可笑地笑了。

“别担心啦。茉莉，你还记得吗？我在当你的家教的时候，你经常对你哥哥说话不是吗？这是一样的吧？两个人一定都在那里啦！在老师的身边。”

亡灵们，茉莉暗忖。阿始的小卡车，为了妈妈装设的水晶吊灯，哥哥的房间，妈妈的骨灰。

为了取得品酒师资格，茉莉每天花两小时念书。起床后，早午餐兼着一起吃，然后念两小时的书。房间里到处贴着葡萄酒的等级表和产地地图，还有料理和葡萄酒的组合表和甜辣表示图表，一边做家事一边背，非常用功。

考试的出题范围很广，除了考葡萄酒相关问题之外，还包括了公共卫生和疾病，连雪茄的知识也会考。要把教科书和实战对策问题集全部背下来，几乎是不可能的事，不过相反地读起来很快乐，也明白只要记得基本的东西大概就没问题。因为陷阱题满多的，只要察觉到这个，剩下的就像解游戏一样解开。

唯一头痛的是，书越读越多，想喝的葡萄酒也越来越多。茉莉现在已经知道产地、葡萄品种和品酒的表示方式。不过，从未喝过的葡萄酒实在太多了。

午后，阖上教科书，想说该准备一下去上舞蹈课了，这时门铃响起。开门一看是宅配，包裹的寄件人是阿新。收下包裹，关上门。明明是个大纸箱，抱起来却很轻。

“寄了什么来呢？”

茉莉和从房间走出来的早纪，一起在客厅开箱。布——草色条纹花样的洋装、橘色的上衣、深咖啡色的套装，都是喜代以前穿过的衣服。

“这是什么呀！”早纪说出这种话，一件一件拿出衣服，直到箱子全空。

茉莉只是站在一旁看着。

“全都是大人的衣服嘛，是给妈妈穿的吧？”早纪说，“连一包虾味鲜或明太子也没有。”

茉莉连碰都不敢碰，觉得这些衣服就是喜代本身。仿佛连封箱在里面的体温、声音、动作等记忆都跑到外面——东京，青山，茉莉和早纪住的小公寓——来了。

“有信或纸条吗？”茉莉好不容易才问出这句话。心里充满的不是怀念，而是一种对异物感和奇妙存在感的困惑。

“什么都没放。这是妈妈以前的衣服啊？”早纪一副不感兴趣的口气问，拿起其中一件橘色上衣再三端详。

真要命，一副寒酸样。

耳边仿佛听到喜代这么说。眼里浮现喜代带着亮丽的笑容，环顾了一下房间说，咦？你住在这种地方啊？

“没关系，妈妈来弄。”早纪要把散乱的衣服放回箱子里时，茉莉开口说。

说是说了，可是不知道究竟该怎么处理这些衣服，又不想把它放回箱子里。

大概，这也是很“正常”的事吧，茉莉心想。父亲把死去的母亲的衣服寄给女儿，是想说女儿可能会穿吧。

“你今天念书了吗？”早纪问，拿起教科书，“那我来出问题考你吧。”

茉莉走进拿来当寝室的早纪房间，打开衣柜，把衣服从衣架上取下来，然后这样放着，迅速回到客厅。

“在梅多克（Mdoc）的村庄级产区中，拥有最多家五级酒庄的是哪一村？”

将喜代的衣服用衣架挂好，挂在衣柜里。一件一件，全部挂起来。

“妈妈，你有没有在听啊？”

茉莉没有在听。亡灵，她把这个想法撵到脑袋的角落，指尖无意识地抚摸着喜代衣服的触感——有柔软的雪纺纱、令人眼花缭乱的苏格兰呢、洗到褪色的棉质衣料。

得打个电话给阿新，跟他说东西到了。即便不打算穿，也要跟他说会穿吧。死掉的妈妈的衣服，抛弃家人去找男人的妈妈的衣服。

“妈妈，答案是Pauillac哟！”

早纪不晓得在说什么。

3 阿新和利江无疾而终的感情，以及早纪的出走

下雨天，室内游泳池的照明为什么看起来格外晃眼呢？茉莉游了两趟自由式，站在水道边休息时，不解地想着。水声的回音、人们的咳嗽声，在下雨天听起来都比平常来得大声。自己的呼吸声也是。

阿新寄来的喜代的衣服，最后茉莉将它寄还给阿新。因为光只是挂在衣柜里，茉莉就会意识到那个在那里，面对化成色彩缤纷的布料的喜代，不知道如何是好。

“谢谢你特地寄来给我，真的很抱歉。”茉莉在电话里说，“不过我家真的真的真的很小。”

听到阿新苦笑，茉莉松了一口气。虽然松了一口气，但阿新随后说的这句“这样啊”却凄楚到令人心酸，“你家那么小啊，我一点都不知道。”

茉莉不知道别人的家庭是怎样。父亲一次也没有看过女儿和外孙女的住处，这是常有的事吗？还是我特别不孝呢？

可是……

做了一个小小的深呼吸，茉莉再度潜入水中，脚往墙壁一踢，身体打直，一直到浮出水面为止，一点一点地持续吐气。脸的旁边，有

好几个圆圆的气泡往上升。

可是，就算邀他，他也不会来吧。不信可以赌赌看。即便是在同一个市内的柴田家，阿新都没有去过一次。

茉莉讨厌自由式，所以游的时候经常故意眯起眼睛。这么一来，就能感受睫毛受到水的重量而颤动的感觉。茉莉喜欢视野含水的感觉。

游了两趟蛙式，又游了一趟自由式，茉莉起身上岸。又没有吃水，喉咙和鼻子却都呛得很难受。

不知是否因为下雨的缘故，这晚“英铎”客人很少。沙发区有一桌客人是两人结伴来的，吧台只有一名女性客人。她是茉莉和竹先生私下称为“铁沙”的几位客人之一。之所以戏称为“铁沙”，是因为阿力如果是磁铁，那么来看夏木力的女性客人就像铁沙一样紧紧黏着吧台。这位女客喜欢喝葡萄酒，她说过一句话让茉莉很开心：“这家店又不是餐厅，居然像餐厅一样可以喝到各种葡萄酒，所以我很喜欢来。”这位一头长发、五官端正的年轻女性，总是一身套装打扮。茉莉猜想，她可能是在当秘书或从事柜台小姐的工作。

“阿力总是一脸冷冷的，居然这么有人缘啊。”记得有一次，没有客人的时候茉莉如此消遣他。

但阿力既不害羞也不愠怒，一脸正经八百地说：“咦？茉莉你喜欢和蔼可亲的男人啊？”

也记得当时竹先生哈哈大笑，从旁插嘴说：“要是和蔼可亲就可以受人欢迎的话，我不就变成大红人了？那也很头痛啊！”

“待在这里，完全听不到下雨声啊。”女客的眼光追着阿力的一举手一投足，一副陶醉的口吻说。

“因为有放音乐，而且墙壁是钢筋水泥。”阿力没好气地回答。

确实，茉莉以新奇的心情想着。确实，夏木力是个帅哥。身高够高，胸膛很厚，眼睛略微细长，给人一种满不在乎的潇洒的感觉。他的妻子奈津子之前也是“英铎”的常客。当茉莉被邀请去新居吃饭时，知道了奈津子的厨艺很好，也知道她非常细心地照顾阿力，婚后依然在开出租车，每个月还要寄钱回娘家。

“葡萄酒好喝吗？”茉莉摆出笑容，对依然凝视着阿力的女客说。

今晚她喝的是名叫Pasodoble的阿根廷葡萄酒。

“非常好喝。”女客答道，翘起穿着高跟鞋的修长美腿。

隔天也下雨，再隔天又下雨。气温急遽下降，落叶铺满了步道的晚秋之雨。今西利江寄来的明信片是一张印刷的通知信，上面写着要把店关起来了，感谢各位顾客过去长年来的爱护等等。夏天见到她时还看不出要关店的样子。茉莉打了电话问阿新究竟怎么回事，阿新倒是很沉着。

“哦，那件事啊。”一副心不在焉的口吻，只差没说不是什么大不了的事，“我早就知道了啊，她说要把店关起来。”

“为什么呢？这也太突然了吧。”

尽管茉莉问，他也只回了一句，我不知道。

“不知道？利江阿姨没有找爸爸商量吗？”

沉默半晌后，阿新以平静的语调说：“我们已经很少见面了。”

茉莉心里的许多疑问、震惊与不安汇集成一团漩涡。什么时候开始的？为什么？那么爸爸现在每晚都在哪里吃饭呢？

“不过，可能是那个吧。”阿新语调沉稳，带着微笑的声音说，“她也差不多到了可以解脱的时候了吧。”

解脱什么？这句话的口气已经是诘问了。

“很多事情。”阿新的回答很暧昧，然后好像要抚平茉莉的不安似的说，“我没问题啦，日子过得很好。”

应该直接打个电话给利江吗？茉莉思考着。星期天下午，茉莉剥掉水煮马铃薯的皮，将马铃薯捣碎。公寓的厨房和以坚固的钢筋水泥盖的“英铎”不同，雨声直逼耳际。时而刷刷刷刷，时而哗啦哗啦，时而滴滴答答。

茉莉和今西利江不熟，一直刻意和她保持距离。这几年回乡探亲时见过几次面，虽然也曾半开玩笑地说“你们就住在一起吧”，但这不是真心话，利江也应该心知肚明。

结果，两人并没有入籍，更没有住在一起。小餐馆的老板娘与常客，这是常见的男女关系不是吗？既然如此，如今两人疏远了，也不是女儿该过问的事。

可是——茉莉一边搅拌着捣碎的马铃薯和绞肉，撒下盐巴、胡椒，捏成球，一边想着。可是，两人的关系已经很久了。喜代走了之后，阿新并没有提交离婚协议书，在法律上依然是个有妇之夫，利江和这样的人交往，想必很痛苦。

身材娇小，梳着一九六〇年代妇女杂志上的模特儿般的过蓬发型（茉莉总觉得她的头很大，看起来很奇怪），强调眼部的化妆，总是穿着和服，皮包、记事本、手帕、化妆包之类的随身物品不是粉红色就是红色的，上面绑着蝴蝶结或猫咪图案的少女风情的东西。她叫阿新“老师”，即便阿新从大学退休后，这个称呼也没变。茉莉不知道为何想起利江店里摆饰的接吻人偶，想起喜代。

尽管衣服已经寄回去了，但从那之后，茉莉依然觉得喜代就在身旁。在褪色的榻榻米上，在凌乱的早纪房里，或是在下雨天的厨房里。

再三犹豫的结果，茉莉在星期三打电话给利江。包括阴天在内，下了将近一个星期的雨终于停了，越过阳台上晒的棉被可以看见蓝天。

利江蛮有精神的，至少电话里的声音听起来是这样。

“茉莉啊？哇，真高兴，这还是你第一次打电话给我呢。”

你好吗？早纪也好吗？年底还会回来吗？

茉莉对利江抱持的印象，虽然不是沉默寡言，但也内敛低调，是位温顺的女性。但今天的利江跟平常有点不同。

“我收到明信片了，吓了一跳。”茉莉说。

“就是啊，终于要把这家店关起来了。”

语调里夹杂着感慨的氛围。

“不过还会营业到这个月底，然后我就要搬回老家住，不过很近，随时欢迎你来玩哟！”

骗人！听到仿佛在打桥牌时的总一郎说。茉莉没理他。“就是在东区。”“对，九大附近。”“不过，为什么这么突然呢？问了爸爸，他也说不出个所以然来。”

沉默降临。茉莉很紧张，然后豁出去问了。

“你和我爸爸之间，出了什么事吗？”

敞开的窗户，传来附近小孩练钢琴的声音。利江隔了好几秒才回答，“这应该叫做——被甩了吧。”

自己说着自己笑了起来，“不过，我觉得清爽多了。”

骗人！总一郎又说了一次。

墙壁上装饰着金银缎带。拉炮十二个，香槟一瓶，钢琴上摆了一束鲜花。祥子回到“英铎”上班是十一月底。当初是预定休到春天，但她本人说“实在受不了了”，所以一星期三天，每次两小时，来店里弹钢琴。

好久不见的美智留和由美子也来了。大田先生也来了，阿力的妻子奈津子也来了。茉莉不禁想着，这种时候如果达哉也在该有多好。

尽管茉莉也深深明白，他不仅向自己借钱，也向老板夫妻和阿力借钱，钱没还就这样走了，不可能为了这种事回来。

祥子比约定的十点提早十分钟到。由于是在意料之中，大家纷纷拉起拉炮。“欢迎回来”和“恭喜”此起彼落。祥子的确很有祥子的风格，站在入口处环顾了一下四周，才对大家行礼致意，接着立刻就走到钢琴前坐下。

掌声和欢呼声顿时停歇。等到大家都安静下来后，昏暗的店里响起了祥子回到工作岗位后值得纪念的第一首曲子。同时，掌声与欢呼声再度响起。香槟开了，中断的谈笑声又气势磅礴地恢复。回到一如往常的“英铎”气氛里。

吉格舞曲，欢乐且力道强劲的*Up the size and down the middle*。第二首也是吉格舞曲，节奏更快的*Droichead Nua*。雀跃欢乐涌上心头，茉莉一个人在舞池跳了起来。笑声、掌声、大田先生的手指口哨声。

茉莉踩得地板砰砰作响，摇头甩发，忽前忽后，忽左忽右。拍打膝盖，双手交叉再度拍膝，脚跟蹬蹬蹬，蹬蹬蹬。前面后面，跺脚，跺脚，跺脚。

回到吧台，早已汗水淋漓，端起香槟一饮而尽。

“好久没跳得这么快乐了。”

茉莉吐了一口满足的气，钢琴声变成艾尔顿强。

这一夜，让茉莉更幸福的是祥子的致词。在大家的催促下，祥子起身致词。首先向大家道谢后，她谈到意外怀孕时非常困惑，不过看到茉莉养育着“那么可爱的早纪”还要每天辛苦工作，所以就下定决心把孩子生下来，今晚是带着向茉莉致上“特别的敬意”而弹钢琴。致词十分简洁。

“不要这样啦！”茉莉实在太害羞了，用博多腔说。

真的万万没想到。没想到自己竟然会给别人的人生带来影响，真的难以置信。

“不过只有早纪可爱那一句与事实不符。”茉莉小声抗辩。

然而此时茉莉也没料到，这个早纪在一个月后就离家出走了。大田先生在沙发区竖起大拇指。

虽说是离家出走，但茉莉也大概知道她去了哪儿。打电话给美智留，什么都还没问，美智留就先开口了，“她在这里。听说你们吵架了？”

茉莉松了一口气，不过随即怒火翻滚而上。果然没错。不过这时真的不知道该说“果然没错”还是“尽管如此”，总之无论如何先将早纪托给美智留照顾。前天的吵架，其实是为了那个原因。

“吵架的内容，早纪也说了吗？”

“她好像不想说的样子，所以我也没问。不过，如果问比较好的话，我来问问看吧？但是她愿不愿意跟我说就不知道了。”

美智留是个很悠闲的人。

“不用，叫早纪来听电话吧。”

原因是礼物。茉莉知道只是芝麻小事。即便知道也很生气，难过得要命。问早纪想要什么圣诞礼物时，早纪说什么都不需要。每次都这样。而且今年早纪还说，对圣诞节没兴趣。但茉莉觉得，如果这样就什么都不做也太无趣了，所以挑了毛衣和CD，放在装饰于玄关的小圣诞树下面。

前一天傍晚，收到美智留和由美子寄给早纪的包裹，里面是一本法文辞典，茉莉从附在里面的卡片文字得知，这是早纪向美智留“要”的东西，是“以前一直想要的东西名单里的第一名”。不过与其说知道了，正确地说是被通知。

“为什么不跟妈妈说呢？”

这么问的时候，茉莉送早纪的礼物连拆都还没拆开。

早纪没有回答，甚至不看茉莉一眼。

“回答我！”

尽管如此，茉莉还是这么说。但早纪的回答让茉莉更生气。说什么“没有什么理由啊”“因为我很想要啊”“其实我没有那么想要”（不用总一郎来说“骗人！”，茉莉也知道），最后竟然说“那我不要了！我拿去还了总行了吧！”

“妈妈没有叫你拿去还吧？”

“你有说！”

“我没说！”

然后两个人就吵起来了。

最后，早纪拿起辞典敲桌怒吼：“真是够了！烦死了！”

今天早上两人都不讲话。早纪连一句“我先走了”也没说就出门了，一直没有回家。茉莉则是取消了舞蹈课。做好晚餐之后，一直等到去“英铎”上班快迟到时，终于拿起电话打给美智留。

早纪太顽固了。

“她现在不想跟你讲话的样子。”美智留回到电话旁这么说。

这实在太离谱了，茉莉心想。美智留和由美子能和早纪在一起，我这个当妈妈的人竟然连话都不能跟她说，这是什么道理啊？

“茉莉，你接下来要去店里吧？”美智留说，“今晚就让她住我这里，总之先放一晚不要管她。”

早纪和由美子正在一起用食物调理机切碎蔬菜。夹杂着电视声，传来两人愉快的谈笑声。

茉莉简短地向美智留道谢并致歉。

“也帮我向由美子说声抱歉。”

“跟我们客气什么嘛。意想不到地见到早纪，我们都很高兴呢。”

当然，这不是美智留的错。

“帮我跟早纪说，叫她明天一定要回家。”但茉莉也不忘加上这一句，“后天要回福冈了，早纪也知道这件事。”

“了解。”美智留一派轻松地说，“我不知道出了什么事，但该传到的话我一定会传到。”

挂电话时，茉莉觉得被早纪抛弃了。不只是辞典的事。念小学时发生的事、喜欢的朋友、讨厌的朋友、关于阿始所记得的事和不记得的事。从以前就这样，早纪不对茉莉说的事，都跑去跟美智留和由美子说。茉莉反复地低喃：我一点都不知道啊。

“你真傻啊，茉莉。”

“不用担心啦。小孩子会自己长大，别管她。”

茉莉知道谁在说话。尽管知道，但就是无法心服。

4　不管和谁上床，对方都不会悲伤，我悲伤就太荒谬了

茉莉的心情沮丧到了极点，而且气愤难平。早纪没有回来。“英铎”从今天起放年假。晚上九点，茉莉的时间突然多了起来。

“她好像还不想回去的样子。”傍晚的电话里，美智留说得很直接。

“叫她来听！”

这样拜托之后，等了很久很久，早纪依然没来接电话，只听到美智留发了一句感慨：“她顽固的个性跟你真像啊。”

茉莉也想过去接她回来，但早纪已经大到无法用抱的方式抱回来。茉莉也不想当着美智留的面，和早纪大吵大骂。

开了一瓶红酒，打开电视。关掉电视，啜饮红酒，孤单一人。并非感伤，而是觉得视野突然开阔起来。这种突来的心情，让茉莉吓得

背脊发凉。不用上班的夜晚，我没地方去也无事可做，连一起喝酒的朋友也没有。然后，我得一个人回福冈。

“好讨厌哦。”茉莉出声说。

这一年的新年，茉莉和阿新两人一起迎接。不是在利江的店，没有年菜，没有客人，也没有早纪。

“真是一无所有啊。”茉莉拿起一升装的日本酒，一边斟酒一边说。

外头晴朗明亮，透过肮脏的玻璃可以看到杂草丛生的院子和阿始的小卡车。

“你的心情很差哦。”阿新以打趣的语气说，“至少还有酒不是吗？”

然后将茉莉递给他的酒杯，高高地举到额头前面。

“而且，早纪只是不想来这里，但她好好的不是吗？都知道她在岛森那里了，有什么关系呢？”

有什么关系呢？茉莉想起阿新以前常说这句话，心情五味杂陈。例如他说过，“茉莉说她想这么做，有什么关系呢？”还说过，“别人要怎么想，有什么关系呢？”每次阿新这么一说，喜代就不回嘴了。要不就一脸不耐地挑起眉毛，要不就气呼呼走出房间，或是小声地叹气。

白天喝酒真容易醉啊，茉莉心想。在这个充满亡灵的家里，两个同是孤家寡人的人一起喝更容易醉。

抵达福冈当天，茉莉就去扫墓。隔天清洗了浴室和厕所，就去市场和超市采购食材。然后，就无事可做了。

甚至连回到福冈就能见到的阿九，也“和画家青山老师去旅行了”。将这事告诉茉莉的阿七也很震惊的样子。“哎呀，茉莉，你不知道啊？青山老师对阿九很好，不只帮阿九画画，还帮阿九走出那个屋顶呢!”阿七说志津夫是“恩人”“真是感激不尽”。只因介绍志津夫给阿九认识的是茉莉，阿七也对茉莉深深一鞠躬表示谢意。

茉莉由衷认为，这真是太好了。在怀念的邻家玄关前，阿七也满脸笑容地这么说。不过，一方面也觉得连阿九都抛弃我了，这也是事实。

“等一下去神社做新年参拜吧。”阿新一副悠闲的口吻说，“天气也很好，反正也没其他事做。”

“去神社做新年参拜？真难得啊，想不到爸爸会说这种话。”

无论东洋或西洋，阿新向来讨厌和宗教有关的地方和人们，人潮拥挤，喧闹嘈杂。阿新尽可能与这些保持距离。

“妈妈每年都去不是吗？就是跟阿七姨两个人去啊。”

茉莉听了不禁挑起眉毛，结果阿新说：“你这个表情，跟妈妈很像哦!”

比预定提早一天回东京，并非为了早纪。因为福冈的一切让茉莉如坐针毡。不变的河川、不变的天空颜色、不变的街景与招牌、墓园、店家、神社。可是人明明变了。

看到打扫得清爽洁净、摆着雄伟门松的邻家玄关时，反观只隔了一道篱笆、任其荒芜脏乱的自己的家，实在很难认为同样的时间在这里流过。

去神社做新年参拜时，也感到无依无靠。阿新心情很好，看到任何东西都发出“咦”或“原来如此”的声音，就这样边说边走。但他的表情和声音都不带兴趣与热忱，究竟看到什么会“咦”看到什么会“原来如此”，跟在他的旁边也无从判断。不久，阿新似乎也感到无聊，停下脚步，摘下眼镜擦拭，在人潮拥挤络绎不绝的参道中间。

阿新似乎有些不知所措。与其说感到无趣，毋宁说对自己能否看得兴致盎然没有自信。

此刻，茉莉靠坐在飞机的座椅上，承认自己松了一口气。反复显示地图的荧幕，因为晚上什么都看不到的机窗，触感很差的毛毯，头顶上的行李柜，这些东西看起来都比自己土生土长的家来得亲切。

“利江阿姨说，她被爸爸甩了。”茉莉说这句话，是在神社新年参拜之后，两人顺道去附近一家乌龙面店吃面时。

“怎么可能？”阿新小声而简短地否认，将脸凑近碗喝着面汤，眼镜蒙上了一层雾气。

“那么是爸爸被甩了？”茉莉追问。

但阿新没有回答。

啤酒一瓶、牛蒡天妇罗乌龙面两碗、豆皮寿司各一个。店门敞开，但强力的暖炉将狭小的店内烘得暖暖的。

“这样好吗？”

大家都穿着大衣吃面，茉莉的额头也渗出与季节不合的汗珠。

“好啊。”

到了这里，茉莉已经不知道该问什么了。

妈妈——在飞机引擎的单调轰隆声里，茉莉的疑问无论转了几圈，总是停在这里。妈妈为什么能做出那么狠的事？经过这么久的时间，现在茉莉已经不恨身为母亲的喜代。但身为阿新的妻子的喜代，茉莉既无法原谅她，也无法理解。

例如，让茉莉心头一惊的，不是厨房不干净，而是阿新将喜代的东西摆在不干净的厨房里。他说他每天都自己下厨煮饭，看来不是假的，因为厨房里确实有米、味噌，也有蔬菜。还有发霉的橘子，过了食用期限的面包。砂锅看起来是新买的。橱柜里塞了一堆喜代绝对不会买的那种便宜罐装食品和快餐调理包。此外，不知道为什么，喜代的书籍、钢笔、梳子、手提包、照片、珠宝首饰、毛衣、甚至连裁缝机的车线和梭匣，都散落在厨房各处。

“这是怎么回事？”

茉莉感受到的是恐怖，当下觉得幸好没有带早纪来。

“乱七八糟。”

阿新完全不为所动地回答。

“不过，这样乱七八糟的，我觉得比较平稳舒服。”

仿佛要挥掉记忆似的，茉莉缓缓地眨了一下眼睛，宛如眼前不是飞机的座舱。

不用怕。茉莉吸了一口气，看向窗外的一片黑。这架飞机已经朝着东京飞去，所以不用怕。朝着公寓，朝着有早纪在的美智留家，朝着“英铎”飞去。茉莉安心下来的同时也着急起来，恨不得立刻看到早纪，恨不得赶快吸到“英铎”的空气。就在此刻，她已经下定决心搬离东京。

圣诞礼物，这是吵架的原因。茉莉还记得那些对话。

“为什么不跟妈妈说呢？”

“因为那时我没有那么想要啊！”

“不要说没有意义的谎言。”

“我拿去还了总行了吧！”

“妈妈没有叫你拿去还吧？”

“真是够了！烦死了！”

那不单纯只是吵架，那时早纪的叛逆态度和表情，茉莉都记得很清楚，不过却无法顺利想起愤怒的情绪。没去上舞蹈课待在房里苦等的时候，拒接电话的时候，悲伤的情绪有被唤醒，但愤怒就是想不起来。比预定早一天回来，会从机场直接去接她，这些茉莉都跟美智留说了（那时，早纪也不肯来接电话）。

再怎么样，摆出一副笑脸去也太奇怪了。茉莉在转搭电车时意识到这一点，脸颊便松弛了下来。大年初二，人车很少，夜气清透沉静，不过冷到发抖。当她抵达美智留和由美子住的荻洼，已经十点多了。

“她一直在等你哟。”

打开附有院子独栋建筑的租屋处大门，美智留悄声地说。茉莉不懂这话的意思，因为在客厅看电视的早纪的顽强态度依旧没变。

“我回来了。”茉莉对着早纪的背说。

花色繁复的地毯，咖啡杯两个，盖起来的书应该是美智留的吧。

“回来了啊。”早纪宛如这个家的孩子似的，一屁股坐在地板上，连站都不想站起来，只抬头对茉莉这么说。

“喝咖啡好吗？还是想喝酒？我有啤酒和葡萄酒。”美智留在厨房说。

这个家，无论什么时候来，都弥漫着两人浓厚的气息。茉莉说要喝咖啡，脱下大衣，环顾房里。沙发对面放了一张椅凳，一直没收起来，因为客人来的时候，美智留都坐在这里。墙上挂的油画，是由美子的姐姐画的。沙发上的膝毯——这也是复杂的编织花样，用色花哨到令人发笑——是由美子亲手编的。

“辞典的事，我很抱歉。”茉莉说，“我不该对你发脾气。”

早纪什么都没说。

“你希望得到什么礼物，本来就该由你决定。”

这是真心话。早纪看着茉莉的眼神里带着不安，也浮现出些许恨意，但依然双唇紧闭。

茉莉心想，没办法。就算自己说的话听起来像在把女儿推开，但这是事实也没办法。

“早纪，去拿我们的杯子来。”美智留说。

早纪顺从地照做，宛如小狗咬着网球，拿到主人的身边。

喝着咖啡，茉莉听着早纪和美智留这几天做了什么事。她们去看了演唱会、电影，还上街吃馆子。关于福冈的事，茉莉没说什么，只说阿新身体健康。关于为什么提早一天回来，也只说“因为得了思乡病”。

“是思女病吧。”

对于美智留这句戏谑的话，茉莉的回应是：“当然是。”

两人约好过几天在店里见，茉莉和早纪就回家了。

茉莉打算在春天以前搬家。这么一来，早纪就不用转学了。也跟“英铎”的老板夫妻说了，也请阿新从福冈寄一些中学资料来。但阿新说：“真是伤脑筋啊！你要回来啊？完全搬回来？这就伤脑筋了。”

“有什么好伤脑筋的呢？”

这么一问，阿新支支吾吾地说：“当然伤脑筋啰！我已经一个人住惯了。”

茉莉不敢开口问“会造成你的困扰吗”？因为她觉得阿新可能会说“会”。因此茉莉说：“拜托啦，我没有其他地方可去了。”

二月，茉莉站在陌生的路边。难以相信自己做的事。天气冻到脸颊发痛。总之，非得回去不可。寻找出租车可能会经过的大马路。

茉莉记得，有过希望被挽留的念头，希望有人会挽留她。

农田，这个地方好偏僻。应该不是太远的地方才对。路上有高架道路，但究竟是道路还是铁路，从下面无法判断。不快回去的话天就要亮了。茉莉将包包抱在胸前，忐忑不安地走着。周遭是农田的十字路。这里究竟是什么地方？我今晚有喝到这么醉吗？冷得要命。从车子的声音听来，这附近应该有干线道路。看到电线杆上的地址标示了。上面标着“世田谷区砧”。尽管铁门拉下来了，但茉莉还是朝着有几间店铺的方向走去。往稍微热闹的那一边走去。

“英铎”两点半打烊。茉莉想要再喝一点儿，于是一个人走进开到更晚的店。这是以前来过好几次的店，和夏木力、石桥达哉来过。喝了两杯威士忌，闻到爆米花的味道。一想到快要离开这个城市，涌现的情绪不是难过，而是欢乐。就像在巴黎感受到的欢乐，欢乐与轻快。

自己孤零零的事，早纪讨厌搬家的事，甚至给阿新带来困扰的事，这些种种茉莉都不在意。都不是应该在意的事。

呼出的气息白茫茫的。车子的声音，夹杂着乌鸦的叫声传来。街灯下，堆着昨晚拿出来倒的垃圾。又到了十字路口时，茉莉知道走对了方位。十字路口的道路标志的一方，清楚地标示着“世田谷路”。很好！茉莉在心里夸赞自己。了不起啊！接下来只要拦到出租车就行了。

店里，都是一群一群的男人。全都西装打扮，全都喝醉了，全都是介于青年与中年之间，翻不了身的男人们。茉莉想起来，不禁苦笑。皮包里放着小孩的照片，但不曾帮小孩洗澡的男人们。不过其中有一个人是独居。茉莉现在也知道了。

没有一个人有魅力，追女人的手法也很逊。唯有笑声特别大，只敢趁着大笑的时候偷摸人家的身体。不过他们会买啤酒，茉莉也会说“谢谢”而接受。

男人说“我送你回家”，而搭上了出租车，心里却明白他才不会送我回家。因此直接这么问：“你住在哪里啊？”

不记得男人是否回答“砧”。

男人的房间凌乱不堪。这让茉莉想起阿新的厨房。男人实在醉得太厉害，担心他这样睡下去会有危险。但是，茉莉想帮男人脱掉衣服时，男人猛地就扑了上来，也算是一种新鲜的感受。

空车迟迟不来，天色已经开始发亮。一日之始，空气清新。干脆搭便车算了。茉莉一边踏步走一边想，自己都很想偷笑。或许不是什么大不了的事，毕竟，都敢和陌生男人上床了。

“真是难以置信。”茉莉一边窃笑，一边喃喃地说。

办完事之后，男人倒头就睡着了。光滑通红的脸，内裤也没穿，四肢瘫软地张开。茉莉端详了一会儿男人的睡脸，才意识到，之前没有好好看过这个男人的脸，男人似乎比最初的印象年轻许多。

看到空车的车灯标志，茉莉举起手用力挥舞。告知地点后，重重地沉进座位里。我不悲伤。这没什么。不管我和谁上床，对方都不会悲伤，我悲伤就太荒谬了。并非酒的缘故。就算是，我现在也已经没醉了。茉莉感到身体里涌出一股强劲的力道。了不起啊！茉莉再度夸奖自己。就算我的行为称不上了不起，但应对的方式相当了不起。

她应该可以在早纪醒来之前回到家，冲澡，然后做早餐。

“啊！吓了一跳。”

喃喃自语的，只有这句话。

5 带着些许积蓄和不太和自己说话的女儿，茉莉返回福冈

“不要一直噘嘴鼓着腮帮子啦！美智留和由美子都是为你而来的哟。”茉莉说。

早纪看也不看茉莉，依然托着腮，喝了一口杯里的水。白白嫩嫩的脸颊，不用搽口红就红润的嘴唇，低矮的鼻子，深蓝色的西装外套。

今天，是早纪小学毕业的日子。春寒料峭的礼堂里，坐在家长区眺望着一大群的孩子们，茉莉虽然感动，感觉更像在看着一群不可思议的东西。

那时阿始的表情。在志贺岛，冬天，万里晴空。茉莉告诉他怀孕之后，他发出奇妙的惊呼声，立刻一脸欣喜若狂。欣喜若狂的表情一直没有恢复正常，就这样疯狂地拥抱茉莉。全身好像不是被阿始拥抱，而是被阿始的喜悦拥抱。婴孩——当初只是以这个字眼漠然认识的生命体，如今手上拿着装有毕业证书的筒子，以少女的模样站着。穿着白色的袜

子，站在拍摄毕业纪念照的行列里，面带忧愁，一脸不悦。

“不可能啦。”美智留轻笑了几声说。

“心情是噘嘴鼓着腮帮子的时候，没办法做出其他的表情。”

茉莉强忍住一股难以言喻的悲伤。反驳美智留是一种很愚蠢的行为。

“这个很好吃哦。”吃青木瓜色拉的时候，茉莉无可奈何地试着对早纪说话。

在这家装潢时髦、大白天却显得很阴暗的泰国餐馆桌上，除了青木瓜色拉还摆着绞肉料理和春卷。为了庆祝早纪毕业，说要花大钱吃大餐而预约这家餐馆的是美智留。用了很多奇怪香料和辣椒的菜肴，并不适合小孩吃。被询问意见时，茉莉委婉地拒绝了，不过当事人早纪却坚决主张要来这里吃。

早纪心情不好不是从今天开始的。打从茉莉告诉她要搬回福冈那天起，她就这副德行，吵着说“我不想回去”“我要一个人留在东京”。跟她说这是不可能的，她就鼓起腮帮子。越是骂她，她就越是一脸憎恶地瞪着茉莉。

“你一定很不安吧？”由美子对早纪说，“不过一定马上就会习惯了，也会交到新朋友呀。”

不知为何，茉莉一肚子气。气对早纪表示理解的由美子，也气默不吭声的早纪。

“算了，别理早纪了。”茉莉摆出在职场时开朗的语气说，把啤酒倒进自己的杯子里。这是一种不常见的小瓶泰国啤酒。

“英铎”酒吧里，因为茉莉要辞职的关系，不只同事起了变化，甚至连客人都起了变化。茉莉推荐的接班人，通过老板夫妻面试后，现在以见习的身份也在店里一起工作。这位接班人叫“真奈”，是茉莉在舞蹈教室认识的，原本她进入一家经纪公司想当女演员，后来离开经纪公司，当了一阵子打工族。她在演艺圈的伙伴、朋友，还有剧场表演的相关人员等，都经常来店里捧场，而以前的常客大田先生则因为调职没来了，加上学生群的客人也毕业了，转眼间客户层就变了。到了秋天，阿力要离开自行开店，到时候连“铁沙”们都会消失。

“好期待哦。”茉莉悄悄对阿力说。

肉感且安静的阿力妻子，到时候也会辞掉现职，在阿力的身旁工作。虽然是别人的事，但茉莉感到深深的喜悦。能和心爱的男人二十四小时都在一起的幸福，茉莉最清楚。甚至比处于幸福中的时候，更加清楚。

“不，还有很多问题堆积如山呢。”阿力不是高调行事的人，尽管皱起眉头，也轻轻微笑，“我会印DM，到时候请来捧场哟。”

阿力的接班人还没找到，不过不管如何，在下一任的酒保和竹先生、真奈、祥子的合作下，会产生一个新的“英铎”。

好舍不得哦，周遭的人都这么说。竹先生每次和茉莉四目相交，就装出哭泣的表情，舞蹈教室的老师给了茉莉一个很夸张的拥抱。茉莉知道这些都不是虚情假意，但同时也知道，自己走了之后对他们的生活没有影响，这个城市也会持续不变地运作着。

“真遗憾啊。”某个夜晚在“英铎”里，有个男人直勾勾地看着茉莉这么说，而且还是第一次见面。

“我从很久以前就听真奈提起你。”

这位剧场方面的年轻男子，声音可以突然响亮到好像在做发声练习，还可以自在地摆出简直可以去拍牙膏广告的笑容。

“我一直很想见见你，我说真的。”

茉莉微微一笑，递酒给他说：“现在不是见到了吗？”

但男人却说：“一位从巴黎归国的酒吧的夫人，以前还是画家的缪思女神，最惊人的是和丈夫死别后独力养育小孩长大成人，而且跳起舞来非常狂热有趣，听到有这样的女性，我真的难以想象啊。”

茉莉听了不禁失笑。他好像在说一位六十岁的女性。

“我不是酒吧的夫人，是酒吧的员工。不是把小孩养育长大成人，而是还在养育中。”

茉莉纠正他之后，顺便问他能不能请她喝杯酒。这家店规定不能占客人的便宜，但茉莉经常这么做。

“为什么连我都非得回去不可？”早纪依旧在说这种话。

“想回去的是妈妈吧？是妈妈的因素，为什么连我也要回去？”

“你说得对。”茉莉承认。

“这个我也已经向你道歉过很多次了吧？不过原本来东京也是妈妈的因素哟！既然来的时候是，回去的时候也是。”

我不要理妈妈了！

早纪虽然默不吭声，但茉莉仿佛听到她在心里如此咆哮。

跟你一模一样。

也仿佛听到喜代如此低语。

看着早纪夸张地故意弄出很大的声响，将东西塞进纸箱里，茉莉想起自己以前确实也是这样。

“我不要理妈妈了！”

确实如此咆哮。

“这也太扯了吧！”

喜代说要去英国留学时，正好是茉莉升上中学那一年。她不是提出来和家人商量，而是告知决定。阿新既然同意了，茉莉也不能怎样。

茉莉顿时不寒而栗。如今茉莉再度感到无能为力，就如同早纪无能为力一样。

“你想离家出走的时候，随时欢迎来我家。”在泰国餐馆吃完饭，临别之际美智留这样对早纪说。

“不要说这种蠢话，福冈离东京太远了。”那时茉莉终于面露愠色，但内心十分感谢早纪身边有美智留这样的人在。想离家出走的时候，随时都可以去美智留家。尽管自己不能这样对女儿说。

带着些许的积蓄，和在“英铎”的工作经验，还有一个不太跟自己说话的女儿，回到土生土长的家时，茉莉拥有的只有这些。

因为是一如往常临时起意的事，连工作也没有着落。茉莉决定要在福冈——没错，就是这里。尽管前途茫茫，但也非得在福冈不可。在这块有阿新在，有总一郎长眠，阿始心爱的土地上——开一家像巴黎那个沙龙一样的酒吧。决定是决定了，但还得多存一些资金，在找到适合开店的房子之前，必须找一家店工作不可。不过在那之前，要打扫家里，清除院子的杂草。

春天，映在茉莉眼里的街景容貌，和之前返乡时截然不同。无论是色彩的柔软度，还是空气的怀念度。

我回来了。当出租车来到春吉桥的十字路口，茉莉看见河川时，首先对总一郎这么说，然后对阿始说，心情好到很想一直说下去。向晚时分，河边的摊贩已经点亮灯笼。漫步的人们，无论什么时候看都不变的雪印奶油广告塔。这实在令人欣喜。茉莉自己都没料到，回来竟然会这么高兴。

不过阿新的心情，似乎又另当别论。

“欢迎回家。”虽然他面露笑容表示欢迎，但接着又说，“感觉好奇怪哦。”

客厅被先寄回来的行李占据了很多空间，阿新对此感到很困扰的样子。

“很抱歉，你刚到就跟你说这件事，最近我把这里开放给孩子们用，可是来了这么多东西就没地方玩了，大家都很生气呢。”阿新带着堪称喜滋滋的语气解释。

“开放？什么意思？”

“大家”这个措词也很奇怪。茉莉暗忖，我一点都不知道爸爸和我不认识的大家这么亲近。

早纪没有说我回来了。

“嗨，早纪，好久不见了。恭喜你升上中学了。”

即便阿新这么说，她笑也不笑，只是轻轻点点头。

茉莉住自己以前的房间，早纪则住总一郎的房间。把行李稍微整顿一下之后，这晚三个人出门去水炊鸡肉锅店。

“每次都来这里啊。”走在每踩一步就会吱嘎作响、磨得光亮的走廊上，茉莉笑说。

仿佛看得见年幼的总一郎和阿九，穿着袜子在走廊上滑行，然后又是跑跑跳跳冲进铺着榻榻米的店里。也想起山边紧张的背影，以及穿着丝袜的喜代的脚。

早纪在这里跳“噗哩！噗哩！”是什么时候呢？

一边想着这些事，一边吃着火锅喝着酒，茉莉很难得地有点醉了。饭后水果送上来时，发现自己双脚伸直，精疲力竭地靠在墙上。

“你没事吧？”阿新担忧地问。

“当然没事，我喝得很舒服。”茉莉如此回答，但已经口齿不清。

“因为大家一起跑出来，我有点吓到。”宛如在找借口般地说。

“妈妈，不要这样啦，振作一点。真是的，太难看啦！”早纪说话了，“这里不是英铎哟！外公也在哦！”

什么嘛，茉莉心想。跟你说话你都不应一声，原来你也会说话嘛。这么想着，突然很想笑。想要忍住笑意偏又更想笑，茉莉最后笑到全身发颤。

之后的事就记不太清楚了。根据隔天阿新的描述是："你能稳稳地站起来，还走去搭出租车"，但是"一直笑个不停"。

总之就这样，茉莉回来这里了。

最令人惊讶的是阿新口中的"大家"，附近的孩子们。阿新说他把客厅"开放"看来是真的，每天到了下午，就有很多小孩出现在这个客厅里，不晓得打哪儿来的，将双肩带书包或布制的手提袋随便一放，就在屋里或院子玩了起来。也有小孩把书包放着就不见了，他们是去外面玩，玩完了会回来拿书包。人多的时候会很吵，这很容易理解，但本来应该没人在的客厅，突然有个小孩在那里看书，这就把茉莉吓坏了。吓到心脏紧缩，倒抽了一口气，不禁尖叫出声。这时小孩会从书本里抬头笑一笑，或是很有礼貌地深深一鞠躬。

"我来打扰了。"也有小孩这么说。

"吓了一跳吗？"也有小孩这么问。

孩子们的成员并不固定，有常来的人，也有新面孔，也有之前好像看过、但无法分辨出来的小孩，因为实在太多人了。

怎么会变成这样呢？茉莉完全搞不懂。阿新心血来潮时也会来客厅，对小朋友说声"嗨"或是问"今天做了什么事啊"，之后就一直站在那里，看着孩子们嬉戏。只是这样而已，孩子们也不特别黏着阿新。

此外，阿新从来没有端茶或拿点心出来招待孩子们，但也不禁止他们自己买东西来吃，所以有时客厅会成为他们的宴会场地或社交场所。快餐食品、糖果饼干、碳酸饮料，即便孩子们都走了之后，这些味道也会整天飘荡在客厅里。

"从什么时候开始的？"

茉莉这么一问，阿新便耸耸肩说："已经是很久以前了。刚开始只是来个一两人，而且是偶尔才来，后来次数和人数都慢慢增加了。"

“你抿着嘴笑哟。”茉莉说，“为什么要抿着嘴笑呢？”

“我有吗？”阿新摆出侧首不解的样子，继续说，“第一个来的孩子已经是中学生了，现在很少来了。以前只要那家伙一来，我们两人就会聊天，我甚至会泡茶给他喝。”

茉莉听得瞠目结舌。那家伙？是谁啊？听都没听过。

“不过，像这样一群人整批杀过来是最近的事。”

茉莉想起，去年夏天，阿新曾说在帮某个中学生做功课。寝室里报纸散落一地，而且做得很快乐的样子。

“这种情况，令你觉得困扰吗？”

被这么一问，茉莉顿时为之语塞。

“我是无所谓。”

其他还能说什么呢？

现在阿新外出的时候，白天家里也不会上锁。

第二个让茉莉惊讶的是祖父江九。虽然他依旧住在屋顶上，但已经不是闭门茧居，阿七说到“他前一阵子还去了冲绳”时，眼眶含泪。

“他经常外出旅行呢！”

“意思是他的身体已经好了吗？”

茉莉端坐在祖父江家清新的绿色榻榻米房里问道。

“他又可以一个人出去旅行了？”

阿七又哭又笑地点头。壁龛里挂着挂轴，花瓶里插着白色的百合花。对面的墙上有三把日本刀，令人毛骨悚然。

“只不过，社会上就此放过阿九吗？他只是想平静过日子，那些有的没有的事吵得沸沸扬扬的。”

超能力，茉莉在心里低喃。空中飘浮、预知能力、阿九帮。欺诈、危险思想。

“啊，对了，这个。”茉莉将早上烤的蛋糕卷装盒包装带来送给阿七，支支吾吾地接着说：“也谈不上是什么打招呼的伴手礼啦。”

从很久以前就经常收到这户人家送的礼物，例如高级的酒或是日式点心。

“哇！”阿七双眼发亮。拎起包裹，做出好像在秤重量的动作，半晌说，“蛋糕卷？真是太高兴了，我好喜欢吃茉莉做的蛋糕卷！”

由于她先生过世得早，经历了“帮派”“复仇”等茉莉不太清楚的遭遇，之后再婚，阿九气得离家出走，现在则是阿九在社会上引起了骚动——不，阿七一定会斩钉截铁地说，是社会在骚扰阿九——经历了这么多折磨，这个人依然温柔善良。

“我又回到这里来了。”终于，茉莉用小孩子般的语气说话。

阿七眯起眼睛看着茉莉，沉静而坚定地点点头。

6 有趣，而且值得喝彩。茉莉开始喜欢这个充满亡灵的家

茉莉说，真是不懂啊，究竟为什么能离开这里这么久。我不是个迷信的人，但冥冥之中总觉得，好像有人在这里，等着我和早纪回来。然而这一切都极其自然，自然到让人觉得命运自有安排，如果真有命运这种东西的话。

“比方说……”

回乡以来第三次来访，终于见到祖父江九，茉莉在屋顶上对他说明。屋顶上的森林里有着清凉的流水，蝉声悦耳。

“比方说，早纪现在在我以前念的中学就读。来这里之前，根本无法想象这种事。”

实际上，茉莉打算让早纪念公立国中，手续也在进行中。但阿新说“我真没想到你会这么做”“我本来以为你当然会让早纪报考你的

母校”，结果已经把入学申请书寄给私立学校了。

“我听了真的吓了一跳。”回想起来，茉莉不禁笑了，“因为我们根本不知道他寄出申请书了，而且考试当天早纪还在东京呢！”

结果，知道必须再度向公立学校提出申请的同时，也知道了现在报名私立学校的第三次招生考试还来得及。

“抱着反正本来就考不上的心情去考，结果，她现在已经在那里上学了。”

我又没有念书要准备考试，为什么我得去考那个学校不可？当时早纪又噘嘴鼓着腮帮子，甚至骂道：母校又怎样！那只是妈妈的乡愁吧！

“我想一定是这样的。”阿九静静地说，“大都在这里，等茉莉你们回来。不是期待也不是希望，而是早就知道，所以在这里等。”

早就知道，所以在这里等。茉莉歪着头，思量着这句话。

“看来你不相信啊。”阿九微笑，依然专注看着茉莉。那的确是微笑，但茉莉却觉得毛毛的。

“也不是不相信啦。”

被如此断言实在很恐怖。茉莉原本想接着说这句话，但最后还是没能说出口。

“不，我是想这么相信……”

语气的强度显得有些畏缩，阿九再度低喃了一声，不，然后说：“算了，没什么。”接下来浮现的笑容，也比刚才平稳许多。笑容里带着困惑之色。或者说得更直接，是后悔之色。

“最近发生了很多事。”阿九低声说，“说这种话反而会让你害怕吧？因为茉莉很容易害怕。”

这句话正中核心，但茉莉反射地摆出愤慨的表情。

“害怕？我很容易害怕？这我倒是没听过。”

回想起来，很久以前的确经常被说“很容易害怕”啦“胆小鬼”啦。想起这个，茉莉相当震惊。因为最近已经很习惯被夸赞“勇敢”了。

阿九觉得好笑地笑了，“总哥也说茉莉很容易害怕。”

面对面坐在生锈的椅子上，茉莉看着阿九的脸，仿佛在看奇迹似的，悄悄地。

“太好了。”

话就这样脱口而出。记忆恢复了太好了，变得有精神了太好了，不再是个年纪太大的小孩，太好了。

“你最近都在旅行啊？”

茉莉是打算谈些开朗的话题，不料阿九的表情却转为阴霾。

“嗯，那里发生了一些事情。”

“那里是哪里？冲绳？”

阿九点头，眼神悲伤地看着茉莉。

“是悲伤的事？”

这么一问，阿九吸了一口气，沉默半晌后，微笑否认：“不是。只是，去年有个很重要的人过世了。”

“果然是悲伤的事嘛。”茉莉说。

但阿九已经收起悲伤的表情，“重要的人，大家都走了啊。”

阿九此刻的表情甚至可以用打趣来形容，托腮撑在桌上，凝视着茉莉。

“怎样？”

“你还真顽固啊！明明知道还这么说。重要的人是绝对不会消失的。”

就在此时，突然起风，树木摇动。刚才还叫得很吵的蝉，现在一只也不叫了。水声没了，定睛一看，连喷水也停了。只有风吹着，许多树木——不论是大的小的，深绿的或黄绿的——摇晃的声音。有一股浓厚的气息通过，在耳际呢喃，包裹着皮肤，穿过头发，停在睫毛上，轻抚脸庞，一股熟悉而怀念的气息。

“这是什么？”

感觉像是在喜代的花园感受到的植物生气，但又更为悄悄的、更为温暖的东西。茉莉心想，明明没有实体但却像有实体般的东西——像是透明的雾，又像光的粒子——刚才确实通过了我。通过我的体内，我的四周，到处都是。

“哇，这是什么呀？”

那种东西通过之后，茉莉依然陶醉地闭着眼睛。温暖又怀念的东西们，东西们——对，真的很多。大家好像都窃窃地笑着。或者像小鸟般，唧唧喳喳地叫着。尽管不是切实地听到。

张开眼睛，看到阿九依然托着腮。

“怎么样？不会怕了吧？”

蝉声再度响起。虽然喷水还是在停止状态，但茉莉一点都不怕，于是她说：“一点都不怕。”

“太好了。”阿九微微一笑，站起身，“我希望你能更加注意这种事，这是我和妈妈现在在做的事。”

阿七已经开始进行一种“运动”，和超能力与阿九帮无关的某个运动。又是写东西，又是召开集会。为什么连阿姨都变成这样？茉莉不禁这么想。她明明那么希望过平静的日子。

“这样啊。”

茉莉如此回答，但并非表示她了解了。

“阿九，你已经可以离开这里了，改天我们上街约会吧。”

阿九没有回答，于是茉莉继续说。

“我最近在福冈的大街小巷探险哟！”

“探险？”

“对啊。看到改变很多的地方觉得很有趣，看到依旧不变的地方很高兴。不过，没变的地方看起来反而有新鲜感，很奇怪吧？”

阿九眯起眼睛微笑，做出好像很耀眼的表情。

“真好啊，你很开心的样子。”

茉莉又谈了一会儿她的“发现”。例如哪里的空地盖了集合式住宅；哪里的空地依然在，不过却杂草丛生，已经长到茉莉的腰部，小学旁边的糖果店还在，卖冰淇淋苏打的“奥维拉”也在，不过小时候并不稀奇的“红烧鱼店”，现在到海边也找不到了。昭和路的加油站——茉莉没有说这里就是自己嫁过去的地方——已经变成四层楼的建筑，二楼有托儿所进驻。

阿九兴致盎然地听着。有时眼睛发亮地说“好怀念啊”，有时说“那里我不记得”，最后语气十分安静地加了一句：“不过，我觉得不要在外面见面比较好。会给你带来麻烦。”

茉莉将到嘴边的话——我一点都不觉得麻烦——吞了回去。因为会害阿九暴露在危险中。茉莉改说：“这样啊。不过今天能见到你真好。”

水，又开始流动了啊。茉莉指着喷水池补上这一句，阿九像在做鬼脸般扬起单边眉毛说：“水一直都在流呀，因为是喷水池嘛。”

“你骗人。”茉莉以笑脸回应。

真的很有意思。

站在曾经是总一郎的房间，如今变成早纪私人天地的小房间正中央，茉莉心想。十几本的少女漫画、布偶、木马、抱枕、印有米飞兔的月历。这里怎么看都是女孩子的房间。但同时，怎么看也都是总一郎的房间。

茉莉对早纪说，你可以换上你喜欢的样子。早纪说，她要把总一郎的书桌搬走，改放自己喜欢的古董桌。关于床铺的用品，她说“不管洗得多干净都不要”，希望全部换新。早纪的要求就只有这些。五斗柜和床铺本身则愿意继续使用，墙壁上贴的世界地图和天文图，甚至连昆虫标本，她都说“因为很别致”所以不用拆掉。

结果，在茉莉眼里，这个房间怎么看都是“哥哥和早纪融合在一起的房间”。喜欢整理东西的总一郎，爱乱丢东西的早纪，两者不可思议地将房间调和得十分舒服。

“可以跟你一起睡吗？”

茉莉想起以前经常这么说，睡在总一郎床上的自己。总一郎死后她也偷偷溜进来睡，还曾经被从窗户爬进来的阿九吓到心脏差点停了。

茉莉开始喜欢起在这个充满亡灵的家的生活了。

对于不认识的孩子们随意进出，也完全习惯了。只要有人在，通风的情况就变得很好。茉莉经常感到震惊的不是他们的个性，而是意志。明明还那么小，但每个人都有清楚确实的意志，尽管不被认同也无妨。这是很有趣的事。有趣，而且值得喝彩。

总一郎的书桌现在摆在客厅里，让那些孩子们随时都能使用。

“讲习会，不去真的没关系吗？”茉莉端红茶进书房时，阿新说。

上午十点半的红茶时间，已经成为茉莉和阿新的习惯。因为和早纪一起吃早餐的时间太早，阿新到了“十点肚子就有点小饿”。

“没关系啦。”茉莉答道，“我去年也没去。”

夏末，茉莉决定再度报考品酒师资格考。每年，考前一个月左右会开讲习会，不强制，让考生随意参加。但是，去年落榜后，一位实际拥有品酒师资格的“英铎”客人和几位朋友都说，茉莉的“败因”在于没去参加讲习会。因为每年的出题倾向都会在当年的讲习会里知道个大概。

“去了也没有意义。”将切成厚片的蜂蜜蛋糕放在盘子上，舔了一下沾在手指上的砂糖，茉莉说。

“不管被问到什么都没问题就行了吧？”

这是美智留教她的。美智留说，重要的不是出了什么题目，而是不管出什么题目是否都没问题。

“这种心态是很果敢也很了不起啦。”

阿新苦笑，将叉子插进蜂蜜蛋糕。

“对了，早纪昨天来向我借唱片哟！”

“借唱片？可是她不能听吧？她的房里又没有唱机。”

“她说要拿去学校，去音乐教室请人家做成MD。”

“嗯哼。”

茉莉啜饮红茶。用厚纸和绳线装订的资料堆、会发出当啷当啷金属声的老式百叶窗、印着大学名称的纪念座钟，还有不知道为什么，竟然还有喜代戴过的毛线帽。这一切，在上午明亮的光线里，都看得出积了一层薄薄的灰尘。

早纪现在都乖乖地去上学。问她“好不好玩啊？”或是“今天学校有什么事啊？”她立刻摆出一张臭脸，但是日前突然说“我加入美术社了”，把茉莉吓了一跳。

“爸爸，你觉得早纪怎么样？”

阿新眨眨眼睛看向茉莉，“什么怎么样？”

“你觉得她习惯这里的生活了吗？”

阿新陷入思考，一脸沉思的模样，让茉莉等了很久，终于开口吐出来的话竟然是：“可以再给我一片蜂蜜蛋糕吗？”

最近阿新的食欲就像说话一样有头无尾，让茉莉很担心。

工作虽然还没找到，但是到处走走看看之际，发现可以当店面用的房子比预想中来得多。只要不是最好的地段，租金都比东京便宜。

尽管不是现在就租下来，但是个令人心安的发现。

“这是个很棒的城市嘛。”茉莉开心地呢喃。

夏木力的新店决定开在“池尻大桥和三宿之间那一带”。原本预计秋天开业，现在延到了冬天，但他说，这样应该可以以自己能够接受的形式开始。电话是茉莉打给他的。虽然早就知道他辞去“英铎”的工作，但也想知道新店的准备情况。不过阿力却说：“你都没有打电话给我哦！”

“我现在不是打了吗？”

“这是什么话嘛。”阿力说，“我还以为你会更早打给我。你走了之后，大家都在打赌耶！看你回去几天后会先打电话给谁？”

如果茉莉说“我想都没想到”，这样会觉得很愧疚，因此她说“因为我是很坚强的”还以颜色。尽管如此，一个个脸庞浮现脑海，她不禁笑了出来。

阿力生性粗鲁，和他聊天实在聊不起来。就在聊不起来的情况下，阿力丢了一句：“想念我的声音的时候，随时都可以再打来。”

说完就挂电话了。挂了电话之后，茉莉轻轻一笑。阿力一句鼓励的话也没说，但她却被鼓励到了。光是有同样目标的阿力在，她就觉得吃了一颗定心丸。

横越闪闪发亮的马路、天神车站、中央公园、西中洲、旧贵宾馆。茉莉漫步在“美丽的城市”里，越过那珂川、中洲、中洲河畔。接下来要搭公交车去博多车站。

还是不要挑一楼的店面吧。茉莉做了这个决定。一楼的店面不仅房租贵，还缺少“特别空间”这种气氛。有狭窄楼梯可以爬上去的二楼，或是要下楼梯的地下一楼比较好。不过，非得搭电梯就另当别论，六七层楼高的大楼并不理想。夏木力也说他的店在二楼。

就这样乱想一通，茉莉来到公交车站，排在候车行列——只有三个人——的后面。下午两点，接下来要去博多车站附近的一家店面试，说不定会被雇用。约定的时间是三点，但茉莉想早点到，可以在四周“探险”，也“实地查探”一下。

“放轻松去吧。”出门前阿新这么说，“对方会对你进行评估，但你也要评估那家店之后才能决定。”

“请问……”声音传来的同时，背后被手指戳了一下。触感尖硬，后来才知道是对方的指甲留得很长。

回头一看，一位撑着洋伞、化着浓妆的年轻女人站在那里。穿着一件印有向日葵花样的黑色洋装，布的分量缩到最小限度，低胸的胸口白得像扑了白粉，丰满的乳房几乎有一半露在外面。茉莉很努力地将被胸部吸引的视线抬起来，抬到这个女人的脸部位置。

“什么事？”

首先，茉莉订正了“年轻”这个印象。这个女人尽管五官端正，化妆巧丽，但也掩不住岁月深深刻划的痕迹。而且绝对不是温柔的岁月刻划出来的，很明显的是惨淡的岁月。

“你是寺内茉莉小姐吧？”

突然被人叫出名字，茉莉大吃一惊，但对方惊吓的表情也不输茉莉。

“是的。”茉莉点头答道。

女人不发一语，仿佛看到鬼似的盯着茉莉的脸。过了一会儿，女人终于开口了，“我叫菊丸，和你见过一次面。很久以前了，你大概忘了吧？”

名字的话倒是有印象。她是“支持超能力者的女性”，几年前在各地掀起骚动。至于见过面就没印象了，到底是什么时候？在哪里见过？

“我在阿七姨的家看过你很多照片，所以……”

照片？可是她刚刚才说跟我见过面啊？菊丸说话的方式结结巴巴

的，又跳来跳去，让茉莉感到很困惑。

“我们找个地方，安静下来谈一谈吧？”将手中紧握的公交车票放回皮包里，茉莉说。

7 “那时你把阿九带走了，我一个人被留在杂沓的人群。”

来到一间位于大楼二楼的咖啡专卖店，店里客人很少，冷气太冷。在靠窗的位子对坐之后，茉莉仔细看着这位名叫“菊丸”的女人的脸，觉得真的好像有见过。

“在放生会吗？”

于是茉莉这么问。因为她曾经在那时无意间看过一眼阿九的女性朋友们，就那么一次而已。

“对，就是放生会。”

女人的脸上首度浮现笑容。不仅嘴角，连眼角都笑开了的可爱笑容。

“那时你把阿九带走了，我一个人被留在杂沓的人群里！”

“怎么可能？我不会做这种事。”

茉莉吓了一跳，出口否认，但内心暗想，说不定做过。那时彼此都有带伴，却也把彼此的伴都扔下不管，两人就冲去宾馆了。

菊丸依旧微笑着，仿佛想起怀念而快乐的回忆。

“你明明有！算了，都已经是那么久以前的事了，小时候的事了。”

服务生端来两杯冰咖啡，茉莉拆掉吸管的袋子。

“在那之后，我和阿九就交往了哟。那个，该怎么说呢？是认真交往的。”

接着表情蒙上一层阴霾。

“不过，后来分手了。”

菊丸的语调不再结结巴巴，反而快了起来，原本带着一股热情，这回变得很空虚。

“是我主动提出分手的。”她说，“因为我实在受不了那种事情。”

茉莉纳闷地想着，眼神游移忐忑是这个人的怪癖吗？

“我问你哦……”

菊丸说着探出身来，好像怕被人听到似的小声地说，“阿九过得好吗？”

茉莉觉得很扫兴。答了一句“很好啊”，就喝起冰咖啡。冰块发出清凉的声音。眼睛被那对挤上桌面、又白又软的乳房吸引过去。

“真的吗？”

听到她低声问，茉莉依旧含着吸管，只将视线抬起来。菊丸的表情显得很紧张，几乎是胆怯。茉莉再度点头回应。

“太好了。”力气仿佛从声音、也从身体抽出似的，菊丸又坐回原样，靠着椅背。

“太好了。”茉莉微笑，也回应同样的话。

知道有个女人即便和阿九分手了，依然如此关心阿九，茉莉觉得心中有一股暖流流过。

“不过，很抱歉，我得走了。”

虽然菊丸的冰咖啡连碰都还没碰，但茉莉告诉她接下来有个面试，为了掌握在这块土地上做生意的感觉，想先找个店工作一下。

“哪一家店？”

被这么一问，茉莉说出店名，菊丸却立刻摇头。

“我劝你不要去。店长是个色鬼，而且他们还会在人头马白兰地里掺水。”

茉莉早就已经站起来了，站着想了一下，又坐了回去。店长好色也就算了，但在酒里掺水和自己的个性不合。

菊丸说，关于这个城市的酒店，任何事都可以问她。只要有卖酒的店，她大概都去过了，毕竟十八岁就进入这一行了。接着，她以涂上银粉、长长的彩绘指甲的手，写了四家“推荐”的店名。从记事本里撕下递给茉莉的纸上，排列着少女般的圆形文字。

“你们回来之后，改变最大的是厨房啊。”吃着茉莉做的晚餐——冻豆腐、肉丸子、牛蒡色拉——阿新一脸开心地说。

花了很多时间清理乱七八糟的厨房。虽然花了很多时间，不过一旦清理干净后，就成了容易维持秩序的地方。因为早纪和阿新，除了开冰箱以外不会在这里做任何事情。

“刚开始地板还有点黏黏的呢！”早纪说。

但茉莉明白，阿新想说的不是地板黏黏的这件事，而是喜代的气息。茉莉新买了很多厨房用品，至于喜代搜集的水晶制品，怕一个不小心就弄坏了所以不用。然而，尽管厨房恢复了原有的生气，却比这个家的任何一个房间都更浓厚地充满了喜代的气息。

而且——茉莉感到非常不可思议，我没有跟妈妈学过煮菜，菜色种类更是望尘莫及。不过我会做的为数不多的几道菜，味道大概都和妈妈做的一样。

茉莉想起阿新一个人独居时，不让她站在厨房的事。那真的是到处黏黏的，一看就知道是一个男人独居的寂寥空间，所以阿新才把和厨房无关的喜代的衣服、珠宝首饰，甚至连鞋子都搬进厨房里。一想起这件事，茉莉就心如刀割。

喝着第二瓶啤酒，阿新的视线停在半空中。瓦斯炉前，总是有喜代站着的地方。

隔天早上，茉莉到门外送早纪上学时，看到阿七在路上泼水。

“早安。”

这是个太阳早就把柏油路晒得发烫，泼下去的水立刻变热、被地面吸下去的早晨。

“早啊，茉莉。今天天气真好啊。”

阿七将腰伸直，做出向后仰的动作，也向茉莉道早安。

“路上小心哦。”

也对早纪说，一只手遮着太阳，一起目送早纪去上学。

“早纪长大了呀。”

茉莉回了一句“是啊”，除此之外不知道该说什么。穿着制服的早纪的背影，总是让茉莉感到些许混乱。身旁有“阿九家的阿姨”在就更加混乱了。长在围墙和柏油路之间的淡绿色杂草，被淋得湿湿的好像很舒服的样子。阿七之前泼的水，大概立刻变成蒸气消失了，因为已经闻到柏油路特有的闷湿味道。茉莉还不想回屋里去，被一股冲动掳获，想再多看一下阿七弓着背用老旧的水桶和水杓继续在路上泼水的模样，明明这样泼，温度也不会下降。

第二次的品酒师资格考，茉莉又落榜了。虽然说已经习惯考试落榜，但这次是抱着自信去考的，因此很沮丧。

“有好事，也有坏事啊。”阿新这样安慰她。

所谓的好事是找到工作了。一个星期前，茉莉就在亲不孝路的某家酒吧工作，是菊丸推荐的其中一家。店很小，吧台坐五个人就满了，桌子只有一张。不过就茉莉看来是一家颇专业的店。整个气氛让人能够安静喝酒，酒保的调酒技术也让茉莉很心动。

茉莉在这里喝了七杯酒。就在茉莉打电话给他们，说要找工作，不过不用把它当作面试那么郑重其事那天。刚开始的三杯，从闲聊开始慢慢转向“你来试试看”。接下来的四杯，是茉莉点的酒。临走之际茉莉说“我要付钱”，当然是认真的。店老板兼酒保、姓“富田”的中年男人，是个待人和蔼、身段和语气都很柔软的人。他笑容可掬地说“我怎么可以收你的钱呢”，还说“就像刚才谈的，包括工作条件等各方面请考虑一下，愿意的话再跟我联络。如果不愿意的话，下次我就把你当客人看”。

富田笑起来眼角和眉毛都会下垂，也就是所谓的“弥勒佛脸”，手指也粗短肥胖，就算说恭维话也不可能对女性客人有吸引力，但他的客人包括菊丸，大半都是女性。

隔天，茉莉照他所说的和他联络，在电话里说：“我愿意，请让我在店里工作。”

“考试明年还可以考啊。”

阿新三两下就把茉莉端来的、今天的甜点吃光了，却若无其事好像什么都没吃似的，盯着茉莉那一盘。

“是没错啦。”

想到明年或许又会落榜就很不安。说不定花上了五年甚至十年都考不上。

“那个叫做什么来着的女演员……”阿新几近自言自语地说。

初秋的风，吹动百叶窗。客厅里，传来孩子们高亢的嬉闹声。

“就是在《费城故事》和《冬之狮》出现的那个。”

看到茉莉答不出来，阿新又更小声地说“好吧，算了”。

“梦想属于愿意等待的人。”

接着突然这么说。

“这是电影《旅情》[1]里的台词。”

《旅情》，记得有这部电影，但想不起这句台词。茉莉在思索时，阿新伸出自己的叉子，把茉莉盘子里的甜点也吃掉了。茉莉为了

1　中译片名《艳阳天》，此处保留日译名。

表示震惊，故意挑起眉毛，却不知道该说什么。

可能是吃药的关系吧，茉莉猜想。不久之前阿新说他睡不着，叫医生开安眠药给他。结果现在净是吃甜食，可能是药的副作用吧。

这时，客厅传来仿佛被火烧到的哭声。就成人的感觉来说，已经接近不合常理的尖叫声。

茉莉赶忙冲过去一看，四五个小孩满脸担忧地将一个小孩团团围住。哭的是年纪最小的女孩，站着哭，仿佛使出了浑身的力气在诉说悲伤。

“怎么了？”

这么一问，哭声稍微小声了些。年纪较长的孩子们纷纷解释。

“是这样的啦，我们在玩寻宝游戏，明明说好范围只限房间里，可是川宝把东西藏去院子里。”

“然后她就撞到脚啦！”

“因为她要从院子跑进房间。”

“才不是，她是进房间才撞到脚的啦！”

搞不懂他们到底在说什么，不过小女孩的脚指甲一半翻起来了。小到令人惊讶的可爱脚尖，渗出看起来很痛的血。

“你等一下哦，我立刻帮你包扎。”

哭声已经降至抽咽的程度。茉莉用脱脂棉沾了消毒药水，往伤口一按，小女孩吓了一跳。不过也因为这一吓，忘了要再哭一次。

“了不起！了不起！”

茉莉夸奖她。

“没那么严重嘛，这样应该没问题了。”

“好痛！”

那个叫川宝的男孩发出怪声。

“不是我哦。”

茉莉从院子里割下芦荟，将叶肉的碎片贴上去，再用纱布和绷带牢牢地固定。虽然趾甲被割了一半但没有脱落，只要不碰它，应该不会痛了。

“好，包扎完毕。”茉莉说，轻轻拨开黏在哭得很热的小女孩脸上的头发。

“谢谢阿姨。”

即便声音含泪，但小女孩清楚地道谢，看着茉莉的眼睛快速露出笑容。茉莉顿时看呆了。让她惊讶的不是小女孩的个性，而是意志，明明这么小，却已经是个独立个体的单纯事实。

小女孩一瘸一瘸地拖着脚走到沙发，弯下腰来一副很感兴趣的样子，观察包在自己脚上的绷带。

这次的店，和“英铎”截然不同。没有音乐也没有跳舞，员工只有茉莉一个人。

Tommy——大家都这么叫富田店长——每晚八点开门。卖酒的业者、卖冰的业者、湿毛巾业者陆续前来。茉莉的上班时间是十点。常客大多是附近的商店老板或是在声色场所工作的女性，大部分都一个或两个人来，通常不会久坐。会坐很久的是观光客，但Tommy也对他们非常友善。也有西装笔挺的客人，他们是来出差的上班族，知道“来博多就要来这里”的人们。

“这是我们店里新来的女孩。”Tommy看到常客就会介绍茉莉。

“请多多关照。”

这时茉莉就会摆出笑容这么说，但每次都被Tommy嘲笑。

“太僵硬了，太僵硬了。”

自认接待客人很拿手的茉莉，因为太习惯“英铎”那种把客人和员工当作“朋友”或“伙伴”的作风，如今要习惯这家带着声色场所作风的酒吧，看来还需要花点时间。

“打哪里来的呀？”

茉莉说的明明是博多腔，却也曾被这么问过。

“马丁尼可能没办法，调一杯琴汤尼来看看吧。”

也有客人带着试探的口吻这么说。茉莉尽管在内心嘀咕“好讨厌哦”，但同时绷紧神经卖力地做。

还有其他和以前不同之处。

“人家肚子好饿哦！”

下班的女孩子们，留着一头让人误以为洋娃娃的卷发，长长的睫毛，嗲声嗲气地对Tommy说。这时他就会像变魔法般的——也有忘记的时候——将蛋包饭或牛肉浓汤端到客人面前。而去附近店家拿取这些外带食物则是茉莉的工作。

“Tommy也喝嘛！”

只有客人这么说时，Tommy才会喝酒。

而茉莉胆子再大，也还不敢说：“那我呢？”

菊丸是这里的常客，总是一个人来，热热闹闹地闲聊瞎扯然后回家。茉莉知道，只要话题不是祖父江九，她都能聊得很开心。和其他客人也能亲切地交谈，说起话来率直到有点欠考虑，只要有人说笑话，她就会夸张地哈哈大笑。但是，只要有人谈起阿九的话题——这种事偶尔会有。阿九的事在东京已经成为新闻，但在老家这里，每个人对于阿九都有自己的一套想法——她的眼神就会转为黯淡，嘴巴紧闭得像贝壳一样。

茉莉也深感困惑。在这里被谈论的阿九，虽然不到罪犯的地步，但也是社会的异常分子。尤其是变成超能力者的阿九，已经不是茉莉认识的阿九。

“茉莉，你安全吗？”

被菊丸突然这么问，是在深秋时分。店里还有一位不熟的男性客人，这位说是从大分县来的男客，由Tommy招呼着。

“安全？”

这么一反问，菊丸垂下眼帘，用手指转着威士忌加冰的冰块。半晌，依然低着头说：“我被讨厌的家伙到处追杀。”

冰块“喀啦”一声转了起来。

“还寄恐吓信给我。”

喀啦。菊丸扳开茉莉的手臂，凑到她耳边低声说。喀啦。还说家里的玻璃窗被打破了。

“居然有这种事？”

茉莉大吃一惊，不由得大声说，立刻被菊丸责备的眼神瞪了一下。她吸吮濡湿的手指，做出令人惊愕的挑逗动作。

“这还只是刚开始！”菊丸愤慨地说，“他们想知道阿九做的事，还逼我上广播节目呢！”

菊丸继续说。被狂热分子纠缠、抨击，还被吐口水，甚至被打到受伤，吓得不敢踏出家门一步，搞得快精神衰弱了。除此之外，最担心的是儿子的安全。

“你有儿子啊？”

这么一问，菊丸停止说话，双手摸着酒杯，眼角露出极其温柔的微笑，“有啊。”

只说了这么一句。问她几岁、叫什么名字，她都不肯说。只说，有啊。茉莉也因此明白，眼前这位女性有多么爱她的儿子，多么以她的儿子为荣。

“好了，我得回去了。”

接着大声对Tommy说“记在账上”，就踩着又细又高的高跟鞋走出店里了。茉莉看了心想，居然能穿那种鞋子走路，对于刚才听到的恐怖事情，无论如何都难以置信。

8 日益沉默的阿新，客厅玩耍的孩子，逃课看船的早纪

在打扫整理家里的每个角落时，茉莉突然想把贴在客厅的总一郎的画收起来。这幅画里画的是：一个头很小的男生，和一只有男孩一半大的巨大瓢虫，站在绿色线条画的地面上，其他空白的地方画了两辆汽车，一辆是红色的，一辆是蓝色的，这一切都被圆圆的黄色太阳照耀着。纸已经变得干巴巴的，边缘也变色了，用图钉重钉了好几次的四个角落也都快被钉烂了。茉莉猜想着，画这张图的时候，总一郎究竟几岁呢？从画来判断，大概是四五岁吧，不可能超过五岁。

已经破旧不堪了，拆掉吧。

她好像听到“画”这么说。画被固定在墙上，暴露在茉莉和阿新以外的人眼里——例如早纪的眼里，许多来玩的孩子们的眼里——看起来好像缩起身子似的。

“客厅那张哥哥的画，可以拆下来吗？”

茉莉问在书房写东西的阿新，他回答：“画？有那种东西吗？”

于是茉莉去把画拆下来。这是个晴朗的白天。客厅里还不见孩子们的身影，画发出如枯叶般酥脆的声音。茉莉将它收在喜代镜台的横长抽屉里，仿佛让它静静地安睡。

墙上留下一个四角形痕迹，茉莉觉得这个痕迹和总一郎很搭。冷冷淡淡的，空空的，但确实在那里。

听到久违的马场的名字，是在返回福冈一年多后。

“哇呜！马场二世？茉莉，你和马场二世交往过？”

菊丸挥动筷子，发狂似的大叫。“Tommy’s”打烊后，在夜晚最后

的时间，茉莉经常这样和菊丸来路边摊吃夜宵。在透明而厚厚的塑料布包围下，在浓到喘不过气的猪骨熬汤味道里，喝着冰啤酒配卤大肠。

“才不是呢！我没有跟他交往啦，只是借住在他那里。我和当时的男朋友住在他那里。”

那是很久以前的事了，茉莉一边回想一边说。卤大肠甘甜富有弹性，汤汁浓郁香醇。

“这样不是更难搞？两男一女？恶心死了！”

菊丸将化了浓妆的脸凑近茉莉耳边鼓噪，香水味扑鼻而来。

“就跟你说不是啦！事情不是这样啦！”

话说到一半，茉莉觉得太无聊了，不禁笑了起来。事到如今已经不重要了。菊丸也笑了，边笑边说：“我们害很多男人哭泣啊。”

“是啊。”

不过也被气哭过，但这句话没有说出口。每当和菊丸在一起，茉莉就变得很快活，不会再去在意那些琐碎的事情。每次都这样。菊丸不太听人说话，尽管不太听，但就结果而言，导出的结论也在容许范围之内。

“给我一杯酒。”菊丸说，“这里的卤大肠最棒了！阿婆的店果然天下无敌！”

真的很会拍马屁。虽然是拍马屁，但也并不是谎言。

“那，我也来一杯酒吧。”

路边摊的阿婆喜滋滋地递上两个杯子，把酒斟得满满的。

马场诚是要继承河豚料亭的人。他和茉莉以前交往的那个男人不同，在东京时也非常认真学习厨艺。但茉莉不知道那家河豚料亭在哪里，也不知道店名，也没想过马场是否顺利继承了。根据菊丸所言，他平安回来了，现在在市内开了一家分店。他本人有两个养殖场，同时也在总店工作。结婚了，有三个女儿。

“不过啊！”脸微微抬起，眼眶四周泛起红晕的菊丸说，“我觉得那个人不太可靠耶！用现在流行的话叫什么来着，居家型男人？旁边好像没有女人围着，连个小老婆都没有，一定是没有那个胆量。”

茉莉笑了，“这样很好啊，没有女人围着。”

“是很好没错啦。”菊丸也同意，不过咬字已经不太清楚了。

“改天要不要去看看他？”

茉莉摇头，表现出陷入思考时会眯起眼睛的习惯，半晌后回答：“不去。”

尽管心里也想看看变成居家型男人的马场是什么样子。

“也对。”喝醉的菊丸猛点头，“都以前的事了。”

“对啊，对啊。”

茉莉语毕，请阿婆结账。

秋天。

杂草丛生、堆满废物的院子上空，晴空万里。茉莉已经一点一点把家里整理得差不多，唯独凌乱的院子一直放着没动。丈高的植物就这样枯萎着在风中摇曳，还有许多不知名的草长得十分茂密，被虫子啃得坑坑洞洞的叶子，结出红色果实的矮木。种在角落的桂花，因为很少浇水，叶子蒙上一层白白的灰尘，但也开出很多朴素的花朵。

身后的客厅里，孩子们在玩耍。有几个人去外面玩，今天感觉上比较安静。看着一堆放在墙角的书包，茉莉苦笑：又来了。唯有一个黑色双肩书包是开着的。可能是扣子没扣好，随手往墙角一扔，所以书包是敞开的。

沙发上，有两个男孩专心在看漫画。三个女孩坐在地板上，用蚕丝线在穿珠子，有粉红色、白色、淡蓝色。虽然手很忙，但嘴巴也没有停止聊天。茉莉猜想，大概小学二年级左右吧。三个人在聊车子的事。茉莉大感意外，最近连小女孩也对车子有兴趣啊。

“可是，我们家的车是RV的耶！”

一个人这么说，另一个回应：“果然，我就猜到是RV。”

一副大人口吻的样子，很好笑也很可爱，茉莉强忍笑声。聊天持续着。

“那是吉普车吗？”

“不是吉普车啦！”

“那么是房车？”

“我跟你说，也有老爷车哦！”

“不是老爷车，是房车啦！”

“我知道啦！我不是在讲这个，据说一天看到五辆淡蓝色的老爷车就会得到幸福哟！”

“这是什么啊！”

“莫名其妙！”

常来的孩子的长相和名字，茉莉也大都记住了。但她并未积极观察，所以还无法掌握每个人的个性，即便如此，像这样偶尔站在院子偷窥他们的模样，也有种似曾相识的熟悉感，觉得很怀念。明明完全不像，但会忽然觉得孩子里有一个很像总一郎。也有像阿九的，也有像茉莉自己的。

茉莉一走进客厅，聊天声戛然而止。

“阿姨，你看！”

然后一个小孩这么说，拉起一条长长的串珠。

“好漂亮哦。”

视线的尽头，有个人影站在厨房和客厅的交界处，是阿新在看着茉莉和孩子们。看起来蛮寂寞的，不过，果然也有怀念之色。

梅雨季结束后，阿新又变得沉默寡言，不是在发呆就是绷着一张脸，跟他说话也不太搭理，可是却会突然叫茉莉："妈妈。"

把早纪和茉莉都吓了一跳。

"啊，不对。我有点搞混了。"

虽然会立刻发现叫错人，但眉头紧皱，仿佛在忍耐头痛似的，承认自己搞混时的语气显得疲惫不堪，这都让人看了很心疼。

茉莉猜想，爸爸看着孩子们，可能也想起我和哥哥小时候，还有妈妈年轻还活着的时候吧。或者是，爸爸自己小时候的事呢？谁知道。

关于Tommy，茉莉最佩服的是他很会招呼客人。这个人的性情稳定到似乎没有脾气也不会生病，总是以同样的感觉、同样的态度、同样柔和的语气与笑容存在于那里。即便酩酊大醉的观光客发酒疯说出无聊的笑话，他也会放声大笑，这些客人临走时，他也会依依不舍地说："下次来博多的时候要再来哦！我会一直等你来。"说得极其自然，一点也不做作。面对每次一来就滔滔不绝、了无新意地批评政治的常客——而且还坐很久，一个人来，纠缠三小时——他也丝毫不露厌烦之色、侧耳倾听，"这样啊，我一点都不知道，真是大开眼界啊。"

Tommy单身，和母亲两个人住，养猫。即便每天见面，但除此之外无法知道更多。

这样好脾气的Tommy会发火，只有被女性客人——酒家女——嘲弄的时候。纠缠不休地靠过来，或是说低级的黄色笑话。

"小姐。"

刚开始会好声好气地制止，但如果对方的态度依然不变，Tommy就会走出吧台对她说："我已经跟你说我很困扰了，你听不懂吗？"

这时，右手一定抓住对方的手腕，看来是相当用力。客人大多会开始嚷嚷，"我什么都没做啊！"或是"你在干什么！放手啦！"。Tommy不发一语，只是定睛瞪着对方，手也不放，直到对方转移视线。长的时候甚至僵持几十秒。店里一片鸦雀无声。不过，这样就结束了。客人撂下狠话就走了。

“对不起，惊扰到大家了。”当Tommy向其他客人道歉时，已经恢复“弥勒佛脸”。

来这家店工作后，茉莉喜欢上威士忌加水。

“茉莉也喝喝看嘛。”

因为被某位客人这么说，茉莉也喝起威士忌加水。原本只是当作练习。明明用同样的威士忌、同样的冰块、同样的水，但茉莉调出来的味道和Tommy调出来的却明显不同。Tommy调制的威士忌加水，不仅保留了威士忌的高贵风味，在酒杯里宛如春天的小河变得很柔和。过喉也很温醇。

Tommy也承认，最难调的是威士忌加水。

“鸡尾酒基本上在于调配，只要好好调，谁都调得出来。不过威士忌加水就很难用说明的，要花时间慢慢学。不过也有人花了很多时间还是学不会。”

为了知道自己是学得会的人，还是学不会的人，茉莉打算花时间试试看。

下雨。

“好冷哦，已经冬天了啊。”

菊丸走进店里，薄薄的雨衣里只穿着一件短版洋装。

“给我一杯热兰姆酒，不要放奶油。”

一边用湿毛巾擦手一边说。

“天神那一带有个不错的店面哟，在一幢新大楼的二楼。我要了隔间平面图的复本来给你。”

菊丸拿出一张折起来的纸，摆在吧台上。

“谢谢。”

茉莉收下。不只是菊丸，Tommy也经常搜集店面出租资料给茉莉。夏天曾经回国的青山志津夫——那时志津夫太忙没能见到面，但也打了电话给茉莉和早纪——也说他有认识不动产公司的人，需要的话他可以马上拜托他们帮忙。

“不过还要等一下。”

茉莉摊开纸张，一边看着上面手写的“地点最佳！”字样和印刷的图样一边说。

“我觉得应该要再等一下。”

时候到了，自然会知道。

“我还有很多事情要向Tommy学呢。”

补上这句后，Tommy摆出一脸没出息的表情。

“不要学太多哦。”

静静的夜，因为下雨的缘故，客人只有菊丸一人。

“身子终于暖和起来了。”

菊丸翘起脚，点燃一支细长的薄荷烟继续说。

“刚才跟一个讨厌的客人在一起。”

但这话也只到此为止。至于是什么样的客人，他说了什么，做了什么，甚至被他强迫做了什么，一概没提。不过，从菊丸的笑容看得出来，已经是过去的事了。

“那就喝酒吧。”茉莉也露出笑容，只说了这一句。一天结束的时候，一杯酒能做的事。

“对了，两三天前我有看到早纪哟！”菊丸说，“在Bayside Place[1]。”

“Bayside Place？她去那里干吗？”

1　位于博多湾临海的大型购物中心。

菊丸说，不知道，不过她穿着制服，自己一个人。在建筑物里面，离等候搭船的人们有些距离，一直站在玻璃窗前。

“我出声跟她打招呼说你好，她也回了一句你好。问她你在这里做什么，她没有回答，只是耸耸肩笑了一下。就这点来看，那孩子跟茉莉很像啊。”

菊丸和早纪之前见过两次面，第一次是偶然遇到，第二次则是三个人一起去神社新年参拜。就是茉莉和菊丸第一次见面的那个筥崎八幡宫。

“嗯，说得也是。”

茉莉回答，但内心忐忑不安。Bayside Place以前是个码头，离家离学校都很远。虽然有瞭望台，但不是年轻孩子会想去的热闹场所。

“大概几点的时候？”

这么一问，菊丸想了一下说，四点左右。

“我去给宫先生——以前的老客人——送行，那班船是四点二十五分。”

这样啊。茉莉又说了一次。

隔天也是下雨天。十一月的阴郁之雨。早餐的餐桌上，茉莉质问早纪，你一个人到底去那种地方做什么？

“没有啊，就是去看船啊。”

这是早纪的回答。

和茉莉一样有点自然卷的头发，已经留到披肩的程度。刚入学时穿起来有点生硬笨拙的制服，不知何时也变得服帖合身了。

“从那里可以看得很清楚啊。例如船快靠岸的时候，工作人员会抛出绳子。”

四点的话，是学校放学以后吧。如果不是逃课，早纪去那里看船，也没什么理由好骂她。

“船一旦靠岸之后，甲板上会站很多人。隔着锁链，穿制服的人们站在前面——”

早纪继续说明。

“你知道吗？从五岛来的船要航行八个小时哟！”

“你一个人去那种地方有点危险吧？万一被带到哪里去怎么办？”

茉莉出言责备的同时，刚好阿新也回答了早纪的问题。

“我不知道啊。不过五岛很远啊，至少也要花这么多时间。”

早纪沉默不语，双颊看起来有点鼓鼓的。阿新发出声音啃着吐司。

“如果真的那么想去，请找朋友一起去。算我求你。”

早纪没有回答。

“你听懂了吗？”茉莉终于低声说。

“不懂。”早纪也低声说。

“我又不会跟不认识的人走。偶尔有人向我搭讪，我也只觉得他像个白痴似的，一次也没有跟他走啊。”

“当然不许跟他走！”

茉莉语气坚定强烈，但内心仓皇不安。搭讪？才中学二年级？

阿新发出声音啜饮红茶。

以前我的确也是个不良少女。

送早纪出门上学后，茉莉边洗碗边想。那时她经常逃课，十七岁的时候还跟隆彦“私奔”。和阿始的相遇，其实也像是被搭讪一样。不过早纪才十四岁。十四岁的话还是个中学生，那时候我在做什么呢？

茉莉将记忆倒带，停下转动洗碗泡绵的手。那时候，我迷上一个年长的男生，那是个讨厌的家伙，结果还被他强吻了。

那孩子跟茉莉很像啊。

菊丸这句话在耳边响起。

八　再度坠入爱河

1　“这间店和你，同时来到我的人生里。”

乌云密布的阴霾午后，茉莉很久没来探望祖父江九了。大楼四周群聚着几个年轻人。这些人好像住在路上似的，茉莉每次来都看到他们。蹲在路边抽烟，吃面包或杯面之类的东西，全身穿得鼓鼓的，戴帽子、围围巾、戴墨镜，一副重装备的样子。茉莉看到他们倒是不会害怕，反倒像看到不该看的东西感到不舒服，同时也有怀念的感觉。那种感觉就像以前，经过那种手脚包着脏兮兮的绷带、坐在路边摆了一个装零钱的容器的人前面一样。虽然也想说干吗做这种事呢，但是相反似乎也隐约察觉到，有一股巨大的、自己也不太清楚的、任谁都无法阻挡的社会潮流在流动着。

茉莉猜不出来，这些年轻人是阿九的敌人还是朋友。他们用麦克笔在白布条上乱写“我们都知道了”“扭曲真理的人应该受到制裁”，绑在河边的护栏上。

茉莉向警卫点头致意后，便搭上电梯。大白天的宾馆冷清寂寥。站在摇摇晃晃、脏兮兮的箱子（电梯）里，茉莉觉得自己好像要去监狱探监的女人。

抵达最顶楼后，发现前往逃生梯的门被锁住了。侧耳倾听也听不见任何声音。茉莉试着敲敲门。

“阿九，你在吗？”

没人回应。

“喂喂喂，你不在啊？”

自己的声音回荡在四下无人的空间里，听起来单薄又无依无靠。茉莉心想，会不会去冲绳了？恢复记忆的阿九才刚去过冲绳。最近阿七也经常不在家，邻家也好像没人住似的。

按下电梯按钮，门立刻就开了。电梯一直处于茉莉刚才搭上来的状态静止不动。连客人都没有吗？宾馆明明是营业中。

茉莉沿着河边，走在傍晚的路上。在心里对阿九说，好想见你一面，好想跟你说话，想让你想起重要的人是不会消失的，还有我已经是成人了，努力在工作，也努力在抚养早纪。

茉莉今天搽了红色口红，大衣里穿着黑色高领毛衣和红色的裙子。想摆出“超然”的样子，所以挑选这种服装。今天是以母亲的身份，被女儿的学校叫去。

“不用特地穿套装去也可以吧？”换了好几套衣服，出门前茉莉问阿新。

这所学校虽然校规严格，但又没有规定家长要穿什么衣服，如果刻意穿上朴素的衣服，看起来畏畏缩缩的也很讨厌。

“可以啊。”阿新端详了一下茉莉，微笑说，“你这样穿很好看。”

又不是家长会，竟然被学校叫去，这还是头一遭。早纪的成绩很好，也很乖巧，对于美术社的活动也积极参与，前些时候海报设计比赛还得奖呢！

“不过好讨厌哦，到底是什么事呢？”

现在学校里，还有记得茉莉这个学生的老师。

“抱歉哦，老是让你做讨厌的事情。”

阿新安慰般地说，不料接着竟然说：“不过茉莉是很聪明的孩子哟！虽然成绩很差，但真的很聪明哟！”

沉默降临。

“我会赶在晚饭前回来，不过要是晚了也不用担心哦，因为我想顺道去看看阿九。”

茉莉尽量说得很利落。

早纪的班导是位态度温和的中年女性，是茉莉以前就读时所没有的、难得的好老师，任教的科目是理科。原本以为会像一年一次面谈时一样被带去单独的房间，但是并没有，老师请她坐在教职员办公室自己桌旁的椅子。

“发生了什么让您担心的事吗？”

老师眼角皱起皱纹，微微一笑，开场白和电话里说的一样。

“是这样的，因为附近的住家向我们投诉。”

茉莉直勾勾地盯着她看。

“当然，我们也跟他们谈过了，但他们说家里不能养。”

茉莉之所以无法回应，是因为老师不提事情本身，或者认为茉莉早就知道了。不对茉莉说事情本身——早纪喂食野猫，甚至擅自闯入别人家的院子里喂食——而是说附近住家的反应。

不久之前，早纪很疼爱的一只猫生了三只小猫。

“早纪真的非常沉迷于其中。”老师眯起眼睛，好像在谈可爱到不行的孙女。

茉莉回想起来打了个冷战，好像冰冷的手摸上自己的身体。“哎呀，寺内太太不知道啊？”虽然这句话没说出口，但老师的语气和表情已经充分表现出来。

“小孩子大多很喜欢小动物，尤其像早纪这么善良的孩子，可能无法放着不管吧。”

（这样你应该明白吧？）

“就算住的是公寓或大楼，也不见得都不能养小动物，不过每个家的情况也各有不同，但是就学校的立场来说，为了让早纪不会因此事受到伤害，所以也希望家里能够费心处理一下。”

（说得这么白，你应该懂了吧？）

尽管白天的时间慢慢变长了，但二月的傍晚还是颇为阴暗，河风凉飕飕的。远处只有一颗星星，又白又大地闪烁着。

莫名其妙！

茉莉加快脚步，口出恶言。

为了这种事特地把我叫去学校，那个老师还真闲啊！

那户野猫赖着不走的人家，说要打电话给环保局。老师担心的是这个，还说是为了不让早纪受到伤害。

“你没有去问早纪本人吗？”

这晚，茉莉在“Tommy’s”提到学校的事，Tommy这么说。

“我不会问。”

茉莉是希望早纪能主动来跟她说。然而茉莉也不禁反思，什么时候开始变成这样呢？在东京的时候也是，早纪有事也不会跟茉莉说，而是找美智留商量。

“你还真顽固啊。”Tommy笑说。

“你女儿几岁了？”有位常客插嘴。

这位常客是位身材矮小的男性，在证券交易所当经纪人，今天也穿着印有公司商标的外套。

“十四。”

茉莉这么一答，他了然于胸地点点头。

“这是个很难搞的年纪啊。我也有女儿所以很清楚，不过我女儿已经嫁了就是。”

让茉莉感到意外的是，回到福冈以后，早纪看不出想念东京的样子，也不想见美智留，偶尔茉莉打电话给美智留的时候会叫她来听，但她却说："我没有话要跟她说。"

话筒连接都不想接。有一次茉莉挂了电话之后，早纪问："美智留和由美子究竟是什么关系？为什么住在一起呢？"

茉莉这时也察觉到，这不是单纯问问而已，因为早纪摆出一副想和她们保持距离的态度。

"为什么？因为感情很好啊！你也知道吧。"

这么一答，早纪无言看着茉莉，仿佛在说"随便你说"似的耸耸肩。

不过，猫咪们现在已经在家里了。就在茉莉被学校叫去的那天，早纪就把猫带回来了。骑着脚踏车来回跑了两趟，粗鲁地将猫塞进运动包里。

猫咪们异常安静，茉莉整整两天都没有发现。最先发现猫咪的是孩子们。

"阿姨！"

下午，茉莉在自己的房间烫衣服，楼梯下面传来孩子们的呼叫声。好几个人的声音，有男孩有女孩，不过听起来不像是有人受伤那样紧迫。

"阿姨！"

接着又异口同声地叫了好几次。

"来了来了！怎么了？出了什么事？"

一下楼梯，大伙儿纷纷地说着同一件事。"你看，有猫哦！""院子里有猫咪哟！""快来啦！""有两只哦！好小哦！"

年纪最小的女孩拉着茉莉的手说："这里！这里！"就是那个上次脚指甲割伤、哭得很惨，茉莉帮她包扎的女孩。

“你看!”

的确有一只猫在那里。看来还是幼猫。底毛是白色的，有着黑色和咖啡色斑点。孩子们纷纷从屋里叫唤“来啊”“猫咪”“来啊来啊”，有的还发出弹舌声，所以小猫惊恐地睁大眼睛，动也不动。

“刚才还有一只哦！淡咖啡色的。”其中一个孩子说。

应该有吧，茉莉心想。应该有吧，除了淡咖啡色的，应该还有两只。环顾院子，不见猫的踪影，倒是看到早纪的抱枕和膝毯，还有放饲料的肮脏容器。这些东西都放在堆置空花盆和园艺用品的角落。如果不这样探身去看，从屋里透过玻璃窗根本看不见这个地方。

孩子们一致表示应该喂猫咪喝牛奶，于是茉莉将牛奶倒进碗里，悄悄地放在院子里，关上窗户。对屏息守候的孩子们解释，这样悄悄放着，猫咪们迟早会去喝牛奶。

早纪傍晚回来后，一如往常去厨房露个脸说“我回来了”，随即上二楼换衣服，今天被茉莉叫住回头说了一声：“干吗？”

对看两三秒后，贼贼地笑了笑说：“被发现了？”

茉莉什么话都还没说，她自己就招认了。

“应该没关系吧，它们很乖的。”

茉莉好像在看初次见面的人似的观察早纪。这孩子居然长得这么大了。如此狂妄，如此稳健。

“是没关系啦。”

“可是？”

早纪的语气和表情里，完全没有表现出隐瞒事情的愧疚，与事情曝光的尴尬。

“你要养的话就要负起责任吧。要带它们去医院检查，大概还要打针什么的。”

“我知道了。”早纪答得很干脆，拿起一片罐头咸牛肉往嘴里送，那是茉莉切好要让阿新当晚上小酌下酒菜的，然后突然说：“谢谢。”

这让茉莉大吃一惊。

“因为那些猫咪很可怜。”

茉莉再度盯着早纪瞧，仿佛在看没见过的人。

事情三两下就敲定了。

听说警固[1]有间不错的房子，茉莉前去一看，一眼就中意了，位于住宅区公寓大楼的二楼。大楼是新盖的钢筋水泥建筑，但没有贴瓷砖，呈现水泥原貌，一楼预定有面包店和美容院进驻。二楼，这个茉莉口中“最佳地点”居然空着，简直是个奇迹。

可以配合内部装潢随意变化的简单隔间，面向道路的大片玻璃窗，此外还有个小阳台，更是让茉莉心仪不已。虽然没有“英铎”那么大，但比“Tommy's”大很多。天花板很低，也让茉莉觉得很舒服。在白天的阳光下看起来一片洁白干净，感觉有点太亮。不过这个到了夜晚就还好，而且装设间接照明的话，应该可以解决。

最棒的是树木。大楼的大门口有一棵高大的榉树，枝叶延伸到窗外，手一伸就可以摸得到。

“树木，是吗？”

带她来看房子的不动产公司男性，露出一脸诧异的表情。

“对。我也要在阳台摆一张桌子，虽然冬天太冷或许派不上用场。另外也来挂个户外壁灯吧？”

茉莉脑海中想象的是，就像以前在巴黎看到的小餐馆。那时旁边还有树叶摇摆，发出窸窸窣窣的声音。

插座的位置、空调的性能、放置大型冷藏库的空间、电力的容许度、用水的配置。好多事情必须确认。不动产公司的人挂保证说，这

1 地名。

里原本就是设计为店面，所以没问题。茉莉嫣然一笑说：“马上！我马上就会再来！因为还得找别人来看看。”

这是约定。打从以前，茉莉就跟很多人约定好了。

“没有必要透过那家伙！”青山志津夫难得语气强硬地说。

“不过，决定之前跟那家伙谈一谈也好，光是谈一谈就能知道是不是安全的物件。”

志津夫说的“那家伙”是他认识的不动产公司。

“重要的是地点。”Tommy说。“光是地点不同，客户层就会不一样。如果租到诡异的地方，不论店再好，经营起来都很困难。这一点我希望你能听从我的意见。”

“绝不可以一个人决定啦！”连菊丸都不止一次这么说，“我有个朋友会看风水，那个人绝对可以信任，你要搬进去的时候也……”

唯独已经拥有自己的店、而且经营得不错的夏木力说：“直觉也很重要哟！如果觉得是这里，大概就是这里了。”

就这样。就这样，第二次来看的时候一堆人一起来，把不动产公司的人——这次主管也来了，所以有两位——吓坏了。大伙儿都毫不客气地问东问西。因为大家都对这个城市很熟，无论是做生意方面，还是租赁物件方面。

看着大家在屋子走来走去，互相讨论着这里要加什么那里要放什么，茉莉感到很安心，反正她已经没有什么可以失去了。就算失败了，也只是失去一家店。

五天后，在契约书上盖了章。初夏，警固微风轻拂，榉树茂密的叶子摇曳生姿。然后，茉莉遇见了清水智幸。

店打算在两个月后开业。茉莉忙于准备，但连忙碌都变得很快乐。内部装潢工程转眼间就完成了，最花钱的部分是换装吧台。玻璃酒杯之类的东西去买便宜的滞销货就行了，酒类则是向一般业者进货，唯有葡萄酒另外找别的业者买。有一家专门做进口生意的小型贸易公司，代理了很多罕见的葡萄酒。

茉莉都在自己家里洽谈商务，而不用洽谈商务的日子，白天也会外出。挑选，决定，采买，放弃。

“真是一场大骚动啊。”阿新说。

茉莉跟阿新说自己要开店时，阿新没什么反应，只说了一句：“这样啊。”

后来也顶多加了一句：“这样很好啊。”

只不过是这种程度，仿佛与自己无关，是某个遥远地方发生的事。此外，阿新抱怨睡不着的情况也越来越严重。半夜去他房里偷看时，他明明打呼睡得很熟，可是到了早上却说“我昨晚根本没睡着”。医生开的安眠药和镇静剂，剂量与种类也明显增加了。

傍晚，茉莉回家准备做晚饭时，发现客厅里只剩一个孩子。外头虽然还很亮，但屋里没有点灯，显得很暗。

“小郁？”

茉莉出声叫唤，心想又是同一个小孩。

“怎么了？还不回家呀？”

打开电灯，看到沙发上有摊开的画图纸和蜡笔。这个小孩名叫郁子，茉莉知道大家都叫她小郁。瘦瘦黑黑的，手脚很长，是个很安静的孩子，喜欢看书。

前不久，她也像这样一个人孤零零地留下来。

“六点了哟，你的家人会很担心吧。”

上次，她在院子里看猫。早纪的猫咪们现在已经习惯半野放的生活，会出门散步很久，但一定会回来，肚子饿的时候也会喵喵叫，吵着要吃东西。

小郁看着茉莉，沉沉地点了个头，“那我回去了。”

说着就从沙发上下来，默默地将散落在沙发上的蜡笔收进盒子里。这时，大门的铃声响起。开门一看，门口站着一个穿着西装但是将领带松掉的陌生男人，肤色很白，身材清瘦，面貌温和。

“你好。”男人面带笑容地说，“我姓清水。不好意思，说不定我的女儿……”

说到这里茉莉就懂了，他是小郁的父亲。

“太好了，天色都暗下来了呢。”

茉莉这么说，但显得心不在焉。茉莉自己也意识到，自己太过于专注地凝视眼前这个男人。尽管如此，不知怎地，茉莉就是一直看着他的脸。这个人伫立在傍晚的淡蓝天色里，有种如诗如画的感觉。

不久的将来，茉莉会对清水智幸这么说：“那个夏天很特别。这间店和你，同时来到我的人生里。”

2 没能把加油站买回来，但成了“加油站”酒吧女主人

关于店名，茉莉早就偷偷在心里决定了，就叫“Poste D’essence”，法文的“加油站”。

开业的前一晚，茉莉打开阳台的落地窗，深深吸了一口气，警固夜晚的空气。对面的建筑物已经有日本料理店进驻，隔壁的小间二手衣店依然灯火通明。虽然是住宅区，这一带有很多店家，到了夜晚也显得温暖明亮。

这是我的店啊。茉莉喜滋滋地，以自豪的心情眺望店内。原本纯白的墙壁换上了温暖的奶油色，挂了两幅志津夫画的素描，两幅都是柔和的铅笔画，以不同的角度捕捉茉莉的侧脸。唯一一盏落地灯，灯罩是深绿色。唯一一张双人座沙发也是，从阳台延伸出去的布制遮阳

棚也是，一次买了好几百个的便宜杯垫也是。茉莉将喜代喜爱的那个颜色挑选为自己的店的颜色，就和旁边摇曳的榉树叶子同色。

附有葡萄酒柜的大型冷藏库，是志津夫送的开业贺礼。茉莉眯起眼睛看着葡萄酒柜，里面躺着从在东京的时候开始一点一点收集的葡萄酒。收到“英铎”老板夫妻送的斑马条纹地毯时，真的大吃一惊。这块怎么看都非常具有“英铎”风格的长毛地毯，跟这家店的装潢实在太不搭了。不过，试着把它铺在沙发下一看，却又意外地吻合，简直就像一开始就在那里似的。

因为茉莉说不想要花篮，所以朋友们还送了其他各种东西。美智留和由美子送了葡萄酒杯，夏木力送的香槟也到了，远在法国的菲利普也诚心诚意地寄来贺卡。Tommy送了两本书，一本是皮装的精致起司辞典，另一本是非常实用的鸡尾酒书。这一切，现在都在这间店里。

茉莉陶醉地闻着，墙壁和天花板的油漆味与新的东西所交织出的味道。该寄给环保局的文件也寄了，也向左邻右舍打过招呼了。附近的寺庙——西光寺，大门旁边有棵雄伟的松树——和警固神社也都去参拜过了。剩下的，就等我的店开张了。当然有数不清的不安。说不定会转眼间就失去这家店了。就算生意兴隆、座无虚席，直到还清国民金融公库的借款，也要相当长的时间。不过现在——茉莉心想，不过现在，除了开心与自豪以外的事，其他就先搁在一旁吧。

抚摸吧台，打开水龙头确定有水流出，然后关上，去沙发试坐看看。坐在沙发上，茉莉想着到去年为止已经过世十年的丈夫：他一定很为我高兴，以那张笑到连骨头都快变形的笑脸为我祝福。虽然没能把加油站买回来，但我成为“Poste D’essence”的女主人了。

开业当天，一切就如茉莉所知道的派对一样，搞不清什么是什么，在混乱中结束。茉莉从白天就一直待在这里。业者不断进进出出，一会儿送来鲜花一会儿送来电报。傍晚阿新带着早纪来露脸，喝了两杯啤酒就走了。

“哟！”这是阿新的第一声。

“不错嘛。”这是他全部的感想。

嘴角挤出类似微笑的形状，像在看耀眼的东西似的，眉头紧皱眺望着店内。然后又来一声：“哟！”

身材高瘦、姿势良好的阿新，看在茉莉眼里总觉得他缩着身子，连脖子都缩起来了。

“坐啊！坐啊！今天的香槟免费无限供应哟！”

茉莉兴高采烈地说，但阿新说他要喝啤酒。碰巧遇到两位西装笔挺的男人，一位是不动产业者，一位是冷气维修业者，阿新拘谨又紧张地向他们道谢，“感谢两位照顾我的女儿。”

早纪自己带来一瓶宝特瓶装的茶，坐在阿新旁边的高脚椅上，趣味盎然地用眼睛追逐着周遭人们的举动。

“祝你赚大钱。”茉莉一走近，她这么说。

这一天，菊丸来了三次（其中两次带着男伴）。因为菊丸的人脉关系，店里也来了很多打扮得花枝招展的女人，“Tommy’s”也有几位常客来捧场。Tommy本人也在自己的店开店前前来祝贺。

不是通过介绍而来的第一号客人是两位结伴前来的年轻女性，说是在对面的日本料理店吃完饭要回家时，被阳台闪烁的灯光和连路上都听得到的音乐吸引而来。茉莉开心到想亲吻她们。虽然知道不能乱吻，不过真的很想吻下去。

最惊讶的是看见阿克的身影时。之前有听说阿始的弟弟阿克辞掉以前的工作，离开博多，去大阪一家制纸公司上班，但茉莉和柴田家疏远之后已经好几年没见过他了。去年悄悄举行的法会，阿克也缺席，他和龙男叔叔意见冲突不断，终于在阿朝往生后和那个家完全决裂。

“恭喜你了。”阿克腼腆地笑着说。脸颊上出现纵条皱纹的地方，和阿始一样。

“真不敢相信。”茉莉说，“你怎么知道的？你不是住在大阪吗？真是不敢相信啊！你过得好吗？啊，你该不会是来带早纪回去的吧？”

笑声、谈话声、喧嚣的音乐声，即便站得很近，几乎快碰到身体的地步，话也必须说得很大声才听得到。茉莉不禁暗忖，这样迟早邻居会来抗议吧。

“我现在暑休。”阿克说，“我老婆的娘家在这里。”

表情和语气都很平稳，但隐藏在背后的悲伤让茉莉很难过，因为阿克已经无家可归了。

“你结婚了啊？”

茉莉从吧台上拿了两杯香槟。原本想再开一瓶新的，但店里实在太挤，根本动不了。

“其实，这间店应该更安静的。”宛如辩解似的，茉莉说。

“这里的酒也有各式各样，搜集得很齐全哟！”

阿克眼角露出微笑。

“没关系啦，毕竟是开业第一天，本来就会很吵。”

这时有人从阳台桌呼叫茉莉，叫她再多拿点花生过去。

“又有人在叫你了。”

阿克说，和茉莉互碰酒杯。

“盐田先生，你也真是的，很吵哦！”菊丸的一个朋友边说边笑，端了花生过去。

“那是你店里的人？”阿克问。

茉莉摇摇头。“那个人也是客人，我之前待的店的常客。”

“妈妈桑！”

没有被这样叫过实在很不习惯。茉莉回头一看，两个西装打扮的中年男人站在那里。

“这间店是站着喝的吗？还是今晚被人包下来办派对了？”

“都不是。”茉莉立刻回答。

虽然到处都有人站着喝酒聊天，但吧台有空位。

“不好意思，今晚吵成这样。不过如果不讨厌的话，请务必喝杯酒。”

“我来帮忙吧？”阿克说。

“你们有什么葡萄酒呢？”客人问。

茉莉莞尔一笑。其他也有很多酒类，但这里可是葡萄酒酒吧哟。招牌和DM都有清楚标示出来。茉莉走进吧台，将酒单递给他们。

“欢迎来到Poste D'essence！”

自从初夏第一次见面以来，茉莉就对清水智幸很有好感。他的女儿小郁不知为何经常在茉莉家待到很晚，智幸来接她的次数也比其他孩子们的家人多。站在玄关说话，即便见到智幸，也只能站在玄关说话。顶多五分钟，而且一定是正在煮晚饭的时候，茉莉一会儿说锅子还在瓦斯炉上，一会儿又说栉瓜放进烤箱还没开火，总是她这边主动结束谈话。

“啊！”

这时智幸都会发出短短一声“啊”，打从心底感到惶恐似的说，“对不起，还让你跟我聊这么多。”或是，“夹竹桃开得真漂亮啊。”

其实，茉莉很想留他下来，但又害怕，所以才突然中断谈话。智幸说的夹竹桃是篱笆的另一边，邻家种的夹竹桃，树形长得非常秀丽，绽放着丰美的红色花朵。

“真的很漂亮啊。”茉莉附和地说，发现自己难以离开这个地方。

“打扰了。”智幸语毕，随即转身朝大门走去，指尖轻轻一动仿佛在邀请似的，小郁立即跑过去。茉莉就这样目送两人手牵手回家。

坚果、水果干、火腿片、法国魔杖面包、起司。除了刚开始先准备的一道前菜，“Poste D’essence”的下酒菜就只有这些。茉莉也有打算多出几道，但也知道只要请不起员工就不可能。虽然下酒菜不多，但开业一星期以来，客人每天都络绎不绝。剔除菊丸和“Tommy’s”常客的“友情组”捧场，客满的瞬间也有好几次。说好第二天要再来的阿克也来了，但结果变成连着四天都来帮忙。要不是有阿克的帮忙，说不定会让客人久等不耐，或是得赶走好几桌客人。

如果客人点的是葡萄酒或啤酒就没问题，但倘若一次来了五六个人，点的是鸡尾酒，光是调酒就要花不少时间，结果又有别的客人说要追加什么，另外又有别的客人简直像故意找茬似的站起来说要结账，真的很头大。这种时候，阿克光是帮忙端鸡尾酒给客人，就让茉莉轻松许多。一会儿要接电话，一会儿要去阳台区点酒。

“这种事你我都习惯了吧。”阿克是在换烟灰缸时，笑着说这句话。一边笑着，一边也利落地做事。

另一方面，也有客人突然全部走掉的时候。茉莉给阿克斟酒，向他致歉，害他变成在这里工作。

“没什么啦，反正我在这里的时候也是闲着。”

“瞧你说得很寂寞的样子。”茉莉不假思索脱口而出，“这里也是你的故乡吧？”

阿克的表情没变，摇晃着吧台上的酒杯说：“我是想离开才离开的。虽然是土生土长的地方，但我已经不觉得这里是我的故乡了。”

茉莉缄默不语。因为那起车祸，茉莉失去了丈夫，早纪失去了父亲。当时承受自己的悲伤就已经筋疲力尽，根本没有多余的心力为周遭的人着想。而阿克不仅同时失去了双亲和哥哥，也失去了家和故乡。

"不过茉莉还在家里的时候，是一段很棒的回忆。"阿克开朗地说，"对爸妈来说，第一个内孙诞生了，清一色男人的加油站多了女人味，在那个时候还很少见呢！虽然老妈觉得有点不妥。不过奶奶很喜欢茉莉哟！只是说如果你喝酒能够节制一点就好了。"最后苦笑着说，"不过你现在是酒吧的经营者，不可能不喝酒啊。"

茉莉也跟着轻轻一笑。

"我哥在的时候根本难以想象啊。"

这是极限了。茉莉依然面带微笑，但已经开始抽咽。

"别再说了。"

一边抽咽一边说着，泪水终于扑簌簌地滚了下来。万一有客人进来误会就糟了。尽管这么想，还是泪流不止。

"抱歉，别再说了，你看我哭个不停。不过我好想哭哦。抱歉，我都不知道我在说什么了。"

茉莉将冰块放进玻璃杯，注入自来水。喝了一半，吐了一口气，随即把剩下的一半也喝光了。

"好热哦！"

拿起遥控器，将冷气的温度设定调降一度。

阿克愣愣地看着茉莉，最后笑说，"你还是没变啊。"接着又说，"这间店这样没问题吗？"

"现在我哪知道有没有问题啊。"茉莉答道。

一身旧衬衫工作裤打扮的小叔，脸色白皙温和，就像回乡探亲的上班族，除了脸颊的皱纹之外，和怎么看都像体力劳动者的阿始没有共同点。尽管如此，茉莉觉得他工作时的气息、动作与笑容，和阿始有同样的味道。

"我会让它没问题！"心情总算平静许多，茉莉坚定地说，"倒是阿克，你有一天也会回来吧？毕竟你是'死也不在博多以外的地方吃拉面的男人'的弟弟啊。"

第二个星期，"友情组"几乎没来了，不过茉莉一个人也应付得过来。恐怖的空闲，时间多出来了，她有点忐忑不安，甚至觉得上星期那种热闹景象或许是一场梦幻。不过从晚上八点到凌晨两点的营业时间里，也来了几桌客人。客户层和"Tommy's"明显不同，有时候也会进来一票人。原本以为闲闲的，一放松，突然就忙得不可开交。

此外，粉领族的女客人和成双成对的情侣也很醒目。最令人开心的是，开业当天那两位穿西装的客人，第二个星期也来了。"Poste D'essence"将主力放在葡萄酒的杯酒，但这两位自认很懂葡萄酒的客人，一来就是点整瓶的，而且是整瓶喝光才走，真是令人欣喜的客人。后来菜单里加入烟熏鸭肉，也是这两位客人的建言。他们还教茉莉，只要去买烟熏筒，做起来一点都不费事。茉莉向业者询问之后，也知道烟熏筒便宜得出奇。

随着日子的过去，茉莉招呼客人已经游刃有余。

客人千奇百怪，什么样的客人都有。当然这些茉莉在"Tommy's"和"英铎"都有遇过，但自己开店后才更深刻而确实地感受到这一点。

下午，茉莉都会先去一趟店里，料理下酒菜和做一些事前准备，然后回家。回家后打理家事，吃完晚饭再去店里。白天去店里的时候搭电车，在药院站下车走到警固的店，一路上不仅风景怡人，路旁的店家更是令人赏心悦目，有葡萄酒和面包专卖店的高级超市，也有可爱的儿童服饰店，只卖健康食品的熟食小菜店等。沐浴在午后温暖的阳光里，看着枝叶茂盛的路树随风摇曳。

晚上去店里，有时骑脚踏车，有时搭电车。搭电车的时候，打烊后在店里小睡一下、整理账目，等清晨第一班电车；不过有时实在太累了，索性也会叫出租车回家。

“不过真是太好了呀！”菊丸说，“烧酎酒吧也就算了，我真的一直希望福冈能有一间葡萄酒酒吧呢！”

店里只摆了一瓶烧酎，是专门为菊丸准备的。

“我还以为店里冷冷清清，进来一看真的有客人啊，都这么晚了。”

菊丸接着又说，一定是风水好的关系。

“这确实也有关系。”茉莉承认。

经营上没有发生任何麻烦，开业至今几个月来，已经有好几组称得上常客的客人。

“还有，开业那晚突然看到阿克现身，还帮忙店里的工作，真是令人惊恐的意外事件啊。”此外还有，茉莉继续说，“不久前，有个坐在沙发区喝酒的女人，突然很熟似的叫了我一声‘茉莉？’，我完全想不起来她是谁，结果她说是我念女校时的同班同学。吓了我一大跳！”

菊丸没好气地看着茉莉，“真是难以置信。你真的是个烂好人啊！”说着将手指伸进加了乌龙茶的烧酎里，转动冰块，“在故乡做生意总会碰到这种事吧？”

“原来如此。”茉莉又承认了，“我没有注意到，不过你说得对。可是，该怎么说呢，听你这么一说好像是很恐怖的事。”

“确实是很恐怖的事。”菊丸说。

3　轻盈而温柔，带点搔痒般的作用，这是智幸创造出的氛围

十一月的某个黄昏，茉莉在厨房忙。客厅里，早纪在放喜欢的音乐给小郁听。茉莉一边炖煮牛肉浓汤，一边侧耳倾听那张古老唱片夹带杂音的旋律与忧伤的歌声。看来早纪跳过了我，继承了爸妈的音乐嗜好。想到这里，茉莉涌起奇妙的满足感。虽然只是少许，但有质

量兼备的满足感。人生真是不可思议，连这个味道也是，茉莉舀起些许浓汤放在小碟子里尝了一下味道，觉得做得很棒，浮现出满意的笑容。接着想到，智幸差不多快来了吧。

智幸来接小郁的次数变得更频繁了，频繁到几乎每天都来。不能来接的时候，还会事先打电话来说明原因，例如“因为我晚上有个聚会”或是“下星期要出差”。还会说“叫她跟亚里沙一起回去”或是“把她跟大家一起赶出去就好了”。

由于这种缘故，如今他的所作所为已经不是为了女儿，这一点看在任何人眼里——早纪和阿新的眼里也是，恐怕连小郁的眼里也是——都很明显。茉莉这方面也不再搬出锅子或柿瓜之类的借口，而是无论在客厅，或在厨房做晚餐，很轻易且无止境的，低调内敛但突然就会碰到核心，享受着充满预感的男女之间特有的对话。

例如茉莉知道智幸现年三十四岁，不知道是死别还是离婚，总之已经没有妻子，和爸妈及女儿四个人住在一起。就算请智幸和小郁留下来吃饭，他们也不会留下来，因为母亲——也就是小郁的奶奶——已经做好晚饭在家里等。他们家在小学附近。这是小郁就读的小学，也是以前茉莉和总一郎就读的小学。智幸说他自己也是这里的毕业生。因为他和茉莉的年纪有点距离，所以不可能在学校见过面。但智幸说，他听过在紫藤棚下自杀的学生的事，还说这件事成了传闻被流传下来。根据传闻，总一郎是个“早熟”且拥有“不输大人的知识与行动力”的孩子。智幸说到这里显得欲言又止，但在茉莉的催促下，他说出最广为流传的说法，那就是“他长得非常俊美，被死神看上了”。此外，和自杀的学生同样有名的还有“折弯汤匙的少年”，说他是“自杀小孩的好朋友”“拥有不可思议的能力”“住在学校里面”。这几乎已经是传说。甚至连阿九长大之后在社会上也很出名一事，智幸都半信半疑不以为真，还说这些少年之所以存在，“都是孩子们想象力的产物，或是怪谈之类的”。

智幸的兴趣是赏鸟和爬山，假日会去宝满山[1]，甚至远至山田绿地[2]。其他也喜欢西洋棋，还参加过棋艺比赛。茉莉被问到兴趣时，回答“喝酒”，也提到“以前学过跳舞，也很喜欢游泳，但最近都很少碰了”。智幸以赞赏的表情看着茉莉，宛如喝酒是高尚的兴趣似的。

此外，两人还聊到鸡肉最棒的吃法是烧烤或火锅，刨冰基本的配料糖浆是西瓜或草莓，诸如此类芝麻绿豆的事也能聊得很热络。还有小时候去看牙医和上学，比较讨厌哪一个？约会有没有去过太宰府？有没有和女儿拍过大头贴？

智幸所有的回答，茉莉都很喜欢。比起答案本身，更喜欢他演绎答案的过程，以及他的思考方式、导出结论的方法。

每天的情况不同，茉莉和智幸最久可以聊上一小时。有一次因为早纪和阿新都有所顾虑，没来催她做晚饭，一回神已经到了出门工作的时间。于是茉莉做多少算多少，剩下的托给早纪，自己连晚饭都没吃就去店里了。

茉莉认为，和智幸共度的傍晚时光有温柔的作用，轻盈而温柔，带点搔痒般的作用。这是智幸创造出的气氛。除了单纯的“悠闲恬适”之外，不包含其他任何暗示。堂堂正正，坦白老实。

但是十一月的这天，茉莉错过了见智幸的时间。打开后门想把空罐拿出去时，邻家开着电灯的窗户跳进她的眼帘。明明好几个月都没有人的气息了。

“阿姨！”茉莉大声地打开大门，走到玄关前，对着屋里叫唤，“阿姨！你在吗？”

屋里好像有很多人。从脱下来整齐摆放的鞋子数量，和悄悄地谈

---

1 位于福冈市南方，又名御笠山，有很多登山步道。

2 地名，位于北九州市的森林保护区，占地非常辽阔。

话声可以得知。屋里好像顿时乱成一团。

出来应门的是银次。这人本来就给人沉默寡言的印象，这回又眉头紧锁，沉默寡言的感觉又更深了。好像在生什么气，不过看到茉莉之后稍稍松了一口气似的，“哦，是你啊。”

可能放心的关系，现在甚至浮现笑容，“请进，进来坐吧。”

“请问，阿七姨在吗？”

这么问时，银次早就转过身去了。

茉莉跟着他后面进去，里面坐了五六个男女。在那间有日本刀的和室客厅，中间那张黑得发亮的漆器桌面上，摆着装有卤菜和豆皮寿司的桐木盒子。

“哎呀，是茉莉啊。”阿七拉高嗓门说，“请进，请进。你不坐下来啊？对不起哦，很多人进进出出的，很吵是吧？”

岂止不吵，要不是看到窗户的灯光，根本不知道里面有人。

“屋子里一直很安静的样子，没想到阿姨已经回来了。”

阿七面有难色地笑了笑。

房里的气氛颇为诡异。可能是因为其他人都沉默不语，只有阿七一个人咯咯咯地笑了。一如往常，咯咯咯的笑声。

“不好意思，我不知道家里有客人。”茉莉站着说。

“因为你一直不在家，宾馆也关着，我担心会不会发生了什么事，所以……”

阿七宛如在鼓励茉莉似的点了两三下头，又说了一次“对不起哦”，然后开口说：“宾馆啊，我已经收起来了。大概是在九月吧，发生那个事件之后。”

“事件？”

茉莉打算问下去，但阿七认为没有必要说明地点点头，接着说：“这个社会真的变得动荡不安啊。”

"阿九呢？"

茉莉一将挂念在心的事问出口，阿七笑了笑说："他在北海道，跟赤沼马戏团在一起。"

"北海道？"

茉莉一直以为阿九在冲绳，在冲绳做什么修行之类的事情。

"别担心，阿九应该很好。"阿七又露出微笑，一副慈爱的样子，引以为豪的样子，"身边也有很照顾他的女性。"

女性，茉莉暗忖，这是指恋人的意思吗？还是捧场的粉丝？或是贴身保镖？

"倒是茉莉，你也坐下来嘛，说说你的事给我听吧。早纪好吗？阿新呢？"

坐在阿七旁边的女性突然站起来，拿了一副碗筷摆在茉莉前面。

阿七说，在座的人都是在东京帮她做活动的人。很有多东西都得搬去东京不可，大伙儿在讨论今后的走向，也把该处理的东西处理掉。

确实，屋里显得有些凌乱。凌乱，但却弥漫着一股紧绷的气氛。

阿七接着说，她要把生活据点暂时移到东京。又说阿九也恢复健康了，她非得去做她该做的事不可。茉莉提到自己开店的事，阿七也表示肯定，包覆般地握住茉莉的手背说："恭喜你了，这么一来阿新也可以放心了。"

阿七的手很小。小小的，干干的，很温暖。

在一连串的摸索失败后，"Poste D'essence"也逐渐上了轨道，每天生意都很好。虽然也有一晚只来两桌客人的时候，但大致都一直热闹到深夜。早一点的时间——大概九点到九点半——来的客人，经常是年龄层比较高的常客，有两人结伴前来，也有单独一人的客人。到了晚一点的时间会有六七个——有时更多——年轻人开开心心地喝酒聊天。不管哪个客人，茉莉都很喜欢。不仅是因为很感激客人上门，可以在这里窥视每个人的表情、谈话、味觉，也单纯地觉得很快乐。这里是茉莉的店，大家共度一段时光，每个人的酒杯都装满了自己喜欢的酒。

此外，在一般被认为客人比较少的下雨天，“Poste D’essence”也很热闹。这一点茉莉也相当自豪。也有那种可能被户外壁灯的灯光吸引，仿佛躲雨般第一次进来的情侣，也有说“一下雨就想喝葡萄酒”的男性常客。

智幸第一次来店里，也是在下雨的夜晚。大概十点多左右，当时店里还有一桌三人的男性客人和一对情侣。

智幸单独前来，穿的不是茉莉看惯的松掉领带的西装打扮，而是宽松毛衣和牛仔裤，一派轻松。

“你好。我可以进来吗？”笑容低调，但眼神带着孩子般的恶作剧。

“你好。”让茉莉感到十分震惊的是，自己的声音里没有欢迎之色，也不显惊讶，而是流露出我等你很久了的语气。明明有种在户外看到应该在室内的东西的突兀感。

“吓了我一跳。请进。”茉莉凝视着他说，意识到自己无法说出“欢迎光临”。

“请给我啤酒。”智幸说，“啊，不过还是白酒好了，杯酒的。什么牌子都好，由寺内小姐推荐决定。”

这里明明是葡萄酒酒吧，但点葡萄酒以外的酒的人意外的多。茉莉想起，有一次自己对智幸提过这件事。

“你确定吗？啤酒也很冰哦！”

智幸回答，我要喝葡萄酒。

雨没有停的迹象。三人一桌的客人走了之后，沙发区又来了别的客人，是一对年轻的情侣，刚好从派对出来的样子。

茉莉挑的Cervaro白酒，智幸很喜欢的样子。第二杯也喝Cervaro，端详了墙上的画好一会儿，看向茉莉，用眼神问她。

“对。这就是十年前画的，那时我还不知道那位画家那么有名。真的很幸运啊，现在想起来都觉得太荣幸了。”

在这里被问到这幅画，茉莉都这么回答。茉莉并没有说谎，但也不完全是真的。其实茉莉对于和志津夫的相遇，不觉得幸运也不觉得光荣。只觉得那是个偶然，还有，很自然。

“S. AOYAMA。”智幸念出画上的签名，“嗯，很出名的人啊。”

茉莉很喜欢智幸的反应，悄声在他耳畔说：“我跟你说哦，我没问过，不过我猜他跟我们念同一所小学。”

我决定了！早纪这么对茉莉说，是在年底的时候。

“我不升高中了！我决定了！”

早纪还机灵地把阿新牵扯进来。说“我有话跟你说”的是阿新，说“帮我泡杯红茶来”的也是阿新。茉莉乖乖端着红茶进书房时，早纪也在那里。

“妈妈，拜托啦！不要说不行。”茉莉还没开口，早纪就抢先说。

“我想要去法国。”

“你在说什么呀？”茉莉一副门儿都没有的口气，但指尖顿时发冷，双腿发软，脑中闪过一连串的思绪：我知道这种感觉，这是迟早会发生的事，即便现在还不能让它发生，但是无法避免它的发生。无关感情无关语言，大脑的某个地方就是知道这件事。

“我决定了。”早纪又说了一次。

“如果妈妈无论如何都不肯答应，我就自己存钱去留学。我会去工作赚钱，所以照样不会去念高中。”

茉莉抬头看向天花板，“当然不行！”

语气比想象中来得坚定。坚定，而且应该是断然拒绝。

“可是外公说好。”

“这跟外公无关。”

“……志津夫也说好。”

茉莉之所以火大，可能是阿新依然发出啜饮红茶的声音。再加上，早纪甚至跟志津夫谈过了，茉莉气得差点昏倒。

“这也跟青山先生无关。”

这次早纪举起双手，摆出“投降”的姿势，“那么跟谁有关？”

沉默降临。上午的书房阳光很亮，连空气中的细微尘埃都看得见。卷起来的百叶窗，叶片积满灰尘，一排排罗列在书架上褪色的书背。沉甸甸的木制办公桌，是茉莉从小就熟悉的。这幅祥和的光景好像在诉说着，接下来要发生的事是无可避免的。

“我有一点积蓄。”阿新说，“机票钱我可以帮她出。”

“不要这样！”茉莉打断阿新的话，“这不是钱的问题，你应该懂吧。”

“那么是什么问题？”早纪的声音低沉，带着不耐烦的语气。

茉莉沉沉地叹了口气，在心里，承认了寂寞。你走了之后，妈妈和外公都会很寂寞啊。

“你看！”阿新发出愉悦的声音，坐在椅子上，抬起一只瘦削的脚给她看。

“看什么？”

问的人是茉莉，但阿新对早纪说。

“这个小腿虽然被你妈妈咬得很惨，不过多少还有点肉哟！”[1]

语调很开心，但显得有气无力。早纪不知如何回答。茉莉已经快

1　日文“咬小腿”是靠人过活的意思。此处意指虽然茉莉已经花了阿新很多钱，但阿新还有一些钱。

哭出来了。

新年过后，事情也没有好转。早纪只在书房提出过一次请求许可，就已经打定主意铁了心："不管去留学还是去工作，我都不念高中。"也把这个愿望跟学校说了，所以茉莉又被班导叫到学校去了。

早纪说她要去学美术，首先要去当地的语言学校学法文，然后再去念美术专科学校，至于住宿，志津夫说要让她住，而且还说这个是好主意。

要学美术可以在日本学，要去留学等高中毕业再去也不迟，茉莉把想得到的反对理由都说出来了，但早纪只是耸耸肩，甚至还露出反讥的笑容，答得很干脆。"是啊，不过这也不见得非得在日本学不可吧。""是啊，高中毕业以后才去的人也是有啦。"

最让茉莉无力招架的是，不管对谁提起这件事，大家都站在早纪那一边。

"哇！不错嘛！"菊丸说，"很棒呀！为什么不让她去呢？"

"其实小孩比大人想象中来得成熟，你就不用操那么多心了。"Tommy也面带笑容地开导茉莉。

打电话给美智留，她更是在电话那头哈哈大笑，一副很佩服地说："早纪也很勇敢嘛！"

唯一站在茉莉这边的是智幸。奇妙的是，让茉莉决定让早纪去的也是智幸。

"这也太急了吧！"

智幸一如往常率直中肯地说。傍晚，他坐在厨房的椅子上喝牛奶。智幸很喜欢喝牛奶。

"让女儿一个人去外国？我无法想象。"

智幸说，这太危险了。听说那边的年轻人都很开放，而且这个年纪很容易受到影响，说不定会染上什么奇怪的思想。最近恐怖分子也很猖獗，也不能排除被卷入犯罪的可能性。

听着听着，茉莉不禁哑然失笑，觉得很荒谬。这种事，不管在什么地方都有吧？

“此外还有禁药毒品的问题。”智幸继续说，“早纪长得那么可爱，男人不会放过她的。”

茉莉没有在听，一股冲动只想抱住智幸的头。抱着他的头，对他说：“闭嘴！不要说这种愚蠢的话！”这个人大概是在充满爱的环境下长大的。刚好，就像柴田始一样。

对啊，就是这样啊，茉莉心想。如果阿始还活着，一定会顽固地坚决反对。而茉莉自己，肯定会站在早纪那一边。

“就算现在不去，法国又不会不见了。”

当智幸这么说时，茉莉将冲动付诸行动。智幸的头，沉甸甸的很温暖，味道就和在客厅奔跑的男孩们一样。

4　茉莉为早纪饯别，就如遥远的从前，喜代为茉莉做的一样

茉莉以每星期一定要打电话或写信回来为条件，答应早纪去留学。早纪坦率地说“谢谢”，令人惊讶的是她甚至紧紧拥抱茉莉，这是连她小时候都没做过的事。

“不要这样啦！”茉莉反射性地说，不知怎地，语气变得很冲，很不高兴。被拥抱又没有什么不舒服，怎么会这样？

“妈妈慌了。”

看到早纪好笑地说，茉莉又大吃一惊。这孩子究竟跟自己不像到什么地步？无论对阿新或喜代，自己从不敢如此直言不讳地说话，一次都没有。

为了配合语言学校的制度，赶上暑期集中课程，决定在七月启程。中学毕业后的几个月，早纪想在自己家里学法文，因此阿新从大学帮她找来一位家教。

“我爸也真是的，对早纪言听计从。”茉莉一边炸鸡块爆出激烈的油炸声，一边说，“以前他可是个毅然决然、严厉的父亲呢！”

智幸说了一声“可是”就先笑了，一边切着西红柿色拉用的大蒜薄片。

“可是，他以前也帮你找家教不是吗？很久以前，你决定考大学的时候。”

茉莉转头，瞪着智幸，不过马上就输了。

“我连这种事都跟你说了？”

茉莉故意装蒜，但其实记得很清楚。以前发生过的美好事情——主要是和人的相遇——大多跟智幸说了。

“可是我还想听更多哩。”智幸说得有点害羞。看得出来他鼓起很大的勇气，那份热情和诚实，连小孩都看得出来。

春天是树木发芽的季节，茉莉今年感受特别深。风变得轻柔了，天空淡蓝辽阔，院子里的猫咪们沾了泥土和沙子，开心地玩耍嬉闹。而清水智幸也和那些猫咪一样——茉莉是这么认为——率直地在茉莉面前露出欣喜的表情。每一次来的时候，他不是用言语，而是用一种眼睛看不见的热能，或是波动，或是震动，从全身毫不吝惜地流露出“我好想你”。这使得茉莉不禁怀疑，难道这个人没有自我保护的本能吗？还是这个机能故障了吗？感觉像温水哗啦哗啦溢满而出，甜蜜地滋润了心灵。

而且，智幸完全不性急。这个比自己年轻很多的男人的这份沉稳，让茉莉觉得很可靠。

两人都各自抚养一个小孩，这个共同点使得两人亲密起来。实际上，这是很大的共同点。他们不是彼此倾诉养育小孩的辛苦和喜乐，而是不说也能心领神会，因此更能尊重彼此，极其自然地产生不踏进彼此领域的默契规则。此外严格地来说，两人当然都不是“独力”扶养小孩，而是有家人帮忙照顾。这件事也使得茉莉描绘出的智幸轮廓是，柔软的、复合的、善良的、强韧的人。

智幸的妻子，去年二月突然离家出走。

“我说‘突然’其实只是我自己的感受，她应该想了很久了吧！”有一天夜里，智幸在“Poste D’essence”的吧台说，基本上，她不是会把感情表露出来的女性。

结婚以来，智幸和妻子从未吵过架。智幸原本以为“这是因为两人的感情很好”，然而当妻子突然提出离婚时，早就有别的男人了。

“这是常有的事嘛。”刚好也在座的菊丸这么说。

智幸也苦笑承认，但茉莉很生气，她觉得菊丸说这种话太过分了。

“不过小郁呢？小郁有经常和她妈妈见面吗？”

智幸说，没有。

“因为我老妈很生气，说这种会抛弃家庭去找别的男人的女人，没有权利和小郁见面。”

菊丸“哎呀”了一声；茉莉暗忖，简直跟我妈一样。现在世上也有像妈妈那种女人呀。

“不过最糟糕的不是我老妈。”智幸继续说，“身为郁子的母亲，她竟然说不见也无所谓。”

当时智幸听到这句话的瞬间，毅然决然下定了决心，无法跟这个女人重新和好。

“好狠的女人啊！”菊丸气愤地说。

但茉莉的感受并非如此，而情不自禁地同情起来。不是同情智幸，而是智幸的妻子。这个女人恐怕知道，自己根本没有抗议的余地。

但茉莉认为，现在不该把这种想法讲出来。让智幸有理由可以责备抛夫弃女的女人，这样他会比较好过一点。

去年二月——那就是小郁开始在茉莉家的客厅待到很晚的时候。

一回神，茉莉看到菊丸已经坐到智幸的旁边，紧紧地挨着他。

“别想这么多，喝吧。”菊丸将自己杯里的烧酎，倒进智幸刚好喝光的酒杯——葡萄酒杯——里。

“不过这样也很好。因为发生了这种事，我现在才能这样跟茉莉见面。”智幸面带笑容低声说出这句肯定的话语。

茉莉很喜欢他这份坦率，也很喜欢他被强行倒入烧酎也不露愠色的成熟度。

两人都知道，目前彼此的关系距离恋人还有一段距离。接吻是有过一次，尽管是打烊后在阳台上的长吻，但彼此只是接吻就满足了，不会再去想接下来的事，生硬地互相道歉，然后就各自回家了。现在几乎每天见面，茉莉对智幸已经能无话不谈了。

智幸在店里谈自己的事——与老婆离婚——也只有这一次，他一直待到打烊，两人接吻也只有一次。其他的时间大多早早就来，坐在吧台，喝一杯白酒或两三杯啤酒，趁着还有电车就回去了。茉莉只要将视线移向他，就总是会刚好对上他迎过来的眼神。每当四目相交，智幸就微微一笑，犹如在说：我在这里哟，一直看着你哟。眼神里带着沉稳的爱怜，看得茉莉都快融化了。感到安心的同时，心脏的跳动也加速了。

关门渡船[1]溅起白色的浪花，行驶在烟雨蒙蒙的海上。天气冷飕飕

1　下关市唐户和门司港之间的渡船。

的，一点也不像初夏。星期天，茉莉在智幸的邀约下来到下关。

来到下关，是从门司港搭船来的。去门司港，是从博多搭电车去的。因为下雨的缘故，到处人都很少，风景也显得冷冷清清。

“不要紧吗？会不会冷？”

智幸问了好几次。虽然很冷，但茉莉每次都回答不要紧。

“如果也带小郁来就好了。”茉莉好几次如此对智幸说。

智幸回答：“她不会想来啦。”

在门司港，欣赏新的开合式吊桥打开的情景。在车站前的地下啤酒屋，从白天就开始喝啤酒吃香肠。

这是庆祝“Poste D’essence”开业一周年的远足。最近也预定在店里开派对庆祝，但智幸说要另外给茉莉庆祝。

在下关逛市场时，很自然地手牵手。为了不踩到掉落地面的螃蟹残骸，茉莉觉得自己的脚好像没有着地似的。非常难以相信这是真的。以前爱上了谁，会毫不迟疑地投入对方的怀抱。也曾和不是那么喜欢的男人有过肉体关系，并且不觉得怎么样。而今，只是和智幸两人漫步在午后的港湾，为何就这样紧张兮兮呢？简直就像背着父母出来约会的小孩的心情。甚至对于两把塑胶雨伞，只撑起一把也感到内疚。茉莉觉得这种心情好怪，真是太奇怪了。

在赤间神社，参观平家一族的墓园，眺望“无耳芳一”的肖像。肖像令人毛骨悚然，好像芳一在对着茉莉说“我看到了哦”。我看到你和别的男人挽着手走路哦。

“我有个朋友很有趣。”智幸说，“以前就很聪明，当然学历也很高，现在自己开了一家公司。这家伙一直到最近都以为‘无耳芳一’是‘无耳义胜’[1]。”

茉莉顿时傻住了，在心里念着“义胜”之后，莞尔一笑。眼前的

1　芳一和义胜的日文发音都是yoshikatsu，此处指的义胜是足利义胜。

肖像依然让人毛骨悚然，但把他当作“义胜”看起来就没那么恐怖了。茉莉将脸颊靠在智幸的手臂上，闻到一股洗得很干净、令人安心的棉质衣料味道。

走下石阶就到了沙滩。海陆天一色，都是灰蒙蒙的。茉莉撑起第二把塑胶雨伞，走在前面。深深吸了一口潮湿的空气，面带笑容，回头对智幸说：“我已经好久没这样了。”

早纪鼓鼓的脸颊和红润的嘴唇，有点自然卷的棕色头发，的确很像茉莉。身高中等，但手脚却长得像高个子的人，这一点或许很像阿始。服装和平常没什么两样，绿色T恤搭牛仔裤，早纪现在坐在机场大厅里。

到了巴黎机场，志津夫会来接早纪，至少会在志津夫家里住一阵子，然而她却像一个人要自助旅行似的，又开始看起已经翻得旧旧的旅游指南书。

“凡事要多加小心哦。”茉莉也不知道这句话究竟说过多少次了，反正就是再说一次。因为找不到其他该说的话。

“嗯。”早纪眼睛依然盯着旅游指南书，只是点头回应。不知道是不是想太多，她的侧脸看起来忐忑不安。昨晚还一副很强悍的样子。

昨晚，一家三口去水炊鸡肉锅店，茉莉为早纪饯别。就如遥远的从前，在同样的地方，喜代为茉莉做的一样。

早纪一脸不可思议地说：“不用啦！”

与其说是客气，看起来是不懂饯别的意义。

“我在那边的银行开户以后，你会汇钱来给我吧？”

“那是学费吧。”

茉莉这么一说，早纪放心地点点头。

“那么，把这个小酒杯也传过去。”

阿新说出“来喝交杯水[1]吧”这句话时，茉莉吓了一跳。早纪不懂这句话的含意，乖乖接下小瓷酒杯。

“如果是一点酒的话，我也敢喝。”早纪一边说着，任由阿新往杯里倒水。

“不要啦！”茉莉出言反对。

阿新丝毫不在意，笑眯眯地先把自己的酒喝光，然后也在杯里倒满了水，举起酒杯说：“祝你幸运哟！”

爸爸怎么老成这样？茉莉不安地想。怎么老成这样？怎么看起来这么虚弱？

“谢谢。”早纪含羞带笑地说，以同样的手势回敬阿新，一口喝光，一副很高兴、很自豪的样子。

早纪的行李很少。一个皮箱托运之后，只剩下一个斜肩包。至今才活了十六年，称得上随身物品的只有这么一丁点，这样也想一个人去国外生活，实在太莽撞了。茉莉不禁这么想，也觉得自己就要被早纪抛弃了，尽管知道这个想法是错的。

“去吧。”受不了心中的痛苦煎熬，茉莉主动说，“进去里面还要检查随身行李，人太多就不好了。”

早纪应了一句“好吧”，随即将旅游指南书收进包包里，站起身，迈步走去。

飞机跑道上，好几架飞机缓缓移动着。这是个晴朗闷热、没有风的早上。阿新坚持要去瞭望台目送。茉莉向他说明，最近上下机大多不用登机梯了，就算去瞭望台也看不到早纪的身影，但阿新说这样也无所谓。

“天气真好啊。”茉莉说，从包包里拿出太阳眼镜戴上。不知道该

1　不知道能否再见面，以水代酒饯别仪式。

以什么表情送机才好。

早纪这几个月一直在说，最难过的是见不到猫咪们了。想起早纪只担心猫咪，茉莉不禁苦笑。那孩子那种说话的口气，究竟像谁呢？

“走了啊。”阿新望着天空，喃喃地说。

早纪一定还在机场里，错不了的，早纪搭的飞机甚至还没到登机口。

“走了啊。”茉莉也同意地说，“又剩下爸爸和我了。”

以前，站在河堤等飞机。和总一郎和阿九三个人，一心一意地等待，单纯只想目击飞机飞过。随着轰隆声露出白色的机腹从头上飞过的飞机，看起来不像乘载的交通工具，而是个未知的物体。未知，但是很亲近，犹如模型鸟一样的物体。

如今，茉莉已经能轻易描绘出飞机内部的样子，也能想象得出离陆着陆的瞬间的摇晃感。既不未知，也不觉得亲近。

听到熟悉的喀嚓声，定睛一看，是阿新在点烟。尽管是户外，但门上贴着禁烟标志。

“爸爸！”茉莉语带责备地说。

但阿新只是歪了一下头，悠然地吐他的烟。于是茉莉决定默许。

“不过话说回来，天气真好啊。”

茉莉又说了一次。

“真是个飞行的好天气。”

失落感，到了傍晚持续膨胀着。家里的一切，看起来都跟之前不同了，不是寂寞，而是觉得难以置信——到今天早上为止是寂寞——就这样顺序颠倒地袭击而来。现在大概在成田吧？她有顺利转机成功吧？现在飞机飞到天空的哪里了？她会第一个打电话给我吧？诸如此类非常现实的问题，一件又一件不断占据了茉莉的心。

其中最难忍受的是，吃晚饭时，阿新什么话都不说。

不管茉莉问他“差不多该吃晚饭了吧？”或是“今晚要不要来店里喝酒？”他都一次回答三个：“不”，“好”，“嗯”。喃喃自语般地模糊不清，结果根本无从判断究竟是好还是不好。即便如此，他有回应还算好的，有时不晓得是没听见还是装作没听见，明明问得很清楚了，他也默不作声。

“又不是在守灵！”

即便茉莉夸张地摆出一副真是够了的表情，阿新连看也不看一眼。

然而到了店里，这份失落感却像假的一样消失了。或者说，早纪已经走了的这个事实是假的。即便凌晨一点多志津夫打电话来说“平安抵达”，感觉也像是别的世界，别的早纪的事。

“那就好，麻烦你多照顾了。”

也正因如此，才能以沉着稳定的语气回答，接着换早纪来听电话时，也才能说出：“尽管放手去做吧。”

电话里杂音很多，听不太清楚。巴黎应该还是白天。

“再见啰。”茉莉干脆地这么一说，挂上电话。

5　答案早就决定了，但要说出口实在很痛苦

这一年的秋天，茉莉终于如愿考上了品酒师。在福冈市内的饭店参加第二关的考试时很紧张，但四十分钟的口试和三十分钟的蒙眼试酒开始后就很开心。最后在关门[1]举行的实际技术测验——所有考生都要穿上制服——抱着豁出去的心情应考，倘若考得不顺，就只能当作运气不好。平常，在店里开葡萄酒时，偶尔也会把软木塞弄破。但考

1　地名。

试时，相当顺利地拔开了。

考完后觉得也没什么。合格通知在十月寄来，下一个月，金光闪闪葡萄形状的认证徽章和认证书，以及资格认证的登录卡也都寄来了。茉莉整个人清爽起来，觉得“很简单嘛”。从决定考资格考至今，可是花了五年的时间。

徽章别在胸前太过金光闪闪，于是茉莉将它放进深咖啡色的相框，当作“Poste D'essence”的摆饰。有如香烟盒般的小小相框，摆在酒瓶林立之间并不显眼。虽然不显眼，却是给茉莉带来荣耀与骄傲的东西。

“你看！”茉莉只偷偷地对智幸炫耀，“这就是我一直想要的东西。”

早纪走了之后，茉莉顿时觉得得到解放，几乎了无挂碍一身轻。早纪已经是大到可以照顾自己的成人，就饮食起居的打理和健康上的顾虑来说，阿新还比较麻烦。尽管如此，解除照顾早纪的责任之后，茉莉觉得自己终于又恢复为只属于自己的人。

在店里的沙发上和智幸做爱，或许也和这份解脱感有关。那是发生在第一关及格之后，等候第二关的考试之前，九月中旬的事。如今回想起来，很明显是茉莉主动的。距离打烊时间还有点早，但除了智幸之外没有其他客人，接下来大概也不会有客人上门了，于是茉莉将门锁上。锁上之后，背靠着门就接吻起来了。其实在那个时间点，茉莉并不打算在店里做爱，只是想两人独处一会儿。

放了音乐，开了新的葡萄酒，斟满酒杯。也因为考试的关系，茉莉故意摆出一副伺酒师的模样。为了不喝红酒的智幸，特地挑了一瓶冰凉的白酒。智利产的，橡木香气浓郁的白酒。智幸显得不知所措，一边低声说“可以吗？”“不要紧吗？”，一边环顾无人的店内，宛如第一次上门的客人。

坐在沙发上聊了一会儿，聊早纪的事，聊智幸的公司——租赁公司，以企业为对象，出租各种东西。电话、传真机、观叶植物、甚至有换气装置的大型烟灰缸——发生的事。茉莉不是很了解那个系统。智幸说因为“比买的便宜”所以有人租，茉莉纳闷地说如果“比买的便宜”，那么公司不就没钱赚了？智幸听了笑了，并非傻眼不耐，而是知道茉莉为什么会这样想，笑得很快活。茉莉无法认为怎样都好，什么都想知道，于是问题一个接着一个问。就这样聊着聊着，茉莉觉得这里不是店里，甚至不是福冈，觉得两人此刻不知身处何处。

“跳舞？”因此茉莉试着开口问。

好久没跳舞了。

但智幸睁大眼睛先回了一句：“不跳。”接着才面有难色地继续说，“不，如果茉莉想跳就跳吧。我对跳舞实在很不行。”

“怎么这样……”茉莉感到有点失望。虽然已经起身牵起智幸的手，但又坐回沙发上。

“我很喜欢跳舞，从以前就很喜欢。”其他不晓得该做什么好，于是茉莉这么说，“以前我经常泡迪斯科，后来还正式去学过一阵子舞蹈。最喜欢的是吉格舞，你知道吉格舞吗？”

因为智幸说不知道，茉莉站起来说明。就像这样，然后这样，配合拨弦乐器和管弦乐的旋律跳着，你看，就像这样跳——茉莉跳到一半笑了起来，因为这种舞步和正在播放的慢板爵士完全不搭。

“不行啊！跳吉格舞一定要换CD才行。”

智幸没笑，却以热切的眼神看着茉莉，犹如在凝视什么很重要的、但却够不到的东西。茉莉察觉到这个眼神，立刻扑向智幸。一股“你才是最重要的人”的心情油然而生，将脸埋在他的头发里，几乎是连同沙发整个抱住他。智幸的手环住茉莉的背，然后移到后颈部，最后停在臀部之际，同时吻上茉莉的唇。智幸以双脚夹住她的腰。沙发吱嘎作响，皮革黏着汗水淋漓的皮肤。如此缠绵之际，茉莉还悄悄地将桌上的葡萄酒杯移开。智幸的手伸进茉莉的裙底。茉莉想起，当时听到自己的喉咙发出笑声。这是幸福至极的笑声，并不是有什么好笑的事。单纯和渴望的肉体交欢时，我总是会笑啊。一边笑着，一边感受着进入体内的温热东西。

一切结束后，即便呼吸恢复正常了，两人的身体依然叠在一起。这时茉莉看到墙上那幅志津夫画的“茉莉素描”。那时候的我——茉莉吐了一口气心想，那时候的我，当然无法想象现在的我。

“很重吗？”茉莉依然骑在上面问。

智幸摇摇头回答：“刚刚好。”

西光寺是一座雄伟的寺庙，悄悄地坐落于路的尽头，门旁有一棵苍郁松树。从手写的海报看得出这里办了很多活动，有读书会、妇女会等等。茉莉往返于店的路上，经常顺道来这座寺庙，在本殿前合十参拜，祈祷早纪平安。庭院总是打扫得很干净，排列着坟墓和卒塔婆[1]的那块区域，天空看起来也很辽阔，令人心情平静。

早纪依照约定，每星期必定写信或打电话回来。提到上课很有趣或很难，交了很多各种肤色的朋友，找到了喜欢的咖啡馆，经常泡在里面。令茉莉感到怀念的名字也常常登场，例如去见了安娜，菲利普向妈妈问好等。

“真是佩服啊。”茉莉老实对智幸承认，“我小时候啊，绝对不会写信给爸妈。尽管他们叫我有空打电话回去，我也很少打。”

这是个星期天，茉莉和智幸和小郁，在商店街一角的印度餐馆吃午餐。最近，到了星期天几乎都是三个人一起度过。

“时代不一样了啊。”智幸微笑说，“你也知道，那个时代和爸妈

---

1 上面写着梵文经文，供奉于坟墓旁的塔形木板。

感情好的话，总觉得很难为情。尤其在坏孩子之间，这种情况特别明显。”

为了表明自己受到打击，茉莉故意深深吸了一口气。

“你说的坏孩子是指我吗？”

想装出生气的样子，但在智幸面前很难成功，例如现在，茉莉又立刻眼角下垂笑了起来。智幸一副很困惑的样子说：“抱歉。”

那个表情实在既笨拙又惹人爱怜。

时代不同了，茉莉也觉得确实如此。这条街上以前也没有这么好吃的印度餐馆。店里充满家庭式的气氛，清爽明亮，地方虽小，但感觉很舒服。主厨是印度人。

来这里之前，在同一条商店街逛了儿童服饰店。里面有做工精细到让人误以为成人穿的加工磨损牛仔裤、用来重叠穿的T恤、附有皮毛的休闲夹克，各式各样琳琅满目。茉莉在这里帮小郁买了一双袜子。茉莉在挑选时，店员理所当然地叫她“这位妈妈”。

小郁现在坐在智幸的旁边，慢条斯理地吃甜点。这款甜点叫鲜奶起司球，是印度非常流行的甜点。一月，窗外天气晴朗，但很冷。

来茉莉家玩的小孩，大家都叫茉莉“阿姨”，唯独小郁叫她“茉莉”，因为智幸后来也这样叫她。

恋情稳定发展。去年年底，智幸已经将茉莉介绍给双亲认识。智幸偶尔也会在茉莉家过夜，这时就会和阿新三人一起吃早餐。

早纪语带兴奋地打电话来，是在福冈难得雪花纷飞、冷到皮肤都快冻裂的傍晚。

“你听我说！”早纪说，“真的难以置信，我见到那个孩子了！真的就是那个孩子哦！”

虽然看不到表情，但从欢呼雀跃的声音听来，她此刻是面带笑容。

“什么呀？哪个孩子？”

早纪似乎很开心，茉莉回答时也自然露出笑容。她每天见到各式各样的人，一定有各式各样的发现吧。茉莉觉得很骄傲很耀眼，也感到些许羡慕。

“就是出现在我梦里的那个男孩呀。我从小不是一直梦见一个男孩吗？我也跟妈妈说过了，你不记得吗？”

记得。那个男孩是外国人，看到早纪会露出笑容，还会对她挥手。早纪长年来经常做这个同样的梦。

“梦里的男孩？”茉莉不禁苦笑，意思是说，你在恋爱了？

“才不是呢！”早纪的语气明显焦躁起来，“那个男孩还是个小孩子！虽然说小孩子也有十三岁了。我现在有点喜欢的是另外一个人。”

早纪继续说，把茉莉吓了一跳。

“我喜欢的人就先别说了，现在我想说的是，那个男孩也梦到我耶！他说他不知道梦里的女孩是谁，就是一直梦到。我们见到彼此时，都吓了一大跳，吓到都不敢开口说话了。因为感觉好像很久以前就认识了，可是明明是第一次见面，又是在路边碰到的，那时我刚好要去上课，那个男孩也是——”

早纪继续说明。今天才突然碰到的，那个男孩和母亲走在一起。母亲也知道梦的事，儿子反复地说“就是她啦”，母亲听了很震惊。早纪这个周末要去他们家玩，因为他们邀她去喝茶。

“去陌生人的家？”

听完早纪的话，茉莉这么一问，一道沉默瞬间流过。早纪叹了一口气。

“地址、电话、名字，我都问了啦。其他还要知道什么呢？我们是第一次见面耶！”

兴奋的样子早已消失，语气里带着失望。

“好吧，我知道了。你就去吧。”

茉莉带着让步的意思说，但早纪却不退让。

“就算你不让我去，我也会去！”

穿着大衣，脖子上绕着卷啊卷的红色围巾，雪已经停了，但窗外的天空灰蒙蒙的，光秃秃的树枝冷清萧条，看起来真的很冷。茉莉就穿着这身衣服，去书房打招呼，“那我走了哦。”

电视开着。阿新从书本里抬起头来，“好，嗯。去吧。”

暖气暖到让人觉得很热。

“我做了法式清炖牛肉蔬菜锅。”

茉莉这么一说，阿新莞尔一笑，“嗯，我闻味道就知道了。”

忽然，茉莉不想离开这里，接着说了早纪打电话来的事。没有提到详细内容，只说早纪很平安，离家之后过得很逍遥的样子。

“这样很好啊。”

阿新微笑以答，但下一秒表情立刻蒙上阴霾地问：“不过，早纪不是去法国了吗？”

为什么和阿新说话，总会出现这种分歧呢？茉莉感到很寂寞。

“对啊，爸爸。早纪现在在法国，她是从法国打电话来的。”

茉莉加以解释，但阿新只是一脸茫然地听着，然后说，这样啊。

“这样啊，抱歉哦。我有点糊涂了。”

茉莉回到客厅，锁上落地窗。下午六点，客厅空无一人。在智幸的指示下，小郁今天也和朋友回去了。地上掉了一本作业簿，茉莉捡起来放在桌上。总一郎用过的书桌。上面还放着许多东西，手帕、帽子、自动铅笔、橡皮擦、袋装零食、布偶。孩子们其实很健忘，经常忘了拿东西就回家。失物中甚至有过了好几年，物主也没出现的。

智幸还没来到约定的店里。

“你好。今天真冷啊。”

茉莉对店员说，拿下围巾脱掉大衣，先点了啤酒。这是一家智幸常来的店，也带茉莉来过好几次。

上个月起，茉莉在“Poste D' essence”雇了一个女孩，名叫久留美。从以前就想雇人来帮忙，最想找的是能分担重体力劳动工作的男性，但一直找不到。久留美是二十六岁的女演员，地地道道的博多人。然而“久留美”这个名字是她所属剧团的艺名，本名叫近田和子。嗓音洪亮，个性活泼爽朗，招呼客人也很有一套。介绍久留美来的是Tommy，Tommy也认识她的父母，知道背景来历也比较安心。尽管也有公演期间无法来上班的难处，但就临时帮手而言是不可多得的人选。

实际上，也多亏了久留美来帮忙，茉莉才能像这样，平日也能和智幸两人外出用餐。

“妈妈桑和情人在一起的时候好可爱哦。”久留美这么说，“不过和妈妈桑在一起时的智幸更可爱。”

对她来说，智幸是“妈妈桑的情人”，也是本来就在这里的人，这让茉莉感到很高兴。不需多言解释，轻松愉快。

在店里菜单上加了一道葡萄奶油饼的，也是久留美。不知道为什么，她说：“不能没有葡萄奶油饼吧。”

智幸比约定的六点半晚到了十五分钟。

“抱歉，我来晚了。”

一身西装领带的打扮，但坐定后就松开领带，将公文包放在脚边。

点了煎饺、炸鸡翅、意大利通心粉色拉。两人拿起沉重的大啤酒杯“砰”的一声干杯，只有茉莉喝得咕噜作响。

“我跟你说……”

智幸依然拿着啤酒杯说。一脸无从判断的表情，不知道是要笑？还是要生气？茉莉发现，智幸的头发奇妙地松散。很黑，很直，犹如少年的头发。

“什么事？”

这么一问，智幸欲言又止，暧昧地微微一笑。

“什么事啦？”茉莉再问一次。

智幸的回答，使得茉莉怀疑自己的耳朵，“我们结婚吧。”

刚才这个人，说的真的是这句话吗？沉默持续了几秒钟，电视声和煎饺声传进耳里。

“你在开玩笑？”茉莉很自然地脱口而出。

“不是……”话刚出口，智幸又打住了，手里依然拿着啤酒杯。

茉莉心想，他的脸颊呈现粉红色，可能是紧张的缘故，不过嘴角浮现浅浅的微笑，看起来并不认为他会被拒绝。

智幸打直背脊，直视茉莉，一个字一个字慢条斯理地说：“我不是在开玩笑，是认真的。”

可能是终于说出口放心了，一口气就喝了将近半杯啤酒。

茉莉无法回答。答案早就决定了，但要说出口实在很痛苦。因此，她只是一味地看着智幸。

“你不愿意？”智幸以郑重其事的语气问。

两人就这样对看着。茉莉还没开口前，智幸似乎就知道她要说什么了，眼里立即浮现失望之色。

茉莉连忙说：“对不起。还有，谢谢你。等等，我应该向你道谢吗？”

自己也知道自己乱了方寸，说出口的话显得肤浅轻率。

“不过你好过分哦，干吗说这种事？人家那么想见你，能够见到你好高兴。”

最后说得像在抱怨似的。

智幸以一脸难以解读的表情，直勾勾地看着茉莉。那个眼神与其说“看”，还比较接近观察。然后他莞尔一笑：“抱歉，吓到你了。”

将端上来的意大利通心粉色拉移到茉莉的前面，递出竹筷。

“忘了我刚才说的话吧！吃吧。”

他说这句话时的语气，让人想起第一次见面时，初夏院子里的凉意。

6 和你在一起，好像回到了十七岁

“英铎”的常客大田先生说“因为出差”而来到茉莉店里，是冬天接近尾声的时候。他还是老样子，气色和体格看起来都很好，穿着风格也没变，依然是胸口开得大大的丝质衬衫。

“哦，找到了。”大田带着一位年轻男人，一进店里就这么说。

“大田先生！”

茉莉欢天喜地冲出来迎接，开心到自己都感到意外，真的好怀念。大田先生以“英铎”式的打招呼方式紧紧拥抱茉莉。茉莉察觉到，久留美整个看傻了。

“好别致的店啊。”大田先生往沙发区一坐，环顾着店内说，“和‘英铎’感觉很不同啊。”

“因为这是葡萄酒酒吧呀！”茉莉抬头挺胸地说，“不过，我是想把它经营成‘英铎’样快活的酒吧哟。”

大田先生说，即便是“迟来的祝贺”也要开香槟庆祝，“茉莉也来喝，喝它个醉吧，尽情跳舞吧。”

这夜，刚好在偏早的时间就有客人进来，吧台坐了一对情侣，还有现在俨然成为这间店主人的藤盛先生和根本先生，两位是从开业以来就经常光顾的熟悉葡萄酒的初老绅士。阳台区被不怕冷的四个年轻人霸占了。

大田先生带来的朋友据说是位演员。茉莉没看过，但久留美两眼发亮地说："我知道！他就是演提神饮料广告的人！"

"妈妈桑，我要雪茄。"

藤盛先生一说，茉莉就从吧台拿出雪茄盒让他挑。他挑了一支短的古巴雪茄，茉莉用雪茄剪剪掉雪茄帽头之后递给他。

"谢谢。"

藤盛先生将脸凑近桌上的烛火，吸燃雪茄。一股甜甜苦苦、干爽的香气随即飘散开来。

"给我来点烟熏的东西吧。"根本先生说。

两人现在喝的是一九八五年份的"Cote Rotie"，很少有客人会开这么高价的红酒。

"你真的很了不起啊。"茉莉一回到沙发区，大田先生就这么说。

"你什么时候学会雪茄剪的用法？以前在青山坐我的大腿上，好像都是假的。"

久留美顿时发出尖叫声，"啊！妈妈桑，你以前做过这种事啊？"

茉莉笑了笑，故意轻轻地坐上大田先生的大腿，"现在也会做啊。"

大田先生夸张地嘟起嘴唇，吻上茉莉的脸颊。

大田先生奉命调职，在大阪待了两年之后，终于得以"东山再起"。他说，他去过夏木力的店好几次，店里总是人潮不断，夜深之后几乎成了只能站着喝的酒吧。

"客户层以年轻人为主。我个人比较适合'英铎'，不过他老婆做的私房料理也很受欢迎。"

茉莉问到"英铎"的情况，他回了一句："还没倒啦！"

虽然有些常客不来了，但也来了新的常客。接替茉莉的真奈已经辞职了，来了一个大田先生推测“绝对是同志”的年轻男孩。老板夫妻和竹先生和祥子都很好，祥子还想生第二胎呢。竹先生的积蓄应该多到随时都可以退休，却还很勤奋地工作，“我在鞭策我这身老骨头”成了他爱用的口头禅。

“好怀念哦。”茉莉由衷地说。

当初只靠着志津夫的介绍信来到东京，突然就跳进酒吧这一行。

“茉莉，你还是单身啊？”从香槟喝到威士忌加水的大田先生，一副很熟稔的样子靠在沙发上，摇着酒杯问。

“很幸运的。”茉莉答道，“我也有个蛮适合的人。”

“妈妈，你好吗？我很好。前些时候的专业术语考试，我得了两个A，分别是会话和速读。听力测验是B++，文法是C。那就先这样了。请多保重。”

“妈妈，你好吗？我很好。昨天安娜帮我剪头发。我说我要付钱，但是她不肯收。所以我买了烤栗子跟她一起吃。Adieu（再见）。”

“妈妈，你好吗？我很好。谢谢你汇钱来。等一下要和碧儿去图书馆，没时间了，今天就写到这里。”

茉莉出声念了三张明信片，叹了一口气。

“你对这个有什么看法？”

客厅摆了一个行李箱，盖子打开着，里面乱七八糟堆着早纪的来信。

“刚开始还会寄长信来，最近都是明信片，而且内容一副爱理不理的样子。”

智幸苦笑。

“是这样吗？”

“就是！”

院子里，小郁在和猫咪玩耍。

“碧儿是谁啊？”

“早纪的好朋友，就读同一所语言学校的西班牙人，全名好像叫碧儿翠丝，还是碧儿朵拉之类的。”

“我觉得这样很好啊。她还会这样写信来。”脸上贴着一抹冷笑，智幸说，“根据我的了解，比起茉莉小时候不孝的程度，这个女儿简直乖顺得像个天使啊。”

智幸坐得很浅，双腿靠拢，身体微微前倾。被叫爸爸显得太过年轻的风采，以及犹如学生般的礼仪端正。

“当初说去留学很危险的人是你吧？”茉莉说。

“我是说过没错。不过，说这种想法很荒谬的人是你吧。既然都送她出去了，也只能相信她啰！”

茉莉绕到沙发后面，抱住智幸的头。

“干吗？怎么了吗？”

茉莉嘿嘿嘿笑了，用脸颊在智幸头发上磨蹭。

“我知道呀。”

放手，解放了智幸的头之后，笑眯眯地说。

“我知道呀，其实我并不担心。早纪是个好孩子。不过，我喜欢你对我提出意见。尽管知道，我也喜欢从你的嘴里听到。”

被小郁看到也无所谓，茉莉就这样凑近智幸的脸，四片唇相叠地接吻了。

“有个蛮适合的人”，这句对大田先生说的话并非谎言。不过，这终究只是针对结婚和同居而言，就对等的个人关系来说，当然另当别论。事实上，茉莉也觉得智幸是无可取代的人。而且，这还只是含蓄的说法。

智幸不曾有过情绪激动的表现，总是像水一样淡淡的。尽管如此，认识至今已经将近两年了，他看茉莉的眼神依然焕发着耀眼的憧憬光芒，即便在茉莉拒绝他的求婚之后也没变。

智幸说，你能不能忘记他呢？我会一直等到你忘记他。即便茉莉不安地说，这一天或许不会来，智幸也丝毫不以为意，只是落落大方地笑说："那就来比耐力吧。"

有这样的智幸一直陪在身边，茉莉感到安心与幸福。

春天，茉莉为了去给阿始扫墓，挑了鲜黄色的连翘花。玫瑰、小苍兰、麻叶绣球花、雪柳、郁金香。花店里，摆满形形色色的花卉。

"这是你先生喜欢的花？"智幸问。

茉莉摇头，"不是。只是我觉得这种花很明亮、很漂亮。"

阿始喜欢什么花呢？茉莉居然也不知道，她觉得很有趣，明明是那么爱他。

这是第一次和智幸去给阿始扫墓。因为智幸说，他也想去。

"今天天气真好啊。"走出花店，智幸仰望天空，眯起眼睛说。

两人走在大马路上，走向公交车站。风儿轻柔。卖年轻人服饰的服饰店传出嘻哈音乐。走过加油站前面，一如往常地，茉莉总会陷入一种奇妙的、似曾相识的感觉：明明地点和公司都不同，却又觉得自己以前待过这里。定睛凝眸，说不定能看见另一个自己在工作。想到这里不由得停下脚步。倘若看见了，那才是真正的自己。那么杵在路边看的自己，是不知名的生物吧。

"怎么了？"头上传来智幸温柔的声音。

"没什么。"茉莉答道，"不过你看，这里也有自助式的机器耶！

以前没有自助式的。这个发明很棒吧？”

加油站里没有车，也不见工作人员的身影。即便定睛凝眸，也看不到另一个茉莉，也没有小田和藤原先生。

墓园里也来了好几组来扫墓的一家大小。大家都提着水桶，带着成束的线香和祭祀用的牡丹饼。

你好吗？

茉莉双手合十，在心里对阿始说。你也看到早纪的情况了吧？青山先生说，早纪的法文说得很厉害了。我在电话里叫早纪说说看，那孩子直率地说了一句“Quoi？（要说什么？）”还有，阿克，他回来这里都会来店里看我哟。然后，那个……这位是清水智幸先生，我的男朋友哟。他说想一起来，我就带他来了。如果你还活着，真想三个人一起喝酒啊。他是个好人哟，有一个名叫小郁的女儿……

茉莉说了很久，说的时候一直闭着眼睛，眼睛张开时，发现智幸盯着自己瞧，顿时觉得很难为情。

“对不起，你很无聊吧？”

“才不会呢。”智幸笑说，“你拜得很认真啊。”

茉莉说，因为报告了很多事情。例如早纪的事，还有其他的事。

“我希望你不要误会。”智幸说。

他今天穿了淡紫色的棉质衬衫，搭上一条白棉长裤。

“我很羡慕你先生还有个墓。”

茉莉侧首不解。是吗？羡慕？智幸的太太离家出走后就没有回来过，只寄来了一份离婚协议书，从此音讯全无。

“不过，我比较希望他还活着。”茉莉想了想之后说，“就算无法见面，只要知道，现在他还在某个地方活着就好了。”

茉莉想起那个矮胖的英国人，将喜代的骨灰挂在胸前带回日本的事。那时觉得，妈妈回来了。就算和不认识的男人一起归国也无所谓，那时我的确感到放心了。

“我也不知道，不过……”茉莉又继续说，“我大概会比较喜欢现在还在某个地方活着的人吧。”

智幸微微一笑，然后说：“茉莉很坚强啊。”

连假期间，茉莉让“Poste D' essence”公休，和智幸两人外出旅行。旅行的地点是冲绳，茉莉和智幸都是第一次来到这块土地。

“好好放松一下吧。”行前，久留美如此欢送他们。

菊丸则如此消遣他们：“好好哦，好好哦，好恩爱哦。”

两人下榻在海边的度假饭店，饭店员工也把他们当情侣看待。大厅的天花板很高，镂空通风；梁上挂有风铃，发出清凉的声音。一到饭店就先去游泳池，粉红色的饮料带着南国水果的风味。

但是直到进入房间之前，茉莉都没有真实感。只觉得，反正就是一趟短短的三天两夜旅行。

直到踏进房间的第一步，真实感顿时全部涌现；与酒吧、家、智幸家人以及所有日常生活里的现实切离的真实感。刚开始，她感到相当不安。像是被日常生活抛弃了，又像是抛弃了日常生活。

“真不敢相信居然来到这么远的地方。”茉莉放下行李，喃喃低语，“怎么办？我有愧疚感耶！”

大片的玻璃窗外是辽阔的大海。

“远？”智幸觉得好笑地说，“比起巴黎和东京，近太多了吧！”

一股喜悦涌上心头，茉莉悄声说：“只有我们两个人。不用在意爸爸，不用在意店里的事，也不用在意小郁。”说着搂住智幸的脖子，但却又立即放开，“怎么办？怎么办？怎么办？我好高兴哦！”

茉莉做出犹如跳西迷舞的动作，上下弹跳，发出欢喜的声音，顷刻间感受到难以置信的巨大解脱感。

这一晚在饭店的餐厅吃牛排，然后做爱、睡觉。隔天一早起床去海里晨泳，水温相当温暖。阳光也犹如夏日般灿烂耀眼。好久没游泳了。茉莉缓缓地以蛙式朝大海游去。大海的水比浅滩的水冰凉很多，只是这个单纯的事实就令人感到幸福。

智幸是个游泳好手，以瘦长的手脚又猛又大地拨着水，毫不畏惧地朝着茉莉的位置游来。

“真的好舒服哦。”茉莉说着改成仰泳的姿势浮着，闭眼睛也感受得到阳光耀眼，“你也这样浮浮看嘛！像一根圆木，像一具尸体一样。”

智幸听了照做。

回到房里，两人再度做爱，然后这样睡着了，醒来时，下午已经过了一半。

“我真的饿到难以想象。”茉莉蓦地起床说。

智幸一脸认真回应：“不，你不可能比我更饿。”

两人叫了出租车，花了九十分钟来到那霸街头。

走在向晚的国际路上，逛了夏威夷衬衫店和玻璃器皿店。然后到了一家榻榻米刺刺的、窗户有凉风吹入的食堂，赞不绝口地品尝当地的乡土美食。

“真是不可思议啊。”一边吃着炖得甘甜温醇的猪肉和被称为苦菜的炒青菜，茉莉对智幸说，“和你在一起，我觉得自己好像回到了十七岁。”

“十七岁？为什么是十七岁？”

“我也不知道，就觉得是十七岁。”茉莉回答，喝了一口泡盛酒，“十七岁，单身，没有早纪，妈妈也还活着。”

用手指拿起小碗里剩下的海葡萄，送进口中，又啜了一口泡盛酒。酒量不好的智幸不敢碰泡盛酒，喝完啤酒改喝茶。

没有早纪，妈妈也还活着。茉莉没有出声，在心里重复一次。

“当然我并不是真的这样希望啦！不过，该怎么说呢……”

咬字已经不清楚了。

“就是觉得很难过。”

走出店外，冰凉的空气包裹着皮肤。天际只见一轮圆月，和一颗光芒湿晕的星星。

“那道面筋什锦炒，真好吃啊。”

茉莉说到一半就被智幸紧紧抱住。智幸的脖子很热，夹杂着海水、汗水，以及饭店床单的味道。

7 读阿九从日本各地寄来的信，很高兴而且很怀念

十七岁的心情，旅行回来后依然持续着。不仅和智幸见面的时候，甚至在家里和店里的时候也是一样，只要想到智幸，茉莉就觉得自己好像是十七岁。那是一种在未来的面前惊惧畏缩的感觉。在太多时间和可能性的面前，在自由和不安的夹缝中，和智幸一起。

同时悲伤也袭击而来，实在过于巨大，全身动弹不得。这是深层的悲伤。感到自己好像十七岁，就等于被告知自己不是十七岁。

事实上，爱上智幸之前，茉莉从不曾因为年龄而对自己的容貌变化感到烦忧。以前对于黯淡的皮肤、越来越明显的白发、多了一圈脂肪的身体，都也只是认为年纪大了理所当然。但认识智幸以后，也曾意识到自己出现了迟疑、胆怯、害羞、雀跃欢喜的心情，但这种水水嫩嫩的心情却无法和外貌取得平衡，不禁心头一惊，“我什么时候变得这么老呢？”茉莉惊愕不已。“这种水水嫩嫩的心情，竟然被关在已经不是水水嫩嫩的我的体内，真的好可怜。”要是跟智幸说的话，他一定会出言安慰茉莉。但茉莉想要的不是安慰。

夏天，茉莉看食谱学会了烘焙四角形蛋糕。其实也没什么，不用蛋糕模具，直接将面糊倒进烤箱的铁盘烘焙即可。很简单，薄薄的一下子就烤好了。烤了几块之后，中间再夹入一层厚厚的奶油，然后叠起来，就能做出一个足够客厅孩子们吃的大蛋糕。

“我要吃边边。”一个名叫美红、皮肤白皙的女孩说。

“你真的要吃边边？边边夹的奶油很少耶！”一个不晓得叫佳亚还是姮亚的女孩说。

但男孩们就不在乎这些小事，一个劲儿地拉长语尾大声欢呼，“哇！太棒了”“看起来好好吃哦”。

聚集在这个客厅的孩子们都像野猫一样。每个人各有不同，但都很可爱，不知道打从哪里来，不知道什么时候就回去了。好一阵子没来以为不来了，某一天又突然出现了。

但没有人会问“谁谁谁好吗？”“最近都没看到谁，不晓得怎么了？”因为这对谁都是没有意义的问题。对让孩子们来这里玩的阿新而言，重要的不是有哪些孩子，而是家里有孩子这个单纯的事实，还有那份热闹。茉莉也仿效阿新，不来的孩子就把他忘掉。

只不过，就算茉莉忘掉了，但孩子们可没忘，有时走在路上，突然有穿着制服的大孩子上前点头致意，吓了茉莉一跳。还遇过一个很有礼貌的少女说：“你好，好久不见了，你过得好吗？”

我完全没变，但周遭一直在变。

茉莉不可思议地想着。

切了蛋糕，将麦茶分别倒进杯子里。

“其实蛋糕的正确发音应该是cake。”在上英语补习班的美红，以清亮的嗓音说明，“还有，a piece of cake是‘轻而易举’的意思哟！”

茉莉把阿新的份拿出来放在一旁，将剩下的蛋糕放进保鲜盒，再装进纸袋里。

“这个，帮我拿回去给爷爷奶奶吃好吗？”茉莉对坐在沙发一角乖乖吃蛋糕的小郁说。

并非在冲绳玩出兴致来了，但茉莉和智幸又计划盂兰盆节的假期要去长崎玩。顶多三天两夜，不过只要想到能远离日常琐事，两人独处，就开心得手足舞蹈。

“我在杂志上看到有个温泉不错耶！”深夜，在茉莉房里的地板上——因为床实在太小了——两人交欢缠绵后，茉莉低声呢喃。

“温泉？不是汤布院就是大分吧。”智幸也压低嗓门回答。

“这我知道啦，我想说的是另一处温泉。你等一下哦。”茉莉蹑手蹑脚地爬出棉被，快到堆满杂志的地方时，左脚突然被抓住，整个身体被翻过来。智幸压在她身上。

“不要这样。”茉莉说，声音小到仿佛只有呼吸声——毕竟这个家的墙壁很薄——同时双脚在空中乱踢，想要摆脱智幸。喉咙深处流出笑声，想到自己裸着身体像青蛙趴在地上就觉得好笑。慌乱抵抗中，还踢到智幸的手。

“好啦。”智幸说，声音还是压得很低，不过也忍不住笑了。

“过来。温泉明天再来找就好了。”

在强忍笑意和喘不过气的夹攻下，茉莉终于死心塌地倒在智幸火热的臂弯里。从背后被紧紧抱住，脚和脚缠绕在一起。炽热的感情，炎夏的高温。茉莉觉得自己变成很小的东西。这是甜美的错觉。

“我们可以租一辆车去兜风。”智幸在耳畔继续说，在茉莉脖子上吐息。

茉莉将抱着自己的手腕压在胸前，享受着这种拥抱方式。

“什么资料馆啦、异人馆啦，车一飙就到了，还可以去大啖长崎什锦面。”

因为实在太痒了，茱莉扭动身子。

“然后呢，我想想看哦，在街上乱走，走到肚子饿。”

茱莉笑了，“那车子怎么办？”

茱莉早就料到，智幸一定会以一副“这种事不重要啦，不会有任何问题”的口吻说：“随便放就好了呀。”茱莉就是想听这个才问的。别担心，我们不会有任何问题。

“真的很热啊。”智幸语毕，一脚踢开毛巾毯。

结果堆放在角落的杂志，有一本应声落下。茱莉和智幸面面相觑，屏住呼吸不敢乱动，竖耳倾听房外的气息。没有人声，没有任何东西发出声响。经过几秒和夜一样深的寂静后，茱莉从智幸的胸部吻到腹部，继续往下吻。

这一年里，智幸经常像这样来过夜。也有因为时间关系没过夜，只是做完爱就回家了，但也不是来就做爱，有时整晚都在聊天，或是两人看电视继续喝酒。有一次，店里打烊后两人回家继续喝，心血来潮就做起菜来。从和面粉开始，做面包，揉面团，在调理台上摔打面团，弄得满大声的，连阿新都吓到爬起来看出了什么事。这时天色已经微明，茱莉就说他们在准备丰富的早餐。阿新听了喃喃地应了一句“这样啊”。厨房弄得到处都是面粉。茱莉无法停止窃笑，智幸将发酵完毕的面团揉成圆形。窗外依旧一片暗蓝，厨房里弥漫着熬煮苹果的浓郁香甜味，是煮来当果酱的。

这个时候，茱莉就会想起，以前这个家的确就是这样。即便是自己住的家，但还是有很多未知的空间，和总一郎两人每天玩冒险游戏。竖耳留意爸妈的气息，蹑手蹑脚地到处发现新游戏。在厨房里做“美式热狗”是总一郎发起的“实验”；也曾发现不用的床单，可以把它拿到楼梯的中间搭帐篷；还有把阿新宝贝的“约翰走路黑牌”拿出倒在酒杯里，明明又不喝，只是倒倒看。待在总一郎的身边总是很安心，什么都不用怕。所以茉莉才会背着爸妈偷偷溜进总一郎的房间睡觉。

就像那时候一样。

躺在铺在地上的棉被上，被智幸拥在怀里，小心翼翼不要吵醒阿新，茉莉感触良深地想着。

“可是，你为什么不去智幸家过夜呢？”贴身的背心、蛇皮纹的迷你裙、银色的高跟凉鞋，头发和胸口都洒了亮晶晶的粉的菊丸，一脸不解地问。双手很宝贝似的捧着加了冰块的烧酎，一小口一小口慢慢啜饮。

“为什么，因为有小郁在啊。”

今夜的“Poste D’essence”客人很少。之前来了四位和茉莉年龄相仿、穿着时髦的女性客人，热热闹闹地喝酒聊天，还点了很多小菜，已经尽兴而归了。现在店里只有一位“Tommy’s”的常客大叔，和独自坐在吧台的菊丸。菊丸一如往常，香水喷得很浓，散发出一股类似果汁软糖的甜腻香气。一头烫过的、细心梳整得很蓬松的棕色头发，不惜费工费时修整得犹如小猫——这是以前菊丸自己形容的——彩绘指甲，和这种香味很搭。

“换作是我的话，我才不在乎这种事呢！”说得好像是自己的事，语气相当不满，“小郁也应该早就知道你们两人的关系了吧。”

茉莉苦笑，“她年纪还很小，不可能懂这种事啦。”

菊丸把冰块摇得喀啦喀啦作响，“真是这样吗？”

“对啦。”

沉默降临。

“我七岁的时候，就知道大人干的那档事，而且还亲眼看过。”

菊丸这句话让茉莉想到的不是小郁，而是早纪。和菲利普之间的事以及和达哉的半同居生活，当时年幼的早纪是怎么看的呢?

“毕竟离婚的时间还不久，而且他们家还有父母在。”

茉莉如此回答，但说到一半的时候察觉到一件事：她不去智幸家，不光只是顾虑到小郁的心情。茉莉曾经一度嫁入别人家里，这个经验使得她再也不愿意——再也不愿意嫁到别人家里去。茉莉尽管深爱阿始，但始终没有自信能融入阿始的家族里。车祸之后的谈话内容、单方面的通知，以及围绕着继承遗产的各种纷扰，她现在想起来都还会浑身打战。难以相信阿始已经过世，然而阿始不在的那个家，已经没有茉莉的容身之处。

“好吧，如果你觉得可以接受，那就这样吧。不过智幸那个人很体贴，年轻又帅气，万一他的前妻回来了怎么办？女人是很恐怖的。瞧你这副悠哉的样子，我都为你担心呢！”

菊丸啪当一声打开化妆包，那是带有金锁的化妆包。菊丸掏出面纸，压着鼻头，重新搽口红。

“好了，我得走了，溜出来混太久会被骂的。”

语毕，菊丸下了高脚椅。

好久不见的祖父江九寄信来了。从信箱里拿出信来的是阿新。眼看就要下起雷阵雨的傍晚，茉莉刚好去附近的超市买菜。天空转眼间变成混浊的红豆色，空气里夹带的尘土味预告着大雨将至。茉莉加快脚步，最后几乎变成小跑步，终于没有淋湿跑回家时，阿新在玄关等她。

“怎么了吗?”

茉莉之所以这么问，是因为阿新一副心神不宁的样子。他没有去孩子们玩耍的客厅，也没有窝在书房里，而是从玄关到厨房，一副无所事事的样子跟在茉莉后面。

“没有怎样啊。”阿新答道，语气不是很明确。

“肚子饿了吗？我拿点心给你吃吧？”超市的塑料袋窸窣作响，茉莉一边拿出袋里的东西一边说。

此时雷声大作。

“不用，我肚子不饿呀。”

“虽然这场雨一下子就会停了，不过还是趁着下雨前，叫孩子们赶快回家比较好吧？”

茉莉这句话几乎是自言自语。阿新动也不动。

“爸，你帮我去看看猫咪在不在卡车里好吗？”

阿始的红色小卡车，现在成为猫咪的住处。为了让猫咪进出方便，去年冬天，请智幸帮忙拆掉一扇车门。

“只有两只而已，其他不见踪影。”阿新从院子回来这么说。

茉莉听了耸耸肩。没办法。猫咪应该懂得怎么躲雨吧，不过万一淋湿了生病了，又得带去看兽医。

“阿九写信来了哟。”阿新说。

茉莉这才得知阿新心神不宁的原因，不禁苦笑，“你就先拆开来看，有什么关系嘛。”

茉莉往桌子一看，在两三张DM和账单里夹杂了一个白色信封。看到阿九大而带角、力透纸背的笔迹写着：“寺内新先生大人、茉莉小姐”。

好奇怪的称谓。正经八百的阿九，每次收信人都这么写。

“这怎么行呢？不可以做这种事。说不定是情书呢！”

茉莉顿时瞠目结舌，“不可能啦。”

阿九的信和早纪那种短短几行字不一样，写得很长。信里提到马戏团大受欢迎，经常得到处公演搭帐篷，还有能够看见前世的老人，以及阿九周遭人们的事。确实很像阿九的作风，有时候就突然来了一封信，信里长篇大论谈着灵魂啦或是轮回转世，思考人生问题等等，净是一些茉莉难以理解的事。即便如此，能够读到阿九从日本各地寄来的信还是很高兴，很高兴而且很怀念，字里行间漾着不可思议、动人心弦的氛围。

“阿九写了什么？现在人在哪里？”

今天这封信特别长。茉莉追着文字看，阿新在一旁焦急地催促。奇怪的是，比起外孙女寄来的信，阿新似乎更期待阿九的来信。

“他有写到爸爸的事哟。”

茉莉说着，将这个部分念给阿新听。

对了，新叔还好吗？最后一次看到他应该是在银次经营的宾馆楼上，那座“森林”里。当时我因为车祸的后遗症很严重，头脑里充满了污浊的气体，根本无法完全认出茉莉和新叔。所以留存在我记忆中鲜明的新叔印象，是我离开日本前两人在博多的小酒馆小酌时，一如父子关系的温馨画面。我很想念他。

呵呵呵，阿新笑得很开心。这一段的内容接下来几乎都是这样持续着。

最近我很想念他，有一种不快点见他就不行的焦躁感。

茉莉当然跳过这个部分，她之所以跳过，是因为无法挥去内心涌起的沉重不安，因为阿九拥有的能力有时能够洞悉未来。

“阿九好好笑，他还写了这一段‘因为你的恋情不断，随时总得跟人谈恋爱才行。我想现在你身边一定有很棒的人陪着吧。年轻时候的我常为这一点吃醋，我总是强烈地忌妒那些带着你到处跑，充满洋味的时髦帅哥。’充满洋味的时髦帅哥是谁啊？”

为了缓和内心的不安，茉莉以开朗的声音念下去。

“爸，我跟你说哟，阿九还说，他有个考虑结婚的对象哟！名字叫做彬子，有一个念国中的儿子。也写到他以前的太太的事，心情摇摆不定的样子，不过他说‘彬子的好无人能比。她是个温柔乖巧的女人。’真是爱炫耀啊。”

茉莉读着信，一股不合理的落寞隐隐在心中作痛。彬子，是个什么样的人呢？

此外，信里还提到阿七住进东京的医院，说是内心积劳所致，幸好没什么大碍。也提到之前提过的能看见前世的老人，这次阿九说，这位老人是和他有前世因缘的悲慕大师、假借猫的肉体出现在他面前，要他“九度救人”。

外头下起的雨，偶尔转为滂沱大雨，敲打着屋顶，敲打着导水管，哗啦哗啦流过玻璃窗。

“他说赤沼马戏团现在在京都，还说‘今后仍将和团员们团结一心，继续演出小而美的马戏，一如我站在背后支援他们小小的人生一样。’这一段表明了他的决意啊。”

茉莉念完，将信收回信封里。

“太好了，他好像过得不错。”

当阿新满意地低喃之际，雷声再度响起。

“京都啊。我知道不错的咖啡馆，阿九喜欢喝咖啡吗？”

“不知道。”

茉莉答道，觉得连阿九喜不喜欢喝咖啡这种事都挂念在心的阿新，很悲哀。

8 “有人因为这种理由结婚吗？或许有吧，但我不一样。”

茉莉万万没想到，读信时感到忐忑不安后的十天，阿新真的病倒了。一直到前天，阿新还好好的，至少看起来和平常没两样。

“我累了，先去睡觉了。”阿新吃完晚饭立刻这么说，然后就回房里去了，但并不是什么罕见的事。茉莉听着爱尔兰吉格舞曲，在厨房清洗碗盘。流理台正对面的窗户开了一个小缝，从后院吹进微温的风。

一个足以撼动整栋房子的巨响从二楼的楼梯传来时，茉莉立刻关掉水龙头，竖起耳朵分辨这是什么声音。下一秒，旋即冲上楼梯。

阿新仿佛攀附书架般地蹲在地上，四周书本散落一地。向上伸的手好像求救似的，想抓住什么东西。痛苦到嘴角歪曲扭斜，虚弱张开的眼睛充满惊惧之色。被睡衣裹住的背弯成弓形，浮现出的坚硬背脊颤动不已。

等待救护车来的这段时间，茉莉束手无策。想说或许让阿新躺下来比较好，他却以难以置信的力道紧抓着书架不放，想扳开长了斑点、青筋浮现、皮肤又薄又干的手也扳不开。茉莉只能含糊不清说着一些毫无根据的话，“救护车马上要来了”“不要紧的，绝对不会有事”。阿新没有任何反应。隔着睡衣都知道他全身发冷，但额头却冒出汗水。

茉莉看向喜代的镜台，宛如在请求帮助似的，但又很怕她要来接阿新走了。喜代的骨灰放在那里，和香水、化妆水等怀念的瓶瓶罐罐摆在一起。

第一次从救护车里听到救护车的警笛声。阿新现在躺在救护车里，罩上氧气罩、量血压，救护人员不断地对他说话。你叫什么名字？几岁了？哪里痛呢？这里痛不痛？

刚才在寝室搬上担架时，阿新呻吟了一下。搬下楼梯时，也发出如草笛般的细弱声音。将担架固定在推车上，送进救护车后，只剩下急促的呼吸声。

茉莉坐在离阿新有点远的位子——驾驶座的正后方——因为动作利落的救护人员已经到了，想说可以放心了。警笛声——恐惧一分一分地高涨，一分一分地变成现实。

茉莉从医院打电话给久留美。久留美叫她别担心店里的事。茉莉以冷静的语气致歉、道谢之后挂了电话，但对自己说的话没自信。

这时很想听听智幸的声音。盯着电话，想要按下那组熟记的号码。如果告知智幸，他应该会火速赶来。但茉莉没有这么做，并非顾虑到智幸。这么做的话，只有自己能逃脱这种异样的不安与紧张。茉莉认为不能这样。

阿新睡在加护病房里。根据医生的说明，阿新的心脏已经弱到“能过日常生活到今天简直不可思议”的地步。长期服用的安眠药、抗忧郁剂和镇静剂之类的药物也对他的心脏造成了负担。命是捡回来了，但必须等详细检查，才知道身体究竟恶化到什么地步，总之现在已经没那么痛苦了。阿新的身上被插了很多管子，在小小的机器的守护下，安静地睡着。那个样子看起来好小，好虚弱。这和傍晚一起吃晚餐、站起来走回房间的阿新是同一个人吗？

我在这里啦。

茉莉好希望阿新会从后面探出头来，如此对她说。

你在这种地方做什么？那是另一个人啦。

脑海里清楚浮现阿新笑着这么说。

家属不能在加护病房陪伴患者。才短短五分钟，茉莉就被请出病房。茉莉依依不舍地缓慢离开，坐在走廊的长椅上。医生说，目前呼吸恢复了，但病情并不乐观，可能衰弱得很严重。

可是——茉莉心想，可是爸爸不可能就这样死掉。前阵子还吃我烤的四角蛋糕吃得津津有味，身体衰弱的人会这样吗？爸爸以前很喜欢吃甜食。以前？不对，还不能用过去式。今天晚上也是。今天晚上爸爸倒下的时候一脸惊讶，蹲坐在地，一只手按着胸口，但另一只手还往上伸，像要抓住什么似的。叫他躺下来他也不要，紧抓着书架不放。衰弱的人怎么可能有这么大的力气呢？

走到只有长明灯亮着的大厅时，时钟指着十一点五分。医生交代茉莉回去准备住院的东西，明天早上八点来。茉莉小心翼翼不要走得太大声，但还是听到自己的鞋子发出的声响。这一夜，茉莉决定去“Poste D’essence”露个脸，并不是担心店里的情况，而是她无论如何都得喝一杯酒。

茉莉心神不宁地度过接下来的几天。阿新被诊断是心肌梗塞，外加心脏肥大，还有肺气肿。其他不知道还会查出什么病。因为接受了好几次检查，现在体力尚未完全恢复，但病情已经稳定下来，转到普通病房了。醒来的时候也有意识，看到茉莉时，孱弱地伸出一只手。

“抱歉哦。”阿新以几乎听不到的细微声音这么说。

“说什么抱歉，”茉莉笑说，“倒是你赶快好起来出院吧。”

或许是说话说得太多会累，阿新并没有回答。桌上和枕边摆着茉莉随便挑来的书，不过别说看书了，他连拿书的力气也没有，整天就是呆呆地看着天花板。收音机也带来了，也把早纪最新寄来的明信片读给他听，但他只是“哦”的一声不表兴趣。问他有没有哪里痛？他也只回答“没有”。茉莉觉得好难过。既然没有哪里痛，呼吸也很正常，可是爸爸这副模样，简直就像在这里等死。两人待在同一个房间里，可是看到的东西好像截然不同。对茉莉而言，医院是很恐怖的地方；对阿新而言，窗外似乎比较恐怖。

“为什么不跟我说呢？”

智幸如此诘问时，阿新已经病倒快一星期了。茉莉一进店里，智幸已经坐在吧台。由于太晚来换班，一看到久留美就先向她致歉。想必智幸已经知道阿新住院的事。

“我打电话给你，你也完全不接。”向来温厚的智幸生气了，而且是真的生气。

“对不起。”茉莉尽可能讲得很干脆，也希望是很开朗，“我实在忙翻了。”

茉莉忍住想环抱智幸的脖子、紧紧拥抱他的冲动，继续说，“你也知道，在医院里是要关手机的。”

自己也知道这种借口太扯了。其实是因为很害怕，现在更害怕——茉莉也是此刻才惊愕地察觉到。最好的证明就是，双脚竟然颤抖得这么厉害。

茉莉走进后面的小房间，将包包放在架子上。这个无法称为办公室的小小“私人”空间里，设置了架子、镜子、椅子和洗脸台。

“茉莉！”

智幸毫不迟疑地开门进来。明明是第一次进来，却堂堂正正的，宛如已经进来上百次，早就习惯了。

“我马上就出去。”

话声未落，就被智幸拥入怀里，一副不容分说、迫不及待的样子。不过智幸的怀里好温暖。原本熟悉的瘦削体格，此刻意外的厚实，还有体温，散发着类似柑橘类熟悉味道的皮肤。茉莉顿时感到一阵松软，回抱智幸。刚才明明那么害怕，现在却整个放松了，放松之后也安心了。脸颊厮磨脸颊，手臂用力紧抱，光是紧抱还不够，还在智幸背上抚弄。我好想你哦，茉莉在心中暗忖。我居然真的如此思念这个人啊。

“我真的担心得要命啊！”终于放开茉莉的身体后，智幸说，“你父亲的情况如何？”

茉莉安心了。情况明明没变，但茉莉本身却已有所改变。因此她说：“真是够了。”

“啊？”

“真是够了。”

霎时陷入沉默，智幸的脸上已经没有愠色，只是不解地看着茉莉。

“不是啦，对不起。这样你听不懂哦。”茉莉说着，露出听不出是笑声还是叹息的声音。

“情况不太好。全身到处都是病，必须住院住一阵子，不过最令人担忧的是爸爸他自己……”

话语像决堤般溢满而出，茉莉吓了一跳连忙打住。这才发现，这阵子除了几乎无法回话的阿新，她根本没有说话的对象。

“我得去店里了。”茉莉说，“晚一点听我说话好吗？”

“我当然要听。我就是为了听你说话而来的。”智幸答道，轻轻将手心贴在茉莉后颈上。

但是说话又挪到更后面了。

在回家的出租车里，两人一直手牵着手。光只是这样茉莉就心满意足，满足到话都不知道怎么说了。

到了玄关，两人拥抱接吻。就这样拥吻着进入客厅，好不容易打开电灯。一秒都等不及，宛如打架似的想确认彼此的渴望。心脏催促着，快啊！快啊！嘴唇渴望嘴唇，同时手绕到背后，渴求脖子、抚摸头发、腰部、臀部，脚渴望着脚——甚至连膝盖和小腿肚都想触摸——激烈地渴望。就这样在衣服半穿的情况下，一回神，茉莉已经在沙发上承受着智幸，以只有茉莉坐得很深的姿势。

这是充足感先于快感的性爱。茉莉满心想着，我要我要我要！反正我就是要！恍惚中觉得智幸那同样贪婪般的渴求喘息，和自己那里的激烈交锋，简直像两只野兽在打架。意识，就这样逐渐远去。

一切结束后，好一会儿无法动弹。茉莉觉得智幸头部的重量十分美好。那是除了自己以外的另一个人，至今人生的全部重量。

“乱七八糟啊。”离开沙发后，这是茉莉说出的第一句话，“今天一直没有时间整理。”

客厅里，孩子们玩耍后的乱象原封不动残留着。打开的CD盒、游戏软件、从盒子上拆下的塑胶封套垃圾、写着集点数的纸张、装在罐子里的串珠。还有现在茉莉已经知道是买清凉饮料送的、孩子们称为“公仔”的十几个人偶散落在地。一眼就看出装着体操服的布制小提袋，是谁忘记拿走的呢?

“这种事就先别管了。”

冲了咖啡，两人面对面坐在厨房。

“感觉好奇怪哦。”茉莉说，“无论发出多大的声响，都不用担心吵醒爸爸。”

茉莉原本想嫣然一笑，但知道变成了哀伤的笑容。

“爸爸倒下的时候，我认为这是上天对我的惩罚。因为我只顾着忙店里的事，然后又仿佛十七岁似的陶醉在爱情里，结果把爸爸害死了。”

“他还活着不是吗?”

“是没错，不过那时候我是这么想的。”

茉莉开始说明。救护车——救护车抵达前明明想着，只要坐上救护车就没问题了，不过一旦坐上后另一种恐惧（“现实感?”）便翻涌而来。搭乘的时候还想起，有一位救护人员叫我把家里的门锁好。我觉得这种事根本不重要，但他很坚持叫我一定要上锁（“一定是规定吧。”）。警笛声——被当小孩一样问完问题后，爸爸的心脏被用那种几乎要把心脏压坏的强度压了好几次（“我差点出口叫他们住手。”）。医院——推车搬运的速度好快，为了跟上去改用小跑步，被关在紧闭的门外。等待，恐惧，心想我一个人一定应付不来，不过非得一个人扛起来不可，但同时也认为，我一定能扛得起来。医生，加护病房，爸爸。

还有，那个时候，我一直好想见你。

茉莉在心里加了这一句。

说完时已是破晓时分。淡蓝色，夏日的清晨。智幸探出桌面执起茉莉的手，将她的指尖贴在自己的脸颊。就这样静静地，看着茉莉。

好可怜哦。

茉莉觉得智幸在心里这么说。好可怜哦。

“不过，”茉莉改以开朗的语气说，“不过，现在爸爸已经在医院里，有医生在照顾他，应该可以放心点了吧？”

智幸说，没错。

至于在巴黎的早纪，茉莉打了电话告诉她阿新住院的事。

“我回去比较好吗？”

早纪这么问时，茉莉说没有这个必要。于是早纪说，除了之前就约好的打电话和写信之外，也要直接写信去医院给阿新。

“这样很好，外公一定会很高兴。”

但茉莉没有对早纪说，阿新现在没有意愿也没有力气阅读任何东西。

“你那边怎么样？有用功念书吗？”

“我很用功呢！”早纪立刻回答。还说明年语言学校毕业后，要去考梦寐以求的专科学校，“那所学校可以参观哟！前阵子志津夫带我去参观了，好兴奋哦！大家都好认真哦。老师里面也有很出名的人，志津夫说授课的质量应该很高。”

“真是太棒了。”

早纪的声音很开朗。想必每天都很忙——忙到没有时间写长信——很快乐吧。

“你的小男朋友呢？”

茉莉问的是，早纪坚持认为从小就在彼此的梦里见面的少年。自从在路上偶遇以来，经常互相邀请来家里玩。

“Ami？他很好啊。因为他太了解我想说什么了，让我常常有种错觉以为我们用日文在说话呢！”

“他会说日文啊？”

“怎么可能？不是啦！是明明用法文在交谈，可是觉得好像在说日文一样。”

“这样啊？”

“对啊。”早纪回答。尽管知道茉莉无法完全了解她所说的话，但已经不像以前那么焦躁，只是带着轻微的失望结束话题。大概是这种感觉。

“要不要我寄什么东西给你？”茉莉每次都会这么问。

“不用。”答复也每次都一样。

“要好好保重身体哦。代我向青山先生问好。还有，外公的事不用太担心。”

“D'accord.（了解）”

早纪用法文回答后，挂上电话。

阿新住院住了很久。现在已经不用戴氧气罩，也不用再和机器连线了。除了一天三次的输液，也不用再插管了。医生说，现在还不建议动手术，等体力恢复、可以出院之后，看看在家里疗养的情况再说。

“医生说可以出院了，真是太好了！爸爸好了不起哦！”茉莉兴高采烈地说。

但阿新却不见欣喜之色。不但如此，他还说不想出院。问他为什么，他说担心万一又无法呼吸怎么办，还说待在家里会给茉莉添麻烦。

才不会呢！

这句到口的话，茉莉吞了回去。一想到万一自己在店里的时候阿新出事怎么办？心中充满恐惧与罪恶感。

“请个看护来帮忙怎么样？”

可是霎时也想到，请看护——这种人到底要去哪里找？和继续这样住院，哪一种比较花钱呢？

“我才不要请什么看护。”阿新说着，突然转过脸去，“我还不需要包尿布。”

茉莉吓了一跳，但看到阿新的嘴角微微往上扬，就知道他在开玩笑。

“这还用说吗？当然不用啊。”

即便这么回答，但茉莉心里明白，说不定会有这么一天。

智幸第二次向茉莉求婚，是连秋天都快结束的时候。两人在茉莉家，吃完意大利面和啤酒的简单晚餐。暑休时计划的旅行，已经变成无限期延后的状态。

“对不起哦。”打开冰箱拿出冰淇淋，茉莉说，“医院跟我说，希望我爸爸差不多可以出院了。所以我想，暂时没办法去旅行了。”

打开盒盖，将汤匙插进还很坚硬的冰淇淋表面。

“真可惜。”

智幸同样打开盒盖，但是碰也没碰汤匙。

“你认为我会抱怨这种事？”

“我不认为。”

茉莉也放下汤匙。冰淇淋太硬了。

“不如我们结婚吧。”

这句直接出口的话，反而让茉莉感到悲伤。

智幸还说，没必要什么事都一个人扛。他家里有父母在，结婚之后住在一起的话，至少家事可以交给他母亲做。至于阿新，茉莉去工作的时候，他也不用孤零零一个人。

“真是难以置信。”

茉莉的语气已经不止悲伤，还夹带着愤怒，以及连自己都没预料到的——倦怠感。

“有人因为这种理由结婚吗？或许有吧，但我不一样。”

为什么要偏偏挑这种时候说这种话？茉莉继续说。

“家事？我从来都没有讨厌过做家事，一次也没有！我也不想把我爸爸交给你或你的家人照顾！”

智幸不发一语，深受打击般地看着茉莉。只是，感觉很悲伤。

九　命运的齿轮，Ami与早纪

1　这次竟然玩得这么快乐，茉莉知道是这个吻的缘故

奇妙的是，从出租车车窗望出去的景色，看在茉莉眼里很新鲜。裹着厚重大衣的人们、写着年终大清仓的红色旗帜、蓝天、阳光、冷冽的枯枝、出租车司机的侧脸、吊在后视镜的芳香剂，甚至放在驾驶座和副驾驶座空隙间的宝特瓶，看起来都很新鲜。充满噪音的、色彩缤纷的、祥和的医院外面的世界。

然而此时的阿新，靠坐在出租车的后座，绷着脸沉默不语。没有出院的喜悦，也没有解脱感。

住院时，以前的同事和学生轮流来探望。但阿新对待他们的态度也令人摸不着头绪，搞不懂是记得还是不记得，也搞不懂看到他们来很高兴还是很困扰。跟他聊往事他也不表兴趣，邀他“出院以后”去打高尔夫球，或是一起去喝酒，他也直截了当地以沉默回应。在鲜花水果点心的围绕下，只是茫然看着对方的脸。明明又不是不能说话。最好的证据就是，客人走了之后他会说“那家伙，胖了啊”或是“他从以前词汇就很贫乏”之类的话。

医生的结论是，这次不用动冠状动脉绕道手术。虽然两个月后必须再度住院做造影检查，但没有产生并发症算是“很幸运了”。今后要以走路为主进行复健工作，以及必须接受内科治疗。根据茉莉有限的

理解，内科治疗可能是持续服用各种药物。

“气球导管疗法，”茉莉对绷着一张脸的阿新说，“这个名称真奇怪啊。”

这是阿新发病后，医生为了扩张血管所实施的疗法名称。

“哼。”阿新发出了一声分不清是笑声还是鼻息的声音。

出租车停了。

老旧腐朽的建筑物、墙壁的裂缝、荒芜的院子。就连熟得不能再熟的自家住宅，看在今天早上的茉莉眼里都感到很新鲜。新鲜，而寂寥。

新年过后，茉莉首先去驾驶训练班上道路驾驶课程。同时，在店里客人的引介下买了一辆便宜的中古车。为了接送阿新往返医院，车子是必需的。阿新把车卖掉以后，车库一直空着。阿始遗留的卡车放在院子里，变成野猫的避难所。

这辆看起来就快坏掉的蓝色ACCORD，里程数十五万公里，从运到的那一刹那起就和寺内家的车库很合，宛如一开始就在这里似的。

智幸也常常开这辆车送茉莉去店里。虽然两次求婚都被拒绝了，智幸却体贴依旧。

“完全无法理解！”菊丸宛如自己的事似的，说得义愤填膺，“像智幸对你这么好的人，你认为还找得到吗？”

菊丸认为，不管这个男人有没有小孩，愿意向有小孩的女人求婚的男人都是“奇特”的“极品”。

“或许吧。”茉莉不置可否地点点头，往自己的杯子加斟葡萄酒。

“我站在妈妈桑这一边。”久留美插嘴说，“菊丸姐的想法太古板了。”

接着还说妈妈桑喝太多了，把茉莉的酒拿去喝。

“好好喝哦。”

“这是Ribolla Gialla。根本先生送的哟，很罕见的珍贵美酒。”

在葡萄酒酒吧里，很多客人都会送酒给酒吧，茉莉每次都很惊讶。而且送的时候她还开玩笑说，这样就可以减少进货量。这瓶Ribolla Gialla，是被称为自然派的白酒。虽然是白酒，但带着浅浅的粉红色，风味很像雪莉酒。

久留美相当果敢地对菊丸宣示她的爱情观。她说，不见得交往就一定要结婚。结了婚之后，不管再好的男人都会变，这是常识，所以妈妈桑的判断是正确的。更何况对方是有小孩的人，这对女方的负担太重了。

“好了，到此为止。”看到菊丸一脸不悦地抽着烟，茉莉出言制止。

年轻得像小鹿般的久留美，那无所畏惧的态度和发言，茉莉觉得很可靠也很可爱，但也觉得有一道难以填补的鸿沟。

“可是换成我的话，小孩子变多了我可是很欢迎呢！”

菊丸也不认输。顶着一头梳理得犹如洋娃娃的美丽头发，头一侧，吐出一道长长的烟。

“不用经过生小孩的痛苦就能有小孩，不是太棒了吗？”

久留美沉默不语，茉莉窃窃低笑。

阿新讨厌变化。

他说讨厌请看护，自己可以应付日常生活，包括为了复健的散步，他也都自己一个人慢慢做。当茉莉提议暂时不要开放客厅让孩子们来玩，他也顽固地不肯同意。他说孩子们弄出的噪音和嬉闹声他都不以为苦，现在已经必须过着没烟没酒的乏味生活，至少不要剥夺他眺望孩子们的乐趣。他都这么说了，茉莉也没辙了。

但孩子们已经渐渐不来了。或许是被一个穿着睡衣的老人盯着看觉得很恐怖，也或许是被爸妈交代，不要太来麻烦人家——或是，绝对不准靠近。有时连着好几天到了傍晚也没半个孩子来。即便来了，看到没有其他的孩子来感到不安，没一会儿也就走了。东西没有散落一地，也没有东西忘记带走。

唯有两三个女孩，一如往常会来看猫。茉莉拿小鱼干给她们，让她们去院子喂猫。有时她们也会自己带猫咪喜欢吃的草来，实验看看猫咪会不会吃。阿新从二楼的窗户看着这幕景象。

有一次，阿新在睡觉的时候她们来了，而且很难得地也来了两个男孩。吃晚饭时，茉莉将这件事告诉他，阿新一脸难过地说："连睡午觉的时机都很难拿捏啊。"

阿新复原的情况相当良好。造影检查的结果也确认没有异状，原本两星期一次的回诊，现在也只要一个月一次就可以了。看了医学书籍和给一般民众看的网站资料——智幸去网络搜寻，印出来给茉莉看——的结果得知，被诊断为心肌梗塞，甚至动过手术的患者，有人活了十年、十五年，甚至也有人终享天年。将这件事告诉阿新，他也只是冷淡地回了一句："不过也有很多不同的例子吧。"

但对茉莉是个好消息。她希望阿新能在这个世上活久一点。为此，无论什么她都愿意做。

天刚亮的时候，茉莉也曾听到呻吟声而醒来。从床上跳起来冲过去一看，原本说好为了预防万一而打开的纸拉门竟然关上了。

"喜代。"

听到阿新的低泣声。

"爸爸，妈妈。"

也听到这种声音。呼唤人名和人名之间的空当，喃喃低语不晓得在说什么，详细内容听不清楚。压抑的呜咽声忽高忽低，时而沉默下来，又开始低喃。也听到带着湿气的叹息声，宛如小孩的深呼吸，大口的慢慢地吸气吐气，带着泪水的叹息声。

茉莉不敢打开纸拉门。在门外站了将近三十分钟，等待阿新静静入睡后才回去自己的房间。

爸爸竟然那么激动——

想到这里不安就翻涌而上。想睡也睡不着，辗转反侧的结果，下定决心前去一看，阿新已经鼾声连连。外面，雨犹如缠绕着空气般，静静地下着。

或者又发生这种事。

茉莉在店里时，阿新曾经自己叫救护车，被抬进医院。这次八成死定了。茉莉接到电话的瞬间几乎如此确定，脸色苍白，双腿发软。

“不用担心。”

但值班的医生这么说。

“你一定感到很不安吧。”

茉莉搭出租车去接他。尽管值班医生建议他住院一晚好好休息，但他还是想回家。

“我还不会死啦。”

看到茉莉，阿新笑眯眯地说。

“有时候我真的很生气。”坐在ACCORD的副驾驶座，茉莉对智幸说，“像前些时候，我照平常的时间起床一看，他竟然不见了。”

“我知道。”智幸话声带笑地说，“结果我接到你好像快要晕倒的电话。”

没错。茉莉回想起当时的情况。她打电话跟智幸说：“怎么办？爸爸不见了！说不定倒在哪里了！”智幸还没回话前，玄关就传来了开门声。

“我回来了！”阿新一脸心情很好的样子说，并解释“我去附近绕了一圈”，买了医生建议的拐杖。

“然后你丢下一句‘他回来了’就把电话挂了，你好歹也帮我想一想好吗？”

“对不起。”

茉莉道歉，摸摸握着方向盘的智幸的手。

“那时我整个人慌掉了。因为复健散步是规定在吃完午饭去的，而且他平常还爱去不去的哩。”

“这表示他复原得很好呀。”智幸说。

阿新的解释是，老人都很早起呀，这么清丽的夏日早晨，说不定再也没机会看到了。

“你的神经太过敏感啦。身体不好的话，根本没办法出门！”

智幸说这句话的口吻，让茉莉不太高兴。血管扩张剂、强心药、抗凝血药、利尿药，跟无法离开这些药物的老人住在一起的不是智幸。病情随时都有可能再度发作。

“我说茉莉啊，你偶尔也喘口气吧。”

“我有啊。”茉莉立刻回嘴，“上周末也和你去吃深夜拉面呀，之后还一起睡觉不是吗？”

“可是，那也才两星期一次，以前我们每天都见面的。”

“这也没办法吧？”茉莉的口气很冲，“更何况，每天见面都是你来接小郁的时候吧？最近小郁也不来了，而你呢，除了来过夜之外也不来了。”

茉莉知道智幸极力在压制怒气。

“你这么辛苦的时候，我怎么好再来吵你呢？”

说这句话时，嘴巴几乎没有张开，声音从咬紧牙关的齿缝中发出来。

“我爸爸很想见郁子哦。”

“我可不想让郁子去当义工。”

茉莉双手拍打仪表板。

“这是什么话！”

车停了，定睛一看到了店前的巷子。夜里，街灯照着苍郁茂盛的榉树。

“抱歉。”

先道歉的是智幸。茉莉知道这件事谁对谁错，因此她这么说：“别这样，不要道歉。”

“我再打电话给你。”智幸的声音犹如追讨般地，传向开门下车的茉莉的背。低沉、近似恳求的声音。

最近，早纪大概一个月打一次电话、写两次信、明信片或卡片来（严格地说，并没有遵守每星期一次的约定）。今年以后寄来的信里提到，她应该能照计划从语言学校毕业——而且可能拿到成绩优异奖——也简洁地带过志津夫和他妻子离婚的事，以及和朋友们去南法玩的事。

毕业典礼那晚，茉莉打电话过去，志津夫接的，说早纪刚出门。音乐很吵，几乎听不见彼此的声音。

“我也在这里办了派对，主角是早纪和她的朋友，不过他们觉得无聊溜掉了。”

志津夫自己说着笑了起来。

“年轻人想用自己的方式庆祝吧。”

茉莉心想，志津夫可能醉了。她所认识的青山志津夫是个能完美控制酒量的人，不曾喝到旁人都看得出他喝醉的程度。

“明天我叫她打电话给你。这样好吗？”

为了不输给音乐声，志津夫说得很大声。茉莉也大声地回答，好！但她没有问离婚的事。一方面是这种情况不适合谈那种事，一方面也觉得，不管怎样，这是和自己无关的事。那个令人怀念的沙龙的喧嚣欢闹、志津夫的私生活，甚至连早纪值得纪念的毕业，对现在的茉莉来说，都是远方的新闻。

隔天早纪打电话来，之后也寄了几张照片来。每一张背面都附带说明，例如“伊莎贝尔夫人·C（文法课）和我”“和朋友一起照的”“在学校中庭的我”“志津夫、安娜和我”等等。茉莉将“和朋友一起照的”这张装框摆在客厅。早纪的身影比其他张来得小，但是一张很棒的照片。有白人、黑人、亚洲人。早纪满面笑容，合照的年轻孩子们也都很活泼。

“妈妈可以来这里玩啊。”电话里，早纪经常这样对茉莉说，“你在‘英铎’上班的时候，经常请假来巴黎不是吗？有一次还把我放着不管呢！”

被雇用的人请假，和雇主把店里放着不管是不同的。此外把健康的早纪托美智留照顾，和把生病的阿新一个人放着不管又更不同了。尽管这么想，茉莉答道：“有机会我会去的。等稍微再有空一点，等外公的病好了，我会考虑看看。”

盛夏去志贺岛的事，初秋去看放生会的事，都是智幸所说的“喘口气”。刚开始茉莉没什么兴致，后来在智幸的强力邀约下，甚至连菊丸都开口骂人的教诲下，茉莉终于决定去了。真的去了之后，两个地方都玩得很开心，难得开怀大笑。

而两个地方，菊丸也都顺势一起去了。到了夏天的海边，菊丸还是化妆化得密不透风，一寸空隙也没有，踩着高跟鞋，撑着洋伞，围上丝巾，全副武装，像赛璐珞娃娃，长睫毛眨啊眨的。刚开始小郁很害怕，不太敢靠近她。和道路联结的白色沙滩上，长着零星的藤蔓植物。因为是天气晴朗的正中午，很多年轻人在享受海水浴。茉莉等四人没有下水游泳，只在沙滩上铺了垫子吃野餐。吃的是智幸母亲做的饭团。饭团已经多到四个人都吃不完了，小郁还说难得来到海边，去买路边摊的热狗来吃。海边虽然散落着燃烧完的烟火和空罐子，但大海实在太辽阔太美丽了，这些人工垃圾反倒令人觉得蛮可爱的。海风为茉莉干糙的嘴唇和头发带来潮气。虽然没有下水，但觉得海浪声沁湿了细胞。

放生会就更好玩了。摊贩绵延不断，他们一家一家逛过。

"我最喜欢庙会了！"

菊丸也兴高采烈地说。而小郁似乎已经不那么怕菊丸了。

虽然是阴天，但天气很暖和，大家都脱掉外套走路。在买买逛逛之际，这些外套变得很碍事，中途茉莉和智幸将外套拿回车子里放。车子停在神社的停车场。在铺着沙砾的停车场被吻时，茉莉的眼角看到白色的长条旗在风中飞舞，上面写着：万人和乐，天下太平。

从孩提时代几乎每年都来，已经不感新奇的庙会，这次竟然玩得这么快乐，茉莉知道是这个吻的缘故。又不是年轻人了，也不怕别人看到，智幸这个吻强烈到快把茉莉的背折弯了，在看得见天空，风儿吹动的地方。走回原地时，茉莉和智幸十指紧扣。尽管也露出"别这样"的表情，明明没什么好笑，却也窃窃地笑了。

"谢谢你带我来这里玩。"茉莉语毕，轻轻吻了一下智幸的指关节。

祖父江九暌违一年的信寄达时，就在这之后不久。这是一封长到惊人的信，信里提到阿九率领的马戏团连日"鸣谢客满"，也提到交往中的女性"已经做好成为一家人的准备"，很像阿九的风格，毫不矫饰、滔滔不绝地写着。关于马戏团的表演，他也写道："很期待茉莉能来看我们的表演。因为我们会在全国各地演出，任何时间地点，只要你有空，欢迎莅临指教。”但对茉莉而言，这和早纪的邀请一样，都是非常遥远的地方的事。仿佛非常遥远，几乎不认识的人来的邀约。

“阿七姨手术之后不久就出院了，现在忙着街头演讲和办演讲会哟。是有关环保运动的。”

吃完午餐，阿新在准备出门散步时，茉莉对他说。

“阿姨从来就很勤奋工作啊。”

关于这一点，阿九感到很心疼。从字面都能感受到他那无处发泄的愤怒，但茉莉没有将这个告诉阿新。

“那家宾馆终于要卖掉了。真遗憾啊。阿九的森林那么棒……”

茉莉尽量挑一些比较不碍事的部分继续念。

“原本是交由落合先生管理，他一定也是应付不来了吧。”

看到最后一张时，茉莉不禁挑起眉毛。重看两次之后，问阿新：“爸爸，隔壁家的钥匙交给你保管啊？”

2　“都是茉莉你的错哟！谁叫你不拿他当一回事……”

阿新吓了一跳。

“钥匙？”

至少信里清楚地这么写着。“因为我和我妈目前都有各自的生活，暂时没有回到福冈老家的打算。老家的钥匙一直以来都是交给新叔帮忙保管……”

“这么说的话，好像有交给我保管哦。已经很久以前了，阿七交给我的。”

但阿新又说，他已经不记得钥匙放在哪里了。

“真是难以置信。”

茉莉双手一摊。

“阿姨把钥匙寄放在我们家的意思，是希望我三不五时去她家打扫一下吧？万一她回来了，看到整个家荒废在那里，一定会难过吧！”

阿新看着茉莉，犹如在看什么不可思议的东西。

“打扫？她可没这么说哟！”

茉莉叹了一口气。

“总之先把钥匙找出来吧。”

茉莉知道，祖父江七用鸡毛掸子和抹布和旧式清洁工具，将那个从以前就有很多人进进出出的家保持得洁净明亮。甚至以前茉莉还在床上半梦半醒间，就听到阿七在清扫院子的声音，早起到令人怀疑：她这样睡眠时间够吗？

“信里提到阿姨出院后就开始工作了，可是她的身体还好吧？”

茉莉回想起的阿七，不是最近的阿七——虽然说是最近也好几年没见了，就是自己长大成人后看到的，身为社运人士的阿七——就是更久以前，“阿九家的阿姨”时代的阿七。她总是笑眯眯的。调皮捣蛋的总一郎和阿九，无论是弄破纸拉门或是在挂轴上涂鸦，甚至将晒衣服的竹竿折断，阿七都不曾动怒。在家长会和里民大会时，也是阿七出面袒护或鼓励欠缺协调性的喜代，“不用在意啦，没有必要硬去配合大家。”她的话语和声音，茉莉至今都记忆犹新。虽然这句话是对喜代说的，但也确实让在一旁听的茉莉感到安心。

“好怀念哦。”茉莉低语。发现阿新已经在打呼了，就这样坐在椅子上，嘴巴半开。

大家都老了啊。自己甚至比那时的阿七姨更老。想到这里，茉莉对自己的不成熟感到很惊讶。

将烟熏的鸭肉切片，洒上一些葱末，端到智幸面前，小声地说：

“免费招待。”

外头寒风飕飕，但店里很温暖。

“谢谢。看起来很好吃。”

智幸说着，拿起一支小叉子。因为久留美正在演出舞台剧，所以吧台里只有茉莉一个人。CD放着史坦·盖兹的音乐。茉莉觉得*These Foolish Things*是一首很美的曲子，宛如被恋人拥在怀里的曲子。眼前，智幸在啜饮智利产的葡萄酒。

“怎么了？你在笑什么？”

被这么一问，茉莉好想用手指抚摸智幸白皙的脸颊。

“因为……”

但她自重地没有去摸，如此回答。

“因为你在喝MONTES ALPHA。现在你已经会喝这种酒了啊。”

刚认识的时候，智幸只喝啤酒。虽然也能喝点白酒，但对涩涩的红酒敬而远之。但不知不觉也喝起红酒来了，现在点酒时还会说“香气不要太呛的比较好”或是“纯朴的、涩涩的比较好”。

智幸扑哧一笑，一脸害羞。茉莉好满足。此时店里还有一组年轻人坐在沙发区，刚才还有团体客人在。“Poste D’essence”的生意很好。隔着落地窗，可以看到缠绕在阳台的小灯泡闪烁光芒。茉莉突然感到很幸福。在这里享受美酒、音乐、时间的客人。这里，现在需要的东西刚刚好。花了很多时间搜集来的葡萄酒，全都做了精确的温度管理。墙壁上，有青山志津夫画的年轻时的茉莉。看着现在女儿住在这幅画作画时的城市里。茉莉闭上眼睛，又睁开眼睛。无论几次，都刚好和智幸的眼睛对上。

“你在做什么？”

智幸好笑地问。只是听到智幸的声音，茉莉幸福感的饱和度就又增加了，呵呵呵的窃笑犹如在喉咙里弹跳的泡泡。

“那个夏天很特别。”茉莉说。

“哪个夏天？”

被这么一反问，茉莉哒哒哒地踩着地板。与其说在跳舞，更像欢欣鼓舞的小孩做出的动作。

“这间店和你，同时来到我的人生里。”

智幸的脸上蒙上些许阴霾。

“对我而言也是啊。那个夏天，对我也很特别。每天都很想感谢郁子呢。从早上起床的那一刹那，就开始期待傍晚的到来。”

智幸怀念地微笑说。说是这么说，茉莉事后才察觉到，这句话里确实流露出对于失去之物的惋惜。

最先向茉莉提出忠告的是久留美，她说菊丸和智幸之间“很诡异”。这是二月，下着冷冽的雨的夜晚，但“Poste D'essence”却忙得不可开交。

“真的，这间店在下雨天人特别多啊。”

常客藤盛先生带着半是不耐烦的表情苦笑，环顾一下店里就走了。接着来了一对年轻情侣，茉莉也不得不拒绝他们。点菜的客人特别多，不停地切了端出去、温了端出去。玻璃杯也摔破两次。

“妈妈桑也喝啦。”

要是平常会很高兴，但此时听到这种要求实在很头痛，可是非喝不可也就喝了。烟灰缸马上就溢满烟蒂，甚至连摆在桌上的蜡烛都觉得比平常快就烧完了。过了深夜依然没有空桌，希望他来的时候却偏偏不来的团体客人，只要一来就没完没了。

因为是在这种状况下，茉莉更加怀疑自己的耳朵。

“什么？你刚才说什么？”停下切起司的手，茉莉问。

久留美耸耸肩说：“我是觉得，跟你说一下比较好。只是这样而已。”

接下来根本没有时间多问，茉莉就拿着杯子去招呼客人了。这是个完美的小报告。就连当时茉莉身后、隔着吧台最近的客人，除了茉莉的声音应该什么都没听见。

“什么？你刚才说什么？”

因为这句话，茉莉实在说得太无忧无虑、毫无防备了。

连茉莉自己都无法确定，是否真的听到那句小报告。

“那孩子在说什么啊？”

茉莉出声说，挑起了眉毛。很想苦笑，觉得实在太荒谬了。但更重要的是必须把起司切好装盘，吧台有两杯白酒还没给，沙发区也有熏鸭还没送。

说不在意是骗人的。事实上，茉莉就突然很想见智幸，对于让她产生这种心情的久留美也很不谅解。但这晚实在太忙了，到了终于打烊的时候，茉莉早就忘记要问个究竟。

“因为，菊丸不再黏着智幸了，不是吗？”

所以久留美说这句话时，已经是隔天的事。

“菊丸以前也很黏智幸吧？明明没必要也去摸人家的手，或是借酒装疯贴在人家身上。”茉莉笑着肯定，“她对每个人都这样啦。”

茉莉知道，对菊丸来说这是一种“生意手法”，绝对不是喜欢对方的缘故。

“可是，从去年年底开始，她就不再黏着智幸了呀。”

真是这样吗？茉莉试着倒带搜寻记忆。或许吧，但也或许不是。

“那就太感谢了。”茉莉说，“就我来说，可是求之不得呢！”

久留美嘴巴张得开开的，足以和睡着时的阿新匹敌，整个傻掉的样子。

“你在骗人吧？”于是她这么说，“妈妈桑太迟钝啦！”

茉莉没理她，但结果证明确实如此。

悲哀的是——茉莉以为会惊讶到哭不出来，然后突然觉得胸口好闷，过着夜夜难眠的日子，不知所措，到了最后觉得太愚蠢了。然而悲哀的是，她陷入不从智幸那里听到这件事、而是从菊丸那里得知的窘境。而且前一晚，智幸还去茉莉家过夜。

“我爸妈说，很久没看到你了，想见见你。”

做完爱后，智幸以甜美而疲惫的声音说，并且约好周末一起吃饭。

“可以的话，找你爸爸一起去怎么样？”

“我会问问他，不过应该不可能。”

阿新最近变得很讨厌洗澡。

“可是，谢谢你也邀他去。”

语毕，茉莉用鼻子在智幸的肩膀磨蹭。智幸的皮肤，有一种很像西洋芹的味道。修长白皙的身体，以男人来说太过纤细柔软的手脚。茉莉已经完全熟悉智幸的一切。这一晚的记忆，只到耳朵贴在智幸的心脏听他的心跳，接下来就蒙蒙眬眬睡着了。

隔天早餐吃的起司吐司和咖啡，是茉莉和智幸共进的最后一餐。

柳树长得很漂亮啊，这一晚菊丸这么说。柳树长得很漂亮啊，我们去外面吃黑轮怎么样？

才刚过八点，店里只有两位常客。因此茉莉把店交给久留美，就和菊丸出去吃东西了。

夜气温柔湿润。菊丸一路上话很多，说什么她在河岸城购物中心找到一条裙子，可是一直找不到适合的鞋子搭配，又说她在电视上看到减肥法怎样怎样的，边走边说，都只有她一个人在说，声音忽高忽低的，茉莉出声应和，她也不回话。

“老板好啊。”

到了店里，她开朗地打招呼，然后就默不作声了。叫了日本酒，开始点黑轮。

“昆布和萝卜、牛筋、卤蛋。”

茉莉先点，点完看向菊丸，但她不发一语。平常她总是要这个又要那个，然后顺便还要这个和那个，喜滋滋地点了一大堆。

“还要蒟蒻。”没办法，茉莉只好追加一道。因为她知道菊丸喜欢吃蒟蒻。

“茉莉。”店里的人一离开桌子，菊丸就开口了，“我和智幸在交往哟！”

虽然眼神有些游移，但语气毫不暧昧，毅然决然的。

“从放生会之后就开始交往，已经快半年了。”

“放生会？”

随便挑个地方反问，因为其他不知道该怎么办了。

“对。去年我们一起去过呀，和小郁，一共四个人。”

即便菊丸如此说明，茉莉依然没有真实感。脑海里的一个角落，只想起那时在停车场接吻的事。万人和乐，天下太平。

“我一直在想非说不可，非说不可，可就是说不出口。”菊丸的眼神飘忽不定，“不过，这都是茉莉你的错哟！谁叫你不当他一回事……”

语尾听不清楚。

“所以小智才会变成这样啊，这也不能怪他。”

小智？这个人刚才真的是这么说吗？

菊丸抿着嘴，现在是定睛看着茉莉，犹如挑衅般地，怒目瞪视，眼眶隐隐泛起泪水。

“这样啊？”茉莉冷不防地反问。视线没有移开，两人形成正面对视的局面。

“都是茉莉的错啦！”菊丸又说了一次，鼻头已经红了。酒端上来了，两人依然静默以对。

茉莉无法理解，为什么菊丸要哭？为什么自己要被责备？

昨晚喝太多了，起床已经十点了。洗了衣服，煮了油炸豆皮乌龙面给阿新吃，送他出门散步。春天，没有小孩乱搞的客厅显得井然有序，从落地窗照进来的阳光，在地板上描绘出图案。坐在沙发上，拿起阿新看到一半的报纸。这种平常根本不看的东西，此刻竟然看得非常仔细，连小小的报导都看。然而越是看得仔细，越是意识到自己是多么不平静。于是回到厨房洗碗，刷洗水槽，用清洁海绵刷洗银色的流理台。打开水龙头冲水，水流过之后，泡泡消失后，水珠晶莹剔透地滚动着。

“那么，周末见。”

说着这句话，依依不舍送走智幸，真的是昨天早上的事吗？

茉莉在为散步回来的阿新泡茶时，电话响起。茉莉接之前就知道是智幸打来的。心里极度不想接电话，身体却不听使唤地冲去接。

“我听菊丸说了。”智幸劈头就这么说，“傍晚我过去找你好吗？让我解释一下。”

茉莉冷静到自己都感到奇妙。说是冷静，毋宁说是没有任何感觉。

“为什么？我有要你解释吗？”

智幸沉默不语。

“为什么不说话呢？”

智幸回了一句，“抱歉。”

“你喜欢上她了？”

这句话，毫不踌躇地出口，感情和语气都像在斩断一切联结。智幸说“不是这样”加以否定，但又立刻接着说：“不，当然我是喜欢她的，不过这又有点不同。所以我想跟你解释一下。”

“请说。”

茉莉出言催促时，听到自己的声音里确实有坏心眼在窥视。

“抱歉。”智幸又道歉了。

“为什么要道歉呢？”茉莉跟着兜圈子。

“总之我会去找你。”智幸说完这句话就挂电话了。

实际看到智幸站在玄关门前时——正好就像那个夏天的傍晚——茉莉知道，这段恋情早就已经结束了。不是今天结束的，也不是昨天结束的，是早就已经结束了。智幸看起来很疲惫、焦躁、悲伤。茉莉并不疲惫，也不焦躁。悲伤是有的，不过这只是因为悲伤弥漫得到处都是，并非茉莉本身悲伤。

智幸的“解释”，让茉莉觉得真的很像这个人的个性，既诚实又平庸。他说，他越来越不懂茉莉的感情，两次求婚都被拒绝，变得很没有自信，菊丸很能了解他，必要的时候都会陪在他身边。

茉莉越听越觉得他言之有理，因此说：“懂了，我已经非常了解了。”

智幸仿佛在看没看过的人似的看着茉莉，然后突然双手抓住茉莉背后的百叶门，使得茉莉动弹不得，“请你相信我，我真的想要的是茉莉你啊。”

茉莉之所以侧过脸去，单纯是因为害怕。

“我相信。”茉莉由衷地说，“我相信，所以放手吧。”

这句话真狠啊。尽管这么认为，但茉莉终究没有说出口。脑海里浮现出菊丸斩钉截铁地说“我和智幸在交往哟”的脸庞。于是茉莉改口说：“那么，我们之所以分手，跟她一点关系都没有啰。”

茉莉说着，直勾勾地看着智幸。这个过去确实曾经心意相通，如今看起来很陌生，脸上带着疲惫与哀伤，焦躁不已的男人。

从这天起，茉莉变得动弹不得。没有后悔，也没有哭闹。只是，动弹不得。

3　我大概，没有能力爱活生生的男人

当初只是自修了基本文法，实际上的法文程度只会打招呼的早纪，去了法国之后，以“优异”的成绩从语言学校毕业，考上了梦寐以求的美术专门学校，课程全部修毕回国，是在二〇〇八年夏末。

随着回国的日子接近，早纪在电话里的声音变得很开朗。以前总是极其冷淡地说“电话费很贵，我要挂了”旋即挂上电话的女儿，现在会问，“日本还很热吗？”“和平吗？”“我想去吃街角的乌龙面，那家店还开着吗？”“普瓦兰的饼干和拉杜蕾的马卡龙，你希望我买哪一种回去？”陆陆续续问这些不是那么重要的事。过去的几年里，老是说“我不知道什么时候才会回去”“我还有很多事要做”的早纪，到了回国之际竟然如此高兴，这让茉莉感到很欣慰。

“好啦，反正你快点回来就是。”

茉莉听到完全是慈祥母亲的语气，从自己的嘴唇流露出来。

行李比早纪先到。当初出国时，轻装简束到令人担忧；这回来了五箱用黄色胶带贴的纸箱，里面不晓得装什么。

根据她最后一封信提到的，要和来日本留学的朋友——就是在路边偶遇的少年—— 一起回来。这位朋友要来九州大学留学。一直到暑假结束，经由学生科找到打工工作之前，希望能让他住在家里。茉莉回信写道“欢迎之至”。先前早纪在日本时，就茉莉眼里看来，是个不太喜欢社交的孩子。除了住在柴田家的幼儿园时代，不管是男生或

女生，从来没有带朋友回家过。就朋友很少和与他人保持距离这点来看，和茉莉自己小时候很像，但茉莉身边至少有总一郎和阿九在。因此茉莉经常觉得，没有兄弟姐妹的早纪很可怜。

将客厅的玻璃窗擦得晶亮，买了一组棉被，让早纪的房间通风，打扫到尽量不改变东西摆放位置的程度。但是，现在这个家再住两个人——即便有一个是自己的女儿——真的没问题吗？茉莉没有自信。

阿新几乎一整天都在床上度过。停止每天的例行散步，至今也一年多了。并不是走不动，他可以一个人下楼梯，天气好的时候还会去院子闲晃，花上很长的时间和猫咪玩耍。不再去散步的原因是，他会迷路。已经好几次出去了就找不到路回来，让茉莉心急如焚，担心他会不会出车祸了。这种想法犹如天启般会突然——而且一定——打开，一旦开启直到最后，每隔一分钟就越来越觉得这是真的，让茉莉的心脏几乎冻结。住在附近不认识的人曾经带阿新回来说，“他好像迷路了。”也曾接到派出所的电话通知，由茉莉去接他回来。医生诊断病情后，很干脆地用“徘徊游走”[1]这个词。

话本来就不多的阿新，自从一天的大半在床上度过后，有时会奇妙地说很多话。例如说他梦到小时候住在东京的家，或是想知道茉莉不认识的某个亲戚的消息。把茉莉误叫成喜代，更是家常便饭。另一方面也有意识清楚的时候，当茉莉无意间重复说同样的话时——例如听到门铃声也不必去开门哟，或是热水已经装在热水瓶里了，千万不要自己去烧开水哟——阿新会带着寂寥的苦笑顶回去，“这你已经说过啦”，也曾带着分不清是不是开玩笑的口吻说，“你不用管我啦”“反正我就是等上帝来接我了”。也因此，阿新意识清楚的时候，反而让茉莉更觉得心如刀割。

二楼，经常有股无法断定是什么的臭味。阿新讨厌洗澡也是个原

---

1 老年痴呆症的症状之一。

因，但不只这个味道，还有一种渗透了药水、洗洁精、变薄的皮肤与头发的悲伤气味。即便打开窗户通风、清扫房间、将床单彻底洗干净，这种味道也挥之不去。让客人住在这种地方，对早纪不是好事。

此外，茉莉本身和智幸分手三年了，依然动弹不得地过日子。并不是旧情难忘，也没有哭泣，也没有叹息，所有该做的事都做了。做是做了，但无论做什么都没有用，只是因为非做不可而已。

我已经失去了欲望这种东西吗？

茉莉心想。不会想去哪里，也不会想吃什么，也不会想见谁，就这样过着日子。连去了远方的早纪，也不知道想不想见她。只要她过得平安就好。

当初早纪走的时候，茉莉身边还有智幸陪着。阿新病倒时，茉莉考上品酒师时，也都有智幸陪着。悲伤的是，茉莉爱恋的是过去的智幸，而不是住在同一个城市、现实里的智幸。茉莉再怎么不愿意也被迫察觉到这一点。然后，觉得自己是个很讨厌的人。讨厌，而且令人鄙视的人。

我大概，没有能力爱活生生的男人。我大概，只能爱属于自己的人。过世的丈夫和过世的哥哥，记忆中的他们只属于我自己，所以我才能放心地、随心所欲地爱他们吧。

茉莉认为，智幸对菊丸动心，是很正常的事。

飞机照预定时间于上午抵达福冈。茉莉凝视着入境出口，察觉自己紧张得要命。早纪两天前就从巴黎回国了。她说要在东京待一天，要带朋友去观光，还要去看美智留。茉莉当然有些不满，但早纪打电话来通知时，她并没有表现介意之色，即便如此早纪还是敏感地察觉到茉莉的情绪，因此笑说："这也没办法吧？因为没有直达的班机呀。"

茉莉觉得这口吻宛如大人在规劝小孩，又宛如年轻人在糊弄老人家。

“不用来接我没关系。”早纪又说，“我还记得家在哪里，外公也在家，我知道妈妈很忙。”

茉莉答道，这可不行。我有车子，偶尔也想一个人开去医院以外的地方。其实茉莉心里很害怕。要理所当然似的迎接六年不见的女儿回来曾经一起住过的地方，这实在太恐怖了，根本办不到。六年——究竟要如何相信？当时才十六岁的早纪，现在已经二十二岁了。

乘客宛如被吐出来似的，从入境出口涌现。商务人士、观光客、看似归国探亲的一家大小。茉莉立刻就认出早纪了。还在玻璃门的那一边时，一眼就看到了。虽然她经常寄照片来，但即便没有这些照片，应该也不会认错。茉莉不由得浮现一抹微笑。长大了。一样啊。体型符合年龄，变得有大人样了，身上穿的背心和牛仔裤当然是没看过的，但五官脸蛋简直完全一样。喜出望外之情溢满于胸，茉莉极其自然走上前去。

“欢迎回家。”

“迎”字还没说完，早纪就紧紧抱上来了。

“妈妈！”

淡淡地，但有种甜甜的香水味。早纪的皮肤有如小孩般柔嫩光滑。

“耳洞！”接着茉莉这么说。

“嗯？哦，这是为了庆祝我二十岁生日去打的。我在信里没写吗？”

茉莉十分确定没有看过这种信，但她回答，“很好看哟。”

“妈妈，这位是Ami。Ami，这是我妈妈。”

这时茉莉才注意到早纪身后站着一个很高的男孩。

“伯母，您好。”

男孩子有点害羞地用日文说，伸出一只手。

“很棒很棒。可是，接下去呢？”早纪催他继续说。

“能够见？”

“能够见到您。”

“能够见到您，真的很高兴。”

茉莉没有在听。眼前的这个男孩——拥有黑色的头发和褐色的皮肤，怎么看都是带着异国风情的外国青年——不知怎地，和总一郎重叠了。五官也很像，与生涩结巴的日文无关的、声音的浑厚度，眼神的温和度，还有只能说是气质的东西。实际上，茉莉此刻感受到他诉说着一种不是语言的东西，几乎可以说是触摸的感觉，触摸了皮肤、内脏、每一个细胞。

嗨。

感觉像是在这么说。

呵呵呵。

也感觉笑得很开心。

上了年纪，脸还是圆圆的啊。

“妈妈？”

听到早纪的声音，周遭的声音突然也回来了。闷热的感觉回来，外面耀眼的中午阳光也回来了。

“你好。”

茉莉连忙报以微笑，轻轻握着他伸出来的手。冰冰凉凉的，别人的手。

“你叫Ami是吧？”

茉莉出言确认。

“我是早纪的母亲，叫我茉莉就好。欢迎来到福冈。长途旅行很累吧？好大的行李！车子停在那里。”

早纪笑了，“妈妈，他听不懂日文啦！Ami才刚开始学日文而已。”

然后早纪以流利到茉莉不禁怀疑自己耳朵的法文，翻译给她的朋友听。路上尘土飞扬，Ami的绿色皮箱发出叩隆叩隆的碰撞声。

茉莉在车里提议，让Ami去住在阿九家。那里现在没人住，委由阿新管理，有一次阿九来信也提到，希望早纪可以搬进去住。但早纪听了并没有露出好脸色。

“为什么？为什么不能住在我们家？他第一次来到陌生的国家，叫他去住在隔壁家，一个人孤零零的，太可怜了。”

这一点茉莉也有同感。茉莉自己在六年前，就是因为志津夫愿意负起责任照顾早纪，才下定决心让早纪出国去。Ami的父母让儿子只身前往外国，那种心情茉莉比任何人都明白。

“更何况，”早纪茫然地望着副驾驶座的车窗外，继续说，“隔壁家以前就是教祖啦、信徒的，感觉满诡异的。”

这让茉莉大感意外。有那么慈祥的阿姨在，有那么温柔的阿九在，这孩子对祖父江九家的印象竟然是这样。

“啊，西铁巴士！那条粉红色的线，好怀念哦！”早纪开心地说。

阿新的情况似乎不错，以坐起上半身的姿势在床上等着，看到早纪一来就说“欢迎回家”。早纪回了一声“我回来了”，勉强挤出一个笑容。即便如此，茉莉看得出早纪的身体顿时僵硬了。早纪看到摆在房间一角花花绿绿的塑料袋——市售的老人防漏尿垫，顿时看傻了眼，以责备的眼神看向茉莉。接着轻轻吸了一口气，以果敢爽朗的语气说：“情况怎样？还不能下床吗？外公还不到这种躺在床上的年纪吧？”

阿新没有回话，因为不觉得被质问，只是露出一脸对茉莉而言是难得的笑容，开心地看着早纪。

“你的朋友呢？”

阿新以清晰的语气反问早纪。

“他在楼下，等一下介绍给你认识。”

阿新慢条斯理点点头，歪着薄薄的嘴唇一笑。

“是个男人吗？”

说得很好笑的样子。

“我听妈妈说了哟，说茉莉又带男人回来了。”

茉莉霎时背脊发凉。茉莉又带男人——即使明白阿新没有恶意，但在早纪面前，总觉得自己被看不起。

“我是早纪啦！不是茉莉，是早纪！”

早纪的声音和表情都已失去笑容。

“住隔壁家的事，我去跟Ami说说看。”走到走廊之后，早纪小声地说，“我没想到外公变成这样。为什么之前不跟我说呢？”

“我跟你说过了吧？说他偶尔会躺在床上，偶尔会起来走走。”

茉莉说完，走在前面先下楼梯。

“可是，你没说他变得这么虚弱呀！也没说他眼睛变得白浊了，也没说他需要包尿片了！”

“说了又能怎样？”

茉莉的声音，听在自己耳里都觉得严峻冷澈。

客厅里，Ami无聊地等着她们。指着孩子们用的书桌，快速地不晓得在问什么。

“他说什么？”

等到两人对话到了一个段落，茉莉开口问。

“他说看到这张桌子非常高兴，靠近桌子会产生一种很特别的感觉。问我可不可以打开抽屉，我回答可以。问是不是我的桌子，我说不是。”

早纪一通爱理不理的说明，听得茉莉笑了。

“他会说英文吗？”

问了早纪之后，茉莉用英文对Ami说，这是总一郎的东西。Ami似乎不是那么感兴趣地听，听完之后莞尔一笑说：“好酷哦。”

早纪说他们立刻就要出门。想带Ami去吃博多的乌龙面，因为天气很好，也想顺便去给阿始扫墓。

“你们两个才刚到而已！应该都累坏了吧？”

“一点都不累。”早纪回答。

Ami似乎知道这句话，也跟着模仿说：“一点都不累。”

就这样两人出门后，茉莉站在突然安静下来的玄关，又察觉到自己的微笑。女儿的回国和留学生的存在，对已经习惯和阿新两人生活的自己会有很多困难，茉莉早就料到这一点。即便早就料到，但一直以来极为单调的这个家的气氛，不到一小时就增添了色彩，甚至从窗户吹进的微风都感到新鲜，也使得茉莉产生了一种分不清是困惑还是喜悦的心情。茉莉真切地感受到，那遗忘已久，每天只为了被消费而涌出的能量，再度在体内萌生。

接下来的日子，茉莉过着意想不到的快乐生活。Ami彬彬有礼，爽朗活泼，学会了“这个叫做什么？”这句话，常常指东指西地问，借以增加日文词汇。院子、车子、猫、电话、水、盐、鞋子、浴室。暂时睡在客厅里，一起床就会自己收拾棉被。天气晴朗的时候还会拿棉被出去晒。早纪特地买了拍打棉被的拍子回来，两个人轮流拍打。茉莉见状觉得好笑，不禁在心里暗忖，这种事早纪以前根本没做过。

“在拍打棉被啊。”

每次听到拍打声，阿新也觉得很有趣。闭上眼睛，宛如在听摇篮曲似的，听着两人在院子兴高采烈交谈的法文声。

早纪和Ami在一起时，经常展露笑容。两人无论出门或回家都在一起。看得出来与其说是朋友，应该是恋人吧，但又实在太过天真无邪了，看起来像是感情很好的姐弟。实际上，每当茉莉看着他们两人，就想起遥远往昔的总一郎和自己。无论去哪里都在一起，在一起就觉得很安心。因为总是在一起，所以世界永远是安心的地方，永远会一直这样下去。

两人也会来店里玩。虽然很有礼貌地只喝了一两杯葡萄酒就回去了，但早纪的酒量似乎变得很好。志津夫说“因为她流着你的血”。店里人多的时候，两人也会说要帮忙，但茉莉没有让他们帮忙。取而代之的是拿了一瓶酒给他们，叫他们“回家继续喝”。自己在工作的时候，一想到家里有他们陪着阿新，也觉得很放心。阿新也很享受楼下的声响和窃窃私语的谈话声，以及煮消夜的香味与笑声。

到了九月，大学开学了，Ami预定的家庭寄宿期间结束了。然而大家意见一致地认为邻家的房子明明空着，去外面租房子未免太浪费了，可是万万没想到的是，竟然连早纪都想搬过去住。

“他一个人住很寂寞，太可怜了啦。”

早纪一脸认真地恳求茉莉。

“可是这样外公就变成一个人了。”

茉莉如此训诫她，她撇着嘴露出一脸为难的表情。后来茉莉之所以让步，是因为自己也有这种记忆——片刻也不能分开——能够这么想本身就是个奇迹。倘若早纪现在正处于这种奇迹的时间里，茉莉不想白费工夫用亲情伦理阻挠她。茉莉至今依然记得，说了一句“让我睡在这里”就溜进总一郎棉被里的舒服感觉，那是只属于那时候的奇迹。人总是突然就不见了啊。

“如果是偶尔去过夜的话就可以。”

茉莉这么一说，早纪露出由衷欢喜的表情。

4　茉莉眼里的早纪和Ami，宛如姐弟般的情侣

这一天晴朗暖和，唯有风，的确是秋天的风，犹如推着彻底干枯离去的夏天之背的风。

打开百叶门，玄关有点暗，闻到一股木材潮湿的味道。

“我都有来打扫啊。”

茉莉说着，率先脱掉凉鞋，像是来到自己的家一样。

“不过没人住的话，果然到处都会受损啊。”

茉莉认为，对于留学生Ami而言，能住进这间房子是幸运的。不仅比较省钱，就趣味这一点来看，现今这种日式房屋已经很少见了。

“只要打开窗户，夏天也很凉爽哟。因为这间房子是算好通风路线建造的。”

穿着袜子走在走廊上，觉得滑滑凉凉的。

“妈妈，等一下！”早纪说，“Ami在发抖！”

茉莉回头一看，Ami还没脱掉鞋子，用法文不晓得在跟早纪说什么。两言三语来来去去，早纪突然拥抱Ami，仿佛在抱小弟弟似的。

“他说他会怕，不敢进屋里去。Ami灵异能力很强，可以看见很多东西哟。”

灵异能力——这是茉莉棘手的话题，因此一笑置之。

“不用怕，快点进来吧。”

早纪和Ami踏进走廊，紧紧地牵着手。

“家具也大多搬走了，空间变得很大，真是奢侈啊。”

茉莉想要提振气氛，开始介绍这间房子，叫早纪翻译给Ami听。

“这里是客厅，后面是厨房，至于浴室……”

茉莉还没说完，Ami就说：“Je sais！（我知道）”

茉莉在等待翻译，但早纪忘了，而是一脸惊愕看着Ami。Ami不晓得又说了什么，比手画脚的，半是胆怯，半是兴奋的样子。

“什么？他说了什么？到底怎么了？”

茉莉的话似乎没有传到两人耳里。

“他说他知道这里。”

早纪终于这么说，是在Ami沉默了一会儿之后。

“厨房后面有个小门，可以通往后院。后院里有个像仓库的组合屋，里面很暗，有棚架，棚架的下面停靠着一部脚踏车。墙壁上挂着工作手套。有好几本封面黑色、很大本的书，像百科全书一样，用绳子缠绕绑起来。”

茉莉顿时哑口无言。这一切的一切，Ami都说对了。

“浴室在那里，主卧室在这里。旁边有一间小小的房间，但不知道是谁的房间。不过，从窗户可以看到屋檐伸出来的部分。”

茉莉花了一段时间才回话，这段时间里，三个人静悄悄地，没有人说半句话。

Ami说，他经常梦见这间房子。梦里的房子总是没人在，可以自由地到处走动，是个能让他感到祥和而安稳的梦。

“还有，”Ami微微一笑，又补充了一段，“我跟你说过了吧，我从小就经常梦见你。我站在不知道什么人家的院子里，你站在篱笆的那一边，看到我就向我挥手。那就是这个家的院子，而且是后院。在我的梦里，也有那个组合屋仓库。”

因为早纪没有翻译，所以茉莉不知道这个部分。即便不知道，但知道Ami就像阿九一样，突然发挥了他的灵异能力。

“他说他已经不怕了。”

在房里走走看看逛了一圈，Ami决定住在阿九的房间里。将行李都搬进来之后，早纪一副清爽的口吻说：“他说很高兴能住进这间房子。”

早纪接着还说，Ami就是这样的人，他很敏感的。茉莉耸耸肩说出她的感想：“还真麻烦啊。不过他已经不怕就好了。毕竟这是一间很棒的房子，瓦斯水电也都可以用了。”

茉莉将必要的事说明完毕，把两人留在这里，自己回家了。

从业者推荐的葡萄酒中挑出摆在店里的酒，这是茉莉很喜欢的工作。因为没有余裕参加拍卖会，所以只仰赖业界的杂志和口碑。刚开始茉莉买酒以自己心仪的葡萄酒——南美或澳洲产的，价格合理，但好喝到犹如集魔法于一瓶的程度——和为喜爱喝名牌的客人进法国葡萄酒为中心，但最近不一样了。因为已经能掌握客人的喜好，只要看到酒单，脑海中就能浮现特定客人的脸孔。例如一九九〇年份的意大利葡萄酒，无论价格多贵，根本先生都想要；又例如一个月会来一次的中年女性团客，饭后一定喝波尔多，但推荐她们喝阿尔萨斯产的甜葡萄酒的话，她们或许会很喜欢；又例如若月夫妻，他们尝遍各种葡萄酒，味蕾已经十分挑剔，但还是很想喝新奇罕见的葡萄酒，茉莉就会想推荐他们喝Brancaia-Chianti Classico配上Merlot或许不错。

“真好喝！”

客人的赞美语言很单纯，但从中透露出的些许惊奇让茉莉很高兴。葡萄酒真是充满惊奇的东西。每一瓶都有着不同的惊奇，不打开喝喝看不知道。然后打开时，会带来只有当场才有的东西。

茉莉经常和东京的夏木力联络，交换稀少的酒，以及并非稀少但好喝的酒的情报。野牛草伏特加和蜂蜜很搭，也是夏木力告诉茉莉的。加上牛奶和少量柳橙汁调制出来的鸡尾酒，很受下班女人们——像菊丸那种夜生活的女人——的欢迎。菊丸从那之后就没来过店里。因为以前不到三天就来一次，她不来之后，店里的氛围也和那时不同了。茉莉经常会想，她过得怎么样呢？然而想归想，也觉得她不来比较令人安心。

酒吧经营得很顺利，贷款也剩下不多。茉莉常常觉得不可思议，像自己这样的外行人竟然实际开了一间酒吧。人生也和葡萄酒一样，充满了惊奇。

茉莉眼里的早纪和Ami，像是一对姐弟般的情侣。总是在一起，每一件琐碎的小事都能发笑，总是在笑着。Ami用他的相机拍下了晒衣服的竹竿、快要被埋在杂草堆里的红色小卡车、某一天的晚餐、放在玄关的凉鞋和桶子等，不知道为什么拍了一些莫名其妙的照片。

Ami在阿九家自己开伙，去大学上课。他很喜欢下厨做菜，做了蛋包饭和洋葱浓汤，还端到阿新房里说“voila！（你看）”，请阿新吃。

两人在Ami下课后会单手拿着相机，在黄昏的福冈街头闲晃。Ami也曾经对茉莉说，真的很感激有路边摊，城市里有河川流过，和巴黎很像，闹市区的店家将音箱朝外摆设传出人声和音乐声，真的很另类。

知道早纪在巴黎的专门学校学的是广告美术之后，茉莉说：“我还一直以为你想当画家呢！”

早纪听了夸张地双手一摊，摆出“难以置信”的表情。

“我在信里有写吧？在电话里也说过了吧？”

“有吗？因为你说是美术的专门学校，所以我一直以为就是画画。你很会画画不是吗？”

早纪放下手上的咖啡杯，默默地看着茉莉。

“妈妈都不关心我啊。”她没有生气，而是面带微笑地说，“因为你店里很忙，外公又那个样子，再加上那时你和小郁的爸爸正打得火热，这也没办法啊。”

真是令人意外。茉莉知道自己的脸色变了，不假思索就先说：“哪有这么愚蠢的事？”

然后暗暗想着，早纪去巴黎前是个沉默寡言的孩子。不是我不关心你，是你什么都不跟我说吧。

“我不是在责备你啦，没关系啦。”早纪说着，莞尔一笑。

“至于该怎么做才能进广告界工作，现在我正在问很多人的意见，不用担心。”

很多人究竟是哪些人，茉莉完全猜不透。

阿新的身体时好时坏。情况好的时候可以走路去上厕所，也会和巡回医疗人员有说有笑，但情况差的时候完全躺着不动，说话也咬字不清。降血压的药不能离手，吃了以后还无法稳定就得打点滴，也常常说话说着就睡着了。

“刚才Ami来看我哟。”

例如从这里开始说起。尽管说得慢条斯理，但口齿算是清晰。接着说，“他用日文说‘情况怎么样呢？’说得很好呢。”然后又说，“我想送一本日文辞典给他。”说到这儿有点喘不过气，停了下来。茉莉静心等候，然后他又继续说，“那个……叫什么来着的啊……”勉勉强强地又说下去，“妈妈的那个……电视上……园艺的……”最后变成支离破碎的状态。仔细一看，他已经在打鼾了。主治医生说，阿新动脉硬化的情况越来越严重，从胸部到腹部的血管几乎都“石灰化”了，严格交代茉莉，不能让他兴奋或受寒，一定要控制盐分。

尽管处于这种状况下，早纪的回国和Ami的存在，对阿新都是很新鲜的事。意识清晰时曾说“早纪变漂亮了啊”“看到Ami就会想起总一郎哟”。看起来很开心，然而也有些许落寞。

到了春天，早纪开始在一间小公司打工，说是一间设计超市传单和糕饼店包装之类的设计公司。晚饭后，她和Ami来到“Poste D'essence”，如此向茉莉报告。她说，总有一天会去东京的设计公司上班，不过在Ami留学期间——两年——结束前，想和Ami一起待在福冈。

“我有跟她说，去教法文不就好了。”

Ami说，脸上还写着：早纪太顽固了。实际上，Ami有在打工教法文。看到两人都很认真上进，茉莉感到很佩服。此外，也觉得自己真的老了。过去的茉莉根本无法想象，工作这种事，竟然可以如此干脆地自由选择。

“那又不是我的母语。”早纪说，“如果是事务文件的翻译打工，因为刊登在报纸上，我倒是愿意试试看。”

外头下着雨。店里人很多，由于有这个月底要辞职的久留美，和新进来的内田——本名叫内田真珠，但茉莉无法叫她“真珠”，于是就叫内田——两个人一起在店里帮忙，所以茉莉才能这样站在吧台里，和早纪与Ami聊天。

“妈妈，你还记得吗？”早纪眺望着生意兴隆的店内，突然说，“说到扇贝的话……”

茉莉记得，几乎是反射性地回答：“Pouilly-Fum！”

自己都觉得好笑地笑了。住在东京的公寓，为了品酒师资格考开始念书时，早纪经常出问题考茉莉。其中有一个问题是，“适合扇贝的葡萄酒是什么？”这个问题几乎每年都出，答案是“Pouilly-Fum”。但这里有陷阱，如果问的是“适合咖喱风味的扇贝的葡萄酒是什么？”答案就非得选Pouilly-Fum以外的白酒不可。早纪不知怎地，很喜欢这道问题。尽管茉莉跟她说已经记住了，叫她问别的题，她还是固执地出这一题。到了最后，扇贝和Pouilly-Fum，成了一种暗号。

把这件事向Ami说了之后，三个人都笑了。

几乎没人照料的院子里依然开着花朵，绿意也与日俱增，越来越浓。星期天，茉莉在院子里，目送载着阿新的大型车远去。两星期一次，必须说服不愿意的阿新上车，去专门的设施入浴洗澡。茉莉对这件事很棘手，但已经成为必要的习惯。天空一片湛蓝。和孩提时代相比，这个城市变了很多，但这一带的住宅区没变。没有新盖的房子，也没有改建的房子，同样的住家以同样的表情，静静地围绕着茉莉。

邻家的门打开了，看见早纪走了出来。早纪一看到茉莉就大声说："太好了！待在那里别动！"

然后小跑步走出大门，绕过道路走进来。看到早纪抱着的东西，茉莉明显地皱起一张脸。

"又来了？我不是跟你说过，不可以去翻人家私人的东西？"

这是一本相簿。之前，早纪也拿了两张装框的照片过来，问照片里的人是谁。一张是祖父江九的生父的照片，另一张是年幼的阿九与外公外婆的合照。

"我知道啦！不过这次真的是很重要。这个人是谁？"

早纪气势惊人地打开相簿。这是比较最近的照片。首先吸引茉莉目光的是——地点。"机场""埃菲尔铁塔""罗浮宫美术馆""咖啡馆小憩""和德川主厨和田先生合照"，每一张都有阿七以工整的小字添加说明。

"这在巴黎耶。"

茉莉这么一低语，早纪焦急难耐地说："这我知道啦！我是问，这个人是谁？"

不认识的女性，夹在阿九和阿七之间，笑得很害羞又很幸福。皮肤是淡黑色，五官的轮廓很深，睫毛有点濡湿，又浓又长。不是日本人。茉莉暗忖，这个女人真漂亮。看起来很温柔，又很神秘。

“应该是阿九的太太吧。”

照片附注写着“我和娜娜”。茉莉无法将眼睛移开这张照片。阿九和阿七都笑得很开心。遇上车祸前的阿九，健康而开心的阿九就在这里。

“她是哪一国的人？”

被这么一问，茉莉回答不知道。

“这是很重要的事，想不起来吗？”

“这也没什么想不想得起来的，因为我并不认识她呀。”

茉莉一边想着早纪的兴趣还真奇怪，一边说。

“我只知道，阿九的太太已经死了，和你爸爸一样出车祸死的。也因此，回国后的阿九丧失记忆，一直把自己关在那个屋顶上。”

那个屋顶，现在也没有了。那个阿九独自打造的、美丽而丰饶的森林。

“嗯。”早纪显得很失望。

“好啦，快把相簿放回原来的地方。”

Ami和早纪最近在邻家的谈话内容以及想查探出的事实，茉莉完全不知情。

Ami是个有魅力又聪明的青年。留学一年后日常会话已经没问题，和鱼市场的阿姨和寺庙的住持感情都很好。学法文的学生也会来家里玩。春假时第一次离开早纪，背着背包去了长崎、熊本和鹿儿岛。

早纪也很忙，全神贯注在“找可以帮忙介绍设计公司的人”。看在茉莉眼里是“支离破碎的求职活动”，但她为了见专门学校的恩师的设计师朋友，还跑到京都去；为了见美智留朋友的装帧家朋友，甚至跑了一趟东京。早纪说，她想去的不是大型广告代理公司，而是“设计师联合经营”的设计公司，想做的不是意象，而是“物品”。物品，这指的究竟是什么，茉莉完全无法理解。

深夜，卸了妆上床后，竖起耳朵倾听阿新轻微的打鼾声时，或是早上，在无人的厨房整理东西时，茉莉都会感到不安。我今后会变成怎么样呢？强烈地感到孤单一人。即便Ami的日文变得很流利，但Ami和早纪在茉莉面前也会说法文。可能是有些事情不想让我知道吧，想到这里，心中就涌现一股焦虑。两人可以流利地说外文，靠着打工不用太辛苦就能赚到玩乐的钱，到处去旅行认识新朋友，眼神闪闪发亮地回来，让茉莉觉得很耀眼。

内田，这位现在“Poste D'essence”不可或缺的女孩，也让茉莉意识到自己已经不年轻了。可能一直和爸妈住在一起的关系，个性显得稳重大方的久留美和“流浪的结果抵达了这里”（本人是这么说的）的二十四岁内田形成对照，内田经常把茉莉当作“化石”看待。导入计算机管理库存的也是她，有个跑业务的男性总是迟到，打电话去他们公司抱怨要求换人的也是她。最近还在想办法，如何不要让那些只点了便宜的酒就在店里吵吵闹闹坐很久的年轻团体客人进来，说是“为了更接近妈妈桑理想的店”。瘦削的身材却精力充沛的内田，的确很仰慕茉莉。表达感情的方式很直接，没有待过外国却也会拥抱茉莉，或是在脸颊吻出声音。茉莉笑说“好像又多了一个女儿”。

夏初时节，Ami和早纪说要去见阿九。

“去哪里？”

茉莉惊讶地问，得到的答案是——大阪。

“这样啊？巡回马戏团现在在哪里啊？”

阿九这几年音讯全无，没有再写信来。Ami和早纪是用网络查到那个全国巡回演出的马戏团的所在地。

“为什么？”

尽管阿九曾在信里提到希望茉莉能去参观，但茉莉从来没有想过要去看。从折弯汤匙开始，到能让东西浮起来，最后连自己都能浮起来，这些超能力在那里成为一种表演。实在太恐怖了，茉莉根本不敢去看。

Ami当然没见过阿九，连早纪也没见过，所以他们不怕吧。

回答茉莉问题的人是Ami。

“因为，他可能是我的父亲。”

5 在这个家里，茉莉真的变成孤零零一个人了

这是在顷刻间难以相信的事。

经由阿九所在的大阪，然后为了找工作和其他的事要前往东京。总之茉莉就这样送走Ami和早纪，陷入茫然状态。

正中午，茉莉站在热到微微冒汗的厨房里煮着面线，有种被全世界抛弃的感觉。

听说Ami在巴黎的父母，一直没能生小孩。两位都还健在，但就生物学的层面来看，他们是生不出小孩的。根据早纪的说明，Ami是“在路边连娃娃车一起捡回来的”。那是个大晴天，在大马路上。

父母都很疼爱Ami，但肤色、发色、眼睛的颜色都不同，Ami不久就明白他们不是自己的亲生父母。然而关于Ami的出生背景，父母也完全不清楚。向公所报户口时，是以养子的名义申报。他们只能推测出Ami可能是有东方血统的混血儿。而Ami也觉得这样也无所谓，直到遇见早纪为止。

他们应该是一对稳重、诚实、很有爱心的父母。Ami谈到他们的时候，表情总是变得非常柔和且幸福。说到“爸爸”和“妈妈”这两个单词的发音时，语气中充满温暖的信赖与亲密，听了马上就知道了。

Ami认识早纪之后，确定了自己流着日本人的血，因此学习日文

和日本文化，来到日本留学。

“因为，他可能是我的父亲。”

当时Ami说这句话时，语气沉着，眼神认真。怎么会有这种事呢？他之所以选择来福冈，选择进入九州大学就读，可能是因为早纪在这里，而住进邻家的房子，也单纯只是茉莉的——也是寺内家的——情况所致。

不过——

茉莉把煮好的面线放进竹笼里，一边用水冲凉，一边在心里承认。

不过，我已经确定事情一定是这样没错。

她甚至觉得，自己为什么没有早点察觉到呢？那个眼神、那个微笑的样子，跟祖父江九太像了。这也说明了，为什么初次见面时会有种奇妙的熟悉感。茉莉将它归因于Ami一直让自己想起总一郎。

嗨。

还记得在机场时，好像听到总一郎的声音。

上了年纪，脸还是圆圆的啊。

那是带着调侃而愉快的声音。周围的喧嚣消失了，甚至连Ami和早纪都不在那里似的。

午餐做好之后，端进阿新房里。将早纪托给青山志津夫前去巴黎，结果她却带了阿九的儿子回来，这种不可思议的事，反倒觉得是必然的。

阿新的情况看来不错。从纱窗吹进的微风，稍稍缓和了弥漫在房里的臭味。

“蝉在叫了啊。”

看到茉莉进来，阿新躺着说。张开双手让茉莉扶他起身，在背后垫了三个枕头。将床上用的小餐桌滑到他前面，摆上料理。

“看起来很好吃。”

外头的远处，传来小孩子的嬉戏声。

“那两个孩子去东京了啊。”阿新以静脉浮凸、瘦削的手端起水杯，慢条斯理地喝了水之后说，“什么时候回来？”

“不知道。”茉莉答道，将温热的湿毛巾递给他。

两人会顺道去大阪的事，茉莉没跟阿新说。阿新不仅满头白发，而且发量减少很多，由于一直躺在床上，头发也紧贴在头皮上，形成一种奇妙的卷曲状。

“大家都想去远方啊。”

茉莉看着低喃的阿新啜吸面线的样子，连小面碗拿起来都很重的样子，生病衰弱的男人用餐的情景。

面线的配菜是炒茄子和蛋丝，因为以前喜代都这么做。调味料的种类和菜的切法，不知不觉也沿袭了喜代的做法。

“很好吃哟。”宛如回应茉莉的视线般，阿新偷偷地笑着说，“真的很好吃，不过我吃不了这么多。”

早纪打电话回来，是在两人走了两星期之后。

“我们见到阿九先生了哟！”她劈头第一句就这么说。

“他好吗？”

这么一问，突然陷入短暂的沉默。早纪过了半晌才说：“不太好，他病倒了。”

霎时，茉莉拿着话筒的手抖了一下。

“不过不要紧啦。只是喝酒喝太多，酒精过量而已。”

喝酒喝太多？茉莉真的不敢相信。那个正经八百的阿九？

“他现在好像已经没有上台表演了，说起话来也模糊不清，该怎么说呢？酩酊大醉？跟他说话他好像也不太懂我们在说什么的样子。”

茉莉忆起在屋顶的森林里，自律到几乎是过着禁欲生活的阿九。酒精过量？酩酊大醉？可能车祸受伤也有影响，那时的阿九根本滴酒不沾。每次去看他，他都用那个壶身已经到处凹陷的大水壶烧水，泡出一壶好茶请茉莉喝。

“不过，他好像认得出Ami。”早纪说，“Ami他……很担心阿九先生。”

此外早纪也提到，两人现在住在东京的公寓式旅馆。Ami打算延后回巴黎的预定行程，不过他的父母希望他赶快回去。

早纪则去一间名叫“咖啡味”的设计公司应征，经过“一边吃黑轮，一边面试”之后，似乎已经找到工作了。如果敲定的话，她会先回一趟福冈整理行李，打算一个人开始在东京住。

大家都想去远方啊。

阿新低喃的这句话，正是茉莉此刻的心情。

挂掉电话后，茉莉从箱子翻出以前阿九寄来的信重读。最近的一封信，看起来满悲伤的。这封信是这样开始的。

茉莉：

这封信又间隔了一段时日。这么想来，我发现会写信给你，似乎都是在我心情低落的时候。

然而也有提到开朗的消息。

我现在身边有不是家人却跟家人一样的人们陪伴。之前我也提起过，他们是当我不需工作时，和我一起生活的女性和小孩。他们两人有血缘关系，但是和我则没有。两人都是很好的人。

茉莉还记得，第一次读这封信时感到十分诧异，阿九为什么不朝着这份幸福迈进呢？“跟家人一样的人们”“两人都是很好的人”，明明有这样的人在，阿九究竟为什么——

不过现在，茉莉似乎有点懂了。明明有这么好的人在为什么不结婚呢？茉莉自己也不只一次被久留美和菊丸这样问过。不是家人却和家人一样的人，重要的人和他的小孩——

信里还写道：

无法抹掉的过去，会在突然的瞬间想起失去的东西，变得支离破碎。

“想想真好笑。”茉莉低语。

明明在相隔了这么远的地方，过着截然不同的人生，但我们两人都做着同样的事情。

感到很愧疚，我不知道该怎么办。因为不知道，只好每天假装视而不见，无条件地接受她的温柔。

尽管茉莉再不愿意，这段话也会让她想起和智幸共度的日子。现在侵蚀着阿九的东西，让他几乎变成酒鬼般侵蚀着他的东西。

将信放回信封里，茉莉又拿起另一封来看。看完一封，又看一封。想找出神采奕奕的阿九，而不是情绪低落的阿九，那个应该能立刻摆脱目前的困境、浑身充满干劲、强而有力的阿九。

就这样找着找着，在第四封信找到了。茉莉放慢速度看了两遍，等着让开朗的文字渗入心扉。

恢复记忆的我开始了新的人生，继续存活下去。

身边有一群年轻而纯真的团员包围着，我过得很幸福。

每天都充满了刺激，很快乐。

这是刚在马戏团工作时寄来的信的内容。茉莉眼前浮现出，过了好几年的隐遁生活之后，对于新世界的一切感到又惊又喜的阿九的样子。

岁月——

岁月真是何等奇妙又毫不留情的东西。茉莉想起在二楼睡觉的阿新。想起过世的总一郎，想起喜代，想起阿始。想到病倒的阿九，还有在东京的早纪和Ami。

面对岁月，真的是无能为力，只能一味地随波逐流。他们也是，茉莉本身也是。

这封信的结尾是这么写的：

且让我们安然度过今天。

祖父江九上

大濠公园举办烟火大会的夜晚，Tommy来喝酒，夸赞茉莉的卤牛尾真好吃。这一晚Tommy刻意延后开店时间来看烟火，但是“人实在太多了”，所以早早离开前来避难。从“Poste D' essence”的阳台，也能清楚看到公园的烟火。

“不过这里也好多人哦。生意兴隆啊，真令人羡慕。”

店里确实人声鼎沸。除了上班族一群人霸占了阳台区，桌子区有两桌观光客，沙发区也有一对情侣。吧台则一如往常坐满了常客。

Tommy说肚子饿，茉莉端上卤牛尾，配上一杯和牛尾很搭的Hermitage红酒。

“下一杯来威士忌加水吧。”

Tommy这么一说，茉莉紧张了起来。因为她知道唯有威士忌加水，无法调得像Tommy那么好。

这是个闷热的夜晚，冷气调到最强了，空气还冷不下来。每当烟火打上夜空，地板都会震动。

“听说要打六千发呢！”茉莉说，“可是不管怎么打，还不是一样转眼间就消失了。”

“说得酸溜溜的，太不像你了。”Tommy笑说，啜饮红酒。

茉莉也喝了同样的酒。然后努力像平常一样，调出“Poste D'essence”的威士忌加水。

“菊丸都没有来这里了啊？”Tommy放下叉子说，“女人之间就是这样。”

尽管被调侃，但茉莉也只是无奈地耸耸肩，什么话都没说。

“没关系啦，这样也不错。”

Tommy说，菊丸的妆化得更浓了，也更卖力地投入工作。现在还有别家店想来挖角她，算是相当了不起的。

“她是个很高傲的人啊。”

茉莉承认。

清水智幸再婚的消息，茉莉是从他本人寄来的喜帖得知，同时也知道了新娘不是菊丸。

Tommy走了之后，客人还是络绎不绝。烟火大会结束后，即便阳台区空了，在路上漫步的客人还是陆陆续续进来，浑身洋溢着声光与烟火的余韵。

打烊时已经深夜两点了。拦了出租车回到家，阿新躺在床上等着，静悄悄的，一个人。茉莉习惯性去他房间察看，尽管房里一片漆黑，也立刻察觉情况有异。

“爸爸？”

战战兢兢地叫了一声，没开电灯就走过去看。在走廊照进来的微弱灯光下，茉莉发现了这个事实。

阿新断气了。

接下来的二十四小时，一分钟宛如一小时，有时候又觉得一小时宛如一分钟。茉莉记得自己叫救护车的事，也记得陪着明显已经死了的阿新去医院的事，也记得送去灵安室之前，虽然只是短短的时间，不晓得阿新要被送去哪里，但院方却不准茉莉进去。此外也记得，那时的自己出奇地冷静。

宛如在水中一样。一切都明白，但都是慢动作。

阿新的房里，没有挣扎凌乱的痕迹。诊察的医生也说，他走得很平静。灵安室意想不到的大，茉莉和阿新两人被单独留在这里。在亮晃晃的荧光灯下，自己都不知道该对阿新说什么，只是坐在那里，坐在低调而沉着的医院职员——可能是负责灵安室的人——搬来的、坐起来很不舒服的钢管折椅上。

等到天亮，打了电话通知早纪。当天傍晚，早纪在Ami的陪伴下回来了。一张脸哭得好肿。

葬礼，比茉莉想象中更为寂静冷清。虽然送来很多哀悼的电报和花篮，但亲自前来祭悼的人不到二十个。早纪始终哭个不停。陪在一旁的Ami偶尔会站起来轻轻搂着她的肩，小小声地不晓得对她说些什么。

美智留从东京赶来。其他还有几位阿新教过的学生，但茉莉并不认识——或者不记得——的人也赶来祭悼。其中一人，说是听到讣闻，从鹿儿岛搭飞机赶来的。谈起许多往事，献杯，呛鼻的百合花香味。

茉莉不明白，为什么早纪可以这样接连不断地哭个不停。这孩子为什么哭得这么伤心？爸爸又不痛苦。

阿始的弟弟阿克打电话来慰问。青山志津夫也打电话来，不知道他怎么知道消息的。

茉莉的店歇业五天。

爸爸过世之前，有听到大濠公园的烟火声吧。

这是葬礼结束后，茉莉想到的事。

大约一个月后，早纪和Ami回东京了。早纪决定去上次面试的“咖啡味”设计公司上班——这是一家做书籍设计的个人公司，离“英铎”很近，位于青山。Ami得到巴黎父母的许可，延长留学时间。两人理所当然地住在一起。

出发前夜，茉莉从店里溜出来一会儿，请两人吃拉面，去的是以前和菊丸常去的河堤路边摊。

早纪已经不是哭肿的脸。遵照茉莉的吩咐，和Ami两人将邻家打扫干净，该寄去东京的东西都寄走了，行李也打包完毕。早纪喝着小杯子装的啤酒，谈着录取她的公司的老板的事，外貌、语气，以及目前所知有限的人品。

茉莉端详着她的侧脸，年轻又美丽的女儿的脸。

Ami说要去念东京的大学。手续上无法立刻转入，但暂时会教法文，打工赚取学费。

三人吃了卤大肠，又吃了串烤。关于阿九的事，Ami没有多谈，只说很高兴能见到他，因为自己的父亲和早纪的家人是缘分很深的人，觉得很高兴。而茉莉对于这件事也没多问，只说：“他是好人哟。”

停了一下又说，“找不到你，他一直很难过呢。”

拉面上桌后，三个人都停止谈话。大锅子里冒出的热气，在塑胶门帘蒙上一层雾气，挂着小小的水滴。热气和香气闷得令人喘不过气。白浊的汤又浓又烫，茉莉立刻就汗水淋漓。早纪和Ami的额头也微微冒汗泛起油光。

三个人几乎同时吃完，这件事实在太愉快了，三个人都笑了。

虽然是个闷热的夜晚，但走出路边摊后，夜气令人感到凉爽且清新。河川对岸的霓虹灯，犹如晕染成排的红色灯笼。这是茉莉再熟悉不过的光景。瞥了一眼曾经是“爱的森林”的建筑物，朝着曾经是奶油广告塔的方向走去。

茉莉心里想着，要是阿始在这里该有多好。好希望那个“死也不在博多以外的地方吃拉面的男人”，能和女儿以及她的恋人，一起在这里。

茉莉和要回家的两人在春吉桥道别，拦了出租车转回店里。胃很难受。和年轻孩子们吃同样的东西真要命啊。茉莉打开车窗，往后座的椅背一靠，不禁苦笑。天使，她曾被某人如此叫过，夸说吃东西的样子很可爱，像个天使，已经是很久以前的事。

令人讨厌的血压计、大量的药、简易便盆、尿片、毛巾、睡衣和部分床单、塑胶制的杯子、热水袋。茉莉在阿新死后立即扔掉了这些东西。但是，除了这些以外的东西——属于阿新生病以前的东西——任何一项，茉莉都无法整理。

不仅如此，早纪去东京前整理行李时说“已经不需要”而装箱的物品，茉莉也无法扔掉。明明确实都已经是废物。早纪装箱说要扔掉的有三箱，其中有她中学时期的笔记本，还有更早以前用过的文具、去法国前听的法文会话教材、已经穿不下的衣服等等一大堆。

像个白痴似的，茉莉心想。以前自己也曾经嫌麻烦说要扔掉啊。

二〇一〇年秋天，突然一身轻的生活，让茉莉难以打发。自己不饿的话，不用煮饭也没关系。自己想睡的话，睡到下午起床也没关系。想动动身体的话，可以像在东京的时候一样，去游泳池游泳。

最近，让茉莉感慨良深的是，物品明显比人更长寿。阿新已经不在了，但阿新的房间、衣服、书本、茶杯都还在。客厅里摆着总一郎的书桌，茉莉房里的窗帘，是喜代很久以前缝制的。早晨，看到这个褪色破旧的窗帘，茉莉心想：妈妈缝制这个窗帘、把它挂起来那天，我还嘟起嘴巴说："又是绿色？"万万没想到会有一天，竟然自己一个人，在这个同样的房间里，拉开同样的窗帘。

你对这个有什么感想？

即便问了总一郎，也感觉不到任何气息。

在这个家里，茉莉真的变成孤零零一个人了。

十　再度唱歌啊唱歌

1　回头一看，阿九隔着白漆剥落的栅栏看着茉莉

阳台外的榉树，叶子已经掉光了。走过树下的人们踢着枯叶，传来干糙的声音。茉莉用抹布擦完阳台的栏杆，茫然看着天空。最近天黑得快，才五点多而已，四周已经笼罩在湿凉的暮色里。

准备下酒菜、清扫、检查化妆室的卫生用品。纵使开店准备都做好了，如今也没有必要匆匆忙忙赶回家了。

“好冷。”

茉莉低喃了一声，但也没就此转回室内，而是在铁制的椅子坐下。双脚翘在栏杆上，色彩鲜艳的民族风长裙犹如窗帘般垂下。茉莉心想，阿新看了八成会皱起一张脸说“真是没规矩”吧。

结果，阿新花了十五年的时间，一本书也没写出来。不是论文，他明明说过要写一本让一般民众了解有机化学的趣味和实用性的书。每当想到过世的阿新，茉莉就对这件事越发感到不可思议。并非遗憾，而是不可思议。应该可以写进这本书里的事情、东西、思想，究竟跑到哪里去了？

妈妈也是。活动着因为用水工作而冻僵的手指，茉莉进一步想。妈妈精心打造的“花园”变成公寓了。以前在这样灰蓝色的暮色里，每天弯着腰细心整理。随着季节的更迭，那座花园散发出的不同香

味，喜代工作时穿的衣服，甚至那长长的橡胶水管的颜色和形状，如今都能历历在目地回想起来。尽管想得起来，那座花园——还有那时候确实存在的时间——如今也都不在了。

加上我又害死了爸爸。

茉莉站起身，捡起抹布想着。回来福冈之后的日子，也只顾着工作、陶醉于爱情，疏于照顾爸爸而害死了他。

今天的晚餐，茉莉也打算在店里吃。因为赶着回去吃饭，只是浪费时间。向晚的天空，浮现一颗金星，绽放着冷清的光芒。

然而一个人的生活也不是那么轻松。因为时间多出来了，也会买来一些衣服啦、鞋子啦等没有必要的东西。上美容院的时候不只做头发，连指甲都修了起来。

在内田的带领下，还去了生平第一次的“SPA”，位于西铁福冈站下车走路马上就到的地方。

“妈妈桑，你的皮肤好漂亮哦！没有赘肉耶！”

听到这种天真无邪的场面话，之所以苦笑，是因为说话的人似乎完全没有意识到这句话的残酷。

这间SPA，有一个很大的浴池和一个冰凉的淋浴室，还有一个三温暖。浴池里的热水和淋浴的热水，据说都使用矿泉水。

“总觉得好奢侈哦。”

茉莉这么一说，这次换内田苦笑。在浴池和三温暖流汗之后，护肤美容师在她背部涂上像泥巴一样的东西。趴在台子上，感觉到陌生人的手掌，在自己的背上滑来滑去。泥巴很冰很重。以前只在男人面前暴露过的裸体，现在在女人面前暴露，觉得很难为情。护肤美容师看起来和内田一样年轻，也就是说，和早纪一样年轻。

“从今以后——”

做完一趟之后，在大厅的沙发区喝啤酒，内田说，“从今以后，要把时间和金钱都花在自己身上。”

连笑容都变得光泽亮丽。茉莉看了不禁怀疑，自己的笑容是否和这孩子一样变得光泽亮丽？

“很舒服对吧？”

被这么一问，茉莉笑着点头。内田说，其他还有脚底按摩，还有“好像在做体操似的”泰式按摩，有各式各样的店。

不用工作的日子，茉莉经常去陌生的酒店喝酒。酒店和“SPA”不同，在酒店里，茉莉至少知道该怎么做。算是观察，也有参观的意味。知道什么酒卖什么价钱是很有趣的事，直接观察客人看上这家店的什么而来也很有趣。也曾去live house或夜店这种地方偷看过。即便是不熟的地方，只要有酒就敢进去的自己真的很好笑。明明没有一起跳舞的男伴，也没有前来接自己回家的男人。实际上，这种地方的气氛比普通的酒吧更轻松。茉莉甚至感到怀念。马蹄形吧台上方的天花板，被密密麻麻的布覆盖住，店内也有像公寓外侧的金属制楼梯，包着胶带的排气管穿越犹如仓库般的水泥外露的墙壁，这种店里的内部装潢才令人感到新奇，至于客人散发出的热气和店里的味道，以及人们随心所欲摇摆身体的动作、表情和恍惚感，对茉莉都是熟悉的事。

像“英铎”一样，也曾如此想着，微微一笑；也想起以前夜夜去“玛莉亚馆”跳舞的自己，完全不会感到厌恶。但同时，一回神发现自己以观察者的视点在看东西——或者说世界——茉莉感到很困惑。和这么多人处在同一个地方，却只有自己看着不同的东西。这里有着茉莉难以言喻的鸿沟。那种感觉就像，自己是死者那边的人，远远眺望着生者。手上端着一杯酒，被震耳的音乐笼罩着。

此外茉莉也发现，这种感觉，无论日夜都经常发生。自己的住家和墓园，除了“Poste D’essence”以外所有的地方，茉莉都觉得自己仿佛不在现场。例如在正中午的公交车站、黄昏的超市，都有这种感觉。

“这表示你很寂寞。”年底，只回来五天的早纪，一副铁口直断的分析口吻说。上半身穿着胸前织着骷髅图案的毛衣，下半身是宽宽松松的工作裤，盘坐在客厅的沙发上。

“不是这样。”茉莉说，“当然说不寂寞是骗人的，但我现在说的是另一件事。”

“另一件什么事？”

吃晚餐的时候，茉莉为早纪开了一瓶Malvasia Secca。并非特别昂贵的酒，但它是只使用标高三百公尺的高地培育的Malvasia（马尔瓦西亚）品种葡萄所酿制的、气味芳香的气泡白酒。试喝的时候，早纪一脸欣喜。现在两人各端着剩下的最后一杯，转移阵地到客厅继续喝。

“这该怎么说才好呢？说起来挺可怕的。”

茉莉开始说明。

“就是站在死者那边感觉很幸福。丝毫不觉得寂寞，反倒觉得安心、愉快。不过，放眼看周遭会觉得很害怕。生者让人感到害怕。”

早纪眉头紧皱。

“这是像超自然的东西吗？”

茉莉闻言笑了，让杯里的白酒滑入唇间。

“完全不是。”

茉莉清楚地知道，这孩子不懂这种事。年幼丧父，连外祖父过世时都哭得那么伤心的早纪，依然不懂啊。想到这里，茉莉反倒觉得放心。

“没关系啦。你不用在意这种事。我只是想说有人保护着我。”

“讨厌啦，妈妈，果然还是超自然嘛。”

早纪说着，皱起一张脸。

唯有季节的更迭，更新了茉莉的日子。院子降霜的冷冽清晨持续着，有一天水突然转温了。邻家的紫丁香花开了，“Poste D’essence”前的榉树冒芽了。风变得轻柔了，某天早上——不过也已经接近中午时分——茉莉打开窗户，眯起眼睛。这个城市的春风，从孩提时代一直没变。

季节明明每年都会轮转而来，但为何每当更迭时就让人产生新鲜感呢?

茉莉为自己的单纯苦笑，不过也花了两小时打扫家里。带着半是认真的心情这么想着：倘若住在没有四季的土地，我会不会就不打扫了呢?

好久没有让邻家通通风了。拿着钥匙要去开门，原本应该锁着的门却开着。茉莉惊讶地开门进去，迎接她的是一如往常的阴暗，以及些许的霉味和尘埃味。不只要通风，看来得好好打扫一下才行。茉莉这么想着，往厨房一走，看到流理台上摆着肮脏的餐具。竖耳倾听，屋里一片静谧，没有人的气息，不过一定有人来过这里。顿时，恐惧爬上了皮肤。

打开Ami住过的房门，里面井然有序。接着打开以前是阿七卧房的门，茉莉倒抽了一口气。棉被就这样铺着没收，旁边散落着衣服和宝特瓶。枕边放着笔记本和笔，还有折得很整齐的毛巾。

这时，玄关传来开门声，茉莉整个吓僵了。又过了一会儿，走廊传来木板的吱嘎声。茉莉转身摆出备战姿势一看，阿九一脸呆呆地探出头来。脸颊凹陷，全身看起来小了一号，但确实是阿九没错。

“啊。”看到茉莉，阿九几乎没有张口地这么说。

茉莉完全不懂这究竟是什么意思，吓到说不出话来。但阿九没有露出惊讶的表情，随即拎着手上的沉重袋子往厨房走去，将袋子沙沙作响地放在桌上。

“我看到玄关有凉鞋。”阿九低声说，“想说可能是茉莉的吧。”

茉莉依旧无声地站着。阿九背向茉莉，拿出袋子里的东西往桌上摆，有酱油、长葱、袋装的熟乌龙面等食材。

“什么时候？你是什么时候回来的？”茉莉终于开口问。

“大约一个星期前。”阿九答道，将空袋子绑起来扔进垃圾桶。

“一个星期了？我完全没发现耶！”茉莉有点傻掉了。

“可能因为我都在睡觉吧。”阿九低着头结结巴巴地说，然后终于抬起头看向茉莉。

“我有想过要不要跟你联络……”

接着补上一句“但刚好身体不太好”，阿九脸色确实焦黄黯沉。早纪说过，他酒喝太多了。

“要不要去医院看一下？”

“不用。没什么大不了的。”

阿九答道，浮现一抹虚弱的微笑。

“你一定累坏了吧。”

除此之外，茉莉不知道该说什么好。当下又想起，也是听早纪说的，现在他好像已经没有上台表演了。

“你会在这里住上一阵子吧？”

茉莉硬是挤出开朗的声音说。想问的事情有一箩筐，Ami的事、阿七的事、阿九本身的事。

“我还会再来。需要什么尽管跟我说哟。虽然我晚上要去工作，但白天大多在家。”

总有一天，或许不用太久，就可以问想问的事了吧，或许。

“还有，出门的时候要记得上锁哟。这一带，已经不像以前那样了。”语毕，茉莉将长期保管的钥匙放在桌上。

她一走出屋外，就双腿发软，差点瘫软跌坐在地。

“真不敢相信。”

茉莉出声低喃，深深地吸进新鲜、祥和的春天空气。究竟几年没见了？怎么突然就回来了？回来了怎么不告诉我呢？走了两三步回头一看，并非没有人——现在茉莉知道了——邻家，在阳光下静悄悄地沉睡着。

隔天去探望时，门又没锁，阿九躺在棉被里。跟他说话他也不回答，问他要不要请医生来，他说不用。茉莉心想阿九又不是她的丈夫，也不是恋人，不应该管太多，就这样回去了。

一星期后又去探望，情况还是一样。

雨，深夜一点的“Poste D’essence”，今天只有一个客人。这位客人的第三杯酒几乎没怎么喝，闭着眼睛摇头晃脑。

“这位先生，该回家了！”

内田隔着肩膀叫他，他打直背脊，睁开眼睛，嘀嘀咕咕不晓得说了些什么，然后又开始晃起来了。

“先生！”

内田的声音流露出放弃之意。茉莉心想，这位客人走了以后，今晚就打烊吧。

就在此时门开了，阿九走了进来。跟死人一样的脸，走起路来摇摇晃晃。一看到茉莉，被胡须覆盖的嘴角挤出一个还算是笑容的笑容。

“我想来喝杯酒。”

眼睛充满血丝。

“不要胡说八道了。”

阿九摇摇晃晃地走到吧台，差点就跌倒，好不容易坐上高脚椅。

“为什么？这里是酒吧对吧？”

阿九喃喃地说，读了信，一直很想来看看。

“你喝醉了？”

茉莉站在差点就要倒下的阿九背后，以颤抖的语气责备他。心里想着不能慌乱，但心脏却怦怦怦地猛跳。

“今晚有够倒霉的。”一旁，内田沉沉叹了一口气。

“这个人不一样啦。”茉莉说着，叫内田帮忙把阿九扶去沙发区。

“不用啦。好吧，那我就不喝酒了。只是有点不舒服，全身疼痛，可能是什么都没吃的关系。”

刚才还在摇头晃脑的客人，突然恢复理智说要买单。雨打在阳台桌上，发出激烈的声响。

茉莉将蔬菜汤加热，端来给阿九吃，并且逼他答应明天早上一定要去看医生。

“你这个朋友真麻烦啊。”

听到内田这么说，茉莉也只能耸耸肩。阿九睡在沙发上，发出轻微的鼾声。

好像也不是酒精中毒。阿九照约定去了医院，茉莉听他转述医生的说明，心中放下了一块大石头。但是，问他那么究竟是哪里有问题，他也没多说什么，只是反复地说“没什么大不了的”。正如他自己说的“只是，什么都不想做”，阿九真的“都在睡觉”。即便如此，只要茉莉一来他就会起来，她把买来的水蜜桃剥皮给他吃，他也会吃得津津有味，打扫洗衣服也都自己来。

茉莉认为，恐怕是疲累的关系，眼前这位看起来比实际年龄老很多的邻家男人，不是自己认识的祖父江九，而是个陌生男人，无论是看起来像在生气的侧脸，抑或生病却依旧厚实的背部。

年少时的阿九，善良到令人心疼。那份善良有时让茉莉震惊，有时让茉莉傻眼，也曾经让茉莉感到悲伤。阿九的善良，与其说来自他的心意，毋宁说是一种能量。曾经让总一郎为之着迷——也因此，让茉莉为之气愤——的东西，现在知道了，那就是能量。

然而究竟是什么将阿九的那种能量夺走了呢？

七月，睡到快中午起床的茉莉，按下咖啡壶的开关煮咖啡，拿着煮熟后晒得半干的鲣鱼去院子喂猫。一下子就被太阳晒得很热。泥土和树木都呈现一片干糙的淡茶色。

“过来。”

其实不用出声叫唤，猫咪们就凑过来了。有的用身体磨蹭茉莉的脚，有的在稍有距离的地方等待，有的则发出喵喵喵的催促声。茉莉见状笑了。

“好乖哦。”

蹲下来，看着猫咪们的脸埋进三个猫碗里吃得津津有味的模样。早纪捡回来的猫，一会儿走了一会儿又回来了，有的生了小猫有的受了伤，不知不觉中这个院子已经猫咪成群，半是野猫半是家猫，又脏又瘦的猫咪们。

“你在做什么？”

听到声音，回头一看，阿九隔着白漆剥落的栅栏看着茉莉。

“我在喂猫啊。”

茉莉站起身回答。

“不知不觉中，聚集了这么多猫。”

茉莉接着说，今天天气真好啊，阳光灿烂，很热，静谧又安详。但阿九似乎没在听，全神贯注看着猫咪们。茉莉在心中叹气，阿九又像是人不在这里了。

“奇怪？那只猫？”

阿九以令人难以判读的表情说。

“哪一只？这只黑的吗？”

阿九点头，露出经常出现的状似气愤的表情。

“它叫黑皮，早纪取的名字，很早以前就在我们家。”

由于是捡回来的其中一只猫，已经有十年了。会以沙哑的嗓音发出甜腻的叫声，是茉莉觉得很可爱的一只猫。接下来阿九说的话，出乎茉莉意料。

“普通的猫？”

茉莉不禁挑起眉毛，睁大眼睛，但是阿九一脸正经。

“当然是普通猫呀，不然还会是什么猫？”

阿九什么都没说。这时，茉莉真的不知如何是好。

2 听到总一郎的声音说，你来到远方了啊

深夜，工作完毕回家后，茉莉首先卸妆、淋浴。累了的时候，或是酒喝太多的日子，淋浴后就直接上床睡觉，要不然的话——实际上，没有直接上床睡觉的日子比较多，享受淋浴后的这段时间，是最近茉莉小小的乐趣。

没有必要早起的人很轻松，可以随心所欲待到很晚。有时在客厅听阿新的唱片，有时把学生时代看过的小说翻出来重看。心血来潮也曾去刷洗浴室和厕所，或者拿着马克杯、穿着浴袍站在窗边，凝望逐渐泛白的天空。

听唱片时，会想起阿新在世的时光。在年幼的早纪百般要求下，阿新慎重地将唱针放在唱盘上的手势，抑或更久以前，从喜代和阿新在的寝室传出的音乐声，以及可以霸占哥哥的星期天早晨的氛围。

这种时候，茉莉觉得这栋房子活着在呼吸。这栋房子看过很多事情，记得很多事情，现在也依然看着茉莉。想到在房子的眼里，自己

可能是个中年女人，就觉得好笑。也想到在这栋房子里，曾经是婴孩的自己。

睡觉的时候只穿一条内裤，也是最近的习惯。脱掉浴袍，直接倒在床上，这样比较舒服。全身都能感受到黎明的淡蓝空气，以及床单冰凉的感觉。闭上眼睛，大多可以听到鸟啼声。接下来是送报员的摩托车声。再过一会儿，或许会听到突然早起的阿九，打开邻家门窗的声音。还会听到他爱穿的竹皮夹脚草鞋的鞋底踩在砂砾上、摩擦泥土的声音。茉莉恍惚地听着这些声音，慢慢进入梦乡。

阿九的情况有时不错，有时很差。情况不错的时候还会爬上屋顶晒棉被，或是像以前在“爱的森林”时一样，默默打扫院子。

“身体不要紧吧？”茉莉出声问他。

他笑眯眯地说：“已经好了呀。”

这时阿九的表情，是茉莉熟悉的，完全就像年少时的阿九。那个完全不带任何杂质的笑容，犹如水花瞬间绽放的灿烂表情。

茉莉店里休息的日子，也曾和阿九一起出门散步。也曾因为阿九说要去买木工工具，开车带他一起去——阿九说，“真不敢相信茉莉竟然会开车呀。”茉莉想起遥远的从前，阿九和总一郎兴高采烈地在玩听声音分辨车款的游戏，自己坐在路边的护栏上，宛如被排挤似的心情黯淡的往事。两人也曾在阿九家里一起吃饭。但是，就算这样面对面吃饭，关于过去的事，没有人提，也没有人问。

茉莉感到非常不可思议。已经过了好几年又好几年了，阿九依然像个谜。原本想等他恢复记忆后，要问他很多事情。例如在巴黎发生了什么事？太太是个怎么样的人？为什么会被拱成教祖？为什么又会突然变成众人攻讦的箭靶？为什么这么长的一段时间没有回家？如今看到阿九就在眼前，这些问题似乎都不重要了。

茉莉认为，可能是因为时间经过太久了。关于发生在自己身上的事也是一样。经过如此漫长的岁月后，究竟该如何从哪里说起呢？除了此刻在这里的自己以外，一切都变成不确定的东西。

唯有阿九在邻家这件事，偶尔让茉莉感到混乱。

“真是怪了。”

假日晚起的早晨，喝着一人份的咖啡，将蜂蜜涂在吐司上，茉莉喃喃自语。时间经过太久了，和时间丝毫没有经过，竟然如此相似。想着想着，啃着吐司，堪称盛夏、酷暑的日子持续着。

店里的冷气又坏了，因为会漏水，非得叫业者来不可。去年，为了给早纪喝而进了一箱的Malvasia Secca深获好评，加入店里的固定酒单。

只要待在“Poste D’ essence”，茉莉就不会觉得被世界隔开。总是有该做的事要做，总是有想倾听的声音、对话与音乐，而非职业性的感觉。在这里茉莉只要发笑，笑声一定发自内心。茉莉很喜欢店里的客人，无论是第一次上门或常客都一样喜欢。茉莉认为，就某个意义来说，这里就像自己的家。比待在自己真正的家，心情更为高亢。

早纪打电话来，是窗外的空气看起来摇摇晃晃的炎热早晨。

“妈妈？”

早纪的声音开朗，很有精神。说是打来确认茉莉是否平安，也提到自己的新生活和工作都很顺遂，虽然工作上也经常遇到挫折，不过学会了以前不知道的事，也遇见了很多人，觉得很开心。

“小时候不懂，其实东京是个很有趣的城市啊！想玩的话可以玩得很尽兴。”

茉莉闭上眼睛听着女儿说说笑笑，想起遥远的从前，和心爱的男人手牵手，在东京车站下车的情景，那时的紧张与不安。

早纪也提到美智留的近况，说她打算辞去大学的工作，和由美子在计划一趟很长的旅行。

“那两个人搭船旅行，很像阿嘉莎·克莉丝蒂吧？”

“的确很像。”茉莉附和。

电话的那一头，感觉非常遥远。茉莉拉出餐桌的椅子坐下，桌上有看到一半的早报，摆着没收的茶叶罐。

“对了对了，还有那个‘英铎’。”

早纪继续说。这时茉莉看到这幅景象，摆在台架上的微波炉上方，有一只灰色的小蜘蛛在爬着。茉莉觉得，它在走路。比小小的身体长很多的细长的脚，拼命地在动着。

“‘英铎’来了一个新人，听说又是志津夫介绍的。是个韩国人，不过是在日本长大的，之后去巴黎留学而遇见了志津夫。”

茉莉依然将话筒贴着耳朵，凝视着灰色的蜘蛛。几乎等于没有体重的轻盈生物，阳光照在那一只一只比线还细长的脚上，非常漂亮。

“虽然沉默寡言，但是个感觉很好的人，果然也当过志津夫的模特儿。因为能和她聊巴黎的事，总觉得很怀念，所以最近我经常去‘英铎’哟！”

茉莉伸出一只手，轻轻地抓住那只蜘蛛，轻轻地握着，将它扔出窗外。确实从手中掉了出去，但蜘蛛却顿时就不见踪影。天气热到空气都摇晃起来，院子里一片干枯，只见杂草蔓延。茉莉心想，等一下得去浇水才行。

“……她并不是什么大美女，不过脸很有个性。志津夫真的很喜欢funny face啊。”

说到这里，早纪突然打住了。

“或许吧。”茉莉微笑以答。

青山志津夫和“英铎”都依然如故啊。世界在茉莉身外转动。

“Ami好吗？”

茉莉问，接着关上窗户。杂草、阳光、猫咪，还有蜘蛛，此刻确实在这里的东西。

“他很好啊。”

早纪语带羞涩地说。

“他有认真去大学上课。因为还有夏季集中课程，等这个结束之后，他可能又要回法国探亲。”

“这样啊。”

沉默降临。

“妈妈，我跟你说哦，我们……”

茉莉等着她继续说下去，但早纪什么都没说。

“什么事？怎么了吗？”

话筒里，隐约听得见早纪抿嘴的轻笑声，接着传来犹如唱歌般的回答：

“没事——”

茉莉听了很放心。既然能发出如唱歌般的声音，那就一定没问题。

“我能请假时，再回去看你。”早纪说。

茉莉回答，我等你。两人互道珍重后，就挂了电话。

茉莉为了洒水来到院子，看见阿九站在栅栏的那一边。好像不是刚好经过，而是猜到茉莉会出来似的，站在篱笆旁一直看着这边。

“阿九！”茉莉不禁出声叫他。

阿九的背后，又绿又高的蜀葵绽放着美丽的花朵。

“茉莉！”可是阿九的语气竟然也带着惊讶，仿佛没料到茉莉会出来似的。

"我们一起去吃午饭好不好？"阿九继续说，声音和表情都奇妙地带着孩子气。

"当然好啊。"茉莉微笑以答。

但阿九突然改变话题，紧张兮兮地说："那个……我有东西要给你看！"

结果他拿出来的是一张明信片。边缘已经变成咖啡色，干巴巴的，邮局发行的明信片。霎时，茉莉停止呼吸。上面用铅笔写着：

再见了，后会有期。

这是总一郎死后的第二天，茉莉收到的明信片。为什么会在阿九手里？不过翻过来一看，正面同样也是铅笔字，清清楚楚写着阿九的名字。

"茉莉一向跟哥哥很亲。我担心你会因为总哥只写给我而吃醋，所以一直没能告诉你这件事。"

真不敢相信。

"请等一下。"

茉莉说完，感到一股耳鸣似的晃动，立刻跑回屋里。真的不晓得多少年没有这样冲上楼梯了，焦躁得犹如陷入水中。

这张明信片，和其他的信件分开保存着。茉莉将它藏在自孩提时代就使用的书桌右上方的抽屉里，为了不让人打开就看到，还藏在最下面。

再见了，后会有期。

这里也有一张文字和用语都完全一样的明信片，正面写着茉莉的名字。连不是写“茉莉小姐收”而是“给茉莉”的地方都一样。

下楼梯时，这次茉莉走得慢条斯理，边走边想，这简直像在开玩笑。这张明信片的事，她至今没跟任何人说过，连爸妈也没说。

回到院子里，茉莉一语不发地将明信片递给阿九。心里想着，这确实很像哥哥的作风。

花了这么多时间才发现啊。

好像听到总一郎在说话。

当然茉莉是很聪明的。不过阿九毕竟是我的好朋友，而且特别聪明。

茉莉和阿九面面相觑，然后，同时笑了出来。窃窃地，扑哧一笑。

店头突出的遮阳棚下，罗列着冰镇清凉的鱼。有小鲷鱼、刺鲳、切成生鱼片的鰤鱼、鸡鱼、花枝，还有小小一条却闪闪发亮的竹荚鱼。老板已经换成年轻的一代了，但店里的样子一如往昔。这是一间位于市场边、充满活力的鱼店。

后来并没有去外面吃午餐，改由茉莉下厨。茉莉觉得这样比较适合总一郎的明信片所带来的气氛。现在她一不留神，也会从唇间漏出窃窃的扑哧声。其实来这里的路上，茉莉一个人开车也笑了好几次。心情五味杂陈，觉得很想哭，觉得很受不了，也觉得解脱了。忽然有一种违和感，想去开朗的地方，觉得松了一口气。

“真的很像总哥会做的恶作剧。”

当阿九比较两张明信片这么说时，茉莉仿佛看见了总一郎喜滋滋的脸。

“你看起来蛮开心的，有什么好事吗？”

年轻的老板问茉莉。茉莉立刻答道：“没什么。”

然后在心里补上一句：只是明白被骗了几十年而已。

“我要竹荚鱼。”茉莉说。

心里盘算着，看起来很新鲜，几乎可以不用调味，只要放点酒和酱油煮一下就行了。

“然后还要星鳗。能不能帮我处理一下，切成一大块一大块？”

星鳗是“Poste D’essence”要用的。轻轻撒上盐巴晾一下再烟熏，会是一道很棒的下酒菜。

接着去蔬果店买了蔬菜，去超市买了杂货。想起内田说海带芽根对头发很好，所以也买了。

双手抱着一大堆东西，走回停车处的途中经过了这里。红柱并排，有鸟居的狭小巷道，有两个小孩在这里玩。不由得驻足看到入神，是因为唯有这里是世外桃源。夹在高楼大厦之间，连阳光都照不到。甚至连外面大马路的喧嚣声，都被阴凉的土和大楼的墙壁吸走了似的。孩子们站着将头凑在一起，看着其中一个孩子手里拿着的箱子。茉莉不禁猜想，里面究竟放了什么东西。玩具？糖果？或者说不定是独角仙什么的。两个孩子都是少女，穿着简素的棉质洋装。

唱歌啊唱歌——唱歌啊唱歌——唱歌啊唱歌——

茉莉想起小时候，在这里双手高举，胡乱摇摆身体跳舞的情景。闭上眼睛，一边在心里宛如念咒语似的唱着，这样就能感到安心，尽管孤零零一个人也不会害怕。

唱歌啊唱歌——唱歌啊唱歌——唱歌啊唱歌——

结果我依然是孤零零一个人啊。茉莉不禁苦笑，吸了一口气之后，迈开步伐走上阳光刺眼、尘土飞扬的大马路，朝着停车的地方前进。

听见总一郎的声音说：

你来到远方了啊。

图书在版编目（CIP）数据

左岸：我们之间，一条爱的河流 /（日）江国香织 著；
陈系美 译. —重庆：重庆出版社，2013.6

ISBN 978-7-229-06675-8

Ⅰ.①左… Ⅱ.①江… ②陈… Ⅲ.①长篇小说—日本—现代
Ⅳ.①I313.45

中国版本图书馆CIP数据核字（2013）第127478号

左岸：我们之间，一条爱的河流
ZUOAN WOMENZHIJIAN YITIAOAIDEHELIU

［日］江国香织 著
陈系美 译

出 版 人： 罗小卫
策　　划： 华章同人
出版监制： 陈建军
责任编辑： 王春霞
责任印制： 杨　宁
营销编辑： 刘　菲
装帧设计： 荆棘设计

重庆出版集团
重庆出版社 出版
（重庆长江二路205号）

投稿邮箱：bjhztr@vip.163.com
三河九洲财鑫印刷有限公司　印刷
重庆出版集团图书发行有限公司　发行
邮购电话：010-85869375/76/77转810
重庆出版社天猫旗舰店
cqcbs.tmall.com
全国新华书店经销

开本：880mm × 1230mm　1/32　印张：18.25　字数：340千
2013年9月第1版　2013年9月第1次印刷
定价：39.80元

如有印装质量问题，请致电023-68706683
